AᵗV

HERMANN KANT wurde 1926 in Hamburg geboren. Nach einer Elektrikerlehre war er Soldat, von 1945 bis 1949 in polnischer Kriegsgefangenschaft. Mitbegründer des Antifa-Komitees im Arbeitslager Warschau und Lehrer an der Antifa-Zentralschule. Ab 1949 studierte er an der Arbeiter-und-Bauern-Fakultät in Greifswald, 1952 bis 1956 Germanistik in Berlin. Danach war er wissenschaftlicher Assistent und Redakteur, von 1978 bis 1990 Präsident des DDR-Schriftstellerverbandes.

Er veröffentlichte die Erzählungsbände »Ein bißchen Südsee« (1962), »Eine Übertretung« (1975), »Der dritte Nagel« (1981), »Bronzezeit« (1986), »Die Summe« (1987) sowie 1991 »Abspann. Erinnerung an meine Gegenwart« und »Escape. Ein WORD-Spiel« (1995) und die Romane »Die Aula« (1965), »Das Impressum« (1972), »Der Aufenthalt« (1977), »Kormoran« (1994), »Okarina« (2002) und »Kino« (2005). Hermann Kant lebt in Mecklenburg.

Die Geschichte von David Groth, vierzig Jahre und Chefredakteur einer großen Illustrierten, nimmt ihren Anfang vor dem Krieg in einem Provinzstädtchen. Ratzeburg bedeutet für David Kindheit; und Kindheit, das ist der Duft des Kartoffelfeuers ebenso wie das unnatürliche Ende des Herrn Blumenthal und Schikanen durch einen braunen Lehrer. Der Tod des Vaters vertreibt David aus der Kindheit und aus Ratzeburg. Bei einem Büchsenmacher erwirbt er sich einzigartige fachliche Kenntnisse und Einblicke in die Kunst des Überlebens. 1945 ist gerade die plötzlich überflüssig, dafür sind andere Künste gefragt, und für David hält das Leben neue Möglichkeiten parat. Aus dem Laufjungen wird in einem kurzen, steilen Aufstieg der Chefredakteur, und eigentlich möchte David das gern bleiben – wenn da nicht ein Auftrag und ein Angebot wären …

»Wer zu lesen verstand, entdeckte die Kritik zwischen den Zeilen.« *FAZ*

Hermann Kant

# Das Impressum

Roman

Aufbau Taschenbuch Verlag

ISBN 3-7466-1195-4

1. Auflage 2005
Aufbau Taschenbuch Verlag GmbH, Berlin
© Rütten & Loening, Berlin 1972
Umschlaggestaltung gold, Fesel/Dieterich
unter Verwendung eines Fotos von Rainer Drexel/Bilderberg
Druck Oldenbourg Taschenbuch GmbH, Plzeň
Printed in Czech Republic

www.aufbau-taschenbuch.de

Die Gegenwart ist
in diesem Augenblicke
das Wichtigere,
und das Thema ...
ist von der Art,
daß überhaupt
jedes Weiterschreiben
davon abhängt.

*Heinrich Heine*

# 1

Ich will aber nicht Minister werden! Ich rede nicht erst von
können, können scheidet schon ganz aus, aber ich will auch
nicht. Vor allem will ich nicht.

Das macht die Lage schwierig, ich weiß. Wenn ich ihnen
sage, ich will nicht, dann fassen sie Mut; damit, glauben sie,
werden sie fertig. Wollen ist subjektiv, und Nichtwollen ist
defensiv, und es ist eine Herausforderung, wenn einer damit
kommt. Wo ein Wille ist, da ist ein Weg, und wo kein Wille
ist, da ist auch einer.

Wenn ich ihnen beweise, daß ich es nicht kann, haben sie es
schwerer. Sie werden zwar keinen der Beweise gelten lassen,
sie werden sagen, dies alles sei auch ihnen, was meine ich
wohl, wie oft schon, passiert, und bereits Lenin habe gesagt,
nur wer überhaupt nichts tue, begehe keinen Fehler – außer
diesem einen kardinalen, versteht sich –, und sie möchten nun
bitte nichts mehr über meine angeblichen oder auch wirklichen Versager hören, weil sie sich sonst ein wenig über mich
ärgern müßten, denn was hätte ich wohl für Vorstellungen
von ihrer Arbeit, glaubte ich vielleicht, sie zögen ihre Kader
aus der Lottotrommel, meinte ich etwa, sie ermittelten die
verantwortlichen Leiter per Abzählreim, eene, meene, meck,
meck? Eene meene meck meck, sechs Geschwister, eene
meene mei ei, einer wird Minister, eene meene Klötergeld,
wohin nun der Finger fällt, greift ihn euch, das ist er?

Sie wissen Bescheid über mich, werden sie sagen, sie haben
mich studiert, mich, meine Arbeit, mein Leben, meine Herkunft, meine Leistungen und auch, da mag ich mich nur be-
ruhigen, auch meine Fehler, und Mücke legt seine Hand, die
so groß wie ein Aktendeckel ist, auf einen Aktendeckel, und
ich weiß, unter dem Deckel sind meine Akten, und in denen

steht alles über mich, meine Arbeit, mein Leben, meine Herkunft, meine Leistungen und meine Fehler.

Alles? Alles nicht, und wo etwas fehlt, stecken Möglichkeiten. Meine Laufbahnblätter liegen säuberlich und festgeklemmt übereinander; auf einem Foto wären sie nichts als ein Körper aus Papier, Rauminhalt etwa sechstausend Kubikzentimeter, sechs Liter Lebenslauf, Fragebogen, Aktennotizen, Beurteilungen, Einstellungsverträge und Auszeichnungsurkunden, aber wenn statt eines Fotografen ein Zeichner mit Augen für die Wahrheit im Wirklichen den Aktenpacken abbildete, dann würde womöglich eine Treppe daraus, ein Stufenweg von unten nach oben in diesem Falle, kein bequemer, wahrlich nicht, keine fast unmerklich aufwärts schwingende Treppentrasse wie die im Goethehaus zu Weimar, keine pfeilgerade Himmelsleiter, ein vertikaler Stolperpfad vielmehr, eine gewundene Stiege oft, ein Kletterweg mit ausgewaschenen Rinnen und sperrenden Traversen, ein knarrender und löchriger, nicht immer gut beleuchteter Aufgang, ein im Wetter schwingendes Fallreep manchmal gar über dunklem Wasser im dunklen Grund, aber dann wieder glitzernde Gangway oder sogar von Selenzellen kommandierte Rolltreppe mit synchron laufendem Geländer, aber oft auch wieder nur ein Seil, ein Strick, ein vielfach verwendbarer, weil zu mehreren Zwecken knüpfbarer Strick, hautschürfender, muskelzerrender, atemraubender Hand-über-Hand-Aufstieg – aber immer Auf-, nicht Abstieg, im ganzen immer der eine Weg mit der einen Richtung, der Weg nach oben.

Dort aber in der Obersten Abteilung sitzen keine Zeichner und Maler mit einem Faible für Übernatur, Natur allein genügt ihnen, weil die ihnen genügend zu schaffen macht, sie danken für Surrealismus, Realismus ist schon schwer genug, Chagall, bitte, wenn's sein muß, aber nach ihrer Ansicht muß er meistens nicht sein, und jedenfalls in Kaderfragen hat er nichts verloren. Sie sehen auch Wahrheit im Wirklichen, aber andere Seiten davon, und in meinem Kilo Lebenspapier sehen sie: Hier ist der Mann, den wir suchten.

Sie sehen einen, der getan hat, was er mußte, der gegeben hat, was ihm abverlangt wurde, der anders geworden ist, als er war, und blieb, was er gewesen ist, der Versprochenes gehalten und mit Vergangenem gebrochen hat, der zu ihnen fand und zu sich, der einstecken und austeilen konnte, kein schlechter Lehrer war und ein guter Schüler; sie sehen einen Gehorsamen, der Gründe hören will, aber auch einen, der einen Befehl von einem Vorschlag unterscheiden kann und klarzumachen weiß, wann er befiehlt; sie sehen einen mit Kreuz, der oft ein Kreuz gewesen und den Feinden eins geblieben ist, einen Getreuen, der geschwankt hat wie ein Baum und steht wie ein Baum; sie sehen einen jungen Mann, der ein langes Leben hinter sich und ein langes Leben vor sich hat. Sie sehen ein Bild von einem Kader.

Sie wissen, was sie brauchen, und sie haben es gesucht, und nun, glauben sie, haben sie es gefunden.

Aber ich sehe mich anders. Doch das gilt nicht in der Obersten Abteilung; Selbsteinschätzungen sind als Ergänzung willkommen, aber sie ändern nichts, denn was zählt, sind Taten und deren Folgen. Und an folgenreichen Taten hat es bei mir keinen Mangel; der Aktenblock ist voll davon. Dagegen komme ich nicht an, wenn ich sage: Ich will nicht. Und anscheinend komme ich auch nicht dagegen an, erst recht nicht, wenn ich sage: Ich kann nicht. Denn jede Personalakte läßt sich zu einem Diagramm rationalisieren: In den Vertikalen vergeht die Zeit, auf den Horizontalen das Leben. Die Waagerechten zeigen Stationen: Tätigkeiten, Leistungen, Zugehörigkeiten, Zuständigkeiten, Ränge, Auszeichnungen und Familienstatus. Die Waagerechten zeigen, was man getan hat, wie man funktioniert hat, und die Senkrechten zeigen, wann man es getan. Führt man aber nun durch die Schnittpunkte der Zeit- und Funktionsgeraden eine Linie, so hat man eine Leistungskurve, und mit einem Blick ist die Effektivität eines Mannes erfaßbar. Mähliche Kurve: lahmer Mann, nur von der Zeit befördert; Kurve aus Steigung und Gefälle: unausgeglichener Mann, genauer ansehen, wann Steigung, wann Gefälle,

Mitte neunzehndreiundfünfzig abschüssige Bahn? Herbst sechsundfünfzig jäher Aufstieg? Gut, gut gemacht, wiedergutgemacht, aber was war nach dem August von einundsechzig? Und dann der Mann mit der stetig steigenden Kurve, zweiundzwanzig Jahre auf, auf, auf, den haben wir gesucht, hier ist er.

Diesmal bin ich es. Das Diagramm meines Lebens steht gegen mich, weil es für mich spricht.

Aber mein Glück ist, die Kadermeister machen es sich nicht einfach. Das ist auch wieder mein Pech, denn so wird es nicht leichter für mich. Die in der Abteilung sind Menschen, und auf Diagonalen allein stützen sie kein Urteil. Sie haben ein Gedächtnis, vor allem ein politisches, aber auch ein ganz einfaches und unübersichtlich arbeitendes Menschengedächtnis. Man weiß nicht, was in seinen Kammern hockt und in welche Richtung es zu drücken beginnt, wenn es sich erst einmal erhoben hat.

Was etwa fällt Wolfgang ein, Kadermann ganz oben, wenn er sich jäh seiner Unterhose erinnert und meiner im Zusammenhang mit dieser seiner Unterhose?

Ich habe ihm die Geschichte einmal erzählt, vor ein paar Jahren. Er hatte sie vergessen, und er fand sie komisch und hat gelacht. Ich hatte getrunken, und er hatte sicher auch ein bißchen getrunken, Krimsekt, Empfangssekt, soundsovielter Jahrestag, heute sind wir fröhlich, wie geht's dir, alter Knabe, weißt du noch? Weißt du noch, habe ich gesagt, wie du den Empfangschef für den Präsidenten vom Weltbund gemacht hast und ich den Kommandeur der Ehrenkompanie, und noch als das Flugzeug schon heranrollte, liefest du so herum, daß man dich leider aus der Wochenschau hätte herausschneiden müssen, ganz zu schweigen vom Weltbundpräsidenten und dessen Augen?

Nein, hat Wolfgang gesagt; mir scheint, er wußte es wirklich nicht mehr, aber mir scheint auch, einen Augenblick war nichts von Hallo, alter Knabe! in seinem Gesicht, einen Augenblick lang hat er sich abgefragt: Welcher Bund, welcher

Präsident, welche Welt, was für ein Empfang und wieso ich beinah aus der Wochenschau herausgeschnitten?

Ich aber – der Sekt, Freunde! –, ich habe ihm geholfen, denn immerhin, er hatte gesagt: Hilf mir mal, ich hab's vergessen.

Ich habe es ihm erzählt: Du kannst nicht wissen, daß ich dabeigewesen bin, denn ich war nur der Chef vom Ehrenspalier, Hundertschaftsführer der Zentralen Ordnergruppe, von den Ehrenjungfern sozusagen die Oberjungfer, und du warst der Abgesandte mit den Blumen. Der Blumen wegen hat es auch so lange gedauert bis zu der schrecklichen Entdeckung. Du hieltest die Blumen fest vor deinem Bauch, rote Nelken, fünfzig mindestens, ja fünfzig rote Nelken, da konnte man nichts sehen, aber dann rollte die Maschine heran, alles schrie, er kommt, ich ließ meine Zentralen Jungfern schon immer mal die Knochen zusammenreißen, die Kameras schwenkten sich ein, und du nahmst die fünfzig roten Nelken vom Bauch in die linke Hand, weil du die rechte gleich zum Brudergruß benötigen würdest, und da sah ich es, alle sahen es, außer dir: Über dem Hosenbund und auf dem blauen Grund deines Hemdes blähte sich grellweiß ein handbreiter Gürtel aus leinener Unterhose, es sah schon beinahe wie eine Schärpe aus, aber nur aus der Ferne, und die Kameras waren dir sehr nahe, und der Weltbundpräsident würde gleich noch viel näher sein.

Alle sahen es, aber keiner sagte etwas, denn im Protokoll waren wir damals schon sehr weit, und du warst damals schon ziemlich oben zu Hause. Nur ich hatte das mit dem Protokoll noch nicht so sehr begriffen, und Kommandeur, der ich war, ergriff ich die Initiative und brüllte über das Rollfeld gegen das letzte Röhren der Maschine und hinein in die Mikrophone von Funk und Film, aber auch in deine Ohren: Wolfgang, deine Unterhose!

Die Nelken erwiesen sich noch einmal als nützlich; hinter ihrer Deckung hast du den Schaden behoben, und du hattest sogar noch Zeit, über die Schulter danke zu sagen, dann kam der Weltbundpräsident.

Auf dem Empfang hat Wolfgang gelacht und dann einen Professor entdeckt, dem er ein paar freundliche Worte schuldig war, und zu mir hat er noch gesagt: So, du warst das also, mein Retter und Retter der Situation, sieh mal an, wie so was alles zutage kommt!, und danach ist er eigentlich auch immer herzlich gewesen.

Aber dennoch weiß ich nicht, ob er mir wirklich dankbar ist, weil ich diese Erinnerung aufgejagt habe. Die verrutschte Kleidung, geschenkt, aber mir ist, als hätte der Weltbundpräsident, der ein Franzose war, nicht übermäßig hingerissen ausgesehen, als er die Front der Zentralen Ordnergruppe abschritt, Preußens Gloria diesmal in Blau und im Inhalt fortschrittlich, aber immerhin erst fünf Jahre nach Preußens allerletzter Misere.

Möglich, daß sie nachher darüber diskutiert haben, Wolfgang und der Präsident, der gallische Genosse, und möglich, daß Wolfgang immer noch einen Bleigeschmack davon im Munde hat, möglich oder auch nicht. Jedenfalls kann ich mir denken, daß niemand scharf darauf ist, einen Minister um sich zu haben, der ihm einmal die Kleider geordnet hat. Ich zumindest wäre da eigen.

Aber das ist es: Ich übertrage mein Elefantengedächtnis auf andere. Weil es mich schuddert, wenn ich an eine Blamage denke, glaube ich, anderen müßte es auch so gehen. Damit sollte ich vielleicht beim nächsten Gespräch in der Obersten Abteilung antreten: Genossen, ihr wißt, wie sehr euer Antrag mich ehrt, aber ich muß euch sagen, ich kann keine Niederlagen vertragen, und ich kann sie nicht vergessen. Und das wäre doch nicht gut auf so hoher Entscheidungsebene. Ein Minister heute ist eine merkwürdige Erscheinung; er trägt den Namen eines Dieners, und er hat auch noch zu dienen, sagen wir kurz: der Sache, aber zugleich ist er ein Mann mit Macht. Wie aber verträgt sich persönliche Macht mit persönlicher Empfindlichkeit? Ja, ich weiß, am Ende seid ihr auch noch da, und die Sache ist immer da, aber die Sache ist groß wie Gott und beinahe so geduldig, und ihr seid eben immer erst am Ende da; wenn ihr einmal eine Entscheidung getroffen habt, gebt ihr einem lange Zeit zu beweisen, daß ihr richtig entschieden habt, und noch längere Zeit gebt ihr einem, bis als bewiesen gilt, daß ihr falsch entschieden habt. Da dehnt sich ein Feld böser Möglichkeiten. Dieses Land ist voll von Leuten, die mir einmal eins versetzt haben, und ich sage euch, ich habe ein Gedächtnis für Namen, und denkt nur nicht, Leserbriefschreiber etwa und beispielshalber hätten keine Namen, die man sich merkt, wenn man so ist, wie ich bin. Was denn nun, wenn ich der Diener mit Großmacht wäre, zu dem ihr mich machen möchtet, und eines Tages hätte ich ja oder nein zu sagen zu einem Antrag, der die Unterschrift trüge von Alfred Kleinbaas, Schwaneweide?

Nein, ihr kennt Alfred Kleinbaas, Schwaneweide, nicht, aber ich kenne ihn, mir hat er einen Leserbrief geschrieben. Was heißt Leserbrief! Ein Pamphlet war das und ein Dolchstoß, unsachlich, anmaßend, völlig unangemessen ironisch und voller geradezu feindseliger Polemik, und sehr, sehr störend. Ich hatte meine erste große Fahrt gemacht und meine erste große Reportage geschrieben, und ich hielt sie für gut, sie war auch gut, bis dann Herr Alfred Kleinbaas, Schwaneweide, nicht umhingekonnt hatte, sich zur Sache, wie er das nannte, zu äußern. Schon die Anrede: An den Kollegen mit den Röntgenaugen, der diese sogenannte Reportage über Westdeutschland erdichtet hat! Spätestens mit dem Ausdruck »sogenannte« trat die Feindlichkeit des Mannes zutage – ihr wißt, wer damals was und wen immer »sogenannt« nannte! Und dann: erdichtet! Ich hatte nichts erdichtet, ich hatte mich nur in einem Punkte minimal geirrt, ich hatte etwas zu sehen geglaubt, was man in Wirklichkeit nicht sehen konnte, und dann, das gebe ich zu, habe ich es aufgeschrieben, so falsch, wie es war. Ich hatte einen Mann vom Fenster der Partnach-Alm aus die Zugspitze sehen lassen, oder wie Kleinbaas aus Schwaneweide es so feindselig-genüßlich dartat: »… hat der Kollege, der offensichtlich im Besitz von Röntgenaugen sein muß, die Zugspitze erspäht, welche von dem in der sogenannten Reportage angegebenen Standort aus unmöglich mit normaler Sehapparatur gesichtet werden kann, weil …«, na ja, weil irgendwas mit Geographie und einem anderen Berg dazwischenlag, als ob das an der prinzipiellen Richtigkeit meines Berichts etwas geändert hätte. Ein dogmatischer Flohknacker, dieser Schweinebeiß aus Kleinweide; über den gesellschaftlichen Wert meiner Studie hat er kein Wort verloren, der ist ihm wahrscheinlich entgangen; das ist so eine von diesen Typen, die ihr Leben lang darauf warten, daß sich mal einer mit der Partnach-Alm und der Zugspitze irrt, für diesen Moment halten sie ihr bißchen Pulver trocken, und sie pfeifen auf die soziologisch-ökonomischen Einsichten, die man ihnen ermöglicht, wenn sie nur ihr kümmerliches Feuerwerk, genannt Leserbrief, ablodern können, diese Alfred Kleinscheiß aus Schwartenheide.

Verzeiht, Genossen, ich habe mich da etwas gehenlassen, aber zugleich habe ich auch meinen Punkt bewiesen: Ich bin ein Elefant, und Elefanten vergessen nie. Nun stellt euch einmal vor, ihr macht mich zum Hochdiener mit Entscheidungsgewalt und vor mich kommt wirklich ein Antrag von Alfred Kleinbaas, Schwaneweide, was passiert dann? Wenn die Dinge eindeutig liegen, gesellschaftlicher Nutzen hier, gesellschaftlicher Schaden da, kann der Petent sonstwer sein, darüber müssen wir nicht sprechen, aber was, wenn es ein Sowohl-als-auch-Fall ist und Entscheidendes hängt ab von der Person, die ihn vertritt? Werde ich da die Erinnerung an den Spott der Leserbriefredakteurin verdrängen oder nicht, werde ich die bissige Bemerkung, die ich im dunklen Gang vor dem Bildlabor aufgeschnappt habe, zur Seite schieben, werde ich so tun, als hätte es keine lange Pause zwischen meiner ersten Westreise und der zweiten gegeben, eine Pause, von der es geheißen hat, ich sollte sie in der engeren Heimat zur Schärfung meines Faktenauges nutzen? – Faktenauges! Ich fürchte, ich fürchte, wenn Herr Alfred Kleinbaas aus Schwaneweide nicht über die Sache, die vor mir zum Entscheid liegt, noch viel genauer Bescheid weiß als über das, was man alles von einem bestimmten Fenster der Partnach-Alm aus sehen kann und was nicht, dann kommt Willkür in meinen Beschluß, und da wäre ich euch ein feiner Minister!

Und, laßt mich das wiederholen: Dieses Land ist voll von Zugspitzkennern, und Stellen, an denen mich Leserbriefe trafen, habe ich soviel wie Poren in der Haut. Aber diese Stellen sind, wenn auch vielzählig, so doch winzig wie die Poren. Wie aber würde ich mich jenen gegenüber verhalten, die mir die Haut in Streifen abgezogen, die mir das Fell gegerbt oder gar über die Ohren gezurrt haben, wie zu jenen, die mir Beine stellten, Ellenbogen in die Rippen rammten und Fäuste in die Magengrube setzten? Was zeigte ich denen, die mir die kalte Schulter zeigten und die Tür, und was erst machte ich mit jenen, zu denen ich nicht freundlich gewesen bin? Ich weiß, wie unwillig man mir in der Obersten Abteilung zuhören wird, wenn ich von meiner Schwäche berichte, die mich erlittene Unbill nicht vergessen läßt, aber besser noch weiß ich, daß der Unwille sich zu scharfer Abneigung steigert, wenn ich das Register eigener Schandtaten vorlege. Ein Mann, der sich beschwert, weil es ihn in dieser Zeit und auf dieser Welt nicht mit Engelsflügeln nach oben getragen hat, scheint doch von Zeit und Welt weniger zu wissen, als man gehofft hat – ein Genosse aber, der sich mit Pferdefuß und Teufelshorn versieht, um angetragene Verantwortung nicht übernehmen zu müssen, ist ein berechnender Feigling, der die Selbstkritik zu etwas benutzt, wozu sie nicht erfunden worden ist.

Niemand in der Obersten Abteilung gibt sich mit dem Diagramm meiner Effektivität und der darin aufwärts führenden Kurve allein zufrieden; die Kurve zeigt eine Tendenz und wirkt auf die Tendenz kommender Entscheidungen, sie zeigt den Verlauf meines Lebens, aber noch nicht sein Gesetz, und sie ist kein Gesetz; sie zwingt niemanden, sie beliebig und in gleichlaufender Richtung zu verlängern; wenn an ihrem Ausgangspunkt »Laufjunge« und an ihrem derzeitigen Endpunkt »Chefredakteur« steht, so ist das erfreulich, aber noch kein

Grund, sie nun weiter hinauf zu »Minister« zu ziehen. Bestenfalls kann sie einer von mehreren Gründen sein, und der kann aufgehoben werden, wenn sich herausstellt, daß Eigenschaften, die auf dem bisherigen Weg immer nur bremsende Hemmnisse waren, auf der nächsten Strecke zu unüberwindbaren Hindernissen würden.

Irgendwo hat jeder seine Grenze, und ich weiß, daß ich bleiben kann, was ich bin, wenn ich in der Abteilung beweise: Jenseits dieses Punktes, an dem ich mich nunmehr befinde, kann ich nicht mehr halten, was ihr, Genossen, euch von mir versprecht.

Daß ich bleiben kann, was ich bin – hier steckt ein Problem, mein schwierigstes vielleicht. Denn wenn ich meine Hoffnung in den Nachweis gründe, ich könnte künftig nicht erfüllen, was von mir erwartet wird, so muß ich mich auf die Frage gefaßt machen, ob ich in Wahrheit noch zu dem tauge, womit ich gegenwärtig beauftragt bin.

Was ich jetzt in die Diskussion einspeise, damit es mich vor Beförderung bewahre, fließt zurück, und unversehens habe ich nicht nur Künftiges verhindert, sondern auch Gegenwärtiges fragwürdig gemacht.

Aber ich will bleiben, was ich bin; ich liebe – warum sollte ich den Ausdruck scheuen? –, ich liebe meine Arbeit, ich mag meinen Beruf, ich fühle mich wohl hier, ich kenne mich aus, mein Lehrgeld ist eingebracht, meine Fehler sind seltener geworden, hoffe ich, diesen Auftrag kann ich, glaube ich, immer erfüllen, und es macht mir Freude, das zu tun; für einen Mann in meiner Lage schlafe ich ruhig, ich habe Pläne und ich habe Freunde, ich habe auch Feinde, aber mein Gewissen sagt mir, daß es die richtigen sind, ich bin, weiß ich, an meinem Platz, und darum möchte ich ihn behalten. Wenn ich ihn behalten will, muß ich die Abteilung davon überzeugen, daß ich für ihn gut bin, aber nicht für einen anderen, höheren, und daß Untauglichkeit dort nicht die Tauglichkeit hier beeinträchtigt, und ich muß ihr den Argwohn nehmen, ich wollte nun, nach so viel Bewegung, Stillstand, nach so viel Anstrengung Bequemlichkeit, nach langer Jugend nun Altenteil.

Ich muß ihnen dort sagen: Ja, ihr habt mein Diagramm richtig gelesen, aber nun deutet es auch richtig. Zahlen allein ergeben nicht die Summe, bisherige Geschwindigkeit begründet nicht ewigen Fortschritt, vielmal der rechte David Groth macht noch nicht, daß David Groth immer und überall der rechte bleiben muß.

Ich, David Groth, bin heute zwanzig Jahre in der Partei; das hört sich gut an und ist auch gut, aber schimmert nicht auf dieser Zahl ein Glanz, der seine Berechtigung eher zu anderen Zeiten hatte? Damals, als ich eintrat, da war das noch etwas, zwanzig Jahre; da reichte das noch zurück bis in die wilde Mitte der ersten Republik; das waren reißende und zehrende Jahre, diese zwanzig, das waren Jahre, in denen man eben nicht ruhig geschlafen hatte, in denen der Kehlkopf draufgegangen war und die Lunge und der Magen und das Herz nur deshalb nicht zersprang, weil eiserne Bänder es zusammenhielten, weil man wußte: Wenn ich zerreiße, zerreißt so vieles mit mir, mit meinem Fall bricht mehr als ich, mein Herz und meine Kraft gehören nicht nur mir allein.

Wir klatschten Beifall, damals, als ich in die Partei eintrat, wenn es von einem hieß, er sei schon seit zwanzig Jahren dabei, denn wir wußten nun, diese Augen hatten Weimar vom Ettersberg aus gesehen oder Schanghai, als Tschiang noch drin hauste, hatten die Konsulatstreppen von Marseille gesehen und die Stellenbüros von New York und Schweizer Stacheldraht und leere Teller auf Mallorca und den Mohn im Jaramatal und den Rauch von Berlin hinter dem Rauch von Oranienburg und Stalingrad mit Sibirien im Rücken.

Wir wußten dann, wo die Zähne geblieben waren und die Fingerkuppen und diese und jene deutsche Vokabel, und wir wußten, woher das bleiche Haar gekommen war bei Vierzigjährigen und die Starre zwischen Lid und Kiefer, und wir wußten, die blaue Zahl auf dem Unterarm war nicht die Spur von Seemannsulk, und die Härte in Ton und Argument kam vom überzahlten Rechtbehalten und vom allzuoft entrichteten Preis der Schwäche.

Wer zwanzig Jahre dabei war, als ich hinzukam, war so lange in der Partei wie ich auf der Welt, also ein Leben lang. Jetzt aber bin ich seit zwanzig Jahren dabei, und das ist nicht nur lediglich die Hälfte eines Lebens, es ist auch die ganz andere Hälfte eines ganz anderen Lebens.

Nein, ich werde nicht sagen, das eine gilt nichts und das andere gilt alles, auf der einen Seite alles und auf der anderen nichts – so verteilt Harlekin, sagt der liebe Gott im Sanculottenlied, ich will nur den Unterschied nicht übersehen zwischen diesen zweimal zwanzig Jahren.

In meinen ist es eigentlich nie um das Leben gegangen, nur immer um ein gerechteres, nützlicheres, ruhiges, friedliches, anständiges Leben.

In meinem hat auch gezahlt werden müssen, aber die Löcher im Magen, wenn ich welche hätte, Gott behüte, kämen vom Kantinenfraß, vor allem vom ausgelassenen, weil gerade Umbruch war oder ein Rechenschaftsbericht nicht fertig oder ein Bild versaut oder ein Mitarbeiter stur oder ein Chef noch sturer, und die Löcher in der Lunge, wenn ich welche hätte, Gott behüte mich noch mehr, kämen vom Tabakskraut, erst dem groben aus Nachbars Garten und dem nicht minder groben von der Freunde Sowchose und schließlich dem feinen Gemisch mit der Chemie von Dresden, und wären wieder nur die Spuren von verspätetem Umbruch, überzogenen Terminen, überhitzten Debatten, kritisierten Konzeptionen, mangelhaften Vorlagen, verlorenen Wortgefechten und gewonnenen, schweren Entscheidungen und zu leicht gemachten, wären Folgen von Anleiters Mühen und Auswerters Leiden, wären Narben aus dem großen Krieg mit Buchhaltern und Hauptbuchhaltern, Abonnenten und Papierlieferanten, Sekretärinnen und Bezirkssekretären, gelassenen Fachleuten und erregten Laien, Abgeordneten und Abordnungen, Vorgesetzten, Vorsitzenden und Vorsätzen, wären der Rückstand von an zu kurzen Tagen und in zu langen Nächten erkämpftem Fortschritt, wären wunde Punkte, zugezogen im Kampf um das wirkliche, das einzige, das wahre deutsche Wunder.

Das immerhin wären sie, und deshalb teile ich nicht wie Harlekin, mache meine zwanzig Jahre nicht zu einem Nichts, zähle *nicht nicht*, was *nicht* am Ebro geschah und an der Wolga richtigem Ufer, schmähe mich nicht, weil ich für die Sache kein Blut, sondern nur Schweiß vergossen habe, weil ich aus Blei nicht Kugeln goß, sondern Lettern, weil ich aus Papier nicht Flugblätter machte, sondern Zeitungen, weil ich nicht in jenem Klassenkrieg gestanden bin, sondern in diesem.

Denn immerhin, das bin ich. Die »Mühen der Gebirge« kenne ich nicht, wohl aber die der Ebenen. Die wohl, die sehr. Und daß sie zählen, sehe ich ja. Wie anders sonst der ehrenvolle Vorschlag jetzt? Ich wollte nur bitten – ich habe es vielleicht ein wenig zu beredt getan –, man möge die Zahl zwanzig nicht als eine Chiffre für Gloire betrachten; ich habe die zwanzig Jahre nicht überlebt, ich habe sie einfach und ohne besonderen Aufwand erlebt, ich habe gelebt in ihnen als ein Zeitungsmann und Parteimitglied, und sicher heißt das: als ein hart arbeitender Mensch, aber so kann es von ungeheuer vielen heißen, und deshalb frage ich hier noch einmal: Warum nun gerade ich?

Weil ich nicht nur so lange, sondern auch mit solchem Erfolge dabei bin? Weil zuunterst in meinem Kaderpaket »Laufjunge« steht und zuoberst »Chefredakteur«? Ich bitt euch, das ist doch nur der Lauf dieses Teils der Welt. Da weiß ich euch viele. Und ich, ich hatte sogar noch meinen Spaß an dem, wofür ihr mich nun preisen wollt. Nehm ich's genau, so war hier Sport im Spiel und Übermut und der Gedanke, ich sollte einem alten Mann zu einem Schuß Prophetenglück verhelfen.

Sie hatten mich als Laufjungen eingestellt, damals, fünfundvierzig, bei meiner Zeitung, die inzwischen wirklich beinahe meine Zeitung ist; ich war achtzehn, also eigentlich nicht mehr ganz ein Junge, aber ich konnte nichts, was jetzt als brauchbar galt, nur laufen konnte ich und hielt mich für jede Strecke gut und für nichts anderes.

Das erboste meinen ersten Chef ganz außerordentlich. »Waaas«, schrie er, und schon dies erste Wort, das ich von ihm hörte, erschreckte mich sehr, denn er schrie es wirklich, mit Donner und Galle und Katastrophe im Ton, und es schüttelte ihn dabei, als führe ihm ein Strom durch den Leib, mit einer Voltage, ausreichend für die Trennung von Eisen- und Kupfermolekülen, »waaas, als waaas hat man dich einge- stellt, als Lahauffjuunngenn?«

Er brüllte es so, als hätte auf dem Zettel, den ich ihm ge- bracht hatte, gestanden, er habe mich als einen frisch unter Vertrag genommenen Muttermörder anzusehen, als einen soeben bestallten Strauchdieb, als einen nunmehr in Sold genommenen Bauchaufschlitzer, Folterknecht und Würge- engel.

»Ja doch«, sagte ich, leise, aber vernehmbar.

Und er schrie: »Ja doch? – Nein doch! Ums Verrecken: nein! Nie und nimmer! Hier werden keine Lahauffjuunn- genn beschäftigt, hier nicht! Hier ist nicht die Berliner Rundschau, hier ist die Neue Berliner Rundschau! Wir sind hier nicht bei Mosse, wir sind hier nicht bei Scherl, wir sind hier nicht bei Ullstein, wir sind hier nicht bei Hugenberg, wir sind hier … bei wem sind wir hier?«

»Bei der Neuen Berliner Rundschau«, sagte ich.

»Gut«, sagte er, jetzt ruhig und freundlich, »und die be- schäftigt keine Lauffjunngen« – das Wort zischte wieder ge- fährlich –, »die Neue Berliner Rundschau beschäftigt Boten, und dies hier ist die Botenmeisterei, und ich bin der Boten- meister. Und was bist du?«

»Ich bin ein Bote«, sagte ich.

»Nein«, sagte er, »du bist nicht ein Bote, du bist der Bote. Und weißt du, was ein Bote ist?«

»Ein Bote ist einer, der lau… einer, der Botengänge macht.«

»Ggäännge!« brüllte er. »Davon kannst du höchstens träu- men. Gehen darfst du nach Feierabend, gehen darfst du ins Bett, gehen darfst du auch zu deiner Regislinde, wenn du eine hast, und wenn du eine hast, dann laß es mich hier nicht merken, hier aber gehst du nicht, hier bist du Bote, und was machst du da?«

»Ich eile vielleicht«, sagte ich.

»Du eilst bestimmt«, sagte er und war wieder leise und freundlich, »aber Eilen ist nur die Grundform deiner Tätigkeit bei der Neuen Berliner Rundschau, Eilen ist das äußerste an Ruhezustand, was ein Bote erreichen kann, Eilen ist ein noch mit Moder behafteter Ausgangspunkt, Eilen ist eine Daseinsweise, die von dürftig verhehlter Faulheit zeugt, Eilen ist nur ein Anfang mit noch angezogenen Bremsen. Du eilst nicht, Bote Groth, du fliegst, und zwar, solange du dich noch einarbeitest, mit Lichtgeschwindigkeit.«

»Wenn man bedenkt, daß ich hier neu bin«, sagte ich, »ist das ganz schön schnell. Und was kommt dann? Ich meine beinahe, ich kenne keine höhere Geschwindigkeit.«

»Du kennst keine, natürlich nicht, woher solltest du auch«, sagte er und legte mir die Hand auf den Kopf, »du bist ja noch neu bei der Neuen Berliner Rundschau, da helfe ich dir ein: Die höchste und einzig akzeptierte Geschwindigkeit eines Boten ist die Botengeschwindigkeit. Ein Beispiel: Im merkwürdig organisierten Kopf der Herausgeberin der Neuen Berliner Rundschau beginnt sich ein Einfall zu formen, ein trüber Einfall. Er lautet: Man müßte einmal nach der Botenmeisterei sehen, man müßte einmal herausfinden, was die da so treiben. – Ein Frosch von einem Einfall, aber noch während er nur eine Kaulquappe ist, ein wackeliger Ansatz zu einem wackeligen Entwurf, geschieht nun was in der Botenmeisterei? Der Bote spricht leise vor sich hin, eben noch hörbar und unaufdringlich, damit kein Verdacht aufkommt, er sei ein Besserwisser und es sei überhaupt nötig, daß er spricht: ›Mir scheint, die Chefin kommt.‹ Darauf, aber nicht etwa daraufhin, nimmt der Botenmeister die müden Beine vom Stuhl, öffnet die müden Augen, reckt die müden Arme und regt seinen müden Leib, und dazu spricht er: ›Die Chefin kommt – beweg dich!‹ Und mit welcher Geschwindigkeit bewegt sich nunmehr der Bote?«

»Mit Botengeschwindigkeit«, sagte ich.

»Gut«, sagte er, »und wie schnell also ist das: Botengeschwindigkeit?«

»Die ist schneller als der Einfall einer Herausgeberin«, sagte ich.

»Nicht schnell genug«, murrte er und brüllte mir dann ins Ohr: »Sie ist schneller als ein Gedanke.«

Nach dieser Belehrung, die mich nicht wenig verwirrt hatte, setzte er sich auf einen vergoldeten Polsterstuhl und betrachtete mich so lange und so eindringlich, daß ich ins Schwitzen geriet. Dann spie er noch einmal das Wort Laufjunge aus, rieb es mit der Schuhsohle in die Dielen und hielt mir einen kleinen Vortrag: »Ein Bote ist, wenn man die Abweichungen von der Norm außer acht läßt, der Überbringer einer Botschaft. Er hat mit dem Inhalt des von ihm Überbrachten nichts zu tun, wird dennoch aber oft mit ihm identifiziert und lebt also nicht ungefährlich, wenn man davon ausgeht, daß schlechte Nachrichten ihren Adressaten in einen Zustand der Erregung versetzen können, Dschingis-Khan zum Beispiel. So ist es besser, der Bote weiß, was er trägt, da kann er sich vorbereiten und sogar ein Held werden, Marathon zum Beispiel. Ein Bote kann rechtzeitig kommen und Schlimmes verhüten, eine Hinrichtung zum Beispiel, das ist meistens im Theater. Ein Bote kann auch zu spät kommen, da wird es eine Katastrophe, Pearl Harbor zum Beispiel, wo der japanische Botschafter der Bote war, der kam aber vorsätzlich zu spät. Botschafter ist eine höhere Stufe von Bote, was aber ist die höchste Stufe von Bote?«

»Ich nehme an«, sagte ich, denn er ging mir nun langsam auf die Nerven, »die höchste Stufe ist erreicht, wenn man Bote bei der Neuen Berliner Rundschau ist.«

Er schoß von seinem Stuhl hoch und hatte mich, ehe ich ausweichen konnte, am Ohr erwischt. Ich hielt still, denn ich wußte, daß ich frech gewesen war, er aber sagte: »Volltreffer! Verstandesgaben, Verstandesgaben! Du wirst hier noch mal Chefredakteur, wetten, daß du es nicht wirst?«

»Wetten!« sagte ich, und wir schlugen ein, und als ich meine Wette gewonnen hatte, lebte er noch, aber jetzt ist er tot. Übrigens habe ich ihm verheimlicht, daß ich auch einmal Laufjunge gewesen bin. Für eine Apotheke, in Ratzeburg – der mieseste Posten meines Lebens. Ich lief nicht, ich fuhr mit dem Dienstrad, und zu erben war nicht viel dabei. Wenn die Kranken im Bett lagen, schickten sie ein Kind an die Tür oder den lieben Ehemann, dem seine Begeisterung anzusehen war, oder man hatte Dienstboten, und die gaben schon gar nichts. Wenn die Kunden aber selber herumlaufen konnten, dann freuten sie sich entweder so sehr über das endlich eintreffende Migränepulver, daß sie mich völlig darüber vergaßen, oder sie sahen in mir den, der ihnen diese scheußlich schmeckenden Tropfen brachte, und da auch noch ein Trinkgeld, na! Und die Apotheke erst! Für die Mädchen im Labor war ich zu klein und zu häßlich, und dem Chef war seine Frau zu alt und zu häßlich, außerdem hatte er ihretwegen ein Extraschloß an die Lade mit dem Morphium legen müssen; da war ein Prügelknabe immer willkommen.

Von so einem Posten kann ich nur abraten. Dann lieber Brötchen austragen, obwohl das so schrecklich früh sein muß, oder für einen Gärtner arbeiten. Bei dem Gärtner war ich gern; mit Blumen war man immer willkommen, und selbst wo man Kränze abliefern mußte, wurde einem noch etwas zugesteckt, Trauer macht weich, und Erbschaftsaussichten lockern die Groschen.

Ich habe gesagt, der Apothekendienst sei mein miesester Posten gewesen, aber da fällt mir ein, das stimmt nicht. Noch schlimmer war es bei Frau Brest. Die wohnte drei Treppen hoch und konnte nicht gut laufen und hatte einen Kater. Ich mußte zweimal in der Woche nach der Schule zu ihr und die Kohlenkiste füllen und die Katerkiste leeren. Ein Gestank! Was das Tier binnen drei Tagen mit dem frischen Sand, den ich ihm in die Kiste gefüllt hatte, anstellte, beschreibe ich lieber nicht. Und das für zehn Pfennig, also zwanzig in der Woche. Und die Frau Brest hatte sich vielleicht! Da durfte kein

Steinchen in dem Sand sein, denn der Kater hatte so einen Zarten, und feucht durfte der Sand selbstverständlich auch nicht sein, obwohl er auf dem Hof lagerte, und manchmal regnete es eben. Ich bin aber von Frau Brest ohne viel Worte weggekommen. Ich hab ihr in die Kiste geschissen, frischen Sand draufgefüllt, und den Rest hat der Kater besorgt.

Der kurze lange, steile Weg vom Laufjungen zum Chefredakteur gibt der Obersten Abteilung gut von mir zu denken, und ich muß ihr klarmachen, daß der Weg mir nun steil und lang genug ist. Die sehen das alles zu positiv.

Klar bin ich lange genug in der Partei, klar war ich ein Arbeiterjunge, klar habe ich studiert, aber was bleibt einem in diesem Lande schon anderes übrig, wenn man erst einmal ein bißchen Köpfchen vorgezeigt hat!

Abendstudium, sechs Jahre nebenher, wenn man das hinter sich hat, ist man so erledigt, daß man sich nicht einmal richtig darüber freuen kann. Und man weiß, man hat nur eben den Zipfel der Serviette erwischt, die ganze herrliche Mahlzeit Wissenschaft kriegt man nie zu Gesicht. Ich hätte richtig studieren sollen, aber ich konnte mich von der Zeitung nicht trennen.

Das mach ich nebenher, hab ich gesagt, und beinahe hätte es mich untergekriegt. Ich habe es wirklich nebenher gemacht, aber obenhin sollte es auch nicht sein, und das mag der Kreislauf gerne. Niemand würde glauben, daß ein Journalist so viel lernen muß, wenn er auf ein Diplom aus ist, und, ehrlich, an unseren Zeitungen ist es auch nicht immer so zu erkennen. Aber es ist schrecklich viel, und wenn man nur nach dem sogenannten Feierabend dazu kommt, also dann, wenn man kaum noch Öl auf der Lampe hat, frißt es einen schier auf – es laugt dich aus, es ersäuft dich, und es drückt dich zu Boden mit Lawinenkraft. Das vor allem. Während du dir mühselig A eingeprägt hast, sind längst BCDEFGHIJKLMNOPQRSTUVWXYZ hinzugekommen, und ohne die, meinst du, hilft A dir gar nichts. Also gehst du B an, und während du dabei bist, wälzt sich neues heran, diesmal von Alpha bis Omega. Sisyphos heute wäre Fernstudent.

Geschichte zum Beispiel ist Hauptfach für einen Journalisten. Das leuchtet ein, aber da geht es schon los: nehmen wir Kuba. Als ich mit dem Fernkurs begann, war Kuba eine sehr ferne Insel mit einem sehr fernen Diktator namens Batista, irgendeinem Batista in einer Welt voller Batistas, das war achtundfünfzig. Als ich aber sechs Jahre später und schon beinahe als ein graues Haupt unter den Chefredakteuren ein Papier bekam, das mich als einen nunmehr richtigen, weil studierten Journalisten auswies, lag die karibische Krise schon wieder anderthalb Jahre zurück, und Sozialismus gab es nun auch auf amerikanisch. In diesen Jahren erschienen sechsmalzweiundfünfzig Nummern meiner Zeitung, in deren Impressum schon, wenn auch an verschiedenen Stellen, mein Name stand, und in mindestens sechsmalzwanzig Ausgaben berichtete die Neue Berliner Rundschau über Kuba. So kam es, daß ich am Tag über die Schweinerei in der Schweinebucht las und schrieb und am Abend, der oft genug erst um Mitternacht begann, etwas über andere Schweinereien, zum Beispiel die des älteren Roosevelt und seiner Rauhen Reiter erfuhr. Redigierte ich bei Taglicht einen Artikel über das neue Schulsystem Havannas, so notierte ich mir unter der Schreibtischlampe etwas über die Sklavenaufstände in Matanzas. Und eben umgekehrt: Hatte ich gerade etwas über die erste kubanische Republik begriffen, die es fast fünfzig Jahre vor der ersten deutschen gegeben hat, so gab es schon wieder eine neue Tatsache über die erste sozialistische in Amerika. Cortés' Raubsprung von Kuba nach Mexiko und Castros erster Flug nach Moskau erfolgten in meinem Kopf zur gleichen Zeit; Fidels »Granma« landete vierhundertvierundsechzig Jahre nach Kolumbus' »Santa Maria« auf Kuba, und so verschieden kann zweimal Eroberung sein; in meinem Hirn aber drängten sich beide Daten in derselben Zelle, und die Bahnen des Allan Dulles und des Piraten Piet Heyn kreuzten sich in ihm. Das aber war nur Kuba, ein bedeutender, doch winziger Punkt auf einer Geschichtstafel voll von Hussitenkriegen, Katalaunischen Feldern, Engländern am Bosporus, Deutschen in Libyen, Schüssen in Texas, roten Fahnen in Kanton, Führerhauptquartieren, rheinischen Demokraten, sächsischen Kommunisten, Fuggern und Welsern, Suffragetten, Aktivisten, Bolschewiken und Kinderpäpsten.

Und das war nur Geschichte, in summa ein Band allenfalls von zwanzig dicken Brockhaus-Bänden, und ein Blick hier und da in die anderen neunzehn war ausdrücklich erwünscht, wenn es denn unbedingt ein Diplom sein sollte.

Von mir aus wäre es ohne das gegangen, es ist schließlich all die Jahre ohne das gegangen, aber nein, es gab da einen Beschluß, und schon schleppten sie dich auf die Galeere – discere necesse est.

In diesem Land herrscht Diktatur. Wir stöhnen hier unter dem Zwangsregime der Wissenschaft. Hier wird man mit der Leselampe gefoltert. Die Despotie preßt uns in die Gelehrsamkeit. Der Druck bedient sich des Buchdrucks. *Quali*fizierung – das Wort schon sagt es. Theorie ist die Praxis hiesigen Terrors. Forscher zimmerten unser Joch. Lehrer bewachen unsere Schritte. Unser Profoß ist Professor. Wir führen ein Hirnzellendasein. Für Denken gibt es ein Soll. Wir sind die kybernetisch besetzte Zone. Wir sind ein einziges Schweigelager: Ruhe, Vater muß lernen, und nochmals Ruhe, Mutter auch! Nun gut, ich habe mich gebeugt und bin ein Chef mit Diplom, aber mein Argwohn spricht: Ein Minister geht nicht mehr lange ohne Doktorhut.

Schon darum will ich nicht Minister werden und kann auch nicht. Ich bin jetzt vierzig Jahre alt und brauche manchmal schon zweimal Lesen für ein und denselben Satz, aber von Weisheit trennen mich noch dreißig Jahre, um nur von der Zeit zu reden. Mein Gott, kann man denn hier nichts in Ruhe zu Ende machen? Früher begann man als Lehrer und endete als Lehrer, aber als was für einer! Man wurde bei einigem Geschick mit jungen Jahren Tischlermeister, und auf seinem Grabstein stand immer noch Tischlermeister. Aber das war auch einer! Man kam zur Straßenbahn und blieb da auch.

Aber wie man da fuhr! Hier fürchtet man sich beinahe schon vor der Begegnung nach drei Jahren: Was denn, immer noch Straßenbahner?, und man spürt: Verkehrstechniker war das mindeste, was von einem erwartet worden war. Hier werden alle Verkehrstechniker, warum du nicht, was ist los mit dir?

Los mit mir ist, daß ich vierzig bin und nur noch von einem Superlativ träume: Ich möchte Chefredakteur sein, und zwar von der besten Illustrierten der Welt. Ich träume in die Tiefe, nicht in die Höhe. Ich weiß, daß wir nicht viel haben, und ich will das Wenige so wertvoll wie möglich machen. Ich will so lange auf die Kohle pressen, bis sie Diamant geworden ist. Und ich will den Diamanten so lange schleifen, bis man sich um ihn reißt, von Irkutsk bis Houston. Das geht nicht ohne Wissenschaft, ich weiß. Aus derselben Menge Stahl kann man einen Amboß machen oder eine Drehbank; im Gewicht werden sie einander gleichen, nicht aber im Preis, und das Mehr an Preis kommt her von angewandtem Wissen und angewandter Wissenschaft. Nun laßt mich mein Wissen und meine Wissenschaft anwenden! Nun laßt mich mit meinem Pfunde geschulten Hirns planmäßig wuchern! Laßt mir die Neue Berliner Rundschau und verschont mich mit der Leiterpflicht im Republikmaßstab!

Was kann denn ich für die Daten in meinem Lebenslauf und dafür, daß sie euch freundlich stimmen, weil sie schon beinah ein Muster sind? Was kann ich für all das Positive hinter den Fragen, die euch und uns allen so wichtig sind? Herkunft – Arbeiterklasse; Alter – in den besten Jahren; politisch organisiert – schon lange und historisch richtig; Auszeichnungen – diverse; fachliche Kenntnisse – durchaus und gediegen; Familienstand – in Ordnung.

In Ordnung heißt bei meinen Jahren: verheiratet. Verheiratet heißt, wenn nichts Gegenteiliges bekannt: glücklich verheiratet.

Mein Glück heißt Fran, weil Fran »Franziska« nicht ausstehen kann. Aber was kann ich für die?

Immer wieder ist Regen im Spiel. Regen macht lustige

Unordnung. Regen dunkelt und hellt Farben auf und verteilt die Lichter anders. Regen paßt fast zu jedem Haar, aber einmal entdeckst du, daß er zu kurzem schwarzem am besten paßt und zu grauen Augen, und da sagst du es.

»Bei diesem Wetter gefallen Sie mir.«

»Das trifft sich – es wird länger dauern, hieß es im Radio.«

Sie ging in die Ecke zu den Kunstbüchern, von denen ich nichts hielt. Ich las nur Romane und Erinnerungen, Gedichte nie, und Bücher mit Bildern waren mir ein Greuel. Bei Geschonnek gab es auch fast nur Romane. Ich hatte das Mädchen noch nie bei ihm gesehen. Ihr linker Strumpf war bespritzt, die Naht saß natürlich schief, der Saum ihres Trenchcoats war über die eine Kniekehle nach oben gerutscht, das Unglück begann am Gürtel.

»Ist die neu bei euch?« fragte ich den jungen Geschonnek, und er nickte und schielte weiter. Sein Alter döste am Postkartenstand. Ihr Trenchcoat war den halben Rücken hinunter naß; das machte ihre Schultern vielleicht breiter, als sie waren – alter Trick, zu weiter Mantel, zu enger Gürtel. Die kurzen Haare waren auch ein alter Trick, Hals ist was Zärtliches. Flache Absätze – die kann's vertragen, lang genug, vielleicht ein bißchen zu. Mal rangehen, vergleichen. Ich kann es nicht leiden, wenn sie von oben runtergucken, machen sie so schon genug.

»Sie sind wohl noch im Bilderalter?«

»Wie Picasso.«

»Sie sind ein bißchen groß für mich, finden Sie nicht auch?«

»Was machen wir denn da?«

Gleiche Augenhöhe, das ging gerade noch; graue Augen, nichts Sensationelles, aber nett. Ich drehte ab und murmelte: »Vielleicht fällt mir was ein.«

Ich wartete draußen auf sie … Der junge Geschonnek brachte sie an die Tür und schielte, als er mich sah. Sein Alter war nun wach hinter dem Postkartenstand.

Ich ging neben ihr her. »Hatten wir das Wetter schon behandelt?«

»Fangen Sie an«, sagte sie, »sagen Sie: Scheußliches Wetter, oder zeigen Sie mir, wie furchtlos Sie sind, sagen Sie Scheißwetter, sagen Sie es etwas rauh.«

»Nie«, sagte ich, »ich spreche nie so vom Regen. Ich mag ihn.«

»Bitte nicht«, sagte sie, »ich weiß es ja: Regen macht lustige Unordnung, Regen dunkelt und hellt Farben auf und verteilt die Lichter anders, Regen paßt zu meinem Haar, und zu meinen Augen erst, wußte ich das schon?«

»Verlobt gewesen?«

»Weder Perfekt noch Imperfekt noch Präsens«, sagte sie und lachte mich an, und ihre Augen waren ungefähr in Dachfirsthöhe.

»Ich hab kein Abitur«, sagte ich. »David Groth, auch wedernochnoch, fünfundzwanzig, Redakteur, zur Zeit krank geschrieben, drei Rippen gebrochen – ich habe ein Motorrad; wenn es trocken ist, fahre ich Sie einmal.«

Als meine Rippen wieder hielten und die Sonne wieder schien, bin ich mit ihr nach Lanke gefahren. Sie hieß Fran und war Fotografin, doch geheiratet haben wir erst drei Jahre später, und davor waren wir einmal sehr lange sehr weit auseinander, und davor noch waren wir ein paarmal sehr nahe beieinander. Noch bevor wir nach Lanke gefahren sind und noch bevor der Regentag mit Geschonneks Büchern zu Ende war.

»Sie können mitkommen«, sagte sie, »ich hab ein Glas Leberwurst. Meine Mutter wohnt in der Börde.«

»Das ist in jeder Hinsicht schön«, sagte ich.

Sie war auch in jeder Hinsicht schön. Manchmal machte sie die Augen zu, aber nicht immer. Manchmal hielt sie die Zunge still, aber nicht immer. Manchmal lag sie ganz ruhig da, aber lange nicht immer. Ich konnte mich in ihren Augenwinkeln verlaufen, und ich verirrte mich in all ihrem Haar, und so viel schnell vergehende Herzfehler hatte ich nie, und ich bedaure alle, die vor mir schon den Atem eines Mädchens beschrieben haben, und ich weiß seither, wie kaltes Wasser schmeckt, weil ich seither weiß, was Durst ist und Freiheit und Selbstverständlichkeit.

»Du«, sagte ich, »ist ›Fran‹ aus einem amerikanischen Film?«

»Nein, das ist aus der Börde, wo sie mit der zweiten Lautverschiebung nicht ganz fertig geworden sind. Da darf man nicht Franziska heißen.«

Mit ihr konnte man nichts falsch machen. Bevor man es tun konnte, hatte sie das Richtige getan, und so, daß einem war, als hätte man es selbst so machen wollen.

Sie hat mich in ihr Zimmer genommen, hat mir das Glas zum Öffnen gegeben, hat einen komischen Börde-Tee gekocht, hat geredet wie ein Nachbarskind und mich von dem Ehrgeiz befreit, so zu reden wie Hopalong Cassidy und um Gottes willen nicht wie der junge Werther, hat etwas von Goya gewußt, aber nicht so, daß es mir peinlich war, hat mich geküßt, als ich mich noch fragte, ob man das dürfe, mit Leberwurstgeschmack im Mund, hat gesagt, nein, sie trüge nie ein Hemd, als ob es das gewesen wäre, was mir den Atem verschlug, hat mir erzählt, wie ihr so war, als ihr so war, hat mir gezeigt, daß nicht vorbei war, was eben vorbei war, hat mir zu trinken gegeben bei diesem Durst und dem anderen und hat danke gesagt, ja, wirklich, sie hätte nun wirklich Durst gehabt, und danke auch. Mit Fran konnte man glücklich sein, ich bin es noch, bin es wieder, aber dies alles interessiert wohl nicht so sehr in der Obersten Abteilung. Oder?

Wenn es in Ordnung ist, interessiert es nicht. Privat vielleicht, aber nicht dienstlich. Jedoch weiß ich keinen dort in der Abteilung, der diese Unterscheidung gelten ließe. Auf dieser Ebene gehen nicht nur die Uhren anders, weil die Arbeit erst getan ist, wenn der Beschluß vorliegt, hier ist auch nicht mehr trennbar, was bei unsereins noch unter verschiedenen Rubriken läuft, berufliche und gesellschaftliche Tätigkeit zum Beispiel, und einfach unvorstellbar ist, Mücke etwa oder Wolfgang oder einer der anderen könnte zu ein und derselben Sache zweierlei Meinungen haben, dienstlich die eine und im Privaten dann noch eine andere.

Unvorstellbar? Mir unvorstellbar jedenfalls, zumindest, wo es um Wichtiges geht. Natürlich, auch sie werden Sachlichem den Vorrang geben und dennoch nicht auf den eigenen Geschmack verzichten; wenn Politik und Wohl des Staates es wollen, werden sie das Erforderliche tun, ohne in jedem Falle zu glauben, Erforderliches und Wünschenswertes seien unbedingt dasselbe.

So weiß ich, wie Xaver Frank über das Boxen denkt. Xaver ist der Mann, den man fragt, wenn es in der Abteilung um Sportsachen geht. Er kennt die Trainer und Klubpräsidenten, die Schanzenbauer und Hallenwarte, die Rekordhalter und die Rekordlisten, vor allem die internationalen. Auch Sportfragen sind Leitungsfragen, und so sind da ein paar Antworten mehr, die von der Abteilung erwartet werden. Xaver hilft dann; er kennt sich wirklich aus, und man hört auf ihn. Nur in Boxangelegenheiten hört man nicht auf ihn, ganz einfach, weil dann nichts von ihm zu hören ist. Da schweigt er. Er hat einmal seine Meinung gesagt, und seitdem ist er raus bei dem Thema. Er stimmt zwar am Ende mit ab, aber nur nach strikt politischen Gesichtspunkten, er tut dann so, als handle es sich um einen Keglerchef oder den neuen Leiter der Fechterequipe. Er hat es mir so erzählt. Wir hatten einen Bericht über unsere Olympiakader gebracht, und Xaver trug die Zeitung in der Tasche, als er zu uns in die Redaktion kam.

»Ich wollte schon immer mal sehen, wie ihr so was macht«, sagte er, »nun komme ich gerade vorbei.« Das genügte ihm als Erklärung. Dann legte er die Nummer mit den Boxbildern auf den Tisch. »Und nun zeigt mir die anderen Fotos, die, die ihr nicht gebracht habt.«

Die Bilder wurden geholt, und er betrachtete sie angewidert. Er zeigte auf die Aufnahme eines Mittelgewichtlers kurz nach dem Niederschlag. »Ist der tot?«

»Aber nein, der ist nur k. o.«

»Woran sieht man das?«

»Das sieht man doch!«

»Wieviel Leichen hast du denn schon gesehen?«

»Na, diese und jene.«

»Und warst du schon mal k. o.?«

»Nicht vom Boxen.«

»Der sieht wie tot aus«, sagte er und schob das Bild über den Tisch, »und der ist auch ein Stück tot. Ausgeknockt – feiner Ausdruck! Ein Stück totgeschlagen, wäre richtiger. Bewußtlos geschlagen, das ist das Letzte. Weißt du, wieviel Angst die Ärzte haben, es könnte ihnen einer bewußtlos werden? Weißt du, was sie anstellen, um dir deine Leber zu erhalten? Kennst du ihren Kummer mit unseren Nieren? Hast du eine Ahnung, wie die sich abstrampeln wegen ein bißchen mehr Leben für uns alle? Und da stellen wir zwei Jungens in einen Ring und sagen ihnen: Nun haut euch mal, und wer den anderen ein Stück tot kriegt, der hat gewonnen!«

Hans Bammler, der Sportredakteur, dem der Besuch ebenso in die Gräten gefahren war wie mir und der gedacht haben mochte, ihm sei im Kommentar ein kapitaler Fehler unterlaufen, gesamtdeutsche Illusionen oder so, sagte endlich auch etwas: »K. o. wird immer seltener, und die Bestimmungen für R. S. C. werden immer schärfer, und die verordneten Pausen nach einem Niederschlag werden immer länger – es wird doch aufgepaßt!«

»Ja«, sagte Xaver, »und nach dem ersten Gong wird aufgepaßt, wer dem anderen die meisten Dinger an den Kopf ballert, der ist dann besser.«

»Mit Handschuhen«, warf Hans ein.

»Immerhin mit Handschuhen«, sagte Xaver, »soweit sind wir doch schon. – Weißt du, daß die Gerichte die Faust eines Boxers als tödliche Waffe definieren? Ein Gewehr ist auch eine tödliche Waffe, aber wenn du es mit Platzpatronen lädst, hast du das Gewehr noch lange nicht harmlos gemacht. Und der Effekt eines Boxhandschuhs ist da weit geringer.«

Wir saßen ratlos da, während Xaver Frank sich in meinem Büro umsah. Dann zeigte er auf das Radio im Regal und sagte: »Genosse Groth, tu mir einen Gefallen, bring mal den Apparat rüber.«

»Die Schnur reicht nicht.«

»Ohne Schnur«, sagte er, »ich meine, du brauchst den Kasten nicht anzuschließen.«

Ich stellte das Gerät vor ihm auf den Tisch.

»Hast du gesehen«, sagte Xaver zu Hans, »hast du gesehen, wie er damit umgegangen ist? Hast du gesehen, wie dein Kollege das Ding auf der Tischplatte gelandet hat, so, als ob es anders explodieren könnte? Du würdest es ebenso machen, ich auch. Alle gehen so mit ihren Radios um, und mit diesen blöden Fernsehern erst. Und warum? Das weiß jeder: Diese Sachen sind teuer und empfindlich. Das vor allem. Da sind schreckhafte Röhren drin und zarte Lötstellen, ein kompliziertes Gewirr von lauter Rührmichnichtans, nicht rütteln, nicht schütteln und auf keinen Fall schlagen. – Nur einem Menschen vorsätzlich aufs Jochbein klopfen, das geht; ihm einen Zentner Faust auf das Ohr setzen, das läßt sich vertreten; ihm so auf das Auge knallen, daß manchmal die Handwurzel bricht, darüber läßt sich reden! – Mit mir nicht! Ich bin im vorigen Jahr ein bißchen hart gegen die Frontscheibe gestoßen, da haben sie mir vier Wochen Bettruhe verordnet und außerdem, daß niemand mehr vorne sitzen darf, auch wenn es ihm Spaß macht, aber in diesem angeblichen Sport ist die Gehirnerschütterung eingeplant, und fürs Körperverletzen gibt's Titel. Wenn die dann noch wenigstens Verdienter Meister im Körperverletzen lauteten, aber nein, ist ja Sport!«

Hans und ich saßen stumm vor diesem Ausbruch, dann fragte ich: »Ist das eine neue Linie? Wird Boxen abgeschafft?«

»Unsinn! Das ist nur meine persönliche Meinung; ich wollte sie mal gesagt haben. Man wird ja wohl noch irgendwohin gehen und seine Meinung sagen können, ohne eine Linie hinter sich zu lassen.«

»Aber du bist Abteilungsmitglied. Wie diskutiert ihr denn da über so etwas?«

»Das liegt lange hinter uns. Manche sind für das Boxen, manche sind dagegen, aber solange Boxen olympische Disziplin ist, machen wir mit. Wieder eine Sache, die bis zum Kommunismus Zeit haben muß.«

»Da wird das abgeschafft?« fragte Hans, fast empört.

»Wenn es nach mir geht«, sagte Xaver. »Aber dann müßte es auch nach mir gehen, daß ich hundert Jahre alt werde, oder besser hundertfünfzig. – Dann jedenfalls wird es nicht mehr nötig sein, daß wir zehn Jungens auf die Reise schicken mit dem Auftrag, anderen zehn Jungens und mehr die Nasenbeine zu zertrümmern und das Sonnengeflecht zu ruinieren, damit der Medaillenspiegel anzeigt, daß wir da sind. Dann sind wir da, Gleiche unter Gleichen, und haben keine Ellenbogen mehr nötig und die Fäuste nicht für so was. Und die Scheiß-Raketen auch nicht, um mal von etwas zu reden, was uns noch ein klein wenig mehr Sorgen macht als eure edlen Faustkämpfer. Aber jetzt gehe ich. Knipst mal wieder 'n paar Turnerinnen.«

Wir brachten ihn noch auf die Straße, dann fragte Hans: »Was wollte er nun eigentlich?«

»Du, Hans«, sagte ich, »manchmal muß einer einfach mal was sagen.«

»Stimmt schon«, sagte er, »aber der auch?«

Eine merkwürdige Frage – merkwürdig vor allem deshalb, weil wir sie alle stellen, immer wieder. Unter uns und um uns liegt das Reich der Selbstverständlichkeiten, über uns aber beginnen Mysterien. Wir schleppen einen uralten Aberglauben mit: Unsere Oberen sind anders als wir; sind sie nicht gleich Götter, so sind sie doch uns anderen Menschen nicht ganz gleich. Sie kommen aus demselben Stroh wie wir und müssen doch anders sein, sagen wir, weil sie über uns stehen.

Dämpfen wir den Neid auf diese Weise, berufen wir uns auf Natur und Wunder, damit uns unsere Rolle erträglicher werde, bedarf die Unterordnung dieser Einrede? Und bedarf unsere Ordnung dieses Gespinstes zu ihrem Halt?

Aber wenn Köhlerglaube noch Platz in unseren Köpfen findet, so doch nur, weil kein besseres Wissen ihm den Einzug verwehrt oder weil es zu schwach ist, dem Nebelspuk standzuhalten.

Denn Spuk ist es, oder benennen wir es aufgeklärter: bloße Vorstellung, pure Einbildung, reine Erfindung und böses Erbe.

Das vor allem. Tradition reitet uns; wir gehen noch an der Trense des Herkömmlichen; Altväter Denksitte führt da die Zügel.

Und das sollte uns befremden, beunruhigen, stören, wecken: He, laßt uns aufwachen, wir sind jetzt in dieser Welt und nicht mehr in jener! Wir werden von unsereins regiert. Und unsereins hat seinen Auftrag nicht von Gottvater oder irgendeinem mehr fleischlichen Erzvater verordnet bekommen, unsereins war nicht schon als quiekender Infant Gardekommandeur, unsereinem sagte keine Stimme aus dem Dornbusch vor, unsereinen hat kein Gotha vorgesehen und überhaupt, was die Vorsehung anlangt, so war sie, wo es um unsereins ging, weitgehend mit Blindheit geschlagen.

Die Heraldiker sind böse mit uns: Wir haben sie brotlos gemacht – die auch; ihnen bleibt nur der Blick zurück, und uns bleibt ihr Zorn, denn wir können nicht dienen mit Zepter und Kron, Reichsapfel und Hermelin, den Insignien der Hochgeburt; wir sind nicht einmal Wohlgeboren, unsere Ahnen geben nichts her für Schildereien, die Erkennungszeichen weithergekommener Macht. Unsere Stammbäume blieben ungemalt, da keine Wappen in ihren Zweigen hingen; da baumt kein Aar auf knorrigem Ast, kein Falkenauge blitzt diamanten, kein gefiederter Doppelkopf bezeugt das Fabelhafte unseres Daseins, kein Greifenhaupt erklärt uns für sagenhaft, kein Drachenflügel gibt vor, wir kämen aus dem Märchenreich. Wir sind, was das angeht, ohne Vergangenheit.

Unvergessen daher die Geschichte, deren Ohrenzeuge man wurde am Abend nach einer Tagung im kleinen Saal von Cecilienhof zu Potsdam, Musik von Corelli darunter: Saßen da Schriftsteller, Anfänger und Angekommene, tranken Lindenblättrigen, wußten nicht mehr viel zu sagen, denn auf der Sitzung war ihnen vieles gesagt worden, hörten mit halbem Ohr ins Settecento, hatten eben noch einen müden Augenblick für das nachgedunkelte Ritterwesen in Preußenöl und rieben rekelnd Absatzspuren auf hohenzollernsches Parkett, da sprach Ludwig Renn, der von Golßenau, einziger Adelssproß unter schreibenden Ex-Bürgern und Ex-Proleten, sprach zu Müller oder Mickel oder Bräunig, einem der Jüngeren jedenfalls und jedenfalls sehr Mageren und Ahnenlosen, sprach es wohl nach einem stillen Vergleich zwischen einem der abgeschilderten Kurfürsten und dem neben ihm sitzenden Schreiber: »Du bist ja auch so 'n Dünner. Ich bin auch so 'n Dünner. Waren sie bei euch alle so dünn? Bei uns waren sie alle so dünn.«

Während der Jüngere noch mit der Ehre solcher Gemeinsamkeit und dem Thema zurechtzukommen suchte, schickte Ludwig Renn einen kontrollierenden Blick in die Vergangenheit und ergänzte dann: »Das heißt, warte mal, im siebzehnten Jahrhundert hatten wir mal einen, das war mehr so ein Dicker.«

Im siebzehnten Jahrhundert – also zweihundertfünfzig bis dreihundertfünfzig Sommer und Winter zurück –, da hatten die mal einen, der mehr so ein Dicker war, einen dicken zwischen lauter dünnen Golßenaus, einen einzigen, der sich stämmiger ausnahm in einer Legion von aufgeschossenen Kämmerern, Mundschenken, Fahnenjunkern, Generälen und Kadetten, einen einzigen, der eines der ungezählten Holzgevierte im Barock-, Rokoko-, Biedermeier- und Jugendstil auf natürliche Weise ausfüllte, einen einzigen solchen hatten die gehabt, dreihundert Jahre zurück, aber sie wußten es.

Unsereins hatte spätestens mit dem Urgroßvater Schwierigkeiten: War das nun der Töpfer oder der Scherenschleifer gewesen, war er aus Nürnberg nach Holstein eingewandert, oder war das der aus dem Heidedorf? Manchmal, wenn nicht allzu viele äußere Unruhen allzuviel häusliche Unordnung gebracht und allzu viele Fluchten eiligen Aufbruch und leichtes Gepäck gefordert hatten, manchmal dann fand sich bei unsereins noch ein nach der verfeinerten Technik des Herrn Daguerre belichtetes Stück Pappe, einen steifen Mann mit Schnauzbart und eine meist viel kleinere Frau in steifer

Bluse zeigend und umseitig die in steifer deutscher Schreib-schrift gefertigte Mitteilung enthaltend, es handle sich bei den nun wiederum umseitig abgebildeten Personen um den Christoph Groth nebst seiner Ehefrau Friederike, geborene Stellmacher, festgehalten vom Lichtbildner Murza anläßlich der heilen Rückkunft des Erstgenannten aus der großen Schlacht bei Sedan im Kaiserjahr achtzehneinundsiebzig.

Manchmal gab unsereinem eine Urkunde Bescheid, daß ein Mann namens Gottfried Groth im Lauenburgischen zehn Acker Land erworben habe, ein Ludwig Groth zu Lehrte das Sargmachen erlernt, ein Gotthelf Groth es bei den Grenadieren zum Gefreiten gebracht, ein anderer Gott-helf Groth die Mathilde Nehls geehelicht und ein Fürchte-gott, ausgerechnet Fürchtegott, Groth wegen Teilnahme an aufrührerischer und bewaffneter Zusammenrottung mittels polizeilichen Aushangs gesucht worden sei.

Manchmal, und bestimmt sogar, wenn man mit Vornamen David hieß und im Frühling nach dem Reichstagsbrand zur Schule gekommen war, hatte man noch einen Überblick über drei rückwärtige Generationen, aber die Kenntnis verblaßte wie das Licht im Quadrat der Entfernung, und jenseits der Öllampengrenze herrschte undurchdringliches Dunkel.

Die Groths und das siebzehnte Jahrhundert, das war so klar wie die Beziehungen der Groths zu Oliver Cromwell, Henry Purcell und Blaise Pascal; so kühn war keine Phanta-sie, daß sie da Stege geschlagen hätte. Selbst die Vorstellung, ein damaliger Groth hätte vom Dasein wenigstens der deut-schen Größen seiner Zeit einen Ahnungsschimmer gehabt, hatte einen Zug ins Wilde. Leibniz hatte mit seinen Mona-den zu tun, und da blieb ihm keine Zeit für die Groths, und die hatten mit dem Leben zu tun, mit dem Am-Leben-Blei-ben, und da blieb keine Zeit für Herrn Leibniz.

Vielleicht sangen sie einmal ein frommes Lied von Herrn Gryphius, vielleicht. Vielleicht hatten sie einen Schulmeister von den Gegenwartsromanen des Herrn Grimmelshausen sagen hören, vielleicht. Vielleicht hat ein poesieanfälliger

Groth seine müden Vettern mit den Sinngedichten des Herrn von Logau geplagt, vielleicht, aber wahrscheinlich ist das alles nicht.

Wahrscheinlich ist nur, daß auch die Groths, viele von ihnen, in den Fluten des Dreißigjährigen Krieges ersoffen sind; das vor allem wird ihr siebzehntes Jahrhundert gewesen sein.

Ganz sicher sind Groths, wo nicht an Blattern, so an Religion und was dafür galt, gestorben, am Weißen Berg, an der Elbbrücke bei Dessau, vor Stralsund und bei Wittstock an der Dosse. Dazu nun wieder gehört kaum Einbildungskraft: den Ruf einer Elisabeth Groth zu hören, mit dem sie die Kinder von der Dorfstraße bringt, weil die Mansfeldischen kommen; einen sächsischen Groth schreien zu hören, weil ihm die Pike eines braunschweigischen Groth gerade die Galle von der Leber trennt; das Lachen eines Groth aus Holstein zu vernehmen im Gebrüll eines Groth aus Pommern, der kopflings über einem Feuer hängt, das ein Groth aus Lüneburg fröhlich schürt. Sich hungrige Groths auszudenken, fiebrige, stehlende, plündernde, ausgeplünderte, geblendete, taube, schwitzende, stotternde, bettelarme und saudumme Groths, dazu braucht es ein Nichts an Imagination, das liegt so nahe, denn diese Art Groth-Linie reicht bis in die allerjüngste Vergangenheit.

So gewiß wie die Golßenaus im siebzehnten Jahrhundert einen Dicken hatten, so gewiß hatten die Groths in derselben Zeit einen dürren Torfstecher, einen hohlwangigen Dorfbader, einen schwindsüchtigen Flickschuster, einen mageren Ziegelbäcker, einen ausgemergelten Grundholden, einen spillrigen Reepschläger, einen spacken Spökenkieker, engbrüstige Ducklinge in jeder Menge – nur wurden die nicht gemalt, und so gibt es keine Bilder von ihnen und so kein Bewußtsein.

Das hatte unsereins erst nachzutragen, das auch noch.

Gut, haben wir gesagt, da ist das siebzehnte Jahrhundert, und sein Namensregister ist ein bißchen unvollständig, da werden wir wohl die Lücken zwischen den diversen Wallensteins, Tillys und Hatzfelds ein wenig ausfüllen müssen, da denken wir uns einmal zu einem jeden dieser gemalten Herren ein paar tausend Troßjungen und Tagelöhner namens Groth hinzu, zu jedem Herzog von Friedland tausend Spießträger und Mahlknechte namens Müller, zu jedem General Götz tausend Soldknechte und Hintersassen namens Sasse, zu jedem Bernhard von Weimar tausend Hellebardiere und Kärrner namens Wagenknecht, zu jedem Christian von Braunschweig tausend Schwertgesellen und Hufschmiede namens Schmidt, und so fort, zu jedem geadelten Malermodell einen Haufen bis dahin übersehener, weil unübersehbarer Arbeitsleute, das macht dann am Ende auf ein Dutzend gepinselter Obernasen eine Menge harter Fäuste, das macht eine Menge, eine Masse, eine Masse Volks, macht die Volksmassen, und von denen kommen wir her, wir, unsereins, und also unsere neue Oberkeit auch.

Sie und wir, wir waren der Hintergrund auf jenen Bildern, deren Vordergrund ein herrschender Dicker auf dickem Gaul einnahm, sie und wir, also unsereins; unsereins war das Getümmel hinter dem vollgefressenen effigierten Schlachtenlenker; unsereins machte dem Künstlerpinsel nicht halb soviel zu schaffen wie ein auserwählter Roßschweif; wir waren Farbrestgesprenkel, irgendwo dahinten. Dann allerdings, dann kamen wir nach vorn und machten denen da zu schaffen und schafften sie ab.

Nicht ganz ohne Hilfe freilich, nicht ohne Zutun von Leuten, die immerhin auch schon gemalt worden waren, nicht ohne ein klärendes Wort eines gewissen Dr. Marx, nicht ohne den staatlich examinierten Uljanow, nicht ohne Notarius Liebknecht, nicht ohne, sehr früh, Herrn Fabrikbesitzerssohn Friedrich Engels, und selbst nicht ganz ohne – seht, wer nun kommt – den späten Sproß derer von Golßenau, den dürren Ludwig Renn, neuartigen Schlachtenlenker aus ältestem Hause, Stabschef in einem Heer aus Peones und Trabajadores, sächsischen Republikanern auf spanischer Erde – o Hamlet, welch ein Aufstieg!

Seither haben wir eine neue Obrigkeit, und die unterscheidet sich, was ihre Altvorderen aus dem siebzehnten Jahrhundert betrifft, nicht von der neuen Untrigkeit.

Freilich, wenn da im siebzehnten Jahrhundert Gleichheit war, so darf die merkwürdige Ungleichheit des zwanzigsten, jene, die bis zum Mai fünfundvierzig anhielt, nicht übersehen werden, noch nicht. Denn in dieser Zeit war, was wir ein wenig vorschnell und gleichmacherisch unsereins nannten, doch wieder nicht ganz so ununterschieden. Die Differenzen enthüllen sich in biographischen Daten.

Nehmen wir – und nur zum Beispiel, denn viele andere aus unseren Obersten Abteilungen, Mücke und Wolfgang etwa, täten es auch –, nehmen wir noch einmal jenen Xaver Frank, den zerrissenen Gegner des Faustkampfs, und nehmen wir ins Gegenbild, sagen wir, den Hermann Groth aus Ratzeburg, den Onkel des David Groth, nicht dessen Vater, Wilhelm Groth, denn der hat einen Sonderweg genommen, nehmen wir Hermann, einen der vielen Groths, nehmen wir diesen.

Beide sind, das erleichtert den Vergleich, zwölf Monate älter als das Jahrhundert, beiden galten vor fünfzig Jahren Corelli und Leibniz und der Herzog von Friedland gleichviel, beide hatten bis dahin fast alles gemeinsam: Sie waren unsereins.

Dann allerdings, im November achtzehn, trat Xaver einem kaiserlichen Korvettenkapitän in den Hintern, und Hermann tat ein gleiches, nur tat er es mit einem französischen Bauern.

Im Dezember noch desselben Jahres schlug dem Xaver eine Gardekorpskugel auf der Berliner Chausseestraße durchs Schlüsselbein, und Hermann machte seinen Anstellungsbesuch beim Klempnermeister Schütt in Ratzeburg, er hatte sich dazu das Vorknöpfhemd seines Vaters ausgeliehen.

In Rosas letzter Stunde war Xaver insofern noch gut dran, als man ihm nur drei Rippen eingetreten hatte; Hermann hörte von der Sache am Landwehrkanal durch den Schneidermeister Seeger, der sich an diesem Tage gleich zweimal erlöst fühlte, zum einen wegen der Sache am Landwehrkanal und zum anderen, weil der Ausguß nun wieder Zug hatte, dank Hermann.

Neunzehnhundertfünfundzwanzig hatte Hermann genug von verstopften Ausgüssen und maulenden Hausfrauen und ging für zwölf Jahre zur Reichswehr; er war der viertbeste unter hundert Bewerbern, und neunzehnhundertsiebenunddreißig war er Stabsfeldwebel, aber den Einmarsch in die Sudeten verpaßte er, denn da war er schon Finanzanwärter im Amt zu Ratzeburg.

Xaver hatte indessen eine weniger gediegene, dafür aber um so intensivere und variiertere Erfahrung mit Waffen gesammelt: Bei Hettstedt hatte er mit einer Mauser geschossen und war mit einer Parabellum ins Bein geschossen worden, in Neukölln hatte er mit einem Stuhlbein hantiert, und eines Stuhlbeines wegen war seine Nase nicht mehr ganz gerade seit einer Diskussion im Friedrichshain, nicht einmal die Hundepeitsche im Columbiahaus hatte das wieder gerichtet, und in Sonnenburg schlugen sie eher mit Ochsenziemern und lieber in die Nierengegend.

Als der ausgemusterte Stabsfeldwebel Hermann Groth dem Aufnahmediktat eines Ratzeburger Finanzsekretärs zu folgen versuchte, kommandierte Xaver Frank aus Würzburg ein Bataillon; das war vor Teruel, und das liegt in Spanien.

In Stalingrad hätten sie einander beinahe getroffen, doch es kam nicht dazu, obwohl Hermann trotz der Kälte noch recht ordentlich zielte und obwohl Xaver eigentlich laut und deutlich genug in sein Mikrophon sprach.

So trafen sie sich nie, denn als Hermann noch Holz in den Wäldern an der Lena schlug, verscharrte Xaver bei Oderberg seinen Fallschirm, und als Hermann Groth, jetzt selber Finanzsekretär, dem Schneidermeister Seeger einen Steuerbescheid schickte, Ratzeburg, Hindenburgstraße neunzehn, da wohnte Xaver Frank in Berlin am Majakowski-Ring, und nach Ratzeburg durfte er längst nicht mehr. Zweimal unsereins und nicht ganz so sehr eines.

Unter unseren Oberen sitzen viele vom Schlage des Xaver Frank, und im Volke, das nun sie leiten, sind viele vom Schlage des Hermann Groth, aber vor der umgewälzten Geschichte wäre es purer Aberwitz, wenn wir nicht spätestens aus dem so und so mißglückten Stalingrader Treffen zwischen Frank und Groth gelernt hätten, was da zu lernen war: daß unsereins auf unsereins hören muß.

Nur leider, der Aberwitz ist am Tage und beherrscht noch des Tages Ordnung, ab Ratzeburg westwärts, und ab Ratzeburg ostwärts gibt es immer noch manchen, der immer noch nicht den Unterschied zwischen dem Herzog von Friedland etwa und etwa dem Xaver Frank begriffen hat, obwohl er doch leicht selbst ein Xaver Frank hätte sein können, nie aber Herzog von Friedland.

Ein Mitglied der Obersten Abteilung ist ein anderes Tier, heißt es da, nämlich ein hohes und also ein anderes, und ein Minister ist es auch.

Und manche kommen ins Schielen, wenn ein Minister kommt, und manche kommen in langwährendes Stottern, wenn man ihnen mit einem Ministerposten kommt. Zum Beispiel ich.

Zum Beispiel ich, David Groth, Urenkel vielmal eines Troßjungen und Tagelöhners aus dem siebzehnten Jahrhundert, Sohn des Wilhelm Groth aus Ratzeburg, Neffe des Stabsfeldwebels und inzwischen Finanzamtmanns Hermann Groth von ebendort, Ehemann der Franziska Groth, Fran genannt, Ex-Kommandeur einer Zentralen Ordnergruppe, extern studierter Diplom-Journalist, Parteimitglied seit zwanzig Jahren, seit vier Jahren Erstgenannter im Impressum der Neuen Berliner Rundschau, ich, David Groth, zum Beispiel möchte nicht Minister werden.

Aber ich glaube, ich muß mir das alles noch einmal und in Ruhe und dann mit System überlegen.

## 2

Wenn man weiß, daß David Groths Vater Wilhelm hieß, und wenn man dazu noch weiß, daß der Kaiser, unter dessen Regentschaft Wilhelm Groth geboren wurde, auch Wilhelm hieß, und wenn man zu dem nun erfährt, daß der Dienstherr, in dessen Lohnlisten Wilhelm Groth stand, als ihm sein Sohn, den er dann David nannte, geboren ward, daß dieser Dienstherr ebenfalls David hieß, dann wird man vermuten dürfen, Wilhelm Groth habe sich bei der Namensgebung für seinen Sohn Nüchternes gedacht, weniger Lauteres auch als nur: David Groth, das klingt ganz gut, a, i, o ist irgendwie so musikalisch, und man wird den Gedanken als allzu literarisch verwerfen können, Wilhelm Groth habe das a, i, o womöglich weiter- und umgedacht zu o, i, a, nämlich Goliath, habe dem Namen seines Sohnes biblische Geschichte eingeläutet und die Hoffnung dareingesetzt, dieser da, sein Jüngster und sein Ältester zugleich, dieser David Groth möge werden David und Goliath in einem und also unbesiegbar; man wird ihn verwerfen müssen, diesen Gedanken, und den, der Vater habe in der Wahl des Namens für seinen Sohn die Sehnsucht, den Traum der immer Besiegten ausdrücken wollen, diesen nun gar lasse man schleunig fallen, denn kurz ist der Gedankenweg zwischen dem Namen, den ein Dienstherr trägt und den ein Dienstbote wählt, ebendenselben, wenn ihm ein Sohn geboren wird, kurz ist dieser Weg und übersichtlich, er führt oder soll doch führen zu des Herren Huld, will sagen: zu des Herren Geld, und ist schon, wo er gezogen ist zwischen einem David Groth und einem David Blumenthal, um vieles mehr ein Wirtschaftsweg als jener, der zwischen Wilhelm Groth und Wilhelm dem Imperator verlief, denn den Kaiser erreichte die Kunde nicht, daß ein Groth seinem Sohn den

Namen des Kaisers gegeben habe, aber den Herrn Blumenthal erreichte solche Kunde schon, er erfuhr sie aus erster Hand, vom Vater nämlich, und er sagte: »Nun, das ist nett von Ihnen, Groth, und wenn Kindtaufe ist, sollen Sie schon sehen, daß ich Ihnen dankbar bin.« Und Wilhelm Groth, Chauffeur bei David Blumenthal, Zahntechnische Laboratorien, sah. Er sah die Kindtaufschmaustafel gedeckt für zweiundzwanzig Personen, gedeckt, finanziell jedenfalls, von Herrn Blumenthal. Er sah ein Sparkassenbuch, eingetragen auf den Namen David Groth, offen für einen auf einundzwanzig Jahre geplanten monatlichen Eintrag von zwanzig Reichsmark, abhebbar erst bei Erlangung der Volljährigkeit des Inhabers durch ebendenselben. Er sah ein notariell beglaubigtes Schreiben des Herrn Blumenthal, in dem der Unterzeichnete sich verpflichtete, für alle aus einem eventuellen Gymnasial- beziehungsweise Universitätsbesuch direkt entstehenden Kosten von Beginn der vorstehend bezeichneten Studien bis zu ihrem ordnungsgemäßen Abschluß voll aufzukommen.

Er sah eine silberne Taschenuhr, gefertigt von der Firma IWC, Switzerland, und mit der Gravur versehen: »Für David Groth von David Blumenthal«.

Er sah keine Vorbehalte, keine Auflagen, keine Wenns und Abers, keine Einschränkungen für den Fall, daß, keine Rückzugsklauseln, er sah überhaupt keine Klauseln, und in der Kirche sah er auch Herrn Blumenthal nicht, denn Herr Blumenthal war eines anderen Glaubens und hatte an einem lutherischen Taufstein nichts zu suchen.

Und was sah David? Keiner weiß es, auch David nicht, denn zum ersten hat er alle Feierlichkeit verschlafen, hat nur ein- oder zweimal geblinzelt, nachdem ihm etwas Kaltes und Nasses auf die Stirn gefallen war, hat dann aber wieder weder gesehen noch gehört, hat weder das Brimbamboriabim des Herrn Superintendenten gehört noch all die vor allem sein Näschen betreffenden Komplimente der Taufgesellschaft und auch nicht die Orgel im Dom zu Ratzeburg und hat auch nicht die blauen und auch hier ein wenig ängstlichen Augen seiner Mutter gesehen oder den merkwürdig blank-schwarzen Anzug seines Vaters oder gar den Herrn Blumenthal, der an der Ecke des Stiftsweges gestanden hat, kurz vor dem Domhof – niemand hat den Herrn Blumenthal ge-sehen, und so sollte es auch sein –, und zum zweiten weiß David von alledem auch nicht, weil niemand weiß von dem, was mit ihm und um ihn geschah, als er vierzehn Tage alt ge-wesen ist.

Aber David sollte daran erinnert werden.

Er wurde an etwas erinnert, das er nicht wußte, und zuerst war das ein freundliches Erinnern. Immer, wenn sein Vater das Meisterwerk der International Watch Company aufgezo-gen hatte, er tat es an jedem Abend, und manchmal war David dann noch wach, ließ er die Uhr vor den Augen seines Sohnes pendeln und sagte dazu: »Die hat dir der Herr Blumenthal ge-schenkt!« So kam es, daß eine lustig blitzende Helle und das fröhliche Gesicht seines Vaters in Davids Kopf eins wurden mit dem Namen des Herrn Blumenthal.

Manchmal, wenn David die ersten Bilder und dann die er-sten Buchstaben und Zahlen erkannt oder ein schwieriges Wort richtig nachgesprochen hatte, sagte seine Mutter: »Wenn du groß bist, wirst du noch viel mehr lernen dürfen, dafür hat der Herr Blumenthal gesorgt!« So kam es, daß die Lust am Raten und Entdecken und die seltenen Minuten, in denen seine Mutter nicht gar so ängstliche Augen hatte, in Davids Kopf eins wurden mit dem Namen des Herrn Blumenthal.

Manchmal, wenn das Wort Geld öfter als sonst und mit einem Klang, der nicht gut war, ausgesprochen wurde, hörte David seine Eltern einander sagen, aber dem Jungen wenig-stens werde diese Sorge erspart, der werde nicht kratzen müs-sen und nicht buckeln, da habe der Herr Blumenthal vorge-baut. Und so kam es, daß ein Gefühl von ferner Ruhe und un-bestimmter und doch bestimmter Erleichterung in Davids Kopf eins wurde mit dem Namen des Herrn Blumenthal. Bis dann der Herr Blumenthal im Küchenbach ertränkt wurde.

Oh, der Herr Blumenthal ist nicht ohne eigene Schuld in das Gewässer geraten; hätte er sich anders verhalten, wer weiß, wäre er womöglich noch weit herumgekommen, bis in die Prinsengracht von Amsterdam wohl gar und in die Nachbarschaft von Anne Frank oder bis nach Treblinka in Polen, wo er sicher einen Arbeitsplatz gefunden hätte, er, der Zahnfachmann und Prothesenkenner, einen Platz in der Nähe eines großen, fauchenden Ofens.

Aber nein, es mußte das kalte Wasser sein; Herr Blumenthal hat da seinen Kopf für sich gehabt, und er hat den Stadtverordneten Wolter reizen müssen und hätte doch wissen können, daß der Stadtverordnete Wolter ein ironischer Mensch gewesen ist und ein konsequenter. Doch der Herr Blumenthal hat in einer öffentlichen Sitzung der Stadtverordneten aufstehen und sagen müssen, die soeben gehörte und übrigens sehr nationale Rede des Stadtverordneten Wolter sei so tief und so mitreißend wie der Küchenbach gewesen – der Küchenbach, man wird Ähnliches ahnen, war bei Volltrunkenen sehr beliebt, man konnte sich in ihm ausbreiten und ungefährdet ernüchtern, lag man auf dem Rücken, so reichte einem die Flut nicht ganz an die Ohren; und in der Schule hatte es der Geographielehrer schwer, den Kindern klarzumachen, daß neben den Flüssen auch die Bäche den fließenden Gewässern zuzuzählen seien, denn die Kinder kannten den Küchenbach.

Auch der Stadtverordnete Wolter kannte ihn, und da er ein Mann von schneller Auffassung war, hat er beinahe sofort gemerkt, daß der Herr Blumenthal einen Witz auf seine Kosten gemacht hatte, und daran, daß nur bestimmte Fraktionen der Stadtverordnung und auch nur ein ganz bestimmter Teil des Publikums gelacht haben, hat er gemerkt, daß es ein politischer Witz gewesen ist. Doch auch der Stadtverordnete Wolter ist nicht ohne Schalk gewesen, und schlagfertig war er in mancher Hinsicht, und so ist er im vom Küchenbach bestimmten Bilde geblieben und hat geantwortet, diese Äußerung werde er dem Herrn Blumenthal schon noch eintränken.

Der Stadtverordnete Wolter hat sein lustiges Wort gehalten, und in einer Februarnacht des Jahres dreiunddreißig, einundzwanzig Monate nach der fröhlichen Stunde im Stadtverordnetenhaus, hat er den David Blumenthal so lange in das sandige Bachbett gedrückt, bis der gemerkt hat, daß dieses stille Wasser tief war wie die Ewigkeit und reißend wie der Tod.

Acht Wochen später, an einem kalten Nachostertag, kam David Groth in die Schule, und der Lehrer, ein Mensch namens Kasten, fragte ihn, ob er denn wisse, was dieser hübsche Vorname David bedeute. David wußte es nicht; er hatte den Namen, wie man eine Nase hat oder zwei Füße, und er war erstaunt und auch nicht sehr erfreut, als er erfuhr, David heiße soviel wie »der Geliebte«. Daß kein Grund zur Freude gegeben war, merkte er schon am Tonfall dieses Menschen, der Kasten hieß und sich die Hände rieb, während er ihm mitteilte, er werde ihn fortan unter dem Namen Geliebter Groth aufrufen, denn David, das klinge nun doch zu unversetzt hebräisch, zwar kämen auch andere Bezeichnungen wie Jakob oder vorneweg schon Adam aus derselben Mauschelecke, aber denen sei inzwischen längst deutscher Geist eingehaucht worden, spätestens durch den deutschen Denker Jakob Böhme beziehungsweise durch den deutschen Rechner Adam Ries, von einem bedeutenden Deutschen vornamens David jedoch sei seines Wissens niemals die Rede gewesen, und, übrigens, wie heiße denn Davids Vater, Abraham vielleicht oder gleich Moische?

»Mein Vater heißt Wilhelm«, sagte David Groth.

»Oh«, sagte der Mensch namens Kasten, »o ja, Wilhelm Groth, das hätte ich mir denken sollen, da komm doch gleich ein Stück näher, mein Geliebter, da setze dich doch sofort hier in die erste Bank, näher heran zu mir, Geliebter mein, komm in meine Fürsorge und in meine Reichweite, wenn du ein Sohn von diesem Groth bist, von diesem Wilhelm Groth ein Sohn, der David heißt!«

Und die Mitschüler Davids und eigentlich auch David selbst erfuhren an diesem Tag und an vielen anderen Tagen noch, um wen es sich handelte bei diesem Wilhelm Groth, denn der Mensch, der Kasten hieß, wußte es ganz genau: Der Wilhelm Groth war ein Mitesser in der großen krummen Nase eines gewissen Blumenthal gewesen, der Lakai von diesem Itzig, dem stadtbekannten Hetzer aus der Systemzeit, der schon in den Kampfjahren den Volksgenossen Wolter einer nationalen Rede wegen bedroht und später dann, vor wenigen Wochen erst, aus unzähmbarer Wut über die gelungene Erhebung des deutschen Volkes einen Anschlag auf das Leben des Volksgenossen Wolter versucht habe, wobei er freilich umgekommen sei, denn der Volksgenosse Wolter habe gezeigt, wie ein deutscher Mann sich zu wehren wisse gegen unarische Meuchler, und vor Gericht sei das alles erwiesen worden, erwiesen worden sei dort aber auch, daß ein artentfremdetes Element, Wilhelm Groth mit Namen, versucht habe, den Hergang des Überfalls in sein Gegenteil zu verkehren und den Goldschieber Blumenthal in ein Opfer zu verwandeln, als Leumundszeuge gar sei dieser Groth vor das Gericht getreten, ein angeblicher Deutscher als Leumundszeuge für einen Juden vor ein deutsches Gericht, und mit Vornamen habe der Jude David geheißen, und wie aber nun heiße der Sproß jenes Groth, der Dienstwurm bei dem David Blumenthal gewesen sei, nun, wie heißt er?

»Steh auf, du, und sag, wie du heißt!«

»David Groth«, sagte David.

»Richtig, mein Geliebter, so heißt du denn wohl – und nun sag uns noch, was macht denn dein Vater jetzt?«

»Der arbeitet«, sagte David.

»Und ob der jetzt arbeitet!« sagte der Mensch namens Kasten.

Wilhelm Groth hatte weder allzu schlau noch gar unterwürfig sein wollen, als er seinen Sohn auf den Namen seines Brotherrn taufen ließ; er hatte an ein Geschenk gedacht und auch an Wohlwollen, aber wäre das Geschenk ausgeblieben oder kleiner ausgefallen, als es dann ausfiel, er hätte sich nicht erregt – was man sich selber dachte, war nicht immer das, was sich andere dachten, und der Herr Blumenthal hatte seine

Sorgen und seine Launen wie jeder Mensch, und David, das war in jedem Falle ein schöner Name. Er war auch nicht mit ausgebreiteten Armen und aufgerissenem Hemd in das Gericht gelaufen; er wollte dort nur seine Ansicht sagen, das schien ihm nötig, denn in den Zeitungen standen andere, von denen er nichts hielt.

Natürlich begriff er, daß ihm Unrecht geschah, aber da er wußte, um wieviel mehr Unrecht dem Herrn Blumenthal geschehen war und geschah, mit seinem Tode und noch danach, raubte es ihm nicht die Besinnung und nicht die Besonnenheit, daß ihm sein Gutsagen für den toten Blumenthal wüste Beschimpfungen eintrug und einen Pritschenplatz in den Wüsteneien eines Lagers. Er konnte ein Auto fahren, und das konnten in dieser Zeit noch nicht so viele; da hielt er es aus.

Er sorgte sich auch nicht übermäßig um seine Frau; die war immer ängstlich gewesen, und wenigstens war sie so nicht überrascht, als dann das Böse kam; sie würde es auch aushalten.

Nur an den Jungen konnte er nicht ruhig denken. Der war so klein, und die Stadt, in der er jetzt gerade zur Schule gekommen war, war auch so klein, so klein, daß selbst schon ein Beinbruch Gesprächsstoff war; dem Jungen würden sie zusetzen, dessen Vater in einem fernen Steinbruch arbeitete, dieser Judengeschichte wegen. O David, Kleiner …

Aber auch David hielt es aus. Das Glück half ihm dabei, das Glück, den richtigen Feind gefunden zu haben. Denn dieser Mensch namens Kasten, sein Lehrer, war nicht nur eine Schweineseele, er war auch erleichternd dumm. Er verstand nichts von der Strategie der Bündnissysteme; er drosch nicht gezielt, sondern blindlings und also nicht nur den Schüler Groth; er gab sich Blößen, die nicht nur David sah, seine mickrige Herrschsucht war auf die Dauer unteilbar, und da er es zugleich doch nicht lassen konnte, David Großanteile seiner dämlichen Strafmandate zuzumessen, hatte er bald aus seiner Klasse ein gegnerisches Heer gemacht, ein Heer mit einem mächtig erfahrenen, weil oftmals geschlagenen Führer.

Als Wilhelm Groth aus dem Lager kam, sie hatten ihn schon nach zwei Jahren als belehrt entlassen, fand er eine Frau, die recht behalten hatte mit ihrer Angst und deshalb seltsam sicherer war, und einen Jungen, um den er sich nicht zu fürchten brauchte. Der lernte gut, nicht übermäßig eifrig, aber so, daß er wenigstens dort unangreifbar war, wo man es sein konnte, wenn man selbst dafür sorgte; der war nicht sehr stark, aber schnell und findig; der war nicht gerade das, was man artig nannte, und seine Freude, den Vater wiederzusehen, war nicht überschwenglich, aber die Freude war da, still und fest, und das machte Wilhelm Groth sehr ruhig.

Er fuhr nun einen Lastwagen in einer Zementfabrik, und über Herrn Blumenthal sprach er nicht mehr; das dürfe er nicht, sagte er, wenn einer davon etwas hören wollte, denn der Herr Blumenthal habe einen Zusammenhang mit jener Tätigkeit, die er in den vergangenen zwei Jahren ausgeübt habe, und über die sich nicht zu äußern habe er sich verpflichten müssen, schriftlich, »also lassen wir das, denn wer will schon Geschichten hören, die plötzlich aufhören müssen, und wer will schon solche Geschichten erzählen? Ich nicht.«

Das hatte er auch seinem Bruder Hermann gesagt, als der einmal an einem späten Abend und in Zivil zu ihm gekommen war, verstohlen und lächerlich ängstlich für einen Militär, und später fragte sich Wilhelm Groth manchmal, ob das richtig gewesen war. Soviel Hermanns stumpfen und nie ganz passenden Worten zu entnehmen war, hatte auch er seine Schwierigkeiten gehabt; er hätte schon Oberfeldwebel sein können ohne den Prozeß und den Bruder im Steinbruch, und wenn sein Regimentskommandeur nicht gerade der Graf Rantzau gewesen wäre, hätte er längst wieder in den Klempnerladen gemußt. Aber der Graf und Oberst hatte für den Stadtverordneten Wolter, den Geschäftsführer der städtischen Abdeckerei, ebensowenig übrig gehabt wie für den jüdischen Zahngoldhändler, und Uniformen, die nicht im Reibert standen oder in Knötels Handbuch, waren zivilistischer Plunder und ihm ein Greuel; das galt auch für das braune Kostüm, in dem der Abdecker Wolter vor Gericht erschienen war. Der Graf hatte seinem Feldwebel bedeutet, daß Kontakt zu in Prozeß verwickelten Familienteilen zu meiden sei, und ihn dann wieder auf die Rekruten losgelassen.

Wenn Hermann Groth dennoch eines Abends vor seines Bruders Küchentür gestanden hatte, so nur, weil er auf seine tolpatschige Art David liebte. Den wollte er sehen, nicht so sehr seinen Bruder, diesen immer etwas spöttischen Älteren, und schon gar nicht die Schwägerin, die ihm mit ihrer ewigen Angst fast unheimlich war und ihm immer nur Vorwürfe machte, wenn er wieder etwas Feines und richtig Schönes mit David veranstaltet hatte. Oder war es etwa nicht eine richtig feine Veranstaltung gewesen, als er sich den Anderthalbjährigen unter den Mantel geknöpft hatte, auf seine 500er Triumph gestiegen und einmal rund um Ratzeburg gefahren war, einmal rum mit einem Radius von dreißig Kilometern, was dann auf zweihundert Kilometer Schleswig-Holstein und Mecklenburg-Schwerin hinauslief und auf einen unverständlichen Krach mit der Schwägerin? Oder war die Veranstaltung nicht schön fein, wo sie zu einer Molkerei bei Mölln getuckert waren und dort beinahe vier Pfund Kümmelkäse gegessen hatten, David allerdings bloß ein knappes Pfund, und es hatte nichts gekostet, weil dem Molker sein Sohn Rekrut bei Hermann Groth gewesen war? Oder die Veranstaltung im Wald bei Segeberg, wo der Unteroffizier Groth seinem Neffen mal so richtig schön gezeigt hatte, wie Handgranaten bullern, wenn man sie in die Tannen wirft, war das nicht vielleicht ein feiner Spaß gewesen? Die Schwägerin hatte keine Vorstellung, was man alles veranstalten mußte, um so zwei Handgranaten beiseite zu zappzerappsen, aber er hatte es riskiert, wegen dem David, der lachte immer so schön fein.

Die Schwägerin hatte auch keine Vorstellung von dem, was er riskierte, indem er zu ihnen kam, wo der Wilhelm mal gerade so aus dem Konzertlager raus war, und nun wollte er den Bengel auch sehen, schlafen konnte der noch sein Leben lang, aber seinen Onkel Hermann hatte er wohl kaum sein

Leben lang, denn der war nun mal Soldat, und irgendwann würden sie wohl was veranstalten, was mehr bullerte als die beiden Granaten im Segeberger Wald.

Er hatte David aus dem Bett geholt, ihm zwei Bilder geschenkt, eins von Immelmann und eins von Richthofen, hatte ihn gefragt, ob sie nicht mal wieder richtig feinen Kümmelkäse essen wollten, und hatte dann noch einen Augenblick unbehaglich mit Bruder und Schwägerin in der Wohnstube gesessen.

»Was haben sie denn da nun so veranstaltet in dem Konzertlager mit euch?« fragte er und sah dabei auf die Uhr auf dem Vertiko.

»Ach, du weißt ja«, sagte sein Bruder, »von morgens bis abends Konzert, und für unsereinen ist das nichts.«

Und dann sagte er seinen Spruch von den halben Geschichten auf, und Feldwebel Hermann Groth schlich sich aus dem Haus. Aber mit den Jahren, in denen Gras über das Grab von David Blumenthal wuchs und sich die Erinnerung an den Steinbruch wie Staub verlor, kam er wieder öfter, und immer brachte er David Bilder mit oder Merkblätter und sogar das eine oder andere Buch, und auf all dem Papier war von nichts anderem die Rede als von Artilleriebeobachtern, Hindenburg, Hindenburglichtern, eisernen Rationen, Chemin des Dames und Djibuti, Sappen und der Haltbarkeit von Erbswurstsuppen, soldatischen Gehbeschwerden, Großem Generalstab, Eskaladierwänden und Ehrenbezeigungen.

Wenn Onkel Hermann zu Besuch war, erfuhr man bei den Groths von den Bedingungen zur Erlangung einer Schützenschnur, von falsch gefalteten Fußlappen als Quellen verheerender Krankheiten, vom Zusammenhang zwischen Stahlhelm und Frühglatze, vom Ruhm des Regiments Rantzau und vom soldatischen Anstand, der sich zum Beispiel darin äußerte, daß eine Militärperson niemals ein einmal benutztes Schnupftuch wieder zusammenlegte.

Eigentlicher Adressat aller dieser Mitteilungen war aber immer nur David, dessen Aufmerksamkeit auch dann noch gleich groß blieb, als er sich selbst längst in die Verästelungen von Kriegs- und Heereswesen hineingearbeitet hatte und sich bei seinem Onkel für dessen umständliche Darstellung der Schwierigkeiten beim Hantieren mit der Zielkelle durch ein Referat über den Schlieffen-Plan revanchieren konnte.

Ihm barg das Gewehr 98 bald kein Geheimnis mehr, ihn interessierten eher spitze Einzelheiten, wie etwa die Herkunft der Bezeichnung Schießprügel, von der er herausgefunden hatte, daß sie von einem Vorzeit-Feuerrohr stammte, dessen Mündung mit Morgensternstacheln versehen gewesen war, was sich in Fällen von Munitionsmangel als recht praktisch erwiesen haben sollte.

Während Hermann Groths Soldatenhirn das Herkömmliche und Regelhafte magazinierte, suchte, fand und sammelte David militärische Extravaganz, war er auf Exquisites aus, auf den Sonderfall in Uniform, und da er in einem Lande aufwuchs, in dem ein beträchtlicher Teil des Lebens der Frage gewidmet war, wie sich am besten töten lasse, deckte dieses Spezialwissen allmählich ein wenig den Makel ab, den Namens-Makel, den Blumenthal-Makel, den Davids-Makel. Allmählich, ein wenig und nicht auf Dauer, denn erstens waren Menschen wie jener, der Kasten hieß, nicht rar im Lande, zweitens war ebender, der Ur- und Haupt-Kasten sozusagen, auf seine wenigen Einfälle so sehr angewiesen, daß er trotz des spürbaren Echoschwunds immer einmal wieder auf sie zurückkam, und zum dritten sorgten die Zeitläufte dafür, daß der Name David mehr als nur ein beliebiger Name blieb.

Und dafür, daß David und seine Klassenkameraden von diesem speziellen Lauf der Zeiten erfuhren, sorgte wieder jener Kasten.

»Du, Groth, Geliebter, steh auf und komm mal vor«, sagte er an einem klaren Novembermorgen, und er sagte es diesmal für ein größeres Publikum, denn das Kollegium der Schule saß zur Hospitation mit im Klassenraum, und es galt, ein Beispiel zum Thema Volk im Schrifttum zu geben, und der deutsche Mensch und Lehrer Kasten hatte dazu ein Gedicht von einem Hermann Burte ausgewählt, und David hatte es nun vorzutragen:

»›An Deutschland‹ von Hermann Burte, ›An Deutschland:

> Du lagerst laß in Mitten fremder Frauen,
> An einen Hünenstein gelehnt die Stirn,
> Die Hände kühlen sich im Alpenfirn,
> Die Füße im Germanenmeer, im grauen …‹«

»Gut, Schluß, bis dahin erst einmal. Und was bedeutet das nun?«

»Das bedeutet unser Vaterland, erdkundlich und geschichtlich gesehen«, antwortete David geläufig, denn das hatte ihnen der Lehrer Kasten nun schon mehr als einmal erklärt, und er verkniff sich wieder die Erkundigung nach dem Worte laß, denn in dieser Schule nahm man Auskünfte entgegen, forderte sie aber nicht an.

»In dieser Strophe erst erdkundlich gesehen«, sagte der Lehrer Kasten, »geschichtlich kommt erst in der nächsten Strophe. Die lautet?«

> »Kein wälscher Wein kann dein Gefühl verwirrn,
> Kein Wind von Osten aus versteppten Auen,
> Der Wala Wissen blitzt um deine Brauen,
> Dein Herz ist mächtiger als aller Hirn.«

»Gut, wieder Schluß hier. Wer oder was ist Wala?«

»Wala ist die allkundige Stabträgerin aus der Edda«, repetierte David und hörte den Geschichtslehrer Pamprin murren und sah ihn sacht den Kopf schütteln. Das gab ihm um so mehr zu denken, als Herr Pamprin nur äußerst selten zu murren pflegte, wenn David Groth, der Kenner militärhistorischer Unika, den Mund aufgetan hatte.

Aber Kasten sagte sehr laut: »Jawohl, Wala, allkundige Stabträgerin, der Wala Wissen blitzt um Deutschlands Brauen. Doch hier kommen wir vorzeitig ins Geschichtliche, zurück zum Erdkundlichen, Groth, und gleich wirst du sehen, warum ich gerade dich erkoren habe, hier vor versammelter Lehrerschaft das Schrifttumsstück ›An Deutschland‹ vorzutragen. Sage uns noch einmal die erste Strophe auf!«

David sagte sie noch einmal auf.

»Gut, gut«, sagte Kasten und freute sich, »Deutschland, unser Vaterland, lagert also nun laß zwischen allem möglichen, und was umgibt es?«

»Alles mögliche«, sagte David, »das Germanenmeer zum Beispiel.«

»Ja, ja, darin kühlt es sich seine Füße, das ist bekannt, so steht es im Gedicht, aber das Germanenmeer ist eben das Germanenmeer, also auch deutsches Land, deutsche See. Aber was ist da, wo nicht Germanenmeer ist?«

»Da sind Alpenfirn und versteppte Auen.«

»Weiter, weiter, und was ist das, das da hinter Alpenfirn und in den versteppten östlichen Auen, was ist das, zusammengezogen?«

»Zusammengezogen ist das Ausland«, sagte David.

»Wir kommen der Sache schon näher«, sagte Kasten und sah dabei zum hospitierenden Rektor hinüber, »der Sache, die wir heute im Zusammenhang mit diesem Beispiel aus dem Schrifttum behandeln wollen. – Wenn einer ins Ausland will, was muß er dann haben?« David Groth, elf Jahre alt, hatte noch nie ins Ausland gewollt. Er sagte es, und er sagte weiter, demzufolge wüßte er auch nicht, was man benötige, wenn man es wollte.

»Na«, sagte der Lehrer Kasten, »wir kommen schon noch drauf. Nun erst einmal die anderen: Wer weiß es?«

Der Klasse war das Problem neu, und sie verlegte sich aufs Raten. Jürgen Clasen vermutete, ein Koffer sei in einem solchen Falle das nötigste; Heinz-Georg, der Sohn von Schlachtermeister Kallmeyer, hielt Geld für die wichtigste Voraussetzung, und Fritze Scheel, der weniger in dieser als in der deutschen Märchen- und Sagenwelt zu Hause war, hatte einen Glanz in seinen sonst immer etwas blöden Augen, als er fest verkündete, wer eine solche Reise wagen wollte, bedürfe vor allem, der Hadersucht fremder Recken wegen, eines soliden beidseitig geschliffenen Schwertes.

Der Lehrer Kasten ließ das alles mehr oder minder gelten, gab aber dann bekannt, an erster Stelle in der Bedarfsliste habe ein Reisepapier zu stehen, ein sogenannter Auslandspaß.

»Denn sonst«, sagte er, »könnte ja jeder gehen, wann und wohin er will, und keiner weiß, warum. Das Warum ist von allererster Bedeutung, wenn einer ins Ausland will. Wenn zum Beispiel einer nach Südamerika will, um dem Deutschtum im Ausland den Rücken zu stärken, eine Aufgabe, an der auch ihr euch beteiligt, wenn ihr allmonatlich die schönen blauen Kerzen kauft, dann ist das ein erstrangiger Grund, und dann kann man reisen. Aber nun gibt es auch Zeitgenossen, die unserem Vaterland nicht den Rücken stärken, sondern ihm denselben kehren möchten, Emigranten nennt man die, und das sind vorzüglich Juden. Aber seit gestern ist dem Juden da ein Riegel vorgeschoben, denn seit gestern müssen die Juden ihren Paß hergeben, und damit sich keiner von ihnen hinter einem harmlosen Namen verbergen kann, manche Juden haben sich nämlich im vorigen Jahrhundert harmlose Namen gekauft, man sollte es nicht für möglich halten, aber das ging damals, ein Jude konnte hingehen und sagen, er möchte jetzt nicht mehr Itzig Mosse heißen, er möchte jetzt Meyer heißen, dann zahlte er und lief fortan in der deutschen Maske Meyer herum, allerdings waren manche Juden zu geizig, um sich einen Namen wie Meyer zu kaufen, der sehr teuer war, und dann kauften sie sich billigere, aber dafür auch auffälligere. Die ausgefallensten Namen waren die billigsten, zum Beispiel Treppengeländer, der war für ein paar Taler zu haben, und deshalb empfiehlt es sich, Leute mit ausgefallenen Namen genau anzusehen, es könnte ein Jude dahinterstecken. Aber seit gestern ist das einfacher, seit gestern steht in jedem Judenpaß, mit harmlosem Namen oder mit Treppengeländer, ein zusätzlicher Vorname, und der lautet bei den Judendamen Sara und bei den Judenherren Israel, und nun soll mal so einer kommen und sagen, er möchte nur einfach so, wegen Reiselust, in die versteppten Auen oder hinter den Gletscherfirn verduften, dann werden wir ihm schon eine Fahrkarte verpassen, und er wird sich wundern, wo er landet.«

Der Mensch namens Kasten hatte seinen Vortrag beendet und schien plötzlich zu seiner großen Überraschung David zu gewahren.

»Nanu«, rief er, »du stehst ja immer noch da, ja warum denn gleich? Laß mich überlegen: Volk, Schrifttum, Deutschtum, Ausland, Auslandspaß, Paßvermerk Israel, David – nun hab ich's wieder: Du hast Glück gehabt, Groth, dein Glück ist, daß die Volksgenossen auf Israel verfallen sind, als sie einen für die Judenart bezeichnenden Zusatznamen ausgesucht haben; hast du ein Glück gehabt, daß sie nicht David genommen haben, dann wärest du jetzt aber schön in der Klemme, obwohl, so bist du es, jedenfalls, was mich anlangt, auch ein bißchen, denn, weißt du, in mir sträubt sich etwas, wenn ich höre, einer heißt David, aber du weißt es natürlich, denn wir kennen uns ja nun schon länger, wie lange kennen wir uns denn, sag du es mal!«

»Wir kennen uns schon fünfeinhalb Jahre, Herr Kasten«, sagte David Groth, und es schien ihm ungeheuerlich lange zu sein, aber dann dachte er: Wenn das schon so lange ist, und dem fällt nie etwas anderes ein als mein Name, und ich hab den Namen immer noch und muß nicht mehr heulen, wenn der mir damit kommt, dann hat er die Sache verloren, oder zumindest ist es unentschieden wie im Schach, wo es auch unentschieden ist, wenn einer immer wieder den gleichen Zug macht, auf den der andere immer wieder mit dem gleichen Zug antwortet, aber wenn es zwischen Lehrer und Schüler ist, dann ist es mehr als unentschieden, dann hab ich gewonnen.

Andere gewannen nicht gegen den deutschen Lehrer Kasten, andere verloren, und einer verlor gar sein Leben, und er verlor es auf eine Weise, die entsetzlich niederträchtig war, weil sie nicht wenige Bürger der schönen Stadt Ratzeburg zu unbändigem Lachen brachte. Der so zu Tode kam, hieß Hirsch Ascher.

Hirsch Ascher war ein Plutokrat, denn er besaß ein Warenhaus in der Sechstausend-Seelen-Stadt Ratzeburg, und er war ein abgefeimter Feigling, denn anstatt in seinem Bette zu liegen, als man ihm in der Nacht vom neunten zum zehnten November im Jahr achtunddreißig die Haustür eintrat, saß er im Zug von Dortmund herauf und tat so, als wüßte er nicht, daß er zweiter Klasse durch die Kristallnacht fuhr. Und Hirsch Ascher war gierig und geizig, denn nachdem ihm am Morgen der Gepäckträger Böhker auf dem Bahnhof zugeflüstert hatte, es sei da am Abend etwas mit dem Ascherschen Warenhaus geschehen, ging er sofort in sein Geschäft, um seine Verluste zu zählen.

Dort fand ihn der Sturmführer Kasten, und dort hatte der Sturmführer Kasten einen seiner seltenen Einfälle. Er ließ den Ascher in die zweite Etage seines Warenhäuschens bringen, in die Abteilung Haushaltswaren, er ließ ihn Aufstellung nehmen in der Unterabteilung Sanitäre Ausstattung, er hieß ihn sich mit dem Rücken gegen eine aufgerichtete Badewanne stellen, die Arme ausgebreitet wie der von den Juden gemordete Christ, dann befahl der Sturmführer und Lehrer und Mensch Kasten seine Männer neben eine sauber geschichtete Pyramide aus Nachtgeschirren, und dann schrie der Führer Kasten: »Feuer frei!«

Man muß es sagen, damit die Sache nicht allzu blutrünstig klingt: Viele der emaillierten Blechtöpfe flogen an Hirsch Ascher vorbei, denn die Schützen konnten vor Lachen kaum zielen, und selbst die Treffer waren meist harmlos, denn so ein Topf ist ein vor allem rundes Ding, und daß eines davon dem Ascher mit dem Henkel einen Schneidezahn ausschlug, war beinahe blinder Zufall, über den es allerdings zweimal Streit gegeben hat, einmal noch am zehnten November achtunddreißig, weil sämtliche elf Werfer den Klasseschuß getan haben wollten, und zum zweitenmal dann im Herbst fünfundvierzig, als keiner der fünf über den Krieg gekommenen Topfschleuderer sich auch nur zu erinnern vermochte, jemals an so einem Vorkommnis beteiligt gewesen zu sein – die Sache wäre ohnedies als eher humoristischer Bagatellfall nie wieder zur Sprache gekommen, hätte nicht der Sturmführer Kasten im Kaufhaus Ascher einen Anflug von nordischer List gehabt: Er entsann sich des stabilisierenden Kreiselprinzips und schleuderte seine Töpfe fortan, indem er sie mit Daumen und Zeigefinger am Rand hielt und sie dann aus federndem Handgelenk abschoß. Zwar verhinderte der Henkel das Zustandekommen ballistisch einwandfreier Bahnen, aber immerhin, die flatternd kreiselnden Blechgefäße trafen nach einiger Übung schon eher und wirksamer ins Ziel, und mit einem traf der Sturmführer Kasten den Warenhausbesitzer Ascher zwischen die Augen.

Da fiel der Warenhausbesitzer Ascher um und lag blutend zwischen seinen sauberen Nachtgeschirren, was aber nicht heißt, daß er nun auch hätte sterben müssen; sterben mußte er nur, weil ihm niemand rechtzeitig die Stirnhaut nähte, in Ratzeburg nicht und in Neuengamme schon gar nicht.

Als der Lehrer Kasten am Tag nach dem zehnten November wieder in seine Klasse kam, hatte sich die Geschichte von dem Juden, den sie mit Pißpötten bombardiert hatten, schon mehrmals herumgesprochen, und in der Schule sangen sie mit leichter und mehrfacher Verdrehung des Sachverhaltes, der zu solchem Gesang den Anlaß geliefert hatte: Abraham und Isaak schmissen sich mit Beefsteakhack!, und David Groth sang nur einmal mit, aber dann nicht mehr, und er schwieg nicht nur, weil er den Lehrer Kasten nicht leiden konnte.

Den Geschichtslehrer Pamprin dagegen mochte er ganz gern. Der war zwar keine Leuchte, und lieben konnte man ihn schon deshalb nicht, weil er allzu offensichtlich ein Schwächling war, ein allezeit ablenkbarer Mann, dem man nur ein militärhistorisches Faktum in den Unterrichtsweg zu legen brauchte, ein geharnischtes Stichwort, und schon hatte man ihn abseits vom Aufgegebenen, aber er war wenigstens kein Knochenbrecher und Heimtücker von der Kasten-Art. Und einmal war er sogar auf seine zwergische Weise ein bißchen tapfer. Das war zwei Tage nach jener Hospitation, bei der es um das Volk im Schrifttum und wieder einmal um Davids Namen gegangen war, und damit nur einen Tag nach jenem, an dem der Kaufhausbesitzer Hirsch Ascher in der Unterabteilung Sanitäre Anlagen zu sterben begonnen hatte.

Da nahm der Geschichtslehrer Pamprin den Schüler Groth beiseite und sagte: »Weil du dich doch so für Besonderheiten interessierst: Ich habe gestern in den Stadtannalen geblättert und bin auf die Liste der Ehrenbürger gestoßen. Liste ist schön gesagt; sie besteht aus drei Namen, und zwar sind es rückwärts gesehen folgende: Johannes Spehr; der ist neunzehnhundertzwölf Ehrenbürger geworden, vor allem wohl, weil er den Bahnbau nach Thurow in Gang gesetzt hat, und außerdem hat er auch vierzigtausend Mark für unser Krankenhaus gestiftet. Dann, vor ihm, achtzehnhundertneunzig, war es der Altreichskanzler Otto von Bismarck, das bedurfte ja weiter keiner Erklärung. Ach so, ja, und vor Bismarck, also als erster, nämlich schon achtzehnsiebenundsiebzig, ist der Stadtsekretär Richter Ehrenbürger geworden; der hatte auch den Roten-Adler-Orden, eine sehr preußische Auszeichnung. Ja, der war der erste von den dreien, von denen einer Bismarck war. Ach so, ja, und dieser unser erster Ehrenbürger, der Stadtsekretär Richter, fünfzig Jahre lang ist er das gewesen, der hieß übrigens wie du mit Vornamen, David Joachim Jakob Richter; das ist ganz hübsch, nicht wahr? – So, nun lauf, die Pause ist gleich um. – Ach so, ja, und falls du mal drauf kommen solltest: Du brauchst es nicht herumzuposaunen, woher du es weißt, sonst heißt es noch, ich erteile dir Nachhilfeunterricht, und den brauchst du ja nun nicht. Nun lauf!«

Daß David es seinem Vater sagte, zählte nicht unter Herumposaunen, und Wilhelm Groth hielt die Mitteilung auch für keines Posaunenstoßes wert.

»Das ist nett«, sagte er, »und irgendwann kannst du es dem Kasten mal stecken, aber keinen Mucks über Herrn Pamprin, und daran, daß du nach Herrn Blumenthal heißt, ändert es auch nichts. Ach, ist das eine beschissene Zeit, wo sie einem solche Lügen anbieten.«

David hatte schon lange gelernt, derartigen Äußerungen seines Vaters nicht weiter nachzufragen, aber ihnen war es zu danken, daß er nicht immer sang, was die anderen sangen, nicht immer tat, was die anderen taten, nicht immer ganz so war, wie die anderen waren. Diese kurzen und seltenen Bemerkungen seines Vaters, die bitter im Ton waren und eher schartig als scharf durch die scheinbare Ordnung der Dinge und Begriffe fuhren, machten aus dem jungen David Groth keinen Erwachsenen, was überdies nichts geheißen hätte, denn erwachsen waren auch jener Lehrermensch, der Kasten hieß, und auch der Feldwebel Groth und auch der Blumenthal-Mörder Wolter und all die anderen Leute, die es außerordentlich komisch fanden, wenn elf Männer mit Nachttöpfen nach einem älteren Juden warfen – die spärlichen, aber sperrigen Worte seines Vaters zu solchen Vorgängen hinderten David nur daran, allem und jedem sofort zu trauen, halfen ihm lediglich, manchmal noch einmal hinzuhören, und zwangen ihn oft und gerade dann, wenn es am wenigsten angebracht schien, zu der merkwürdig mühevollen und zugleich befreienden Anstrengung, die Denken heißt.

Und weder bittere Worte noch böses Geschehen änderten etwas daran, daß David Groth in dieser Zeit, die in späteren Aufsätzen immer wieder als die braune, die finstere, die blutige bezeichnet werden sollte, ein Junge war, zuerst ein sechsjähriges Kind, dann ein Bengel von elf und kurz vor ihrem Ende mit sechzehn immer noch ein neugieriger, frecher und lustiger grüner Schlaks, der zwar an Greueln und Scheueln mehr gehört und gesehen haben mochte als Gleichaltrige in früheren oder späteren Jahren, dem aber dennoch dieses Stück Lebenslauf vor allem gefüllt war mit Weihnachten, Ostern und Pfingsten und Geburtstagen, lauteren und stillen, aber Geburts- und Festtagen; ein Lebenslauf allenfalls über die Hürden der Herbst- und Osterzeugnisse, Hindernisse kaum zu nennen, ein im ganzen fröhlicher Lauf, dessen Schwierigkeiten sich rasch vergaßen: Ziegenpeter und Herr Kasten, Schlüsselbeinbruch und Gelegenheitsprügel, Gelbsucht und lange kein Fahrrad, wo andere längst eins hatten, Konfirmationsunterricht und das Wort KZ, geflüstert oder gehässig gebrüllt, die großen und die kleinen Verzichte, Verluste und Ungerechtigkeiten, die Schmerzen auf der Haut und im Herzen, die Narben auf den Knien und im Gedächtnis, die eigenen Tränen und die der Mutter, alles das, was Schiet war, alles das konnte sich damals, als es geschah, und noch weniger später, in der Erinnerung, gegen das behaupten, was, neben der Liebe vielleicht, die zwingendste Stärke hat: gegen die Jugend.

Was ist da der Tod? Der Tod, das ist, wenn man von einem absieht, auf den die Rede noch kommt, ein schwarzer Wagen, an den Ecken beschnitzt wie die vorderen Kirchenstühle; ein Kutscher, der, wenn er weniger betrunken ist, gar nichts sagt und, wenn er mehr als die üblichen drei genommen hat, die ganze Gasse mit vorsichtigem Gebrüll auffordert, hier nun bitte mal rein gar nichts zu sagen, denn hier werde ein Hingeewigter befördert, und Stille nun, verflucht noch mal; der Tod trägt weiße Astern und kleidet Fischermeister Schliecks in einen Zylinderhut, der immer eine Delle hat; der Tod bringt fremde Leute in die Straße, aus Lübeck und Schwerin sogar, und als es Frau Sagebiehl hingeewigt hatte, kam ein Professor aus Heidelberg, der Neffe, und wegen der Erbschaft soll er sehr gestritten haben; der Tod ist vor allem eine Alterserscheinung, und wenn er zu Kindern kommt, er heißt dann meistens Diphtherie, ist es in der Schule sehr komisch, so komisch still für eine Stunde. Der Tod ist etwas anderes, ja; er ist angeblich überhaupt nichts zum Lachen, und deshalb ist der Tod, was man aber nicht sagen darf, vor allem ein bißchen langweilig. Das ist der Tod.

Krankheit ist am Ende noch langweiliger. Zuerst nicht. Zuerst, wenn sie neu ist, gucken einen alle an und sehen alle nasenlang nach einem und fragen einen immerfort, und man ist wichtig. Aber wehe, man ist über den Berg, dann ist man gleich hinter allen Bergen, und die Mutter ist andauernd bei der Wäsche, und das Lesen hat jetzt plötzlich unbegreifliche Schwierigkeiten, ausgerechnet jetzt, wo man in Zeit erstickt, und draußen hört man Heinz Ahlers: Ich führe Krieg mit Engelland! schreien, aber mindestens drei Tage dauert es noch, bis man selber wieder schreien kann: Ich führe Krieg mit …, nun, das kommt ganz darauf an, wer mitspielt und wer Italien ist oder Rußland oder Amerika; wenn Heinz Ahlers Italien ist, dann führt man, solange es geht, Krieg gegen Italien, und man nennt Heinz Ahlers dann Makkaronifresser, Spaghettischeißer, und wenn man ihm ein Stück Land abgenommen hat, ruft man Ratzikatzimausifalli und weiß zwar nicht, was es bedeutet, aber es ärgert Heinz Ahlers, das soll es auch, denn der hat so lange Arme, und jetzt hat er so dicke Hände, die fühlen sich feucht an, und, igitt, was der für einen Kopf hat, der sieht ja aus wie der wilde Wassermann in der Burg wohl überm See, igitt, wer singt denn hier, hier singt einer, ich führe Krieg mit Lilofee, nein, nicht mit Lilofee, das ist doch Grete Milschewski, warum ist das Grete Milschewski, und warum singt die hier? Dann kommt die Mutter und sagt: Warum singst du denn? Nun schlaf mal, du hast wohl immer noch Fieber, und da willst du raus auf die Straße? Hah! Nun schlaf, und man schläft, und das ist erst langweilig, igitt!

Und fast jeder Kummer verwächst sich in dieser Zeit, schmerzt wie scharfer Hagel und schmilzt wie der. Kummer ist gefährlich und besiegbar wie ein Gänserich, gefährlich und besiegbar wie der Lehrer Kasten, ist gefährlich und ist besiegbar. Wenn man älter wird, scheint es schwieriger zu werden, ihn zu besiegen; die Zeit, so sieht es aus, scheint irgendwann zu ihm überzulaufen; je langsamer man wächst, um so länger dehnt sich der Kummer, und irgendwann dann wechselt er auch seinen Namen, heißt von nun an Sorge, und wer Sorgen hat, der ist erwachsen. Aber bis dahin ist es weit, und Kummer von gestern, wo ist heute dein Stachel, Kummer, wo bleibt dein Sieg? Wie willst du siegen gegen die Heerscharen der frühen Freuden; wer hört dein Knurren im Lachen auf dem gefrorenen Küchensee, wer vernimmt es im Fuchswald unterm Indianerschrei, wer soll ein Ohr dafür haben, wenn der Königsdamm unterm Wettlauf zittert? Wir laufen dir davon,

Kummer, auf Schlittschuhen bis zur Farchauer Mühle, barfuß über die Stoppelfelder bei Ziethen, über die Chaussee nach Mölln zu Eulenspiegel hin; wir schütten dich zu mit Eicheln, Bucheckern und Kastanien; wir fliegen dir fort mit Drachen und Malayern im Wind, der aus Mecklenburg kommt; wir haben kein Auge für dich, wenn wir auf den Grund der Wakenitz tauchen oder siebenmal die Sonne sehen auf sieben lübischen Türmen; und wenn wir uns unterm Löwenbild Heinrichs verstecken oder hinter dem merkwürdigen Stein, der Singender Klosterschüler heißt und schon deshalb merkwürdig ist, weil er ein Grabstein ist, gemacht von einem, der selber unter ihm begraben liegt und berühmt sein soll, Barlach heißt er, und sein Vater ist hier Arzt gewesen – wenn wir uns dort verstecken oder unter den Pfählen der alten Badeanstalt oder hinter den Güterschuppen der Büchener Eisenbahn, dann findet uns keiner, und der Kummer schon lange nicht.

Die Geschichte wußte es später anders, aber für David Groth waren die Jahre zwischen dem Brand des Reichstags und dem Tag, an dem der zerschossenen Kuppel eine weithergekommene Fahne aufgesteckt wurde, zumindest über die weitaus größere Länge der Bahn gute, weil junge Jahre.

Gewiß, sicher, freilich, eigentlich dürfte von Glück und Freuden nicht die Rede sein, wenn von einer Zeit gesprochen wird, in der man den Mord industrialisierte und ihn abrechnete wie eine beliebige Tagesproduktion.

Sicher, freilich, gewiß, eigentlich dürfte die Erinnerung nicht so selbstsüchtig sein und sich den Spaß aus Tagen bewahren, an denen andere nicht einmal das Leben behielten.

Freilich, gewiß und sicher, eigentlich war Lachen nicht erlaubt, wo ungezählt vielen selbst das Weinen erstickt worden ist. Und dennoch läuft Jugend auf all das hinaus, auf Spaß, Lachen, Freuden und Glück, und wenn von David Groths Namensmalheur und von jenem beschränkten Teufel, der Kasten hieß und Lehrer war, und von Herrn Blumenthals Tod und dem des Hirsch Ascher und bald auch noch vom Sterben des Wilhelm Groth, der Davids Vater, gewesen ist, wenn davon hier so beinah gewaltsam ausführlich erzählt wird, so geschieht das zwar insoweit mit Recht, als David am Ende nicht wäre, was er ist, wären in seinen Anfängen nicht so viele blutrünstige Schäbigkeiten gewesen, aber zugleich muß zugegeben werden: Der Bericht tut sich hier etwas schwer, hebt unter Anstrengung hervor, was ohne sie nicht so rasch zutage träte, hätte David Groth selbst das Wort und sollte er selber sagen, was man so sagt, wenn man erst einmal angefangen hat: Meine Jugend, die war so ... Hier zeigt sich, wie wichtig für einen, der Antworten hören will, wie wichtig für den es ist, richtig zu fragen. Fragt er: Du, sag mal, wie war eigentlich so deine Jugend? und setzt er womöglich noch hinzu: Gab's da auch Spaß bei dir?, dann darf er sich nicht wundern, wenn der andere, in diesem Falle David Groth, ihm antwortet:

Aber sicher, Mann, was glaubst denn du, wo ich aufgewachsen bin, in der Hungersteppe, in einem Pestgebiet am Ganges, unter schlesischen Webern, schwarz in Weiß-Afrika? Ich komm doch aus Ratzeburg, Herzogtum Lauenburg, Schleswig-Holstein, Deutschlands noch grünem Norden, Ratzeburg am Großen See, an der alten Salzstraße von Lüneburg nach Lübeck, nahe der holsteinischen Schweiz, nahe der lustigen Kreidehöhle von Segeberg, nahe Eulenspiegels Mölln, in Elbe- und Ostseenähe, in einem Wind, der wechselweise nach Tomaten und Gurken riecht und nach reifem Korn, nach geräuchertem Schinken und Räucheraal, nach Marzipan und Schwartauer Konfitüre und nach dem sonnigen Kartoffelacker Mecklenburg und nach dem Teer an den Reusenpfählen im Küchensee. Ich komme doch nicht von der Ruhr oder aus einem Slum von Chikago, ich komme doch aus Ratzeburg, Inselstadt, Stadt im alten Palobenland, Stiftung des Slawenfürsten Ratibor, Grafschaft Heinrichs des Löwen, von Kriegen kaum berührt, nur einmal, da allerdings gründlich, zusammengeschossen, von einem der Dänenkönige, die nicht immer so friedlich und lustig Rad gefahren sind, aber dann wiederaufgebaut, so solide und bedächtig, daß selbst die Einweihung eines neuen Finanzhauses einen Festtag hergegeben hat, Garnisonstadt zwar, aber die Soldaten waren fünfzig Jahre lang hübsche und freche Elite, Jäger vom 9. Bataillon, und ihre Marschmusik ging nach der Melodie O Tannebaum, o Tannebaum, und später, zu meiner Zeit, als in der Below-kaserne nur plane Infanterie saß, hat die auch niemanden gestört, mich schon gar nicht, denn ich hatte meinen Onkel Hermann dort, und der war eine beschränkte Seele, aber Seele eben auch, und gelegentlich erzähle ich mal von dem.

Aber sonst, Mann, war Ratzeburg nicht so furchtbar Preußen, oder wenn schon Preußen, dann trotz der Platzkonzerte und Schützenfeste mehr ein schlurfendes Preußen; ein Klein-bürger-Preußen eher als ein Marschall- und Tagelöhner-Preußen, ein Idyll mit Fliegenfängern, Sesselschonern und grünen Sonnenrouleaus hinter den Scheiben der beiden Papiergeschäfte; eine Stadt, in der man wer war, wenn man bei der Sparkasse arbeitete oder noch mit dem Bruder des Feldmarschalls von Moltke gemeinsam im ersten Baß der Ratzeburger Liedertafel gesungen hatte.

Man war König beinahe, wenn man Schützenkönig war, und das wieder wurde man weniger durch Schießkunst als durch vielgeartete Gunst, oder anders und deutlicher gesagt: Man wurde sicher Schützenkönig, wenn man König oder ähnlich Feines war; und wenn es auch nicht die hohen Herren selber waren, die den Vogel von der Stange holten, das besorgte der Landdroste oder der Schützenkapitän, so legte sich doch von allerhöchst dero Beschiß ein Glanz über die Stadt; und das war dann auch schon alles an Glanz, zu mehr hat es in neunhundert Jahren Ortsgeschichte nicht gereicht; erstklassig wurde hier nichts, weder im Guten noch im Bösen.

Und was es an Zelebritäten in Ratzeburg gibt, das ist entweder nicht aus Ratzeburg, oder es gilt außerhalb seiner schon nicht mehr so sehr als Zelebrität. Zwar ist die Kirche Heinrichs des Löwen einer der ältesten Backsteindome Norddeutschlands, aber eben nur einer der ältesten und eben nur Norddeutschlands. Zwar gab es am Ort eine Schnitger-Orgel, aber erstens gibt es sie nicht mehr, zweitens handelte es sich nur um die Restaurierung eines älteren Instrumentes durch den Meister, und drittens hat der die Arbeiten von seinem Gehilfen Hantelmann besorgen lassen. Zwar steht im Domfriedhof ein großartiges Löwenbildnis, doch leider ist es nur ein Abguß vom Braunschweiger Original. Zwar liegt Barlach in der Vorstadt begraben, aber geboren ist er in Wedel. Zwar, geboren ist hier Jacob Friedrich Ludwig Falke, und der hat eine Geschichte des deutschen Kunstgewerbes geschrieben, aber wen interessiert schon die Geschichte des deutschen Kunstgewerbes, und wer also ist Jacob Friedrich Ludwig Falke? Und so weiter mit zwar und aber, und so war Ratzeburg, nicht weiter bemerkenswert, kaum bemerkt, weil in keiner Hinsicht merkwürdig genug. Nicht im Guten, nicht im Bösen. Im Bösen eben auch nicht. Da wurde nicht mehr gehungert, geprügelt, gestohlen oder gar gemordet als anderswo. Man starb im Bett, an Altersschwäche oder Kindsfieber, man starb normal bei uns in Ratzeburg. Nur selten half jemand sich selber hinüber; ich weiß nur von dreien: da war Fidel-Fritz, der sich an einer Buche erhängte, als sie ihm draufgekommen waren, daß er so blind gar nicht war; da war ein Mädchen, das Heike hieß und sich im Wald am Georgsberg den Puls aufschnitt, an derselben Stelle, an der man sie ein paar Wochen davor noch gesehen hatte, sehr lustig damals noch und sehr lebendig unter einem Kradschützen vom dritten Bataillon, und wenn Fidel-Fritz sich aufgehängt hat, weil niemand mehr ihm sein Geigenspiel honorieren wollte, denn er war ja gar nicht blind, so hat sich das Mädchen Heike aufgeschlitzt, weil es das Lied nicht mehr hören konnte, das rasch aufgekommene Volkslied – o nie versiegende deutsche Sangeslust, o nie versagende deutsche Reimeskunst! – vom schönen Mädchen Heike, das sich unter einer morschen Eicke von einem strammen Schützen – doch hier macht ihr nur selber weiter!

Der dritte war Wilhelm Groth, mein Vater, aber von dem erzähle ich später, und wenn ich ihn und meinen Namenspaten David Blumenthal und den Hirsch Ascher, den sie mit Nachttöpfen erschlagen haben, einmal auslasse, dann war

Ratzeburg ein ruhiger Ort, in dem es sich leben ließ. Man mußte sich nur ruhig verhalten, und lange Zeit konnte man hier sogar Jude sein.

Und was meinem Vater dort passiert ist, hätte ihm auch irgendwo anders, irgendwo anders in Deutschland, passieren können.

Er hätte auch in Oldenburg bei einem Herrn Blumenthal arbeiten können. Er hätte auch in Friedrichshafen für einen Herrn Blumenthal vor Gericht treten können. Er hätte sich auch von Bitterfeld aus ins Lager bringen lassen können. Er hätte auch in Oldesloe einen Zementwagen fahren können. Er hätte auch in Schandau Soldat werden können. Er hätte auch in Weißenfels sterben können.

Daß er dennoch dies alles in Ratzeburg tat, hat nichts mit Ratzeburg zu tun, aber meine Erinnerung hat damit zu tun, meine Erinnerung an ihn und an Ratzeburg.

Das ist schon seltsam: Zuerst, wenn ich nach ihr gefragt werde, sehe ich die Stadt voll Licht und fröhlichem Wind, zuerst rieche ich die Reusen und die Kartoffelfeuer, höre den Wakenitzdampfer, der ein Motorboot war, und höre die Marktfrauen und den Karren des Eismanns. Dann kommen mir Nebenmenschen vor die Augen, die kleinen Freunde und die großen Feinde, mein Onkel Hermann; Herr Pamprin; Kasten, das Miststück; Fidel-Fritz und Ritzen-Heike und Fischermeister Schliecks mit der Delle im Zylinder, und immer noch mag ich die Stadt und sage, sie war kein Hungernest und kein Mordpfuhl, und wie ihr Glanz war auch ihr Elend nur zweiter Klasse. Es hat ihr zu beidem an Entschiedenheit gefehlt.

Dann aber komme ich zu meinem Vater, und da muß ich sagen: Dem hat es am Ende oder zum Ende nicht an Entschiedenheit gefehlt, der hat sich erschossen, in voller Uniform, zwischen den Buchen im Fuchswald, unter einem Galgen, der ihn gar nichts anging, und deshalb bin ich fort aus Ratzeburg.

Deshalb ist David Groth fort aus Ratzeburg, als er sechzehn war. Als David Groth sechzehn war und Wilhelm Groth fünfundvierzig, haben beide einen Schlußstrich unter ihren Teil an der Stadt gezogen, der eine für immer und der andere für lange, und beide hatten dafür beinah denselben Grund.

Wer lacht da, wenn es heißt, in Namen schon steckten Zeichen, gute oder böse? Wer lacht, wenn er hört, Wilhelm Groth könnte heute Rentner sein und David Groth brauchte wahrscheinlich nicht Minister zu werden, wenn ein bestimmter Zahnersatzdepotinhaber nicht David Blumenthal, sondern, sagen wir, Franz oder Friedrich mit Vornamen und mit Vatersnamen nichts mit -thal oder -baum oder -heimer am Ende geheißen hätte?

Da gibt es nichts zu lachen, denn dann hätte David Franz oder Friedrich geheißen, hätte womöglich aufs Gymnasium gedurft und gar auf die hohe Schule, wäre zum Ende des Krieges noch Fähnrich geworden oder auch Leutnant, wäre kaum als Bote zur Neuen Berliner Rundschau gegangen, hätte Ratzeburg nicht meiden müssen und meiden wollen, wäre jetzt Zahnarzt dort oder Chef einer Starfighter-Staffel oder Bootsverleiher auf dem Bodensee oder Pressesprecher der IG Metall, brauchte nicht einzutreten in die Regierung der DDR, wüßte vielleicht nicht einmal, daß es so etwas gibt, und das wäre doch ein Leben!

Und Wilhelm Groth hätte, bei einigem Glück, sein Leben noch. Aber alledem ist nicht so. Wilhelm Groth hat seinen Sohn auf den Namen David taufen lassen, hat dabei weniger an Goliath gedacht als an gut Wetter und ein nettes Taufgeschenk, und dann ist er ein bißchen zu lange dankbar gewesen und ein bißchen zu aufgebracht über den Tod im Küchenbach und ein bißchen zu uneinsichtig im Lager und am Ende ein bißchen zu konsequent.

Und was hat er nun davon?

## 3

Ebensogut hätte er mit der Faust in einen Sack voll Kleie schlagen können.

Wenn man die Aufregung bedenkt, die der Schuß im Wald auslöste, klingt das ungerecht. Aber Aufregung und Änderung sind zweierlei. Und geändert hat Wilhelm Groth mit seinem Karabiner nichts, jedenfalls nicht dort, wo er es vielleicht wollte.

In seinem Brief hat er nichts von Änderung geschrieben. Er hat kein Vermächtnis hinterlassen, keine Aufforderungen an die Nachwelt gerichtet, keine Appelle in die Welt geschrien, bevor er sich mit einer Gewehrmündung den Mund stopfte.

Auf dem Zettel, der hinter seinem Koppelschloß steckte, stand nur, Frau und Kind sollten ihn verstehen; lange hätte er sowieso nicht mehr leben können, und dies sei ihm als die beste Zeit, der beste Ort und die beste Art zum Sterben erschienen.

Als Hilde Groth von der Polizei aufgefordert wurde, diese kurze Nachricht zu erläutern, tat sie es bereitwillig. Sie weinte nicht, und sie zeigte auch nicht jene Verständnislosigkeit, von der Hinterbliebene sonst kaum lassen können. Sie erklärte die Sache wie etwas, das sie schon lange hatte kommen sehen.

»Irgendwann, und zwar eher früher als später, wäre er verhungert, und das wollte er nicht.«

Der Polizist aus Lübeck, ein reaktivierter Kriminalrat, der den Kopf nicht mehr ganz stillhalten konnte, fragte, nicht böse, nur verwundert: »Warum hätte er verhungern sollen; die Verletzung ist schon anderthalb Jahre alt, und wenn er da nicht verhungert ist, warum dann jetzt noch?«

»Das habe ich auch gedacht«, sagte Hilde Groth, »und manchmal hat er es auch geglaubt, manchmal hat er es gehofft, und manchmal hat er es befürchtet. Aber es war in dem Lazarett ein Arzt, der hat uns die Wahrheit gesagt.«

Der Assistent des Kriminalrats, ein einarmiger junger Mann mit einem kleinen Eisernen Kreuz neben dem Partei-abzeichen, wollte wissen, wer der Arzt gewesen sei, aber Hilde Groth sagte: »Das würde ich Ihnen nicht sagen. Ich könnte mich nicht erinnern. Aber was er gesagt hat, weiß ich: Künstliche Ernährung hilft nicht ewig. Die Tabletten können das nicht ersetzen, was im Mund und in der Speiseröhre mit dem Essen passiert. Von den Schmerzen ganz zu schweigen.«

»Schmerzen?«

»Ja, natürlich Schmerzen, er hat immer Schmerzen gehabt. Sie wissen wohl nicht, was künstliche Ernährung ist? Weil nichts durch die Speiseröhre, also durch den Mund ging, mußte es direkt in den Magen geschüttet werden. Zuerst in einen Trichter, dann durch einen Gummischlauch und dann in den Magen. Wenn man es nicht weiß, denkt man, da wer-den eben zwei Löcher geschnitten, eins in die Magenwand und eins in das Bauchfell, dann steckt man den Schlauch durch und fertig. Aber das sind dann schon zwei Wunden. Die heilen nicht mit dem Schlauch dazwischen, und das dür-fen sie nicht einmal. Wenn sie einem einen Schlauch durch ein Loch in der Bauchwand stecken, und das Loch heilt, dann drückt es den Schlauch zusammen, aber es soll doch Nahrung durch. Deshalb sorgt man, daß es eben nicht heilt; es wird eine künstliche Fistel genannt, wieder etwas Künstliches, und die Schmerzen, die dann kommen, könnte man beinahe künstliche Schmerzen nennen …«

»Halt, Frau Groth«, sagte der ältere Polizist, »nun werden Sie nicht bitter. Das ist ja jetzt vorbei. Und vorerst ist es nicht wichtig, wie der Arzt hieß, aber glauben Sie mir, wenn wir wollen, werden Sie sich an alles erinnern. Also sagen Sie nicht so unsinnige Sachen!«

Der Jüngere nickte scharf. »Unsinnig ist sehr milde for-muliert. Die Medizin ist gerade im Krieg sehr vorangekom-men; sie kann einem zwar, wie man sieht, noch keine Arme anflicken, aber so eine Speiseröhrengeschichte, kann man das nicht operieren?«

»Doch«, sagte Hilde Groth, »man kann es wohl, aber man kann einem nicht sagen, ob man danach lebt oder leben kann. Ich hab auch geglaubt, die Speiseröhre ist nur so eine Art Schlauch, wo das Essen durchrutscht, aber die muß arbeiten, und bei meinem Mann war sie für immer kaputt, und er hat immer Schmerzen gehabt. Aber ich muß Ihnen sagen, daß es nicht die Schmerzen allein gewesen sind. Der Körper ist so merkwürdig wie ein dressiertes Pferd. Manchmal, wenn sein Durst zu groß war, hat mein Mann den Mund mit Wasser gespült. Aber dann hat der Körper wohl gedacht, jetzt ist es wieder wie früher, und hat zu arbeiten angefangen, all die Drüsen und Muskeln, und dann gab es ein stundenlanges Gewürge. Sie müssen wissen, daß er nicht einmal seinen eigenen Speichel schlucken konnte. – Für einen Menschen, der beim Essen nur denkt: Hauptsache satt!, ist es vielleicht nicht so schlimm, wenn man ihn durch einen Schlauch mit Schleimsuppe vollkippt, aber mein Mann hatte soviel Spaß am Essen. Er hat sich verkrochen, wenn wir gegessen haben, aber vor dem Geruch aus der Küche konnte er sich nicht immer verstecken, und schon der Geruch machte ihn manchmal würgen.«

Der Rat gab seinem schreibenden Assistenten ein Zeichen. »Soweit ist der Vorgang eindeutig: Ständige körperliche und seelische Schmerzen, da hat der Mann schließlich versagt. Aber warum nun gerade gestern. Immerhin ist er gestern sehr hoch ausgezeichnet worden. Schließlich wird das goldene Verwundetenabzeichen in der Regel nur für wiederholte, im Kampf zugezogene Kriegsverletzungen verliehen; Ihr Mann hat es aber für dies eine Mal gekriegt, und das war, wie aus dem Begleitschreiben hervorgeht, eindeutig als Auszeichnung gemeint. Da geht man doch nicht hin und bläst sich den Brägen aus dem … Haben Sie eine Erklärung, Frau Groth?«

»Die hab ich, aber ich weiß nicht, ob ich es Ihnen erzählen soll.«

»Was heißt: soll, Sie müssen, liebe Frau, hier findet eine Untersuchung statt!«

»Da hat auch eine Untersuchung stattgefunden, da bei meinem Mann in Frankreich, aber sie haben ihm trotzdem dieses goldene Abzeichen geschickt.«

»Was heißt: trotzdem?«

»Mein Mann hat bei der Untersuchung gesagt, daß alles seine eigene Schuld war, ein Versehen, für das keiner was konnte, auf keinen Fall aber die Bauern, bei denen er in Quartier war.«

»Das waren doch französische Bauern«, sagte der Assistent.

»Aber Bauern«, sagte Hilde Groth, »mein Mann hat schon in seinem ersten Brief geschrieben, die waren nicht so viel anders als unsere hier. Er konnte die Sprache nicht, und die konnten nicht Deutsch, aber sie sind über ein Jahr gut zurechtgekommen, und warum hätten sie ihm die Lauge hinstellen sollen?«

»Weil es französische Bauern waren und weil sie mit den Partisanen zusammengearbeitet haben, deshalb, Volksgenossin Groth, haben sie dem deutschen Unteroffizier die Weinflasche mit Natronlauge gefüllt; darüber sind wir bestens informiert, und was meinen Sie, was dieses Gesindel im Osten alles mit uns versucht hat!«

Der Kriminalrat stoppte seinen Assistenten mit einer Handbewegung. »Gut, Kramp, wir wollen hier aber mal rausfinden, was der Mann, der Groth, in seinem Kopp gehabt hat, als er gestern ... Weiter, Frau Groth, was haben Sie gegen die Untersuchung, die von den Heeresstellen geführt worden ist?«

»Ich weiß nur, was mein Mann darüber gesagt hat.«

»Gut, was hat Ihr Mann darüber gesagt?«

»Er hat erst ein paar Tage im Lazarett gelegen, in Brest, glaube ich. Er sagte, es hat sehr lange gedauert, bis er begriffen hat, was passiert war. Nicht wie es passiert war, das wußte er, aber was – daß er sich nämlich das da drinnen alles kaputt gemacht hatte und daß es mit Salben und Pillen nicht mehr zu heilen war. Wie es passiert ist, darüber hat er nicht nachgedacht, bis die Untersuchung angefangen hat. Zuerst, als sie so merkwürdig gefragt haben, dachte er, es ist wegen Selbstverstümmelung …«

Der Kriminalrat wackelte jetzt deutlich absichtlich mit dem Kopf. »Blühender Blödsinn. Dazu schluckt man nicht so ein Zeug. Die Brüder schießen sich durch ein Kommißbrot ins Bein, die Penner, und denken immer, wir merken es nicht.«

Der Assistent sagte: »Bei uns im Osten hat sich allerdings mal einer die« – er flüsterte seinem Chef das Wort ins Ohr – »abgeschossen, und zu allem Überfluß war er noch aus Castrop-Rauxel!« Er wartete, bis sein Chef den Witz begriffen hatte, und dann lachten sie beide herzlich, und zwischendurch rief der Assistent: »Als wir mit ihm fertig waren, hat er die Dinger auch nicht mehr gebraucht!«

»Nun mal wieder zurück zu dieser Sache hier«, sagte der Kriminalrat. »Das mit der Selbstverstümmelung war also bald erledigt, und dann, was hat Ihr Mann dann gedacht, ich meine, was hatte er dann gegen die Untersuchung?«

»Nein«, sagte Hilde Groth, »ganz erledigt war es wegen der Verstümmelung nicht. Später hat man ihm gesagt, wenn er nicht bestätigt, daß es die Bauern mit Absicht getan haben, kann man auch untersuchen, ob er sich nicht hat vom Wehrdienst drücken wollen, weil er ja auch im Lager gewesen ist, früher.«

»Unsinn, das kann man ihm nicht gesagt haben. Das Lager war erledigt, sonst wäre er nie Unteroffizier geworden. Hat er Ihnen gesagt, welchen Grund man hätte haben können, ihm mit solchem Druck zu kommen?«

»Ja«, sagte Hilde Groth, »sie haben einen Grund gehabt. Es hätte sonst nicht zu ihren Berichten gestimmt. Als mein Mann ins Lazarett gekommen war, hat es in dem Dorf Vergeltungsmaßnahmen gegeben. Es sind welche erschossen worden, und welche sind verschickt worden, zur Arbeit. Aber das hat mein Mann erst gestern durch die Urkunde für das Abzeichen erfahren.«

»Na, liebe Frau«, sagte der Rat und stand auf, »Sie sind wohl doch etwas mitgenommen von der Geschichte und bringen einiges durcheinander. In der Urkunde steht nämlich kein Wort von dem, was Sie da erzählen.« Er nahm das Papier vom Tisch und hielt es ihr unter die Augen.

»Das weiß ich«, sagte sie, »aber mein Mann hat es mir erzählt: Sie haben gesagt, es gibt zwei Möglichkeiten: Entweder er hat es selber getan, dann kommt es vor ein Kriegsgericht, oder französische Banditen haben es getan, dann ist es eine Verwundung, und er kriegt eine Rente und das Abzeichen. Aber als sie ihm das bei der Untersuchung im Lazarett gesagt haben, muß es schon alles vorbei gewesen sein; das hat er erst gestern begriffen. Er hat gesagt, sein Kommandeur hat schon vorher alles mögliche über Banditen nach oben gemeldet, worüber sie immer gelacht haben, weil es bei ihnen keine Banditen gab, und sie haben gesagt, der Kommandant hat Halsschmerzen, und er hat sich das Ritterkreuz auf den Hals legen lassen wollen, zum Kühlen.«

Der Assistent schlug auf den Tisch. »Das ist doch blanke Greuelpropaganda, was Sie hier treiben!«

»Ich treibe gar nichts«, sagte Hilde Groth. »Sie haben mich gefragt, was mein Mann gesagt hat, und das hat er gesagt.«

»Ja, Frau Groth«, sagte der Rat, »das ist schon richtig, aber ich warne Sie auch: Erzählen Sie niemandem diesen Unsinn weiter, das bringt Sie ins Zuchthaus!«

»Mindestens«, fügte der Assistent hinzu, und sein Chef nickte. »Nun wollen wir mal sehen, was wir jetzt haben«, sagte er, »also, Frau Groth, Ihr Mann hatte gestern die, nun, die Vorstellung, mit der Verleihung des goldenen Verwundetenabzeichens habe es eine … eine nicht ganz geheure Bewandtnis. Er behauptete Ihnen gegenüber, man habe ihm die hohe Auszeichnung schon früher angetragen, vorausgesetzt, er bezeugte, daß er das Opfer eines Partisanenanschlags geworden sei, und er behauptete weiter, in Wahrheit habe es in seinem Gebiet da in Frankreich keine Partisanen gegeben, und einschlägige Berichte seien von seinem Kommandeur, nun, also ein wenig aus der Luft gegriffen gewesen. Wenn das aber so lange her ist, dann begreife ich nicht ganz, wieso er dann gestern da in den Wald geht und …«

»Aber doch, Herr Rat«, sagte Hilde Groth, »er hat doch in der Zwischenzeit immer geglaubt, es wäre alles erledigt. Im Lazarett haben sie auch manches geflüstert, aber er hat es nicht geglaubt, bis dann das goldene Ding kam. Das war doch ein Zeichen, daß es nun doch so gekommen ist, wie der Kommandant es gewollt hat, und da hat er, mein Mann, gesehen, daß er schuld war, als man die Franzosen und seine Bauern, bei denen er gewohnt hat, umgebracht hat. Und das hat er wohl nicht ausgehalten.«

»Was denn nun?« schrie der Assistent. »Ich bitte um Entschuldigung, Herr Rat, aber zuerst erzählt uns diese Frau, ihr Mann hat sich wegen seiner kaputten Innereien umgebracht, und nun müssen wir uns anhören, daß ihm das Herz gebrochen ist. Da bin ich gespannt, wie der Galgen in diese Geschichte paßt.«

»Ja, Frau Groth, die Sache mit dem Tatort, können Sie uns die auch erklären?«

»Was kann ich schon erklären? Ich kann nur sagen, was gewesen ist. Mein Mann hat gesagt, daß man niemanden aufhängen darf, weil er etwas mit einem Mädchen hatte. Aber das war noch, bevor er das Abzeichen gekriegt hat. Als sie hier den Polen aufgehängt haben, hat er noch nicht gewußt, daß so etwas auch in Frankreich gewesen ist, und zwar seinetwegen.«

»Frau Groth«, sagte der Rat, »da bringen Sie schon wieder etwas durcheinander. Die Franzosen, von denen Ihr Mann seine eigenen Vorstellungen gehabt hat, und der Pole hier haben nichts miteinander zu tun, und demnach hatte Ihr Mann überhaupt nichts mit dem Polen zu tun, und so muß es doch wie blanker Wahnwitz wirken, daß er sich ausgerechnet unter dem Galgen, Sie wissen schon.«

»Das ist doch nun gleich, wo«, sagte Hilde Groth.

Dieser stille Satz brachte den Assistenten mehr auf als alles, was bis dahin gesagt worden war. Man merkte ihm die Mühe an, mit der er seine Stimme in normaler Tonlage hielt, aber gerade dadurch wurde seine Wut besonders deutlich. »Was gleich ist und was nicht, bestimmen wir. Sie scheinen nicht begriffen zu haben, was hier passiert ist!«

»Mein Mann ist tot«, sagte Hilde Groth.

Der Kriminalrat sprach fast behutsam: »Nicht einfach tot, Frau Groth. Unsere Anwesenheit zeigt, daß er nicht einfach tot ist. Wenn er zum Beispiel gefallen wäre, dann wären wir nicht hier. Sehen Sie doch einmal den Unterschied!«

»Für mich ist er nicht so groß wie für Sie, Herr Rat. Ich war achtzehn Jahre mit Wilhelm Groth verheiratet, und nun ist er tot. Das ist der Unterschied, meiner.«

»Schon, liebe Frau, aber wir haben andere Dinge zu untersuchen. Für uns ist das kein beliebiger Sterbefall. Selbstmord ist in den Augen des Staates ein Verbrechen, wenn auch nicht im juristischen Sinne. Der Staat mag jedenfalls keinen Selbstmord, weil der ein Hinweis auf Unordnung ist. Erst recht im Kriege und erst recht in einem so gewaltigen Kampf, wie wir ihn führen. Und das mit Ihrem Mann ist nicht einmal ein beliebiger Selbstmord. Ein deutscher Unteroffizier erschießt sich unter dem Galgen, an dem ein polnischer Rassenschänder sein Verbrechen gebüßt hat; das ist politisch, liebe Frau.«

»Mein Mann war sein Leben lang nicht politisch!«

»Wegen was war denn der da in Dachau?« fragte der Assistent. »Und dies Gequatsche über die Banditen in Frankreich und jetzt dieses Ding mit dem polnischen Hurenbock, was war denn das? Nicht politisch? Für wie blöde halten Sie uns eigentlich?«

»Aber er hat den Polen doch gar nicht gekannt!«

»Eben! Wenn er ihn gekannt hätte, dann wär's schon schlimm genug – daß er diese französischen Mistbauern in Schutz genommen hat, weil er sie gekannt hat, das war auch schon schlimm genug – aber den Ostarbeiter hat er nicht einmal gekannt und schießt sich dennoch in den Kopf unter dessen noch warmem Strick; das war doch eine klare politische Demonstration, und nun erzählen Sie uns hier nichts, Sie!«

»Moment, Kramp«, sagte der Rat, »natürlich haben Sie recht, aber lassen Sie uns mal überlegen: Wenn der Mann das als Demonstration aufgefaßt wissen wollte, wozu sollte sie dann dienen?«

»Sonnenklar, Herr Rat: Fanal, Beispiel, Aufruf, Zersetzung der Moral, das Ding ist überdeutlich!«

»Richtig, Kramp, absolut. Nun aber weiter: Wenn diese Motive des Mannes bekannt werden, dann ist sein Plan doch aufgegangen, oder? Dann ist er da, wo er mit seiner Demonstration hinwollte, oder nicht? Also?«

»Ich weiß nicht recht, Herr Rat.«

»Aber ich, Kramp, aber ich: Deckel drauf! – Frau Groth, hören Sie gut zu: Ihr Mann ist vor Schmerzen irrsinnig geworden. Bedauerlich für Sie, aber das werden die Leute verstehen. So wird auch verständlich, warum er sich ausgerechnet da bei dem Polen ... So etwas macht man nicht mit klarem Verstand ...«

»Aber mein Mann hat gesagt: Ebensogut kann man einen aufhängen, weil er gegessen hat.«

»Das hat er gesagt?«

»Ja. Wenn einer vierundzwanzig ist, muß er zu einem Mädchen, wie einer essen muß. Und wenn einer nicht zu einem Mädchen kann, weil Krieg ist, und wenn einer nicht mehr essen kann, weil Krieg ist, dann stellt sich heraus, was der Krieg ist.«

»Nicht politisch, was«, sagte der Assistent, »überhaupt nicht politisch – und so was kriegt auch noch das goldene Verwundetenabzeichen. Ich finde, Herr Rat, das müßten wir einziehen, das kann doch nicht in diesem Haus bleiben!«

»Es ist nicht mehr da«, sagte Hilde Groth.

»Sondern?«

»Eine Taube fliegt damit rum.«

Das Kopfzittern des Rates wurde außerordentlich, und die Hand des Assistenten verkrampfte sich in seinen leeren Ärmel.

»Langsam jetzt, Frau Groth ... eine Taube?«

»Mein Mann macht manchmal solche Sachen.«

»Machte«, sagte der Assistent.

»Er hat immer Witze gemacht.«

»Dann erzählen Sie uns diesen Witz mit der Taube.«

»Er hat eine von den Danziger Hochfliegern aus dem Schlag geholt und hat ihr das Abzeichen umgebunden und hat sie hier auf das Fensterbrett gesetzt. Die Taube hat sich erst geschüttelt, aber dann ist sie losgeflogen, und er hat gesagt, im ersten Weltkrieg wäre sie nicht so leicht damit hochgekommen, aber nun wäre es nur noch Blech.«

»Völlig unpolitischer Witz«, sagte der Assistent, »und Sie fanden das wohl sehr ulkig?«

»Ich finde nichts mehr ulkig«, sagte Hilde Groth.

»Dazu haben Sie auch keinen Anlaß, liebe Frau! Schreiben Sie, Kramp: Mehrere Anzeichen deuteten schon vor der Tat darauf hin, daß der Groth aus der Balance war, in Klammern: Hat Taube mit eben verliehenem goldenem Verwundetenabzeichen versehen. Den Rest machen wir im Amt.«

»Da wäre noch die Frage, Herr Rat, wieso der Mann sein Gewehr hatte.«

»Klären wir auch später. Das Wichtigste hätten wir nun: Eindeutig geistige Umnachtung. Und daß Sie es wissen, Frau Groth, auch für Sie gilt das, und wehe, Sie erzählen den Leuten etwas anderes. Wenn Sie gefragt werden: Er ist vor Schmerzen durchgedreht, die alte Wunde, französische Banditen, klar, und nichts anderes!«

»Und der Pole? Was soll sie über den Polacken sagen?«

»Das ist auch klar: Unsinniger Zufall. Blut zieht Blut an, besonders, wenn einer seiner Sinne nicht mehr mächtig ist. – Daß wir uns recht verstehen, Frau Groth: Sie haben Glück, so. Sie sind auf diese Weise eine Kriegerwitwe. Man wird Ihnen sogar die Rente lassen – das heißt immer, wenn Sie nicht das dumme Gerede Ihres Mannes fortsetzen. Tun Sie es doch, dann kommen wir wieder, aber dann Ihretwegen. Ist das alles klar?«

»Ja, Herr Rat, es ist alles klar.«

»Gut, und wenn Sie können, fangen Sie die Taube ein, das geht nicht, daß die da so rumfliegt.«

»Ich sag es heute abend meinem Jungen. Ich sag ihm alles.«

Aber wie, wie hätte sie ihrem Jungen nun auch dies noch klarmachen sollen? Was zu erklären gewesen war, hatte der Mann übernommen; das war so eine Abrede zwischen ihnen gewesen, eine jener stillen Konventionen, die Eheleute miteinander schließen, wenn sie ahnen, was gut für jeden und für die Ehe ist. Wilhelm konnte das eben besser. Er sagte nicht, was sie gesagt hätte: »Du mußt die Frau Pastor grüßen. Es gehört sich so, und anders gibt es Ärger. Die Leute reden so schon, und nun benimm dich gefälligst!«

Wilhelm sagte es anders: »Der Himmel stürzt nicht ein, wenn du die Pastersche nicht grüßt, und wir kriegen keinen Extraplatz da oben, wenn du es tust. Allerdings, ein Held wirst du dadurch auch nicht, daß du nicht guten Tag sagst. Das einzige, was passiert, ist, daß sie uns scheel anguckt und scheel über uns spricht. Von der Sorte haben wir aber schon genug, und es wäre eine weniger, wenn du den Mund aufmachtest. Mußt aber nicht. Wo so viele auf uns rumhacken, werden wir am Ende damit auch noch fertig. Kannst dir das ja noch mal überlegen.«

Wilhelm sagte: »Das Radio hört sich wie Krieg an. Wenn, dann bin ich morgen Soldat. Zum Glück bist du ja inzwischen ein Ende länger als damals, als ich die paar Jahre weg war. Wenn du was von dem übernehmen kannst, was sonst ich gemacht hab, freut sich deine Mutter. Ich aber auch. Das ist schon ganz wichtig, denn im Krieg wird alles mögliche knapp: die Männer, die freie Zeit, die Butter und auch die Freude. Da hilft dann jedes bißchen. Ach, und hör mal, und steck das für dich weg: Ich bin nicht so scharf darauf, Soldat zu werden. Das ist so eine Art Menschenfresserei. Dein Onkel mag das, aber der war schon immer ein bißchen, ein bißchen jünger als ich. Vielleicht wird der mein Kompaniespieß; das wäre gut, dann könnte er mich endlich anbrüllen, und ich würde antworten: Jawoll, Hermann, jawoll, Herr Hauptfeldwebel, und denken würde ich: Na warte, wenn der Krieg vorbei ist, und dann komm du mir mal nach Hause!«

Wilhelm konnte mit David umgehen, aber jetzt war Wilhelm nicht mehr, und was mit ihm geschehen war, hätte vielleicht nicht einmal er dem Jungen erklären können.

Aber David war kein Junge mehr. Und er brauchte eine Erklärung in Worten nicht mehr. Dieser Tod war eine Summe, und wenn er die einzelnen Posten nicht immer erkannt hatte, als sie anfielen, jetzt, in der Summe sah er sie wieder. In der Stadt Ratzeburg hatte man keinen Vater im KZ gehabt, ohne ihn immer wieder dort gehabt zu haben. Die Gelegenheiten der Erinnerung waren klein und groß: Bist du nicht der Sohn von dem? Feindliche, doch manchmal auch freundlich, ängstlich-freundlich gemeinte Frage. Ist das nicht der Sohn von dem? Und weil man der Sohn von dem war, durfte man in der öffentlichen Weihnachtsfeier leider nicht »Vom Himmel in die tiefsten Klüfte ein milder Stern herniederlacht« aufsagen, auch wenn niemand sonst in der Schule es besser konnte; und weil man der Sohn von dem war, kam man weder aufs Gymnasium noch auf die Mittelschule, obwohl es die Zeugnisse einschließlich der Zensuren selbst des Lehrers Kasten beinahe dringlich empfahlen; und weil man der Sohn von Wilhelm Groth war, sah man seinen Vater nie unter den Fahnen am Tag der nationalen Arbeit oder am Tag der nationalen Erhebung, und an Führers Geburtstag sah man zwar auch am Schlafstubenfenster der Groths die Fahne, aber sie war nur vergessen und eines anderen Geburtstages wegen aufgesteckt worden, am neunzehnten April, Mutterns Ehrentag, und als David elf Jahre alt war, erklärte ihm sein Vater diese Vergeßlichkeit: »Deine Mutter, das ist ein Grund zum Feiern. Mit dem Adolf stehe ich nicht so gut. Aber wenn am zwanzigsten hier keine Fahne hängt, dann sieht man das in dieser Stadt, und dann haben wir den ganzen Tag Besuch von Leuten, die wir alle nicht mögen. Und du weißt ja, was wir zu Hause denken, tun und sagen, das ist unsere Sache, und wenn dich einer fragt, dann weißt du nichts anderes, als daß bei uns alles in Ordnung ist. Glaub mir, Junge, bei uns ist alles ganz richtig.«

Diese Abmachung galt. Sie war ohne aufwendige Gesten vollzogen worden und hatte keiner dringlichen Beschwörung bedurft; ihr fehlte das Pathos der Angst ebenso wie das des vorsätzlichen Widerstandes; da war kein Hauch von Rütli-Schwur und auch kein Katakomben-Schauder, und schon ein Handschlag zwischen Vater und Sohn hätte sich wie ein Einbruch von italienischer Oper ausgenommen. Aber es war eine Abmachung, und sie galt, und fortan war alles so in Ordnung, wie die Groths es verstanden. Das wäre ohne die Liebe, die Wilhelm Groth und Hilde Groth und David Groth füreinander empfanden, nicht möglich gewesen, aber da es diese Liebe gab, war alles möglich, fast alles, außer großen Worten. Den Gipfel entfesselter Beredsamkeit hatte sein Vater, so schien es David, bei seiner ersten Begegnung mit Hilde Jensen erreicht und war danach niemals mehr auch nur annähernd wieder in solche Höhen geraten. Damals, auf einem Feuerwehrball in Bergedorf bei Hamburg, hatte der ledige Chauffeur Wilhelm Groth zu dem ledigen Dienstmädchen Hilde Jensen gesagt, und zwar kaum daß er sie gesehen hatte, und zwar so, daß es wie Annäherungsversuch, Liebeserklärung, Heiratsantrag und Treueschwur geklungen hatte, was alles es dann auch gewesen war: »O Fräulein, sind Sie aber schön!« Hilde Groth erzählte ihrem Sohn das am Weihnachtsabend in Wilhelm Groths erstem Dachau-Winter, und sie war danach still, und sie weinte erst, als David sie lange betrachtet und dann gesagt hatte: »Das stimmt auch.«

Da weinte sie, und dann lachte sie über diesen gerissenen Kerl von Mann, der einem wildfremden Mädchen mit »Oh!« gekommen war und mit so ungehemmter Bewunderung, daß das Mädchen ihm hatte glauben dürfen, glauben müssen, glauben wollen.

»Konnte ich auch«, sagte sie zu ihrem Jungen, »und du kannst es auch. Was dein Vater sagt, das meint er. Manchmal sagt er es so um die Ecke rum, aber das meint er nicht falsch, da hat er nur seinen Spaß, wenn man dumm guckt und ihn erst versteht, wenn man selber um die Ecke denkt. Den Spaß können wir ihm beide lassen.« David lernte mit dem Um-die-Ecke-Denken bald auch selber, mit seinem Vater um die Ecke zu reden, und er fand heraus, daß diese Redeart nicht nur Spaß machte, sondern auch Schutz bot, Deckung gegen andere und vor sich selber.

Worte waren, wenn sie ehrlich waren, Teile von einem selber, und je mehr Worte man von sich gab, um so mehr gab man sich selber her; und deshalb hielt sich David an seinen Vater, hielt seine Ohs für die wirklich großen Momente zurück, die gesprochenen, die artikulierten, die lautgewordenen Ohs jedenfalls, und versuchte es sonst wie Wilhelm Groth mit Sorgfalt und Sparsamkeit im Ausdruck, gab nach Möglichkeit keinen Buchstaben von sich, der nicht durch die Filter hellwacher Kritik gelaufen wäre, und baute somit zugleich tiefstes Mißtrauen in sich auf gegenüber allem Großton, mit dem man ihn zu etwas veranlassen oder von etwas zurückhalten wollte.

Wenn er sich daran gewöhnte, seine Gefühle und Meinungen in Kürzel und Chiffren zu fassen, so entwickelten sich Gehör und Verstand im selben Zuge zu Horchposten und Dechiffrierer, und wo es geheime Signale gab, empfing er sie, und wo es falsche Töne gab, fing er sie, und er lernte, daß Pausen mehr Mitteilung enthalten konnten als ein klangvoller Satz, und deshalb war ihm die Feststellung seines Vaters, bei den Groths sei alles in Ordnung, weit eher eine Abmachung denn nur Beschwichtigung, und so grausig leer die Welt auch war, als Wilhelm Groth sie verlassen hatte, so war sie doch durch den Tod nicht anders geworden; sie war in der alten Ordnung, und das hieß vor allem: Wenn man nicht achtgab, wurde man von ihr erschlagen.

Wilhelm Groth war sehr allein sehr öffentlich gestorben, aber er hatte seinen Sohn nicht in Rätseln zurückgelassen. Er hatte ihm gesagt, was er wußte, und er hatte es ihm so gesagt, wie er es konnte, diesmal, das einzige Mal vielleicht, ohne die vorsichtigen und listigen Bögen, dieses eine Mal ohne behutsamen Spott, dieses Mal mit unverdeckter Liebe und also ohne Rücksicht.

Seine Kraft reichte nicht mehr weit. Zwei Witze am Tag und ruhiges Schweigen dort, wo er hätte schreien mögen und schreien müssen, wenn es nach den Schmerzen gegangen wäre, das brachte er gerade noch zuwege, aber niemand lebte nur durch seinen Willen, und wer für die Unterdrückung eines einzigen Schreis soviel Energie verbrannte, wie er früher für einen überlangen Tag in einem bewachten Steinbruch benötigt hatte, der kam bald an ein Ende. Das wußte Wilhelm Groth, und er sagte es David.

»Wir müssen nun mal darüber reden: Ich kann nicht mehr. Ich weiß nicht bis in die letzte Ecke, ob es richtig ist, so mit dir zu sprechen, aber ich glaube, es wäre feige und ungerecht, dir nicht zu sagen, was für dich wichtig ist. Nun bin ich kein so großer Apostel für Tapferkeit und Gerechtigkeit; wenn man ohne sie einigermaßen leben könnte, würde ich sagen: Laß sie sausen – was hilft die Gerechtigkeit, wenn du hungerst, und was hilft dir Heldenmut, wenn du sterben mußt; wer ins Bilderbuch kommen will, mag sich damit befassen, wir sind dafür nicht zuständig. Nur meine ich jetzt, wir sind dafür zuständig; es bleibt uns gar nichts anderes übrig, als gerecht und nicht feige zu sein, anders geht es uns an den Kragen. Meine Geschichte scheint das Gegenteil zu beweisen, so wie es mich jetzt am Kragen hat. Ich bin nicht feige gewesen, und wenn manche Leute auch gemeint haben, ich hätte eine ausgemachte Dummheit begangen, als ich für Herrn Blumenthal gutsagte, so haben mir doch zumindest ebensoviel Leute gezeigt, daß sie es für anständig hielten; in letzter Zeit jedenfalls, jetzt, wo alle sehen, wohin es geht, höre ich das öfter oder merke es doch wenigstens. Und da könnte man nun sagen: Na und, was hast du davon gehabt? Ins Lager haben sie dich gesperrt, wie einen Hund geprügelt haben sie dich – sie haben es wirklich, David, wird Zeit, daß ich es dir sage –, aus deiner Stellung bist du geflogen, aus deinen Träumen, in denen dein Junge zu Wissen und zu Würden kam, wurde nichts, das Gewehr und die Uniform der Schweinebande, die an alledem schuld war, hast du dennoch tragen müssen, und nicht lange mehr, dann bist du hin, bist ganz hin, und es macht dann überhaupt keinen Unterschied, ob du Heil geschrien hast oder gutgesagt für Herrn Blumenthal, ob du SA warst oder Schutzhäftling 67618, ob feige oder mutig, anständig oder nicht, unter der Erde ist da kein Unterschied.

So sieht es aus, David, aber es ist nicht so. So konnte es nur sein, weil ich allein war, in dieser Stadt jedenfalls fast allein. Was aber wäre gewesen, wenn ich nicht allein gewesen wäre, nicht hier und nicht im ganzen Land? Wenn man weiß, was wirklich geschehen ist, kriegt man so ein Bild nur schwer vor die Augen, und dabei ist es gar nicht unvorstellbar. Ja, die Leute haben sich von klingenden Reden etwas vormachen lassen und haben einen Kerl namens Hitler gewählt, das ist schlimm, aber noch normal. Dann aber, und zwar in einer Stadt, wo jeder weiß, was sein Nachbar zum Abendbrot hat, ertränkt ein Vieh in SA-Uniform einen älteren Mann in einem Bach, und ein Gericht sagt, der Ermordete war eigentlich der Mörder, und weil ein Gericht nur auf Grund von Beweisen urteilt, nennt es den Beweis: Der ertränkte eigentliche Mörder war ein Jude. Ist es wirklich so verrückt, sich vorzustellen, jetzt, wenigstens jetzt hätten die Leute kommen müssen und sagen: Halt, was macht ihr da, jedermann am Ort, jeder von uns, weiß, wie es gewesen ist, und nun erzählt nicht solche Sachen, macht eure Politik, davon verstehen wir nichts, aber macht kein Urteil von dieser Art, es nimmt uns allen Glauben.

Es ist nicht so gekommen, Junge, und was ich mir vorstelle, ist nur ein Traum, aber selbst in diesem Traum erwarte ich nichts Unmögliches von meinen Mitbürgern; ich sehe sie nicht mit Sensen und Dreschflegeln bewaffnet vor dem Amtsgericht, ich lasse sie nicht Barrikaden bauen des Herrn Blumenthal wegen, ich träume nur Naheliegendes; ich erträume nur Fragen und Bedenken, ich lasse niemanden die Fäuste schütteln, nur die Köpfe, ich sinne niemandem Proteste an, Bitten genügen mir, ich träume ganz bescheiden. Ich weiß, selbst zu dem wenigen, von dem ich meine, es wäre möglich gewesen, hätte eine Art Mut gehört, so wie die Dinge lagen, aber weil damals sogar dies bißchen Mut nicht vorhanden war, liegen heute die Dinge so, daß niemand seines Lebens mehr sicher ist, mag er so feige sein wie immer nur verlangt.

Was mich quälte, was mich immer noch quält, ist, ob ich dir sagen soll, was ich weiß. Es gilt als ein Verbrechen, und man würde mir den Kopf abschlagen, aber da müßten sie sich beeilen, und darum geht es mir nicht. Aber was ist mit dir? Die Wahrheit ist eine Last, und ich bürde sie dir auf, wenn ich erzähle. Von da an bist du es, den sie jagen müssen, und nach deinem Alter fragen sie nicht. Sie haben dich so schon gejagt, nur weil du mein Sohn warst und deines Namens wegen, aber dann erst würde es Ernst. Was soll ich tun?«

»Ich komme schon zurecht«, sagte David.

Und er kam zurecht. Vierzehn Tage nach dem Tod seines Vaters ging er nach Berlin. Sein Meister, bei dem er zwei Lehrjahre verbracht hatte, half ihm dabei. Er regelte den Wechsel mit der Handwerkskammer, er brachte sogar ein Schreiben vom Kreisleiter bei, dem er die Jagdflinten pflegte, er vermittelte David zu einem alten Kollegen in Lichtenberg, und der nahm David ohne allzu große Neugier auf.

Hilde Groth blieb in Ratzeburg, aber sie versuchte nicht, David zu halten. Sie hatte zwar Angst um den Jungen in einer brennenden Stadt, doch sie verstand auch, daß er fort wollte aus einer anderen, in der Verständnis oder Mitgefühl der Nachbarn allenfalls ausreichten, einen Gruß lang den geilen Schrecken in den Augen zu verschleiern.

Davids neuer Lehrherr war ein alter Mann, der viel zu listig war, um sich sehr auf das gefährliche Geschäft des Fragens einzulassen.

»Haste Stunk gehabt?« war alles an Erkundigung, und als David genickt hatte, sagte er: »Auch gut – und was kannste?«

Er entpuppte sich bald als einer jener im allgemeinen unauffälligen, genügsamen und friedfertigen Menschen, die gleichwohl auf einem bestimmten Feld zu den intolerantesten Fanatikern werden können. Als Mensch – um diese Unterscheidung zu benutzen – war der Büchsenmachermeister Treder ein Lamm, als Büchsenmachermeister war er ein reißender Wolf.

David gelang es in dem einen Jahr der ihm verbliebenen Lehrzeit nicht, einen auch nur annähernd genauen Überblick über die ungeheuer vielköpfige Verwandtschaft des Meisters zu gewinnen; ihm blieb nur der Eindruck eines nicht abreißenden Stromes von Söhnen, Töchtern, Tanten, Enkeln, Cousins, Nichten und Schwiegertöchtern, der durch Werkstatt und Laden spülte und immer sogleich davontrug, was Treder dank seiner glänzenden Geschäfte mit Stabsfourieren, Kantinenchefs und Materialverwaltern herangeschafft hatte.

Es schien, als ob der Krieg den Kriegern nicht blutig genug wäre oder als ob sie fürchteten, in den Schießpausen das Zielen zu verlernen – kaum hatten die Nachtjäger vom Luftverteidigungsring einen freien Tag, kaum waren Partisanenjäger aus dem Osten zu schneller Rearmierung in die Hauptstadt gekommen, kaum hatte in Potsdam ein Kurzlehrgang für Panzerjäger aus Italien begonnen, und schon erschienen die Kämpfer selbst oder deren Abgesandte, uniformierte Beamte oder gerissene Druckposteninhaber von der Butterseite der Armee, um ihre Flinten für einen Pirschgang durch die Wälder um Michendorf und Buckow überholen zu lassen. Manchmal liehen sie auch ein Stück aus Treders Arsenal, aber meistens brachten sie ballistisches Beutegut, das für die Pirsch auf Hahn und Sau justiert oder mit neuem Zubehör versehen werden mußte. Der Meister Treder war ein König des Schießzeugs; zwar gab es in jeder Kaserne eine Waffenkammer, und jeder Stab hatte seinen Waffenmeister, aber in diesen Bereichen beschränkten sich die Kenntnisse meist auf einfache Feinmechanik, und von der bis zur Büchsenmacherkunst war es – jedenfalls laut Treder – so weit wie vom Einbaum bis zum U-Boot des Kapitänleutnants Prien.

David wußte dies alles nicht, als er dem Meister zum erstenmal gegenüberstand, und so wurde ihm himmelangst, als ihn der alte Mann in ein unmäßiges Examen nahm und ihm

Auskünfte abverlangte, die er nie hätte geben können, wäre er lediglich mit dem in zwei Ratzeburger Lehrjahren erworbenen Wissen ausgestattet und nicht zufällig ein Intimkenner der Militär- und Schießhistorie gewesen. Aber Treder schien es für selbstverständlich zu halten, daß sein neuer Lehrling zu sagen wußte, wann zylindro-ogivale Geschosse die schlichten Kugeln abgelöst hatten oder worin die Verdienste der Herren Büchsenmacher Werndl, Wänzl, Snider, Berdan, Arasaka und Vetterli zu sehen waren oder was es auf sich hatte mit Liderung, Aptierung, Mundring, Quadrantvisier und der Modifikation des Lebelgewehres im Jahre achtzehndreiundneunzig. Er führte David in seine Waffenkammer, eine Art privates Militärmuseum, und ließ ihn nach je einem kurzen Blick auf die unförmigen, aber wohlgepflegten Schießmaschinen an der Wand Schloßarten bestimmen und ihre Prinzipien erklären, Luntenschloß, Radschloß, Steinschloß, Perkussionsschloß, Mauserschloß, und er bestand auf exakten Angaben über Kaliber und Bohrungsarten und erkundigte sich nach dem Geschoßgewicht des japanischen Infanteriegewehrs von 1905, als handle es sich um die Uhrzeit. Und als David einmal mehr als fünf Sekunden benötigte, bis ihm die Anfangsgeschwindigkeit des Mannlicher-Stutzens einfiel, sagte Treder: »Womit haste denn in deinem Ratzekaff zu tun gehabt – etwa mit Nähmaschinen?« Natürlich hatte David weit mehr mit Nähmaschinen und gar mit Fahrradfreiläufen zu tun gehabt, und das ausgefallenste Schießeisen, das er in der kleinen Werkstatt in Händen gehalten hatte, war ein Carcano-Karabiner, Italien-Andenken eines Ratzeburger Hauptmanns, gewesen, aber sein erster Meister hatte ihm eingeschärft, vor Treder nur ja nichts von Singer-Nähmaschinen und Torpedo-Freiläufen verlauten zu lassen, sonst werde nichts aus dem Berliner Lehrjahr. So erklärte David denn mit sichtbarer Entrüstung, wer sich auf Nähmaschinen einlasse, der könne sich auch gleich auf Fahrradflicken verlegen.

»Das walte der Reichsmarschall!« sagte Treder, und es schien, als habe diese kleine und naheliegende Heuchelei seines künftigen Lehrlings ihn mehr von dessen Eignung überzeugt als das Ergebnis der anspruchsvollen Prüfung.

Das Berliner Jahr entdeckte David die Welt.

Bis dahin war der Krieg nur ein schlingendes Untier gewesen; er hatte immer gefordert, bekommen und genommen; er hatte hinter jedem verweigerten Wunsch gestanden; er war die Erklärung gewesen, warum es dieses nicht mehr gab und jenes nicht sein durfte; er war der Grund von aller Not.

Beim Büchsenmachermeister Treder lernte David um. Not war ein Handelsfaktor, Mangel legte Schätze frei, und aus jähem Tod sprang manchmal jäher Reichtum.

Da kam die Witwe des Bierbrauers aus Weißensee in die Werkstatt und sagte: »Mein Mann ist gefallen.«

Da sagte der Meister Treder: »Herzliches Beileid – ja, wir zahlen alle unseren Zoll.«

Da sagte die Witwe: »Danke, da ist nun die Waffensammlung, was soll die jetzt?«

Da sagte der Meister Treder: »Schlimm, ich kann sie mir aber mal ansehen.«

Dann fuhr der Meister mit einem geliehenen Wehrmachtslaster nach Weißensee, und zu David sagte er: »Ich will da keinen gierigen Glanz in deinen Augen sehen und keine Jubelschreie hören – das sind alles völlig veraltete und leider total unbrauchbare Schießgewehre, das ist Schrott, verstanden, und eigentlich handeln wir nicht mit Schrott, aber man ist kein Unmensch. Du bist ein blöder Lehrling, ist das klar, du kennst dich mehr mit Nähmaschinen aus, und wehe, du guckst eine Lefaucheux-Doppelflinte nicht so blöde an, als wäre es eine alte Fahrradpumpe! Nachher in der Werkstatt kannste wieder aufwachen, aber jetzt weißte nischt und bist blöde, anders gnade dir Gott und die Deutsche Arbeitsfront!«

Wenn die Witwe nicht so sehr auf schnelles Geld versessen und vor den anreisenden Miterben in Zeitnot gewesen wäre, hätte Davids Gehabe sie stutzig machen müssen. Sie hätte bemerken können, daß etwas nicht stimmte, wenn der junge Mann, der zu geschickt und beiläufig mit komplizierten

Schlössern und Visieren umging, um noch ein grasgrüner Stift zu sein, und zu mühelos die waffentechnischen Angaben des Meisters auf einem Block notierte, um nicht sehr genau zu wissen, wovon jeweils die Rede war – sie hätte den Widerspruch erkennen müssen zwischen dieser aus Erfahrung gewonnenen Gewandtheit und der fast angestrengt schläfrig wirkenden Teilnahmslosigkeit in dem eigentlich intelligenten Gesicht des Käufergehilfen, und wenigstens zu denken hätte es ihr geben sollen, daß der Bursche, wenn er nun schon einmal etwas sagte, nur unbeholfen nörgelte, hier etwas Braunes in einem Lauf meldete und da ein kaputtes Ding, als stünden ihm selbst so primitive Bezeichnungen wie Rost oder Abzugsfeder nicht zur Verfügung.

Aber sie hatte es eilig, und auch der Meister hatte es eilig, als erst einmal der Wagen beladen war, und Davids Lohn für unterdrücktes Wissen war ein Fünfzigmarkschein, und das merkte er sich.

Der Tod des Bierbrauers machte viele glücklich. Zumindest ließ es Treder keinem der uniformierten Käufer gegenüber, denen er Stücke der so günstig erworbenen Sammlung zukommen ließ, an der Aufforderung fehlen, sie möchten sich der Neuerwerbung wegen glücklich preisen, ihr Glück sei ihm der schönste Dank, und er brauchte ihnen schon nicht mehr zu sagen, daß er über diesen Lohn hinaus kleine Zugaben aus den gemeinhin unzugänglichen Schatzkammern einer in die Welt verzweigten Armee zu schätzen wisse.

In Ratzeburg hatte David, und nicht erst im Kriege, gelernt, selbst mit Brot und Margarine sparsam umzugehen; hier nun, beim Büchsenmachermeister Treder in Lichtenberg, machte er Bekanntschaft mit der Fülle. Das heißt, er nahm teil an ihr, er kam in ihren Genuß, und was er dafür als Leistung aufbringen mußte, war nur eine andere Art von Genuß. Denn wenn ihm der Meister seine Rolle beim Einkauf auf die eines blöden Nörglers reduziert hatte, so wies er ihm beim Verkauf den Part eines ebenso kundigen wie begeisterten Ballistomanen zu, der bei jedem Stück technisch und historisch präzis begründeten Lobpreis von sich gab und nur dann entsetzt verstummte, wenn er begriff, was er bis dahin nicht bemerkt zu haben schien: daß sein Chef und Meister willens war, die so gefeierte Rarität zu veräußern.

Die theatralische Leistung von Lehrherr und Lehrling war beachtlich, und später erwies es sich sogar, daß eine dieser künstlerischen Darbietungen womöglich der Grund dafür gewesen war, daß David länger am Leben blieb als viele seiner Jahrgangsgenossen. Denn es kam dieser Fliegergeneral und wollte eine möglichst alte Flinte. So drückte er sich aus: »Wie ist es, Treder, ich brauche eine möglichst alte Flinte.«

»Jawohl, Herr General, was zum Hinhängen oder was zum Schießen?«

»Beides, Mensch, ein Ding, das die Wand putzt, aber im Einsatz auch mal 'ne Sau umhaut, und möglichst wat von den alten Germanen!«

»Ja, wissen Sie, Herr General, bei den Germanen, da hatten wir ja leider das Pulver noch nicht erfunden.«

»Aber heute, was, heute, wollen Sie doch sagen, heute haben wir das Pulver erfunden, Treder, alter Iltis, ich verstehe die Anspielung, aber nur abgewartet, die Lufthoheit, die holen wir uns wieder. Nun los, zeigen Sie mal so ein Donnerrohr, der Chef macht eine historische Jagd, verkleiden muß ick mir ooch noch, aber vor allem brauche ich eine antike Knallbüchse.«

Der Meister rief nach Daffi – den Namen hatte er David angehängt, weil ihn der andere zuviel Erklärungen gekostet hätte –, und David schleppte in wohlbedachter Reihenfolge altes Schießzeug heran, aber vor den Arkebusen und Hakenbüchsen schien es dem General doch zu grauen.

»Ich will keine Posaune, Mensch, ich will ein Gewehr, und was soll denn nu das Katapult?«

»Das ist eine Stützgabel«, sagte David, »diese Waffe wiegt ihre vierzig Pfund. Wenn Sie Pulver aufschütten, haben Sie nur eine Hand frei, und damit könnten, glaub ich, selbst Sie diese Kanone nicht halten, Herr General.«

»Selbst ich nicht, was, alte Schmusbacke? Habt ihr nicht 'ne Idee was Moderneres, eins, wo man ohne die Heugabel mit hantieren kann?«

»Ich weiß nicht, Meister«, sagte David, »soll ich dem Herrn General die Gustav-Adolf-Muskete zeigen?«

Obwohl der Meister zum erstenmal etwas von einer Gustav-Adolf-Muskete in seinem Besitz hörte, nickte er und sagte, nur eine Spur zögernd: »Zeigen kannste sie, rein interesseshalber, so ein Stück sieht selbst ein General nicht alle Tage.«

»Selbst ein General nicht, wat, olle Schmusköppe, her mit dem Apparat!«

David ging mit dem Gewehr um, als wäre es aus Glas. »Das sollte man nicht denken, dreihundert Jahre alt, und so im Schuß! Das ist wörtlich zu nehmen, denn die schießt ja noch. Da kann der Keiler zweihundert Meter weg sein, dem gehen vierunddreißig Gramm Blei wie nichts durch die Rippen. Das ist eben Schwedenstahl, dagegen ist nichts zu sagen, und dabei doch so leicht, keine elf Pfund, lächerliche fünfkommadrei Kilogramm. Wenn die nicht gewesen wäre, wer weiß, da wären wir vielleicht alle noch katholisch.«

»Stopp mal«, sagte der General, »dieses will ich genauer hören, da entwickle ich ja Vorstellungsgabe: Ick stehe im Walde neben unserem obersten Weidmann, lasse die Hand über den Schwedenstahl gleiten und sage: ›Wer weiß, Herr Reichsmarschall, wenn die nicht gewesen wäre, da wären wir womöglich alle noch katholisch!‹ Nee, halt mal, Scheiße, vielleicht war er mal katholisch, womöglich wunder Punkt, aber mir kannstes erzählen, interesseshalber.«

David ließ sich nicht sehr nötigen. »Als Gustav Adolf von Schweden am vierten Juli sechzehnhunderteinunddreißig in Pommern landete, weil ihm die Zukunft des Protestantismus Sorge machte, und wohl auch, weil ihm die Habsburger unter Wallenstein im niedersächsisch-dänischen Krieg von sechzehndreiundzwanzig bis dreißig zuviel gesiegt hatten, da waren große Teile seiner Truppen mit dieser Muskete ausgerüstet, der ersten Handfeuerwaffe in der Kriegsgeschichte, für die weder Gewehrgabel noch Hakenstange benötigt wurden, und wenn Gustav Adolf nicht zweiunddreißig bei Lützen gefallen wäre, da wäre er mit dieser Muskete noch durch ganz Europa marschiert. Aber gesiegt hat er auch so, und wo er war, da wurde man protestantisch.«

»Mit einem Wort«, sagte der Meister, »es handelt sich hier um so eine Art Wunderwaffe, Herr General, so wat Ähnliches kriegen wir ja nun auch bald.«

»Sie werden schon wieder anzüglich, Treder, oller Igel, aber als Apropos ist das gar nicht schlecht: ›Apropos, Herr Reichsmarschall, wie eben jesagt, handelt es sich hier um eine mittelalterliche Wunderwaffe, und dürfte man in dem Zusammenhang vielleicht mal fragen ...‹ – Also, Mensch, was soll der Knaller kosten?«

Damit war Davids eigentliches Stichwort gefallen. Er zog Gustav Adolfs Katholikentöter an sich und flüsterte: »Meister, ich glaube, der Herr General hat kaufen gesagt. Das ist ein Irrtum, nicht wahr, Meister, es war doch nur interesssehalber. Ich meine, ich bin hier nur Lehrling, ich hab hier nichts zu sagen, und zu allem Unglück ist der Herr General auch noch General, ich meine, nicht daß es ein Unglück ist, daß der Herr General General ist, es ist nur wegen der Befehlsgewalt, oh, ich bitte um Entschuldigung, Herr General, es ist nur, weil ich doch nie gedacht habe, daß man diese Waffe verkaufen kann, der Meister hat das doch bisher immer abgeschlagen, neulich erst, als der Herr Schnippenkötter von Siemens-Schuckert hier war, und da dachte ich ...«

»Nu is aber genug, Mensch«, sagte der General, »wenn der Schniepenköter diesen Donnerkeil nicht gekriegt hat, ist das in Ordnung, so etwas gibt man nicht in zivile Hände, aber in meinem Falle ... Mann, Treder, was ist denn los hier, wieso kriegt denn der Bengel keins hinter die Ohren?«

»Kriegt er, Herr General, kriegt er nachher gleich, den bring ich schon auf Trab. Ich will ihn nicht entschuldigen, nur, rein menschlich ist die Aufregung schon zu verstehen.

Sehen Sie, wir Büchsenmacher haben auch unseren Stolz, und den premsen wir schon unseren Lehrlingen ein. Für uns ist so eine Waffe wie diese – los, Daffi, nu leg det Ding endlich hin – etwa so, wie wenn Sie einen britischen Flugzeugträger versenken – is übrigens lange nicht mehr passiert. Na ja, ich hab den Bengel noch nicht so lange, aber als ich merkte, daß er sich sonst ganz gut macht, da habe ich ihm an einem Sonnabend die Muskete gezeigt – die wird separat verwahrt –, hab ihm die Sache mit der Schlacht bei Lützow erklärt und so ... Jedenfalls, er hat begriffen, dies ist ein Schatz, nicht nur vom Wert her, vor allem so vom geistigen Wert her, na ja, Herr General, und nun führt er Ihnen das Stück vor, und plötzlich hört er etwas von Verkaufen ... Also ehrlich, mir wird es auch nicht leicht, aber dennoch, der Bengel kriegt nachher seine Schelle.«

»Kann von mir aus unterbleiben«, sagte der General, »bestehe nicht drauf, ich habe für Ehrenkodex Verständnis. Aber nu mal los, Treder, alter Auerhahn, jetzt reden Sie mal Preise!«

»Gott, Preise, Herr General, daß so etwas nicht mit Geld ...«

»Ich habe Preise gesagt, nicht Geld, Sie Dollbrägen, aber ich finde, auf unseren Kriegshistoriker können wir jetzt verzichten!«

»Daffi!« rief der Meister, und David ging, und drei Tage später wimmelte das Haus des Meisters Treder von Verwandtschaft, und an dem, was sie davontrug, sah David, der General hatte einen guten Preis gezahlt.

David kam von dem Brauererbe nicht mehr los. Als ob es mit seiner Beteiligung an An- und Verkauf, an Preisbildung und lebhaftem Warenfluß noch nicht genug gewesen wäre, wurde er jetzt auch noch zu Transport und weiterer Umverteilung zugezogen, und wie er in der Verkaufssphäre die, wie sich später herausstellen sollte, lebenssichernde Bekanntschaft mit einem General gemacht hatte, so partizipierte er endlich sogar am Gewinnverzehr, und das hatte auch sehr mit dem Leben zu tun, jedoch waren die Einsichten, die er dabei gewann, weniger wirtschaftlicher Natur.

»Daffi«, sagte Treder, »du fährst mit Ursula nach Tegel. Erst packt sie sich den Koffer bis zum Platzen, und denn kannse ihn nicht tragen. Figur wie ein Ladestock, aber den Hals nicht voll kriegen!«

Der Koffer war wirklich nicht leicht, und von Lichtenberg bis Tegel war es weit, Fußmarsch, Straßenbahn, U-Bahn, Straßenbahn, Fußmarsch, und die Ziege von Schwiegertochter sagte den ganzen Weg nicht piep.

Erst in der Wohnung machte sie den Mund auf. Sie packte den Koffer aus, an dessen Füllung unter anderen ein Bierbrauer, eine Bierbrauerswitwe, ein schwedischer Waffenschmied, ein König Gustav Adolf, zwei Büchsenmacher mit mimischen Talenten und ein Fliegergeneral beteiligt gewesen waren, und fragte: »Kennen Sie Martell?«

»Selbstverständlich«, sagte David, »Karl Martell, der Hammer, siebensiebzehn bis einundvierzig, Sohn des mittleren Pippin, Hausmeier des fränkischen Reiches, hat Friesen, Alemannen, Araber und Langobarden besiegt, der hat sozusagen die Kavallerie als ständige Waffengattung erfunden, hier in Europa jedenfalls …«

»Jedenfalls«, sagte Schwiegertochter Ursula, »den meine ich nicht. Ich meine diesen.« Sie stellte drei Flaschen auf den Tisch.

»Den kenne ich nicht«, sagte David, »ich dachte, Sie meinten den mit Bonifazius.«

»Was denn, den hat er auch erfunden? Das scheint ja ein fröhlicher Hausmeister gewesen zu sein. Wunderbar, Sie kriegen einen von diesem Martell, den Sie noch nicht kennen, und dann höre ich von Ihnen einen Bonifazius-Vers, den ich noch nicht kenne.«

»Der Bonifazius von Karl Martell«, sagte David, »das war der Heidentäufer.«

»Welch ein entsetzliches Mißverständnis«, sagte die Schwiegertochter, »den Kerl behalten Sie für sich. Aber versuchen Sie nicht, mir zu erzählen, Sie hätten noch nie von Bonifazius Kiesewetter gehört. Ach, werden Sie schick rot!«

David beschäftigte sich dankbar und dadurch unvorsichtig mit dem Cognac.

»Sie, junger Mann, das ist keine Brause«, sagte des Meisters Schwiegertochter, leerte dann aber das Glas, als enthielte es nichts weiter als eben Brause.

»Was bedeutet Daffi?« sagte sie. »Sie heißen doch nicht etwa wirklich Daffi? Aber halt, vorher trinken wir noch einen von diesem Hausmeisterschnaps, hier, Sie Lehrling! So, nun, wie heißen Sie denn richtig mit Vor und Zu?«

»David Groth«, sagte er und zog den Kopf zwischen die Schultern – gleich würde es mit diesem Namen wieder losgehen, man kam einfach nicht darum herum, aber ob nun Meisters Schwiegertochter oder nicht, allzusehr aufziehen lassen würde er sich von der nicht, er spürte da jetzt so einen kitzelnden Mut in sich: wenn sie mit dem Namensquatsch loslegte, würde er ihr wirklich mal ein paar Kiesewetter-Nummern aufsagen, aber saftige, ha, und dann mochte sie nachher zu ihrem Schwiegermeister, wieso Schwiegermeister, Schwiegermeier natürlich oder war ja auch egal, zu dem konnte sie dann laufen und sich beschweren, wer hat denn angefangen mit Bonifazius, ich doch nicht, aber jetzt macht sie den Mund auf, aber nein, erst kommt da noch ein Schnaps rein, ein Hausmeier-Schnaps, ist ja auch eine Idee, einen Schnaps nach dem Kavallerieerfinder zu nennen, das ist eine richtige Schnapsidee, haha, Schnapsidee ist witzig, aber nun geht es los, jetzt sagt sie, daß sie es sehr merkwürdig findet, wenn einer David heißt, ich kann doch heißen, wie ich will, Mensch …

Er hatte sich nicht getäuscht. Sie fing wirklich mit dem Namen an. Sie blinzelte ihn durch das leere Glas an und sagte: »David? Das ist doch der, der den gräßlichen Riesen mit seinem Flitzebogen umgelegt hat?«

»Schleuder«, sagte David.

»Schleuder?« sagte des Meisters Schwiegertochter Ursula. »Ist das so ein Katapult? Zeigen Sie mal, mir scheint, ich sehe da eine äußerst verdächtige Stelle«, und dann setzte sie das Glas ab und griff ihm zu ernsthafter Prüfung in eine Gegend, von der er bis dahin recht genau gewußt hatte, daß er dort kein Katapult verborgen hielt, aber jetzt, mit ihrer Hand dort, war er dessen nicht mehr ganz so sicher, und daß es sich bei den beiden Händen, die sich unversehens zwischen dem rückwärtigen Rockbund dieser Dame und irgendeinem komischen Gürtel befanden, um seine eigenen handelte, hätte er eigentlich bestreiten wollen, konnte es aber nicht gut, weil irgendein Stück David ihm mit einer Rechnung kam: Die Schwiegertochter zwei, du zwei, das macht zusammen vier, aber die beiden dahinten können nicht von der Schwiegertochter sein, denn die sucht mit der einen nach einem Katapult, und, mein Gott, mir scheint, sie hat auch eins gefunden.

»Hm«, sagte die Schwiegertochter, und dann sagte sie: »Was ist denn? Steh nicht rum, das heißt, steh ruhig rum, aber nur teilweise, und da dann wieder bitte sehr!«

»Bitte sehr«, sagte David, oder er glaubte wenigstens, es zu sagen.

Und auf dem Heimweg dachte er: In Ratzeburg hätte ich das nie gelernt.

Auch so war Ratzeburg, und so ganz anders war jetzt dies Berlin.

## 4

Da ging dieser Mensch aus dem Haus, sagte ahoi, Franziska, küßte einen auf die Nase, alles wie immer, winkte aus dem Fahrstuhl wie immer, dann fiel ihm, wie immer, etwas ein, aber diesmal war es nicht: Ich komme heute etwas später!, diesmal flüsterte er über den Korridor: Weißt du was? Ich soll Minister werden!, schloß die Eisentür, wobei er sich beinahe die Hand brach, das schon wieder wie immer, fluchte im Fahrstuhl, pfiff von unten noch einmal durchs Treppenhaus, und fort trug ihn der Wolga.

Wenn der Minister ist, kann er aber nicht mehr durchs Treppenhaus pfeifen!

Wenn er Minister ist? Wenn er Kaiser von China ist, auch nicht. Wenn er Schah von Persien ist, kann er sich nicht mehr die Hand im Fahrstuhl brechen. Wenn er Maharaja von Eschnapur ist, fährt er Elefant und nicht mehr Wolga!

Franziska Groth, Fran genannt, nur beim morgendlichen Abschied nicht und in besonders feierlichen Augenblicken, trug das Frühstücksgeschirr ab, und als sie die Zuckerspur vom Topf quer über den Tisch bis zu Davids Tasse sah, wußte sie, daß alles beim alten war. Sie hatte es lange aufgegeben, gegen die albernen Luftfahrten des Zuckers zu protestieren, und schon längst nicht mehr schob sie ihrem Mann den Topf an die Tasse oder, was sie auch probiert hatte, die Tasse an den Topf – es war erwiesen, er mußte krümeln, aber wenn er weiter nichts mußte, bitte, das hatte er frei! Heute hatte er wohl einfach nur mal wieder seinen Spinntag – Minister! Was war heute, Dienstag? Da war aber gar nicht Kollegium, Dienstag war ruhig, da spann der sonst nie.

Minister! Das fehlte hier noch. Dann kündigte Frau Mauer, inständig, das tat sie: Also, Frau Groth, inständig, das mache ich nicht mit. Sie können nicht sagen, daß ich mich jemals beschwert hätte, aber das geht zu weit. Bei aller Liebe. Man ist auch nur ein Mensch, und Sie wissen genau, außerdem führe ich noch das Hausbuch. Das hört sich leicht an, ja, das hört sich alles sehr leicht an, aber ich sage Ihnen, Frau Groth, inständig, der Schein trügt, hat schon immer getrogen, das ohnehin, aber in diesem speziellen Fall trügt er völlig besonders. Was meinen Sie, was in diesen Neubauten alles gemacht werden muß, bis es richtige Bauten sind und der Mensch in ihnen wohnen kann, behaglich? Da klingelt es allewege, und egalweg ist etwas zu machen: Ich soll den Klempner besorgen, ich soll einschreiten, wenn die Hunde auf den Rasen scheißen, auf deutsch gesprochen, ist doch so, ich soll den Keller aufschließen, damit diese Verrückten an ihre Tischtennisplatte kommen, und wehe, es klappt etwas nicht, wofür ich auch nichts kann, ich spreche nur das Wort Handwerker aus, mehr spreche ich gar nicht aus, Sie wissen, was ich meine, und was meinen Sie, Frau Groth, was wird mir dann gesagt? Dann heißt es: Wozu sind Sie da Haushälterin bei einem Chefredakteur? Teilen Sie dem das doch mit, damit es in die Zeitung kommt! Inständig, Frau Groth, es ist den Leuten nicht klarzumachen, daß der Herr Groth so schon so dürre ist, das ohnehin. Und jetzt Minister? Daß ich nicht lache, dann halten Sie ihn beim Spazierengehen nur gut fest, wenn sich ein Wind erhebt. Nichts für ungut, Frau Groth, aber der Minister? Der ist doch schon zum Chefredakteur zu dünn. Das sage ich Ihnen, so wie ich hier sitze: Da mache ich nicht mit, bei aller Liebe nicht, Frau Groth, inständig.

Fran lachte, aber dann dachte sie: Und ich, würde ich es mitmachen, wenn er käme, wirklich, im Ernst, und sagte: Du, ich soll Minister werden?

Hier war der Spaß zu Ende. Manche Sachen konnte man nicht einfach nur so denken, nur so, wie man manchmal ein Los kaufte in einer Lotterie, die einen sagenhaften Hauptgewinn verhieß: Hunderttausend Mark? Wunderbar, hier haben

Sie Ihre fünfzig Pfennig und schönen Gruß nun auch an Ihr Präsidium vom Roten Kreuz!

Ja, wenn der Mann käme und sagte, er solle Chefredakteur der ersten Zeitung auf dem Mond werden, das ließe sich ausspinnen, das wäre unwirklich genug, da fiele einem etwas ein.

Aber Minister, hier bei uns? Das wäre zwar witzig, aber es wäre zu nahe an den Möglichkeiten. So etwas könnte einem passieren hier.

Wollte man dem Sozialismus am Zeuge flicken, könnte man ihm vorwerfen, daß er das Reich der Träume beschnitten hatte. Beschnitten oder besiedelt oder bebaut, jedenfalls mit Wirklichkeit besetzt und so verändert.

Wenn man sich einmal in einen älteren Roman minderer Güte verirrte, im Urlaub kam das schon vor, stieß man auf diese Art überholter Wunschbilder. Da leisteten sich arme Leute verstohlen die Kühnheit zu denken: Ach, wäre das schön, könnte unser Junge Doktor werden, einer, der böse Krankheiten heilt und zu Ansehen kommt und zu Geld und zu einer netten, sauberen Frau!

Oder sie träumten sich ihren Sohn zu einem Pastor zurecht, sahen ihn in einer hübschen Kirche auf der Kanzel, und das war wohl der höchste Punkt, auf den sie ihn hinaufträumen konnten.

Oder ein Katheder. Das war auch ein Gipfel, den man nur im Traume bestieg. Bei bescheideneren Gemütern war es ein schlichtes Schulkatheder, und der Herr Sohn war ein Herr Lehrer, aber manchmal kam es auch zu Ausschweifungen, und die unkontrollierte Zukunftsschwärmerei ließ aus dem Lehrer einen Oberlehrer werden und aus dem einen Schulrektor und aus dem ein fast olympisches Wesen, das alles wußte, schrecklich viele Bücher hatte, Professor hieß, aber dennoch jeden Sonntagnachmittag zu Muttern zum Kaffee kam, ein treuer Sohn auch in den kaltweißen Höhen einer spektakulären Karriere.

Immer waren es Söhne, und die Ränge, die die Träume

ihnen verliehen, waren maskulinen Geschlechts: Arzt oder Pastor oder Professor oder auch General.

Die Fabelwege der Töchter abzustecken forderte nicht weniger Gedankenmut, aber die Erfindung fiel dennoch leichter, denn der Tochter Bestimmung war, in jenen Büchern jedenfalls, Gefährtin zu sein, Lebensgefährtin, Gattin und, schon wieder äußerst träumerisch, Gnädige Frau.

Möchtest du Gnädige Frau sein, Franziska? Lach nicht, möchtest du, oder möchtest du nicht?

Wenn ich nicht lachen darf, kann ich auf so eine Frage nicht antworten. Nicht lachen dürfen heißt eine Sache nicht ernst nehmen müssen. Nur wenn auch Lachen erlaubt ist, kann man gerecht sein. Große Worte, aber schließlich ist auch die Frage nicht klein, trotz ihrer Komik.

Ich Gnädige Frau? Ich Gnädige Frau und David also Gnädiger Herr, wir Herrschaften, wir wären ein feines Gespann, David kriegte einen Biberpelz und ich einen Krimmermuff. Ich sehe schon, ich muß die Frage zurückgeben, ich bin ihr nicht gewachsen: Krimmermuff! Wer sich eine Gnädige Frau mit Krimmermuff vorstellt, bezeugt seine Unreife für Höheres; wer einen Biberpelz für das Kennzeichen von Herrschaftlichkeit hält, scheidet aus jeder Kandidatur für Gehobenes. Arme Franziska, wo holst du deine Bilder her?

Franziska wußte wohl, woher sie ihre Bilder holte und wie sie auf Biberpelz und Krimmermuff gekommen war.

Das hatte Weißleben ihr mitgegeben, die Viertausend-Seelen-Siedlung in der Börde, deren reichster Bürger ein Mann gewesen war, der in Magdeburg ein Kino besaß und zu seinem braunen Mantel einen Kragen aus Biberpelz; und einen Krimmermuff hatte die Frau des Verwalters der Zuckerfabrik gehabt, und sie war auch sonst sehr schön gewesen.

Da konnte man inzwischen Nerz und Seal und Zobel begegnet sein – die alten Signale behaupteten sich, und immer würde die Maschine Erinnerung zuerst die Karten Krimmermuff und Biberpelz auswerfen, sollte ihr Material zur Beschreibung von Wohlstand und Gnädiger Frau und Herrschaftlichkeit abverlangt worden sein.

Gäbe man ihm freilich das Stichwort Gräfin ein, Nachbarbegriff zu Gnädige Frau und märchenhafter und präziser zugleich, so würde das Memorabil nicht lange suchen und sortieren, denn es lagerten zwar in seinem Magazin mancherlei Informationen, die zuvörderst den Herren Schriftstellern Andersen bis Zschokke, Heinrich, zu danken waren, aber die stärksten Impulse kamen vom Selbsterlebten, und so würde die erste Antwort auf den Abruf Gräfin nur Gräfin Lehndorff lauten.

Die Gräfin war nicht nur von ältestem Geblüt, sondern auch vom jüngsten journalistischen Pfiff. Sie war im Osten geboren und im Westen zu Hause. Wenn sie Osten sagte, klang das wie Sattelzeug, und wenn sie Westen sagte, klang es wie Saint-John Perse. Und wenn sie von Leuten sprach, unseren Leuten oder diesen Leuten da oder den Leuten daheim auf dem Hof oder jenen Leuten neulich in jenem Betrieb, so hatte das Wort die Gemütlichkeit einer Lodenjoppe und zeugte von der demokratischen Gesinnung etwa eines älteren Buddenbrook und war auch von der frischen Herzlichkeit, in die sich ein preußischer Oberst zu finden vermag, wenn er sich für voraussehbar längere Zeit von Ersatz und Entsatz abgeschnitten weiß und angewiesen bis Gedeih oder Verderb auf eben seine Leute. Sie war klug, konnte lachen und war von graubraunem Schick und konnte jiddische Witze erzählen und Nordhäuser Korn vertragen und hatte über Adam Smith' Verhältnis zu den Physiokraten promoviert. Sie war ein Feind von der gefährlichsten Art; es schien, es ließe sich mit ihr reden.

»Lehndorff«, sagte sie, und Fran sagte »Groth«, und dann gaben sie sich die Hand und beäugten einander.

»Da ich wohl zu Recht annehme, daß Sie über mich sehr genau im Bilde sind«, sagte die Gräfin, »werden Sie mir den Versuch gestatten gleichzuziehen. Schließlich juckeln wir die nächsten vierzehn Tage zusammen durch die Gegend.«

Wenn es nur um Gleichstand zu tun gewesen wäre, hätte sie nach den ersten vier Fragen zufrieden sein müssen, aber sie schien ihre eigenen Vorstellungen von Frans Stellung und Aufgabe zu haben, und sie erklärte, ihr Prinzip im Umgang mit Menschen sei Freimut, und es sei dies ein Erbteil der Lehndorffs, ein nicht immer bequemes, aber doch sehr fruchtbares Prinzip, bequem ganz gewiß nicht, das wußte Gott, und schon die Hohenzollern hätten es erfahren müssen bei ihren Tänzen mit den Lehndorffs und selbst der Herr Freisler, der auch, mit den Zähnen habe er geknirscht beim Verhör ihres Onkels Olrik von Dolenhoff damals nach dem zwanzigsten Juli, der Dolenhoffsche Freimut habe ihm gar nicht geschmeckt, diesem entsetzlichen Verzerrer deutschen Rechts, und dies sei eine der köstlichsten Szenen in Onkel Olriks Erinnerungen, vielleicht habe Fran das gelesen: Olrik von Dolenhoff, »Freimütige Erinnerungen aus Krieg und Frieden«?

»Ich komme nicht so oft zum Lesen«, sagte Fran, »und wenn, dann ist es Fachliteratur oder mal ein Roman.«

»Erzählen Sie doch«, sagte die Gräfin, »wenn Ihr Presseamt Sie nun schon auf diese Reise mit mir schickt, da will ich Sie doch gleich in meine Studien einbeziehen. Wie leben Sie?«

»Wie lebe ich? Ich arbeite, das heißt, ich fotografiere, und zu Hause habe ich einen Mann und ein Kind.«

»Was macht Ihr Mann?«

»Der ist auch bei der Zeitung.«

»Eine Journalistenehe, ist das nicht anstrengend?«

»Ich kenne nur diese eine Art.«

»Und Sie haben nicht manchmal den Wunsch, Sie könnten zu Hause bleiben, brauchten nicht zu arbeiten?«

»Oft genug, aber Fotografieren ist ja nicht nur Arbeit.«

»Sondern?«

»Vielleicht Spiel oder Weltentdecken oder Denkmäler bauen.«

»Ist das Frauensache?«

»Das fragen ausgerechnet Sie, Frau … wie sagt man denn zu Ihnen, Frau Doktor oder Frau Gräfin?«

»Einfach Gräfin.«

»Einfach Gräfin? Hübsch. Aber was ist heute Frauensache? Ihre Reise durch dies Land zum Beispiel, ist die Frauensache?«

»Nun, Sie wissen zweifellos aus meinem Ansuchen bei Ihrem Presseamt, daß mein Interesse vornehmlich auf die Stellung der Frau im öffentlichen Leben hier gerichtet ist. Sie beispielsweise finden Ihre Tätigkeit und Ihre Stellung normal; Sie finden es normal, mit einer gewissen politischen oder administrativen Macht ausgestattet zu sein ...«

»Bin ich das?«

»Ich denke schon. Ihr Herr vom Presseamt hat mir jedenfalls so Ihr Mitkommen erklärt und, ich glaube, auch schmackhaft gemacht. Ohne Sie, hat er gesagt, käme ich nicht einmal am Pförtner eines mittleren Betriebes vorbei. Was habt ihr zu verbergen?«

»Entschuldigen Sie, Gräfin, Sie haben doch eben gerade gesagt, daß ich mitgeschickt worden bin, damit Sie hineinkommen. Aber vor allem, so sehe ich das jedenfalls, bin ich mit, um Bilder zu machen, ich bin kein Passepartout, sondern Fotografin.«

»Schön, Franziska, wir werden ja sehen, was wichtiger ist.«

Fran hatte dieses erste Gespräch mit der Gräfin Lehndorff und auch die Reise mit ihr beinahe vergessen gehabt; es war nicht mehr gewesen als die spröde und vage Unterhaltung zwischen zwei sehr verschiedenen Menschen, die noch nicht so sehr viel miteinander anfangen konnten und es auch nicht eilig haben mußten, das zu ändern; die Reise, die zwangsläufige Gemeinsamkeit auf Zeit und vor allem die Arbeit zu zweit würden noch hunderttausend Worte nötig machen, und dann würde man ja hören, wer wer war und wie er war und warum so und nicht anders.

Aber das, so stellte sich heraus, war nur Frans Haltung gewesen und nicht die der Chefkorrespondentin Dr. Renate Gräfin Lehndorff. Durch ihren Bericht »Expedition nach Nebenan« geisterte ein seltsames Wesen, das manchmal und dann in Anführungszeichen »Begleiterin« oder »Fotografin« genannt wurde, öfter aber und ohne die relativierenden Gänsefüßchen: mein charmanter Schatten, Frau Sesam, die Dame vom Amt, oder, jedenfalls immer, wenn die fremdartige Ausdrucksweise eines Interviewten hervorgehoben werden sollte, meine Dolmetscherin. Von den vielen Gesprächen zwischen Fran und der Gräfin, Gesprächen über Parfüm und Kinder, Kreuzfahrten in der Karibischen See und Sozialversicherung, Krebstherapie und Manhattan, den Stadtteil, und Manhattan, den Cocktail, über David Oistrach, Klebekacheln, ORWO-Filme, Sukarno, Autobahngebühren, die Moden in Vogue und Sibylle, Strittmatter und immer wieder Onkel Olrik von Dolenhoff, Selbstbedienung, Apartheid, Oben-ohne- und Ohne-mich-Bewegungen, Franz Josef Strauß (Übereinstimmung) und den Spiegel (keine Übereinstimmung), Ulbricht (keine Übereinstimmung) und Männer im allgemeinen (weitgehende Übereinstimmung), Greenwich Village (kleiner kühler Vortrag von Frau Dr. Renate Gräfin Lehndorff) und das Fernsehprogramm von Adlershof (längerer und keineswegs kühler Vortrag von Frau Franziska Groth), das Hotel Ursula in Helsinki, in dem beide schon einmal gewohnt hatten, Wohnungen, in denen beide niemals würden leben wollen, Yves Montand, Felsenstein und die Callas, Clara Zetkin und das dumme Gehabe der Männer am 8. März und auch gleich den Muttertag und auch gleich die Babypille und auch gleich den Papst und Martin Luther King und Reisgerichte hier und dort und Gleichen Lohn für gleiche Arbeit und Deine Hand für dein Produkt und Hast du was so bist du was und Die Frau die weißer wäscht und Öfter mal was Neues und Amis raus aus Vietnam und Vietnam und Vietnam und siebentausend andere Dinge, Orte, Erscheinungen, Sachverhalte, Mythen, Begriffe, Namen und Realitäten, Gespräche mehrmals um die Erde und durch den Himmel über ihr, Gespräche beinahe über den Waschtrog hinweg und dann wieder wie über den Ozean hinüber und herüber, lustige und bissige, lauernde und traurige, scharfe und solche ganz ohne Belang, Gespräche

eben zwischen zwei mehrfach Fremden, die aber Weggefähr-
ten waren auf Zeit und nicht mehr voneinander wollten, so
hatte Fran gemeint, als guten Eindruck hin und her und Arbeit.

Spuren von alledem fanden sich dann in der Gräfin Bericht
von der Expedition nach Nebenan, aber es hieß da immer nur:
»Wie ich hörte«, oder »Man gab mir zu verstehen«, oder »In X
erfuhr ich«, oder »Verstohlen sagte eine junge Frau«, und Fran
sah sich staunend in viele Hüllen getan; sie las zwar ihre
Worte, sah sich aber in »eine stämmige LPG-Bäuerin« verwandelt oder einen »schüchternen Oberschüler« oder einen
»bemerkenswert selbstbewußten jüngeren Wissenschaftler«
und einmal sogar in einen »knorrigen Fahrensmann, unver-
wechselbaren Typ unverwechselbarer Ostseelandschaft«, und
erst an dieser Stelle war ihre Empörung durchgeschlagen, und
sie hatte ausgerufen: »Dabei bin ich aus der Börde!«, und David hätte es vor Lachen darüber fast auseinandergerupft.

»Das zerrupft mich«, hatte er geschrien, »alles verträgt
die, wenn ihr nur keiner ans Recht auf Heimat will. O träch-
tiger Bördeboden, nicht nur Rüben wurzeln fest in dir, auch
deine Töchter tun ein nämliches! Sag mal, und die Beschreibung, die Frau Gräfin von dir geliefert haben, die kratzt
dich, scheint mir, nicht halb soviel wie der Umstand, daß bei
der Verteilung deiner goldenen Worte auch ein biederer Fahrensmann bedacht worden ist?«

»Ich weiß nicht, ob die mich kratzen sollte. Wenn ich das
so lese, da bin ich doch eine bedeutende und nicht wenig gerissene Persönlichkeit.«

»Nicht gerissen genug, die Gräfin hat dich durchschaut:
›Offiziell und zumindest einem Teil ihrer Tätigkeit zufolge
war meine Begleiterin Pressefotografin, und zweifellos hatte
man ihr auf was immer für einer Schule das Fotografieren
ausgezeichnet beigebracht. Auch wußte sie ihre netten Kleider nett zu tragen, aber irgendwie war immer ein Hauch von
Lederjacke um sie. Dennoch: diejenigen, die ihr die Rolle ins
Drehbuch geschrieben hatten, verstanden etwas von Beset-

zung; dies war die ideale Bevollmächtigte mit Charme, ein grauäugiges Persönchen, das mühelos den Jargon der Arbeitsdirektoren und Parteisekretäre beherrschte und bürokratische Widersacher mit dialektischen Karateschlägen aus dem Wege räumte oder auch wohl mit einem vor mir verschlüsselten Hinweis auf ihre eigentlichen Auftraggeber und deren Wünsche nach schönen Bildern.

Irgendwann einmal wird man ihr einen größeren Auftrag geben, und vielleicht werde ich ihr dann wieder begegnen, vielleicht bei einem UNO-Cocktail oder beim Empfang einer jener DDR-Botschaften, die es heute noch nicht gibt, aber unausweichlich einmal geben wird, und Franziska G. wird mir dann womöglich als Residentin, nein, dies ist ein Schreibfehler Freudscher Natur, als Repräsentantin, wollte ich sagen, etwa der Vereinigung Volkseigener Betriebe für Optik vorgestellt werden, doch ich weiß nicht, ob sie mich dann noch kennen wird, ja, ich weiß nicht einmal, ob sie sich noch erinnern wird, dereinst Franziska G. geheißen zu haben und gewesen zu sein: eine nette junge Frau aus Deutschlands Mitte, noch nicht zu sehr geprägt von einem Beruf, dessen Wege sich am Ende immer in der Kälte verlieren.‹«

»Die soll mir nicht noch mal unter die Augen kommen!« hatte Fran gesagt, und David hatte gelacht. »Na und, was würdest du dann machen? Würdest du sagen wollen: Gräfin, Sie haben mich enttäuscht, Sie haben geschrieben wie eine hochbezahlte westliche Journalistin, die an uns nur stört, daß wir vorhanden sind, und Hand aufs Herz, ich bin wirklich nur Fotografin, und selbst die Farbe meiner Augen ist echt. Was wolltest du ihr sonst wohl vorwerfen? Daß sie deine hundert Weisheiten auf so ziemlich die gesamte DDR-Bevölkerung verteilt hat, na hör mal! Du hast Interessantes geäußert, und das wollte sie unterbringen, aber erstens wäre es eintönig gewesen, wenn sie immer geschrieben hätte: Hierzu meinte Franziska G., und dazu meinte Franziska G., und zweitens hätte das nicht zu dem Bild gepaßt, wie sie es von dir brauchte; die ihr vom Amt, wie sie immer so schön sagt, beigegebene

Begleiterin hatte einen etwas dunklen Zug zu haben und Figur aus einem Mantel-und-Degen-Stück zu sein, da konnte sie so was Redseliges wie dich nicht gebrauchen.«

»Bin ich redselig?«

»Du bist redselig, manchmal, aber, damit du es gleich wieder weißt, es ist mir recht so.«

»Danke, Väterchen«, hatte sie gewispert und dazu einen linkischen Knicks gemacht und verschämte Augen. Sie hatte sich über seinen Patriarchenton und über ihr albernes Gehabe geärgert, und sie tat es heute noch, und sie wußte, an den David mit dem Buddhabauch würde sie sich nie gewöhnen.

Das war einer, der Kindchen zu einem sagte und: Nun hör mal schön zu! und: Ich will's mal ganz einfach ausdrücken! und in krisennahen Augenblicken gar: Nun schau einmal!

Dagegen gab es nur ein wirksames Mittel: stille sein und schauen, richtig schauen, Füße aneinander, große Zehe an große Zehe, Knöchel an Knöchel, Knie gegen Knie, Hände in den Schoß, leicht gefaltet, Oberkörper sacht nach vorn geneigt, Lippen ein wenig gespitzt, Nüstern gebläht und die Augäpfel so groß und rund wie irgend möglich: nicht atmen, der große Gautama verkündet wieder! Wenn man das durchhielt, hielt er nicht durch; was eben noch Lehre war, wurde nun Semmelmehl und quoll ihm im Mund, und ein Buddha, der vor Publikum schwer zu schlucken hat, schluckt immer auch ein bißchen von der eigenen Bedeutung.

Allerdings, wenn er nun tatsächlich Minister werden sollte, dann käme ihm diese Unart vielleicht sogar zustatten. Mitarbeiter erwarteten nun einmal von ihren Chefs eine Art Belehrung; auch wenn sie es nicht mochten, erwarteten sie es doch. Das war wohl auch eine jener Abmachungen von alters her, ohne die noch nicht auszukommen war. Noch nicht oder nie?

Und Vorgesetzte erwarteten von ihren Untergebenen diese Erwartung, und an der Art, wie sie die erfüllten, war ganz gut abzulesen, zu welcher Sorte Chef sie gehörten. Da gab es die Weisungsberechtigten, die Makarenko gelesen hatten und seither alle ihre Anordnungen mit einem Spritzer

Pädagogik zu servieren pflegten und ihr Sagen wie ein Fragen klingen ließen: Vielleicht könnte man es folgendermaßen anpacken ... oder: Ich überlege gerade, ob nicht ... oder: Was meinen Sie, wäre es nicht denkbar, daß ...?

Das war keine schlechte Methode, aber sie war mühevoll, denn um sie erfolgreich anzuwenden, das heißt, trotz ihrer die eigenen Absichten durchzusetzen, mußte man vorbereitet sein auf Argument und Gegenargument, denn wenn man diesen Frageton erst einmal eingeführt hatte, konnte man sich darauf verlassen: Die anderen antworteten in ebendiesem Frageton, sagten keineswegs ein klares Nein, obwohl sie ein klares Nein im Sinne hatten, sondern grübelten nun ihrerseits dem Gedanken hörbar nach, fanden ihn auf jeden Fall zunächst einmal bestechend, fanden, daß er zunächst einmal auf jeden Fall bestechend sei, und hatten mit dem Wörtchen zunächst schon angemeldet, daß sie ihn gleich nicht mehr ganz so bestechend finden würden, und schon ihre folgende Frage machte deutlich, daß sie den eben noch bemerkenswerten Gedanken des Chefs im Grunde ganz beschissen fanden. Hm, brummten sie – und ein ebenso respektvolles wie ablehnendes Hm war eine Kunstleistung für sich –, hm, diese Überlegung habe zweifellos ihre Reize, nur gelte es dann natürlich zu prüfen, ob wohl die Voraussetzungen, von denen der Chef zu seiner Fragestellung gekommen sei, auch wirklich ... Wenn man Chef bleiben wollte, nicht de jure, das ging auch anders lange, sondern de facto, dann löste man sich an diesem Punkt von allem Vagen und gab den sicheren Bescheid, das sei geprüft und alles in der Ordnung und von daher könne man nun wohl ein bißchen weiter überlegen.

Das Gegenteil von Makarenko war einfacher, aber überholt und weithin unbeliebt, und war auch nur scheinbar einfacher, denn über erste Erfolge konnte man mit ihm in böse Klemmen geraten. Es war die Generalmethode, und die Formel hieß: Ich ordne an!

Ich ordne an! war schnell gesagt, aber wache Untergebene wußten genau, daß man nicht mehr im Felde stand, und fügten deshalb ihrem steinernen Jawohl die Bitte an: Ich bitte, mir dies schriftlich zu bestätigen! Dagegen war schlecht etwas zu sagen, denn es gehörte zu den inneren Gesetzen dieses Leitungssystems, daß Papier der unvermeidliche Katalysator aller erwünschten Prozesse war. Nur, wenn dann die Ergebnisse am Ende doch anders ausfielen, als wünschenswert gewesen war, und wenn sie gar so waren, daß sich die Schuldfrage breitmachte, dann erwies sich die vertrackte Grundeigenschaft eines jeden Katalysators als äußerst mißlich, jene nämlich, daß er zwar eine Reaktion zu beschleunigen vermag, nicht aber an ihr teilnimmt und so auch keine Veränderung erfährt. Das verwünschte Papier mit den verwünschten Worten »Ich ordne an!« hatte überdauert, auch wenn das Angeordnete selbst längst in Rauch und rote Zahlen aufgegangen war.

Deshalb traf man nur noch selten auf den Leiter mit den allzu deutlich getragenen Epauletten; es ging zivil zu und demokratisch, und die Übergangsschwierigkeiten äußerten sich in einem Zuviel an Debatte, im umständlichen Vokabular der Auseinandersetzungen und in der komischen Erscheinung schnörkeliger Leutseligkeit.

Besonders interessant war da jener Staatssekretär gewesen, der einen bestechenden Eindruck von Sachlichkeit und Kompetenz gemacht hatte, solange es bei den Gesprächen während eines Werksrundgangs um Materialschwierigkeiten, Arbeitskräftefragen und technologische Probleme gegangen war und er die Anwesenheit der Presse vergessen zu haben schien. Dann aber war die Pause gekommen und der kleine Imbiß, und der eben noch sachbesessene Mann, der genaue Fragen zu stellen und genaue Antworten hereinzuholen und Bescheidenheit mit Entschiedenheit zu vereinen gewußt hatte, derselbe Mann hatte sich in einen Schulterklopfer und Schulmeister verwandelt, kaum daß ihm die Gegenwart eines Journalisten mit Stenoblock und einer Journalistin mit Kamera wieder bewußt geworden war, und die Formel war ihm als erstes von den Lippen gegangen: »Schauen Sie einmal!«

»Schauen Sie einmal, Kollegen, mit welchen einfachen

Methoden unsere Freunde von der Zeitung ihre technischen Probleme lösen, schauen Sie sich einmal dieses Kamerastativ genau an und zählen Sie seine Beine.«

Er verheimlichte ihnen nicht, daß er sich selbst einmal als Amateurfotograf versucht habe, wußte von verwackelten Bildern und gerissenen Filmen zu berichten und hätte sich noch um alle Autorität geredet, wenn ihm nicht am Ende noch eine Geschichte eingefallen wäre, die ihm in Franziskas Augen schon deshalb sein kluges und scharfäugiges Menschengesicht zurückgab, weil er sie nicht vergessen hatte und für erzählenswert hielt.

»Das ist schon lange her«, sagte er, »ewig, da kam ich an einem Sonntagnachmittag im Herbst aus dem Kino nach Hause. Der Film war trübe gewesen, und der späte Nachmittag war noch trüber, und die Aussicht, den Rest des Tages im möblierten Zimmer Politische Ökonomie zu lesen, war auch nicht heiter. Ich ging unlustig von der Straßenbahn durch die Laubenkolonie, wo ich wohnte, und an der Ecke von meinem Lupinenweg stand ein Mann. Klein und alt war er und sah merkwürdig aus. Er wollte wohl fein aussehen, aber es hatte nicht weit gereicht. Das weiße Hemd war uralt und brüchig, und wie er sich den Schlips um den Hals gezwirbelt hatte, daran merkte man, daß er ewig keinen Schlips getragen hatte. Dann hatte er einen fipsigen Regenmantel an, und es war eigenartig, daß an so einem kleinen, dünnen Mann ein Kleidungsstück überhaupt noch fipsig aussehen konnte. Vielleicht war es ein Kindermantel.

›Sie werden entschuldigen‹, sagte er, ›es ist nur, ob Sie einen Fotoapparat haben?‹

›Ja‹, sagte ich und dachte: Was kommt nun?

›Es ist nur‹, sagte er, ›ob Sie uns da vielleicht knipsen möchten?‹

›Jetzt‹, sagte ich, ›wen?‹

Er sah in den trüben Himmel und nickte, als wollte er sein Verständnis dafür andeuten, daß eigentlich jetzt die rechte Zeit zum Fotografieren nicht sei, aber dann sagte er sehr bestimmt: ›Heute müßte es sein. Es ist, weil wir heute Goldene Hochzeit haben.‹

Ich gratulierte ihm hastig. Er nahm meinen Glückwunsch würdig entgegen und gab mir seine Adresse: Hagebuttenstieg 4. Er ging zu seiner Hochzeitsgesellschaft, und ich holte meine Kamera.

Ich hatte noch zehn Bilder auf dem Film, und ich war dem alten Mann sehr dankbar, denn ich hatte den Apparat zwar nach langem Sparen freudig erworben, aber schon nach der Hälfte des ersten Films hatte ich nicht mehr so recht gewußt, was ich nun noch mit der Maschine festhalten sollte; immerfort das Bretterhäuschen, in dem ich wohnte, und meine Zimmerwirtin, das wurde rasch langweilig. Aber nun eine Goldene Hochzeit – dies würde die Probe sein, die Prüfung, das Examen! Komisch, ich dachte schon nicht mehr in Bildern, ich dachte in Studien, Porträtstudien, Milieustudien, ich dachte in Kompositionen, Arrangements aus Licht und Schatten; ich faßte eine Art Rembrandt-Technik ins Auge, das Porträt des Jahres würde ›Der Mann mit der Goldenen Hochzeit‹ heißen, und auch etwas Brueghel hatte ich im Sinn, Berge von Brezeln schwebten mir vor und Würste fressende Enkelkinder und ein halbes Dutzend hochgradig besoffener Nichten.

Ach je, diese Hochzeit war eine graue Angelegenheit. Die Goldene Braut war noch mühsamer und noch vergeblicher aufgeputzt als der Goldene Bräutigam. Vielleicht tue ich ihr unrecht, aber sie sah so auffällig frisch gewaschen aus wie nur jemand, der sich sonst nicht so sorgfältig wäscht. Und ihr Kleid war bestimmt schon lange nicht mehr gewaschen worden; man sah es, auch wenn es ein schwarzes war. Nein, ich will es nicht beschönigen: Es war bald zu erkennen, daß dies nicht nur arme, sondern auch tief verkommene Leute waren. Der Wermutgeruch im Zimmertief kam nicht nur von der einen Flasche und den beiden halbleeren Gläsern, und die Tischdecke war nicht erst heute fleckig geworden, und als ich die Lampenschirme entfernte, um etwas mehr

Licht zu bekommen, fuhr ich durch Staub, der Ruhe gehabt hatte mindestens seit dem Silberfest.

Das Paar war allein, und es waren auch keine Spuren von früherem Besuch zu sehen, und Post war wohl auch keine gekommen, denn an einem klebrigen Necessaire auf dem Vertiko lehnten zwei Ansichtskarten, eine aus Pisa und eine aus Ziegenhals bei Berlin, und waren vergilbt und hatten auf je vier Ecken je drei Eselsohren. ›Das ist der Fotograf‹, hatte der Mann gesagt, als ich in die Stube gekommen war, und mir war so gewesen, als hätte ein leiser Triumph in der Mitteilung geschwungen.

Die Frau hatte genickt und sich einen silbernen Hochzeiterreif ins Haar genestelt.

Sie sagte: ›Sieht man nich, wa, ob et Jold oder Silber is, wa, sieht man nich auf einer Fotojrafie, wa?‹

Ich hantierte eifrig mit meinem Apparat und den Lampen und wünschte mich heftig zurück zu meiner gemütlichen Politischen Ökonomie. Ich pfiff auf Rembrandt und Brueghel und alle künstlerischen Arrangements und knipste los, sobald das Jubelpaar auf seinen Stühlen saß. Auf den Bildern nachher war nicht viel zu erkennen, aber auf dem einen immerhin doch die Frau, die gerade an ihren Haarschmuck tippt. Dazu hatte sie gesagt: ›Der is noch von die andere Festivität. Jold kann unsereins sich nicht leisten. Wir nicht, nich in diesen Staat!‹

Was sie zu den Fotos gesagt haben, weiß ich nicht, denn ich hab sie ihnen in den Kasten an der Gartenpforte geworfen; der Muff hatte mir gereicht und die blöde Bemerkung über den Staat auch, und vor allem war ich mit dem Gefühl nach Hause gegangen, daß sie mich übers Ohr gehauen oder wenigstens doch auf meine Kosten einen uralten Streit ausgetragen hatten, einen stinkenden Zank, der an diesem Tage ebenso Goldenes Jubiläum hatte wie sie, denn im Gehen hatte ich draußen im Windfang den Alten sagen hören: ›Nu los, nu sag mal: Wer bringt hier nischt zuwege?‹ Und sie hatte geantwortet: ›Ick sach ja nischt. Ick sage höchstens: Alle fuffzich Jahre einmal is vielleicht 'n bißken wenich!‹«

Als wollte er verhindern, daß seine Geschichte belacht würde oder gar diskutiert, erhob sich der Staatssekretär mit dem letzten Wort seiner Erzählung, und man schickte sich zum zweiten Teil der Betriebsbegehung an, aber dann blieb dieser merkwürdige Mann doch noch einmal stehen und sagte: »Wer weiß, was das für Leute waren?«

Dies war nun ein Satz nach so einer Geschichte, mit dem man jemandem wie David Groth nicht hätte kommen dürfen. Er hätte gerufen: »Ja und, warum weiß er es nicht? Warum hat er es nicht herausgefunden? Warum hat er die Antwort nicht gesucht, wenn ihm um die Antwort zu tun gewesen ist? Das ist nicht zu glauben: begegnet einem Rätsel und setzt sich auf den Arsch, um Politische Ökonomie zu studieren! Das nenn ich Gelehrsamkeit: Buchstaben knacken, aber nicht Menschen! Da hätte ich mich so lange unter das Stubenfenster von diesen Goldhochzeitern gelegt, bis ich eine Vorstellung gehabt hätte, ein Bild mit allem an seinem Platz: dem Silberkranz, der Postkarte aus Pisa, dem Wermutmief und dem Staat, in dem man sich nischt Verjoldetes leisten kann. Wenn ich so was höre, das sägt mich auseinander. Da hätte ich doch die Bilder stückweise zu diesen vergammelten Philemon und Baucis gebracht und sie ausgeholt bis zur Grünen Hochzeit zurück, da hätte ich … Mensch, was für ein Jammer!«

Er hätte dies alles wirklich getan, und wirklicher Jammer hätte ihn wirklich gepackt ob einer so vertanen Gelegenheit, den Menschen, dem Menschen auf die Spur zu kommen.

»Unsere Zeitung ist nicht einfach ein Bilderblatt«, sagte er manchmal in seinen pompöseren Stunden, »sie muß ein Beitrag zur Menschengeschichte sein, und Geschichte sagt nicht bloß Was, sie sagt auch Warum, sonst taugt sie nicht. Und dieses Blatt taugt einen Dreck, wenn es nicht auch Warum sagt, und ihr taugt als Journalisten einen feuchten Qualm, wenn ihr nicht hinter dem Warum her seid wie der Finanzminister hinterm Steuerbeleg.«

Die Heftigkeit, mit der er diese Meinung von Anbeginn vertreten hatte, war zunächst von der Ahnung eingesteuert gewesen, daß man ihm Widerstand entgegensetzen würde, und wenn seine Heftigkeit, kam er in späteren Jahren auf dieses Thema, nicht geringer wurde, so einfach, weil er da schon wußte, was er vorher nur vermutet hatte: daß es eines war, die Darstellung des Warum ins Programm zu nehmen, und ein anderes, ein ganz anderes, dieses Programm zu verwirklichen. Abgesehen von den berufsinternen Dogmen, denen zufolge eine Illustrierte ihren Verpflichtungen dann genügte, wenn sie das Zeitgeschehen im Bilde vorführte und Worte nur beifügte, um Irrtümern des Beschauers vorzubeugen – klassisches und von David gern zitiertes Beispiel einer solchen klärenden Erläuterung war die unter einem Foto von zwei Persönlichkeiten, deren Äußeres schon tausend Karikaturisten zu leichter Arbeit gereizt hatte, was aber dem Textredaktor nicht Grund genug gewesen war, auf die Unterschrift zu verzichten, die da ging: »Kaiser Haile Selassie von Äthiopien (links) im Gespräch mit der Witwe des amerikanischen Präsidenten, Frau Eleanor Roosevelt (rechts)« –, abgesehen also vom Familienstreit zwischen Bildermachern und Wortemachern, gab es manchmal auch einen jüngeren, schärferen, tieferen und auch höheren Widerstand gegen die Vorführung des Warum, aber die Auseinandersetzung mit ihm führte weit fort von den Fragen der Technik und der Druckraumökonomie, sie führte in den Bereich der Grundsätze, und bei den Prinzipien verstummten die Witze, und von diesen Prinzipien her verbot sich oft nicht nur das illustrierte Warum; auch das illustrierte Was, der bloße Tatbestand, die Aufnahme, das Bild von ihm, blieb unveröffentlicht, weil anders Verwirrung statt Klärung die Folge gewesen wäre.

Das Beispiel hierfür, weniger rasch erzählt als die Anekdote von Kaiser Haile Selassie links und Mrs. Roosevelt rechts und auch weniger belacht und auch weniger unumstritten, war die Affäre REBEA. Denn es war die Geschichte eines Umsturzversuches und eine Komödie. Es war die Geschichte eines Wirtschaftsputsches und eine Komödie. Sie endete wie ein Drama, sie verlief wie eine satirische Erzählung von Ilf und

Petrow, und sie begann beinah wie ein gemütliches Märchen, sie begann mit Großvater Kist:

Es lebte einmal in der schönen Stadt Berlin der Großvater Richard Kist, ein Eisenbahner. Sein Lebtag war er ein fleißiger Mann gewesen, und als er in den Ruhestand trat, ging sein Trachten nur auf den Ruhestand, von dem er wohl wußte: Er hatte ihn verdient. Er hatte fünfundsechzig Sommer gesehen, und vierzig Winter lang hatte er Kartoffeln und Kohlen und Zement und Kisten mit Hühnern und Büchern und Maschinenteilen und Eingemachtem und Waggons voller Ferienausflügler, Berufsschüler, Trauergäste, Soldaten und singender Jungfrauen über verschneite Schienen gefahren, er hatte Stellwerke gestellt und Gleisbetten mit Steinen gestopft, er hatte Fahrkarten verkauft und gelocht und in überfüllten Zügen kontrolliert, er hatte beim Rangieren zwei Finger der linken Hand eingebüßt und im Übernachtungsraum von Posen seine Brieftasche verloren und im Partisanenwald bei Compiègne sechzehn Wagen mit Stückgut aus Brest, und nun war er in Pension, Ruuuhestand.

Da aber sprach eines Tages die Tochter, die zweite, die mit dem nervösen Buchhalter zum Mann: »Wenn du mal Kaffeesahne siehst, bring uns welche mit, du kommst doch rum.«

Fürwahr, das war wohl recht gesprochen! Es war nämlich dem Großvater Kist bald in den Sinn gekommen, daß es ein eigentümlich Ding war mit dem Ruhestand: Es wollte sich keine Ruhe einstellen, und nach Bewegung war ihm immerfort. Es trieb ihn auf die Bahnhöfe und ins Stellwerk und in die Wohnungen von Kollegen, die nun Veteranen waren gleich ihm. Dort wurde noch einmal die Eisenbahngeschichte des Halbjahrhunderts verhandelt; noch einmal stand in diesen auch weiterhin erregten Debatten die Entscheidung zwischen Dampf- und Diesellok auf der Kippe und auch die zwischen der Diesellok und der aus einer Oberleitung gespeisten elektrischen Zugmaschine, noch einmal tobten verbale Schlachten um Spurweiten und Kennzeichnungssysteme und um die Entbehrlichkeit oder Unentbehrlichkeit des Rangierers mit den zerbrechlichen Rippen nahe Puffer und Puffer. Noch einmal das donnernde Abenteuer des Schienenstrangs, die Ängste im Fährenbauch beim Nebel vor Trelleborg, der Schabernack mit dem pingeligen Oberamtmann von Rüdesheim, die lüsterne Witwe im Nachtzug nach Prag und das Telegrafenfräulein von Saalburg, immer dienstbereit, jungejungejunge, und die Scheiße bei Pinsk und Minsk und Hagenbecks Elefant, der nicht auf die Rampe wollte, und das Desaster bei Mülheim, wo der Willi eine Blockstelle vorher noch gesagt hat, morgen geht er heiraten, und dann sind's vierundzwanzig Tote, und Willi ist dabei. Noch einmal Fahrt auf dem Flügelrad durch vierzig Jahre, durch ganz Europa, nur in Äquatorlängen zu messen, Schienenweg durch Frieden und Krieg, Ausgangsstation: eine Stopferkolonne in Eberswalde, Endstation: Ruhestand.

Aber dann begibt es sich, daß der Gesang der greisen Befahrenen unterbrochen wird, abgebrochen, weil eine Schwiegertochter nach Hause kommt und Bissiges zum Thema Pfeifenqualm äußert, oder das Zugtelefon ruft Herbert, der noch zwei Jahre dabeisein wird, muß, darf, an die Arbeit, schönes Wort jetzt, oder es wird einfach langsam zu windig am Gartenzaun, und man sagt: »Ja, ich werd mich auch mal trollen; muß noch sehen, ob's wo Kaffeesahne gibt; ich brauch keine, aber Helga, die mit dem Buchhalter, trinkt ihn nicht schwarz. Na, ich hab ja Zeit, ich seh mich mal um.«

Und da begibt es sich weiter, daß die Schwiegertochter vom Kollegen oder der Herbert, der noch die zwei Jahre rummachen kann, oder die Nachbarin am Gartenzaun oder alle drei und andere auch noch sagen: »Wenn's gibt, ich könnte auch welche brauchen!«

Und weiter begibt sich nun, daß Großvater Kist eines Abends nach einem erfolgreichen Einkaufszug die junge Ärztin am Hausbriefkasten trifft, die wohnt zwei Treppen, hat viel zu tun, ist aber immer freundlich und sagt auch jetzt freundlich: »Tag, Herr Kist, noch ein bißchen Bier geholt für den Feierabend?«

»Da brauchte ich viel Bier«, sagt Großvater Kist, »bei mir ist jetzt immer Feierabend. Nee, ich hab Kaffeesahne besorgt, für die Familie und 'n paar Bekannte auch gleich mit.«

»Da ist man gut dran«, sagt sie, »wenn man jemanden hat, der sich darum kümmern kann.«

»Sie haben wohl keinen? Wenn Sie wollen, hier«, und er gibt ihr zwei Flaschen.

Sie nimmt, sie dankt und kämpft ihm sechzig Pfennig über den Preis in die Hand, und sie sagt noch, falls er einmal zufällig auf eine Plastikbadewanne für Kleinkinder stoßen sollte, riesig würde sie sich freuen.

Er verläßt sich nicht auf den Zufall, er sucht, er hat ja Zeit, er findet, er bringt, sie freut sich und überzahlt die Wanne auf angemessene Weise.

Und hier endet nun der märchenhafte Anfang, denn in Geldsachen hören auch die Märchen auf, und zur Geldsache wird, was als Freundlichkeit und nur zum Zeitvertreib begann.

Richard Kist wird Unternehmer. Er produziert nicht, und er spekuliert nicht mit Grund und Boden, und er gründet keine Bank, aber er wird ein Unternehmer. Also handelt er?

Die Antwort hierauf ist eine reine Standpunktfrage.

Da ist der Standpunkt von Richard Kist: Nein, wie sollte er ein Händler sein! Er ist ein Helfer und vielleicht ein Bote, aber doch kein Händler! Er kauft keine Ware vom Produzenten, und er verkauft keine Ware an Konsumenten und gründet sein Einkommen auch nicht auf den Zuwachs von Gebrauchswert, den die Ware auf dem Wege zwischen Produktion und Konsumtion erfährt. Letzteres freilich sagt Richard Kist etwas leiser, denn er weiß nicht so recht, ob das stimmt, oder besser: Er ahnt schon, daß es nicht stimmt. Zwar möchte er als Quell seiner Einkünfte eine Kategorie einführen, von der bislang in theoretischen Schriften zur Ökonomie nichts zu lesen war, die Kategorie Freundlichkeit, aber ganz wohl ist ihm dabei nicht, denn man ist hierzulande nicht im mittleren Eisenbahndienst gestanden, ohne gelegentlich zumindest mit gröberen Umrissen der Wissenschaft von Marx, Karl, Kapital und so, in Berührung gebracht worden zu sein.

Dennoch versucht er es mit der Freundlichkeit; aus Freundlichkeit hat er Töchtern und Schwiegertöchtern von Freunden und Nachbarn und Nachbarn von Nachbarn dieses und jenes besorgt; aus Freundlichkeit haben Obgenannte ihm hier und da einen Groschen für seine Vermittlung gegeben, einen Groschen oder auch eine Mark oder auch ein paar Mark, je nachdem; aus Freundlichkeit, zum Dank für ihre Freundlichkeit, hat er den Leuten mit der Verfügung über Bestände an Kaffeesahne oder Plastikbadewannen oder Gurken oder Leber oder, das war aber erst später, bitte sehr, Kühlschränken oder Fernsehgeräten wieder etwas abgegeben von dem, was er von erfreuten Versorgten für seine freundlichen Besorgungen bekommen hatte. Ja, ein Besorger ist er, ein Händler keinesfalls, ein Beschaffer vielleicht, womöglich ein Vermittler und allenfalls ein Makler.

Da hat der Ökonom, der Mann von der Theorie, einen anderen Standpunkt: Das kennt er, sagt er, diese Beteuerung des Unternehmers, Helfer zu sein, selbstloser Helfer zum Allgemeinwohl, das ist ihm nicht fremd. Aber das ist Schnurrefanz, damit hält er sich nicht auf. Handel, so steht es selbst im bürgerlichen Buche, ist die räumliche und zeitliche Verteilung von wirtschaftlichen Werten, um sie einem besonders hohen Gebrauchswert zuzuführen. Hatte es Herr Richard Kist mit wirtschaftlichen Werten zu tun? Ja! Erhöhte sich durch das Tun des Herrn Richard Kist deren Gebrauchswert an ihrem Ausgangs- wie an ihrem Endpunkt? Ja! Und war dies Tun unter wissenschaftlichem Gesichtspunkt eine Art Verteilung? Ja! Und spielten endlich Raum- und Zeitfaktor bei der Erhöhung des Gebrauchswerts und also auch der Gewinnmöglichkeit eine wichtige Rolle? Ja! Vierfache Deckung mit der Definition: also Handel! Alles andere Schnurrefanz. Was heißt hier Makler? Das Maklerwesen ist nur eine Subform des Handelswesens! Was heißt Vermittler? Der Handel liegt schon lange nicht mehr in einer Hand; da gibt es Aufkäufer, Großhändler,

Kleinhändler, Agenten, Reisende und, jawohl, von alters her, Vermittler, weitere Subform zum Oberbegriff Händler. Und ein Beschaffer, was ist der? Nun, erstens ist diese Erscheinung wohl jüngeren Datums und vermutlich amerikanischen Ursprungs, aber inzwischen gibt es sie auch anderswo, es gibt bereits regelrechte Ämter für Beschaffung, aber, wie gesagt, es handelt sich lediglich um eine Erscheinung, die aber welchen Wesens ist? Es ist eine Erscheinung des Handelswesens! Muß man sich da noch mit dem Wort Besorger befassen? Das muß man wohl nicht. Es ist ein verschleierndes, apologetisches Wort und für den wissenschaftlichen Ökonomen beinahe so lachhaft wie das Wort Freundlichkeit. Kurz: es ist Schnurrefanz.

Dem Staatsanwalt, der nun an der Reihe ist, erscheint das ebenso lachhaft, aber sein Standpunkt, und was aus dem an juristischen Ableitungen folgt, ist sehr ernst. Er hat dem Vortrag des Sachverständigen aufmerksam zugehört; der Handelscharakter der Kistschen Unternehmungen dürfte als erwiesen gelten, aber er will auf den besonderen und, um es gleich zu sagen, sinistren Charakter dieses Handels hinaus, den widrigen, den gesetzeswidrigen, und er denkt da nicht an den fehlenden Eintrag ins Register und an die fehlende Lizenz, das heißt, daran denkt er auch, also an Schwarzhandel denkt er schon, an diesen kriminellen Bastard aus der gesellschaftlich notwendigen Zirkulationssphäre, aber er denkt an mehr, an Spekulation nämlich denkt er und an noch mehr: an Obstruktion der volkswirtschaftlichen Planung, an Sabotage der Versorgung, an nichts Kleineres als an ökonomische Konterrevolution.

Aber, aber, Genosse Staatsanwalt, ist das nicht ein bißchen kräftig: Spekulation, Obstruktion, Sabotage und gar Konterrevolution? Und das alles wegen Kaffeesahne?

Ganz recht, spricht der Genosse Staatsanwalt, wegen Kaffeesahne, unter anderem. Wegen schätzungsweise elftausend Fläschchen Kaffeesahne, sagen wir: etwas über eine Tonne, Normalabgabepreis etwa fünftausend Mark; Besorgungs-,

Beschaffungs-, Vermittlungs- oder Makelgebühr pro Fläschchen ein Groschen, rund tausend freundliche Mark für Herrn Kists Freundlichkeit. Schlimm? Nicht schlimm. Bei all der Lauferei und all den Abgaben an die freundlichen Abgeber und an die rennenden Rentnerfreunde, die eingespannt werden mußten, um auf elftausend Fläschchen zu kommen, war der Gewinn nicht der Rede wert.

Gläser brachten schon etwas mehr, Gläser voll Gurken, die auf denselben Wegen eingekauft und auf denselben Wegen verteilt wurden. Eine geschätzte Gewinnziffer, die sich auf einen bestimmten Zeitraum bezieht, beläuft sich auf zweitausend Mark.

Schlimm? Nicht schlimm. Viel? Nicht viel und viel zuwenig für Herrn Kist und seine REBEA, was heißt: Rentner-Beschaffungs-Aktion. Leber und ungarische Salami brachten schon wieder etwas mehr – im bereits erwähnten Zeitabschnitt, der, ich erinnere, nur ein Abschnitt war, sechseinhalbtausend Mark.

Immer noch nicht schlimm? Eigentlich immer noch nicht. Immer noch nicht genug für Herrn Kist und die REBEA? Noch lange nicht; jetzt geht's erst los, denn jetzt kommen die Industriewaren; um eine lange Liste kurz zu machen, sage ich: sie reichte vom nahtlosen Strumpf bis zum Fernsehapparat; in ihr ist reichlich vorhanden, was bei uns zeitweise oder dauernd knapp oder kaum vorhanden war oder ist. Sie bekommen die Liste, und Sie bekommen jetzt eine Summe zu hören, aber ich sage Ihnen gleich dazu, es ist nur ein nachweisbarer Betrag, die Dunkelziffer dürfte eine ganz andere sein. Hier also jene, auf die wir durch unsere Ermittlungen ein Licht werfen konnten, sie lautet: Zweimillionensechshundertachtzigtausend Mark!

Selbst der Richter hebt erschrocken die Nase aus dem Papier, obwohl doch er zwecks Vorbereitung auf den Prozeß diese Nase lange genug in diesem Papier gehabt hat, selbst er ist erschrocken, denn die Zahl klingt jetzt anders, als sie sich las; sie klingt wahrhaftig nicht mehr bloß nach Schiebung, sie klingt in der Tat nach Umsturz auf dem Handelssektor, man hat es hier nicht einfach mit einem Diebesknüppel zu tun, sondern mit einem ökonomischen Hebel; dies ist kein kleiner Brocken, es ist die Erklärung einer wirtschaftlichen Disproportion; dieses beschränkte sich nicht auf ein unerhebliches Schwarzmärktchen, es geschah im Republikmaßstab. Und Großvater Kist nickt dazu, und er ist weniger erschrocken als ergriffen, denn er ahnt etwas von seiner späten Größe. In ihm ist Amerika, die Tellerwäscherkarriere; Morgan und Dupont und Rockefeller sind wiederholt und eigentlich überholt, denn die hatten es mit einem freien Markt zu tun, aber hier, Mister, hier war der Plan und die Staatlichkeit und die Konsumgenossenschaft mit ihren Verkaufsstellenausschüssen, zum Henker mit ihnen! Die Duponts und Rothschilds waren die Konsequenz ihres Systems, aber ich, meine Herren Kollegen, ich, Richard Kist, war in unserem System nicht vorgesehen oder schärfer noch: Das System war gedacht, mich zu vermeiden, zu bekämpfen, zu vernichten gar.

Nun, ich bin damit fertig geworden, eine Weile jedenfalls, es ist ganz gut gegangen, und, im Vertrauen, Ihre Zahlen da, Herr Staatsanwalt, sind ein wenig bläßlich, ich wüßte farbigere, aber ich will Sie nicht beschämen.

Und gestehen will ich auch: Am Ende hat mich doch das System besiegt, sosehr es mich zunächst auch begünstigt hatte.

Wie Sie wissen werden, beruht es auf Wissenschaftlichkeit, auf Studium und Organisation. So denn auch meines.

Ich habe studiert, wahrhaftig, das habe ich! Die Bedürfnisse, die Preise, die Produktionsziffern und den Verteilungsmodus. Letzteres war die härteste Nuß! Man spricht da von Warenstreuung, aber Streuung, das ist ein Wort, dem noch allzuviel Regelhaftigkeit innewohnt: Man sieht da etwa einen Bauern über sein Feld schreiten und rhythmisch bestimmt Saat oder Dünger austeilen; er folgt vorgefaßten Linien, hat auf den Kalender gesehen, unterscheidet zwischen trockenen und feuchten Böden und bemißt die Mengen, die er auswirft, nach solchen Gegebenheiten. Ach, meine Herren, nicht so der Handel! Doch, ohne in die Einzelheiten zu gehen, es ist mir mit Hilfe intensivsten Studiums gelungen, selbst auf diesem Gebiet Schemata aufzustellen, die sich wenigstens auf Wahrscheinlichkeit gründeten. Von da an war alles Organisation.

Ich war vierzig Jahre bei der Eisenbahn; da lernt man etwas von Organisation. Ich hatte nie die Ehre, an der Ausarbeitung von Fahrplänen mitzuwirken, aber ich wußte, wie man es macht, Statistik, Mathematik, es ist mir zustatten gekommen.

Doch ich begreife schon, hier ist nicht der Ort, sich zu brüsten, hier ist eher der Ort, zu bekennen, tätige Reue zu zeigen durch tätigen Anteil an Aufdeckung, Aufklärung und Verhinderung weiterer Untat.

Hohes Gericht, deren, der letztgenannten, Wahrscheinlichkeit ist gering, denn der REBEA Wirken entsprang, wie der normale Handel auch, aus der Unstimmigkeit zwischen Erzeugung und Verbrauch, aber ihr eigentlicher Anschub war der Mangel: der Mangel an Kenntnissen, an geeigneten Organisationsformen, an Produktionsstätten und -fertigkeiten, an gebildeten, ausgebildeten Menschen und also am Ende der Mangel an Waren und Gütern.

Jedoch – ich sage es mit gespaltener Seele: ich sage es bedauernd in meiner Eigenschaft als der Begründer der REBEA, und ich sage es mit Genugtuung, und bitte, mir dies zu glauben, als ein Bürger dieses Landes – der Mangel ging zurück, er ging über ein für die REBEA verträgliches Maß zurück, schlug auf gewissen Gebieten in sein Gegenteil um, in den wenn nicht Überfluß, so doch Überschuß, und wie Sie wissen, hat mir das ein Ende gemacht, ich habe mich vertan in meiner Planung, ich habe zuviel Kapital in den Erwerb von Fernsehgeräten gesteckt, ich muß falsch informiert worden sein, man hat plötzlich im Laden bekommen können, und sogar auf Kredit, was bis dahin schneller nur bei REBEA zu haben gewesen war, die Produktion hat mich überholt und erledigt. Zwar, mit der Kaffeesahne meines Anfangs hapert es immer noch, aber auch nicht mehr so, und mit den heute möglichen Gewinnspannen bei diesem Artikel kann ein Apparat wie der meine nicht laufen, und so brach REBEA zusammen.

Ich aber darf das nicht, denn ich hörte da aus des Herrn Staatsanwalts Munde Worte wie Konterrevolution und ökonomischer Putschversuch, und da muß ich mich aufrecht halten und versichern: Nein, Hohes Gericht, so war das denn nun doch nicht gemeint!

Das Gericht hatte sich dann lange herauszufinden bemüht, wie es gemeint und was es wirklich gewesen war, und David, der Chefredakteur, hatte sich lange bemüht, das eine wie das andere in seiner Zeitung darzustellen; er hätte gerne das Was in Bildern und das Warum in passenden Worten vorgeführt, doch am Ende hatte sich weder das eine noch das andere für den Druck geeignet.

Doch geeignet, sich dies alles noch und noch anzuhören, die Geschichte von Großvater Kist und der REBEA, die Argumentation des Staatsanwalts und die Urteilsbegründung und die Begründung der Druckunreife und die Flüche eines Chefredakteurs und seine Seufzer und seine träumerischen Bilder aus dem Rentnerleben und seine ökonomischen Theorien mit vielen Schaudochmal und sein Gelächter ohne Buddhabauch – geeignet für alles dies war die Ehefrau Franziska, Fran genannt, und lebte deshalb zumindest ein zweifaches Leben, ihr eigenes und das von David Groth dazu.

Aber sollte es nicht so eben sein in einer Ehe, war die nicht gerade gedacht für den Austausch, für das Hin und Her nicht nur von Zärtlichkeiten und Meinungen über den Sohn, war sie nicht lediglich ein anderes Wort für zweifach, für Gemeinschaft, Gemeinsamkeit, Gegenteil zu Einsamkeit?

Schon, schon, aber manchmal war er ein bißchen viel, dieser Chefredakteur, oder er war ein bißchen viel Chefredakteur, brachte nicht nur seine Sorgen, Skrupel und Triumphe mit, sondern auch gleich deren Ursachen, stopfte das Haus voll mit Papierquoten, Ministerratsbeschlüssen, Leserbriefen und lästigen Konferenzteilnehmern, schob gleichsam komplette und eben doch nicht komplette, weil defekte Druckmaschinen vor sich her in die Wohnstube, füllte das Schlafzimmer mit Werkneubauten und Stadtzentren, trug das Problem der ländlichen Kooperation bis in die Küche und den Weltmarkt und das Weltall mit auf die Couch.

Und manchmal, wenn man Fran hieß und noch jung war und auf der Couch lag, dachte man: Zum Teufel mit dem Weltmarkt und der PLAMAG und diesem Ideenhecker Henselmann und Kultur im Heim, hier ist meine Wohnung, und ich wollte, ich könnte eine Schleuse einbauen zwischen Wohnung und dem Rest der Welt: Guten Tag, Herr Chefredakteur, hier spricht Fran Groth, ich begrüße Sie und werde Sie gleich noch mehr begrüßen. Bitte legen Sie die Kleider ab, ich vermute, sie stinken nach der Konferenz über Alte Stadt in neuem Glanz; spülen Sie sich den Zornesschweiß aus den Achselhöhlen, ich weiß, die Modenweiber wollten wieder eine Seite mehr in Bunt; gurgeln Sie lange, denn ich mag die Rückstände nicht von Worten wie Rindertuberkulose, Bummelantentum, Napalm, Bürokratismus und Rainer Barzel, von Worten wie Siekönnmichmal und Soschlaubinichauch und Nunkommtmirbloßnichtso, von Worten voll Schimpf und Ohnmacht und Einsamkeit und Hohn und Furcht. Gehen Sie unter die Dusche und befreien Sie sich innen und außen, vom Firnis- und Rußgeruch der Druckerschwärze und vom Gestank einer unterdrückten Geschichte. Ich weiß, Sie sind Atlas, der Himmelsstemmer, nun legen Sie aber mal für ein paar Stunden den albernen Globus hin, keine Sorge, er kommt schon nicht fort, und reiben Sie nicht an der geschundenen Schulter herum, das mache ich dann schon, das und manches andere, und nun komm endlich rein, Mensch!

Aber es gab diese Schleuse nicht, und gäbe es sie, so wäre noch zweifelhaft, ob man sie dann auch wirklich wollte. Denn was wäre dieser Mensch ohne das, ohne das man ihn so oft so gern gesehen hätte? Das war nicht vorstellbar; es hätte bedeutet, ihn von seinem Leben abzulösen, ihn als ein dreidimensionales Ding vom Leben abzulösen, ihm sein Lachen zu nehmen, das ein Lebenszeichen war wie sein Stöhnen, ihm den Witz zu nehmen, der eine Antwort war auf den stumpfen Ernst im Atlasdienst, ihm die Zärtlichkeit zu nehmen und das Suchen nach Zärtlichkeit, die beide Befreiung waren von der Bosheit der Routine und den Gewalttaten des ganz gewöhnlichen alltäglichen Alltags.

Zärtlichkeit. Zärtlichkeit nahm sich anders aus mit diesem als mit anderen. Deshalb war man ja bei diesem und nicht bei einem anderen; und wer bei seinem war ohne diesen Grund, wie war der bei ihm und konnte es bleiben?

Zärtlichkeit war eine Anrede: »Meine liebe Frau, du alberne Göre!« Zärtlichkeit waren die Winzlinge von Geschichten, aufgelesen auf dem Heimweg und mitgebracht: »Ich hörte nur noch folgendes: ›… sage ich: Herr Doktor, Würmer haben bei uns alle immer gehabt, daran kann es *nicht* liegen!‹«

Zärtlichkeit war die eine Rose mitten im Smog aus Gewohnheit und verrauchenden Anfangsbräuchen.

Die Frage »Was denkst du jetzt?« war Zärtlichkeit, und ein Zuhören, dem kein Nebenton verlorenging, und der Verzicht auf jegliche Deckung vor Albernheit, Ratlosigkeit, Freßgier und anderer Gier. Und die Zärtlichkeit, die zuerst gedacht wird beim Wort Zärtlichkeit. Bei diesem und von ihm ist sie eine, die nichts ausläßt, kein Außen und kein Innen, kein Wort und keine Bewegung, keine Kniekehle und keine Falte im Lid und nicht ein Haar, und sie ist stille Wärme und wieder Jagen wie vor dem Tode her, und sie kommt erwartet auf bekannten Straßen und unmöglich plötzlich an unmöglichem Ort. Diese Zärtlichkeit ist auf Austausch aus, nicht einfach und schrecklich auf Entledigung; sie will teilen und haben; sie gibt sich selber rauhe Namen und hört auf leisen Anruf und ist immer da.

Und so war dieser David immer da; auch wenn er fort war zu einer Konferenz in Äquatornähe oder entschwunden in die Schlacht gegen sorgloses Mittelmaß; er blieb erkennbar als dieser David unter dem Staub und zwischen den Girlanden der

Jahrestage, blieb erkennbar auf entfernten Tribünen und im Getümmel der Kongresse, Ausschüsse, Komitees, Jurys und Delegationen, blieb David, der Mann von Fran, auch unter hundert Charaktermasken: Chef, Mitarbeiter, Mitglied, Leiter, Redner, Diskussionsteilnehmer, Organisator, Teilnehmer an, Beauftragter für, Berichterstatter über, Verantwortlicher oben, Verantwortlicher unten, Verantwortlicher gestern, Verantwortlicher morgen, Veranstalter von Preisausschreiben und Umfragen, Gegner von anderen Preisausschreiben und anderen Umfragen, Initiator, Inszenator, Reporter, Kritiker und Auswerter, Mann der Zeit, Mann der Bewegung, Mann der Gesellschaft, aber bei allem, trotz allem, über allem immer der Mann von Fran.

Wenn sie ihn an einem Vorstandstische sitzen und in seiner Kaffeetasse rühren sah, dachte sie: Der Arme, sie haben da Würfelzucker, nun kann er gar nicht krümeln.

Wenn sie ihn in den Wolga steigen sah, dachte sie: Ich weiß, du führest gerne Motorrad.

Wenn er ein neues Hochhaus besichtigen ging, dachte sie: Hoffentlich hilft ihm einer mit der Fahrstuhltür.

Und wenn sie einem geschwätzigen Chef begegnete, dachte sie an ihn, und wenn sie von goldener Hochzeit las, dachte sie an ihn, und bei den Wörtern Rentner oder Kaffeesahne oder Konterrevolution dachte sie an ihn, manchmal jedenfalls dies alles und oft genug auch nichts von alledem, denn oft genug, meistens, hielt der eigene Kram sie so besetzt, daß an anderes und andere nicht zu denken war, nicht einmal an David, den Mann, der er war, und nun gar an den, der er gewesen war.

Und an alles zusammen und alles durcheinander, Gräfinnen und pensionierte Eisenbahner, das historische Warum und die Börde und die Pythia, ökonomisch Lachhaftes und Würmer, an denen es *nicht* liegen konnte, und Silberkränze in schmuddeligem Haar und unmögliche Zärtlichkeiten, an alles dies und dieses alles durcheinander dachte sie nur in einem langen Augenblick, der begonnen hatte nach dem kurzen Satz von David Groth: »Ich soll Minister werden!«

## 5

»Morgen, Christa«, sagte David, »alles in Ordnung oder irgendwelche Katastrophen?«

»Eine wenigstens, eine mittlere, glaube ich: Carola will nicht auf Schule. Guten Morgen übrigens.«

»Wieso: übrigens? Ich hab doch guten Morgen gesagt!«

»Aber ich nicht.«

»Aha. Und warum will sie nicht?«

»Das sagt sie nur Ihnen. Ich hab sie schon gefragt, aber sie hat mir klargemacht, wo meine Nase hingehört: über die Schreibmaschine und nicht in ihre Angelegenheiten.«

»Und du hast keine Ahnung?« fragte David, aber seine Sekretärin antwortete nicht. Sie preßte lediglich ihre ohnehin zu schmalen Lippen zusammen und drehte an ihrem Verlobungsring.

David wußte nun: Da war nichts mehr zu holen. Wenn Christa dieses Gesicht machte und den Ring auf dem unteren Fingerglied hin und her schob, dann hieß das: Ich wüßte hier schon etwas zu sagen, aber ich werde mich hüten; ich halte mich raus! Und es hieß auch, wußte er, die Angelegenheit, von der zu sprechen Christa sich weigerte, hatte etwas mit ihrem Reizthema Nummer eins zu tun: mit den Kerlen; darüber sprach sie nicht im Dienst, es machte sie, wie sie einmal auf gemeinsamem Heimweg bekannt hatte, unsachlich. Sie hatte Grund: Sie war seit zehn Jahren mit einem Tierfarmer verlobt, der sich seiner Eltern wegen kirchlich trauen lassen wollte, was sie nicht mochte, ihrer Eltern wegen. Sie war darüber mager geworden, und manchmal rutschte ihr der Verlobungsring über den Knöchel, aber vielleicht hatten ihn auch die vielen Drehungen dünngeschliffen: Zu oft kam selbst im Dienst auf die Kerle die Rede, an der Christa nicht teilhaben wollte.

»Sie soll gleich mal kommen«, sagte David, »oder nein, ich geh runter. Wenn was ist, sagst du, ich bin bei der Kaderleiterin, dann werden sie sich hüten zu stören.«

Carola Krell war, laut Urteil der Frauen, zu groß für eine Frau und, laut Urteil der Männer, zu schlau für eine Frau.

David teilte beider Gruppen Urteile nicht, denn er war mit Carola befreundet, und er war einmal mehr als befreundet mit ihr gewesen. Nach den geltenden Bräuchen hätte sie deshalb eigentlich nicht Kaderleiterin in einem Unternehmen sein dürfen, dessen Chef er war, aber einmal war sie es ohne sein Zutun geworden, ohne sein Wissen sogar und zu einer Zeit, als er noch in der Abteilung Inneres saß, und zum anderen war das mehr als befreundet längst vorbei, nicht vergessen, aber doch ohne Bedeutung bei der Arbeit, und außerdem hatte niemand im Hause davon etwas bemerkt, ausgenommen der Botenmeister, dem schier nichts entgangen war, aber der war schon lange tot.

»Was hör ich«, sagte David, »die Kaderleiterin will nicht zur Schulung?«

»Da hörst du recht«, sagte sie, »ich will nicht, jetzt nicht.«

»Das ist ja schon eine ermutigende Einschränkung«, sagte er. »Was hindert dich denn jetzt?«

»Es ist kein Was, kein Gegenstand oder Umstand. Ich selbst hindere mich, oder ein Gefühl, das ich habe.«

»Dann wird's kritisch. Gegenstände kann man manchmal aus dem Weg räumen, aber Gefühle … Und nun deine gar.«

Sie stand auf und riß ein Kalenderblatt ab, und er dachte: Noch nie hab ich ein Weibsbild mit so einem Kreuz gesehen, aber dann verscheuchte er den Gedanken, denn er wußte, der hatte Brüder, und das war eine Bande, die einem zu schaffen machen konnte, und er saß hier zu einem Gespräch mit der Kaderleiterin, die sich nicht schulen lassen wollte.

Sie sagte: »Ich weiß, wenn ich dich bäte, die Sache zu verschieben, würdest du es tun, ohne weiter zu fragen, aber wir können auch darüber reden; vielleicht zerreden wir dann dieses alberne Gefühl.«

»Mal sehen, wie albern es ist«, sagte David.

Sie setzte sich und faltete eine Schwalbe aus dem Kalenderblatt, dann sah sie ihn an und fragte: »Wie alt bin ich?«

»Du? Du bist sechsundvierzig, glaub ich.«

»Für einen Menschen, der es einmal für ein entscheidendes Argument gehalten hat, daß ich sechs Jahre älter war als er, klingt das recht unsicher.«

»Nanu, nanu, Carola«, sagte David, »ich dachte, du bist nicht für Ausgrabungen!«

Sie fädelte die Schwalbe auf eine Schnur, die sich quer durch ihr Zimmer spannte und an der schon andere Papiervögel hingen, andere Schwalben aus anderen Kalenderblättern. Sie behauptete immer, sie habe kein Zeitgefühl und diese Ketten hülfen ihr, das Verstreichen des Jahres im Auge zu behalten.

»Entschuldige«, sagte sie, »so war es nicht gemeint. Es hat sich nur in den letzten Tagen so ergeben, daß ich manchmal an damals gedacht habe. Der war nett, hab ich gedacht, er hat nur immer so schrecklich Angst gehabt, ich könnte mich für seine Mutter halten. Und gedacht hab ich das auch nur, weil ich jetzt einen habe, der mir hin und wieder wie Uropa und Urenkel zugleich vorkommt, und wenn du mich jetzt zur Schule schickst, wird es nur noch schlimmer.«

»Halt«, sagte David, »ich weiß, dein Arthur ist ein Problem, ich ahne es jedenfalls, wenn ich euch so sehe, aber *ich* schicke dich nicht, der Lehrgang ist eine zentrale Sache.«

»Weiß ich, aber trotzdem brauche ich jetzt deinen Rat und nicht einen zentralen. Arthur ist ein Problem; er ist es für mich, und ich bin es für ihn. Zuerst war ich auch schon eines für ihn, aber jetzt bin ich es auf ganz andere Weise. Was war er, als ich ihn geheiratet habe vor siebzehn Jahren? Da war er Dispatcher bei der VEAB. Und was ist er jetzt? Jetzt ist er Dispatcher bei der VEAB. Und was war ich damals? Packerin in der Rotation. Und jetzt bin ich Kaderleiterin, Redaktion und Rotation alles eingeschlossen. Sensationell? Nee, ich bin nicht die Sensation in der Familie, die Sensation ist Arthur. Siebzehn Jahre Dispatcher bei der VEAB! Ich seh das Jahr zweitausend kommen, und dann ist der immer noch Dispatcher bei der VEAB.

Kann er auch von mir aus. Aber ich kann von ihm aus nicht. Wenn es nach ihm geht, kann ich nicht weiter. Ich will ja auch nicht weiter, äußerlich, ich hab hier eine gute Arbeit, aber innerlich, David, innerlich läßt es sich nicht verhindern, daß man weiterkommt. Bleiben wir bei diesen vier Wochen Schule, wo sie mich jetzt zentral hinhaben wollen. Das sind vier Wochen neue Gedanken und Lernen und Diskussionen und neue Bücher. Das hab ich dann doch in mir, wenn ich nach Hause komme, und zu Hause sitzt Arthur, der ewige Dispatcher, und merkt das und nimmt übel.«

Sie schwieg und sah vor sich hin; es war ihr anzusehen, wie zuwider ihr die Aussicht war.

David wehrte sich gegen ein aufkommendes Lachen, aber er reservierte es sich für später.

»Aber er ist doch nicht dämlich«, sagte er.

»Das nicht«, sagte sie, »aber faul. Er könnte sich diese Faulheit gar nicht leisten, wenn er dämlich wäre. Er ist bestimmt ein glänzender Dispatcher, aber das ist eitel Routine. Er hat ihnen da bei der VEAB so eine Routine hinorganisiert und sich selber so sehr zum Herzstück dieser Routine gemacht, daß sie ihn immer von allen Lehrgängen ausgenommen haben; es wäre ihnen sonst alles zusammengebrochen. Das schaffst du nicht, wenn du dämlich bist. Er nimmt nur eben kein Buch in die Hand, das ihm seine Ruhe gefährden könnte, und es raubt ihm schon die Ruhe, wenn ich eins in die Hand nehme.«

»Aber Mensch, Carola, das zerfranst mich, jetzt wo mir einfällt: Der hat dich doch überhaupt erst auf die Bücher losgelassen, oder bring ich das durcheinander?«

»Nein, ist schon richtig. Ich war verliebt in ihn, mit neunundzwanzig, großer Gott, weil er so sicher war, so bestimmt – die Routine, verstehst du –, und ich wäre seinetwegen einem Tischrückerzirkel beigetreten oder hätte das Statistische Jahrbuch auswendig gelernt, und ich bin in eine Massenorganisation nach der anderen gegangen und dann in die Partei, weil er gesagt hat: Das Leben läuft dir weg, wenn du an deinem Packtisch bleibst!, und ich hab den Wettlauf aufgenommen, aber zuerst nur seinetwegen; aus Liebe zu einem VEAB-Dispatcher Parteimitglied werden, ich glaub, das war statutenwidrig. Aber du weißt, wie das ist: Man befaßt sich mit etwas, und dann fängt das Etwas an, sich mit einem zu befassen. Man beguckt sich eine Sache, und plötzlich langt die zu und hält einen fest, und du merkst gar nicht, wie sie dich verändert, während du dich mit ihr beschäftigst.

Zuerst war Arthur sehr zufrieden mit mir, ich denk mir jetzt beinah, er hat mir insgeheim Noten gegeben; aber in letzter Zeit hat mich ein paarmal ein entsetzlicher Gedanke angefallen, ich sag ihn dir und sonst keinem: Hat nicht das Verhältnis zwischen Arthur und mir auf verquere Art einen Stich von Zuhälterei?«

»Bist du verrückt?« sagte David leise. »Wie kommst du denn auf den Irrsinn?«

»Mir wär's lieb, wenn es Irrsinn wäre«, sagte sie, »mir wär's lieber, als wäre es die Wahrheit. Ich sage ja auch nicht, er hätte mich ausgeschickt, damit ich ihn ernähre, er verdient gutes Geld, und Geld ist bei uns kein Thema. Aber es ist doch etwas dran, ich sage ja, auf verquere Art: Bei uns hier, hier im Land, ist Geld immer noch eine schöne Sache, aber es ist doch im ganzen keine mehr, die mehr aus dir macht, als du bist. Ich erinnere mich noch genau, wie das früher war: Wenn es da von einem hieß, der hat Geld, dann hieß das, er ist bedeutend. Sicher gibt es noch genug Leute, die so reden und so denken, aber es hat sich schon etwas anderes festgesetzt, ich seh's doch in den Bewerbungsschreiben, und ich höre es doch bei den Kadergesprächen: ›Unsere Tochter studiert Schwachstromtechnik … Der Horscht lernt jetzt Spanisch, komisch, nicht, aber auch ganz schön … und wurde ich bereits viermal für Verbesserungsvorschläge ausgezeichnet … Nee, nee, der Friedmann, dem seine Zweitälteste ist schon Meisterin bei Sonne-Trikotagen …‹ Nein, David, das zählt hier, und das unterscheidet uns von früher.«

»Sicher, aber das soll nun ausgerechnet für deinen Arthur nicht gelten?«

»Es gilt so nicht, weil er seit siebzehn Jahren vor sich hin dispatcht und eben doch mich anschaffen schickt. Ich entwickle mich sozusagen für ihn mit, und in einer bestimmten Phase, wenn er mich da gefragt hat, was ich nun wieder von einem Lehrgang mitgebracht habe, da war es so – jetzt jedenfalls stellt sich mir das so dar –, als hätte er mir die Zahl der Freier abverlangt.«

»Das klingt aber mistig«, sagte David, »hast du mit ihm darüber gesprochen?«

»Versucht, aber erstens stellte sich dann heraus, daß ich ja keine Ahnung von seiner Verantwortung und seiner Qualifikation habe, und zweitens ist er nicht mein Kader, und ich bin nicht seine Leiterin, und die Kaderleiterin soll ich gefälligst im Betrieb lassen, und neuerdings wird er schon argwöhnisch, wenn ich ein Buch aufschlage – ob da was drinsteht, wie ich ihn qualifizieren kann, fragt er, und in einem Ton, als hantierte ich mit Rattengift an seinem Suppenteller.«

»Ich hoffe immer noch, du übertreibst«, sagte David, aber ihre langsame Kopfbewegung war entschiedener als jedes hastige Wort.

»O Tannebaum«, sagte David, »da ist aber das Kalb ins Auge geschlagen! Soll ich mit ihm reden?«

»Worüber denn? Daß ich auf diesen Lehrgang muß? Daß Lernen ein Stück vom Leben ist? Das weiß er alles. Und am Ende geht es jetzt auch nicht mehr darum.«

»Nein«, sagte David, »ich weiß, jetzt geht es wohl darum, daß deine Ehe beinahe zum Teufel ist, und was hab ich da zu reden?«

»Ich komm mir vor wie ein Kinderarzt, der Masern hat«, sagte sie, »hier ist etwas durcheinandergeraten, es paßt überhaupt nicht: Bin ich nicht Kaderleiterin, Klagemauer und Klärbecken, Seelsorgerin, Trostspenderin und große zürnende Mutter, hab ich nicht mit hundert verständnislosen Frauen und hundert sturen Vätern gesprochen, hab ich nicht in sechs

Jahren mindestens sechs Ehen gekittet, hab ich nicht wenigstens fünf Dutzend Heidis und Karins und Guntrams und Holgers auf Schulen geschwatzt, gucke ich nicht aus allen Zeitungen so alle fünf Jahre am achten März, bin ich nicht die Medaillen-Carola, Carola, das Beispiel, das glänzende Beispiel, bin ich nicht das wandelnde Frauen-Kommuniqué, bin ich nicht August Bebels Traum und Clara Zetkins Lieblingsidee, bin ich nicht einhundertneunundsiebzig Zentimeter und einhunderteinunddreißig Pfund Gleichberechtigung, und jetzt einhunderteinunddreißig Pfund Katastrophe und Quark und heulendes Elend?«

»Quark jedenfalls nicht«, sagte David, »den mochte ich nie. Man hat mir zu früh und zu oft gesagt, der sei gesund. Nun laß mal das Haareraufen, Vorbild, wir müssen überlegen: Aus dem Lehrgang hauen wir dich vorerst raus; ich hab gute Gründe, die dich gerade jetzt unentbehrlich machen …«

»Dann stimmt es also?«

»Zweitens: Mit deinem Dispatcher könnte ich trotzdem reden, oder nein, ich weiß was: Jetzt dispatchen wir *den* auf Schule. Vielleicht fängt er dort wieder an zu schätzen, daß er was Gelehrtes zu Hause hat.«

»Dann bricht die Mehlversorgung im Lande zusammen!«

»Das glaubt er! Wenn er wirklich so eine fabelhafte Routine aufgezogen hat, dann wird er sich wundern, wie leicht die ihn entbehren kann. Wenn er glaubt, in seiner VEAB säße keiner, der ihm nicht schon alle Tricks abgeguckt hat, o Mann, dann wird's Zeit, daß er Schulung kriegt.«

»Er wird nicht wollen.«

»Natürlich wird er nicht wollen. Aber er wird müssen. Hier herrscht allgemeiner Schulzwang. Ich muß mal sehen, wer da Direktor ist, vielleicht kenn ich den. Das ist das Gute an unserem Blättchen: Wenn du lange genug dabei bist, hast du mit ziemlich jedem im Lande einmal zu tun gehabt. Oder ich sprech gleich mit seinem Minister.«

»So von Kollege zu Kollege?«

»Ach, red nicht! Von Genosse zu Genosse. Und woher kenne ich den Genossen Minister, na, rate mal, aber du wirst nicht draufkommen: Von einem Lehrgang kenne ich ihn! Der ist inzwischen auf so vielen gewesen, daß er deinen Arthur mit Wonne in die Mühle schickt; warum nur immer er, das ›Elend der Philosophie‹ ist für alle da! – Oder ich hab noch was anderes, ich hab noch die Zeitung, noch hab ich sie. Ist er eitel?«

»Wer, Arthur? Wohl nicht mehr als jeder Mann und auch nicht weniger.«

»Das ist vollauf genug. Dann machen wir eine Seite mit ihm, in Farbe. Wir stellen ihn in einen Getreidesilo, mitten in ein Gebirge aus den Trillionen Weizenkörnern, die er herumdispatchen muß; vor diesen goldenen Hintergrund tun wir ihn in seinem blauen Kittel, oder hat er keinen, aber dann muß er eben einen anziehen, Gold und Blau, das kommt gut, das sind Farben der Fülle, und dann kriegt er ein schönes Gegenlicht über den Kopf und muß lächeln, nicht zuviel, aber gerade so viel, daß man sieht: Hier steht einer, der weiß, was er kann, und weiß, was er will.«

»Und was will er?«

»Das müssen wir natürlich vorher einfädeln. Wir kommen dazu, wenn sein Direktor gerade dabei ist, es ihm beizubringen. Wir schleppen ihn in seinen Speicher und bannen ihn auf ORWO: Einen Mann, der schon fünfzig ist, einen gewiegten Fachmann, die Seele der VEAB, einen unserer Menschen, die begriffen haben: Ohne Wissenschaft geht nichts mehr! Wenn das in die Zeitung kommt, muß er.«

»Das wäre eine Intrige«, sagte Carola, aber sie lächelte doch.

»Klar wäre das eine Intrige, und nicht meine erste. Aber eine positive, bitte, die kann man verantworten. Zu Schaden kommt niemand dabei, und vielleicht hilft es was gegen dein albernes Gefühl. Man muß immer alles versuchen, Carola.«

»Den Spruch kenne ich noch.«

»Und, war er falsch?«

»Heißt das, daß du wirklich gehst?«

»Wie? Nein, es kann ja auch heißen: Man muß alles versuchen, daß man bleiben kann.«

»Jetzt muß die Kaderleiterin in mir aber lachen!«

»Lachen nennst du das? Das ist der Geierblick eines altgedienten Menschenhändlers, aber warte nur ab, vielleicht entspringe ich euch noch.«

»Willst du es denn?«

David sah ihr zu, wie sie den Papierstern in die Schwalbenkette knüpfte. »Wozu ist das nun wieder?«

»Das ist ein Denk-Mal, ein Erinnerungszeichen daran, daß die Zeit nicht nur vergeht, sondern manchmal auch auf schöne Weise. Da, siehst du, zwei Monatsschwalben zurück steckt auch so eines. Da habe ich einem Mädchen den Tod aus den Augen reden können; nächste Woche heiratet sie.«

»Und heute, dieser Stern?«

»Heute hab ich mit einem netten Mann gesprochen, der einmal mein Liebster war, ich sag's nie wieder, und mir vielleicht auch nicht helfen kann, aber er hat gesagt: Man muß es immer wieder versuchen! Und morgen steigt er womöglich in einen hohen Sessel, aber heute hatte er noch Zeit für eine Intrige, eine positive, bitte, und hat gemerkt, daß nun ich einmal eine Klagemauer brauche. Das ist eine Menge, David, und das verdient einen Stern, aber ich warne dich: Solltest du Minister werden, hängt das Sternchen da und erinnert mich, wie du gewesen bist. Dann bleib auch so.«

»Du mußt ja eine Menge Papier haben«, sagte David und ging, und im Fahrstuhl hinauf zu seinem Büro und zu seiner Sekretärin mit dem dünnen Verlobungsring mußte er sich eines ganzen Brüderrudels von Gedanken erwehren.

Christa half ihm dabei. An bestimmten Tagen hatte sie eine kratzende Art, die gewöhnlichsten Mitteilungen so vorzutragen, als sei sie Gottes Botin und der Adressat heiße nicht David, sondern Hiob, und manchmal machte David ihr die Freude und stieg in die Hiobsrolle, jammerte ihr etwas vor vom unverdienten Ausmaß der ihm auferlegten Bürden und ließ sich am Ende von ihr zu dem demütigen Bekenntnis zwingen, daß es ihn so unverdient nun auch wieder nicht träfe. Heute spielte er nicht mit, und das stachelte sie nur zu beißenderem Vortrag: »Die Allgemeine Verwaltung hat angerufen: sie brauchen ein Sauerstoffzelt für die Reinemachefrauen, jedesmal wenn ihr Spätsitzung gemacht habt. Die Frau Scherner soll eine Stunde gebraucht haben, nur für die Aschenbecher. Sie haben sie nach Hause geschafft, vollständig blau im Gesicht. – Weiteres zum Thema Blau: Erik läßt sagen, die Witzserie über die Sing-mit-Bewegung im alten Rom ist gefährdet, Kunstmaler Kluncker liegt mal wieder mit Virusgrippe, und Sie wüßten schon: Es ist der sogenannte Radeberger-Export-Virus. – Von der Staatlichen Plankommission: Sie können uns die genauen Zahlen nicht, nicht unterstrichen, vor der Volkskammersitzung geben. Es soll wohl eine Überraschung für die Volkskammer werden, Sie möchten zurückrufen. – Heute nachmittag wird der Gedenkstein für Genossen Schäfers gesetzt, Sie möchten ein paar passende Worte sagen, aber passend müßten sie sein, Genosse Schäfers war darin immer sehr eigen. – Hier sind vierzehn Briefe zur Unterschrift, den an die Post finde ich nach wie vor zu grob, und den an den Frauenbund finde ich versöhnlerisch, nach wie vor. – Ich hole jetzt Kaffee!«

Da er ihre Nachrichten unbewegt entgegengenommen hatte, sprach sie selbst den letzten Satz, als wäre sie Elihu und wüßte von Gottes finstersten Planungen.

Das ist, dachte David, auch gar nicht mal so abwegig. Dann setzte er sich hinter die Unterschriftenmappe.

Darauf schien die Gedankenmeute nur gewartet zu haben. Einer aus dem grauen Pulk war besonders zudringlich und sprang ihn knurrend an: Was bleibt von dir, wenn du hier gehst?

Wieviel mehr als ein achteckiger Stern zwischen zwei papierenen Monatsschwalben bleibt zu deinem Gedenken in diesem Haus?

Und was wird noch in ihm sein von dir, wenn die Jahreskette im Januar ausgetauscht wird gegen einen neuen leeren Faden?

Eine widerlich gierige und niederträchtige Frage war das, denn machte man sich auf die Suche nach einer guten und tröstlichen Antwort, so sah man sich bald in Begleitung von Selbstgerechtigkeit und Eitelkeit, sah sich sein eigen Bild modeln und Spuren finden von sich selbst, die in Wahrheit von schwererem Tritt geblieben waren, von der Zeit, die auch ohne einen ausgekommen wäre, vom Gang der Geschichte, die auch einen anderen in dieses Haus hätte kommandieren können, und seine Fährte wäre keine andere gewesen. Oder doch? In diesem und jenem wohl doch, aber die Frage erledigte sich nicht mit diesem oder jenem; sie wollte wissen: Was hier an diesem Platz ist hier und nur so an seinem Platz, weil du da warst, du, David Groth? Nicht einfach: Du, Chefredakteur, du, Beauftragter, du, Vertreter, sondern äußerst persönlich du, du, David Groth.

Sie war niederträchtig, weil sich niemals eine unumstößliche Antwort auf sie fand und weil sie den Bescheid enthielt: Die Jugend ist vorbei.

Warum Niedertracht? Es war die Wahrheit, und die konnte bitter sein und zerschmetternd, aber etwas wie Vorsatz und Absicht war nicht ihr Teil, und es hatte keinen Sinn, mit den Vermittlern dieser Wahrheit umzugehen wie ein mongolischer Souverän mit den Überbringern schlimmer Post, und das müßte wohl ein wüstes Morden geben, wollte ein jeder, der erfuhr: Deine Jugend ist vorbei!, von Niedertracht schreien und zur Bluttat sich rüsten.

Und ein jeder erfuhr es einmal, Kretins und extreme Leerköpfe vielleicht ausgenommen; die anderen erfuhren es, durch einen Schmerz, eine Rücksicht, eine Ehrung, durch Aufnahme in einen Kreis oder Auslassung aus einem Kreis, durch eine Anrede oder eine Ausrede, durch ein Versagen oder ein neuartiges Vermögen, durch einen Gang zum Schneider oder auf den Friedhof, durch den Wechsel von Bedürfnissen und Abneigungen, durch ein Geschenk oder durch einen Verlust:

den Verlust einer Erinnerung, einer Fähigkeit oder eines Verlangens. Oder auch durch einen neuen Hang zur Erinnerung, durch eine endlich erlangte Fähigkeit oder durch ein aufkommendes Verlangen, das anders war als alle anderen zuvor.

Das Verlangen etwa zu erfahren: Was bleibt von mir? Wo geht meine Spur? Wieviel Sterne habe ich geknüpft in die Schwalbenkette, die anfangs unendlich schien? Und wann war das: anfangs? Und immer wieder: Was habe ich angefangen, und was habe ich beendet?

David Groth war vierzig Jahre alt, und das war noch kein Alter, in dem man sich in Lebensbilanzen verbiß, aber es war auch keines mehr, in dem man noch nicht an Abrechnung dachte. Es war dies das Alter, in dem es am sinnvollsten schien, Abrechnung zu machen, Prüfung, Überschlag, Summierung zu Neuem hin: Jenes war, dieses ist, das muß nun werden! Zeit war vergangen, und Zeit war noch gegeben.

Noch – und dieses Noch sprach noch einmal: Die Jugend ist vorbei. Davids vierzigster Geburtstag lag einige Monate zurück, aber er erinnerte sich jenes Augenblicks, da ihm der Satz wie in Leuchtschrift durch den Kopf gelaufen war, der Satz, den er zunächst für eine Konzession an das Datum genommen hatte, eine konventionelle Koketterie eher als eine ernsthafte Erkenntnis, ein Satz aber, der sich nun wieder einstellte mit seiner niederträchtigen Behauptung: Von jetzt an geht es schnell!

Schon wieder: Niedertracht! Aber auch hier war das kein passendes Wort, kein zutreffendes; es war einfach ein dummes Wort, es stimmte nicht. Denn schnell vergangen war die Zeit auch in anderen Zeiten – schon die erste Stunde dieses Arbeitstages hatte einen Beleg dafür geliefert.

Wie lange, hatte Carola gesagt, wie lange war sie mit ihrem Kornverteiler verheiratet? Siebzehn Jahre? Das war immerhin eine Spanne, in der eines sich auswachsen konnte von den Windeln bis in den Maturatsrock, bis in ein Hochzeitskleid und bis in einen stählernen Helm. Und doch, erst einmal vergangen, war dies ein Fingerschnips von Vergangenheit. Wieviel schneller sollte es denn nun noch gehen, und nur, weil man vierzig war?

Das war eine eilige Fahrt gewesen, diese siebzehn Jahre vom Hochzeitstag der Packerin Carola Krell bis zu diesem Morgen der Kaderleiterin Carola Krell mit seiner neuartigen und gesellschaftlich bedingten Finsternis; sie war über die ganze hochgewölbte Länge eines Regenbogens gegangen, von Weltrand zu Weltrand, und doch war die Stunde, in der David Groth von der zweiten Stuhlreihe im Standesamt auf den Rücken der Braut gesehen hatte, diesen Rücken, der sich eher mit Pullovern vertrug als mit weißer Spitze, und gedacht hatte, nicht zum erstenmal und nicht zum letztenmal: Was für ein Kreuz für ein Weibsbild! – dennoch war diese Stunde ein Ebennoch. Und die Stunde, die weitere zwei Jahre zurücklag, die Stunde der ersten Begegnung mit Carola Krell, damals noch Klinger, war auch ein kaum vergangenes Ebennoch.

Damals – und erst dieses Damals klang nach Urferne –, damals lag der Tiergarten noch nebenan und war eine zweihundertfünfzig Hektar große Wüste. Ironischer Zeitlauf hatte den weiten Park im Dreieck zwischen den S-Bahn-Stationen Zoo, Lehrter Bahnhof und Potsdamer Platz, eine preußische Sonntagsweide, auf der es Waffen fast so viele wie Verbotstafeln gegeben hatte, denn beinahe zwischen je zween Fliederbüschen hatte ein bronzener Brandenburger mit dem Säbel gefuchtelt oder sich vielsagend an ein Kanonenrohr gelehnt – ironischer Zeitlauf hatte dieses Zeughaus im Grünen für ein Stück Frühjahr zum Schlachtfeld gemacht; Gräben hatten ihn durchzogen, so lang insgesamt wie Spree und Landwehrkanal, die ihn auf zwei Seiten umschlossen; aus Bunkerlöchern aufgeworfene Erde war über Rabatten geschaufelt worden; Granaten hatten Bäume gerodet und Gewehrgeschosse die Emailleschilder getroffen, auf denen zu lesen stand, wie wertvoll und selten die Bäume gewesen waren; Truppen dieser und jener Couleur hatten hier Biwaks aufgeschlagen, und Trecks von Flüchtigen hatten sich nicht gekümmert um gärtnerische Liebesmüh, und ihnen, den schießenden Fliehenden und den schießenden Verfolgern und den Flüchtlingen vor den Schüssen der einen wie der anderen, waren die Hungrigen des Friedens gefolgt und die Frierenden der neuen Krise, und wie zum Hohn blieb der Ödnis ihr Name: Tiergarten.

Aber er lag nebenan, und in der Mittagspause konnte man sich in ihm die Beine vertreten oder auch lahmlaufen, weit genug und ruppig genug war er dazu.

David war alleine durch die Wildnis jenseits der Wilhelmstraße gegangen und hatte mit Steinen Fußball gespielt, ohne Rücksicht auf die schonungsbedürftigen Schuhe, weil aus Wut auf Penthesilea, die wilde Chefin, die wieder einmal recht behalten hatte, und beinahe hätte er Carola Klinger einen Ziegelbrocken ins breite Kreuz gefeuert.

»Entschuldigen Sie«, sagte er, »was machen Sie denn, spielen Sie Verstecken?«

Sie hockte an der Erde, sah kaum zu ihm auf und schimpfte: »Eine Bande ist das, das sind Verbrecher, Menschenfresser sind das, sehen Sie sich das an!«

»Das sind keine Menschenfresser«, sagte er und kniete sich neben sie und das Kaninchen in der Schlinge, »das sind Karnickelfresser.«

Jetzt erst sah sie ihn an, gerade und wütend. »Ist das vielleicht Ihre Mörderschlinge?«

Er befreite das Tier, das klug genug gewesen war stillzuhalten und sich auch jetzt kaum regte. »Nein, wo sollte ich so einen feinen Draht herkriegen? So blank hab ich keinen gesehen seit Großdeutschland. Und ich eß die Biester nicht.«

Er richtete sich auf und sie auch, und er gab ihr das Kaninchen. »Sie haben es befreit, jetzt können Sie damit machen, was Sie wollen. Das ist heute die Regel.«

»Ich will's nicht.«

»Dann lassen Sie es laufen, damit es in die nächste Schlinge hopst.«

»Meinen Sie, hier sind mehr?«

»Meine ich. Es geht doch keiner mit nur einem Stückchen so neuen Drahts hier in die Steppe und dreht eine einsame

Schlinge. Wer so einen Draht hat, das ist ein Industrieller. Wollen wir suchen?«

Sie ging sofort los, den Blick auf den Boden gerichtet.

»So finden Sie nichts«, sagte er, »Schlingen werden nach einem Muster gelegt, nach einem Plan, und nach demselben Plan müssen wir sie auch suchen.«

»Dann sagen Sie den Plan!«

»Die Dinger sitzen an ähnlichen Stellen wie diese hier. Dies ist ein Durchschlupf durch den traurigen Rest einer Hecke; davon gibt's hier viel, und da sehen wir nach. Ihr Mörder ist ein Taktiker.«

»Und den Draht, lassen wir den dran?«

»Den einen hier; da hängen wir eine Botschaft ran, damit der Karnickelmeuchler einen Schreck kriegt.«

Er schrieb mit Rotstift auf einen Zettel »Du Faschist!« und darunter »David«.

»Und wie heißen Sie?«

Sie sah auf das Geschriebene und zögerte. Dann sagte sie: »Carola.«

»Auch was Schönes«, sagte er und schrieb den Namen. Dann befestigte er den Zettel an der zusammengezogenen Schlinge.

»Warum denn gleich Faschist?« fragte sie.

»Sie sind gut, eben war er noch ein Verbrecher und Menschenfresser, und bei Faschist werden Sie betulich.«

»Weil es politisch ist«, sagte sie.

»Nee«, sagte er, »nun nicht schon wieder eine Diskussion über den Umgang mit Menschen! Sind Sie eine Schwester von Penthesilea?«

»Von wem?«

»Penthesilea, frühere Amazonenkönigin und jetzige Chefin von dem Haus da drüben; da arbeite ich.«

»Da arbeite ich auch«, sagte sie, »aber bei uns heißt die Chefin Petersilie. Keiner weiß, warum, aber jetzt merke ich, das war wohl bloß ein Hörfehler. Bei uns in der Rotation ist Krach. Wo arbeiten Sie denn?«

»Das ist ein düsteres Kapitel: Innereien – Redaktion für Inneres, das vielfältige, neuerblühende Leben in der Sowjetischen Besatzungszone Deutschlands, zur Zeit haben wir es mit Adolf Hennecke, ich träume schon von seinen dreihundertsiebenundachtzig Prozent.«

»Dann kennen wir uns also doch«, sagte sie, »ich hab Sie schon mal gesehen.«

»Das schmeichelt mir«, sagte er, »aber gehen wir nun mal 'n paar Prozent Schlingen suchen, und wie ist das, lassen Sie das Vieh laufen, oder nehmen Sie es mit?«

»Ich schenke es weg. Meine Freundin hat zwei Kinder.«

»Und Sie?«

»Keine.«

»Keine Kinder – auch keine Männer?«

»He, he«, sagte sie, und obwohl er schon gesehen hatte, daß sie größer war als er, hatte er bis dahin doch nicht gesehen gehabt, daß sie so viel größer war.

Sie ging mit dem Kaninchen im Arm neben ihm her, während er vier Schlingen von den Büschen löste. Er steckte die Drahtenden ein, und sie fragte: »Wem gehören die nun?«

»Die sind beschlagnahmt, sichergestellt, sequestriert, Volkseigentum.«

»Sind Sie das Volk?«

»Ein Teil davon, ein erheblicher Teil.«

»Vielleicht ein überheblicher Teil?«

»Kann auch sein. Wissen Sie, wir ehemaligen Tiergartenbewohner …«

Sie lachte. »Noch ein Gutsbesitzer aus Schlesien!«

Er sah sie fragend an, und sie sagte: »Die treff ich seit fünfundvierzig überall. Bei mir in der Schicht sind auch zwei. Der einen hat das halbe Riesengebirge gehört – sagt sie. Die andere ist aus Ostpreußen, und ihre Stadtwohnung in Tilsit hätte ich mal sehen müssen, lauter Damast! Aber wir haben auch andere.«

Er nickte. »Ich weiß, was Sie meinen, aber ich hab wirklich mal hier gewohnt. Wenn Sie da rübersehen, eine Daumenbreite links der Siegessäule, da hängt noch ein Viertelstück Dach in der Luft, da ist es. Wollen wir hingehen?«

»Steht Ihr Name noch an der Pforte?«

»Hat nie drangestanden. Da hat ›General Klütz‹ drangestanden.«

»General waren Sie auch?«

»Mensch«, schnaubte er.

Sie lachte. »Sagen Sie nicht Mensch zu mir. – Ich glaube, wir müssen zurück, meine Pause ist jedenfalls bald um; Sie können es ja unterwegs abladen.«

»Da ist nichts abzuladen. Ich hab nur da gewohnt. Sie müssen das ja nicht komisch finden, aber ich darf doch wohl. Das ist keine zwei Kilometer von der Redaktion weg, aber jetzt ist das englischer Sektor, und wir sind sowjetisch, und hier, wo wir Karnickel befreien, ist der General mit seinem Zossen rumgeritten, ein Stück Mist war das, der Gaul.«

Sie ging jetzt ein paar Schritte vor ihm, Richtung Leipziger Straße, heimwärts, arbeitswärts, und er dachte: Hat die ein Kreuz!, aber er merkte, daß sie ihm zuhörte, und er sagte: »Das war vielleicht mein Glück, weiß man nicht. Der General war so ein Schiebekunde von meinem Meister, und als ich eingezogen wurde, hat er mich zu sich geschoben. Das hat mir zwar nicht die Grundausbildung erspart, aber ich weiß nicht was. Ich bin nämlich gelernter Büchsenmacher, und der General war ein mächtiger Jäger. Das Haus hätten Sie sehen sollen.«

»Lauter Damast wahrscheinlich!«

»Lauter Flinten, und alle in Ordnung, da hatte ich zu tun. – Oh, das zerruppt mich: Vielleicht haust der hier noch in einem Keller, mein General, vielleicht ist er das, der hier die Schlingen legt, so ein verrückter Jäger, wie der war!«

Sie nickte. »Wenn das so ein Schiebekünstler war, daß er noch im Krieg durch den Tiergarten reiten konnte und sich einen persönlichen Flintenputzer leisten, dann wird er wohl inzwischen etwas größere Schlingen legen.«

David griff nach ihrem Arm. »Sie, das war aber beinahe eine politische Bemerkung!«

Sie wartete, bis er ihren Arm wieder losgelassen hatte – er merkte an ihrer Art zu gehen, daß sie darauf wartete –, dann sagte sie: »Unsinn, ich bin nur nicht dämlich. Aber ich merke: Sie haben auch diese neumodische Krankheit: Alles, was nicht ganz dämlich ist, ist gleich politisch. Und allerdings: Manches, was bloß dämlich ist, ist schon ganz und gar politisch! Nicht politisch ist nur eine bestimmte mittlere Dämlichkeit, und die ist gar nicht leicht hinzukriegen.«

»Möchten Sie denn?«

»Ich möchte nur meine Ruhe.«

»O weh«, sagte er, »Ihnen schicke ich mal Penthesilea auf den Hals. Wenn die von einem hört, er möchte seine Ruhe, kommt sie in Form, und wenn sie mit dem fertig ist, bewirbt er sich entweder um einen Posten als Politkommissar bei der Baltischen Flotte, oder er ist tot, erstickt. Wenn Penthesilea menschenbildnert, das ist: redet, dann verbraucht sie die ganze Luft im Zimmer. Die lasse ich mal auf Sie los.«

»Dann brauchen Sie sich nicht mehr bei mir sehen zu lassen«, sagte sie.

»Und sonst?« fragte er schnell.

»Und sonst? Es wird ja mal wieder Mittagspause sein, und Sie streichen um Ihre Tiergartenvilla, und ich sehe nach den Kaninchen. Wir haben uns schließlich schon einmal da getroffen.«

»Ja, einmal, das ist mir zuwenig, und das ist mir zu unsicher. Ich mache einen reellen Vorschlag: Ich schweige vor der Chefin von Ihnen, und wir treffen uns auf halbem Wege zwischen Redaktion und der Generalsruine, das ist Potsdamer Platz, das ist Haus Vaterland, wir gehn da einfach tanzen.«

»Der Vorschlag ist so reell, wie man sie heute alle Tage hört: ›Ich tu Ihnen nichts, Frollein, und Sie tun mir was Gutes!‹« sagte sie und sah dabei nicht freundlich aus. Aber dann lächelte sie von weit oben und fuhr fort: »Und ›einfach tanzen‹ ist auch niedlich, Sie Büchsenmacher. Erstens bin ich vier Zentimeter größer als Sie …«

»Zwei!«

»Oder zwei, jedenfalls größer, und außerdem gehe ich nicht in die Nuttenbude, da tanzen sie nur Wechselkurs, Ost-West, Ost-West, und den kann ich nicht. Aber Sie können mich nach Feierabend nach Hause bringen, und damit Sie am Nachmittag noch was zum Überlegen haben: Ich bin nicht politisch, und ich bin nicht dämlich, und manchmal mag ich, daß einer auf mir rumliegt, aber ich werde ganz gern erst gefragt. Wiedersehn!«

»Wiedersehn«, sagte David und sah ihr nach, wie sie durch den Torbogen zum Rotationstrakt ging, eilig und doch ruhig, das Kaninchen im Arm und mit einem Rücken, auf dessen Breite man nicht sehen konnte, ohne sich mit einem Gemisch aus Behagen, Gier und Furcht auszumalen, wie es wohl wäre, mal so auf ihr rumzuliegen.

Auf seinem Weg in die Redaktion hielt er Ausschau nach der wilden Chefin und war bereit, sich in die nächste Tür zu stürzen, sollte sie sich zeigen, denn das war eine, die nicht nachließ, wenn sie einem feind war, und nicht nachließ, wenn sie einem freund war, und da sie David, wie er argwöhnte, beides zugleich war und darüber hinaus eine heftige Pädagogin und Menschenbildnerin und da er auch sein Teil schon weghatte für diesen Tag, hielt er die Augen offen in den dunklen Gängen und die Ohren gespitzt im Schüttern des alten Hauses und kam ungeschoren in sein Zimmer.

Wie sie es machte, wußte er nicht, aber vor ihr ließ sich nichts lange verbergen, und wenn sie einem erst einmal etwas schmackhaft gemacht hatte, dann schmeckte es einem auch wirklich, und wenn sie einem erst einmal etwas versäuert hatte, dann blieb es auch ungenießbar, und so wollte er nicht, daß sie ihn nach seinem Pausentun ausholte; die kriegte es fertig, ihm statt des Tiergartens einen sowjetisch besetzten Park zu empfehlen, denn sowjetisch war für sie in allen Fällen und in allen Hinsichten besser, und kam sie erst einmal hinter die Sache mit dem breitschultrigen Mädchen, dann hatte die Rotation zehn Minuten später ihren Besuch, und dann: Gute Nacht, Carola, und gute Nacht, du gute Nacht mit ihr!

Und selbst wenn das Karnickelmädchen ihm den Besuch der Petersilie verziehe, hätte die Angelegenheit noch kein Ende, oder sie hätte deren mögliche zwei: Entweder die Chefin machte sich von dem Mädchen aus der Rotation ein negatives Urteil – »war Führerin im Arbeitsdienst ... hat eine Mutter, die säuft ... ihr Vater scheint mir Offizier gewesen zu sein ... völlig falsche Einstellung zur Sowjetunion ... wie trägt die denn ihr Haar? ... wer weiß, wo sie den Pullover her hat ...« –, und dann würde sie David eher ersäufen, als daß er noch einmal in die Nähe dieser gefährlichen Person käme; oder das Urteil fiele positiv aus, Spitzenausdruck dafür: »Ein guter Mensch!«, dann könnte er ebensogut heute noch ums Aufgebot laufen, denn morgen müßte er es ohnedies, weil die Herausgeberin der Neuen Berliner Rundschau keine Halbheiten duldete.

Nee, Johanna Müntzer, dachte David, von mir heute kein Wort, und selbst wenn du mich in eine Eiserne Jungfrau steckst oder mir noch einmal die Geschichte der AIZ erzählst oder wie dein Bertram sich von Archipenko und der absoluten Plastik freigearbeitet hat, und wenn du hier redest wie Lenin und herumspringst dabei wie der Turnvater Jahn, verehrteste, wirklich verehrte Chefin – von mir heute keinen Pieps von Pausengängen durch den Tiergarten und nicht den heisersten von einer, die lang ist und Carola heißt und ein Karnickel so im Arm hält, daß man sich fragt, warum man kein Karnickel ist, denn, geehrte Penthesilea, David hat da was für den Feierabend, nämlich Absichten, und zwar dreihundertsiebenundachtzig Prozent!

Neunzehn Jahre lag das zurück, und das Haus Vaterland war längst abgerissen wie die Klondike-Buden am Potsdamer Platz, und dem Tiergarten sah keiner mehr an, daß er des zweiten Weltkrieges letztes europäisches Schlachtfeld gewesen war; dort legte niemand mehr Karnickelschlingen, man kaufte die Hasen wieder bei Rollenhagen, wenn man eine Daumenbreite links der Siegessäule wohnte, und man wohnte dort wieder und war nicht gut zu sprechen auf die Zeitungsleute zwei Kilometer östlich, denn die wohnten weltenfern in einer neuen Art Vaterland und hatten einem inzwischen mehr als eine Handvoll Schlingen gestohlen; die und die verdammten Henneckes und die siebenschwänzige Oberste Abteilung mit ihren Xaver Franks und die verhexten Weiber, die nicht Packerinnen hatten bleiben wollen, und die anderen, denen es nicht genug war, Witwe des berühmten Bertram Müntzer, Witwe des berühmtesten Schülers des berühmten Archipenko zu sein, und die anderen, die, statt in der Börde Rüben zu ziehen, fotografieren mußten und Bilder machen von Henneckes und Xaver Franks und Packerinnen und berühmten Witwen und von Leuten, die auf Rübenziehmaschinen durch die Börde kutschierten, Bilder, denen etwas Widerliches abzulesen war, harmlos Entwicklung geheißen und mit einem Teufelswort Sozialismus; diese Schwefelbande mit ihren Tischlern an Vorsitzplätzen und ihren Maurern auf Tribünen und ihren Straßenkehrerjungen hinter Schreibtischen und ihren Büchsenmachern womöglich in Ministersesseln, diese Satanskorona hatte seit der Bataille im Tiergarten ihr Teilstück Vaterland tiefer gemodelt, als der letzte eiserne Frühling des letzten großen Krieges den großen Park zwischen Brandenburger Tor und Schloß Bellevue zu wandeln vermocht hatte.

Von wegen Bellevue! Von wegen Schöne Aussicht! Zwar ging der Blick vom Schlößchen ostwärts jetzt wieder für knappe zwei Kilometer über wieder grüne Sonntagsweide hin, aber in dieser Höhe dann, eine Daumenbreite links vom Kleinen Stern, brach sich dieser Blick an etwas Ungeheuerlichem kurz unterm Himmel, und es war dies die Fahne von denen da und wehte auf demselben Brandenburger Tor, das derselbe Carl Gotthard Langhans errichtet hatte etwa zu derselben Zeit wie das Schlößchen Bellevue, das einem gerade noch geblieben war. Von wegen Schöne Aussicht! Von wegen Bellevue!

Dazu brauchte es einer anderen Perspektive, zum Beispiel einer, die sich ergab, wenn man in der Chefredaktion der Neuen Berliner Rundschau saß. Da war die Aussicht, selbst wenn sie rückwärts ging, schön, weil sie Sicht auf neunzehn

Jahre vorwärts war. Oft genug freilich war dies ein stuckerndes Vorwärts gewesen, eines, dem man diesen Namen manchmal verweigert hatte, und äußerst rar waren die weiten Sprünge gewesen, die Pfeilmomente, Geschoßsekunden, in denen man Meilen flog, so zum Exempel den Halbmeridian, der die Botenmeisterei der Neuen Berliner Rundschau von deren Befehlszentrale trennte.

Der Botenmeister Ratt hatte sich geweigert, seinem neuen Bediensteten genaueren Bescheid über dessen künftige Arbeit zu geben. Er hatte sich in seinen vergoldeten Polsterstuhl gefläzt und dem Novizen David erklärt, die rechte Botentätigkeit gründe sich nicht auf Bezifferbares und Tabellarisches; um sie auszuüben, bedürfe es vielmehr der Eingebung und nicht selten der Erleuchtung, und da er David bereits mit dem Wichtigsten, mit dem Wissen um die Grundgeschwindigkeit eines Boten nämlich, ausgestattet habe, sei dessen Teil jetzt nur, abzuwarten, was die nächste Erleuchtung des Botenmeisters Ratt dem Boten David bringe.

»Zum Beispiel nun«, sagte er und richtete sich unvermittelt auf, und auch David erhob sich vorsichtshalber von dem Schemel, der ihm angewiesen worden war, »hier weiß ich was für dich: Du wirst dreimal ums Gelände der Neuen Berliner Rundschau springen, und zwar wie Achilles, von dem du hoffentlich weißt: Das war ein Schneller. Und zwar wie Achilles, was bedeutet: Wie der um Troja rum, wirst du um die Neue Berliner Rundschau fliegen, denn du willst sie ja erobern und was werden in ihr, zum Beispiel Chefredakteur. So schwirre denn schön ums Haus, dreimal, und hab dabei ein Auge auf das, was aus den Luken lugt, das hält die Festung besetzt, und wenn du sie nehmen willst, mußt du das alles besiegen, zum Beispiel könnte schon der Bildredakteur Gabelbach, der immer aus einem Fenster an der Nordfront hängt, ein Hektor sein und es auf dich abgesehen haben; mustere ihn trotz der unmäßigen Geschwindigkeit, mit der du unseren Grundbesitz umrundest, eingehend, und wirf auch einen Blick bei aller Gedankenschnelle, die dich treibt, auf den dicken Menschen am Tor, und laß dich nicht von seinem Pförtneramt täuschen: Er hat viel Sagen hier und könnte, wollte er, dich aufhalten mit jähem Pfeil und zum Beispiel dein Paris sein, obwohl seine Figur das nicht vermuten läßt; und wenn du bei sausender Rundfahrt einer wüsten Frauensperson begegnest, mein lieber Achilles, dann setze nicht auf deine Schönheit und Tapferkeit, denn von ihr droht wahre Gefahr, weil man von ihr nicht weiß, ob sie einen liebt oder zermalmen will, und die könnte dir zum Beispiel Penthesilea sein, von der auch Sage und schöne Literatur nur Konfuses melden: Hat sie den Achilles gemeuchelt oder jener sie, es ist ungeklärt. Aber nun rausche los mit der zugespitztesten aller Beschleunigungen, fahre ab mit dem Tempo des Boten der Neuen Berliner Rundschau, dreimal um Troja, marsch!«

Ein Irrer! hatte David gedacht und sich auf den Weg gemacht, aber da dies im Oktober fünfundvierzig war und Irresein nicht ganz so selten anzutreffen wie ein Paar neuer Schuhe und da er in die Zeitung wollte um fast jeden Preis, trabte er immerhin um das Zeitungsgelände, und mehr als Traben war auch gar nicht zu leisten, denn jenseits des Zauns um die Rundschau sah es noch um einiges wüster aus als im Tiergarten gleich nebenan.

Und die letzten hundert Meter der letzten Umkreisung lief und sprang er sogar, weil er dem Botenmeister Ratt ein wenig Schweiß vorzuweisen gedachte, denn Schweiß von Untergebenen, das hatte er in seinen Jahren gelernt, war etwas irren Vorgesetzten im allgemeinen der überzeugendste Beleg einer verläßlichen Ergebenheit. So kam er keuchend vor des Botenmeisters vergoldeten Stuhl, aber auf dem saß der Botenmeister Ratt nicht mehr; auf dem Stuhl saß eine Frau, ein plumpes rundes Ding von Frau, saß da wie ein Muttchen, nur nicht so ordentlich gekleidet, und war wohl des Botenmeisters Frau.

Sie hatte – zum Beispiel, wie der sagen würde – blaue Strümpfe an, und das war in Davids Augen eine Neuheit, aber es erinnerte ihn an etwas, wovon er gelesen, und es hatte im Zusammenhang mit Frauen mit Strenge zu tun oder

Gelehrsamkeit oder etwas Unweiblichem jedenfalls, aber bei dieser vermutlichen Frau Ratt war das wohl nur Zufall und auch nicht weiter verwunderlich, denn man schrieb eine Zeit, in der man sich nicht nach Vorschriften kleidete, sondern mit dem, was man hatte, und man hatte nicht viel, und manchmal geriet man durch Zufall an ein neues Stück, und wenn es nur bedeckte und warmhielt, dann fragte man nicht lang nach Kleidsamkeit und irgendwelchen Symbolwerten und zog es an, zum Beispiel ein Paar blauer Strümpfe.

Nein, von der Strenge, Gelehrsamkeit oder Unweiblichem waren keine Zeichen an der mutmaßlichen Frau des Botenmeisters, und an dem waren in dem Augenblick, als David mit feuchter Stirn vor seinen Stuhl treten wollte, keine Zeichen mehr von der Strenge des Ausbilders oder von Gelehrsamkeit, Troja betreffend zum Beispiel, und er saß nicht mehr auf diesem Stuhl, er saß auf Davids Schemel, und David konnte sehen, wo er blieb.

Er blieb an der Tür stehen, sagte guten Tag und erwartete von Ratt einen Bescheid, der die drei Geländerunden und die dafür verbrauchte Zeit beträfe.

Aber statt dessen sprach sein Muttchen: »Komm einmal her und sag mir guten Tag!«

Er sagte es ein zweites Mal, ärgerte sich leise über das Du, denn so alt war sie nicht, und so jung war er nicht, und er ließ es geschehen, daß sie seine Hand ergriff und sie mit jener ruckhaften Bewegung schüttelte, die er aus sowjetischen Filmen, den zweien, die er inzwischen gesehen hatte, kannte.

»Wo kommst du her?« fragte sie.

Er verzichtete mit Anstrengung auf die Antwort: »Aus Troja« und fragte zurück: »Jetzt?«

»Jetzt kommst du von draußen, eilig«, sagte sie, »nein, ich erkundige mich nach deiner Herkunft: Arbeiterklasse, Kleinbürgertum, bourgeois oder bäuerlich oder Intelligenzler?«

»Ich oder meine Familie?«

»Das ist wohl eine unnötige Frage, nicht wahr, denn daß du kein Bourgeois bist, werde ich ja noch sehen können, oder meinst du, ich könnte dich für einen Intelligenzler halten, mit deinen Jahren, meine ich? Hattest du schon mal einen Beruf?«

»Also doch ich«, sagte David.

»Nun werde nicht ungeduldig«, sagte sie, »aber du hast recht: Diese Zwischenfrage betrifft dich, aber es ist eine Zwischenfrage.«

»Ich war Büchsenmacher, hab ich gelernt.«

Sie schien das Wort in ihrem Kopf zu wenden, und dann fuhr sie ihn mit ebenso erschreckender wie überraschender Härte an: »Ah, Büchsenmacher, wie? Hast Kanonenrohre gedreht, Läufe gezogen, damit auch ja trifft, was aus ihnen herausfliegt, Abzüge montiert für Mörderfinger, Kimme und Korn gerichtet für Banditenaugen! Nun weiß ich, warum meine Zwischenfrage dir so unrecht war; hättest wohl lieber gehabt, ich frage nach deinem Mütterchen, dem braven deutschen Mütterchen, und nach dem Papa, der sicher ein braver deutscher Papa ist. Der ist dann wohl kein Mordwaffenschmied, wenn du so danach drängst, lieber nach ihm als nach dir gefragt zu werden; was ist der denn, harmloser Müllermeister oder harmloser Blumenzüchter?«

»Vor allem ist er tot«, sagte David und wußte nicht, wieso er sich mit dieser Person in blauen Strümpfen einließ, aber sein Zorn richtete sich weniger auf sie als gegen den Botenmeister, der auf dem Schemel saß und so tat, als wäre es ganz in der Ordnung, daß sein Weib auf dem Boten der Neuen Berliner Rundschau herumhackte. Saß da und sagte keinen Mucks, obwohl er sich doch mit der Weltgeschichte auskannte, mit Dschingis-Khan und Achilles zum Beispiel, und wissen mußte, daß einer noch nicht gleich ein Mörder war, wenn er Büchsenmacher gelernt hatte. Saß aber stumm da und wartete wahrscheinlich auf eine Erleuchtung und ließ die Person reden: »Gefallen oder gestorben, in Krieg oder Frieden, hier oder am Don, was war er für ein Mensch?«

Das war eine Frage in sieben Teilen, und wenn auf die Augen, die ihn da so anstarrten, Verlaß war, dann steckten sieben Fallen darin, und so hatte es David gar nicht gern, daß er den Mund auftat, aber er tat es und sagte: »Das war mein Vater, und er war so gut, wie Sie sich das wohl nicht vorstellen können, und gestorben ist er an einer verätzten Speiseröhre, und gefallen ist er durch einen Gewehrschuß, den er selber abgefeuert hat, und gewesen ist das im Krieg, und er hat eine Uniform dabei angehabt, und in Ihrem Frieden hat er im KZ gesessen, und als er starb und fiel, war das hier, nicht weit weg, in Ratzeburg, und an dem Baum dort, wo das passiert ist, hat ein Mann gehangen, der war nicht vom Don, aber aus Polen. Und nun möchte ich wissen, was Sie das angeht!«

»Rege dich nur auf, Junge«, sagte die vermeintliche Frau des Botenmeisters, »rege dich nur auf; das bildet den Menschen mehr als vieles, und mir ist es ein gutes Zeichen, daß du dich aufregst, davor hüten sich die meisten jetzt hier. – In Ratzeburg? Kennst du Barlach?«

»Sicher kenne ich den«, sagte David und war verblüfft von dem jetzt so anders wachen Ausdruck ihrer Augen, »sicher, den kenn ich, den kenn ich so, wie man einen kennt, hinter dessen Grab man Verstecken gespielt hat.«

»Der arme Mensch«, sagte sie, »und Archipenko, kennst du den auch?«

»Soll der auch da gelegen haben?« fragte David, aber sie überging das und sagte: »Warst du Soldat?«

Da war wieder dieser lauernde Blick, und David sagte seinetwegen mit frecher Forsche, die ihn selbst erschrecken ließ: »Jawohl, und zwar an kriegsentscheidender Stelle!«

»Dienstgrad?«

»Grenadier.«

»Erklärung?«

»Erklärung von was?«

»Du hast eine Provokation versucht«, sagte sie und sah ihn böse an, »oder einen Witz, der, wenn es einer war, ein mieser war. Nun will ich eine Erklärung: War es ein Witz oder war es eine Provokation, und warum die? Oder war es, frage ich, damit du siehst, daß ich bei dir alles für möglich halte, was wieder ein gutes Zeichen ist, denn es gibt nicht viele, bei denen ich alles für möglich halte, bei den meisten halte ich nur Schlechtes für möglich, jetzt hier – oder war es, frage ich also, die schlichte Wahrheit: Warst du vielleicht wirklich ein gewöhnlicher Soldat und doch an wichtiger Stelle?«

Wie die immer »jetzt hier« sagt, dachte er, es klingt wie »jetzt hier in dieser Mördergrube« und auch wie »jetzt hier in diesem Scheißhaus«, aber auch traurig, aber auch so, als wollte sie das ändern. Die mit ihrem Zensurengeben! Jetzt hat sie mir schon zwei gute Zeichen angekreidet. Zweimal zwei plus oder zwei bis, weiß man nicht so genau bei der, ist sie nun freundlich oder will sie einem die Knochen brechen? Die? Wem kann die schon die Knochen brechen! Nun sitzt sie da und wartet wahrhaftig auf eine Antwort: ob ich eine große Nummer von Soldat gewesen bin. Muttchen, du bist eine Lehrertype! Und irgendwo bist du mir nicht so ganz geheuer.

»Was ist eine Provokation?« fragte er.

Er sah, daß er recht gehabt hatte mit Lehrertype: Sie richtete sich auf in des Botenmeisters goldenem Polsterstuhl, sah zunächst in sich hinein und dann ihn wieder an und sagte bedächtig, wie zum Mitschreiben: »Provokation ist eine Aufforderung, eine Herausforderung, eine Anreizung und vor allem eine Aufreizung. Wir kennen den Vorgang, der damit gemeint ist, sowohl aus dem älteren römischen Recht wie auch aus der Medizin, aber diese beiden Bereiche interessieren uns hier jetzt nicht. Uns interessiert der Begriff als ein politischer. Da soll eine Provokation eine politische Gruppe, der man gegenübertreten kann und sie provozieren oder in die man sich einschleichen kann, um sie zu provozieren, in der Politik also soll eine Provokation eine gegnerische Gruppe zu einer Handlung oder Haltung verleiten, die dann Handhabe bietet, diese Gruppe zu vernichten oder in den Augen Dritter herabzusetzen. Das genügt fürs erste.«

Ja, dachte David, das genügt fürs erste; nun weiß ich, daß meine Erinnerung mit den blauen Strümpfen und der Gelehrsamkeit schon in Ordnung war, und mir scheint, dem

Botenmeister seine Frau bist du doch nicht. Nur, wer bist du dann?

Und da er das nicht wußte, sagte er vorsichtig: »Also dann war das, was ich über meinen Militärstand gesagt habe, keine Provokation oder war es nur ein bißchen. Vernichten wollte ich Sie nicht, aber reizen kann sein. Sie haben mich auch gereizt; ich könnte auch sagen, jetzt, wo ich das weiß: Sie haben mich auch provoziert.«

»Das ist wichtig, sag das: womit oder wodurch?«

»Es steht an jeder heilen Mauer was von Neubeginn und friedlichem Anfang, und alle sollen da mitmachen«, sagte er, »steht überall angemalt jetzt hier, aber kaum sage ich, ich war Soldat, da machen Sie solche Augen, wie wenn ich Himmler wäre, und weil ich Büchsenmacher gelernt habe, behandeln Sie mich wie Krupp persönlich oder als wäre ich so 'n Achilles oder dieser Hektor aus Troja. Hätte ich vielleicht Fahrradfritze lernen sollen oder Nähmaschinenonkel? Und wenn Ihnen das so wichtig ist, jetzt noch hier: Ich hab auf nicht einen Menschen geschossen, vielleicht, weil ich kaum Gelegenheit hatte, oder doch: Gelegenheit war hier so um April, Mai allemal, ich hab aber nicht geschossen. Kann auch sein, ich hatte Angst, aber wenn wir nun schon von Provokation reden: Ich denke, wie Sie das Wort so erklärt haben, könnte es sein, mein Vater hat mich aufgefordert, nicht zu schießen, und wenn es nach mir geht, war der, den mein Vater da auf sich abgefeuert hat, der letzte Schuß von unserer Familie. Bei mir nix Troja, nitschewo. Aber Sie haben mich gereizt. Ich hab eine Menge Mauern gelesen, jetzt hier, und ich bin hierhergekommen und hab mich nicht als Büchsenmacher und nicht als Grenadier gemeldet, sondern als Bote, und laufe Ihnen als Bote mit Botengeschwindigkeit ums Haus, sooft Sie nur wollen, und da können Sie mich auch in Ruhe lassen, so!«

»Der Teufel wird dich vielleicht in Ruhe lassen«, sagte sie und stand auf, »ich nicht. Du kommst jetzt mit mir. Ich heiße Johanna Müntzer und habe die Verantwortung für dieses Haus. Da wird nicht mehr drum 'rumgelaufen. Aber laufen wirst du für mich. Du wirst durch die ganze Stadt laufen und Mauern lesen und Gesichter lesen und hören, was die Leute reden, und dir merken, was die Leute tun, und wirst mir das erzählen, ich komme nicht genug herum. Und lesen, richtig lesen wirst du auch; ist ja unmöglich: weißt nicht mal, was Provokation bedeutet, das ist ja unmenschlich!«

Sie winkte David und ging zur Tür und sagte zum Botenmeister: »Da müssen Sie sich einen neuen Läufer besorgen, dieser geht jetzt arbeiten!« und verschwand.

Im Nu war der Botenmeister wieder in seinem Sessel und sagte: »Ha, ha, von wegen: bei mir nix Troja, nitschewo! Ist schon da, zum Beispiel jetzt. Nun zieh bloß ab, von mir aus wieder mit ziviler Geschwindigkeit, ja, ich würde sogar äußerst bedacht gehen, denn was da auf dich wartet, ist zwar manchmal nicht ohne Liebreiz, aber vielleicht auch gänzlich mörderisch und heißet Penthesilea. Wetten, die peitscht dich noch bis zum Chefredakteur; wetten, daß du es nicht schaffst?«

»Wetten!« sagte David und reichte dem Botenmeister ein zweites Mal die Hand in dieser Sache und auch zum Abschied und nahm Abschied vom Botenmeister und von der Botenmeisterei und der Botenlaufbahn, die er mit der äußersten aller denkbaren Geschwindigkeiten durcheilt hatte: mit der Geschwindigkeit eines Boten der Neuen Berliner Rundschau, und dann folgte er Penthesilea, der Herausgeberin der Neuen Berliner Rundschau, die hier die Verantwortung hatte und jetzt auch noch für ihn.

Und Johanna hatte sich wohl im Verlaufe der folgenden zweiundzwanzig Jahre aus der einen entlassen, nicht aber aus der zweiten; auch als David seine Wette gewonnen hatte und all die Jahre danach, hatte sie David zum Lesen und Hören und Lernen und Arbeiten angehalten, ihn wahrscheinlich oft gehaßt und wahrscheinlich auch geliebt, ihn immer durchschaut und mit Zensuren versehen, hatte ihm alle Neigungsanflüge zu Archipenko hin anhand des leuchtenden Beispiels des Bertram Müntzer auszutreiben gesucht und ein anderes leuchtendes Beispiel, das der Arbeiter-Illustrierten-Zeitung, AIZ, gepredigt bei fast jedem Umbruch und gewiß in jeder kniffligen Lage der Neuen Berliner Rundschau, und hatte das Lied der Sowjetunion gesungen vom Amur bis an die Beresina, von Gladkow bis hin zu Pasternak und von Lenin im gleich enthusiastischen Atem bis zur Eisverkäuferin Natalja Iwanowna Prokopenkowa aus dem GUM und hatte den Feind nicht aus den Augen gelassen und, ach, den Freund auch nicht und suchte Freund David immer noch heim und war immer noch nicht zufrieden mit dem Menschenbild, das er abgab, und blieb immerdar die wilde Chefin Penthesilea in, immer noch, blauen Strümpfen.

Immer noch, immerdar, all die Jahre – da waren die Zeitvokabeln wieder und sagten etwas vom langen Zug der Jahre und weckten die Frage wieder nach der Spur, die einer hinterlassen, der David hieß.

Der aber schüttelte diesen hartnäckigen Verfolger nun endlich ab und wußte doch dabei, daß es nicht endgültig war. Das Biest war flink und zäh, und David Groth war schon ein bißchen mürbe und trug schweres Gepäck, darunter den Globus, einen ehrenden Antrag und den Plan zu einer positiven Intrige, und er war auf Marscherleichterung aus, als er den Hörer abnahm und seiner Sekretärin aufgab, für ihn ein Gespräch mit dem Minister Andermann zu vereinbaren.

»Christa«, sagte er dann, »und Erik soll kommen, aber mit einem Vorschlag, die Virusgrippe von Kunstmaler Kluncker betreffend.«

»Der ist doch nicht Jesus«, sagte sie, und er antwortete unlustig: »Muß er auch nicht. Hier und da ein Wunder genügt mir. Ruf ihn rauf.«

»Sofort«, sagte sie, »nur, der Kollege Gabelbach donnert alle fünf Minuten über die Sprechanlage. Er hört sich an, als hätte der Papst das Fotografieren verboten. Wen also zuerst?«

»Das weißt du doch«, sagte David und setzte sich zurecht und war nun wirklich Hiob, denn die Plage aller Plagen hieß Fedor Gabelbach.

Aufgefordert, sich näher zu erklären, wo es um seine Abneigung gegen Gabelbach ging, fiel David meistens nicht mehr ein als: »Wir kennen uns seit zwanzig, seit zweiundzwanzig Jahren, wir arbeiten schon so lange im selben Haus, wir haben diesen Schlitten gemeinsam über Berg und Tal gezogen – und sagen immer noch Sie; ich sage Kollege Gabelbach, und er sagt Herr Kollege, und neuerdings sagt er auch Herr Chefredakteur; das haut mich noch mal in einundsiebzig Stücke!«

Andere Gründe hätte er nicht gut nennen können; er hatte zwar noch mehr, aber mit denen hatte er weder Fran noch Penthesilea überzeugen können, und seither behielt er sie für sich.

Es verbot sich einfach, anderen als diesen beiden mit Erklärungen zu kommen wie: »Der ist katholisch, und man merkt es nicht«, oder: »Der vermiest jede Arbeit und macht alles.« Ein dritter nach Fran und Penthesilea hätte doch nur gemeint, er habe etwas gegen Katholiken und bezichtige Gabelbach, nichts als ein Stänkerer zu sein. Aber eben das war es nicht; Religion war ihm gleichgültig, solange er nicht an ihr teilhaben mußte, aber er erwartete von Leuten, die ihr anhingen, wenigstens Äußerungen davon, Wirkungen, Zeichen, doch bei Gabelbach stieß diese Erwartung ins Leere. So tief auch dessen Überzeugung sein mochte, sein Verhalten trug keine Marke davon. Er war ein Bildjournalist, ein glänzender, er war es ganz und gar und nichts als das, soweit es den Dienst anging. Selbst Themen wie Ehescheidung, Empfängnisverhütung, Selbstmord und die großen Fragen, die ein junger Mann aus Gütersloh auf die Bühnen der Welt gebracht hatte, ging er nur aus dem optischen Winkel an: Wie setzt man sie ins Bild? Wie auch immer er von den verschiedenen Enzykliken der verschiedenen Päpste denken mochte – falls über sie im Kollegium der NBR diskutiert wurde, begleitete Gabelbach die Überlegungen der anderen mit Hinweisen auf vorhandenes Archivmaterial oder überschlug die Kosten für Fotos, die nunmehr zu beschaffen seien. Und wenn den anderen bei der

Debatte des »Stellvertreters« weltanschaulich der Mund überging, so äußerte er sich lediglich, wenn auch unübertrefflich kompetent, zu Problemen der Rasterung von Großaufnahmen, und die Gewandung des Papstes war ihm eine pure Farbdruckfrage, und des Mäkelns über die Qualitäten von Papier und Rohfilm wollte kein Ende sein, aber das wäre ebenso gewesen, hätte es sich um Stierkampf oder volkseigene Plauener Spitzen gehandelt.

Selbst als der Streit um Franziskas unerhörte Bilder das Haus in mehrere Teile zu zerreißen gedroht hatte, ein Streit um Moral und Ästhetik, um die Grenzen des Professionalismus, um heilige Kühe und das Geheimnis des Lebens, ein Streit, der einen katholischen Menschen schon angehen sollte, selbst da hatte Gabelbach die unerhörten Bilder lediglich in solche eingeteilt, die technisch einwandfrei, und solche, die es nicht waren, letzteres wegen Blaustichigkeit, Unschärfe oder Indifferenz: »Zeigt diese Aufnahme eine Mondlandschaft oder einen Mutterkuchen? Da beides möglich ist, ist das Bild unmöglich. Vernichten Sie es, sonst archivieren die es doch noch unter Astronautik. Überhaupt dieses Archiv, völlig unmöglich, seit zweiundzwanzig Jahren nichts als ein Chaos!«

Nichts als ein Chaos war ihm alles, was sich seit seinem Eintritt in die Neue Berliner Rundschau und natürlich gegen seinen immer wieder erklärten Willen getan und ergeben hatte, und wer mit ihm ständig zu tun hatte, bedurfte der Schwalbenketten Carolas nicht, um den Hingang der Jahre zu bemerken, denn exakt an jedem elften September, dem Datum seines Dienstantritts, schaltete Gabelbach, wenn er die Dauer des Chaos in der NBR bejammerte, einen Jahresradzahn weiter und gab die Spanne des chaotischen Zustandes mit einer von gestern auf heute um eins vergrößerten Zahl an, nannte das Wirrsal nicht mehr, wie am zehnten September noch, siebenjährig, bezifferte es nunmehr, am elften Tag desselben Monats, auf achtjährig und führte diesen Kalender der anhaltenden Unordnung verläßlich und verursachte schon dadurch Pein genug für David Groth, weil der eben einer von denen war, die ständig mit diesem Buchhalter des Gewirrs zu tun hatten, und überdies war er im Verlaufe der langen Zeit auf den ersten Platz im Impressum vorgerückt und mußte, wenn wirklich Chaos im Hause war, wo nicht Schuld daran, so doch Verantwortung dafür tragen.

Aber größere Pein als diese kam von Gabelbach, weil unerträglich verwirrendes Teil seines Daseins war: das völlige Fehlen eines Widerscheins seiner Glaubensrichtung, von der bekannt war, daß er ihr außerhalb des Dienstes treu und zäh und nach allen Regeln folgte.

Es war bekannt, denn so groß die Stadt auch war, so war sie es doch nicht genug, um zufällige Begegnungen zwischen frühaufstehenden NBR-Mitarbeitern und dem NBR-Bildchef und Messegänger Gabelbach auszuschließen; der Angler, Laborant und Schwätzer Griese zum Beispiel war schon öfter an seinem unmittelbaren Vorgesetzten vorbeigeradelt, wenn der in grauem Morgen auf dem frommen Weg zu St. Franziskus-Xaverius sich befunden und Laborant Griese einen exquisit günstigen Fangplatz zu erobern sich auf den Marsch gemacht hatte. »Wenn schon Latein« – dieser exquisite Witz war stets Teil von Grieses montäglichem Bericht über die Begegnung am Sonntagmorgen –, »wenn schon Latein, dann lieber Angler- als Kirchenlatein!« und war denn auch hinsichtlich seiner exquisiten Barsche so beredt, wie Gabelbach in Glaubenssachen verschwiegen war.

Hätte man die Erkundigung nach dem religiösen Bekenntnis wieder in die Personalfragebogen eingeführt, aus denen sie schon lange verschwunden war, so wäre der Eintrag »röm.-kath.« sicher auch in den Kaderblättern der NBR-Mitarbeiter mehrmals zu finden gewesen, und niemand hätte sich darüber gewundert, Carola Krell nicht und David Groth nicht, und nirgend im Hause wäre ein Gerede davon gewesen; bei dem einen wußte man es so schon, weil er des öfteren Wesens von seiner Einstellung machte, und bei dem anderen kehrte man sich nicht daran, weil seine Person zu gleichgültig war, um seine Religion interessant zu machen.

Aber eben Gabelbach war weder uninteressant noch irgend jemandem im Hause gleichgültig, er war vielmehr auf zugleich schmerzliche und wohltuende Weise interessant, weil er ein Giftkopf und eine Spitzenkraft war, und an seinem Verhalten im Dienst war kein Hauch von katholischem Glauben oder irgendeinem anderen Glauben außer dem an die Gesetze der Optik.

Und das war Rätsel und Widerspruch und so nur allzusehr geeignet, einen Menschen wie David Groth zu brennen, zumal er schon lange wußte, daß Lösungen nicht zu haben waren, denn die Lösungen lagen bei Gabelbach, lagen in ihm verschlossen, und jeden Versuch, ob mit freimütiger Frage oder durch verstohlene Anspielung, an sie heranzukommen, hatte der sich bis an das Ende seiner Tage in der Neuen Berliner Rundschau mit beißender Schärfe verbeten.

David öffnete seinem obersten Bildermann die Tür, begrüßte ihn mit Händedruck und bat ihn, Platz zu nehmen.

Wie immer übersah Gabelbach Davids Handbewegung zur Sesselgruppe hin, wie immer setzte er sich auf den Stuhl vor Davids Schreibtisch. Er ließ keine Unklarheiten aufkommen: Er war dienstlich hier und als ein dem Chef untergeordneter Mitarbeiter.

Er ließ auch andere Unklarheiten nicht aufkommen: Er war unzufrieden, und ringsum war Chaos wie vor zweiundzwanzig Jahren schon, und wie war das: Sollte diesem babylonischen Bauwerk im Stadtzentrum nunmehr die Lizenz erteilt werden, künftighin alles, was kleiner war als dieser Stachel in den Himmel Berlins, von den Seiten der Neuen Berliner Rundschau zu verdrängen, und falls es so die Absicht sei, wolle der Kollege Chefredakteur dann bitte zur Kenntnis nehmen: Zu den Verdrängten werde sich in solchem Falle auch der Leiter der Bildabteilung, Fedor Gabelbach, schlagen, denn dies sei die absolute Verstrickung einer von Anbeginn knäueligen Wirrnis in das unauflösbare Chaos, und Fedor Gabelbach nehme lieber seinen Stecken, als daß er da mittäte.

David überhörte die vertraute Drohung mit dem Stecken, einer Redefigur, deren Bedeutung ihm ebenso bewußt, wie ihm ihre Herkunft unklar war, und fragte mit der angespannten Sachlichkeit, die allein Schwert und Schild gegen diesen wütigen Trojaner sein konnte: »Worum, bitte, geht es genau?«

»Es geht genau um den Plan, jegliches andere Erzeugnis bauender Menschenhand von den Bildseiten dieses Blattes durch ein pompös vertikales Ding, genannt Fernsehturm, verdrängen zu lassen«, sagte Gabelbach und klopfte hart auf sein hart eingebundenes Notizbuch.

»Wer hat einen solchen Plan geäußert?« fragte David.

»Wer einen solchen Plan geäußert hat, vermag ich vorerst nicht zu sagen, jedoch sehe ich die Schatten dieses Entwurfs bereits auf den Wänden unseres Hauses, und den Schatten des aufschießenden Betonpfahls sehe ich schon über dem Aufriß unserer nächsten Nummer.«

»Wo konkret fällt dieser Schatten nieder; auf welche Seite?«

»Auf die Seite 11, auf die Möbelseite, auf die Seite mit den besten Möbelfotos, die jemals in all dieser Wirrnis zum Druck befördert worden sind, worden wären, beinahe befördert worden wären, wären sie nicht der Anbetung eines überlangen Zementstifts zum Opfer gefallen.«

»Wieso zum Opfer gefallen? Die Möbel sind nicht raus, die sind jetzt nur auf die 20 gestellt, Kollege Gabelbach.«

»Kollege Chefredakteur, nur auf die 20 gestellt heißt: getötet, erschlagen, vernichtet, nicht erschienen. Die Geduld der Leser mit diesem Blatt reicht allenfalls bis zur Seite 11, von da an beginnt das Grab, und in dieses Grab stoßen Sie die besten Möbelfotos, die in diesem Durcheinander jemals entstanden sind: Sie stoßen sie hinab einer aberwitzigen Monumentalröhre wegen.«

»Nun in aller Sachlichkeit, Kollege Gabelbach: Die Möbel kommen, und der Fernsehturm kommt auch; die Möbel kommen hinterher, und der Turm kommt vorneweg, das war beschlossen, das ist beschlossen, das bleibt beschlossen. Der

Turm ist vorneweg in Europa, den Moskauer ausgenommen, und der Turm kommt vorneweg in der NBR. Haben Sie Vorschläge?«

»Natürlich habe ich Vorschläge, aber darf ich Sie vorher noch mit einer Warnung versehen?«

»Ich wüßte nicht, wo ich hingekommen wäre ohne alle Ihre Warnungen. Ich höre also.«

»Also hören Sie: Wenn dieses langstielige Unikum umfällt, kann sein Entwerfer nicht nur den Stecken nehmen, sondern sich auch beim Regreß weißbluten, sofern man sich hierorts gehabter Exempel erinnert.«

»Ich ahne, Sie haben das Exempel zur Hand, und krumm und schief, wie es auch immer und wie stets sein möge, ich sehe seiner Mitteilung entgegen.«

»Entgegensehen mögen Sie seiner Mitteilung noch ironisch, aber danach werde ich Sie erschrocken sehen; versuchen wir es, indem ich aus dem Bericht Nr. 1 des Hermann Ortgies, eines früheren Kollegen von Ihnen und mir, an den Fürsten Georg Albrecht von Ostfriesland zitiere: ›Da unter Ihro Königl. Majestät Abwesenheit ein sehr pompeuses Thrauer-Portal vor hiesiger Dohm-Kirche fast vollkommen aufgeführt war, hat solches, weil es der Ober-Bau-Director Herr von Eosander ohne speciale Königl. Ordre entrepeniret, wieder abgebrochen werden, und er selbstens loco poenae die darauf gewanten Kosten tragen müssen.‹«

»Ja«, sagte David, mehr nicht, denn hinter Gabelbachs Exempeln aus der Zeitungsgeschichte dehnte sich ein Sumpf, und wer sich auf jene Diskussion einließ, versank in diesem; das hatte David früh erfahren.

»Ja«, sagte auch Gabelbach und erhob sich.

»Moment«, sagte David, »da wäre noch Ihr Vorschlag!«

»Richtig, deshalb kam ich ja«, sprach Fedor Gabelbach und ließ hier endlich von seiner Gepflogenheit, die Satzausgänge des anderen zu eigenem Satzbeginn zu verwenden, und ließ auch von allen Schnörkeln des Gedankens und des Ausdrucks und ließ auch vom Widerwillen gegen den Fernsehturm, denn sein Vorschlag ging so: »Wir sollten folgendes machen, von heute an bis zur äußerlichen Vollendung des Bauwerks: Kamera an einen bestimmten, stets einzuhaltenden Punkt innerhalb der Stadt, Blick auf ein markantes Vergleichsgebäude, Rotes Rathaus vielleicht oder Marienkirche oder beide, und dann jede Woche ein Bild im Blatt, an einer bestimmten, stets einzuhaltenden Stelle, vom Fundament bis zur Antennenspitze, und am Ende vielleicht eine Doppelseite mit sämtlichen Aufnahmen in der Reihe, Titel: Der Riese im Zeitraffer. Fertig.«

»Das klingt pfiffig«, sagte David, »bringen Sie das mit ins Kollegium, und vielleicht besprechen Sie mit dem Stadtbauamt, wo Sie den Fotografen postieren, sonst bauen die uns womöglich inzwischen die Perspektive zu. Vielen Dank!«

»Bitte«, sagte Gabelbach, »wo es um ein wenig Ordnung im Tun dieses Hauses geht, immer zu Diensten. Auf Wiedersehen, Herr Kollege.«

»Auf Wiedersehen, Kollege Gabelbach«, sagte David und fühlte sich erschöpft und auch frisch und fühlte sich gesund und munter trotz des leichten Schwindels, in den ihn Gabelbachs Besuche stets versetzten, und trotz des leisen Brennens rechts unterhalb der Rippen, das neueren Datums war, und fühlte sich mittendrin, nicht am Anfang und nicht am Ende, fühlte erfahrene Zeit hinter sich und Zeit für Erfahrungen vor sich, fühlte sich wenige Schwalbenketten jung und hundert Turmbauten alt, fühlte sich gut für ein Papiersternchen hier und da und fühlte sich geeignet für seinen Posten und für keinen anderen sonst.

## 6

Was wird man, wenn der Großvater Fotograf war, der Vater Fotograf ist und man selber auch etwas Anständiges und Solides werden soll? Was wird man, wenn man drei Geschwister hat, von denen dreie Fotografen sind? Was wird man, wenn man in Weißleben wohnt und einen alle die Tochter vom Fotografen nennen?

Dann wird man Fotografin. Dann ist man es schon, bevor man es geworden ist.

Macht das Spaß? Es ist immer ein Spiel gewesen und hat also Spaß gemacht. Hört der auf, wenn man muß, was man durfte?

Franziska sagt nein. Seit dem ersten Lehrtag war sie nicht mehr nur mit, sondern dabei. Das machte den ganzen Unterschied, aber es gab einen neuen Spaß: Du hilfst wohl dem Vater? – Ich bin sein Lehrling!

Wen und was fotografiert man in Weißleben in der Börde? Der Ort hat um neunzehnhundertfünfzig an die fünftausend Einwohner, von denen etwa dreitausendzweihundert bereits einen Personalausweis besitzen, also nur noch selten ein Paßbild benötigen. Ungefähr ein Drittel von ihnen steht im Rentenalter; da braucht man keinen Betriebsausweis und tritt auch kaum noch einer Organisation bei, die ihre Mitglieder mit Dokumenten versieht. Die arbeitsfähige Bevölkerung – Hausfrauen, die auch ohne Ausweisschwenken an den Abwasch dürfen, bereits abgezogen – besteht aus zirka zwölfhundert Werktätigen, aber von denen sind nur zweihundert in solchen Werken tätig, die zur Werktat nur einlassen, wer sein gestempeltes Konterfei vorzuweisen vermag; auf die Äcker um Weißleben und in die Backstuben und in den Hutladen von Weißleben kommt man auch ohne. Und nur dreihundert sind in Parteien oder gesellschaftlichen Gesellschaften, die Freiwillige Feuerwehr eingeschlossen, welche auf mitgeführte Ablichtungen ihrer Genossen, Kollegen, Freunde und Bundesfreundinnen Wert legen. Die Bildverbraucherspitzenposition hält der Lehrer Jaksch; der ist in deren Organisationen sechs, aber das ist mit einem Dutzend Abzügen von einer Aufnahme auch erledigt und läßt ihm noch eine stattliche Reserve für eventuelle Neugründungen und den dann freilich unerläßlichen Beitritt, denn der Lehrer Jaksch ist ein sehr bewußter Mensch.

Aber weder von ihm noch von den anderen in unterschiedlichen Graden bewußten Menschen der Ortschaft Weißleben kann die Familie des Fotografen Grewe leben, sie lebt eher von den unbewußten Menschen, oder besser: Sie lebt weniger vom Neuen und neuen Bewußtsein als mehr vom Alten und alten Bewußtsein. Sie lebt vor allem von den Kleinst- und Kleinkindern, die weder das eine noch das andere haben, und von den Bräuchen, die mehr geselliger als gesellschaftlicher Natur sind. Sie lebt von Kindstaufen und Einschulungen und auch noch ganz gut von Konfirmationen und vom auch in Weißleben ungebrochenen Glauben der Eltern, daß ihre Kinder die schönsten sind.

Als Franziska Lehrling wird, gibt es in Weißleben fast zweitausend Mitbürger, die jünger sind als sie. Die Geburtenzahl hat sich beinahe verdoppelt seit dem Jahre sechsundvierzig, da der Vater von den Amerikanern heimkam und den Laden wieder öffnete. Auch die anderen Männer, die wiederkommen konnten, sind wiedergekommen, und Wiederkommen hat da einen doppelten Reim auf Niederkommen. Und andere sind gekommen, die vorher nicht da waren; sind aus Eydtkuhnen nach Weißleben gekommen und aus Stargard auch und auch aus Liegnitz in Schlesien und sind zuerst eng aneinandergekrochen, weil sie in der Fremde waren, und als sie nicht mehr in der Fremde waren, haben sie es sich gemütlich gemacht und haben mit ihren Kindern ein Recht auf Heimat angemeldet, ein Recht auf die Heimat Weißleben in der Börde.

Andere zwar sind gegangen, nach Westen, der von Weißleben aus vierzig Kilometer nach Westen liegt und dort zuerst Helmstedt heißt; sie sind zu Fuß dorthin gekommen oder mit dem Rad oder mit der Bahn über Magdeburg oder später mit dem Flugzeug nach einem Umweg über Berlin-West und durch ein Lager am Sachsendamm in Schöneberg oder das in Marienfelde, und bevor sie über Marienborn hinausgeflogen sind aus ihrem alten und ihnen unerträglich neuen Land, haben sie bei gutem Wetter Weißleben links unten liegen sehen können, haben es links liegenlassen, da noch, haben sich sehr hoch gefühlt, da noch, und haben Weißleben hinter sich gebracht, da noch, aber wer weiß, wie denen war?

Später hat Vater Grewe behauptet, er hätte von vielen, die sich mit Reiseplänen trugen, angeben können, daß sie es taten, und er hat seine Behauptung mit dem Geschäftsbuch belegt; er hat Bestellungen von Familienaufnahmen ganz ohne festlichen Anlaß und von Bildern, die häusliche Anwesen zeigten oder gute Stuben oder einen Hund, vorweisen können und zugleich erklärt, daß von den nämlichen Leuten, die ihm diese Aufträge gegeben hatten, niemals vorher ähnliches von ihm verlangt worden war, und nachher auch nicht mehr, denn nachher waren sie fort, hatten das Haus zurückgelassen und die gute Stube und den Hund und die vielen Cousinen auch, und da war der Grund zu Versammlung und Gruppierung vorm Bilderapparat zutage gekommen und hatte Abschied geheißen.

So hat sich die Fotografenfamilie Grewe von Gehen und Kommen ernährt und von dem Verlangen der Menschen, ihre Schatten festzuhalten und Zeugnis zu haben und zurückzulassen von sich und ihrem Erdenwandel, und das war es eigentlich, was Franziska in ihrer Lehrzeit erlernte: einiges über die Eigenheiten der Menschen und einiges über den Umgang mit ihnen.

Sie erfuhr etwas von den Schattierungen der Eitelkeit, von den Absprachen, die das Leben in einer Ordnung hielten, vom Verhältnis zwischen Leuten und Sachen, von den Möglichkeiten, stolz zu sein, von der Macht des richtigen Wortes, von der Gunst, der sich die treffende Lüge erfreut, von den Künsten, derer die Wahrheit braucht, von der Entfernung zwischen Schwarz und Weiß; sie lernte zu beobachten und zu schweigen, zu übertreiben und zu vertuschen, und sie lernte, eine Arbeit zu tun und den Spaß daran zu behalten.

Mit Kindern, den Hauptkunden ihres Vaters, hatte sie wenig im Sinn: Ganz klein waren sie noch ohne Tricks, und etwas größer dann, waren die Tricks nicht von ihnen; das Fotokleid hatte ihnen die Mutter angezogen, und die Fotohaltung hatten sie dem Vater abgeguckt.

Klassenbilder waren schon etwas anderes; da gruppierten sich Charaktere; die Ordnung sprach von Rängen, und in die Kamera wurde je nach Lage der Schuldinge gesehen – nicht bei der mit viel Brimborium angekündigten Hauptaufnahme, da starrte alles auf den einen Punkt und begriff sich als Mitte des Bildes, aber bei den anderen, den verstohlenen, gestohlenen sogar, denn das, was sich da dann später auf den Filmen fand, hätten seine Besitzer wissentlich kaum hergegeben: den Neid auf den Pullover der Banknachbarin, die Gier nach dem Schinkenbrot zwei Reihen weiter, das Liebeszeichen zwischen Dieter und Marita, beide zwölf, den Hagenblick auf einen Lehrerrücken.

Franziskas Vater murrte über das vergeudete Negativ, aber er ließ es dann sogar hingehen, daß sein Lehrling die besten Stücke der Beute vergrößert abzog, und er lachte mit ihr und schüttelte den Kopf mit ihr und half ihr, die Teile zu einem Panorama zusammenzufügen, dem sie, als sie siebzehn war, den Namen gab: »Wie die Menschen in Weißleben ihr Menschenleben leben.«

Es war dies eine erfrischende Sammlung, in manchem aber auch eine erschreckende, und man tat gut daran, die Seitenansichten vom Feuerwehrball erst nach denen von Weißlebens einzigem tödlichem Autounfall zu betrachten, denn Franziska hatte nicht die beiden Toten auf der Straße fotografiert, sondern die Gesichter der Leute, die die Szene säumten, und am schlimmsten war es, daß man alle diese Gesichter ganz anders kannte: Moment, Fräulein Grewe, Ihr Kuchen ist fertig, den haben Sie aber wieder wunderbar angerührt! – Guten Tag, Fräulein Grewe, wenn Sie am Sonntag manchmal zur Taufe rüberkommen möchten, die Oma in Braunschweig hätte gern ein Bild! – Ach, Fräulein Grewe, ich hätte hier was zum Entwickeln, es ist aber mehr intim, aus dem Urlaub, Sie verstehn vielleicht! – Oh, Fräulein Grewe, nun sehn Sie doch bloß, wie der Junge wieder dasitzt, eben das Hemd gebügelt, und was mach ich bloß mit seinen Haaren?

So grauenhaft die Leute auf die Straßentoten gestarrt hatten, so komisch waren sie wieder bei Beerdigungen und dem, was denen folgte. Sie standen um frischgesetzte Grabsteine wie um einen Fußballpokal. Sie bissen in den Leichenschmaus mit der ungehemmten Freude derer, die noch lebten. Sie wußten, wie affig ihnen der geborgte Zylinder zu Gesicht stand, und würden einen Muskelkater bekommen von den zwei Stunden kommandierter Würde. Sie waren glänzend vertreten durch jenen älteren Mann, den Franziska einmal aufgenommen hatte, als er die Rechnung der Bestatterin prüfte, dann, als er geschlagen und weinend zum Friedhof schritt, und schließlich, als er in der Hocke neben dem Sargdeckel saß und prüfend an das Holz pochte: Tatsächlich Eiche! – Die Totenfrau hatte ihn nicht beschissen!

Man wurde älter, als man war, in diesem Beruf, jedenfalls dann, wenn man ihn so nahm, wie Franziska es tat. Man konnte nicht hundert Posten Schwäche buchen, ohne einmal eine Summe zu ziehen, und man kam da auf etwas von Grundgewicht, etwas, das Widerspruch hieß, Widerspruch zwischen Schein und Sein, zwischen Anspruch und Erfüllung, zwischen Abbild und Wesen, zwischen Absicht und Ergebnis, man kam hinter die Allgegenwart dieser ineinander verspannten Gegensätze und war deshalb ständig bereit, hinter dem eben Erfahrenen weitere Erfahrung zu erwarten.

Franziska war bereit, aber dennoch hätte sie ein Ereignis beinahe aus allem Glauben geschleudert, und ihren Vater hat es wohl umgebracht. Er hatte ihr den Auftrag auf einen Zettel geschrieben, und sie war auf ihr Fahrrad gestiegen, etwas belustigt und etwas neugierig, aber beides nicht sonderlich. Haustrauung auf dem Lande, das kam immer mal vor. Eine gewisse Genantheit der Beteiligten war da meistens im Spiel, eine alberne Verlegenheit, die alberne Erklärungen produzierte: Die Braut war immer wieder krank geworden, wenn es ans Heiraten gehen sollte; der Bräutigam hatte ständig auf Montage gemußt; die Mutter hatte nun einmal einen Lieblingstag, und eben an diesem habe die Hochzeit sein sollen, aber inzwischen sei nun doch das Kind gewachsen und die Braut nun doch ein wenig zu schwer zu Fuß für die Kirche, und da komme eben der Herr Pastor ins Haus, was machte das alles, Hauptsache glücklich!

Auf dem Wege zu den glücklichen Hochzeitern holte sie den Pfarrer ein; das war ihr lieb, denn einsame Wanderer neigten zu merkwürdigen Scherzen, wenn ihnen ein achtzehnjähriges Mädchen auf einem Fahrrad vor die Augen kam. Auch dem Pfarrer war die Begleitung lieb, da er Grund zu haben glaubte, sich als ein von allem Heereswesen Verfolgter betrachten zu müssen. Auf dem Weg zur ersten Kriegschristmette hatte ihm ein verirrtes Gewehrgeschoß den Vorderreifen von der Felge gefetzt, und ein anderes Mal war er auf einen Sperrbalken gefahren und hatte sich das Nasenbein gebrochen, und er argwöhnte, seither gebreche es seinen Predigten an Überzeugungskraft, da der übermäßig näselnde Ton, in dem er sie vorzutragen gezwungen war, leicht auf Hochmut schließen lassen könne.

Eben der aber sei ihm fremd, erklärte er Franziska, und er bat sie, nichts Gegenteiliges zu glauben, obwohl er vor ihr herführe, mit ihr spräche, aber dennoch nicht ein einziges Mal seine Augen auf sie richte; er richte nämlich diese Augen auf den Weg vor ihnen beiden, suche ihn ab nach Tücken und Gefahr, und er habe da schon seine Gründe.

Sie kamen aber unbeschädigt in das Hochzeitshaus, ein einsames Gehöft mitten in den planen Bördefeldern, wurden beide mit Respekt begrüßt und auch mit festlichen Speisen und Tränken und machten sich beide zur gleichen Zeit an die Arbeit.

Der Vielzahl der Verwandtschaft und der Enge der Räume wegen hatte man eine Art Hilfsaltar unter dem Himmel auf dem Hofe errichtet; dem Pfarrer war das recht, Gott hatte so weniger Mühe, auf die Szene zu blicken, und auch Franziska war es recht, da gab es keine Lichtnot, und eine Bauernhochzeit unter freiem Himmel war etwas für ihre Sammlung.

Sie hörte der Predigt zu, während sie ihr Stativ aufbaute, und fand sie ganz gut, und die übertriebenen Nasallaute störten sie nicht, da sie von deren physischer Ursache wußte.

Für die Minute, in der das doppelte Jawort fallen würde, hatte sie einen Standort gewählt, von dem aus sie die ganze Gruppe erfassen konnte, die Gäste, die Eltern, die Zeugen, das Brautpaar und den Pastor und dazu ein Stück vom Haus und ein Scheunendach dahinter und den Bördehimmel darüber.

Sie hielt den Auslöser locker zwischen den Fingern und hörte gespannt auf den Pfarrer, der die bekannte Formel sprach: »Und so frage ich dich denn …«

Sie hatte zwar die Hochzeiter gewarnt: Wenn sie just beim Jawort auslöste, würde der Sprecher mit offenem Munde festgehalten werden und nicht jedermann stünde das gut zu Gesicht, aber zumal den Eltern der Braut war es wenig um ästhetische Fragen gegangen, Lessing und Laokoon interessierten sie kaum, ihnen war es nur um das Dokument zu tun, und wahrscheinlich hatten sie ihre Gründe, wenn sie so darauf drangen, einen optischen Beleg für die Zustimmung des Bräutigams in die Hand zu bekommen.

»Und so frage ich dich denn«, sagte der Pastor, sagte dann aber einen Augenblick lang gar nichts, sagte nicht den Namen der Braut, der hier hätte folgen müssen, verhielt jäh und schien in den Himmel zu starren mit dem ganzen Körper, sagte auch danach noch nichts, schrie aber nun und tat auch dies wieder mit dem ganzen Körper, schrie aus Mund und gebrochener Nase immer noch nicht den Namen der Braut, sondern brüllte in gequetschtem Ton, dem es dennoch, wie sich sogleich erwies, nicht an Überzeugungskraft mangelte, ein Kommandowort, und dieses lautete: »Hinlegen!«

Hinlegen heißt, so vorgetragen, hinwerfen, und es war niemand in der Hochzeiterschar, der dies nicht gleich begriff, und so lag die Gesellschaft in Frack und Klack im Handumdrehen auf der Erde, die alten Frauen und die überreife Braut zwar nicht ganz so schnell wie die Männer, die zwischen Wolgamündung und norwegischen Fjorden Einschlägiges geübt hatten, und niemand so rasch wie der Prediger, aber als das Bündel brüderlichen Schrifttums – bei Helmstedt an einem Ballon aufgelassen und zwecks besserer Verteilung durch den Zonenhimmel mit einer Sprengladung versehen – in das Scheunendach schlug, hatte die gesamte Festversammlung auf der Hoferde Deckung genommen, nur die Fotografin Franziska stand aufrecht hinter ihrem Apparat und fertigte so das Bild ihres Lebens.

Kaltblütigkeit war nicht das Wort, das dies erklärte. Es verhielt sich einfach; es war leicht erklärt, wenn man bedachte, daß Franziska im Gegensatz zu den Versammelten an dem frommen Vorgang nicht weiter beteiligt war; sie hatte auf das Jawort des Bräutigams gewartet, der aber war noch nicht an der Reihe gewesen, und so hatte sie nicht so innig wie die Anverwandten des jungen Paares auf die Worte des Pastors gelauscht und war nicht wie jene aus tiefer Anteilnahme seelisch bereit gewesen, die Aufforderung des Kirchenmannes als auch ein wenig an sie gerichtet zu nehmen und im Chore mit der nunmehr jungen Frau ja zu sagen oder zu denken; sie war einfach nicht, wie die anderen, eingestimmt gewesen, war nicht Teil der Gemeinschaft und hatte noch das Denken zwischen sich und dem Geschehen, und wo die anderen, ohne zu fragen, in den Sand sprangen, hatte sie noch erst ein Nanu im Kopf, und der Daumendruck auf den Auslöserknopf war nur ein Reflex.

Aber es geschah ihr nichts; der einzige Blessierte war der Pastor; er hatte sich beim Fall die Kinnlade ausgerenkt, und seine Sprache war nun doppelt verquetscht, als er zu Franziska sagte: »Sehen Sie, ich sagte ja, ich habe meine Gründe!«

Das Kinn wurde wieder gerichtet, die noch heilen Schindeln eingesammelt, ein älterer Cousin aus der Ohnmacht geholt, der Hilfsaltar neu aufgebaut, die Trauung vollzogen, der Bräutigam mit offenem Mund fotografiert, die Hochzeit gefeiert, der Sprung des Pfarrers belacht, der Schreck begossen und das Glück auch und wieder das Glück und noch einmal der Schreck und Prost und Dunnerwetter und ei der Daus, und Franziska fuhr nach Haus.

Dort entwickelte sie das Bild, und es war das Bild ihres Lebens. Es war über die Maßen komisch und über die Maßen schaurig, aber was danach kam, durch das Bild danach kam, war für Franziska schaurig über alles Maß.

Denn sie verlor ihren Bruder dadurch und dadurch wieder ihren Vater, und auch so war dieses Foto, auf dem eine geputzte Hochzeitsgesellschaft im Bördesande lag, während hinter ihr ein Stück Scheunendach in die Lüfte flog, das Bild ihres Lebens.

Dies aber konnte die Fotografenfamilie Grewe noch nicht wissen, als sie den ersten Abzug betrachtete und sich vor Lachen nicht halten mochte; eine komplette Festgemeinde in Bauerngala auf dem Boden, das hatte noch keiner gesehen, und Lachen war bei allem Schrecken erlaubt, denn es war doch niemand ernstlich zu Schaden gekommen.

Zu Schaden kam die Familie Grewe, weil der älteste Sohn einen Einfall hatte.

Der war ein netter Junge, dreiundzwanzig Jahre alt, als Franziska achtzehn war, der große Bruder immer und seit jener Zeit besonders, in der er Kugeln hatte pfeifen hören; der wußte, wie das Leben ist, der hatte quer durch die Börde seine Bräute, und zweie hatte er in Berlin, eine in Ost und eine in West; das war alles nicht billig.

Klaus hieß der und war eine ehrliche Haut, soweit es in der Familie blieb. Der fuhr nach Tempelhof, wenn es in Magdeburg keinen Entwickler gab; der kannte den Wechselkurs wie den Tabellenstand der Oberliga; dem war Charlottenburg sein Macao: Markt und Abenteuer, Hehlerloch und weite Welt; dem konnte keiner, kein Gemüsebauer und kein Zöllner und nicht einmal die Hirten um den Bahnhof Zoo.

Den Laden in Weißleben wollte er nicht; er lachte, wenn sein Vater von Erbfolge sprach; er wollte ins Große und Freie, Agha Khan fotografieren oder sibirische Mineralogen, Taifune, Zyklone, Diors geheimste Kleider, sowjetische Hunde mit sieben Köpfen, sechs davon aus Kunststoff, Manfred von Ardenne, wie er gerade das Telefon ohne Wählscheibe erfindet, die sozialistische Revolution in Madrid, Lok Magdeburg mit dem Europapokal, den Nordpol und den Titisee im Schwarzwald.

Er war nicht besessen von solchen Träumen, er nahm sie nicht einmal als Träume; es waren Markierungen eines Areals, in das er auszuziehen gedachte, nicht um Millionen zu machen, sondern um eine Arbeit zu tun, die nicht umschrankt war von Weißlebener Brauchtum, den Schönheitsvorstellungen der Bäckermeister und Spargelschieber daselbst und den technischen Grenzen der heimischen Fotochemie. Er stürzte nicht einfach davon, denn er wußte Bescheid: Weder »Paris Match« noch »Time« noch der »Stern« warteten auf ihn, und es zog ihn nicht in eine Bewerberschlange; das hatte er nicht nötig, denn so gesehen, war Weißleben auch kein Dreck; ehe er bei denen betteln ging, retuschierte er hier lieber seine Silberpaare und machte mit Fleischertöchtern seine Gildenwitze, von wegen Eisbärfell und Stellungswechsel und Schönheit der schieren Natur, und wartete eben auf seine Gelegenheit.

Die war mit dem Irrläufer ins Scheunendach und Franziskas Reflex am Auslöser gekommen.

Was heißt: Diebstahl und Lüge! Die Schwester konnte ohnehin nichts mit dem Bild anfangen, und ob sie es nun den Kuhbauern als Draufgabe zum Hochzeitsfoto schenkte oder in ihre Sammlung tat, das war die gleiche Vergeudung.

Für Klaus Grewe aber war die Aufnahme der Aufnahmeschein in eine bedeutende Redaktion; das Negativ und der bisher einzige Abzug genügten als Gepäck, und einiges Geld in beiden Farben hatte er so schon beisammen.

»Ich fahr noch mal rüber nach Magdeburg! – Bitte, einmal Zweiter nach Berlin-Friedrichstraße! – Ja, hier ist Bahnhof Zoo, warten Sie, ich helfe Ihnen, ich steige auch hier aus! – Guten Abend, haben Sie ein Zimmer für die Nacht? – Guten Morgen, ich komme von drüben und hätte da ein Bild … – Klar, Mr. Dornemann, klar bin ich weg aus politischen Gründen; was meinen Sie, wie die nach mir suchen!«

Zunächst suchten sie nicht ihn, sondern das Bild. Sie kamen am Tag nach der Bauernhochzeit und wollten den Sachverhalt klären. Da sei ein Unglück passiert, und gründliche Analyse sei vonnöten. Ein Glück nur, daß alles so glimpflich abging, und ein Glück auch, daß es ein Foto gab, ein aufklärendes Dokument. Der Brautvater hatte Klage geführt und gesagt, die Kleine von Grewe, dem Fotografen, die ist Zeuge, die hat's geknipst, wie's ausgesehen hat bei uns, als es gekracht hat, die fragen Sie mal! Nun fragten sie und wollten das Bild und waren höflich, bis Franziska mit leeren Händen wiederkam. Da sahen sie selber nach, und so höflich waren sie nun nicht mehr; man sah ihnen an: Sie standen im Kampf und waren auf den Gegner gestoßen. Dabei waren sie noch gut dran; sie taten eine Arbeit: Ein Bild fehlte, also suchten sie es. Die Familie Grewe aber war schlimmer daran: Sie mußte bald auf den Zusammenhang kommen zwischen dem Verschwinden des Sohnes und dem Fehlen des Bildes, und das rückte den Sohn in die unerreichbare Ferne.

Franziska und ihr Vater mußten mit in die Stadt. Drei Tage lang fragte man sie und ließ sie berichten über ihr Leben und über ihre Ansichten über das Leben, und manchmal wunderte sich Franziska, wie lang ihr Leben schon gewesen war und wie verdächtig oft.

Als man sie entließ, war sie fast bereit, ihren Beruf zu wechseln, aber sie sagte davon kein Wort, ihres Vaters wegen. Dem saß der Schrecken im Herzen. Der war ein kleiner Nazi gewesen und im Kriege Feldwebel und hatte Aufklärungsfotos der Luftwaffe entwickelt; dies hatte alles längst erledigt geschienen, aber nun hatte er Worte gehört wie Dokumentenhinterziehung und Aufklärungsbehinderung, und das schlimmste war, es hatte ihm alles eingeleuchtet. Dabei war er ein ehrlicher Mann, oder eben weil er ein ehrlicher Mann war, ging ihm die Sache so zu Herzen. Er hatte sich doch Mühe gegeben, seine Fehler zu sehen und sie nicht zu wiederholen. Er hatte versucht, sich gegen die Selbstgerechtigkeit zu wehren, die ihm empfehlen wollte, sich für ein Opfer von Umständen zu halten. Aber nun waren hier wieder Umstände eingetreten, an denen er keinen Teil haben konnte, und nun mußte er sich fragen, ob es nicht doch so sei, daß der gute Wille nichts vermöge gegen die bösen Umstände.

Der Brief des Sohnes machte nichts besser, denn er war so fremd und unsinnig verlogen und enthielt auch kein Wort über das Bild, das verschwunden war.

Das wenigstens erklärte sich bald, denn bald kamen die Untersucher noch einmal ins Haus, diesmal aber nicht, um etwas zu suchen, sondern um etwas zu bringen.

Es war eine Zeitschrift, und Franziskas Bild ging über eine Doppelseite. Auf seinen Vordergrund war weiß auf schwarz ein Text gedruckt, der von einem erschütternden Dokument sprach und von dem täglichen Terror und einen glauben machen konnte, ein atheistischer Richtkanonier habe ein Geschoß in die Scheune gelenkt, des religiösen Vorgangs auf dem Bauernhofe wegen, und von der Bedrohung des Christenmenschen in der Zone war die Rede und vom standhaften Mut des Fotografen, dessen Name Klaus Grewe sei.

Das wunderte Franziska schon nicht mehr, aber über sich selbst wunderte sie sich sehr, und sie fragte sich, ob ihr Verstand gelitten habe. Denn sie fühlte beim Betrachten des Fotos einen irrwitzigen Stolz in sich aufkommen: die Aufnahme war hervorragend gelungen; die Schärfe hatte unter der Vergrößerung nicht gelitten, die Lichtwerte waren vorbildlich, und in dem Tausendstel einer Sekunde, diesem Zeitpünktchen, war alles von einer explosiven Bewegung. Und noch unsinniger war es, daß sich auch jetzt noch Heiterkeit in ihr regte und daß sie mit dem Zwerchfell äußerste Mühe hatte, als sie den Pastor sah: Ausgerechnet dessen ohnehin schon lädiertes Gesicht wurde nun auch noch in effigie durch den Seitenfalz in zwei scheinbar ungleiche Hälften geteilt.

Sie und ihr Vater schrieben eine weitere Erklärung; Duplikate davon gingen zu den Akten, und das Original ging an die Illustrierte, aber der Bruder schickte fortan ungerührt Zeitungsausschnitte mit seinen Fotos und seinem Namen darunter, und einmal war auch ein Bild dabei, das zeigte den Agha Khan.

Zu allem, was so schon seltsam war, kam nun noch dies: Das komisch und böse verworrene Ereignis, der Vorgang, in dem sich Fotografenglück in das Unglück einer Fotografenfamilie verwandelte, der Fall, der sich zur privaten Tragödie zuspitzte, weil ein allzu lebenslustiger Bruder ihn an die Öffentlichkeit hatte bringen müssen, ausgerechnet dieses Geschehen weckte in Franziska die Lust, der Börde ade zu sagen und Berlin guten Tag und guten Tag in fast jeder Redaktion in der östlichen Hälfte der Stadt.

Sie gab sich nicht Rechenschaft und vermied es, vor sich selbst Gründe anzuführen, denn die Rede kam dann rasch auf den Vater, den sie in seinem Kummer zurückließ mit nun noch mehr Kummer, oder sie kam auf die Immoralität des Gewerbes, dem sie jetzt in der Spur ihres Bruders zustrebte, als wäre nicht gerade diese Spur Beweis genug, daß Gesinnungsschaden wohl möglich war auf solchem Wege. Und geradezu peinlich war ihr der Gedanke, der sich auch einmal gemeldet hatte in diesem Disputansatz, der Gedanke: sie könne im östlichen Journalismus ein Gegenbild herstellen wollen zum nunmehr westlichen Grewe-Bruder.

Um sich über diese Peinlichkeit hinwegzuhelfen, hatte sie sich Johanna von Weißleben gescholten, Ehrenretterin der DDR, die fromme Jungfer mit dem sauberen Objektiv; das gab einen großen Lacher. Seit wann war denn sie politisch; wie kam denn sie ins Flattergewand der Patriotin; wo kam denn diese Fahne her? Schulunterricht hatte sie mit dem Bescheid versehen, sie habe sich zum Kleinbürgertum zu zählen; Bücher hatten die Auskunft hinzugefügt, dies sei nichts Gutes; Filme lieferten den Beleg: Man schwankte dann sehr.

Schwanken war, wenn sie es recht verstand, politischer Neigungswandel, je nachdem. Dem war leicht zu entkommen, fand sie: Man brauchte sich nur aller solcher Neigungen zu enthalten. Keine Neigung, kein Wandel, kein Schwanken!

Und wie der Jugendverband in Weißleben war, wurden auch Neigungen nicht weiter verlangt; sauberes Blauhemd, pünktliche Beitragsentrichtung, kein Murren vorm Kartoffeleinsatz, das machte aus Franziska Grewe eine zuverlässige Jugendfreundin, und daß sie vom Kartoffeleinsatz fröhliche Bilder für die Kreiszeitung lieferte, machte eine aktive solche aus ihr, und nachdem das Zentralorgan zwei ihrer erfrischenden Dokumente nachgedruckt hatte, fand sie sich in einer gewählten Leitung wieder.

Ihre Kunstfertigkeit, das Jugendleben auf Fotos lebhaft erscheinen zu lassen, trug ihr die Reputation guter Gesinnung ein, und als sie gar die Anleitung eines Zirkels Junger Knipser, genannt Die Neue Optik, übernahm, war sie reif, zum Treffen der Jugend in Berlin delegiert zu werden.

Die Einladung war noch vor dem schrecklichen Hochzeitstag und dem schmählichen Abgang des Bruders und dem Besuch der Untersuchungsorgane und der Publikation des entsetzlichen Bildes ausgesprochen worden, doch als Franziska den Kreissekretär auf diese Vorgänge verwies und ihn fragte, ob es nicht besser sei, sie nun zu Hause zu lassen, winkte der ab; die Sache sei geklärt. »Alles klar, Mädchen, was kannst du für deinen Bruder, und wenn du nun schon wegwillst von hier und nach Berlin, dann kannst du dich doch gleich umsehen; ich kenn da einen beim Magazin für junge Menschen, dem schreib ich einen Brief, kannst du mitnehmen; aber wenn du diesmal wieder so Bombenbilder machst, dann halt sie fest!«

Da es sie nicht zu sehr in ein Magazin für junge Menschen drängte, stahl sie sich hin und wieder vom Treffen fort und besuchte die Redaktionen von Zeitungen so mehr für alle Menschen, aber so wohlgefällig man sie dort auch musterte, man war mit Fotografen versehen, und nun eine Bördenjungfer, nee, Kindchen!

Also dann das Magazin für junge Menschen! Der Freund vom Kreissekretär hieß Helmut, und er kam auch tatsächlich auf einen Sprung ins Haus, als Franziska dort auf ihn wartete.

»Der hat Nerven«, sagte er, als er den Brief gelesen hatte, »hier trifft sich die Hälfte der jungen Generation, und davon wieder die Hälfte muß ich interviewen, und der schreibt, ich soll mich mal mit dir unterhalten. Alle Male, die ich hab in diesen Tagen, sind besetzt. Wenn du willst, lauf neben mir her; kannst gleich 'n paar Bilder dabei machen; Proben brauchten wir sowieso von dir. – Was hast du denn mit deinem Blauhemd gemacht?«

»Wieso?«

»Das sitzt so flott; man sieht richtig, daß du ein Mädchen bist.«

Innerhalb von drei Tagen kam er immer mehr darauf, daß sie ein Mädchen war, und er ließ es sie merken, daß er ein Mann war, ein junger, tatendurstiger, tüchtiger, lustiger, gewitzter und ziemlich rücksichtsloser Mann. Er bekam die Interviews, die er wollte, und sie holte er nebenbei gründlich aus; am Ende kannte er ihre Schulzeugnisse und ihren Brustumfang und alle ihre Tanten, und er wußte auch, daß sie bis jetzt noch nichts Schärferes, wie er das nannte, mit einem Mann gehabt hatte.

»Mußt du ändern«, sagte er, »schade, ich komme jetzt bei dem Gehetze nicht dazu, sonst würde ich mal 'n bißchen Hand anlegen.«

Der läßt das wie einen Gefallen für mich klingen, dachte sie, aber wie ich gehört hab, soll das auch für einen Mann ganz nett sein. Sie merkte, daß sie sich langsam in ihn verschoß; es war ihr ein wenig unheimlich, aber nicht zu sehr. Sie machte ihre Bilder und unterdrückte die Neigung, ihn allzuoft mit auf die Fotos zu bringen; ein paar hatte sie schon von ihm, und die würde sie bewahren als die Bilder von einem, mit dem es beinahe dahin gekommen wäre. Aber es kam dahin, und kurz nachdem sie die Aufnahmen entwickelt hatte, war es schon wieder vorbei.

Sie waren beide abgehetzt und froh, als die wilden Pfingsttage mit der Abschlußkundgebung zu Ende gegangen waren. Sie waren heiser vom hundertfachen Sang des Liedes »Blaue Fahnen nach Berlin«, und am Eingang zum Wedding, kurz hinterm neuen Walter-Ulbricht-Stadion und schon im französischen Sektor von Berlin, waren sie auf heftige Abneigung gegen Lied und blaue Fahnen gestoßen, waren zurückgeknüppelt worden über die Grenze, dorthin zurück, wo Fahnen und Lieder zu Hause waren, und Franziska war es, auch dank der Schläge am Wedding, leicht geworden, einzustimmen in die Lieder und Schwüre, die zum Abschied noch einmal von Jugend und Frieden sprachen. Sie tranken im überfüllten Berolinakeller am Alex einen schlimmen Wein und bummelten Richtung Friedrichstraße durch die Nacht, die immer noch nicht ruhig war. Auf dem Marx-Engels-Platz tanzten noch ein paar hundert Verrückte Laurenzia unter dem riesigen Stalinbild, das an einem Fesselballon im Himmel hing. Vier Scheinwerfer beleuchteten von den beiden Spreearmen her den lächelnden Generalissimus.

Franziska und dieser Helmut sahen lachend den Tänzern zu, da schrie einer der Laurenzia-Turner: »Hallo, Jugendfreundin, liebste Fotografin, mach ein Bild von uns; mir hier beim völkerverbindenden Danze, das gibt eine Freude in Schmilka!«

»Geht leider nicht«, sagte Franziska, »mir sind die Blitzer ausgegangen, und das Licht reicht nicht.«

Aber auch den anderen Tänzern schien es nun äußerst dringlich, daß ein Foto von ihren Kniebeugen angefertigt werde, und sie bejubelten den Vorschlag ihres Wortführers: »Mir fragen die Freunde, ob sie manchmal einen Strahl vom teuren Genossen Josef Wissarionowitsch abzweichen möchten, da möcht's doch reichen mit 'm Lichte!«

»Das geht doch nicht«, sagte Franziska, aber Helmut legte den Arm um sie und sagte: »Warte hier; ich versuche es.«

Wenn er das schafft, dachte sie und ärgerte sich zugleich über so etwas Kindisches, dann schafft er alles, und von mir aus darf er es auch. Sie machte ihre Kamera fertig und hoffte und wußte dabei nicht, was sie sich erhoffte. Da könnte ich doch gleich Blütenblätter zupfen: Es geschieht, es geschieht nicht, es geschieht, was will ich denn überhaupt, will ich es, will ich es nicht, Väterchen, laß ein bißchen ab von deinem Licht, nein, behalt's doch besser, oder nicht, ich weiß schon nicht!

Dann erhob sich ein mächtiges Geschrei, rhythmisches Klatschen schlug bis an die ferne Marstallmauer, ein langes Ooh tönte über den Platz, und der Gesang »Laurenzia, liebe Laurenzia mein« stieg in den Himmel, an dem sich das große Abbild mählich verdunkelte und endlich verschwand, denn alle vier Scheinwerferstrahlen senkten sich herab, und auf der gepflasterten Erde wurde Tag.

Nun ist es entschieden, dachte Franziska, alle vier gleich, dagegen komme ich nicht an, nun ist es entschieden!

Helmut hielt ihr die Jugendfreunde vom Hals, die ihr ihre diversen Adressen in Schmilka und Schkölen und Schlatkow und Geld für Abzüge und fürs Porto dazu aufnötigen wollten; er sagte: »Schreibt ans Magazin für junge Menschen, schreibt: Betrifft nächtliche Laurenzia, dann weiß ich schon. Und wer bei der Gelegenheit abonniert, kriegt die Bilder gratis. Freundschaft!«

Und zu Franziska sagte er: »Immer praktisch denken; wenn du praktisch denkst und nett bist, kriegst du fast alles, und was du nicht kriegst, schimpf doch nicht hinter dir her, wegen der Nettigkeit.«

»Wie hast du das mit den Scheinwerfern gemacht?«

»Praktisch und nett. Ich hab dem Kompanieführer ein Pioniertuch umgebunden, etliche Male Drushba gerufen, und der Rest ging mit Händen und Füßen. Ich hoffe, er kriegt keinen Ärger wegen der Finsternis. – Nun los, nun suchen wir uns ein Stückchen Finsternis, ich möchte nett mit dir sein.«

Das war nicht ganz einfach. Wo immer sie die Linden hinunter bis zum Brandenburger Tor einen dunklen Winkel fanden, erwies sich der als schon besetzt, und Helmut zeigte sich ein weiteres Mal von seiner praktischen und von seiner freundlichen Seite, als er das Lied von Sonne, Mond und Sternen anstimmte, um die zärtlich gelaunten Jugendfreunde und Jugendfreundinnen zu warnen, die bis dahin in einigen Fällen erbarmenswert hastig auseinandergesprungen waren.

Franziska ging mit wie im Schwindel, oder sie versuchte sich doch einzureden, sie ginge ein wenig wie im Schwindel mit. Ich bin etwas von Sinnen, sagte sie zu sich, ich war noch nie in soviel Fröhlichkeit, ich glaube, ich weiß nun, was Freiheit ist, nie hatte ich solche Kraft, ich bin von Sinnen in dieser Nettigkeit, hier ist etwas zu Ende gegangen, hier hat etwas angefangen, ich bin zu Hause hier, wir sind zu Hause hier, jetzt weiß ich, was Jugend ist, und ich bin etwas von Sinnen vor Liebe wohl und auch etwas angesteckt von all der Liebelei hier herum, das liegt einfach in der Luft heute, und es ist nichts dabei. Aber es war doch etwas dabei, es war so nicht ganz geheuer, und dieser Helmut war ihr ein Quentchen zu praktisch, und sie hatte es sich auch etwas anders vorgestellt, sie wußte zwar nicht, wie anders, aber in einem nächtlichen Torbogen hatte es sicher nicht anfangen sollen, und daß es dann zwischen dem Holz auf einem Bauplatz nahe dem Reichstag anfing, war fast schon zuviel.

Doch nur fast, denn Helmut war praktisch und freundlich und machte sie vergessen, wo sie war, nicht gleich, aber dann doch; er war zärtlich und ohne Hast, er baute zuerst ein Versteck und sprach sinnlosen Schnickschnack, er hielt sie ruhig, als wolle er sie beschützen, und sie nahm diesen Schutz, brauchte ihn, brauchte den verrückten Augenblick dieser

Nacht gegen die verkehrte Welt der letzten Tage, wußte nun alles und wußte nichts mehr, wußte nicht, ist Glück Vergessen oder ist Begreifen Glück, gewahrte die Versuchung, sich herausfallen zu lassen aus der Welt, und wehrte sich, indem sie Bilder der Welt aufrief, den Pastor, den Bräutigam, das Scheunendach, das Labor, die Untersuchungsorgane, den Vater, den Bruder, die Redaktionen, den Tänzer aus Schmilka, den Platz in der Nacht und das Bild im Himmel, und wußte von dem steinernen Schatten in ihrem rechten Augenwinkel, daß es der Reichstag war, und wollte nicht wissen, daß sie sich die Schulter an einem Zimmermannsbalken zerrieb, und verteilte Verantwortung für den Wahnsinn hier an Lichtkanoniere und Scheinwerferkommandeure und rief wütend: »Drushba!«

»Spinnst du?« sagte dieser Helmut, und sie sagte: »Natürlich spinne ich, was dachtest du? Ich heiße Laurenzia und bin aus Schmilka. Ich habe eben einen Pastor fotografiert, der hat mit einem Scheinwerfer einen Fesselballon abgeschossen, an dem hing ein Illustriertenbild von einem Untersuchungsorgan. Ich bin die Jugendfreundin Johanna und frage dich nunmehr, bist du gewillt, den Reichstag zu abonnieren, so sage denn laut und vernehmlich: Hinlegen!, so singe denn praktisch und freundlich: Franziska, liebe Franziska mein, wann werden wir wieder gefangen sein? Ich heiße Maria und bin jetzt aus Heu und aus Stroh. Freundschaft!«

»Freundschaft«, sagte Helmut automatisch, und dann schimpfte er: »Jag mir doch nicht solchen Schrecken ein; ich dachte wirklich, du bist übergeschnappt, aber du guckst ja ganz normal!«

»Ich bin auch ganz normal«, sagte sie, »ich habe meine Gründe, ganz normal zu sein, denn die Lage ist ganz normal, meine Lage ist völlig normal: Ich liege auf drei künftigen Dachsparren, zwanzig Meter weiter beginnt Westberlin, dort wohnt mein Bruder, über mir steht der Reichstag und ist abgebrannt, in der Börde zu Haus hält sich mein Vater das Herz, ich glaube, ich blute ein bißchen, ich habe Stalins Scheinwerfer als Blitzlicht benutzt, ich liebe dich wohl, heißt du nicht Helmut? – Und jetzt will ich nach Hause.«

Er brachte sie an die Haustür ihrer Wirtin in Treptow, und am nächsten Abend war sein Zimmer wieder frei, das Treffen der Jugend beendet, blaue Fahnen aus Berlin, und ein Hoch zwar auf alle Bauplätze dieser Welt, aber ein Bett war doch etwas anderes.

Sie ließen sich nun Zeit, und erst am Ende der Woche hatte Franziska ihre Bilder entwickelt und vergrößert und die mit zuviel Helmut darauf beiseite getan, und die Aufnahmen vom nächtlichen Laurenzia-Tanz nahm sie nur spaßeshalber mit zur Besprechung beim Chef des Magazins für junge Menschen, denn sie waren nicht besonders geraten, die Scheinwerfer waren doch mehr für den Himmel gedacht gewesen als für die Erde, und so nahm sich die Fröhlichkeit aus Schmilka und Schkölen mehr wie ein Gespenstertanz aus, aber sie legte dem Chef auch diese Bilder vor und sagte, die Geschichte dazu erzähle Helmut besser.

»Ach«, sagte Helmut, »da ist nicht viel zu erzählen. Da haben noch welche getanzt nach all dem Trubel, und um die Zeit sah es lustig aus. Die Bilder laß nur weg.«

»Nein, warte doch«, sagte der Chef, »vielleicht kann man mit denen noch was machen. Es müßte natürlich ein passender Text dazu: Je später die Nacht, um so fröhlicher die Gäste; Jugend ist Trunkenheit ohne Dingsda; der Enthusiasmus dauert an; Laurenzia im Lustgarten – ich find's ganz lustig. Schade, daß das Bild vom Genossen Stalin nicht mit drauf ist, vielleicht kann man das reinmontieren. Wieso ist denn das nicht drauf, von dem Standpunkt aus hätte es doch eigentlich mit raufkommen müssen, oder hatten die die Scheinwerfer schon ausgemacht?«

»Runter«, sagte Franziska und wunderte sich über Helmuts leises Kopfschütteln, »die haben die Scheinwerfer runtergemacht, runtergedreht wohl, damit ich fotografieren konnte.«

»Ja, die sowjetischen Freunde«, sagte der Chef, »die sind Klasse. Das müßte selbstverständlich mit hinein in die Geschichte: Beherzt bat eine junge Jugendfreundin die sowjetischen Freunde, na, zweimal Freunde geht nicht, das muß man noch durchformulieren, also: beherzt bat, wie heißt du gleich, Franziska Grewe die sowjetischen Freunde, ihr ein bißchen von ihrem großen Licht abzugeben, damit ... das wäre doch ein Titel: Das große Licht der Freundschaft! ... und schon senkte sich gleißende Helle über das weite Rund! Das beherzte Wort der Jugendfreundin aus, wo bist du her? ...«

»Sie ist aus Weißleben, das ist in der Börde«, warf Helmut ein, »aber der Vollständigkeit halber: Die kleine Verhandlung mit dem Scheinwerferbatterieführer, die habe ...«

»Vergiß deine Rede nicht«, sagte der Chef, »ich überlege eben schärfstens: Gleißende Helle, bleiernes Dunkel, sachte, sachte, jetzt mal schärfstens überlegen: Was wolltest du sagen, Helmut?«

»Nichts«, sagte Helmut, »hat sich schon erledigt, wollte was Ähnliches sagen.«

»Primstens«, sagte der Chef, »brauche ich die Sache ja nicht mehr durchzuformulieren. Kannst du mal sehen, Jugendfreundin, was man hier für eine Verantwortung hat. Schärfste Analyse, ohne die kommst du hier nicht aus. Erscheinungen: schön, Wesen: besser. War ja gut gemeint, dein Bild, feine Initiative, primstens, aber da bist du ganz schön über den Bodensee geschwommen. Nee, Jugendfreundin, die Bilder pack mal wieder ein, und da du dich noch nicht so auskennst, pack noch einen guten Rat von mir dazu: Erscheinung schön, Wesen besser, schärfste Analyse und immer sachte, sachte.«

Er schüttelte ihr die Hand und ermahnte Helmut, sich ein bißchen um die Jugendfreundin zu kümmern, ideologisch und so, und Franziska und dieser Helmut gingen auf der Friedrichstraße auseinander.

Er hatte gesagt: »Das hätte aber schiefgehen können.«

Und sie hatte gesagt: »Es ist schiefgegangen.«

Er hatte gesagt: »Dir konnte doch nichts passieren.«

Und sie hatte gesagt: »Mir ist etwas passiert.«

Er hatte gesagt: »Hätte ich vielleicht reden sollen?«

Und sie hatte gesagt: »Du hättest so nicht schweigen sollen.«

»Das verstehst du wohl noch nicht«, hatte er gesagt, und »Ich will es auch niemals lernen«, hatte sie geantwortet, und dann hatte sie »Freundschaft« gerufen, und er hatte automatisch »Freundschaft« erwidert, und da hatte sie gelacht und war gegangen.

Sie heulte erst in Treptow, und zum Glück war ihre Wirtin nicht da, sonst hätte sie ihre Miete gezahlt und wäre abgefahren in die Börde, aber die Wirtin war nicht da, und so blieb Franziska, und bald fand sie auch Arbeit.

Den David Groth fand sie erst zwei Jahre später. Da war ihr dies seltsame Berlin mit seinen verschiedenen Weltteilen schon lange vertraut, und daß sie eine gelernte Fotografin sei, hatte sie schriftlich, aber sie hörte nicht auf, sich über die Wandlungskünste der Stadt zu wundern, und auf den Glauben, sie beherrsche ihr Handwerk nun, ließ sie sich nicht ein.

Deshalb, auch deshalb war ihr der David Groth so hochwillkommen. Daß er ihr gleich gefallen hatte mit seinen losen Reden in der Leihbücherei von Geschonnek, war etwas merkwürdig, denn jener praktische Helmut damals hatte zwar nicht übermäßig viel bleibenden Eindruck hinterlassen, aber eine Abneigung immerhin gegen Dialogkünstler und Maulartisten und die gar zu findigen Kerlchen. Um so seltsamer, daß sie diesen David, der nie recht zu wissen schien, ob ihm nun gewitzte Jugend oder gegerbte Erfahrenheit besser zu Gesichte stünde, und überdies noch an dem Ehrgeiz litt, auf jeden Fall für eine besonders harte bolschewistische Nuß gelten zu wollen – um so seltsamer, daß sie den gleich mit in ihr Zimmer genommen und Mutterns Leberwurst mit ihm geteilt hatte und dann auch noch mit ihm auf der heiklen Wirtin Sofa herumgelegen war.

Aber sie hatte recht behalten mit ihm, und das hieß unter anderem, sie hatte ihm bald manches abgewöhnt. Zum Beispiel dies Aus-dem-Mundwinkel-Sprechen und seine dämliche Handkanten-Argumentation, mit der er einen zwar umhauen, aber nicht überzeugen konnte.

Da machte sie sich ihr äffisches Talent zunutze und zeigte ihm sein leicht verzerrtes Spiegelbild; das mochte er nicht leiden.

Sie wußte, wann ein Streit aufkam, und sie kannte ihre beste Waffe dagegen: Sie brauchte ihn nur aus seiner geliebten Haltung eines kühlen Kunden herauszulocken und ihn ins Eifern zu stacheln, dann geriet ihm bald alles zum übergroß Komischen, und da brauchte er nicht lange, um auf sich selbst in der Bramarbasrolle zu stoßen und sich dann idiotisch zu finden; da wechselte er das Thema. Aber Meinungsverschiedenheiten hatten sie genug. Das störte Fran nicht, denn anders wäre es unheimlich gewesen. Ihr Weg war nicht seiner, und seine Ansichten konnten nicht ihre sein.

Ob er mehr Feinde hatte als sie, war nicht auszuzählen, daß er aber mehr sah als sie, war sicher. Er glaubte sich immer im Kampf, und er freute sich merkwürdig, wenn er auf Gegnerschaft stieß: Eine Grundformel hatte sich dann wieder bestätigt.

Sie wußte auch, daß es manchmal tückisch zuging in der Welt, aber sie hielt das für einen Fehler und nicht für ein Gesetz. Sie konnte kämpfen, aber sie mochte es nicht. Er mochte es.

Für ihn war es logisch, wenn etwas, das er tun wollte, auf Widerstand traf: Entweder waren die Ansichten seiner Opponenten falsch oder die seinen, und falsch, das hieß: politisch falsch. Dummheit, Faulheit, Feigheit, Neid, Mißgunst und Feindseligkeit waren ihm keine Gründe, sondern nur Erscheinungsformen politischer Gegnerschaft oder wenigstens Rückständigkeit, und sein Lieblingsbegriff lautete: objektive Ursachen.

Wenn ihr etwas in der Arbeit verquer ging, weil ein anderer, dessen Ansichten wichtig waren, die ihren nicht teilte und sie doch sah, sie hatte recht, dann machte sie das traurig und auch zornig, aber sie kam nicht auf den Gedanken, den Herrn Adenauer oder den »Herrn« Klassenkampf verantwortlich zu machen.

David kam immer auf diesen Gedanken, und den Ausdruck »Herr« Klassenkampf, den sie erfunden hatte, verbat er sich, denn das sei ein, Augenblick mal, verdammt, wie hieß das noch, ein Anthropomorphismus, die, wie sagt man das, Übertragung menschlicher Eigenschaften auf Nichtmenschliches und im Augenblick des Streits war er bereit, an diesem Unsinn festzuhalten und seinen allgegenwärtigen Klassenkampf eher für etwas Nichtmenschliches zu erklären, als daß er den verehrten Grundbegriff in Gefahr sehen wollte, ins Subjektive aufgeweicht zu werden.

Da verfiel Fran auf das Gegenteil und bestand vorerst darauf, allen Personen das Persönliche zu streichen, und sprach also nur noch von dem objektiven Herrn Adenauer und der objektiven Genossin Müntzer und dem objektiven David Groth und erklärte es für politisch, daß der kein Hammelfleisch mochte, und für einen Ausdruck des Klassenkampfs, wenn sie ihren Kamm nicht fand.

Sie verhedderten sich tief in dieses Spiel. Sie fuhren mit grotesk verformten Begriffen aufeinander los und ließen die sich wie Kasperlefiguren balgen, wild und nicht gebremst von Abmachungen der wirklichen Welt; sie brachten die Übertreibung als einen Schutz zwischen sich und die ernsten Dinge; die Wortmarionetten fochten einen Kampf aus, vor dem sich nicht nur Franziska gefürchtet hätte, aber mit Begriffskarikaturen ließ er sich führen, und wo Rückzug nötig war, verlief der von der Karikatur zurück zum Begriff; man hatte klein beigegeben und war doch bei seiner Ansicht geblieben.

Die Versuchung, sich dieser Erfindung öfter zu bedienen, als nötig war, lag nahe, aber daß sie sich beide davor hüteten, zeigte, wie gut sie zueinander paßten.

Zueinanderpassen heißt auch, von den Gefahren des Miteinander wissen, von denen der Schmirgel Gewohnheit eine der schlimmsten ist. Zuerst verschleift er die störenden Unebenheiten, aber dann kommt die Glätte, nichts greift mehr, keine Reibung, keine Reibungswärme, keine Reibungselektrizität, spannungsloser Zustand, Langeweile, ein Leben zu zweit nach außen hin, und wenn es gut geht, Trennung, und wenn es schlecht geht, Goldene Hochzeit so.

Fran und David hatten Glück: Sie kamen nicht zur Ruhe, nicht zu jener Ruhe, in der Fahrrinnen versanden. Diese Ruhe kann wie Bewegung erscheinen. Ebbe und Flut sind Bewegung, aber die ist von Ewigkeit, und alle Abweichungen in Dauer und Stärke fallen, wo das so lange geht, zurück in eine Regel, und in den Augenblicken, da die Flut zur Ebbe kentert oder die Ebbe zur Flut, in den Waagemomenten des Stillwassers, sinken Schlamm und Planktonreste zu Boden, und der wächst, und einmal ist nicht mehr freie Fahrt, wo neulich noch freie Fahrt gewesen ist. Und sie hatten Glück, die beiden: Ihr großer Streit kam früh.

Fran bestand auch später darauf: Der Anlaß und die Umstände hatten zu ihnen gepaßt, und es wunderte sie nicht, daß David sich nicht erinnern mochte. Er entsann sich der Geschichte allenfalls bis dahin, wo sie gerade noch lachhaft war. Wenn schon die Rede darauf kam, hielt er sich wortreich an diesen Teil, denn in dem anderen sah er nicht gut aus. Und dieser andere Teil verjährte nicht. Den einen konnte man lachend erledigen, der war vorbei, die Torheit war vorbei, diese Torheit jedenfalls war längst vorbei. Der andere aber konnte höchstens vergeben werden, vergessen nicht, und deshalb kam er nicht vor in Davids Erinnerung.

Fran wußte noch jedes Wort, und der Baum stand immer noch da am Wasser, aber als sie einmal nachgesehen hatte, war der Ring nicht mehr dagewesen oder nur nicht zu sehen; vielleicht war Holz um ihn gewachsen, oder eine Elster hatte sich an ihren Ruf gehalten. Ein Verlobungsring, einer von zweien, einer im Baum und der andere im Wasser.

Werfen hatte sie nie gekonnt, nicht weit und nicht geradeaus, und es sah lächerlich aus, wenn sie warf, und es war lächerlich gewesen, daß sie die Ringe geworfen hatte, einen ins Wasser und einen in einen Baum. Der hatte auch ins Wasser gesollt, aber er war in den Baum geflogen, und das hatte alles gerettet.

David hatte von Anbeginn alle Schuld auf Annette Wunder geschoben, aber Fran hatte ihm immer widersprochen. Natürlich wäre es ohne Annie, wie Davids Wirtin in Fach- und Freundeskreisen genannt wurde, nicht zu dieser Verlobung und so auch nicht zu diesem Streit gekommen, aber am Ende hatte ja nicht Annie die Ringe gekauft, sondern David hatte es getan, und Frau Wunder hatte allenfalls den Anlaß zur großen Auseinandersetzung beigesteuert, nicht aber deren Ursachen. Der Anlaß bestand in einer Ansicht, in Annettes Ansicht, daß unter ihrem Dach niemand zu jemandem ins Bett kriechen dürfe, wenn nicht die an solchem Tun Beteiligten die Absicht wenigstens glaubhaft machen könnten, ihre Beziehungen bei nächster Gelegenheit ins amtliche Register zu bringen.

Bei einer beliebigen Zimmerwirtin wäre das nicht erstaunlich gewesen, aber Annette Wunder war in kaum einer Hinsicht beliebig. Sie war die Prinzipalin eines Marionettentheaters von beachtlichem Ruhm, und sie war reizend, als David sie aus dienstlichem Anlaß besuchte. Zuerst kochte sie Tee. Dann reichte sie selbstgebackene Plätzchen. Dann zeigte sie David ihre Oblatensammlung, und es nahm David sehr für sie ein, daß diese bedeutende Persönlichkeit von ihrem Hort aus Lackbildern fast kindlich schwärmen konnte. Dann erfuhr David etwas von Annies Jugend in dem Städtchen Marne, Süderdithmarschen, einer Gegend, in der auch Pole Poppenspäler zu Hause gewesen und durch die der Puppenspieler Georg Wunder gekommen und nicht gegangen war ohne Annette, die Tochter des Papierwarenhändlers. Dann wurde David nach seinem Zuhause ausgeholt, und gleich darauf war er künftiger möblierter Untermieter bei Frau Annette Wunder, fünfzig Mark monatlich auf die Hand und hin und wieder ein wenig Formulierungshilfe fürs Programmheft, abgemacht. Dann und von da an wurde David von Annie Wunder geduzt, und dann und von da an, wann immer er wollte, durfte er den Probenarbeiten beiwohnen, und natürlich durfte er eine Fotografin mitbringen, und natürlich durften beide ausführlich in Wort und Bild berichten, und zuerst durfte die Fotografin den neuen Untermieter auch am Abend besuchen und am Morgen wieder heimwärts gehen, aber dann ging das nicht mehr, dann mußte eine Verlobung sein.

Dies mochte ein Tick sein, und sie mochte ihre Gründe für diesen Tick haben, denn ihr Poppenspäler Georg hatte sein Lebtag fröhlich an der Verfestigung eines odiosen Rufes mitgewirkt und mit allen Poppen gespält, die eben mit sich spälen ließen, und das waren nicht wenige gewesen und für Annette Wunder viel zuviel; so hatte sie also Gründe, aber dennoch konnte David es kaum fassen, daß ausgerechnet sie ihm mit Verlobung kam.

Verlobung war ähnlich altbacken wie Einsegnung oder Poesiealbum oder Oblaten aus buntgelacktem Papier, und David dachte schon an neuerlichen Umzug, aber Fran nahm das leichter.

Unter heftigem Gekicher verfaßten sie eine geschwollene Verlobungsanzeige, und David fertigte nach Feierabend in der Setzerei der Rundschau einen einmaligen Sonderdruck davon, den legte er Annie Wunder vor.

Sie las den Schwulst zufrieden, aber dann wollte sie den Verlobungsring sehen, und den hatte David nicht.

Es war nicht mit ihr zu reden. David versuchte, ihr klarzumachen, daß im Handel weder goldene noch silberne Reifen zu haben waren und daß für ein Geschäft hinter der Tür sein Geld nicht reichte und daß doch wohl überhaupt so ein Ring, so ein Vogelring, weniger wichtig sei als das nunmehr vollzogene und schriftlich bestätigte Verlöbnis. Annie aber ließ die Handelslücke nicht gelten, und sie zitierte aus Georg Wunders grundlegender Theorie des Puppenspiels jenen

Satz, demzufolge ein Sachverhalt kein eigentlicher Sachverhalt sei, sofern er sich nicht in Zeichen fassen lasse.

Also, verlobt war nicht, wer kein Zeichen davon trug, und verlobt mußte sein, wer Annies Untermieter bleiben wollte.

David wollte gern, denn die Wohnung lag nahe der Redaktion, und dank Annette Wunders Bedeutung waren immer Kohlen im Keller, und Gäste aus aller Welt kamen ins Haus, und man wußte von Wirtinnen, denen auch eine gedruckte Verlobungsanzeige lange nicht Ausweis genug war, um außerehelichen Beischlaf unter ihrem Dache zu dulden.

Da tat David zehn Schritte und kaufte die Ringe, aber die zehn Schritte waren ein gewaltiger Satz, waren ein moralischer Salto mortale, ein halsbrecherischer Akt, ein Gang, ein Vorgang von solcher Inkonsequenz, wie es sie bis dahin in Davids Leben noch nicht gegeben hatte.

»Was darf es sein, mein Herr?« sagte der Verkäufer.

»Ringe, bitte.«

»Eheringe, der Herr?«

»Nein, Ehe nicht, das heißt, ja, Eheringe.«

»Wenn ich Ihnen da einmal etwas zeigen darf, mein Herr, wir haben gerade einige neue Muster hereinbekommen, oder dachten Sie an die traditionelle Form, rund und glatt?«

»Lieber rund und glatt, und wenn Sie welche einfach mit Auflage haben …«

»Selbstverständlich, mein Herr, preiswert und geschmackvoll, die Möbel kosten schließlich auch Geld, wie wäre es mit diesen, darf ich mal, paßt ausgezeichnet, und haben Sie die Maße von Fräulein Braut, wenn ich mal so sagen darf?«

»Wie mein rechter kleiner Finger.«

»Das wäre dann dieser, mein Herr, sechsundvierzig Mark das Ganze, mal den Tageskurs sind's dann zweihundertachtzig sechzig, sagen wir zweihundertachtzig Ost, wenn's recht ist, geb ich Ihnen kein Kästchen, am besten, Sie knoten die Ringchen ins Taschentuch, auf Wiedersehen und viel Glück im neuen Leben!«

Der Ausdruck traf: neues Leben. Frisch beflecktes Leben,

Lebenswechsel, Wechselkursleben, Kurswechsel, von nun an schiefe Bahn, das hätte David Groth nicht gedacht von David Groth.

Der hatte zweihundertachtzig Mark zum Kurse von eins zu sechskommazehn getauscht, und nun war ihm, als hätte er den bisherigen David Groth durch sechskommazehn geteilt. Blieb ein Sechsundvierzigmarks-Groth, ein Sechstel-David, ein David Groth mit so dünner Auflage, daß er fast schon eine Fälschung war.

Ein Irrsinn. Ein Irrsinn in zehn Schritten. Zehn Schritte auf der Friedrichstraße anno einundfünfzig: »You are entering the American Sector«, eins, zwei, drei, vier, fünf, sechs, sieben, acht, neun, zehn, »Was darf es sein, mein Herr? ... Viel Glück im neuen Leben!«, zehn, neun, acht, sieben, sechs, fünf, vier, drei, zwei, eins, »Sie betreten den Sowjetischen Sektor von Groß-Berlin«, David Groth ist wieder da, um zweihundertachtzig Mark leichter, um zwei Verlobungsringe schwerer; erleichtert, weil nicht ertappt bei Währungsverbringung, und beschwert von Schuld und mit einem Riß versehen, der nicht heilen wird.

Nie? – Franziska wußte: Wahrscheinlich nie! Es fiel ihr schwer, das zu verstehen, aber es zu sehen war ihr leicht. David hatte seine Art, Dinge auszulassen, wenn es ans Erinnern ging, und ein Apostroph war hier ein Ausrufezeichen. Er hatte seine Technik, begangene Fehler so lange zu wenden, bis er ihre komische Seite gefunden hatte; dann konnte er sie bewältigen. Aber mit der Geschichte ihrer Verlobung der Annette Wunder zu Willen kam er nie zu Rande; die hatte einen Sektor, den er nicht mehr betrat. Da saß ein Apostroph, wenn es ans Erzählen kam, und natürlich kam es manchmal ans Erzählen, Stichworte wie Annette Wunder oder Krach zwischen Liebesleuten oder Damals in Berlin genügten.

Fran wußte, diesem David tat es weh, daß er nicht heil durch das Berlin von damals gekommen war, und wenn es auch einem Dritten völlig verrückt hätte erscheinen müssen, so wußte sie auch, daß ohne ihre lächerlichen und zur Hälfte verunglückten Wurfübungen am Spreeufer aus der Ehe von David und Franziska Groth wahrscheinlich nie etwas geworden wäre.

Davon nun sprach er wieder gerne: von ihren ungelenken und nur halbwegs erfolgreichen Bemühungen, zwei Ringe in die Spree zu schleudern: »Ich dachte schon, in ihrer Wut hüpft die nun gleich selbst ins Wasser, und ich sah mich nach einem trockenen Plätzchen für mein Parteibuch um, das hätte nur Ärger gegeben mit den Wasserflecken beim nächsten Kassieren, und die schreit immerzu, wegen Annette Wunder will sie keinen Ring an den Finger, sie ist keine Kasperlefigur von der Marionetten-Witwe, aber ich bin eine, ich bin der blödeste Holzkopf aus Annie Wunders Poppenensemble, mit meinem Charakter passe ich in Annies Oblatensammlung, flach und oberflächlich angelackt, wie ich bin! Mich dreht es noch heute auseinander, wenn ich daran denke: Die Fenster in der Kaserne gegenüber liegen voller Polizisten, und die da hat den Veitstanz und erklärt Georg Wunders grundlegende Theorie des Puppenspiels für Mumpitz und ernennt Annette Wunder zur letzten Monopolkapitalistin der DDR, und die Neue Berliner Rundschau ist ein mieses Käseblatt, und ich bin ein obermieser Käseblattredakteur, und eher heiratet sie einen Hundefänger, als daß sie mir den Finger reicht für meinen dämlichen Hühnerring, und dann fliegt der eine Hühnerring ins Wasser, und der andere landet in einem Baum, und da hängt er wohl heute noch!«

Fran nahm es hin, daß sie in dieser Darstellung etwas exaltiert aussah, und daß er von den Worten, die sie wirklich gesagt hatte, kaum eines wiederholte, war ihr nur recht.

Denn frei von zeitbedingter Hysterie waren die auch nicht gerade gewesen, und so übermäßig spaßig war es nicht, zu denken, daß sie des Streites wegen einander ausgewichen waren. Schuld an ihrem großen Zorn waren weniger seine albernen Rechtfertigungssprüche und die wütenden Bezichtigungen, die unausweichlich folgten, als er mit seinen halbherzigen Späßen nicht durchdrang zu ihr, schuld war die Enttäuschung.

Ost und West und dieser Ismus und jener Ismus und CDU und SED und Adenauer und Grotewohl und Schwindelkurs oder nicht, das war ihr alles nicht so wichtig; Arbeiterklasse, Ausbeutung, Revolution und Weltfrieden, das waren kaum mehr als Schulbuchbegriffe, ebensowenig angezweifelt wie das spezifische Gewicht von Kupfer oder die Länge des Äquators, das gab's eben, aber was sollte es ihr? Natürlich war sie für den Frieden, was denn sonst? Selbstverständlich war sie gegen die Atombombe, wie denn anders? Auf keinen Fall wollte sie, daß die einen praßten und die anderen hungerten, was glaubt ihr denn? Wenn sie schon für wen war, dann war sie für die Anständigen gegen die Unanständigen, für die Wahrheit und nicht für die Lüge, und sicher für Gerechtigkeit und für Mut und für Konsequenz.

Deshalb hatte sie ja diesen David gemocht. Der hatte seine Überzeugungen, weil er seine Erlebnisse hatte. Dem waren die Nazis nicht irgendwelche verkleideten Männer, die Umzug durch Weißleben machten; der konnte sie hassen, weil er sie fassen konnte. Der dachte nicht zuerst an Schule, wenn von Klasse die Rede war; da kam der leichter klar mit Marx und Engels. Der war in der Partei und gehörte da wohl auch hin.

Aber sie gehörte nirgendwohin. In keine Klasse so recht, nach Weißleben so recht nicht mehr, nach Berlin auch nicht, weil es das mit diesem einen Wort nicht gab, denn da gab es zweie, und wohin also gehörte sie?

Deshalb hatte sie diesen David gemocht. Der hatte gewußt, wohin er gehörte.

Und dann tat er das! – Es war ihr wichtig, von ihm nicht falsch verstanden zu werden: Sie war nicht die sagenhafte Genossin ohne Parteibuch, die dem irrenden Mitglied mit Instinkt aushalf, wo es ihm an Bewußtsein fehlte. Sie nahm keine Fahne auf, die er fallengelassen. Sie respektierte die Verbote nicht, die er gebrochen hatte. Sie hätte, um es sehr genau zu sagen, die Ringe selber gekauft und sich den Teufel um den Klassenfeind geschert.

Worum sie sich scherte, war er. Er hatte seine Gründe gehabt, nicht zu denen zu gehen mit seinem Geld. Er hatte seine Gründe gehabt, die Schilder auf der Friedrichstraße als Grenzschilder zu sehen zwischen Freund und Feind. Er hatte seine politischen Gründe gehabt, aber sie hatte keine politischen Gründe, jetzt mit ihm zu hadern.

Sie hatte nur genug gehabt von den Leuten mit zwei Gesichtern und geglaubt, in David einen gefunden zu haben mit einem Gesicht für alle Gelegenheiten. Aber David hatte sich nicht durchgehalten.

Das sagte ihm Fran dann auch, während sie gegenüber der Polizeikaserne an der Spreereling standen und stritten. Der Gang um die Museumsinsel war einer der Pausentörns, die sie immer drehten, wenn sie über Tag Zeit füreinander fanden, und sie hatte nicht ahnen können, daß ausgerechnet hier und an diesem Tag ihre Zeit miteinander ein Ende finden sollte auf lange Zeit. Er war lustig, als er sie anrief, und er war lustig, als er sie abholte, und er war immer noch lustig, als er ihr von seinem Ringkauf erzählte.

Aber da merkte sie doch schon, daß er manchen Ton erzwang, und zuerst wollte sie ihm nur helfen, die angequälte Lustigkeit fallenzulassen, als sie ihn beschimpfte. Erst als er sich mit Witzen verteidigte, die ihm zusehends pappiger gerieten, griff sie ihn heftiger an, und erst mitten im Streit begriff sie die wahren Gründe ihres Zorns. Das konnte nicht gut gehen. Er verzieh sich selber schon nicht mehr und konnte nicht vertragen, daß sie ihm sagte, was er wußte.

So nahm das seinen Gang. Was eben noch albern hieß, wurde jetzt zynisch genannt. Was Unverständnis war, sprach sich wie Haß aus. Enttäuschung bekam den Namen Verachtung. Innerlich drängten beide sich und den anderen: Nun hör doch auf!, und laut sagten beide dem anderen: Nun hör mal zu, Mensch! Und was der andere dann hörte, machte die Katastrophe.

Welch ein Glück dann am Ende, daß Fran immer noch ein so junges Mädchen war, unerprobt in einem solchen Streit und deshalb gezwungen, sich Gebärden auszuleihen bei mäßigen Büchern und mäßigen Filmen, zum Beispiel die: Wenn zweie Krach miteinander haben und sie sind verlobt oder verheiratet, jedenfalls etwas Beringtes, und es soll nun Schluß sein mit der Sache, ein neuer Sachverhalt soll her, Trennung auf immerdar und Nimmerwiedersehn, dann braucht der Sachverhalt ein Zeichen, und dieses geht dann so: Die Braut, respektive Gattin, zieht ihren Ring vom Finger und feuert ihn durch die gute Stube; in der Ecke klingelt es noch einmal leise, und dann ist es still, und dann, weiß man, ist es aus.

Franziska zog den Ring nicht vom Finger, denn sie hatte ihn gar nicht erst aufgesteckt; sie hielt die beiden Ringe in der Hand und hätte die Hand nur zu öffnen brauchen, den Rest hätte die Schwerkraft besorgt, ein kaum hörbarer Doppelglucks und Ende.

Aber Franziska hatte ihre Bücher gelesen und ihre Filme gesehen, und so schelte man die Bücher und die Filme nicht, denn so kam die Gerechtigkeit ins Spiel, die man auch Humor nennen kann, jene Heiterkeit, die auf Verständnis beruht. Etwas jedenfalls, das es gut mit ihr und dem David meinte, gab ihr den großen Bogen ein, auf dem die Ringe ins Wasser fahren sollten, erst der eine und dann der andere auch. Der eine Schuß ging gerade noch an; zwar wurde da entschieden zuviel Aufwand mit dem Körper getrieben, der Schwung hätte auch einen Medizinball weit ins Wasser gebracht, und schon schmerzte das Schultergelenk vom hyperbolischen Einsatz, aber immerhin, der Ring war weg, das Ding war weg, dreiundzwanzig Mark West, einhundertvierzig Ost, der Gestus war gelungen, die Gebärde kam erst nach den Worten, aber sie unterstrich sie doch eindrucksvoll, hier konnte nichts mehr mißdeutet werden.

Nun noch das andere Zeichen zum bösen Sachverhalt hinterher, und das würde das Ende sein.

Aber jenes Etwas, das es gut mit Franziska und David meinte, sorgte noch einmal und noch ein wenig mehr für Übertreibung, und so fuhr der zweite Ring gegen den Himmel auf und blieb in einer trockenen Linde hängen, und als Fran und David voneinandergingen, der eine nach hier und der andere nach dort, da sahen sie in ihrem blinden Schrecken noch nicht, daß neben dem Ring im Baum an der Spree ein großes Gelächter hockte.

Doch es saß dort, und der Grimm starb, und an einem grauen Junimorgen, grau nicht nur, weil Regen fiel, denn es war der siebzehnte Tag im Monat Juni, brachte der verläßliche Zufall, jenes humoristische Etwas, den Genossen David Groth auf dem Strausberger Platz an die Seite eines jungen Mädchens, das sich anschickte, einen schreienden Mann in Maurerhosen zu fotografieren. Da waren die ersten Worte, die die beiden nach zwei Jahren miteinander sprachen, die: »Bist du verrückt, die haun dir den Kasten über den Kopf!« und: »Aber die Hosen, mit seinen Hosen stimmt was nicht!« und: »Hier stimmt noch mehr nicht, aber komm jetzt weg!« und: »Und du, bist du nicht selbst verrückt, hier mit dem Abzeichen an der Jacke!« und: »Ich hab keine Angst!« und: »Dann hast du noch nicht richtig zugehört!«

Das wurde ein langer Tag, entsetzlich lang und wunderlang, lang wie ein alter Krieg und lang wie eine alte Mär, lang wie ein Schmerzenslaut und lang wie die Jugend, ein Tag, der schrecklich zu Ende ging und gut, ein Tag, der dem Schreien ein Ende machte und einem Schweigen, kein Feiertag und ein Feiertag.

»Ich will hier fotografieren«, sagte Franziska, »da machst du entweder dein Abzeichen ab, oder du gehst weg. Ich will deinetwegen keine Dresche kriegen. Ich will Bilder machen, das kriegt hier nie wieder einer zu sehen.«

»Hoffentlich«, sagte David und zog das Abzeichen aus dem Revers. Aber das bewahrte sie doch nicht vor zweimal Prügel.

»Was bist du denn für ein Journalist?« sagte Fran nach dem erstenmal. »Du sollst hier doch nicht agitieren, du sollst beobachten.«

»Ich scheiß dir aufs Beobachten«, sagte David, »wenn ich beobachte, wie sie Scheiben eintreten und Puppenlappen aus der Fahne machen, dann scheiß ich drauf.«

»Dann geh weg«, sagte sie, »die Sorki hat achthundert Mark gekostet und meine Augen noch mehr.«

»Hier geht was kaputt, was mehr gekostet hat«, sagte er, und sie schrie ihn an: »Nun nicht auch noch mich, du Blödmann, nun agitier du mich nicht, laß mich in Ruh, ich will arbeiten!«

Da ließ er sie arbeiten und fing sich eine Faust ans Ohr ein, als er einem Zimmermann an den Hals wollte, der ihr auf den Arm geschlagen hatte.

»Hatte der eine Axt?« fragte er, aber sie legte gerade einen neuen Film in ihre Sorki.

Von da an sah er diesem siebzehnten Juni zu und dieser Franziska Grewe. Er sah das Sektorenschild an der Friedrichstraße zersplittern und auch das am Haus Vaterland, Potsdamer Platz, und er sah auch den Brand im Kaufhaus dort, und ein Buch von Kellermann sah er unter abgetragenen Schuhen und eine Frau mit einem Taschentuch im Mund, und er sah Steine aus einem Hause fliegen, das aber schon lange und immer noch eine Ruine war, er sah die Scherengitter vor dem Haus der Ministerien und einen Radfahrer unter seinem zerbrochenen Rad und ein OdF-Abzeichen an der Jacke eines Mannes, dem sie den Arm ausrenkten, und er sah sich nach Genossen um, fand aber nur wenige, denn man hatte ihnen am Abend vorher noch gesagt: Nur Ruhe, nun ist alles in Ordnung!, doch nun stand die Ordnung auf dem Kopf, und er sah die Leute, die dafür sorgten, und das schlimmste an ihren Gesichtern war, daß nicht alle die des Feindes waren.

Und er wußte nicht mehr genau, wer und was er selber war, als er merkte, daß er, auch noch, als ihm übel war von Furcht und Nichtverstehen, den Verlust und die Niederlage vor seinen Augen sekundenlang und gar minutenlang vergaß und zu träumen begann von Gewinn, Neugewinn, Wiedergewinn dieses Mädchens, das nicht anders zu sein schien als vor zwei Jahren und ganz anders doch, das fast widernatürlich ruhig schien in diesem Wirbel aus Recht und Unrecht und wenn nicht gelassen, so doch besonnen seine Arbeit tat.

»Was ist mit dir«, sagte er, »regt dich das gar nicht auf?«, aber darauf bekam er keine Antwort.

Was für ein entsetzlich dummer Mensch, dachte sie, was für ein beschränkter Erbpächter der parteilichen Erregung, was für ein Alleininhaber positiver Moral! Wer nicht heult, der blutet auch nicht; wem nicht die Hände fliegen, der hat ein steinernes Herz; wer sich nicht die Lippen zerbeißt, der ist nicht betroffen! Die Frage wirst du mir noch büßen; die stopf ich dir zurück in den Hals.

Aber jetzt ist hier nicht die Zeit dazu. Jetzt will ich dies sehen und festhalten; jetzt hab ich einen Beruf, und eine Ahnung hab ich, daß man mich eines Tages nicht fragen wird: Wie laut hast du Empörung geschrien?, sondern fragen: Wo ist deine Arbeit?

Hier tanzt der Teufel Laurenzia; was hier durch die Luft fliegt, hat sich nicht verirrt, und ich werde euch das beweisen, Bild um Bild.

Wozu sonst hätte ich das Hinsehen gelernt und das Festhalten? Wozu anders wäre ich jetzt gut?

Geh mir aus dem Weg, Junge, bleib bei mir, aber geh mir aus dem Weg, jetzt bin ich Fotografin.

## 7

So ein Verlag ist auch nur ein Betrieb. Fünftagewoche, eine kämpferische BGL, schreibgewandte Pförtner, schmackhafte Kantinenkost, der Fahrstuhl so geschwind wie eine Speicherwinde, Hauptbuchhalter, Frauenruheraum, die Vogel hat's jetzt mit dem Niekisch, die Wandzeitung immer der Zeit auf der Spur, letztere ist schon etwas kalt, ein Brandschutzverantwortlicher, ein Sicherheitsbeauftragter, alle halbe Jahre Kampagne gegen Tauchsieder, bei der FDJ geht's fröhlich zu, Parteilehrjahr, der Fahrdienstleiter heißt Cassius Clay und ist der Größte, Planziffern, Planrückstände, Planvorsprünge, Plandisziplin, Plandiskussion, Diskussion zum neuesten Plenum und neuerliche Diskussion über den Kollegen Kurz bezüglich seiner Neigung zu einer Methode der Hervorhebung der negativen Seiten der Widersprüche, Prämiendiskussion, Brigade »Völkerfreundschaft«, kolposkopische Untersuchungen, Kampfgruppe, Betriebsfest, Wettbewerb, Versammlung zum Thema »Reizpeitsche oder Naherholungszentrum«, Blutspendeaktion, Volleyballspieler gesucht, Montag früh ist der Betrieb ein überladener Nachen, Freitag um fünf Raketenstartplatz, Dienstag hat Elli ein Kind gekriegt, Umlage, Mittwoch wird der kleine Jobst fünfundsechzig, Umlage, Donnerstag Beisetzung des Kollegen Zeimert, Umlage, und alle haben ihn gern gehabt, fünf Tage Routine und an jedem dritten eine mittlere Sensation: Der Erich ist wieder da und sieht aus wie 's blühende Leben, der Zippold haben sie im Haus des Kindes das Portemonnaie geklaut, die Laborantin trägt jetzt auch den Kittel mini, Baldaufs haben sich in aller Stille einen Trabant angeschafft, Neuberts Tochter war im Fernsehen, Jonuschkeit hat gesagt, noch einmal so ein Ding, und er ist bei Kaul, fünf Tage Produktion und Klatsch, fünf Tage

Fortschritt, und keiner merkt es, fünf Tage, einer wie der andere und keiner wie der andere, fünf Teilstriche Ewigkeit, so ein Verlag ist auch nur ein Betrieb.

So ein Verlag ist ein Betrieb besonderer Art, und der Verlag der Neuen Berliner Rundschau ist noch viel mehr besonders. Sagt David Groth.

Denn für das Produkt dieses Hauses, so sagt David Groth, gibt es potentiell so viele Verbraucher, wie es Menschen auf der Erde hat. Also rund dreieinhalb Milliarden Verbraucher.

Haha, sagen die anderen und haben verschiedene Gründe.

David geht darauf nicht ein. Im Jahre zweitausend, sagt er, werden es sechs Milliarden Verbraucher sein, potentiell.

Er weiß auch nicht, was es zu lachen geben soll, wenn man von der Chefin des Frohen Magazins berichtet, sie habe in der Redaktionssitzung einen verpfuschten Farbdruck vorgezeigt und gefragt: »Was sollen unsere Leser in Australien dazu sagen?«

Recht hat sie, sagt David, und es stört ihn nicht, daß auf der Postliste des Frohen Magazins bislang nur zwei australische Leser stehen. Australien hat achtzehn Millionen Einwohner. Da läßt sich noch was machen.

Die Zielmarke heißt Möglichkeit. Auch Träumen ist Bewegung. Verwegener Plan, gediegene Arbeit, das sind zwei Erbsen aus derselben Schote. Und die Eigenschaft der Neuen Berliner Rundschau, auch nur ein Betrieb zu sein, hebt ihre Eigenschaft nicht auf, gedacht zu sein zur Weltherrschaft. Gedacht von David Groth. Wenn ich nicht bereit bin, Australien zu erobern, sagt er, bringe ich den Mut nicht auf für Glauchau. Niemand lacht über den Schwimmtrainer, der heute Jagd auf Schulanfänger macht und dabei an olympische Startblöcke von neunzehnsechsundsiebzig denkt, sehr verwegen und ganz kühl. Der weiß, sagt David, die einzige Verbindung zwischen hier und dort heißt Arbeit; es ist die kürzeste zwischen diesen beiden Punkten, und er weiß auch: Unendlich lang wird sie ihm werden.

Oder die Schule überhaupt, so eifert David fort, die wäre

nichts ohne den Blick auf die Ewigkeit. Die ist auch nur ein Betrieb, Klatsch und Arbeit hier noch sechs Tage lang, im Lehrerzimmer reden sie von Außenbordmotoren und Vitamintabletten. Frau Manthey kommt nicht von der Karriere ihres Schwagers im Westen los, und Herr Stier meint, er bekommt sein Gehalt für die vier Grießköppe in der Klasse, Fortschritt ist eine Zumutung, der Dienst geht wie ein Mühlrad, das Rentenalter ist ein ferner Strand, aloahe – aber im Lehrerzimmer in der Pause sitzt auch Wanzka und späht nach einem neuen Gauß, träumt von ihm und findet ihn, weil er von ihm träumte.

Lest mal dieses Buch von diesem Lehrer, sagt David, und ihr werdet sehen: Die Schule ist für die Ewigkeit. Auch sie hechelt immer wieder dem Tag hinterher, aber zugleich ist sie dem heutigen schon um zehntausend Tage voraus. Ihr Anspruch ist maßlos; laßt uns maßlos sein wie sie. So redet David Groth und wäre komisch, redete er nur so. Aber er hat auch den Mut und den Blick für Glauchau, weil er nach Australien will. Und wenn Kühnheit ohne Gründe nicht geht, so hat er ja Gründe.

Er ist eine maßlose Wette eingegangen mit einem verrückten Botenmeister und hat gewonnen, er hat Troja erobert, Australien war schon einmal vielfach ferner. Und andere Träumer haben sich immer zum Bund mit ihm gefunden, Johanna die Eiserne vorneweg, die wilde Menschenbildnerin, aber auch Fedor Gabelbach, der Mann der wüsten Prophezeiungen, der Arbeitswüterich, der stets von Chaos sprach und immer für Ordnung sorgte und David vorwärts stieß auf seinem Weg zum Spitzenplatz im Impressum der Rundschau.

Den hatte Johanna David mitgegeben, als es galt, Antworten einzuholen auf die erste Umfrage der Neuen Berliner Rundschau: »Und 1946? Was wird?«

Im traurigen Monat November war's, da gab es große Panik in der Redaktion, denn es ging um die Weihnachtsnummer, und das Schreckenswort kam auf, das noch viele Male erschallen sollte, der Ruf: »Es fehlt noch was!« Und die Umfrage war hier, wie viele weitere Male noch, die Lösung, Erlösung vom journalistischen Übel, das gefaßt wird in den Klageschrei: »Es fehlt noch was!«

Gabelbach meinte ohnehin, der geplante Heftinhalt sei nichts als ein Sammelsurium ohne den Hauch eines Leitgedankens.

Johanna antwortete, was von ihr bei solcher Gelegenheit zu erwarten war: »Unser Leitgedanke ist der Mensch!«, aber daß dem Heft etwas fehle, fand auch sie.

Lediglich Klotz, der neben der Mode und den Winken für die Hausfrau auch die Literatur verwaltete, war mit dem Programm der Weihnachtsnummer zufrieden. »Wieso, wieso, wo soll denn hier was fehlen? Ein einziger Schlager die Nummer! Der Bildbeitrag ›Endlich wieder Kochtöpfe!‹ allein trägt das ganze Heft. Aber wir legen ja noch was dazu! Frau Charlotte gibt Auskunft auf die Frage: ›Was machen wir aus Vaters Uniform?‹ Dann das Rezept ›Haltbare Marmelade aus grünen Tomaten‹. Dann der praktische Wink: ›Holzstiel + Flaschenkappe = Fischschuppenentferner‹, dieses wieder mit Bild. Dann eine instruktive Angelegenheit über ein neues Heilmittel, das Penicillin heißt, zündender Titel darüber: ›Man wird sich diesen Namen merken müssen!‹, und dazu, Herren, Damen, eine Überfülle an Kultur: der Roman ›Wiedersehn im Nebel‹ sowieso, der reicht noch bis zum nächsten Christkind, dazwischen ein Gedicht von Werfel und eines von Becher und als besonderer künstlerischer Leckerbissen ein Bericht aus dem Theater am Schiffbauerdamm: Rudolf Platte in ›Bezauberndes Fräulein‹, da fehlt nichts, Damen, Herren, das ist schon Überfülle.«

»Überfülle ist ein Schönwort für knäueliges Kuddelmuddel«, sagte Fedor Gabelbach, »und wenn ich einmal eine kleine Vorhersage wagen darf, kündige ich Ihnen folgende Leserbriefe an: ›Wo gibt's denn die grünen Tomaten? … bitte ich Sie, mir mitzuteilen, wie ich in Besitz eines Nagels gelange, damit ich Ihre Flaschenkappe an Ihren Holzstiel kriege, vom Fische ganz zu schweigen! … Kochtopp gut, wat is mit Fleisch? … Sie haben Sorgen! Was machen wir aus Vaters Uniform? Haha!!! Die wird Vater wohl tragen müssen, wenn er nicht nackt rumlaufen will! Aber erst, werter Herr Redakteur, beantworten Sie mir mal was anderes: Wo ist Vater?‹«

Doch Klotz winkte das beiseite; Leserbriefe waren nicht sein Schalter, die gehörten zu Lilo, und Lilo würde sich schon zu helfen wissen. Sie war unschuldig und furchtlos, und ihre Überzeugung war eine Variante des Glaubens an den Horror vacui: So wie die Natur keinen leeren Raum dulde, so dulde sie auch keine Frage, auf die eine Antwort nicht zu finden wäre, freilich müsse man suchen. Die Leserbriefe waren ihr Kummer und ihr Glück, denn sie merkte schon, daß nicht jede Erkundigung ein Ausdruck reiner Wißbegierde war, aber auch Glück war ihr Teil in der Abteilung Lesermeinung. Denn um die rechte Antwort geben zu können, war sie immerfort unterwegs zu Fachleuten, die waren ja so prägend. Und Lilo war so prägbar, daß man von ihrem Gesicht, ihrer Sprechweise und ihrer Körperhaltung auf ihren jeweiligen Umgang schließen konnte. War sie mit einer Leserfrage zum Verbleib der Palucca-Schule befaßt, durfte man sicher sein, sie lief, als habe sie eine Haselnuß im Hintern, und ihre Augen waren zwei Tropfen Schwanensee, und um auf einen fast läppischen Lesereinwurf in Sachen Gerhart Hauptmann treffend antworten zu können, trieb sie so heftigen geistigen Verkehr mit mehreren Germanisten, daß sie für Tage Goethen schrecklich ähnlich sah.

Johanna Müntzer hielt große Stücke auf Lilo und deren Amt, weil sie in Lilos fast süchtiger Lernbegier eine wesentliche Voraussetzung des neuen Menschenbildes erkannte und weil Leserbriefe einer gelegentlichen Äußerung Lenins zufolge günstigste Gelegenheit zur Erforschung von Volkesmeinung boten.

Deshalb trat Johanna der Unke Gabelbach sofort entgegen und sprach: »Wer sich vor den Fragen des Volkes fürchtet, muß vor den Fragen Gottes zittern!«

Sie liebte es, Gabelbach aus dieser Ecke zu kommen, aber der ließ sich selbst von ihr nicht in eine Religionsdebatte locken.

»Zittern«, sagte er, »sollten wir lediglich vor jenem Moment, da auch unsere Leser bemerken, was wir bereits ahnen: daß noch etwas fehlt. Wir könnten uns zwar behelfen wie jener Korrespondent Franz Hermann Ortgies, der seinem friesischen Publikum am siebzehnten siebten siebzehnhundertsiebzehn – das Datum ist nicht erfunden – aus Berlin mitteilte, es habe die ›Sterilität der Nouvellen verursacht, daß bey voriger Ordinairen nichts berichten können‹, aber nun weiß ich weder, ob das unserem heutigen Publikum genügen wird, noch, ob es sich mit unserer politischen Verantwortung verträgt. Da diese aber, wenn ich die im allgemeinen undurchdringlichen Verhältnisse in unserem Hause wenigstens da annähernd durchschaue, vornehmlich Sache von Herrn Meyer ist, sollte der sich wohl dazu äußern.«

Das war ein wenig viel verlangt, und Fedor Gabelbach wußte das auch, aber der Aufgabenbereich von Heinrich Meyer, Kutschen-Meyer genannt, war in der Tat so ungenau umrissen, daß Kutschen-Meyer geradezu ein Abonnement auf Gabelbachs Sticheleien hatte.

Kutschen-Meyer stand im Impressum der Neuen Berliner Rundschau, und zwar stand da: »Heinrich Meyer, verantwortl. Redakteur«. Außer seinem Platz im Impressum und dem am Redaktionstisch hatte Meyer keinen in der Rundschau. Meyer war eine Art historischen Irrtums. Er war der Sitzredakteur, der Strohredakteur des Blattes, der Mann mit dem griffbereiten Bündel, den man in vergangenen Zeiten ins Gefängnis delegierte, wenn die Justiz nach Sühne eines Preßvergehens schrie. Aber weniger solcher Sorge wegen hatte man Kutschen-Meyer jetzt in der Rundschau installiert als vielmehr aus dem Bedenken, die Leser könnten ein Blatt nicht ernst nehmen, dem Johanna Müntzer, eine Frau also, vorstünde. Dazu ist die Zeit noch nicht reif, hatte es geheißen, und Johanna hatte sich beugen müssen; es hatten ihr die Beweise nichts geholfen, mit denen sie belegt, wie reif die Frauen gerade in dieser Zeit geworden waren und gut für jeden Posten; ein Mann mußte her für das Impressum und die Verantwortung nach außen hin, ein treuer, gestählter, harter Mann.

Kutschen-Meyer war treu, hart und gestählt, aber den wahren Grund für seine Berufung hätte man ihm nicht nennen dürfen. Daß es galt, die Obrigkeit und deren juristische Handlanger zu bescheißen, leuchtete ihm ein, weil es ihm sein Leben lang eingeleuchtet hatte, aber wenn ihm gesagt worden wäre, er bekomme seine Funktion eines angenommenen Bewußtseinsrückstandes der Bevölkerung wegen, da hätte er nicht mitgemacht.

Denn das hätte Zurückweichen bedeutet, und das lag ihm nicht. Er war Bierkutscher, war noch sechsspännig gefahren für Schultheiß und hatte später einen Henschel-Laster gelenkt für die Kindl-Brauerei: »Det mußte immer rollen, sonst wurde nischt!«

Und er war Schwergewichtsringer im Arbeiter-Sportverein gewesen, zweimaliger Berliner Meister: »Det mußte immer krachen, sonst wurde nischt!«

Und er hatte der Partei als Fahrer und Leibesschützer gedient. »Am schlimmsten wart mit Karl. Der war ja nicht groß, und ick mußtn uffn Sandkasten stemmen, als er reden wollte. Und wie er in Fahrt kam, hab ick ihn anne Hosenbeene jezogen, er soll sich beeilen mit seine Schlußfolgerungen, weil die Blauen kommen. Denn det mußte doch immer flutschen, sonst wurde nischt!«

Kutschen-Meyer saß stets am Redaktionstisch und folgte den Debatten der fortschrittlichen Intelligenzler mit Wohlwollen, aber ohne tiefere Teilnahme; er horchte vielmehr auf den schweren Tritt der Blauen, und es irritierte seine Wachsamkeit nicht, daß er mit dem neuen Polizeipräsidenten im gleichen Lager die Furcht vor den Schwarzen geteilt und den Widerstand gegen sie verdoppelt hatte.

Auch Gabelbachs Frotzelei störte ihn nicht; der Bildfritze war ein Intelligenzler, und Kutschen-Meyers Gleichmut war schon von ganz anderen Intelligenzlern auf die Probe gestellt worden. »Der Wladimir, det war wat Wildes! Dem fielen die Gedichte noch mitten auf de Straße ein, und denn hatter losjeorjelt auf russisch und hat die Bourgeoisie erschrocken, weil es doch in der Periode der relativen Stabilisierung des Kapitalismus war. Nee, an den Majakowskij kommt ihr alle nich ran mit eure schmalen Witze!«

Aber David störte Gabelbachs Stichelei, und nicht nur, weil er selbst schon einige Male Opfer des Fotografen gewesen war; er war für Kutschen-Meyer, denn der war, was er gerne gewesen wäre: kompromißlos und treu und mit einem Ziel versehen von lange her.

Deshalb sagte David, und hatte zwar Furcht bei seinen Worten, sprach sie aber doch: »Herr Gabelbach hat nun auch noch festgestellt, daß etwas fehlt, und dann hat er seinen Spaß mit der politischen Verantwortung und Kollegen Meyer gemacht, aber nun möchte ich Sie doch fragen, Herr Gabelbach, wenn jetzt Sie die politische Verantwortung hätten, was würden Sie dann tun, damit nichts mehr fehlt, das möchte ich doch mal wissen.«

»Wissen möchten Sie was? Das ist ja schön, daß Sie was wissen möchten, Jüngling«, sagte der Bildchef, »da scheinen Sie immerhin eine Ahnung zu haben von dem, was Ihnen fehlt. Und bei der Gelegenheit, Frau Müntzer, wollen Sie mir gütigst Klarheit verschaffen über die Position, auf der ich diesen Zwerg zu denken habe, wenn ich mich bemühe, eine wenigstens gedachte Ordnung in diesen redaktionellen Betrieb zu bringen?«

»Der ist mein Assistent«, sagte Johanna Müntzer, »und Sie werden gleich sehen, wie das zu verstehen ist. Wenn ich etwa nicht weiter weiß, nur weiß, was jeder hier weiß, Lilo, Kollege Klotz, Sie, Kollege Gabelbach, und der verantwortliche Redakteur, Genosse Meyer, dann sage ich zu meinem Assistenten: David, etwas fehlt, was schlägst du vor?, und dann denkt mein Assistent scharf nach, dazu ist er da, und er macht einen Vorschlag. Wir wollen es gleich einmal zeigen, David, damit

Kollege Gabelbach ein Bild von dir und deiner Tätigkeit bekommt.«

Das ist gemein von dir, Frau Penthesilea, das ist aber saugemein von dir, dachte David, das zersägt mich! Ich bin doch neu hier, Frau! Und der Gabelbach kann mich nicht leiden, Chefin, und der Genosse Meyer kann mir nicht helfen, und Klotz und Lilo geht das nichts an, die haben ihres schon abgeliefert, ich bin hier ja allein, Frau Müntzer, was fragen Sie nun mich? Die hat mir versprochen, ich soll bei ihr lernen, und auch wenn es wie eine Drohung geklungen hat, war es ein Versprechen. Und nun schubst sie mich in dieses Loch. Wie soll ich denn da rauskommen, du Ungeheuer mit deinen blauen Strümpfen? Das ist, das ist Ausbeutung, ist das, genau wie Meister Treder macht die das und wie der General: Nu mal los, Daffi, nu mach mal was, und wie du's machst, will ich gar nicht wissen, aber mach! Immer Daffi, immer David! Ich hab hier Bote werden wollen und doch nicht Assistent! Ich weiß ja nicht mal genau, was das ist: Assistent.

»Ja«, sagte David, und Penthesilea strahlte ihn an, als habe er etwas sehr Menschliches gesagt.

»Ja«, sagte er, »wenn alle meinen, etwas fehlt, dann muß man erst einmal herausfinden, was. Man könnte reihum fragen: Was fehlt?, aber es hätte kaum Sinn, denn niemand hat gesagt, das und das fehlt, jeder, außer Herrn Klotz, hat gesagt: Etwas, etwas fehlt. Wenn man das so sagen kann: Es fehlt uns ein Wissen über das, was uns fehlt.«

»Man kann es nicht nur so sagen«, rief Johanna Müntzer, »man muß es so sagen. Du hast einen Grundzug unserer Zeit formuliert. Vielen Menschen geht es heute so: Es fehlt ihnen ein Wissen von dem, was ihnen fehlt. Weiter so, David!«

Ja, du trojanisches Mordsweib, dachte David, weiter so ist nun sehr schön, das ist genau die Meister-Treder-Art: Wenn aber nu der Schickedanz von Borsig partout eine Silberbüchse haben will, wie Winnetoun seine, und wir haben im Keller noch das Ballerding von Dreyse und eine kleine Rolle Silberdraht haben wir auch noch, was denn da wohl weiter,

Daffi? Der Meister Treder war genauso ein Ausbeuter wie Sie, Frau Müntzer, bloß ohne blaue Strümpfe, und der Gabelbach grinst schon wieder.

»Deshalb«, sagte David, »deshalb hätte es keinen Sinn, hier im Kreis herumzufragen: Herrn Klotz fehlt nichts, Fräulein Lilo müßte erst einen Fachmann fragen, was ihr fehlt, Genosse Meyer ist nicht verpflichtet, so was zu wissen, Herrn Gabelbach ist es sowieso zu unübersichtlich, und die Chefin ist die Chefin. Dann bliebe noch ich, aber ich bin neu, und wenn ich gefragt würde, was fehlt, möchte ich sagen: alles, aber das ist Quatsch, weil alles gar nicht reingeht in so ein Heft. Außerdem wird die Zeitung nicht für mich gemacht. Vielleicht könnte man die mal fragen, für die die Zeitung gemacht wird?«

»Ausgezeichnet«, sagte der Redakteur Klotz, denn er wußte seine Tätigkeit im Einklang mit den Leserwünschen und war sicher: Eine solche Erkundung würde nur bestätigen, was seine Meinung von Anbeginn gewesen war: Es fehlte nichts, höchstens mehr von dem, was aus seinen Ressorts in die Rundschau kam.

»Ausgezeichnet, sagen Sie?« warf Gabelbach ein. »Ausgerechnet, kann ich da nur sagen! Die Zeitung, die Sie nach den Wünschen der Leser herstellen, wird ein Lunapark ohne Sinn und Verstand, ein Tivoli aus wüstem Tand, Disneyland für Hirngeschädigte, ein Prater für Wiener wird das, Gips und Sägespäne auf Papier, das haben die Amerikaner schon lange, und nun sehen Sie sich diese Amerikaner an!«

»Nein«, sagte Johanna Müntzer, »wir sehen uns diese Amerikaner nicht an, jetzt nicht, denn mein Assistent hat seinen Gedanken noch nicht zu Ende entwickelt. Entwickle deinen Gedanken zu Ende, David!«

Kannst du denn nicht Ruhe geben, Mörderin, dachte David, das hätte sich jetzt so schön aufgelöst, Gabelbach hätte über Amerika erzählt, der war in Amerika, Kutschen-Meyer hätte ihm die Negerfrage gestellt, Fräulein Lilo hätte von ihrem prägenden Gespräch mit Afrikaforscher Schomburgk berichtet und dabei gesprochen, als hätte sie einen Ring durch die Nase, alle hätten sie zu tun gehabt und mich vergessen, aber nein: Entwickle deinen Gedanken zu Ende, David! – Denk dir mal was aus, Daffi, wat wir mit die Armbrust machen! – Was ist denn bloß mit mir, daß ihr das mit mir machen könnt? Und der Gabelbach reibt sich die Hände!

»Weil«, sagte David, »weil es aber vielleicht wirklich noch zu früh ist, die Leute zu fragen, was ihnen in der Zeitung fehlt, müßten wir sie mal fragen, was ihnen überhaupt fehlt, so allgemein, und weil man keinen Menschen fragen soll, was ihm fehlt, weil er sonst ins Jammern kommt, sollten wir lieber fragen, was sie sich wünschen, und weil jetzt bald ein neues Jahr kommt, wäre das auch ganz unauffällig. Wenn wir die Wünsche von den Leuten aufschreiben, kriegen wir was in die Zeitung, und weil es Wünsche sind, ist es irgendwie etwas mit der Zukunft, und ich glaube, ohne die kommt man nicht mehr aus.«

»Klar«, sagte Kutschen-Meyer, »vorwärts mußte donnern, sonst wird nischt!«

Und obwohl Klotz meinte, Leserumfragen seien der älteste Hut, und Lilo behauptete, die Briefe an ihre Adresse gäben genügend Auskunft über die Wünsche der Leser, und Gabelbach einen Haufen Unflat statt vernünftiger Antworten auf die Neue Berliner Rundschau zukommen sah, hatte Johanna Müntzer schon entschieden: »David hat das Wort gesprochen, an dem wir uns aus dem Sumpf ziehen können, in dem das Land und seine Menschen jetzt hier stecken, das Wort Zukunft. Die Zukunft aber beginnt mit Fragen, allgemein und konkret. Konkret beginnt deine Zukunft in der Neuen Berliner Rundschau, hör zu, David, ich spreche mit und von dir, indem du die Fragen stellst. Du machst die Umfrage. Die Sitzung ist geschlossen.«

»Geschlossen oder nicht«, sagte Fedor Gabelbach, »ich schlage vor, ich begleite diesen Gnom und mache ein paar Bilder.«

Er trug David auf, in genau zwei Stunden auf dem Verlagshof zu sein; bis dahin seien noch einige organisatorische Maßnahmen zu treffen. David brauchte einen Großteil der Zeit, um dem Buchhalter, der auch das Redaktionsmaterial verwaltete, zwei neue Bleistifte und einen Notizblock abzuschwatzen, aß seinen Schlag Eifo-Suppe, die aus geschroteter Gerste und geschrotetem Kürbis bestand, und ging auf den Hof. Gabelbach erschien pünktlich, die Rollei umgehängt, an jeder Hand ein Fahrrad führend und auf Brust und Rücken je ein weißes Tuch geknotet, auf dem in deutschen und russischen Buchstaben »Presse« geschrieben stand.

Er versah auch David mit solchen Zeichen, hieß ihn eines der Räder besteigen und radelte los. Erst auf der Leipziger Straße begann er zu sprechen, aber als sich David an seine Seite setzen wollte, winkte er ihn energisch zurück nach hinten. »Das ist gegen die Vorschrift. Reporter müssen sich strikt an die Vorschriften halten, wo dies ihre Arbeit nicht beeinträchtigt. Haben Sie schon einen Plan?«

»Was für einen Plan? Wir sollen fragen, was sich die Leute für das nächste Jahr wünschen; wozu da noch einen Plan?«

»Wie Sie meinen«, sagte Gabelbach und gab sich dabei nicht die geringste Mühe, den Kopf zu wenden oder lauter als gewöhnlich zu sprechen.

»Aber eine Frage habe ich«, rief David, »wozu haben wir die Tücher um? Ich finde, das sieht ein bißchen eigenartig aus.«

»Es sähe noch eigenartiger aus, wenn wir ohne die Räder zurückkämen«, sprach Gabelbach in die Fahrtrichtung, »die Räder sind geliehen, Herr. – Sie haben also keinen Plan?«

»Nein, ich dachte mir, wir fangen irgendwo an und fragen den erstbesten.«

»Wie Sie meinen«, sagte Gabelbach, »aber Sie fragen, ich bin lediglich der Fotograf, und da ist schon der erstbeste.« Er zeigte mit dem rechten Arm seine Halteabsicht an, hielt, stellte etwas umständlich sein Fahrrad gegen die Bordsteinkante, öffnete seine Rolleitasche und ging auf einen älteren Mann zu, der verloren auf dem leeren Dönhoffplatz auf einem verrosteten Kradbeiwagen saß.

David blieb nichts anderes, als hier und mit diesem Mann seine Umfrage zu beginnen.

»Guten Tag«, sagte er, »wir sind …«

»Seh ich ja«, sagte der Mann und zeigte auf Davids Pressetuch, »was möchten Sie wissen?«

»Ja, also, wir machen eine Umfrage …«

»Glaub ich ja«, sagte der Mann und zeigte auf Davids Notizbuch, »was möchten Sie wissen?«

»Was Sie sich vom neuen Jahr erhoffen; ich meine, was Sie sich da wünschen.«

»Erhoffen nichts, wünschen schon«, sagte der Mann.

»Und was wäre das, das, was Sie sich wünschen?«

Der Mann sah über die Trümmerhalden hinüber zum Roten Rathaus und sagte: »Sie können das niederschreiben: Ich wünsche mir die Wiedereinführung der Mensendieck-Gymnastik, Mensendieck mit i, e, c, k am Ende, nach der Begründerin, Bess Mensendieck, New York. Die einzige Turnmethode, die bei der Gestaltung der Körper- und Bewegungsformung den anatomisch-physiologischen Gesetzen des Frauenkörpers gerecht wird. Die einzige Art Gymnastik, die den Einfluß des Männerturnens bewußt ausscheidet. Die einzige Muskelübung, die in gesunder Verbindung mit dem Alltagsleben eine gründliche gesundheitliche und schönheitliche Körperdurchbildung ermöglicht.«

Er erhob sich, wackelte auf einem Bein herum und erklärte, während er die Arme über der Brust verschränkt und den Blick fest auf das Rote Rathaus gerichtet hielt: »Eine Musterübung aus der Hamburger Schule für reine Mensendieck-Gymnastik: Rhythmisches Durchpendeln des linken Winkelbeins mit Heben und Senken des Standfußes; Ausgleich dieser Bewegung im Kniegelenk; Oberkörper bleibt unbewegt.« Sein Oberkörper blieb zwar mitnichten unbewegt, dafür aber seine Miene, nur ein wenig Verachtung saß in seinen Augen, als er wieder auf dem Beiwagen hockte und leicht schnaufend weitersprach: »Alle anderen Methoden sind widernatürlich, bei aller Apologie; Schule Hellerau-Laxenburg, Elli-Björksten-

Schule, Dora Menzler, Hedwig Hagemann, Rhythmische Schulgemeinde Hilda Senff, Düsseldorf, das sind alles nur knochenbrecherische Abirrungen, bei aller Apologie; es muß wieder gemensendieckt werden.« Und dann saß er stumm da und sah zum Roten Rathaus hinüber, als horsteten dort die Apologeten der Pseudogymnastik, und David fragte schüchtern: »Das wäre alles an Wunsch fürs neue Jahr?«

»Alles«, sagte der Mann, und David ging verwirrt zu seinem Rad zurück. »Nun«, sagte Gabelbach, der, wie David jetzt auffiel, nach der Mensendieck-Methode radzufahren schien, mit unbewegtem Oberkörper und starr nach vorn gerichtetem Blick, »was sagt Ihr Volk über die Zukunft? Hätten Sie etwas gegen einen kleinen Hinweis?«

»Nein«, rief David, »ich hätte überhaupt nichts gegen einen kleinen Hinweis, Herr Gabelbach, ich hätte auch nichts gegen einen großen. Ich bin ja noch neu hier.«

»Dann wollen wir einmal etwas Ordnung in die Sache bringen«, begann der Fotograf, während sie über den Molkenmarkt rollten. »Sie wollen eine Umfrage machen, da brauchen Sie einen Plan. Wenn Sie sich den erstbesten greifen, geraten Sie unweigerlich an solche Mensendieck-Menschen. Das hätten Sie sich übrigens selber sagen können: Wer bei dem Wetter allein auf so einem öden Platz sitzt und auf so ein ödes Bauwerk starrt, ist fast immer irgendeine Art Sektierer. Sie machen eine Umfrage unterm Volk, da stören Sektierer. Ein zweiter Vorwurf: Wenn Sie nun schon auf so einen treffen, dann müssen Sie quetschen und wringen, bis alles aus ihm raus ist. Brauchen Sie es nicht heute, so können Sie es morgen gebrauchen. Morgen sollen Sie vielleicht Sonderlinge sammeln, wie schön paßte Ihnen da der Mensendieckianer! Erst mal sammeln, ordnen können Sie später. Das beiseite, zurück zur Umfrage: Sie können nicht alle Welt fragen, brauchen Sie auch nicht, wenn Sie Allerweltsleute haben, Repräsentanten, Sprecher für viele. Also lautet der Plan: Menschen greifen, von denen anzunehmen ist, daß sie viel hören und sehen und danach ihre Meinung bilden, die dann meistens die Meinung von vielen ist. Und trotzdem schön mischen: alt, jung, männlich, weiblich, arm und reich und so weiter. Ist das klar?«

»Das ist klar, Herr Gabelbach«, sagte David.

»Wen fragen Sie da als nächsten?«

David sah sich angestrengt um, sah zwei Straßenbahnerinnen beim Plausch in der Jüdenstraße und rief: »Vielleicht eine Straßenbahnerin?«

»Bestimmt sogar, sehr gut«, sagte Herr Gabelbach und stieg vom Rad. Eine der beiden Frauen las kurzsichtig Davids Transparent und entfernte sich. »Von mir kein Wort«, sagte sie dabei, »ick will nich inne Praffda.«

Die andere blieb stehen und fragte Gabelbach: »Krieg ich ein Bild von ab?«

Der wies auf David. »Da müssen Sie sich gut mit meinem Kollegen stellen; der ist hier der Bestimmer.«

»So 'n Jungscher?« sagte sie, aber dann sah sie David sehr freundlich an. »Ich hoffe, ich werde nicht immer bei der Straßenbahn bleiben. Eigentlich bin ich Zuschneiderin, Damenoberbekleidung; einmal wird es das wieder geben, und dann ist eine Erinnerung schön.«

Schlesien, dachte David und: Hier ist schon was mit Zukunft, und er fragte: »Ist das Ihr Wunsch fürs nächste Jahr? Wir wollen das nämlich rauskriegen für unsere Zeitung. Die Wünsche so.«

»Die Wünsche so? Dazu braucht ihr doch nicht lange zu fragen! Ich kann euch die Wünsche an den Fingern herzählen: Daß der Mann nach Hause kommt, heil und gesund, und wenn nicht heil und gesund, wenigstens kommen soll er. Oder wenigstens erst mal schreiben, damit man weiß. Wer sich die Strafe ausgedacht hat: daß die Frau nicht weiß, ob es den Mann noch gibt und wo und wie, der hat sich eine richtige Strafe ausgedacht. Manchmal denkt man sogar darüber nach, ob man sie verdient hat. Aber ihr wollt Wünsche hören. Paar Briketts hätte man gern im Keller und wenigstens ein Pfund weiße Bohnen. Ich hab zwei Kinder, die jetzt eigentlich wachsen müßten. Tun sie aber nicht. Wenn das so bleibt, laufen hier in zwanzig Jahren lauter Zwerge rum. Gott, in zwanzig Jahren, wer weiß? Sie, das ist wichtig: Die Menschen müssen besser werden! Manchmal denk ich: Wo kommt das her? So viel Gemeinheit. Ich fahre sonst die lange Strecke, ich hab hier heute nur Aushilfe, sonst fahr ich die lange. Von Johannisthal bis Lichterfelde. Einmal hin und zurück bist du achtzig Kilometer unterwegs gewesen, und alles kaputt, die Stadt und die Menschen. Und nun weiß sich keiner anders zu helfen als mit Schimpfen. Sie, wenn mal einer freundlich zu Ihnen ist auf der ganzen langen Strecke, dann denken Sie, es ist Weihnachten. Das kommt nun auch noch bald. Wenn ich zu sagen hätte, würde ich sagen, diesmal kein Weihnachten. So ohne Freundlichkeit, was soll das? Als noch Krieg war, hab ich oft gedacht, wenn der nur vorbei wäre, aber er ist wohl zu spät vorbei gewesen; nun machen wir weiter mit Kratzen und Beißen. Die Kinder, wissen Sie, wenn die nicht wachsen, das ist schon schlimm, aber wenn sie so die Erwachsenen hören und denken, der Mensch muß so sein, was werden das für Menschen, die Kinder? Das können Sie wohl alles gar nicht brauchen für Ihre Zeitung, dann schreiben Sie mal unter mein Bild: Ich wünsche mir, daß mein Mann bald kommt und daß die Leute in der Bahn wenigstens die Rucksäcke abnehmen.«

»Ja«, sagte David, »das schreiben wir, und dann brauche ich Ihre Adresse für das Bild. Und vielen Dank!«

Viel mehr erfuhren sie kaum und Besseres nicht. Es war eben der November nach dem Krieg, und die Leute hatten jetzt die Zeit für ihren Schmerz, die ihnen der Krieg nicht gelassen hatte. Oder die sie sich nicht genommen hatten, dachte David.

Die meisten waren auf eine mürrische Weise gesprächig und selten nachdenklich. Sie beklagten die Gegenwart, aber wo die angefangen hatte, schienen sie nicht zu wissen. Mit der Wunschfreiheit taten sie sich schwer wie törichte Märchenhelden. Zwar, das Verlangen, den Mann wiederzubekommen oder den Sohn, das war verständlich, aber was danach kam, waren so etwas wie Wünsche von der Hand in den

Mund, und Politisches geriet ihnen allen gerade bis zum Wunsch: Nie wieder Krieg.

»Ich höre hier nicht viel von dem Wort Zukunft, an dem wir uns, mit der verehrten Frau Herausgeberin zu reden, aus dem Sumpf ziehen könnten«, sagte Gabelbach, »die Zukunft von denen reicht bis morgen, aber wenn ich denke, Sie fragten mich – ich wüßte auch nicht viel mehr. Genau besehen war der Mensendieck-Gymnastiker der einzige Idealist weit und breit, und der paßt nicht in die Umfrage. Darf es noch ein kleiner Hinweis sein?«

»Aber ja, Herr Gabelbach, ich freue mich, wenn Sie mir was sagen!«

»Erstaunlich, aber bitte: Sie werden das Zeug aufschreiben müssen, und, falls Sie das noch nicht bei Frau Müntzer bemerkt haben, irgendwo muß ein Ansatz zum guten Menschenbild drinstecken, sonst können Sie den Stecken nehmen. Ich würde die Sache auf die Straßenbahnerin stellen; haben Sie behalten, wie die von Freundlichkeit gesprochen hat?«

»Ja«, sagte David, »aber vor dem Schreiben graut mir; ich hab noch nie etwas anderes als Werkstattwochenberichte und Briefe geschrieben.«

»Was meinen Sie, warum ich Fotograf geworden bin?« sagte Gabelbach und nahm seine Kamera zur Hand. »Da kommt ein Polizist, den könnten wir noch mitnehmen, und dann reicht es.«

»Guten Tag, Herr Wachtmeister«, sagte David, »ich hätte eine Frage!«

»Beruflich?« sagte der Polizist.

»Ja.«

»Name?«

»David Groth.«

»Name der Zeitung?«

»Neue Berliner Rundschau.«

»Frage?«

»Wie? Ach so, die Frage. Die Frage lautet: Welche persönlichen Wünsche haben Sie an das kommende Jahr?«

Der Polizist schien nach seinem Notizbuch greifen zu wollen, besann sich dann aber und sagte: »Das wäre neunzehnhundertsechsundvierzig? Also für das Jahr neunzehnhundertsechsundvierzig habe ich folgende persönlichen Wünsche: Erstens möchte ich nicht mehr Polizist sein, weil ich nämlich Maurer bin und Polizist nur bin, weil ich sonst hätte Bürgermeister werden müssen, weil ich in Esterwege war, und dann möchte ich, daß die Berliner Bevölkerung zur Verkehrsdisziplin zurückfindet, weil es so nicht mehr weitergeht. Dieses sind meine Wünsche für das Jahr neunzehnhundertsechsundvierzig.«

David sah auf den Verkehr am Alexanderplatz: ein Opel Blitz mit Holzgasgenerator, zwei Ziehwagen und ein Dutzend Radfahrer, das war alles, und vorher war es auch nicht viel mehr gewesen.

»Na und?« sagte der Wachtmeister. »Meinen Sie, das bleibt so? Sie müssen mal ein bißchen vorausdenken. Wir haben nämlich jetzt den Frieden! Jetzt kommt wieder Arbeit her, und da kommen auch wieder Autos her und Motorräder, und jeder Mensch wird ein Fahrrad haben. Und mehr Kinder kommen auch wieder auf die Straße. Und die haben auch mal wieder Bälle. Und die Leute schaffen sich wieder Hunde an. Und wenn sie erst mal satt sind, gehen sie wieder spazieren. Und die Scheißstraßenbahn, sechs Linien hier rüber, und dann kaufen die Leute ein und können nicht über die Pakete rübergucken. Und die Besoffenen kriegen wir auch zurück. Das ist der Frieden, Kollege, und ich bin sehr für ihn, aber ich sehe da Probleme, und wenn wir uns auf die heute nicht einrichten, fressen sie uns morgen auf. Ich bin mit einem in Esterwege gewesen, der war da einer von den Besten. Jeden Morgen hat er gesagt: Nun wollen wir mal wieder sehen, wer wen? Bringe ich den Tag rum, oder bringt mich der Tag um? Diesen Wettkampf hat er durchgehalten; den hat auch nicht der aasigste Tag geschafft. Aber jetzt? Jetzt kann er nur noch im Augenblick denken. Ich weiß nicht, ob wir im Kopf so eine Extraecke für Erwartungen und Pläne oder Hoffnungen haben, aber etwas Ähnliches wird es wohl sein, und im Kopf von dem Mann, von dem ich spreche, ist diese Ecke zugeschüttet. Bei dem ist der Zukunftsfühler kaputt wie bei anderen Leuten das Gehör. Das ist furchtbar. Und was sieht man daraus? Daß man sich nicht bloß auf den Augenblick einrichten darf, meine ich. Dann wird man mit dem vielleicht fertig, aber mit dem nächsten schon nicht mehr. Deshalb predige ich: auch jetzt Verkehrsdisziplin, weil wir nämlich einen Verkehr bestimmt wieder kriegen und weil wir alle auf dem Friedhof landen, wenn wir so weiterlottern. Und wenn ich Sie das nächste Mal sehe, lieber Kollege, möchte ich, daß die Handbremse an Ihrem Rad in Ordnung ist. Wiedersehn!«

Sie sahen sich noch öfter wieder, David und der Genosse Reitzig. Der wurde nicht wieder Maurer, und auch Bürgermeister wurde er nicht; der blieb in der Uniform der Polizei, und einmal in der Mitte der sechziger Jahre hielt er im Bezirksaktiv der Partei eine Rede, und in der ging es um die verkehrspolizeilichen Aspekte bei der Neugestaltung des Alexanderplatzes, und plötzlich sprang er heraus aus dem Redestil, der bei solchen Zusammenkünften fast verbindlich war, und sprach von Herzenswünschen, und einer dieser Wünsche war, die Berliner möchten zu höherer Verkehrsdisziplin sich endlich finden, denn sonst, sagte der Genosse Reitzig, landeten wir übermorgen alle auf dem Friedhof, weil nämlich in absehbarer Zeit jeder Mensch ein Auto haben werde, und Untertunnelung und Stadtautobahn und Hochstraßen, das sei ganz in Ordnung, das gehöre eben auch zum Sozialismus, und für den sei er sehr, aber er sähe da auch Probleme, und richteten wir uns nicht heute auf die ein, so fräßen sie uns morgen.

David war ein wenig enttäuscht, als der Genosse Reitzig nicht auch noch von jenem Sinnesorgan sprach, von dessen Vorhandensein in einer Extraecke des Kopfes er selbst fest überzeugt war seit der frühen Begegnung mit dem Wachtmeister am Alexanderplatz; er jedenfalls glaubte so sehr daran, daß er sich oft genug zu dem etwas lächerlichen und auch immer belächelten Appell an die Teilnehmer der Redaktionskonferenz hinreißen ließ: »Rührt gefälligst eure Zukunftsfühler!«

Der Ausdruck paßte selbst Penthesilea nicht; sie strich ihn aus Davids Rapport von der Umfrage, und ihr Argument war, es helfe dem Menschen nicht, wenn er sich für alle Nöte ein neues Organ erfinde, er müsse mit dem auskommen, was er habe, dies allerdings gelte es auszubilden zu höchster Vollkommenheit; aber Extraecken, nein, und Extrafühler, nein, von da sei es nicht weit bis zu Extranasen und den Extraaugen bei Picasso, und dieses Extrem auf der einen Seite fordere das Extrem auf der anderen nachgerade heraus und führe, um einmal bei der Kunst zu bleiben, über kurz oder lang zu Archipenko und dessen Entkörperung der Skulptur, zu Skulptomalerei und Bildmaschine und einem Menschenbild aus nur noch geometrischen Figuren, und Bertram Müntzer, ihr Mann, habe bitter dafür zahlen müssen, daß er den Verlockungen Archipenkos aufgesessen; nein, Zukunftsfühler und Extraecken seien keine zulässigen Ausdrücke für die Neue Berliner Rundschau, aber sonst sei Davids Bericht gar nicht schlecht geschrieben, nicht so übel, wenn man es vergleiche mit dem, was sonst so geschrieben werde, jetzt hier. So hatte sie David bald eingeschüchtert und zugleich bestochen, aber mit Fedor Gabelbach kam sie nicht so leicht zurecht; der hörte das Lob gar nicht, mit dem sie seine Bilder bedachte – vor allem das von der Straßenbahnerin, die so für Freundlichkeit eingetreten war, gefiel ihr sehr –; Gabelbach hörte nur, daß sie das Foto von Davids Gespräch mit dem Mensendieck-Turner nicht bringen wollte, und David hoffte, obwohl er Gabelbach dankbar war für kleine und größere Hinweise, der werde sich nicht durchsetzen im Streit mit Penthesilea. Denn das Bild zeigte ihn genau so, wie er innerlich beschaffen gewesen war bei der Vorführung der Musterübung aus der Hamburger Schule für reine Mensendieck-Gymnastik: starr vor blödem Staunen.

Natürlich siegte Johanna Müntzer. Das Bild kam nicht in die Zeitung, dafür kam es an die Wand in Gabelbachs Büro, und David durfte es betrachten, wann immer er dazu Lust hatte.

Im Laufe der Jahre bedeckten sich Gabelbachs Wände mit Hunderten solcher unveröffentlichten Kostbarkeiten, die meisten vom Sammler selbst gefertigt, einige aber auch von dessen Schülern und Mitarbeitern und unter diesen eines von Franziska, das farbigste und blutigste ihrer unerhörten Bilder, das denn doch zu blutfarben gewesen und deshalb nicht in die Rundschau gekommen war.

Gabelbachs Dokumente waren eigentümliche Belege zur Geschichte der Illustrierten; in ihnen steckte die Parahistorie der Rundschau, die Geschichten hinter der Geschichte; sie waren Zeugnisse von den ungelenken Übungen vor dem schnurrenden Auftritt, von verpfuschten Absprüngen und Grenzübertretungen, von Entdeckungen, die man für sich behalten mußte, und von Prüfungen, die niemand mehr beglaubigen mochte. Die Sammlung konnte leicht für eine zynische Chronik genommen werden und ihr Besitzer für einen Hundephilosophen, und Kutschen-Meyers Nachfolger, einer der rechtmäßigen Inhaber des Spitzenplatzes im Impressum der Neuen Berliner Rundschau, der Chefredakteur Herbert Bleck, hatte genau dies getan: die Bilder eine zynische Chronik genannt und den Redakteur Gabelbach einen Hundephilosophen, und nicht zuletzt deshalb gedieh die Zeitung nicht so recht, solange Herbert Bleck an der Spitze im Impressum stand.

Ohne Zweifel war Herbert Bleck ein gelehrter Mann, kannte sich aus mit frühen philosophischen Schulen und späten, kannte sich aus mit Ideen, den Reflexen des Lebens in scharfen Köpfen, war selber ein scharfer Kopf und liebte einen scharfen Ton, zumal, wenn er es war, der ihn von sich gab. Nur die Unzulänglichkeit der vorgefundenen Menschen – den Terminus »vorgefundene Menschen« schätzte er sehr –, nur deren Unzulänglichkeit hinderte ihn, die Welt zu wandeln mit einem Schlag, mit einem Schlag pro Woche, ausgeführt von der illustrierten Schrift Neue Berliner Rundschau.

Jahrelang war das Blatt ohne jemanden ausgekommen, der Chefredakteur hieß; Johanna hatte das Steuer gehalten und Kutschen-Meyer den Platz im Druckvermerk, aber dann ging, was so gegangen war, nicht mehr; man befand sich auf einer höheren Stufe der Entwicklung, die genauere Konturen der Leitungsbereiche verlangte, und irgend jemand hatte festgestellt, daß in der Führung der Rundschau äußerst verschwommene Verhältnisse herrschten.

Es kostete Johanna und ihren Assistenten, wie David immer noch genannt wurde, erhebliche Anstrengung, der Kommission der Obersten Abteilung die Ursachen dieses Zustandes einzuleuchten; deren Mitglieder wollten es nicht glauben, daß es Zeiten gegeben haben sollte, in denen man es für nicht opportun gehalten, einen Frauennamen an die Spitze eines Impressums zu setzen.

Zum Glück fand ein Kommissionsmitglied heraus, daß eben in dieser Ungläubigkeit ein Zeichen zu sehen sei für den Fortschritt, den man getan, und dafür, daß man sich jetzt auf höherer Stufe befinde; da konnte dann über Änderung nachgesonnen werden.

Die einfachste Lösung war keine; Johanna wollte nun nicht mehr namentlich werden, was sie in Taten immer gewesen war; sie wollte Herausgeberin bleiben. So entschied die Kommission nach Prüfung des Kaderbestandes, ein neuer Mann müsse ins Haus. Nein, in der Redaktion selbst fand sich niemand, der geeignet schien; die Mitarbeiter dort waren entweder zu alt oder zu jung, waren vor allem zu sehr Praktiker, und der Praktizismus stand zu jener Zeit weit oben im Katalog der die Entwicklung hemmenden Gefahren.

Ein theoretischer Kopf mußte her, ein Mensch mit Bewußtsein plus Geschichtsbewußtsein, ein nicht nur geschulter, sondern auch studierter Mann.

Der hieß dann Herbert Bleck und verfügte über ein Universitätsdiplom. Mit einer kleinen scharfen Antrittsrede machte er den Praktikern klar, daß er sie für vorgefundene Menschen ansehe, und es klang wie: notwendiges Übel, Übergangserscheinungen und zu überwindendes Durchgangsstadium.

Außer diesem machte er an seinem ersten Tag noch mindestens drei weitere Fehler: Er schnitt seinem nominellen Vorgänger Heinrich Meyer, genannt Kutschen-Meyer, das Wort ab, als der zum besten geben wollte, wie es mit Andersen Nexö in einer Kneipe am Rosenthaler Platz gewesen war, und rutschte damit aus der Kategorie fortschrittlicher Intelligenzler in die von Kutschen-Meyer ganz anders behandelte Kategorie Intellektueller ab, und wäre er ein Rundschau-Praktiker gewesen, hätte ihm dabei geschaudert.

Aber Herbert Bleck kannte sich eben mit Ideen besser aus als mit Menschen und schickte sich mit scharfem Tritt zu einem ersten Hausgang an. Da machte er den nächsten Fehler. Er geriet in Davids Zimmer, das neben dem Konferenzraum lag, sah dort ein Bändchen mit Kafka-Erzählungen, überflog die aufgeschlagene Seite, las laut den Titel der Geschichte »Die Verwandlung«, kannte sich aus mit ihr, studiert, wie er war, und befand in scharfem Ton: »Die Verwandlung eines Menschen in einen Käfer ist für uns keine annehmbare Lösung!«

Spätestens damit war er auch bei David raus, denn der überschlug sich zwar keineswegs Franz Kafkas wegen, bestaunte ihn aber sehr und wäre nur nie auf die Idee gekommen, der unglückliche Prager habe mit der Geschichte von Gregor Samsa irgend jemandem eine Lösung bringen wollen.

Doch er hatte vorerst keine Lust, mit dem neuen Chef über Annehmbares oder Unannehmbares oder auch nur einen beliebigen anderen Gegenstand zu streiten; der Mensch schien zu sehr mit sich und seiner Rolle als neuer Besen zufrieden; für Debatten war es zu früh.

Ihm war es zu früh; nicht früh genug aber könnte es, so dachte er, zum Meinungsaustausche zwischen dem neuen Besen und dem dienstältesten Hasen des Hauses kommen, dem

Leiter der Bildabteilung Fedor Gabelbach, und deshalb führte er die beiden einander auf kürzestem Wege zu. Er hätte Bleck ebensogut auf der Schwelle zum Labor ein Bein stellen können; härter wäre der neue Chef dann auch nicht hingeschlagen. Gabelbach mochte verschiedene Motive haben, den neuen Mann nicht zu mögen, und er benahm sich, als habe er tausend finstere Gründe. Er machte stumm, nur mit raschem Zeichen, klar, daß er im Augenblick tief beschäftigt sei, suchte ein großformatiges Foto mit der Lupe ab, zog mit Bleistift und Lineal Striche über das Bild und schnitt es dann sorgfältig in gleichmäßige Streifen, und die warf er in den Papierkorb.

Bleck sah diesem Prozeß zunächst interessiert zu, merkte dann aber wohl, daß hier an seiner Autorität herumgeschnippelt wurde, und wandte sich mit scharfem Blick den verqueren Denkwürdigkeiten an Gabelbachs Zimmerwand zu.

Aufs erste Hinsehen waren das Pressefotos, wie man sie in dieser Abteilung erwarten durfte, aber sie waren an die Wand und nicht in die Zeitung gekommen, weil sie irritierende Nebenansichten boten und so der Sache nicht dienten.

Da war zum Beispiel ein Dokument, auf dem überhaupt nichts Besonderes gefunden werden konnte, und gerade dies Fehlen des Besonderen hatte es zu einem wertvollen Stück der Sammlung gemacht. Es zeigte lediglich mehrere ernste Menschen beim Betrachten von Gemälden, und darunter stand, was es eigentlich hatte zeigen wollen, nun aber nicht zeigte und warum nicht: »Kollege« (der Name war auf Drängen Johannas überklebt), »auf dem Foto nicht zu sehen, hat gerade vor einem anderen Bild verweilt.«

Der neue Chefredakteur studierte die Kollektion, und mählich schien ihm zu dämmern: Hier stimmt etwas nicht!

Ihm gruselte sichtlich vor Franziskas unerhört blutigem Bild, und das Andenken an die Begegnung Davids mit dem Mensendieck-Turner machte ihm auch zu schaffen; die Sache mit dem unsichtbaren Kollegen schien er nicht zu begreifen, dann aber fand er etwas, wo er zupacken konnte: David war da zu sehen, in einer Menschenmenge, die auf den

Knien lag, David lag auch auf den Knien, unter ein mächtiges Doppelholz gebeugt, ein Kreuz, wenn nicht alles täuschte, und auch die anderen Menschen schleppten sich, wenn nicht doch Trug im Spiel war, mit christlichem Symbolholz.

Herbert Bleck deutete auf die Abbildung und fragte erstaunlich behutsam: »Aufbaueinsatz?«

David lachte, und er dachte dabei: Wenn die Frage ein Trick ist, dann hat der Neue doch was unter der Weste, und wenn sie ihm Ernst ist, dann sind wir ihn bald wieder los, und er sagte: »Nein, und in einem gewissen Sinne doch, ja, das hängt hier sehr vom Standpunkt ab, von unserem Standpunkt aus ist es mehr was Mittelalterliches; das ist eine Prozession, weißt du.«

»Schien mir doch gleich so«, sagte Bleck, »nur, wie kommst du dann da unter die Gläubigen, Genosse Groth; ich meine doch, du bist Parteimitglied, wie gerätst du da unter die Pilger?«

Gabelbach hatte seine Beschäftigungspantomime aufgegeben und hörte mit einem unfrommen Lächeln zu. Das brachte David in eine Klemme. Er war nicht für den forschen Neuling, aber der war sein Genosse und hatte seinen Auftrag von der Partei; da mußte man ihm helfen. Und Gabelbach brachte ihn oft in Rage, vor allem, wenn er sein Spruchbanner schwenkte, auf dem geschrieben stand: Ich bin parteilos! Zugleich aber wußte David, wieviel er dem ewig nörgelnden Fotografen zu danken hatte und daß er ohne ihn wahrscheinlich nicht weit hineingekommen wäre in die Neue Berliner Rundschau, die eben doch in manchem das vom Botenmeister Ratt beschriebene Troja gewesen war.

Aber er selbst hatte dies Renkontre mutwillig herbeigeführt; da mußte er nun durch. Er sagte, so leichthin ihm das vom Mund gehen wollte: »Wie gerät man unter die Pilger, wenn man Journalist ist? Weißt du, Genosse Bleck, das geht manchmal ganz schnell, zumal, wenn man sich noch nicht so auskennt. Du siehst dir so einen Umzug genau an, weil du ihn genau beschreiben willst, und du denkst dir: Mal hören, was die Leute sagen, die da mitmachen!, weil das zum genauen Beschreiben gehört; du mischst dich also in den Zug, und wenn dann die Straßen enger werden und die Reihen der Wallfahrer auch, dann merkst du plötzlich: Jetzt bist du unter die Pilger geraten.«

»Das ist mir schon verständlich«, sagte der Chefredakteur, »natürlich, die Ideen – hier einmal abgesehen von ihrem Gehalt –, diese treten in Erscheinungen zutage, und eine Analyse der Erscheinungen, das ist schon richtig, aber wir wissen: Man darf sich von den Erscheinungen nicht erdrücken lassen. Dies Bild da jedoch, welches man sozusagen als festgehaltene Erscheinung definieren könnte, scheint mir zu zeigen, daß du dich in diesem Falle von den Erscheinungen hast erdrücken lassen, was mir als bedenklich erscheint, zumal wenn ich das Kreuz als die Erscheinung einer uns fremden Idee definiere.«

»Jaja«, sagte David, »das Ding hat mich wirklich beinahe erdrückt, das war ein schöner Brocken. Aber weißt du, da hatte ich schon keine Wahl mehr. Ich sagte ja schon: Die Straßen wurden immer enger; je näher man an die Wallfahrtskirche herankam, um so mehr verwandelten sich die Straßen in Gassen, da war ich wirklich unter die Pilger geraten, der Ausdruck hat schon den richtigen Nebensinn. Wenn ich gewußt hätte, daß sie zwei Ecken weiter mit so einer Erscheinung der christlichen Idee auf mich warteten, hätte ich noch versucht herauszukommen, aber, wie du schon sagst: Es war erdrückend, und selbst wenn ich gewollt hätte, es wäre nichts geworden, und eine Ecke weiter mußte ich auf die Knie.«

»Siehst du«, sagte Bleck, »da haben wir es: Du mußtest auf die Knie! Wieso mußtest du? Ich meine, diesen Vorgang kann man in doppelter Hinsicht als erniedrigend definieren. Einmal von der Idee her und dann auch rein räumlich gesehen.«

»Ich habe es damals vor allem rein räumlich gesehen«, sagte David und fragte sich, ob es unbedingt vonnöten sei, diesen scharfen Denker nun auch noch zu foppen, »aber ich glaube, Erniedrigung oder nicht, da blieb mir gar nichts. Mitgegungen, mitgesungen!, weißt du. Wenn ich aufrecht geblieben wäre, um das einmal in doppelter Hinsicht zu definieren, da hätten die mich auseinandergenommen, nehme ich an. Weißt du: Oberbayern, Altötting, enge Gassen fromm belebt, lieber nicht. Als Idee ist das schon richtig, aber die Gasse war voller kräftiger Erscheinungen, da blieb nur: Reingerochen, mitgekrochen!«

»Das war auch noch im Westen?« fragte Bleck, ehrlich erschrocken und nun doppelt wachsam. »Und da hast du dich unter ein Kreuz zwingen und dabei fotografieren lassen? Ist das hier ausdiskutiert worden?«

»Ist es«, sagte David, »darin sind wir stark. Erfolge, Niederlagen, Erscheinungen, Ideen, wir diskutieren alles, sonst stumpfen einem die Zukunftsfühler ab. Nein, nein, meine Erniedrigung ist diskutiert worden, das ist rausdiskutiert worden, raus aus der Zeitung und ran an die Wand. An dieser Wand, mußt du wissen, hängen fast nur Sachen, die rausdiskutiert worden sind. Man könnte diese Bilder hier als festgehaltene Erscheinungen definieren, die einen auf falsche Ideen bringen könnten.«

»Dann werden wir diese Wand gleich mal ausdiskutieren«, sagte der neue Chef, »da scheint ja eine merkwürdige Konzeption ausgebreitet zu sein an dieser Wand, aber du wolltest gerade entwickeln, wie du unter das Kreuz gekommen bist, wie man in doppelter Hinsicht sagen könnte. Du hattest bisher entwickelt, wie du auf die Knie gezwungen wurdest, und wo trat nun das Kreuz in Erscheinung?«

Gabelbach hatte sich gerührt, als die Rede von der Konzeption seiner Wand gewesen war, aber jetzt saß er wieder still da, und David wußte: Er genoß den Spaß.

David sagte: »Das Kreuz trat an der nächsten Ecke in Erscheinung. Aber da man In-Erscheinung-Treten in doppelter Hinsicht definieren könnte, einmal als einen Begriff aus der Ideenwelt und einmal als einen aus dem optischen Bereich, muß ich sagen, beides trifft nicht recht. Für Ideen hatte ich den Kopf nicht frei, weil mir die Knie weh taten, ich hab ziemlich spitze Knie, weißt du, die sind nichts fürs Wallfahren, und meine Optik, Gott: Da war vor allem ein grüner Lodenrücken vor mir, und die Knie können einem so weh tun, daß es auf die Augen schlägt! Und dann hievte mir einer das Kreuz auf die Schulter. Die müssen die aus einem Fenster gereicht haben; ich weiß gar nicht, wo die sonst hergekommen sein sollen. Der Lodenrücken hatte auch eins, und seins bumste immer gegen meins, und so ging es rum um die Wallfahrtskirche von Altötting in Oberbayern. Ich sag dir: Religion ist auch nicht einfach.«

Den Chefredakteur Bleck hatte dieser Bericht sichtlich mitgenommen; er sagte, ohne alle Schärfe, fast resignierend vor dem so vorgefundenen Menschen David Groth: »Und das ist ausdiskutiert worden?«

»Ja, richtig aus.«

»Und das Bild da, das ist auch ausdiskutiert worden?«

»Ja, aus und raus.«

»Nun gut, das sind gewesene Sachverhalte«, sagte der neue Mann, »ich denke, es sind die richtigen Schlußfolgerungen daraus entwickelt worden, nur: Ist auch geklärt worden, wie es zu der Erscheinung des Bildes gekommen ist? Es muß doch in deiner unmittelbaren Nähe angefertigt worden sein, und die Frage ist: Mit welcher Absicht, auf der Grundlage welcher Idee? Ist das geklärt worden?«

»Da war nichts zu klären. Das Bild hat der Kollege Gabelbach gemacht, oder angefertigt. Das war eine Leistung, weißt du; der Kollege Gabelbach hatte zwar kein Kreuz zu schleppen, aber bei dem Gekrieche so ein Bild zu schießen, das war eine Leistung, finde ich.«

»Ich glaube zu verstehen«, sagte Bleck, und sein Ton gewann deutlich an Schärfe. »Sie waren mit! Darf ich erfahren, wie Sie so ein Bild anfertigen konnten?«

Endlich war Gabelbach von der Leine los. »Ich konnte so ein Bild anfertigen, Herr Kollege, weil ich das gelernt habe«, sagte er voll Galle, »Sie mögen es noch nicht bemerkt haben, denn es ist in diesem Hause alles ein wenig unübersichtlich, aber ich bin Fotograf, wenn Sie verstehen, was ich meine.

Sollten Sie aber glauben, es nicht zu verstehen, so fragen Sie nur. Es ist Usus im Hause.«

Bleck nahm ihn fast freudig an. »Da Sie von Usus reden: Wie paßt eine Bildersammlung wie diese in den Usus eines fortschrittlichen Publikationsorganes? Wenn es im Lateinischen heißt: Usus est tyrannus, so scheint es mir hier dahingehend übersetzbar zu sein, daß die schlechte Gewohnheit, in Ihrem Falle die Gewohnheit, schädliche Bilder zu sammeln, zu schlimmen Folgen führt, im Falle dieser Wand zu einer schädlichen Konzeption!«

»Konzeption«, sprach Gabelbach, auch er erfreut, »da wären Sie ja nun durch alle Wirrnis hindurch bei diesem nützlichen Begriff, da wollen Sie bitte so freundlich sein, mir die Konzeption dieser meiner Sammlung darzulegen, da hätte ich gar zu gerne Aufschluß.«

»Den bekommen Sie«, erwiderte der Chefredakteur, »den bekommen Sie in aller Offenheit: Ich halte Ihre Sammlung für eine Erscheinung, der eine zynische Idee zugrunde liegt. Wenn es der Anstand verlangte, die im Verlaufe der Entwicklung aufgetretenen Fehler als unvermeidliche Folge des Tatbestandes zu behandeln, daß die zu leistenden Arbeiten nur mit den in einem bestimmten Zustand vorgefundenen Menschen in Angriff genommen werden konnten, die Fehler also als Erscheinungen eines Übergangsstadiums aufzufassen und zu definieren wären, unternehmen Sie es, diese Fehler in einen Zusammenhang zu bringen, diesen zur Schau zu stellen und damit zu Schlußfolgerungen aufzufordern, welche in unvermeidlichem Gegensatz zum Entwicklungsgedanken stehen. Eine solche Konzeption nenne ich eine zynische, und die ihr zugrunde liegende Philosophie nenne ich eine Hundephilosophie, abgeleitet von griechisch Kyniker, der Hündische, oder von Kynosura, der Hundeschwanz. An dieser Wand ist sozusagen der Hundeschwanz unserer Entwicklung zur Erscheinung gebracht worden, aber, so stelle ich die Frage: Wo ist der Hund?«

Da David ahnte, daß Gabelbach bereit sei, einige den Hund betreffende unfeine Vorschläge zu machen, und da er fürchten mußte, dies alles werde mit einer Explosion enden, sagte er rasch: »Genosse Bleck, Kollege Gabelbach, darf ich einmal? Ich habe das Gefühl, es wird jetzt zu speziell, Hundeschwanz auf griechisch, da kann ich nicht mit. Das ist ein bißchen sehr zugespitzt, finde ich. Ich glaube, dieser Meinungsaustausch hat nicht die richtige Zielsetzung. Was ist unsere Aufgabe, Ihre, Kollege Gabelbach, deine, Genosse Bleck, meine? Was ist unsere gemeinsame Aufgabe? Kurz gefaßt: die Neue Berliner Rundschau. Was aber diskutieren wir? Die fast privaten Beiprodukte der Neuen Berliner Rundschau, die manchmal humoristischen, manchmal auch nicht so humoristischen Abfälle. Wir haben eine Großdreherei in Betrieb zu halten und diskutieren die Späne. Weißt du, Genosse Bleck, wir haben hier jetzt die siebzehnte Brechung einer Nebenerscheinung am Wickel und verlieren die Idee aus dem Auge. Wissen Sie, Kollege Gabelbach, ich kenne Leute, denen haben Sie mit diesen und jenen kleinen und großen Hinweisen aus mancher Wirrnis geholfen, und das ist dann der Zeitung zugute gekommen. Ich weiß gar nicht, warum wir davon abkommen sollten. Für die Rundschau wäre es jedenfalls nicht so gut.«

»Selbstverständlich bin ich bereit, die Auseinandersetzung auf prinzipieller Basis zu führen«, sagte Herbert Bleck, »das ist ein Erfordernis, um die Idee nicht auf den Hundeschwanz geraten zu lassen. Stellen wir also nicht die Frage, warum dieses Wallfahrtsfoto hier an der Wand hängt, stellen wir die Frage, warum es überhaupt angefertigt wurde. Mit einer solchen Fragestellung wird eine prinzipielle Klärung möglich, und die scheint mir erforderlich.«

»Erforderlich scheint sie mir auch«, antwortete Gabelbach, »ob sie möglich ist, vermag ich nicht zu sagen. Ich versuche es: Der junge Mann hier, Assistent für viele Gelegenheiten, ist seit einigen Jahren bei dieser Zeitung; ich bin seit einigen Jahren bei dieser Zeitung. In diesem Haus entwickeln sich keine gelehrten Köpfe, aber ein Quantum Geschicklichkeit ist auf die Dauer unvermeidbar, und dieser oder jener Einsicht kann man sich nur auf Zeit versperren.

Um aber nicht in unübersichtliche Gewässer zu geraten, wollen wir bei dem Fall bleiben, dessen nochmalige Klärung Ihnen so dringlich scheint. Es handelte sich um etwas, woran keine Zeitung auf immer vorbeikommt, um eine Reportage. Reportieren, Sie werden es wissen, erlaube ich mir zu denken, reportieren wird allgemein als berichten begriffen, zunächst aber heißt es nichts weiter als: zurückbringen. Ein Reporter muß, bevor er berichten kann, etwas zurückbringen: Eindrücke, Erfahrungen, Ansichten, Einsichten, Wahrnehmungen sinnlicher Natur, Bestimmungen gedanklicher Natur. Er ist ein Sammler, bevor er ein Ordner sein kann.

Zum Elementaren mag das genügen. Jetzt eine gegebene Situation: Zwei Mitarbeiter der Neuen Berliner Rundschau gehen auf eine Reise, dienstlich, Sie werden das verstehen, mit Passierpapieren versehen, mit dem nötigen Gelde und mit einem Auftrag. Dieser lautet: Macht einen Bericht über den anderen deutschen Staat, zeigt, was dort anders ist als hier, anders, weil ganz neu, oder anders, weil uralt; zeigt die Unterschiede! Die beiden Mitarbeiter gehen an die Arbeit – neben das Wort Arbeit möchte ich eine Markierungsboje setzen –, sie beginnen im Norden des westlichen Landes, reden, ich will es Ihnen ein wenig anschaulich machen, mit Marschbauern über Kohlpreise und erfahren so etwas über die Praxis der europäischen Marktwirtschaft; sie stoßen vor einer Jugendherberge hinterm Nordseedeich auf die Glocke des Reichsnährstands, einen monströsen Klangkörper mit monströsen Hakenkreuzen und monströsen Sprüchen, worüber sie später berichten werden, was dann zur Folge haben wird, daß trotzige Jungbauern, die in der Schule den ›Werwolf‹ von Hermann Löns gelesen haben, über Nacht die Glocke vergraben für spätere nationale Tage; die beiden Mitarbeiter der Neuen Berliner Rundschau gelangen dann in die Stadt Hamburg und wohnen dort einer Versammlung der Deutschen Reichspartei bei, wo ihnen Antwort wird auf die Rednerfrage: ›Was wünscht sich der Germane?‹; sie besichtigen eine Fliegerkaserne am selben Orte und werden für journalistische Wehrhelfer gehalten, was der Offenheit des Gesprächs durchaus förderlich ist und damit auch den Einsichten in das, was mit einem Schönwort Innere Führung heißt; sie – die Reporter, wie Sie sicherlich immer noch verstehen werden – erwerben zwei Sitzplätze im Evangelisationszirkus von Billy Graham, das ist schon im Ruhrgebiet, und werden Zeugen erstaunlicher Rhetorkunst und einer traurig erstaunlichen Lenkbarkeit von Leuten, die im Zentrum modernster Industrie zu Hause sind; die beiden Mitarbeiter lassen sich dann zu Köln am Rhein von einem freundlichen Bibliothekar der Ford-Werke mitteilen, warum der Herr Ford soviel Geld für freundliche Bücher ausgibt: weil sie, das sagte der Mann, den unfreundlichen Klassenkampf vergessen machen; und schon sind die beiden Mitarbeiter der Neuen Berliner Rundschau in Wiesbaden und erschleichen sich dort – den Ausdruck erfordert die Wahrhaftigkeit – Zutritt zum Kulturkongreß der SPD und müssen die Ohren offenhalten auch bei Carlo Schmid; dann mengen sie sich in Frankfurt unter die Traditionalisten vom Afrika-Korps und in München unter neofuturistische Maler, rasten in Garmisch auf der Partnach-Alm, wo einem von beiden ein optischer Fehler unterläuft, der ihm noch Kummer bereiten soll; und zum Ende ihrer Reise finden sich die beiden Mitarbeiter im oberbayrischen Altötting, sie sehen sich das Tilly-Grab an, und der eine hält dem anderen einen gewieften Vortrag über die Schlacht bei Breitenfeld, wo, wie der andere seither weiß, der alte Tilly einer neuen Gefechtstaktik des Königs Gustav Adolf von Schweden zum Opfer gefallen ist, aber, Taktik hin, Strategie her, die beiden, von denen die Rede ist, und Sie werden sicher noch wissen, von wem hier die Rede ist, die beiden Mitarbeiter der Neuen Berliner Rundschau, vorsichtshalber sei diese genauere Markierung doch eingefügt, besinnen sich: Sie sind nicht der Militärhistorie wegen hier, eher ist es Zeitgeschichte, die von ihnen einen Beitrag will, sie sind am Platze der Arbeit wegen, ich versah das Wort wohl bereits mit einem Markierungsfähnchen, sie sollen berichten, was anders ist zwischen Eider und Inn, sollen reportieren, etwas zurückbringen über Alt und

Neu dortzulande, und deshalb müssen sie sammeln auch in Altötting, Altötting hat mehr zu bieten als Johann Tillys Grab. An diesem Tag, am Ende einer langen Arbeitsreise hat Altötting eine Prozession zu bieten, und nun kann sich der andere Mitarbeiter ein wenig revanchieren bei dem einen für dessen Vortrag über die Taktik des Schwedenkönigs, kann nun seinerseits, weil er sich zufällig auskennt mit den Bräuchen der katholischen Kirche und hier ausnahmsweise von dieser Kenntnis Äußerung tun darf, da es der Arbeit zugute kommt, kann nun seinerseits den langen historischen Weg der Prozessionen mit einigen Markierungen versehen und deutlich machen: Die beiden, die Mitarbeiter der Neuen Berliner Rundschau, täten im Sinne ihres Auftrags gut daran, dem frommen Umgang genauestens zuzusehen und zuzuhören. Den Rest, will ich zu hoffen wagen, erinnern Sie noch, und zu sagen wäre nur: Wir hätten den Stecken nehmen dürfen, wären wir hier unserer Pflicht nicht gefolgt.

Und zu sagen wäre noch: Einen Reporter und einen Agitator unterscheidet dieses und jenes. Wenn ich da einige Andeutungen machen darf: Ein Agitator – ich spreche jetzt nur von diesem, den Konterpart werden Sie sich selber zurechtlegen können, will ich vermuten – hätte weder dem Kohlbauern noch dem Ford-Bibliothekar schweigend zuhören dürfen; seine Arbeit wäre es gewesen, Aufschlüsse zu liefern über den Charakter der europäischen Marktwirtschaft und über das Ethos der Literatur; er hätte feurio! rufen müssen beim Anblick der Hakenkreuzglocke und der sehr lebendigen Reste des Afrika-Korps; er hätte Billy Grahams Opfer aus der Trance und Carlo Schmids Genossen aus dem Schlafe schreien müssen; seine Losung in der Fliegerkaserne wäre gewesen: Kampf dem Atomtod!, und die alten Germanen hätte er fragen müssen, was sie jüngst mit jungen Semiten getan. Hätte er dieses oder ähnliches nicht unternommen, er hätte seinen Stecken nehmen dürfen.

Der Reporter jedoch – Sie werden mir diese kleine markierende Einhilfe genehmigen –, der hätte, wäre er auf solches verfallen, leider seinen Beruf verfehlt. Er hätte ihn übrigens auch verfehlt, wenn er nicht ständig versucht wäre, aus der Rolle zu fallen und Widerspruch zu sagen gegen Unvernunft und Gedankenwirrwarr und Schreckenstat; es läge dann, wäre er in solchem Falle nicht zum parteilichen Wort versucht, eine Bewußtseinsstumpfe in ihm vor, und da sollte man ihm den Stecken geben, weil Bewußtseinsschärfe erforderlich ist in diesem Beruf.

Aber das war nur ein markierendes Übrigens. Ich komme auf die Verhaltenspflicht des Reporters zurück, wenn Sie diesen Fingerzeig erlauben; sie läßt sich fassen in den überraschend schlichten Satz: Und halten sollst du dich so, daß du deine Arbeit tun kannst, umsichtig, eindringend und unbeirrt auf die Wahrheit hin. Das aber heißt – ich hoffe, ich habe die Konzession zu dieser Erläuterung –, es heißt für den Fall, ein Reporter hat sich unter Rommels Wüstenfüchse oder auch unter fromme Pilger gebracht, Ohren auftun, Augen auftun und den Mund nur zu listigem Fragen, es heißt: sammeln, häufen, scharren, fassen, erraffen und speichern: Worte, Töne, Laute, Gebärden, Gesten, Haltungen, Gesichter, Augen, Münder, Fußstellungen, Krawattenmuster, Automarken, Siegelringe, Syntax, Vokabular, Rauchgewohnheiten, Händedrücke, Haartrachten, Hutformen, es heißt Antwortsuche auf die Fragen: wer, wann, wo, wie und, wenn das zu haben ist, warum?

Und den Stecken für den Zeitungsmann, der das vergißt!

Vergißt er es aber nicht, sehr geehrter Herr, hat er getan, was seine Arbeit war, und begibt er sich nun nach diesem Teil getaner Arbeit an einen weiteren Teil von Arbeit, ans Sichten des Zurückgebrachten – Sie haben es sich womöglich gemerkt: reportieren, soviel wie zurückbringen –, dann sieht er sich vor Brauchbarem und Unbrauchbarem, beides bestimmt von diesem und jenem her – lassen wir das jetzt unerörtert, sonst verzweigt sich unser Fluß doch noch in ein unübersichtliches Delta, in dem Sie sich trotz der Markierungsbojen, die ich hier und da gesetzt zu haben glaube, verlieren müßten –, der Berichterstatter sieht sich vor die Wahl gestellt vielmal, und dies sind die Stunden seines lauten Zornes, weil sicher ist: Was er für Kleinodien hält, gilt anders als Tinnef; wo er Pretiosen sieht, sprechen die anderen von Talmi; da heißt es Abschied nehmen.

Nehmen wir folgenden Fall: Da hat ein Mitarbeiter der Neuen Berliner Rundschau einen anderen Mitarbeiter der Neuen Berliner Rundschau bei einer Gelegenheit fotografiert, die – soweit lassen sich Lebensgänge überschauen – wohl nimmer wiederkehrt: Der Mann, ein junger Mann, ein manchmal fast militanter Atheist, ein Parteimensch aufklärerischen Geistes, liegt, rutscht, wie das Bild beweist, auf den Knien unter einem kantigen Symbol christlicher Gesinnung über das Pflaster vor der Wallfahrtskirche von Altötting, und es ist ihm – soweit erstattet das Bild noch Bericht – nicht recht.

Die Aufnahme wird nicht veröffentlicht – ich will Sie mit einer Aufzählung der Gründe nicht verwirren –, die Aufnahme wird nicht veröffentlicht.

Ist sie deshalb ein Nichts geworden, ein Unbild gar, das zu vernichten wäre?

Nicht für mich, Herr! Für mich ist sie ein Teil meiner Arbeit, ein heiterer Teil meines Lebens, ein Beleg zu meinem Glauben, daß nichts unmöglich sei, sie ist ein Stück von mir und auch ein Stück von meinem Nebenmenschen, diesem jungen Manne hier, mit dem zu arbeiten ich seit längerem das Vergnügen habe. Wir beide, Sie, mein Herr, und ich, wir beide werden, fürchte ich, aneinander nicht das geringste Vergnügen haben, es sei denn, Sie gingen hin und täten das eine, das einzige, womit Sie mir wirklich imponieren könnten: Sie setzten sich hin und lernten ein wenig hinaus über den griechischen Hundeschwanz und täten am Ende gar gescheite Arbeit. Das wäre gut für Sie, das wäre gut für die Rundschau, gut für uns alle, und gut wäre auch, Sie behielten eines im Auge: Ihr Start hier, Herr, der war wirklich hundsmiserabel!«

Das war Fedor Gabelbachs längste Rede, das war Herbert Blecks längster Aufenthalt im Bildlabor, das war Davids längste Atemnot unterm Dach der Neuen Berliner Rundschau.

Doch wie der Start gewesen war, so ging es auf der Strecke weiter, ein ganzes Jahr.

Bleck verhedderte sich immer wieder in ein Gewirr aus scharfen Ideen und verdächtigen Erscheinungen; er kam mit den vorgefundenen Menschen nicht zurecht, und selbst Johanna, die zwar wilde, aber doch auch geduldige Menschenbildnerin, konnte diesen Bleck nicht modeln; der hatte keine Zukunftsfühler und nicht ein winziges Extraeckchen für Humor; der tönte so lange von Entwicklung, bis niemand sich mehr regen mochte, der ließ, als er endlich ging, nicht mehr zurück an Erinnerung als den jeden Uneingeweihten verwirrenden Hausbrauch, lateinisch auch Usus genannt, dem zufolge bei Sitzungen und Versammlungen an möglichst unpassender Stelle der Satz zu fallen hatte: »Die Verwandlung eines Menschen in einen Käfer ist für uns keine annehmbare Lösung!«

Das war alles und nicht gerade viel für einen Chefredakteur.

Denn der Chefredakteur Herbert Bleck hatte der Tugend nicht, die zu den höchsten in jenem Lande zählte, von dem die Neue Berliner Rundschau ein Abdruck war. Er hatte bei aller Geschultheit nicht verstanden, daß des Lernens niemals ein Ende sei.

So verschwand er fast spurlos aus dem Gedächtnis der Rundschau, und die Zeitung arbeitete weiter, wieder besser jetzt, ohne ihn.

Ein neuer Chef kam; der machte Kutschen-Meyer zum Fahrdienstleiter und hatte keine Furcht vor Gabelbach; der fragte David eines Tages, wer dieser verdammte Archipenko sei; der hatte, bevor er ins Haus kam, die Jahrgänge der Neuen Berliner Rundschau durchgesehen, und als er von Entwicklung sprach, empfahl er seinen Mitarbeitern das Studium einer entlegenen Weihnachtsnummer und der Wünsche, die eine Straßenbahnschaffnerin und ein Polizist im entlegenen Jahr fünfundvierzig geäußert hatten; der lernte bald, sich zu fürchten vor dem Ruf: Es fehlt noch was!, der war auch studiert und durchaus nicht unerfahren im Umgang mit Ideen und Erscheinungen, aber zunächst einmal saß er stille da und arbeitete sich langsam vor bis zu dem Satz: So ein Verlag ist ein Betrieb besonderer Art.

Und auch dieser Chef blieb nicht lange, und mit ihm ging das so: Da er wußte, daß er neu war, ging er behutsam durch das Haus und merkte sich die Besonderheiten und kam dahinter, warum Johanna Müntzer in der Redaktion Penthesilea hieß und in der Rotation Petersilie, kam hinter die Prinzipien, nach denen Gabelbach Bilder sammelte, und hinter dessen Tick, von Wirrwarr zu reden, wenn vom Organisationsaufbau der Rundschau die Rede war, kam zu Kenntnissen über die Ehegeschichte der Kaderleiterin Carola Krell und die homerische Beredsamkeit des Botenmeisters Ratt, kam dank Fräulein Lilo aufs laufende über Leserbriefe und die prägende Art von Fachleuten, und dank Kutschen-Meyer kam er aufs laufende über den Unterschied zwischen Intellektuellen und fortschrittlichen Intelligenzlern.

Und mit dem Besonderen faßte er auch das Allgemeine: die Umlage-Bräuche, den Kampagnen-Zyklus, die kleinen Brigaden-Kriege, die großen Schlachten um eine zusätzliche Reinemachefrau, den unregelmäßigen Rhythmus zwischen Planziel und Planziel, das Gebirgsprofil der Arbeitsproduktivität, die Prämientänze und die Wortmusik zum Internationalen Frauentag, die Großmacht Hauptbuchhalter und die Allmacht der Vereinigung Volkseigener Betriebe, kurz und harmlos VVB genannt.

Diese, gerade diese und ihre Allmacht und die Unerforschlichkeit ihrer Ratschlüsse erfaßte er besonders gut, denn eben als er zu glauben begann, nun einiges zu wissen vom Wesen seiner neuen Arbeitsstätte, eben da, nach einem Jahr, rief man ihn ab von seinem Posten, ein anderer, höherer wartete schon auf ihn.

So ein Verlag ist auch nur ein Betrieb.

## 8

Zur Amtszeit des Nachfolgers des Nachfolgers des Nachfolgers von Kutschen-Meyer, zur Amtszeit des dritten ordentlichen und ausübenden Chefredakteurs der Neuen Berliner Rundschau also, fand David im Wirtschaftsdienst vom ADN eine Meldung, die ihm sehr gefiel.

Nach der geltenden Ordnung hätte er sie Jochen Güldenstern zuleiten müssen, denn der war für Wirtschaft zuständig, und auf Zuständigkeiten wurde seit dem Amtsantritt des dritten Nachfolgers sehr gehalten. Aber David nahm die Meldung an sich und ging zu Johanna Müntzer. Auch das war nicht in der geltenden Ordnung. Ordentlich war es vielmehr, daß, wer eine Idee hatte, diese in der Wochenberatung oder in dringenden Fällen sogleich und zuerst dem Chefredakteur vortragen mußte. Das hatte seine Logik; es straffte die Organisation, erhöhte die Operativität, stärkte die Stellung des Chefs und dämmte den Einfluß Penthesileas ein.

David nahm an, gerade dieser Punkt sei im Auftragskatalog des dritten Nachfolgers nicht gerade der allerletzte. David verstand das, und halben Herzens billigte er es sogar. Wenn Johanna »jetzt hier« sagte, und sie sagte es immer noch sehr gerne, klang es immer noch wie die Beschreibung einer Wüstenei oder doch eines Minenfeldes, und die Skepsis gegen ihre Mitbürger hielt sich immer noch die Waage mit dem Vorsatz, ein neues Menschenbild zu formen. Die AIZ war ihr Fetisch geblieben und die Verirrungen zu Archipenko hin das große Schrecknis, und sie versuchte weiterhin, sich und andere auf die Beispiele der Großen Jahre zu orientieren, auch dort, wo die Großen Jahre schon aus historischen Gründen gar kein solches Beispiel hatten herleihen können.

Sie selbst blieb dennoch für David ein Beispiel, auf das er immer sah. Mochte sie ihn auch manchmal mit ihrem Argwohn gegen alles, was in den Großen Schriften nicht vorgesehen war, zur Verzweiflung getrieben haben – sie hatte ihn gezwungen, sie zu überzeugen, sie hatte ihn zum Denken gezwungen, zum Nachdenken und auch zum Vorausdenken.

Mochte sie auch oft über ihn hergefallen sein als Penthesilea – sie hatte ihn geschützt vor mancherlei Gefahr; vor der Gefahr des Hochmuts, der ein Partner zu sein schien der Geschicklichkeit, mit der David mit Worten umzugehen lernte; vor der Gefahr des Kleinmuts, der über ihn kommen wollte, wenn vor seinen Augen ein Traum oder, schlimmer noch, ein Stück Arbeit zu den Wolken verdampfte; sie hatte ihn zu schützen gesucht, nicht immer erfolgreich, aber doch so, daß er dem Selbstzweifel offenblieb; hatte ihn schützen wollen vor Eitelkeit, Siegestrunkenheit, Wehleidigkeit, Überschätzung seiner Kräfte, Unterschätzung seiner Kraft, blinder Hingabe und augenblitzender Kommandofreude.

Sie hatte ihn mit List vor Höhenrausch und Tiefenrausch bewahrt, indem sie ihn über Jahre in der Mitte hielt, ihn nicht aus der merkwürdig vag umrissenen Dienststellung eines Assistenten entließ, in der er gelegentlich zwar der mächtige Arm der Herausgeberin sein konnte, immer aber der Arm nur blieb von Johanna Müntzer.

Der dritte ordentliche und ausübende Inhaber des Spitzenplatzes im Impressum hatte auch dies geändert; ein wenig zwar nur, aber doch so, daß etwas mehr Ordnung ins Haus kam und etwas weniger Einfluß aus dem Büro der Herausgeberin in die Geschäfte der Redaktion. Im Stellenplan hieß David nun nicht mehr Assistent der Herausgeberin, sondern Redaktionsassistent, und die Weisungsberechtigung an ihn hatte der dritte Nachfolger selber inne.

David merkte bald, worauf das hinauslief; während er vorher eine Art Redakteur zur besonderen Verfügung gewesen war, vornehmlich zur Verfügung Penthesileas, und beinahe nach Herzenslust auf allen möglichen Hochzeiten hatte herumtanzen dürfen, wurde er jetzt mehr und mehr mit organisatorischen Aufgaben befaßt.

Auch das hatte seine Logik, denn unter den Oldtimern der Rundschau war er eine alte Hand, wußte um die Maschinerie des Hauses und den Mechanismus des Geschäfts und mußte dem dritten Nachfolger, der aus einer Tageszeitung gekommen war, hochwillkommen sein. Aber während David die allgemeinen Neuerungen zumindest halben Herzens billigte, sperrte er sich gegen diese spezielle Änderung aus ganzem Herzen. Er begriff, der Apparat bedurfte der kundigen Wartung – der hatte an Umfang gewonnen und wurde komplizierter mit jedem Jahr und war mit Faustregeln nicht mehr zu beherrschen –, aber er war Journalist und kein Verwaltungstechniker; er wollte sehen und hören und schreiben und nicht Akten durchsehen und Buchhalters Klagen hören und Grundmittelanforderungen schreiben.

Deshalb gefiel ihm die Meldung im ADN-Wirtschaftsdienst, deshalb leitete er sie nicht zu Jochen Güldenstern, deshalb ging er mit der Idee, die an der Meldung hing, nicht zu Nachfolger III und wartete auch nicht bis zur Wochenberatung, deshalb nahm er das Fernschreiberblatt und ging zu Johanna Müntzer.

»Ich hab was«, sagte er, »soll ich es vorlesen?«

»Das wird faul sein«, sagte sie, »wenn du zu mir damit kommst, wird es eine Intrige sein, natürlich eine positive Intrige, wie du so etwas nennst, aber positiv wird sie sein, sonst kämest du nicht zu mir; dann lies vor, du Mensch!«

David las: »Auf Einladung der British Gunsmith Association wird sich die volkseigene Jagdwaffenindustrie der DDR an einer Jagd- und Sportwaffenschau in London beteiligen.«

Sie überlegte, nickte und sagte dann: »Manchmal möchte man sich versündigen und rufen: Dieser verfluchte Klassenkampf! Da müssen wir nun auch noch mit Mordwaffen prahlen jetzt hier, damit man draußen einen Blick wirft auf die Republik; versündigen möchte man sich da!«

»Jagd- und Sportwaffen«, sagte David sanft.

»Daß dir nicht die Zunge zerreißt bei so einem Wort: Sportwaffen! Ich bin für den Sport; ich habe mehrere All-unionsspartakiaden gesehen … ach was, und du willst da hin zu diesen britischen Kanonenkönigen?«

»Die Gunsmith Association hat nichts mit Kanonen zu tun; das sind Büchsenmacher, die haben mit …«

»Ja, ich weiß, mit Sportwaffen haben die zu tun, ein sprachlicher Zynismus ist das, du weißt schon: Zynismus!«

»Ja«, sagte David, »ich weiß: Hundephilosophie.«

Sie lachten beide, dann fragte Johanna: »Und er weiß noch nichts davon?«

»Nein.«

»Und dieser ökonomische Mensch weiß auch nichts?«

»Jochen Güldenstern? Nein, der weiß auch nichts.«

»Und die Reportergruppe?«

»Auch die nicht. Es kam eben aus dem Schreiber.«

»Dann trag es morgen auf der Beratung vor, aber nicht so laut, hörst du, misch es unter Verschiedenes, aber mach dich gefaßt, es kostet Devisen, und es ist überhaupt ein Fall, bei dem alle mitzureden haben werden: der Buchhalter, die Reporter, der ökonomische Mensch, dieser Rosenkrantz, die Kaderleitung, Gabelbach wegen der Bilder aus Albion, die Außenminister auch, und natürlich er, der Genosse Chefredakteur; mach dich gefaßt!«

Sie hatte recht: Alle wollten mitreden, als die Gunsmith Association zur Sprache kam, auch wenn vorher beim allgemeinen Wochenplan nicht alle mitgeredet hatten.

Nachfolger III sah auf Ressortscheidung; es förderte die Effektivität, wenn zur Sache nur Fachleute sprachen, und an Fachleuten hatte es jetzt die Menge im Kollegium. So war die Rede in dieser Sitzung schön der Reihe nach und ruhig gegangen, bis David sein Verschiedenes verlesen und Johanna Müntzer sich aus dem Verschiedenen ein Item herausgefischt hatte, das sie zu interessieren schien: »Nicht so hastig, David, man kommt ja nicht mit. Möglich, daß andere mitkommen, aber ich bin etwas älter. Hast du nicht eben etwas von einer Industrieausstellung vorgelesen?«

»Industrieausstellung? Nein, davon war nichts dabei. Die gehörte auch nicht unter Verschiedenes, die hätte ich Jochen Güldenstern weitergereicht.«

»Aber du hast eben etwas von einer Ausstellung gesagt.«

»Ausstellung? Nicht daß ich wüßte, das heißt, doch, du hast recht, Genossin Müntzer, da ist eine Jagdwaffenschau, natürlich; entschuldige bitte, du hattest recht.«

»Gib mal rüber«, sagte Jochen Güldenstern, »das ist Leichtindustrie, da könnten wir ruhig mal wieder was machen.«

Gerd Korn von der Außenpolitik meldete sich: »Ich würde es auch gern sehen; soll es nicht in London sein?«

»Ich geb es dir«, sagte David, »ich suche es gleich raus, nur, weißt du, es waren, glaub ich, Jagdwaffen. Sind die auch Außenpolitik? Waffen, das möchte sein, aber Jagdwaffen auch?«

»Eindeutig Leichtindustrie«, rief Jochen Güldenstern, »schmeiß rüber, das muß sich die Wirtschaft näher ansehen.«

»Ansehen ist mein Stichwort«, sagte Gabelbach, »mag auch ungeklärt sein, ob es sich um Außenpolitik oder Wirtschaft handelt, das geht ohnehin unübersichtlich ineinander über, aber zum Ansehen ist so eine Jagdwaffenschau zweifelsfrei geeignet, und London ist dazu auch recht geeignet, aber ansehen kann man nur, was fotografiert worden ist. Machte ich mich deutlich?«

Helga Gengk von der Reportergruppe nickte ihm zu. »Sehr deutlich, Kollege Gabelbach, und ich unterstütze Ihre Ansicht: Es wäre ein schöner Gegenstand für eine Reportage in Wort und Bild; es böte sich mir schon ein Titel an: ›Suhl in Soho‹!«

»Ich weiß nicht«, sagte der dritte Chef, »das ist eine etwas gewagte Ideenverbindung: Suhl in Thüringen, im grünen Herzen Deutschlands, und dann diese englische Kneipengegend. Dieses Soho ist doch so ein Verbrecherviertel, und diese Ideenverbindung: DDR-Waffen in der britischen Gangsterhochburg, das müßte noch bearbeitet werden.«

»Seid ihr schon beim Bearbeiten?« fragte der Hauptbuchhalter. »Dann will ich mal mitarbeiten. Ich hatte zuerst den Eindruck, ihr redet über Verschiedenes, aber nun hört es sich an, als sollte es in den Plan. Das wird eine Devisenfrage, da will mein Ministerium eiserne Gründe hören.«

»Entwicklung der DDR-Wirtschaft«, rief Güldenstern, »Aufschwung, Ansehen, Stolz auf die ökonomischen Erfolge, Ansporn zu weiteren solchen.«

Gerd Korn unterstützte seinen Kollegen und fügte andere Gründe hinzu, die freilich mehr auf die Zuständigkeit seiner Abteilung verwiesen: »Entwicklung des DDR-Ansehens in der Welt, auch in der kapitalistischen, Außenwirtschaft, Außenhandel, Außenpolitik, Anerkennung; müßte doch reichen für den Finanzminister.«

»Finanzminister wollen etwas vor Augen haben«, sagte Gabelbach, »augenfällige Dokumentation der Wege, die das Geld genommen hat; man sollte dem Antrag einige Bilder von den Industrieausstellungen in Bangkok und Wien beifügen; da findet sich der Mann besser zurecht.«

Helga Gengk nickte ihm wieder zu und erinnerte an die Verdienste der Reportergruppe bei diesen und anderen Gelegenheiten und bedauerte nur, daß sie den fabelhaften Titel »Pankow in Bangkok« nicht durchbekommen hatte, weil dem dritten Nachfolger die Ideenverbindung zu gewagt gewesen war.

Der Hauptbuchhalter hörte allen so aufmerksam zu, als käme man ihm zum erstenmal mit solchen Gründen, dann sagte er: »Mich überzeugt ihr immer, nur, mir gehört das Geld nie. Es ist auch keines da. Pfunde! Die sind heute wie Milch bei Gewitter. Wenn man denkt: Bank von England, das war so verläßlich wie die Sternwarte von Greenwich. Wenn die in dem Land so weitermachen, wird man guttun, den Nullmeridian zu verlegen. – Pfunde sind nicht! Für zweie jedenfalls nicht. Einen kann ich beantragen.«

Noch ehe das Ressortkarussell wieder in Fahrt kommen konnte, sagte Johanna Müntzer: »Dann wird es keinen Sinn haben, dann leg das Blatt wieder unters Verschiedene, David. Bei einer Finanzfrage tritt der Mensch an seine Grenzen. Es ist natürlich schade, aber der Verzicht erspart uns auch einen Streit. Es ist nur gut, daß unser Sportmensch fehlt; er hätte schließlich auch noch mitzureden, wenn es eine Sportwaffenausstellung ist – war es nicht auch eine Sportwaffenausstellung, David?«

»Ja, eine Jagd- und Sportwaffenschau.«

»Dann ist es nur gut, daß er nicht da ist; Sport wäre ein sehr wichtiger Grund für den Finanzminister gewesen. Nein, David, leg es wieder unters Verschiedene, aus dem nichts zu machen ist.«

»Einen Augenblick«, sagte Chefredakteur III, »es schält sich vor meinen Augen doch zu einem wichtigen Komplex heraus, es ist eine sehr komplexe Ideenverbindung: Sport, Leichtindustrie, Außenhandel, Außenpolitik, Suhler Wertarbeit, bildhafte Darstellung unserer Rolle, Anerkennung, Vertretung der DDR auf einer internationalen Leistungsschau, es könnte immerhin ein wichtiger Beitrag sein. Solche Dinge standen bei der letzten Beratung im Mittelpunkt, Genossin Müntzer.«

»Ich war nicht dabei«, sagte Johanna, »aber ich glaube es. Nur, wenn wir für zweie nicht die Pfunde haben, ist das Geld für einen zum Fenster hinaus. Außerdem, das sehe ich jetzt erst: Es ist wohl mehr eine Fachausstellung; wie heißen die Leute, David, die das veranstalten?«

»Das ist die British Gunsmith Association.«

»Ja, das klingt sehr fachmännisch. Mit den Menschen muß man sich wohl sehr fachmännisch unterhalten können, anders wäre es nicht gut für unser Ansehen; solche Fachleute sind sehr eigen, nicht wahr, Lilo, meinst du nicht auch?«

»O ja!« rief Fräulein Lilo. »Sehr prägend zwar, aber auch sehr eigen!«

»Seht ihr«, sagte Johanna, »dann hat es keinen Zweck, oder verstehst du etwas von Waffen, Helga? Und unser

Ökonomiemensch auch nicht, oder doch? Und die Außen-
politiker? Oder Kollege Gabelbach? Nein, nein, das braucht
niemanden verlegen zu machen, ich verstehe auch nichts davon. Wißt ihr, es war so eine Tradition zu meiner Zeit; wir
haben noch mit Berta von Suttner ›Die Waffen nieder!‹ gerufen, und ich erinnere mich, welche Schwierigkeiten mein
guter Bertram hatte: Kaum hatte er sich von Archipenko
gelöst, da hieß es: Kunst ist Waffe!, das ist ihm nicht leicht-
gefallen, und anders als in diesem Verstand hatten wir auch
keinen Umgang mit Waffen …«

»Ja, ja, das ist ganz interessant«, sagte der dritte Chefredakteur, »nur wird es jetzt etwas komplex. Ich sehe aber
ein: Für diese Aufgabe brauchten wir einen Spezialisten, und
den haben wir nicht, da hat es wenig Sinn; ich denke, wir machen weiter.«

»Ja«, sagte Johanna, und daran, daß sie ihre Tasche vom
Tisch nahm und den Griff mit beiden Händen fest umklam-
merte, sah David: Sie holte zum entscheidenden Schlage aus.
»Es wird uns nichts anderes bleiben, weil wir keinen Fachmann haben – oder was meinst du, Carola, du kennst dich
aus mit den Unterlagen der Menschen hier im Hause, du bist
die einzige, die sich damit jetzt noch auskennt hier; hast du
eine solche Rarität in deinen Akten?«

Carola Krell sah von ihrer Faltarbeit auf, sah sehr unschuldig drein und wies mit der halbfertigen Schwalbe auf David.
»Hast du nicht so etwas Ähnliches gelernt? Ich meine, es
stünde in deinen Unterlagen.«

Du kannst so bleiben, dachte David: Ich meine, es stünde in
deinen Unterlagen! – Ich hingegen meine, die Wissenschaft
hast du weniger aus meinen Unterlagen als mehr aus anderen
Lagen, aus solchen, die sich ergeben, wenn einer auf einer her-
umliegt, und dem einen ist so wohl dabei und auch nicht ganz
geheuer, weil die eine so tut, als wäre dies die selbstverständ-
lichste Lage der Welt, auch wenn der eine noch nicht so oft in
solcher Lage gewesen und auch viel jünger ist als die eine mit
den breiten Schultern, und da redet sich der eine heraus aus

der neuartigen Lage, redet auf Männerweise von Sachen, mit denen er sich auskennt: von den Trinkgewohnheiten eines Fliegergenerals, von einem Lehrermenschen, der Kasten hieß, von Meister Treder, der ihn immer Daffi rief, von der Stadt Ratzeburg und dem Küchensee, von Wilhelm Groth und der Taube mit dem goldenen Verwundetenabzeichen, von Gedichten, in denen das Wörtchen laß vorkommt, von einer Taschenuhr der International Watch Company, von der Gefechtstaktik Gustav Adolfs und natürlich auch von der Gustav-Adolf-Muskete und dem Mannlicher-Stutzen und dem Carcano-Karabiner und Quadrantvisier und Perkussionsschloß und zylindro-ogivalen Geschossen: »Du mußt nämlich wissen, ich bin eigentlich Büchsenmacher ...«

Du kannst so bleiben, dachte David und fragte sich wieder einmal, wer in dieser Runde, außer dem einen und der einen, von der Sache wisse, und war sich nur sicher, daß Penthesilea dies eine einmal entgangen war, und er sagte: »Das ist schon richtig; es steht in meinen Unterlagen: Ich hab Büchsenmacher gelernt.«

»Richtig«, rief Johanna Müntzer, »wo habe ich nur meinen Kopf! Genossen, es ist seltsam: Was weit zurückliegt, daran erinnere ich mich genau. Wenn ich so denke: Die Kunstdebatten in der AIZ, jedes Wort weiß ich noch, das da fiel: Kolbe, Albiker, Barlach, Manolo, Archi...«

»Das wird nun etwas komplex«, sagte der dritte Nachfolger, »kehren wir noch einmal zu dieser britischen Sache zurück, wir haben jetzt einen neuen Gesichtspunkt. Wir brauchten einen Fachmann, und es hat sich herausgestellt, Genosse Groth ist ein solcher Fachmann. Das gibt eine völlig neue Ideenverbindung. Mir ist nur nicht klar, Genosse Groth, warum du nicht selber diesen Hinweis gegeben hast.«

»Weißt du, ich dachte, es wird jemand gesucht, der da hinfahren kann, aber ich bin hier nun Redaktionsassistent, die Organisation, die Operativität ...«

»Eben die Operativität«, sagte Chef III, »eben die Operativität verlangt, daß die Kader zweckmäßig eingesetzt werden; ehe du dich hier zum Bürokraten entwickelst, Genosse Groth, lassen wir dich wieder einmal etwas praktische Journalistenarbeit schmecken. Die Gelegenheit ist günstig, und es kommt überhaupt nicht in Frage, daß wir uns die britische Sache entgehen lassen. Ich schlage vor, wir nehmen diese Waffenschau sofort unter Rot in den Arbeitsplan. Ich danke, und ich bitte gleichzeitig um gründliche Vorbereitung; das wird eine sehr komplexe Angelegenheit.«

Sie wurde es. David kam nicht ganz von der Vorstellung los, die halbe Administration des Landes sei nunmehr mit ihm und seiner Reise befaßt; täglich wurden neue Anträge, Vorlagen und Briefe in den Verwaltungsorbit geschossen und umkreisten das Projekt Londonreise in Bahnen, deren Gesetze sich, wie es David scheinen wollte, einem Astrologen eher erschlossen hätten als einem Astronomen.

Auch hatten die Ressortvertreter im Hause den Vorgang keineswegs aus den Augen gelassen; fuhren sie schon nicht selbst, so hatte David eben ihre Interessen mit wahrzunehmen: Außenpolitische, handelspolitische, wirtschaftspolitische Gesichtspunkte wurden ihm eingeprägt; Hans Bammler vom Sport versah ihn mit den Ergebnislisten internationaler Schützenwettbewerbe; Redakteur Klotz, der zwar längst nicht mehr die Literatur, immer aber noch die Winke für die Hausfrau betreute, bat ihn, das Geheimnis der englischen Küche aufzuhellen; für Lilo sollte er den Tower begehen, sie hatte unter ihren Korrespondenten einen besonders hartnäckigen Englandspezialisten; Helga Gengk von der Reportergruppe hoffte auch auf ein Mitbringsel, eine Skizze wenigstens, und hielt schon den Titel bereit: Das Friedenslied auf der Oxford Street; und Gabelbach wollte ungefähr tausend Bilder.

David frischte seine fototechnischen Kenntnisse auf, kratzte ein bißchen mehr Englisch zusammen, ließ sich vom Hauptbuchhalter über die Tücken der britischen Währungs- und Maßsysteme aufklären, versah sich mit einigen Grundkenntnissen über Land und Leute, wurde mit Papieren und

Papier die Fülle versehen und nahm Abschied von Familie und Freunden und der Neuen Berliner Rundschau.

Die Familie machte es kurz und sachlich, die kannte dies schon, aber Freunde entpuppten sich als Kenner von Schottenwitzen und Shakespeare, da tat man besser eilig, und Gabelbach nannte David mehrmals leicht gehässig Herr Kollege und meinte, England interessiere ihn ohnehin nicht so sehr, nach Amerika, ja, dahin führe er ganz gern noch einmal, und sollte es zu einer Reise in die USA kommen, in dem Falle habe er bessere Chancen als David und so mancher im Hause, denn er sei parteilos, und da es in den amerikanischen Gesetzbüchern stünde, daß ein Mann von Davids Gesinnung und Bindung seinen Fuß nicht setzen dürfe auf das Territorium der Vereinigten Staaten, sei es schon ganz nett, daß man ihn wenigstens auf die britische Insel lasse. Dann warnte er David vor dem gefährlichen Durcheinander, das auf Ausstellungen zu beobachten sei, zitierte den Korrespondenten Franz Hermann Ortgies, der einen Fall berichtet, in dem zwei Potsdamer Leutnante fahrlässig mit Schießeisen umgegangen waren und »dan der erste den andern bey starcker Verrückung der Flinte unvorsichtiger Weise durch den Kopf geschoßen« hatte, und mahnte, sollte Ähnliches sich in London begeben, so möge David mit der Kamera zur Stelle sein. Johanna Müntzer fragte David die »Lage der arbeitenden Klassen in England« ab, verzichtete aber auf eine Zeichnung des britischen Menschenbildes, verkniff sich jedoch nicht den Hinweis auf das Marx-Monument, das David natürlich besuchen müsse, auch wenn es als Bildwerk eher unbedeutend sei, es sei eine reine Kostenfrage gewesen, und bei dieser Gelegenheit erfuhr David auch, was Bertram Müntzer von Henry Moore gehalten hatte.

Dann endlich Flugplatz Schönefeld. Der Vertreter vom VEB Hohes Ziel, dem Suhler Jagdwaffenbetrieb, war leicht zu finden. Er stand schon am Prag-Schalter, hatte einen großen Koffer dabei und über der Schulter ein Gewehr in festem Futteral.

»Groth«, sagte David. »Guten Tag, ich glaube, wir beide sind hier verabredet.«

»Ich bin der Böwe Karl«, sagte der kleine Mann, »da wolln mir mal.«

Böwe Karl machte wenig Umstände; bis Prag hatte er David sein halbes Leben erzählt. Er war ein Experte, der schon ein wenig herumgekommen war, aber London war auch ihm neu.

»Was soll groß sein«, sagte er, »so ein Land ist meistens genau so, wie man es sich immer vorgestellt hat, nur, natürlich, man muß es sich richtig vorgestellt haben! Meine Frau wird jedesmal wütend, wenn sie fragt: Nu, wie war's? und ich sage: Nu, genau so, wie ich's mir gedacht habe. Und ein Gewese vor jeder Reise! Immer, als ob's nach Amerika ginge! Ich sage dann jedesmal: Nach Amerika, Gerda? Mir nicht! Und ob man's glauben möchte oder nicht: Das beruhigt sie.«

Das Gewehr führte er als Handgepäck mit; es war ein Drilling, eine Maßanfertigung für einen linkshändigen Peer; bevor es dem Kunden ausgehändigt wurde, sollte es noch auf der Ausstellung gezeigt werden. »Das andere Gelumpe haben wir schon hingeschickt, aber bevor ich mich von diesem Prachtstück trenne, hab ich gesagt, fahr ich lieber gar nicht. Eine Schreiberei war das, wegen der Beförderungsbestimmungen. Ich hab ein Zertifikat dabei, auf dem nischt weiter steht, als daß die Büchse in dem Zustand, in dem sie jetzt ist, nicht schießen kann, aber in sechs Sprachen, sogar in Portugiesisch. Ich hab gesagt: Ihr denkt wohl, in England haben sie portugiesische Zöllner? Ich sag: Da schreibt's auch gleich noch auf Indianisch, falls mir auf der Reise zufällig durch Amerika kommen! Haben mir einen Spaß gehabt!«

Von Prag flogen sie mit einer Maschine der ČSA nach Zürich. Jetzt mußte David von sich erzählen, und als es heraus war, daß er bei Treder in Berlin gelernt hatte, reichte ihm Karl Böwe die Hand. »Dann sagen mir du! Bei dem alten Gauner bist du gewesen? Haben mir mit dem einen Spaß gehabt! Der hat unserem kaufmännischen Direktor gegen Ende des Krieges, als wir schon lange nur noch den 98k gebaut haben, eine

Perkussionsdoppelflinte im Originalzustand verkauft, die sollte aus dem Privatbesitz vom König von Württemberg stammen, der war, ich weeß nich, General bei Napoleon ...«

»Gegen Napoleon«, sagte David, »nach 1813 hat er das siebte Armeekorps befehligt, ein besonderer Kriegskünstler war das nicht.«

»Weeß ich nich«, sagte Böwe Karl, »aber der Treder, dein Meister, das will ich dir sagen, der war ein Künstler! Haben mir Spaß gehabt: Originalzustand! Die meisten Originalteile waren Original-Treder-Produktion. Wer weiß, vielleicht hast du selber daran rumgefeilt.«

»Wer weiß«, sagte David, aber ehe er die Erinnerung an den Verkauf einer Original-Perkussionsflinte aus dem Privatbesitz Wilhelms II. von Württemberg hervorgekramt hatte, waren sie in Zürich, und sie mußten in die Schalterhalle, weil es zu Hause mit den Tickets nicht geklappt hatte.

Das war nun mal ein Flugplatz, und wie groß war doch die Welt: Abflug nach Singapur, Ankunft aus Monrovia, flugplanmäßig Reykjavik, Passagiere nach Caracas, Passagiere aus Addis Abeba, Charter nach Istanbul, Kargo aus Hongkong, fly Air India, fly BOAC, see the world with BEA, up and up and away with TWA, Montreal und Feuerland, ganz nett, aber London war auch kein Scheißdreck, wo ist hier der London-Schalter?

Da herrschte Hochbetrieb, und David sagte: »Wenn die sich mal vertun, landest du am Fudschijama und wolltest nach Bremen.«

»Da hätten mir Spaß«, sagte Böwe Karl, »Bremen kenn ich schon. Aber keine Sorge, die arbeiten hier mit Schweizer Uhrenpräzision. Meine Frau macht sich auch immer solche Gedanken, dann sag ich: Keene Bange, Mutti, wenn die mich falsch fahren, müssen sie für meine Versorgung aufkommen, das kostet, da passen sie auf.«

Sie erhielten ihre Bordkarten und kamen zum Zoll. Davids Tasche und Koffer blieben unbeachtet, Böwes Koffer auch, aber den Gewehrkasten mußte er öffnen.

»Ein Gewehr!« sagte der Zöllner.

Böwe nickte. »Eine Jagdflinte, zwei Schrotläufe, ein Kugellauf, Maßarbeit, Sonderanfertigung.«

»Schaut gut aus«, sagte der Zöllner.

Böwe nickte. »Schießt auch gut, Wertarbeit aus der DDR.«

»Aus der wo?« sagte der Zöllner.

Böwe nickte. »Ich weiß, ihr seid neutral, kennen Sie nicht. DDR, ein Land so um Berlin herum.«

»Ein Gewehr«, sagte der Zöllner, »da gibt es Bestimmungen.«

Böwe nickte und schwenkte sein Zertifikat. »Die halten wir ein. Ein striktes Land, diese DDR, und so sprachbegabt. Es steht hier in sechs Sprachen: Ein vitales Teil, das dieses Muster erst zum Gewehr macht, wurde entfernt und auf anderem Transportweg zum Bestimmungsort geschickt. Suchen Sie sich eine Sprache aus, es ist auch Portugiesisch dabei.«

»Ich kann Portugiesisch«, sagte der Zöllner, »aber es ist schon in Ordnung.«

Sie bekamen ihre Stempel, und nach dem üblichen Gerenne hinter einem Mädchen mit dem Gehabe einer Glucke saßen sie in der Maschine nach London.

Sie landete in Lissabon.

»Ham mir Spaß«, sagte Böwe Karl, »nun sind mir im Portugiesischen.«

»Ja«, sagte David. »Schweizer Uhrenpräzision.«

Sie fanden nicht heraus, wo der Fehler gelegen hatte, nur wurden sie gleich so behandelt, als hätten sie ihn begangen, und Böwes Bewaffnung milderte die Situation keineswegs.

Zuerst schauten die Beamten nur interessiert auf das Gewehrfutteral, als sie dann aber die Pässe gesehen hatten, kam Alarmstimmung auf.

»Was wollen Sie hier?« fragte der ältere, der etwas mehr Gold am Kragen hatte.

»Wir wollen hier nichts«, sagte David, »wir wollten nicht einmal hierher.«

»Haben Sie etwas gegen Portugal?« fragte der Beamte.

Sein Ton lag David nicht, und deshalb sagte er: »Darüber ließe sich womöglich reden, nur im Augenblick wüßte ich lieber: Wo geht's denn hier nach London lang?«

Folgte eine längere portugiesische Aussprache zwischen den beiden Beamten, folgte das Verschwinden des jüngeren, folgte dessen Wiederkehr in Begleitung eines Herrn in hellem Anzug. Portugiesische Berichterstattung des älteren an diesen, portugiesische Frage von dem zurück an jenen. Jener hielt diesem die beiden Pässepaare unter die Nase, in der einen Hand Davids Pässe, in der anderen Böwes Pässe, je zwei ausgestellt vom Ministerium für Auswärtige Angelegenheiten der Deutschen Demokratischen Republik und vom Allied Travel Office in Westberlin. Der hellgekleidete Herr beugte sich über die Dokumente und sagte dann etwas Kurzes, aber sehr Portugiesisches. Darauf gingen die DDR-Pässe an ihre Besitzer zurück. »Nehmen Sie«, sagte der ältere Beamte, »die gibt es nicht.«

»Spaß«, sagte Böwe Karl, »und wie ist es mit uns, gibt es uns?«

Der Beamte sah ihn unfreundlich an. »Als Personen, ja, speziell als unerwünschte Ausländer unbekannter Nationalität.«

Das machte Böwe Karl auch nicht freundlich. »Nu aber sachte, lieber Kollege, wenn Sie mit dem Staate schon nischt im Sinne haben, Ihr Pech, aber: unbekannter Nationalität! Mir sind Deutsche!«

Sein Gegenüber klappte Böwes Alliiertenpaß auf und wies auf den gestempelten Eintrag: »Presumed German«. »Hier steht, man nimmt an, man hält es für möglich, es könnte sein, daß Sie Deutsche sind, aber wir sind zu so einer Annahme nicht verpflichtet. Für uns sind Sie unerwünschte Ausländer unbekannter Nationalität.«

Böwe Karl fuchtelte mit seinem DDR-Paß. »Ein Schkandal! Ich bin ein Deutscher, so wie Sie ein Portugiese sind, hier steht's drin!«

Jetzt wurde auch der andere heftig. »Stecken Sie das ein, das wollen wir nicht sehen, das gibt es nicht, das existiert nicht!«

»Ich glaube«, sagte David, »es sollte jetzt ein Vertreter unserer Fluggesellschaft hier sein. Die hat unser Geld genommen, die hat uns hierher transportiert, für die existieren wir; können Sie den Agenten holen lassen?«

Konferenz auf Portugiesisch. Anordnung des hellgekleideten Herrn. Abmarsch des jüngeren Beamten. Rückkehr mit einem vierten Herrn, dieser dunkel gekleidet.

Der war, wie er sich ausdrückte, von Kopf bis Fuß betroffen, und es war ein solcher Fall ihm noch nicht vorgekommen. Er verhandelte ein langes in der Landessprache und gab dann Auskunft, ja, leider, die Dinge lägen so: Unerwünschte Ausländer unbekannter Nationalität, einschlägige Anordnungen: Ausflug solcher Personen mit nächster Maschine der Gesellschaft, die unerwünschte Personen ins Land gebracht, Aufenthalt bis dahin im Transitraum, auskömmliche Beköstigung dorten auf Kosten der Gesellschaft, und betroffen sei er von Kopf bis Fuß.

Er machte Anstalten, sie in den Transitraum zu geleiten, da sagte der ältere Beamte: »Enthält dieses Gefäß eine Waffe?«

Böwe Karl faßte den Futteralriemen straffer. »Für Sie nicht«, sagte er, »was in dem Gefäß ist, ist aus der DDR, es existiert nicht. Man könnte sagen: Es ist eine presumed weapon, man nimmt an, man hält es für möglich, es könnte sein, daß es eine Waffe ist – Spaß!«

Große portugiesische Konferenz; Beschluß: Wenn es eine Waffe ist, muß sie vorgezeigt werden, es gibt da Bestimmungen.

Böwe Karl produzierte sein Zertifikat, gab es aber niemandem in die Hand. »Hier steht, ein vitales Teil, das dieses Muster erst zum Gewehr macht, wurde entfernt und auf anderem Transportweg zum Bestimmungsort geschickt, also ist in dem Gefäß erschtens nur ein presumtes Gewehr, und zweitens ist es kein Gewehr, sondern ein Muster, und drittens wird Ihnen das Papier auch nicht helfen, auch wenn's in Portugiesisch draufsteht, denn es ist ein presumed paper, weil nämlich ein Stempel vom Außenhandelsministerium der DDR drauf ist, das sogenannte presumed Foreign Trade Ministry, Sie wissen ja: Man nimmt an, man hält es für möglich, es könnte sein!«

Der Herr in Hell, der Herr in Dunkel, die Herren in Uniform hatten eine weitere Konferenz; der Flugagent übernahm die Berichterstattung: »Man ist übereingekommen, das Problem auf folgende Weise zu lösen: Sie waren nicht hier, soweit es die hiesigen Behörden betrifft. Sie sind hier, natürlich, nicht wahr, in meinen Augen und in der Obhut meiner Gesellschaft. Unsere nächste Maschine bringt Sie wieder auf den Weg nach London. Bis dahin werden Sie, was die hiesigen Behörden betrifft, gebeten, sich so zu verhalten, als wären Sie nicht hier.«

»Das wird schwierig sein«, sagte David, »aber hat man Ihnen gesagt, warum das ganze Theater?«

»Nun, der Standpunkt der hiesigen Behörden leitet sich wohl von der Verfassung Ihres, äh, Landes ab. Die hiesigen Behörden sind in diesen Dingen recht heikel.«

»Die kennen unsere Verfassung?«

»Oh, ich meinte nicht das Papier, das Dokument, die geschriebene Konstitution; ich meinte, das heißt, die Vertreter der hiesigen Behörden meinten die allgemeine Beschaffenheit Ihres, äh, Landes, die Ordnung, Regierungsweise, Regierungsform, die gesetzgebende und ausübende Gewalt, die Rechte seiner Bürger; Sie werden mir verzeihen, aber ich glaube, die Herren von den hiesigen Behörden meinten es im politischen Sinne, und glauben Sie mir bitte, mich macht dies alles betroffen von Kopf bis Fuß!«

Böwe Karl sagte, ihn mache die Sache jetzt langsam am Magen betroffen; die Behördenvertreter entfernten sich ohne weiteres Wort, der Agent besorgte einen Tisch im Transitraum und wünschte guten Appetit, und selbstverständlich seien sie Gäste der Fluggesellschaft; sie aßen, und sie tranken auch einen kräftigen Schluck, Böwe schulterte sein Gewehr und vertrat sich die Beine, und ein unauffälliger junger Mann schlenderte hinter ihm her im gleichen Schritt und Tritt, und David döste und dachte sich seins.

Er hatte das Ereignis noch nicht in eine Ordnung gebracht, in die es gehörte; Ausgangspunkte waren nicht mehr zu sehen und Endpunkte noch nicht, er war nun in Portugal und wußte nicht wie, er wußte nur, er war hierhergekommen und war zugleich nicht hier, und er hatte Lust, aufzustehen und einen befreienden Satz zu sprechen, und sprach wenigstens leise vor sich hin: »Die Verwandlung eines Menschen in einen Käfer ist für uns keine annehmbare Lösung!«

Böwe Karl, das mutmaßliche Gewehr geschultert und gefolgt von einem unauffälligen jungen Mann, marschierte vorbei und sagte: »Der Spaß ist nur: wenn ich's meiner Frau erzähle, hat sie wieder Argumente!«

Der Spaß ist nur, dachte David, in dieser Situation gibt es keine Argumente, es ist eine presumed situation, nicht so recht vorgesehen, man kommt nicht hierher, wenn man herkommt, wo ich herkomme, aus einem, äh, Land, aus Ähland, aus Sogenannt, dessen allgemeine Verfassung den hiesigen Behörden nicht paßt, da sind sie heikel.

Ausgerechnet die! Nein, nicht ausgerechnet die, sondern natürlich die!

Spaß, wird Böwe sagen, und zu Hause werden sie sagen: Da hast du aber Spaß gehabt, und Gabelbach wird fragen, ob ich ihn auch im Bilde festgehalten habe, und sicher wird er den Korrespondenten Franz Hermann Ortgies zitieren, der sich gewißlich einmal in ähnlicher Lage befunden.

Er nahm die Kamera und fotografierte den thüringischen Mann mit dem Gewehr; das verwandelte einen unauffälligen Nachbarn am Nebentisch aus einem schläfrigen Nachbarn in einen hellwachen Nachbarn. Da sind sie heikel, dachte David, das mögen sie nicht, wenn auf einem Bilde zu sehen ist, daß wer hiergewesen ist, der nicht hiergewesen ist.

Die Sorge hatte Franz Hermann Ortgies noch nicht; von dem wollten sie es nur schriftlich und nicht im Bilde, aber von David Groth wollen sie es auch schriftlich, da fängt er besser gleich mit an.

Er nahm sein Schreibzeug, und als er die Haltung seines unauffälligen jungen Nachbarn sah, winkte er ihm freundlich zu und sagte, wobei ihm der Kognak kräftig half: »Wenn Sie so sitzen bleiben, werden Sie Schwierigkeiten mit Ihren Halswirbeln bekommen; Sie arbeiten der Spondylose in die Hand. Mein Name ist Franz Hermann Ortgies, und ich verfasse eine Correspondenz aus Portugal, einem Land, das, was die allgemeine Verfassung der DDR betrifft, sehr heikel ist. Wissen Sie, ich verfertige Mitteilungen über Relationen, Nouvellen und Avisen zu Zeitereignissen, Land und Leuten, ich halte remarquables und importantes in Worten fest, und eben jetzt will ich ein kurzes über die allgemeine Constitution des Landes Portugal zu Papiere bringen; ein Spaß, Sie verstehen, Franz Hermann Ortgies mein Name.«

Sein Nachbar hörte ihm zu mit etwas blödem Blick und entschied sich dann für das Studium des portugiesischen Abendhimmels, und David schrieb: »Wie ich von diesem Lande Nachricht habe, soll es unter die Herrschaft gestellet seyn von deren Mächten dreien, welche sind die generales, die Besitzer von Finantz und die kirchlichen Fürsten.

Wie aber vernimblich, haben dieselben vor vierzig Jahren einen regenten installiret, welcher Antonio de Oliveira Salazar benennet wird und ist wohl wie ein Koenig.

Man hat aus diesem Ort, an welchem ich mich befinde, Zeitung ausgeben, daß es fürtrefflich zugegangen sey im Lande Portugiesien und seine allgemeine constitution ihm wohl Grund gebe, sich heikel zu verhalten in respect auf andere Ländereyen.

So hat man confirmation, daß im Portugiesischen die Zahl der Säuglinge, welche noch im Kindtbette den Todt sterben müssen, ist die stattlichste in allem Europa.

Es geht aber ein Geschrei, daß auf die hunderdt Kinder, welche lebendig von ihrer Geburth davonkommen, deren achtzig auf die Schule dürfen für vier Jahre, welches fürtrefflich geeignet erachtet, die Zahl der Bewohner, welche nicht können lesen und schreiben und werden analphabetes genant, zu mindern, so daß es nicht ewiglich, wie jetzo, vierzig per hunderdt seyn.

Da wird auch gewiß vernommen, daß die Unterthanen von jenem sicheren Salazar es bey einigem Fleyße auf eine monathliche Einkunfft gebracht, die bey hundert Mark steht, und ist solches der Durchschnitt in den hiesigen Ländereyen.

Wie ich Wissenschaft habe, ist dieses letztgenannte territorium nur der vierundzwanzigste Theil vom gantzen Imperium, das sich vorzüglich über Afrika hinstrecket.

Es geht darum die Sag, weil die schwartzen Menscher diese Verfassung nicht lieben, wie sie wohl sollten, ist der portugiesische Staat unter dem Zwange, von immer hunderdt Mark vierzig zum armieren und fouragieren der Herren Soldaten zu verwenden, so daß kein Rechenmeister Ries hermuß, um es zu erklären, wenn dem gemeinen Manne am Beuthel einiges ermangelt.

So ist aber dennoch allhier am besten erschollen und man sagt und man hat ausgeben und will man spargiren und verlautet in dieser Stunde und wird avisiert und hat man Schreiben und hat man Schreiben andere und wird bestätigt, daß dieses Land Portugal mit der höchsten qualification versehen ist, heikel zu sein vor Reisenden aus Ländereyen, wo sich die allgemeinen Zustände in so gäntzlich anderer ordre befinden.

Bei Zumachung dieses kommt noch ein …«

Weiter kam David nicht mit seinem wütenden Schreibspiel, denn der Agent erschien und teilte mit, die nächste Maschine seiner Gesellschaft sei startklar, und sie könnten sich nun wieder auf den Weg nach London machen. Freilich sei da noch etwas, und die Verpflichtung, ihnen dieses mitzuteilen, mache ihn wieder betroffen, jetzt aber am ganzen Leibe, doch handle es sich um eine Bestimmung der hiesigen Behörden, von der sie nicht abzubringen gewesen seien, und daher treffe es zwar zu, daß David und Karl mit dieser nächsten Maschine wieder auf den Weg nach London kämen, aber es sei nicht der allerkürzeste Weg, man könne nicht sagen, es führe dieser Weg direkt nach London, er tue dies lediglich indirekt, man müsse die Route bei aller Sachlichkeit schon einen Umweg nennen, aber die bereitstehende Maschine sei nun einmal die nächste im Sinne der Bestimmungen der hiesigen Behörden, und wohin sie auch fliege, so dürften sich David und Karl weiterhin in der Obhut seiner Fluggesellschaft wissen.

»Fliegt sie zum Fudschijama?« fragte David.

Das war für Böwe Karl ein guter Spaß und für den Agenten ein fabelhafter Scherz und eine köstliche Übertreibung, denn es hätte dies ja einen Flug sozusagen um den Erdball herum bedeutet, eine bizarre Vorstellung, die einen freundlich betroffen machen konnte am ganzen Leibe, aber nein, so üppig sei der Umweg nun doch nicht geraten, wenn auch der kürzeste genannt zu werden er nicht verdiene, aber das wichtigste sei am Ende immer noch dies: sie seien wieder auf dem Wege nach London.

So verließen sie den Ort, an dem sie in einem gewissen Betracht nie gewesen waren, stiegen gen Himmel auf in einem viermotorigen Ungeheuer und sanken erschöpft in die Sessel, aber was sie so müd gemacht, war weniger der Aufenthalt im heiklen Portugiesien, war nicht so sehr die Erfahrung wie vielmehr die Erwartung, und vor der Retrospektive schauderte ihnen minder denn vor ihrer Perspektive. Weil nämlich diese nächste Maschine nach San Juan ging, welches auf Puerto Rico gelegen ist und dieses in der Karibischen See quer über dem Atlantik, kleinste Insel der Großen Antillen, von Kolumbus entdeckt und von Präsident MacKinley dem Besitz der Vereinigten Staaten einverleibt.

»Hier hört sich nu aber der Spaß auf«, stöhnte Karl Böwe, »wie soll ich 'n das meiner Alten erklären?«

»Das klopft mich auseinander«, sagte David, »jetzt kommen wir doch noch zu den Indianern, und zu den Amerikanern kommen wir auch, aber wenn sich die Portugiesen schon so hatten, wie werden sich die Puertoricaner erst haben?«

Doch die hatten sich gar nicht so. Zwar mußte Karl Böwe wieder sein Zertifikat schwenken, und schön war es da, daß es die Sache mit dem vitalen Teil auch auf spanisch erklärte, aber die Konstitution der DDR wünschten sie nicht zu erörtern, nicht zum wenigsten wohl, weil Kunde von der letzteren Existenz noch nicht so recht bis zu ihnen gedrungen schien.

Immerhin hatten sie Spaß an der eigenwilligen Reiseroute Berlin–Prag–Zürich–Lissabon–Puerto Rico und begleiteten die beiden Gäste in den Transitraum, wo der dortige Fluggesellschaftsagent Rum für alle spendierte und Böwe Karl einem größeren Publikum die Vorzüge des thüringischen Drillings pries.

»Wenn mir schon hier sind, können mir bei allem Spaß auch gleich ans Geschäftliche denken«, sagte er, verteilte Visitenkarten und sprach in einem Englisch mit kräftigen Suhler Untertönen von den Büchsenmacherkünsten der DDR.

Der Abschied war bewegt, um so kühler der Empfang in New York-Idlewild.

Hier waren die Irrläufer den Behörden schon avisiert; knapp wurde das Zertifikat gemustert, knapp wurden sie in den Transitraum gewiesen; die Pässe wollten sie nicht sehen, um Himmels willen nicht, und von deren Inhabern sowenig wie möglich.

Aber der Transitraum war groß, und die Gäste wechselten ständig, und Böwe Karl, das Gewehr geschultert, zog ständig seine Bahn, und unter den Wartenden war immer wieder ein Jäger, und so erklärte Karl Böwe vier Stunden lang immer wieder die Feinheiten seiner Maßanfertigung für einen linkshändigen englischen Peer, und wer wollte ihm verübeln, daß er ausführlich auch Rede stand auf die Fragen nach wohin und woher, und wie ließ es sich vermeiden, daß immer wieder auch die Sprache auf ein Land kam, das es offiziell an diesem Platze gar nicht gab und das es somehow doch geben mußte, der Augenschein zumindest sprach dafür, denn der Augenschein zeigte eine beautyful shotgun und marvellous handicraft, und wem die Augen allein nicht genügten, dem half Böwe Karl mit patriotischen Worten nach.

David machte Bilder, die ihrem abwegigen Charakter nach wie für Gabelbachs Wand bestimmt schienen, und die halbe Strecke zurück über den Atlantik, diesmal direkt auf London zu, schrieb er an seiner Reportage für die Neue Berliner Rundschau, und als er an Helga Gengks Vorliebe für wilde Titel dachte, entschied er sich für die Überschrift: Unser Mann mit dem Gewehr.

Darin steckte eine Ideenverbindung, die dem dritten Chefredakteur Unbehagen machte, aber Helga Gengk kämpfte diesmal hart und bestand auf dem Prinzip der begrenzten Eigenverantwortlichkeit der Abteilungen, und wenn sie schon »Pankow in Bangkok« nicht durchgebracht hatte, dies brachte sie durch, da ihre Kollegen sie nach Kräften unterstützten.

Begrenzte Eigenverantwortlichkeit der Abteilungen – unter dieser Fahne einten sich die Fürsten gegen den König, und die heilige Sache machte sie einfallsreich: Das wichtigste Wort des streitigen Titels sei »unser«, sagte Ökonom Güldenstern. »Unser Land, unser Staat, unser Werk, unser Aufbau, unser Betrieb, unser Eigentum; ›unser‹ ist ein Synonym für Sozialismus; das Wort ›unser‹ muß unbedingt in den Titel«, und im übrigen sei er für das Prinzip der Eigenverantwortung.

Redakteur Klotz hätte diesen schönen Ansatz beinahe wieder zunichte gemacht, weil er neben seiner Arbeit an den Winken für die Hausfrau immer noch zuviel las und unbedingt den Anklang an Graham Greene und dessen Mann in Havanna herausstreichen mußte, aber im übrigen war auch er für das Prinzip der Eigenverantwortung.

Die Außenpolitik glich Klotzens Lapsus wieder aus: Der Anklang an Havanna sei sehr zu begrüßen, und nicht nur, weil Puerto Rico in der Nachbarschaft Kubas läge, also nicht nur wegen der geographischen Nähe, sondern des außenpolitischen Zusammenhangs wegen, da nämlich der Begriff

»unser«, wie Kollege Güldenstern ihn erläutert habe, nunmehr das verbindende Moment zwischen der DDR und einem wesentlichen Teil der Antillen darstelle, und im übrigen sei man für das Prinzip der Eigenverantwortung.

Für das war auch Hans Bammler, und er war für das Gewehr im Titel, denn ein Gewehr war eine Sportwaffe, und der Sport kam ohnehin immer zu kurz.

Johanna Müntzer begünstigte neuerdings ebenfalls das Prinzip der Eigenverantwortung der Abteilungen und war für eine Ordnung, die sie zu Zeiten ihrer unumschränkten Regentschaft als das letzte Stadium vor der Anarchie bezeichnet hatte, und für Davids Titel war sie, weil der an den sowjetischen Film »Der Mann mit dem Gewehr« gemahnte.

Der dritte Nachfolger fing sie nervös ab, ehe Penthesilea den Übergang von der Filmkunst zur allgemeinen, insonderheit aber bildenden Kunst gefunden hatte, und erklärte sich mit dem für sein Empfinden etwas komplexen Titel einverstanden, nicht einverstanden jedoch mit der Übung der Abteilungsvertreter, immer nur von Eigenverantwortung zu sprechen, nicht aber, wie es sich gehört hätte, von begrenzter Eigenverantwortung.

Die Fürsten nickten freundlich – der König hatte eine Bataille verloren, da mochte er getrost eine Thronrede halten.

Nachfolger III hatte ein Gespür für Stimmungen; so suchte er Verbündete: »Können wir von Ihnen, Kollege Gabelbach, hören, wie Sie die Aufnahmen, die der Kollege Groth für seine Reportage anbietet, einschätzen?«

»Einschätzen«, sagte Gabelbach, »diese Formulierung gibt mir die Möglichkeit, mich ausführlicher zu äußern; hätten Sie gefragt, ob ich die Bilder schätze, hätte ich mich knapper fassen können und gesagt: teils, teils. Es finden sich hier Bilder, die belegen, daß hartnäckige Bemühungen bei der Unterweisung von jungen Leuten bis zu einem gewissen Grade Klärung herbeiführen können. Aber dann gibt es hier auch wieder Fotos, die den Namen nicht verdienen, weil auf ihnen noch der Nebel des Chaos wallt. Wie oft etwa habe ich die

Tiefenschärfe als die Voraussetzung aller Voraussetzungen markiert, aber nein, was ich mit diesem Ding von Unglücksbild zum Beispiel als Innenansicht eines portugiesischen Transitraumes serviert bekomme, das hat Schärfe allenfalls noch auf dem Antlitz dieses Herrn aus Suhl, Ihres famosen Mannes mit dem Gewehr, aber der Hintergrund ist eine einzige Olla podrida, indistinktiver Mischmasch. Der Behauptung des jungen Mannes nach handelt es sich um einen portugiesischen Transitraum; ebensogut aber könnte es sich um einen türkischen Markt handeln, brasilianischen Karneval, Schlachtefest in Wanne-Eickel, Ermordung des Erzherzogs Ferdinand, Eröffnung der Olympischen Spiele, Professor Piccard auf dem Grunde des Philippinen-Grabens oder um ein Ideogramm der Redaktionssitzungen in der Neuen Berliner Rundschau. Und das schlimmste ist: Ich sehe kein System! Auf diesem Bild sehe ich grauenhaftes Gewölk, und das nächste wieder hat eine Tiefenschärfe, die ich beinahe einwandfrei nennen würde. Von der Person, welche diese wechselhaften Bilder aufgenommen hat, steht ein Geisteszustand zu vermuten, den der bekannte Korrespondent Ortgies bereits am König von Polen beobachtet hat, nämlich ›daß sie per intervalla an der Vernunft etwas irrig sein‹ müsse. Ansonsten aber nehme ich die Bilder auf die Verantwortung, wenn Sie so wollen: Eigenverantwortung meiner Abteilung.«

Der dritte Hauskönig nahm den neuerlichen Hinweis auf das unbequeme Prinzip fast gelassen hin, da David den Hauptteil der Gabelbachschen Hiebe empfangen hatte; es schien ihn ermutigt zu haben, nun auch selber diesen Assistenten kritisch anzugehen. »Da Sie diesen Herrn Ortgies erwähnt haben, lieber Kollege Gabelbach«, sagte er, »fällt mir ein Komplex in deinem Bericht ein, Genosse Groth, den wir noch etwas anleuchten müssen: Wenn du da die barbarischen Zustände in diesem Nato-Staat Portugal herausstellst, dann frage ich mich: Muß das in dieser altertümelnden Sprache sein? Ich meine, die soziale Anklage verliert durch so eine Spielerei an Schärfe. Auch vermisse ich an dieser Stelle die klaren Umrisse einer Gegenposition. Ich könnte mir gut vorstellen, daß hier die bewährte ›Während-Methode‹ am Platze wäre: ›Während die Säuglingssterblichkeitsziffer vom Nato-Staat Portugal zu den höchsten in Europa gehört, ist es dank der sozialistischen sozialen Fürsorge für die Familie und besonders für Kind und Mutter in der DDR gelungen ...‹, du verstehst, die bewährte, ›Während-Methode‹!«

»Ich verstehe schon«, sagte David, »aber dies ist ja eine Reportage, weißt du, da erlaube ich mir mal per intervalla einen Stilwechsel. Wenn das ganze Ding so geschrieben wäre, könnte es keiner aushalten, aber diese Während-Methode kann auf die Dauer auch keiner aushalten. Ich finde, wenn die Dinge, die man beschreiben will, sich wie Schwarz zu Weiß zueinander verhalten, dann kann man stilistisch auf Schwarz-Weiß-Malerei verzichten. Und außerdem, sieh mal, steckt da auch noch eine Ideenverbindung drin: Ein überholter Zustand wird in einer überholten Sprache beschrieben. Das ist der Veranderungs-Effekt.«

»Du meinst den Veränderungs-Effekt?«

»Nicht Veränderung, Veranderung, der Vaua-Effekt. Es ist eine Methode zum Stutzenmachen. Es geht ungefähr so: Zwei Marionetten reden miteinander, und die eine sagt zur anderen: ›Hast du aber einen großen Kopf!‹ Nun sieht das Publikum sich diesen Kopf natürlich genauer an und stellt fest, in Wirklichkeit hat die Marionette keinen großen Kopf, sondern einen kleinen, und hier setzt der Veranderungs-Effekt ein: Das Publikum stutzt und fragt sich: Warum war die Rede von einem großen Kopf, wo er doch so klein ist? Und dann sieht sich das Publikum den Kopf noch einmal an und fragt sich: Warum hat die eine Marionette den Kopf der anderen Marionette anders beschrieben, als wir es tun würden – du verstehst: die Veranderung! –, und fortan denkt das Publikum ganz anders mit. So ähnlich geht es mit dem Vaua-Effekt.«

»Das ist mir etwas komplex«, seufzte der dritte Nachfolger, aber er machte sich eine Notiz.

»Und mir ist es schnuppe«, sagte der Hauptbuchhalter, »von mir aus kann der Kollege Groth seine portugiesischen Abenteuer auch in Hieroglyphen berichten; mich interessiert der Finanzplan. Soll ich die Unsumme von englischen Pfunden nun mit dem Vermerk verbuchen: Ausgegeben für eine Darbietung von David Groth, in der nachgelesen werden kann, wie es war, als sich der kleine David nach Westindien verlaufen hatte? Ist das alles für das enorme Geld? War nicht damals, als ihr es unter Rot in den Plan gesetzt habt, von einer Waffenausstellung in London die Rede?«

Solche Einwürfe des Finanzministers hatten eine ähnliche Wirkung wie die Machtsprüche des dritten Königs: Sie einten die Abteilungsfürsten.

Aber nein, beteuerten sie, aber nicht doch, die Waffenschau der Gunsmith Association und die Beteiligung der DDR-Industrie an dieser, dies für das Ansehen des Landes so wichtige Ereignis, werde in den nächsten Nummern mit großer Aufmachung kommen, und nie seien Devisen für einen besseren Zweck ausgegeben worden. Nahezu alle Ressorts des Hauses hätten aus dem Projekt Londonreise Gewinn gemacht, die Finanz solle doch nur sehen: Allein alle diese herrlichen Bilder, die meisten von vorzüglicher Tiefenschärfe, ersparten den Anschaffungspreis vom zentralen Bilddienst, und wie kostensenkend war es doch, einen Spezialisten für Waffenkunde und Weltreisen zugleich im Hause zu haben, so daß Lilo, Leserbriefe wegen, die sich auf Musketen oder Puerto Rico bezogen, nicht mehr auf spesenfressende Reisen zu Fachleuten mußte, sondern sich gleich hier unterm Dache prägen lassen konnte, und wenn sie wollte, doppelt, haha. Gar nicht zu reden von den beiden eigenartigen englischen Kochrezepten für Redakteur Klotz und den beiden neuen Schottenwitzen für die Humorseite; so billig hatte man so etwas noch nie bekommen! Und dann der außenpolitische Aspekt, immer noch fürs selbe Geld, und für die gleiche Summe auch noch die ökonomischen Erwägungen, und da der Sport eine Doppelseite über das Tontaubenschießen während der Ausstellung erhalten werde, könne man beinahe schon von finanziellem Eigenaufkommen sprechen. Nein, der Kollege Hauptbuchhalter könne ganz ruhig den lächerlichen Pfundbetrag eintragen und vertreten; hier war nun wirklich mal viel Zeitung fürs Geld.

»Und dann auch die menschliche Seite«, sagt Johanna Müntzer, »das ist hier jetzt doch sehr wichtig. Da haben wir einmal die Beiträge zum allgemeinen Menschenbild, von den portugiesischen Zöllnern bis zu diesem feudalen Linkshänder in London, und da haben wir speziell den wunderbaren Mann aus Suhl, der schon die Züge des Neuen trägt, was mit irgendwelchen kapitalistischen Pennies gar nicht aufgewogen werden kann. Aber über das alles hinaus, liebe Genossen und Kollegen, haben wir einen unschätzbaren Gewinn gemacht: Wir haben eine Lehre empfangen!«

»Nun, Genossin Müntzer«, sagte Chef III, »wir sollten diesen Ideenkomplex zwar nicht allzuweit ausdehnen, aber wenn es eine Lehre ist, dafür haben wir noch die Zeit, denn ich sage mir immer: Lernen können wir alle noch. Was ist es denn diesmal?«

»Gleich«, sagte Penthesilea, »gleich sage ich es. Aber erst noch ein anderes: Es freut mich, solche Worte von dir zu hören; es freut mich, wenn du sagst: Lernen können wir alle noch. Gerade wenn du das sagst, freut es mich besonders. Es stimmt ja so sehr! – Aber die Lehre! Wir haben gelernt, wie wichtig doch der Punkt Verschiedenes sein kann. Beinahe wäre uns die kleine Meldung aus dem ADN-Wirtschaftsdienst entgangen, wenn nicht – aber das ist es eben, da verrät sich die gute Schule –, wenn nicht der David sein Auge noch einmal drauf geworfen hätte. David, ich muß es dir sagen: Du hast einen Blick fürs Potentielle. Wenn es mir nicht gegen die Natur und wenn es nicht überhaupt gegen die Natur ginge, würde ich sagen: Du hast einen Zukunftsfühler.«

»Gut«, sagte der dritte Nachfolger, »da danken wir bestens, Genossin Müntzer, und ich will das gleich einmal verbinden. Ich hätte sowieso noch das Wort ergriffen zum

Punkt Verschiedenes, und hier läßt sich das gut verbinden. Auf einen gemeinsamen Beschluß der entsprechenden Abteilung der Obersten Abteilung und der VVB wird im Impressum der Neuen Berliner Rundschau eine gewisse Veränderung vorgenommen, das heißt natürlich: in der Struktur unseres Betriebes. Um die Effektivität unserer Zeitung zu erhöhen, ihre Arbeiten besser zu koordinieren, das Zusammenwirken der verschiedenen Abteilungen mehr zu gewährleisten, die Operativität zu steigern und die Leitungstätigkeit zu vertiefen, wird die verantwortungsvolle Position des Chefredakteurs durch die Ernennung eines Stellvertreters abgesichert, der auch namentlich und als solcher künftig im Impressum der Neuen Berliner Rundschau verzeichnet sein wird. In eingehenden Beratungen wurde der Beschluß gefaßt, zum stellvertretenden Chefredakteur den langjährigen Mitarbeiter unseres sozialistischen Presseorgans Kollegen David Groth zu ernennen. Ich spreche meinen herzlichen Glückwunsch aus und hoffe auf weitere gute Zusammenarbeit!«

Man klatschte Beifall und sparte nicht mit lockeren Sprüchen je nach Temperament. Johanna gab David einen Kuß auf die Wange, was ihn sehr erschreckte, und er sah, daß Carola Krell eine große Papierrose faltete.

Gabelbach bot den raren Anblick eines gerührten Gabelbach, und als er dies merkte, faßte er sich rasch und zitierte den vom Korrespondenten Franz Hermann Ortgies überlieferten Schmerzensruf des Königs von Schweden beim Anblick der feindlichen Befestigungen vor Peenemünde: »Ist denn kein Gott mehr vor mich?« und drückte David gemessen die Hand.

Und David sagte nur: »Dieses zerreißt mich nun!«

## 9

Es ist aber recht aufschlußreich, daß man einen Vorfall oder eine Geschichte oder auch ein Bild unerhört nennen kann und meint es so oder so.

Einmal ist die unerhörte Begebenheit eine gewesen, die noch nie dagewesen war in allen Tagen, welche vergangen bis zu dem Tag, an dem sich das Unerhörte begab. Und war sie doch dagewesen, so hatte man aber nicht von ihr gehört.

Dann jedoch – zur gleichen Zeit oder später, wer kann es noch sagen – gewann das Wort einen anderen Klang hinzu und zeigte Empörung an; die unerhörte Begebenheit war eine ohne Moral oder eine gar wider die guten Sitten.

Diese zweifache Fracht derselben drei Silben gibt zu denken und läßt einen Verdacht aufkommen, den man scheel nennen mag oder gehässig: Sollte am Ende der Doppelsinn eine Beziehung ausdrücken? Könnte es sein: zur Entrüstung genügte, daß etwas anders war? Anders, neu, gegen Erfahrung, Gewohnheit, Herkommen und Brauch? Waren ein Vorfall, eine Geschichte oder auch ein Bild in dem einen, im moralischen Verstande unerhört, weil sie es, eben weil sie es in dem anderen, dem zeitlichen, waren?

Waren sie es? Sind sie es?

Franziskas Bilder waren unerhört, und die Geschichte, die sie zu dem einen erzählte, war es auch, und unerhört war der Vorfall, von dem Franziska unter unerhörten Umständen erfuhr. Sie lag nämlich in den Wehen, und das ist zwar ein sehr hergebrachter Umstand, aber hergebracht ist auch, daß man in diesen Stunden verschont wird mit haarsträubenden Geschichten, und so war es unerhört, wenn Schwester Turo die ihre, die haarsträubend war im schlimmsten Sinne, dennoch an Franziskas Kindbett erzählte.

Es war eine Liebesgeschichte, die hatte mit Turos Haar zu tun, und Franziskas Bilder hatten mit der Geburt ihres Kindes zu tun, und alles war so unglaublich.

Fran hatte sich zu genau umgesehen, um eine Schwärmerin zu sein, und heilige Schauder waren ihr fremd, aber es war ihr doch seltsam, als sie mit ihrem Koffer in das Taxi stieg, und um sich davonzuhelfen, sagte sie dem Fahrer zur Adresse noch: »Ich geh jetzt Kinder kriegen.«

Der gönnte ihr einen Blick über den Innenspiegel und sagte: »Das steht Ihnen frei, Madame.«

Immerhin setzte er ihren Koffer auf die dritte Stufe der Kliniktreppe, und seine Weise, sich aus den Angelegenheiten seiner Fahrgäste herauszuhalten, war angenehmer als die Art der Pförtner und Aufnahmeschwestern, den Zugang mit Mutti anzureden.

Der Arzt hatte sich mit einer anderen Sicherung gegen die bestürzenden Vertraulichkeiten seines Berufs versehen: Er war aseptisch höflich und so altmodisch vornehm wie ein lübischer Senator. Er sagte gnädige Frau zu Fran und nannte ihren Zustand vorzüglich und überließ das Weitere der Schwester Turo.

An der war etwas, woran Fran sich festhalten konnte, sich ablenken von der verrückten Spannung, die sie zwar für zulässig und den Umständen angemessen hielt, die sie aber dennoch ableiten wollte auf das Außen hin; so hatte sie es immer mit sich gehalten.

Wenn Schwesterntracht gedacht war zu neutralisieren, durch Unform Form vergessen zu machen und durch Uniform Funktion zu betonen, dann war der Entwurf an dieser Schwester Turo gescheitert.

Fran sagte sich, die besondere Lage habe sie womöglich mit einem Sonderblick versehen, einem Überauge, und wahrscheinlich sei ihre Wahrnehmung nur ein Ergebnis der allgemein gesteigerten Empfindlichkeit, aber es half nichts: Schwester Turos Gestalt blieb ein Gleichnis für alles, was weiblich war.

Nur ihr Gesicht stimmte nicht zu dem übrigen, oder stimmte doch? Es war ein verwirrendes Gesicht; schön in fast allen Einzelheiten, im ganzen aber wie ein Bild unter verschrammtem Glas.

Vielleicht war die Haube schuld, die ein unmäßiges Ding war, so ein Nonnenhelm, dessen Rand beinahe auf den Augenbrauen saß und alles Haar verbarg. Oder war es die Glätte der Haut, eine glänzende Glätte, die durch Überstraffung kam, als wäre das Gesicht vom Kinn her bis hinauf in die verdeckte Stirn neu verspannt worden, und nun fehlten zur Schönheit die Falten?

»Sie haben sich eine gute Zeit ausgesucht«, sagte Schwester Turo, »das andere Bett in Ihrem Zimmer ist frei. Oder haben Sie lieber Gesellschaft?«

»Ich werde ja bald welche haben, und wenn es ans Jammern geht, bin ich gern allein«, sagte Fran und packte ihren Koffer aus.

Die Schwester sah den Fotoapparat. »Das Ungetüm hätten Sie aber zu Hause lassen können; jetzt sind Ferien.«

»Dann mache ich eben Ferienbilder«, sagte Fran, »dann knipse ich mal. Sonst fotografiere ich. Das Bett ist meine Strandburg, und Sie sind die nette Burgnachbarin, der man immer verspricht, ein Bild zu schicken. Und der Doktor ist der vornehme Herr, der am Strand entlangkommt und stets nur der Wellen und Möwen achtet. Ich hab es aus Gewohnheit eingepackt, und vielleicht lenkt es mich auch ab.«

»Davon lenkt nichts ab«, sagte Schwester Turo, »aber versuchen Sie es. Hier kann jede versuchen, auf ihre Art damit fertig zu werden.«

Doch, es stimmte, es war die Haut, die zu fest gespannt war. Die Lippen der Schwester bewegten sich, wenn sie sprach, aber sonst bewegte sich kaum etwas in diesem Gesicht, und wenn nicht die sehr dunklen Augen gewesen wären und winzige Fältchen wenigstens in den Ecken dort, wäre das schrecklich gewesen.

»Ich glaube, ich leg mich«, sagte Fran, »es wird schon wieder albern.«

Schwester Turo ging zur Tür. »Ich sehe nach den anderen, dann komme ich wieder.«

Fran zog sich aus und haderte mit sich, um den noch fernen, aber doch nahenden Schmerz zu übertönen, den sie mit einem unsinnigen Wort einen sehnsüchtigen Schmerz genannt hatte: Was war das nun wieder für ein Ausdruck: Es wird albern! Das war von der gleichen Qualität wie: Ich geh jetzt Kinder kriegen! Wenn etwas albern ist, dann das. Das ist diese blöde Burschikosität, die wir alle nicht ausstehen können. Damit fallen wir der Welt aufs Gemüt, und die verschanzt sich dagegen. Dann sagt so ein Taxifahrer eben: Das steht Ihnen frei, Madame. Der fährt sein Lebtag Ehekräche durch die Gegend oder widerwillige Theaterbesucher, und jede Nacht fragt ihn ein Besoffener: Bissu mein Freund?, und zur Entbindung hat er schon tausend Frauen gekarrt, da bleibt ihm nur: Das steht Ihnen frei!, sonst verwechselt er sich bald mit einem Fuhrmann des Schicksals und wird verrückt darüber.

Der Doktor hat sich diesen nördlichen Grauschlipsadel zugelegt, damit wir ihm nicht zu nahe kommen mit unserem Gejammere oder dieser so durchschaubaren Forsche, und die Schwester hat gleich zwei Tricks: Wenn du sagst, jetzt wird dir so, und es gar noch albern nennst, womit durchblicken soll, es ist durchaus nicht albern, sondern sehr ernst und höchst besonders, dann sucht sie die Tür und sagt, nun ginge sie erst einmal zu den anderen, damit du nicht vergißt, es gibt noch andere, und sie zeigt dir ihr Gesicht, das ist wie eines unter überspanntem Pergament.

Nein, ich will nie wieder so reden, als kriegte ich, hoppla, ein Kindchen, ich will nicht quatschen wie ein Bubikopf von Tucholsky, ich mach jetzt Schluß mit dem Rheinsberg-Schnodder, ich geb jetzt alles zu und gestehe: Es tut weh!

»Ich sage ja: Sie haben sich eine gute Zeit ausgesucht«, sagte Schwester Turo, »die anderen scheinen vergessen zu haben, wozu sie hergekommen sind. Ich habe Zeit für Sie, und die nehme ich mir auch immer, wenn es das erste ist. Geht es wieder?«

»Ach ja«, sagte Franziska.

»Dann ziehen Sie sich wieder an. Sie müssen noch genug im Bett liegen. Sie können mir zeigen, wie man mit so einem Apparat umgeht, dann knipse ich Ihren Mann, wenn er sein Kind besehen kommt.«

»Ich weiß nicht, ob er schon zurück sein wird. Er ist unterwegs, beruflich.«

»Das könnte sein Glück sein«, sagte Schwester Turo, »oder Ihres, ich weiß ja nicht.«

Das war eine etwas dunkle Bemerkung, aber die Schwester half: »Ich habe hinter der Besucherscheibe nur selten Fassung gesehen. Wenn man ein paar Jahre hinter dieser Tür gestanden hat, die Neugeborenen im Arm, und auf der anderen Seite immer nur Männer, die sich schrecklich zusammennehmen, damit man ihnen die Freude und die Verwirrung nicht zu sehr anmerkt, hundertprozentig ernst nehmen kann man sie dann nicht mehr.«

»Das muß man sowieso nicht«, sagte Fran, »meiner ist ganz gescheit, aber wenn er vom Friseur kommt oder wenn er so sinnend unter die Motorhaube guckt und versucht, wie der Herr Otto auszusehen, der den Motor erfunden hat, dann fragt man sich auch … Komisch, wenn man an Krankenschwestern denkt, denkt man eigentlich nie, daß sie verheiratet sind. Sind Sie?«

»Nein«, sagte Schwester Turo, »kommen Sie, sitzen Sie da nicht rum. Bewegung ist gut für alle Beteiligten.«

Fran ging auf den Gang hinaus und sah durch das Fenster einem Mann auf dem Klinikhof zu, der einen Schubkarren reparierte. Vielleicht bin ich doch zu früh gekommen, dachte sie, herumlaufen und warten könnte ich auch zu Hause. Aber diese Schwester ist angenehmer als Frau Mauer; wenn Frau Mauer erzählt, wie inständig anders es früher gewesen ist mit dem Kinderkriegen, das hab ich nun lange genug gehört: Ich sage immer, Frau Groth, viel heißes Wasser und eine erfahrene Hebamme, inständig, Frau Groth, da schenke ich Ihnen jeden Doktor, das ohnehin.

Diesem freilich, dem Chef, der jetzt durch die Flügeltür kam, hätte auch Frau Mauer vertraut: Inständig, Frau Groth, der Mann ist eine Erscheinung!

»Na, gnädige Frau«, sagte der Arzt, »hier ist wohl nichts zu holen für Ihre Kamera.«

»Das weiß man nie«, sagte Fran, »aber ich habe gar nicht um Erlaubnis gefragt. Darf ich?«

»Selbstverständlich, wenn es Ihnen Spaß macht. Nur sehe ich so gar nichts hier. Wie fühlen Sie sich? Vorzüglich, nicht wahr? Sehr schön, wir sehen uns ja bald.«

Vielleicht hätte ich ihn fragen sollen, ob ich ihn aufnehmen darf, dachte Fran, es wäre interessant zu sehen, ob der sich dabei auch verändert. Aber dann fühlte sie, daß sich der Schmerz wieder bereit machte, über sie herzufallen, und sie ging in ihr Zimmer.

Schwester Turo sagte: »Sie müssen nicht Ihre Zunge verschlucken, nur weil Sie nicht jammern wollen. Jammern hilft zwar nicht, aber wer weiß das schon, wenn ihm so ist. Nur Angst sollten Sie nicht haben.«

»Es ist schon vorbei«, sagte Fran. »Der Professor hat mich mit der Kamera erwischt, aber er hat gesagt, ich darf, wenn ich etwas finde. Wenn Sie da stehen bleiben, mache ich von Ihnen …«

»Nein«, sagte die Schwester und ging zur Tür. Dann blieb sie stehen, stand lange still und ging schließlich wieder zurück an den Platz am Fenster. »Es ist Unsinn, machen Sie nur. Viel wird sowieso nicht zu sehen sein von mir, so mit dem Rücken zum Licht.«

Fran lachte erleichtert: »Stimmt, aber ich kann Ihnen verraten: Das, was von Ihnen bei dem bißchen Licht zu sehen ist, kommt bei anderen Frauen nicht einmal heraus, wenn sie ihren Schneider mitgebracht haben und ich mit Lampen und Schatten nachhelfe.«

»Gott im Himmel, erinnern Sie mich nicht«, sagte Schwester Turo, »das war einmal, ich weiß es. Vielleicht darf man so etwas nicht sagen, aber da es vorbei ist, sage ich es: Einmal war ich schön.«

»Ich will mich nicht mit Ihnen streiten«, sagte Fran, »nur weiß ich nicht, warum Sie die Vergangenheitsform wählen.«

»Weil es Vergangenheit ist. – Wenn ich wüßte, Sie sind nicht sehr empfindlich, würde ich es Ihnen erzählen. Und wenn ich wüßte, daß Sie nicht denken, ich warte hier immer nur auf jemanden, dem ich es erzählen kann. Dabei weiß ich nicht einmal, ob es nicht doch so ist. Es ist wahr, ich hab lange nicht darüber gesprochen, aber daß ich nicht darüber hätte sprechen wollen, ist nicht wahr. Man kann sehr allein sein, wenn man Pech gehabt hat, und wenn man davon redet, ist man es nicht ganz so. Sie können mir gleich sagen, ob Sie es hören wollen; ich laß mich rasch noch einmal bei den anderen Damen sehen, dann haben wir Zeit.«

Franziska war nie sehr scharf auf die Unglücksgeschichten anderer Leute gewesen, und sie hatte mehr als einen Streit mit David gehabt, weil der ein fast süchtiger Zuhörer und Ausforscher war, Unglück oder Glück, Banales oder Ausgefallenes, er raffte alles an sich, was anderen geschehen war, und wenn er auf jemanden stieß, der seine Sache verschlossen hielt, war er beleidigt und wurde mißtrauisch: Was hatte der zu verbergen?

Fran fürchtete, in Pflichten zu geraten, nach denen es sie nicht verlangte. Man konnte doch nicht einfach zuhören, die Geschichte schlucken und dann schweigen; es wurde eine Meinung von einem erwartet und ein Urteil, und sie war froh, wenn sie für ihr eigenes Leben auf ein Urteil kam.

Und doch war es ihr jetzt recht, Zuhörerin zu sein, auch wenn die Schwester nichts Gutes verheißen hatte, denn wenn sie sich im Augenblick auch fühlte, als sei alles blinder Alarm gewesen, so wußte sie nun schon, wie rasch sich das ändern konnte, und das Warten darauf setzte ihr zu.

»Ich hab mich schon öfter mit dem Chef gestritten«, sagte Schwester Turo im Hereinkommen, »ich behaupte, es muß an bestimmten Tagen in der Luft liegen, daß die Männer zu ihren Frauen ins Bett kriechen, und ein Dreivierteljahr später stehen sie dann verwirrt hinter der Glasscheibe; anders ist es nicht zu erklären: Mal ist es so still wie jetzt, und dann wieder denkst du, du bist auf dem Weihnachtsmarkt. Der Chef hält nichts von meiner Theorie. – Ich war vorhin ein bißchen komisch, aber ich habe mich seit einer Ewigkeit nicht mehr fotografieren lassen. Ich hab mir eben gesagt, wenn eine den Mumm hat, jetzt noch mit dem Fotoapparat zu hantieren, dann kann ich ihr auch sagen, warum.«

Dann sagte sie es, und manchmal dachte Franziska, jetzt wäre es besser, sie hörte nicht mehr zu, aber dann sagte sie sich wieder, nein, das ging nun nicht mehr; sie hatte der Schwester auf irgendeine Weise Mut gemacht, wie, wußte sie nicht genau, aber sie wußte, sie würde ihr den Mut nehmen für lange Zeit, wenn sie jetzt bremste, was da in Gang gekommen war.

Das Arrangement war etwas seltsam: Die Schwester saß in der Fensterecke auf dem Besucherstuhl und sprach, und Franziska ging langsam zwischen Wand und Wand hin und her und hörte zu. Wenn Turo stockte, blieb Fran stehen, und so kam sie ohne ermunternde Worte aus und gab doch ein Zeichen, daß sie bei der Sache war.

Die Sache war zunächst nichts anderes als eine etwas altmodisch klingende Liebesgeschichte, und zuerst hatte Fran Mühe, mit ihrer Vorstellung den Worten Turos nachzukommen, denn der Bericht ging von einer sehr entlegenen Gegend und von Haltungen, die sehr vergangen schienen.

Mein Gott, ein Frauenroman aus der Lüneburger Heide, dachte Fran, als Turos Rede von Wanderarbeitern war und von einem schwarzäugigen Kerl, dem es eine Ernte lang bei ihrer Mutter gefallen hatte, und dann das alte Lied: Ein Kind und kein Vater dazu, blödes Gerede im Dorf, fürchterliche Kinderverse, Weibertratsch von Zigeunerbalg und Hurenkünsten, Katenkammer und Mutterjammer, die Schule, der uralte Alp, ein Pastor, hilflos in seinem Zorn und schreck-

lich in seinem Mitleid, Starrsinn der Mutter, die nicht fort-
wollte trotz alledem und nun gerade nicht, gefährliche
Freundlichkeit der Männer nach dem sechsten Schnaps und
in der dunklen Scheunenecke und der Haß dann, wenn es
nichts war mit dem raschen Spaß, die Mutter rackert sich ab,
wenigstens da soll man ihr nichts nachsagen können, und das
andere: wenigstens ihrem Kind soll man es nicht auch wieder
nachsagen können, also: Wo warst du, wo willst du hin, dahin
gehst du nicht, du bleibst hier, dir soll es nicht so gehen, geh
ins Bett, warum schläfst du noch nicht, was wollte Krügers
Willi heute von dir, wozu diese Schleife, willst du sie noch
wilder machen, in die Stadt niemals, wir bleiben hier, es kann
doch nicht so bleiben, es ändert sich manches, hier muß es
auch noch werden.

Aber der Roman spielte nicht in der Lüneburger Heide, sein
Schauplatz war die Uckermark, und wenn Fran auch noch nie
dort gewesen war, jetzt war sie dort; die Schwester vermochte
zu sagen, was sie sagen wollte. Sie beschrieb einen Herbst am
Haff, der alle Erinnerung an Sommer und Feriengäste und
Badestrand erschlug. Regen ab September, Nebel ab Oktober,
Nässe das halbe Jahr, nasse Wiesen, nasse Wege, feuchte
Wände, feuchte Wolle, der Schnee hält sich nicht lange, aber
die Gräue des Wassers im Haff hält sich auf Ewigkeit, und
ewig quietschen die Windräder der Wasserpumpen im Haff-
sumpf; hält der Wind an, saufen die Wiesen ab, aber der Wind
hält selten an, die Pumpen stöhnen, und die Menschen in all
der Feuchte am Rande des Landes saufen und halten den Lan-
desrekord und glauben an Hexen, und was man das Neue
nennt, kriegt den Fuß nur schwer auf den nassen Boden.

Zwar, der Bürgermeister wettert: Sie haben jetzt Traktoren
hier und Mähdrescher in der Genossenschaft und keinen
Gutsbesitzer mehr und eine Mittelpunktschule mit zwei
Fremdsprachen und die Gleichberechtigung der Frau vor Arbeit und Lohn und die Fürsorge für die Mütter, auch die ledigen, und eine wissenschaftliche Aufklärung, die kein Hexen-
gerede und keinen Zigeunerquatsch duldet, das ist die neue

Zeit, die ist kein leerer Spruch, die ist Wirklichkeit, und wehe, er kriegt einen zu fassen, der etwas über Turo sagt.

Aber er kriegt keinen zu fassen; Turo muß sich selber helfen, und sie hilft sich auch. Sie arbeitet und sie liest, und eines Tages wird sie fortgehen.

Aber dann kommt ein Tag, da meint sie, nie wird sie fortgehen, denn das, worauf sie gewartet hat, ist jetzt hier, ist gekommen und bleibt. Es ist ein Mann, aber es wäre nicht richtig, zu glauben, sie hätte auf nichts anderes gewartet als auf einen Mann, gewartet hat sie auf das, was der Mann ist: die Ruhe, die schöne Selbstverständlichkeit, der Schutz, der unversteckte Spaß, der klare Blick auf ein Ziel, die Sicherheit, die Zärtlichkeit, die in der Stärke wohnt, der Anfang eines neuen Lebens.

Noch braucht das neue Leben Geduld, noch wohnt der Mann mit anderen zusammen in einem Wagen, noch ist seine Arbeit in ihrem Anfang, noch geht sie vor und hält ihn lange auf, aber, und das ist der Ausschlag, er wird bleiben, er wird der neue Meister der Pumpenstrecke sein, er wird hier bauen, für sich und für Turo. Bis dahin ist noch kein anderer Platz für die beiden als im Unterbau der großen Flügelpumpe; dort dreht sich zwar die Welle, sie dreht sich erstaunlich schnell auch bei trägem Wind, dort beißen zwar die Zähne des Getriebes ineinander, sie schnappen kreischend zu, daß es sich bedrohlich anhört in der Nebelstille, aber den Unterbau trennt ein Gitterkäfig von dem Rest der Welt, eine Türe ist verschließbar, eine Leiter geht es hinab, in die Nähe von Wellen und Rädern zwar, aber da ist auch eine trockene Planke und zwei dicke Decken und ein Kissen sogar, und ein Platz, an den niemand sonst kann, ein Platz für Turo und ihren Mann.

Seltsam, dachte Fran, als sie erzählte, wie häßlich es war, hatte ich Furcht, es würde noch häßlicher werden, und jetzt, da sie sagt, wie schön es war, fürchte ich mich noch viel mehr. Sie spricht von dem Schönen wie von etwas Totem, das ist es, und ich höre zu und müßte doch wissen: Das ist jetzt keine Geschichte für mich, denn sie geht nicht gut aus, und ich stecke selber in einer Geschichte, von der man weiß, daß sie manchmal noch ein häßliches Ende hat.

Es ist unerlaubt, was diese Schwester macht, es ist gegen alle Regel, ich hab ein Recht auf regelrechte Behandlung, ich merke doch, es zieht schon wieder heran, das Kind ist fast schon auf der Welt und muß gleich solche Sachen hören, was soll es denn denken von uns und der Welt?

Dann merkte Fran, daß sie stehengeblieben war und sich am weißlackierten Bett festhielt, und sie spürte, wie der Schmerz noch weit in der Ferne kehrtmachte, oder wenn nicht kehrt, so doch halt, und jetzt lagen die Dinge wieder anders, jetzt war ihr leicht, und sie war stark, wer sagte da, daß sie die Kraft nicht hätte für ein böses Märchen aus der Uckermark; den wollte sie sehen, und jetzt wollte sie diese Moorballade weiterhören, mochte es gehen oder brechen, und lange konnte es so nicht mehr dauern, die Geschichte nicht und das Warten nicht, und das eine verging mit der anderen, da hörte sie doch besser zu.

Turos Erzählung kam an ihr schlimmes Ende dort, wo sie gerade schön geworden war:

Eine begreift eben, was Glück ist, was einer einer sein kann und eine einem; sie pfeift auf das Dorf und hört nicht auf der Mutter Vergleiche zwischen dem Wanderer damals und diesem hier, der andere war ein Schatten, und dieser ist Fleisch und Blut, der andere war der Beginn des Unglücks, und dieser ist der Beginn des Glücks, den anderen hat es nie gegeben, und diesen wird es für immer geben, da geht sie an jedem Abend zu der lustigen Pumpe, ganz oben schwingt sich das mächtige Blätterrad durch den Wind, ist ein nützliches Karussell, gibt von seiner Kraft an die schlanke Welle weiter, die dreht sich flink und fleißig und bringt die Kraft nach unten ins Getriebe, das Getriebe nimmt der Welle die Kraft ab, gibt ihr eine andere Richtung und einen anderen Rhythmus, aus dem Kreiseln wird ein Auf und Nieder, aus der raschen Propellerfahrt ein fast gemächliches Schöpfen, die Pumpe kreischt nicht, sie pfeift und singt, die Pumpe ist kein heulendes Nebelgespenst, sie ist Zufluchtsort und Ausgangspunkt für alle Zukunft, und dann, einmal, mitten im Glück, ist sie doch das mahlende Ungeheuer, beinahe eine Mörderin, aber Schlimmeres noch, Mörderin aller Träume, Mörderin aller Zukunft, ein kreischendes Ungetüm, das mit stählernen Zähnen in das Haar eines Mädchens greift, eine Schleuder, die alle Hoffnung zerreißt, und ein Deicharbeiter, der auf dem Heimweg ist, denkt noch: Die elende Pumpe, jetzt schreit sie schon wie ein Mensch! und: Man wird es den Wasserwerkern aus der Stadt sagen müssen; wenn eine Maschine so schreit, das ist unmenschlich!, und weil der Deicharbeiter einer von denen ist, die stillestehen müssen, wenn sie denken wollen, bleibt er noch so lange an seinem Fleck, bis das Pumpwerk wieder seinen alten Ton gefunden hat, der fast gemütlich klingt und anheimelnd jetzt, da der andere, der unmenschliche, nicht mehr mitgeht in dem Geräusch aus Räderwerk und Wind, und so sieht der Mann, der auf dem Heimweg ist, etwas über die dunkle Wiese kommen, und nach Stunden erst, als er aus dem Krankenhaus der Stadt endlich nach Hause fährt, weiß er: Es war doch nicht die Pumpe, die da so geschrien hat.

»Wissen Sie«, sagte die Schwester Turo, »manche Dinge, die man macht oder denkt, stimmen einfach nicht. Sie sind die richtigen, aber wenn man sie ausrechnen würde oder messen mit dem, was man vernünftig nennt, dann würde man sehen, daß es gar keinen richtigen Sinn ergibt. Sie werden jetzt denken, das, was ich sage, hat auch keinen richtigen Sinn, aber mir fehlt nur der Ausdruck dafür, die Vorstellung hab ich schon. Ist das schwer, aber ich will es mal so versuchen: Wenn der Deicharbeiter nicht gewesen wäre, das ist klar, dann wäre ich nicht mehr am Leben. Das ist ganz einfach, das hat mit Blutverlust zu tun, mit der Verletzung eben, die man Skalpierung nennt. Ich wäre da irgendwo über Nacht liegengeblieben und aus. Aber das ist es nicht, denn ich hatte noch wochenlang im Krankenhaus die Möglichkeit, einfach aufzugeben. Ich sage: einfach, und das meine ich. Ich bin ganz sicher, es gibt einen Punkt, da hat man sich selbst in der Hand; läßt man los, dann ist es vorbei. Und ich hatte alle Gründe loszulassen. Was sollte ich noch? Für wen? Für meine Mutter? Der war ich schon einmal eine Last gewesen, sehr lange, und jetzt würde ich wieder eine Last für sie sein; die war besser dran ohne mich.

Und die Leute im Dorf? Im Leben nicht. Es gibt Meinungen, an denen kann nichts etwas ändern. Die hatten doch recht behalten: Mit mir war es nicht geheuer, und das war die Strafe.

Oder der Mann? Der hat das Weite gesucht; ich kann es ihm nicht verdenken. Einmal war er noch mit Blumen im Krankenhaus, und er ist beinahe ein zweites Mal in Ohnmacht gefallen. Er hat gesagt, als die Polizei den Unfall untersucht hat, er ist in Ohnmacht gefallen da unten in der Pumpe, und als er zu sich kam, war ich weg. Ich glaub's. Er hat mir noch einen kümmerlichen Brief geschrieben; wer will ihm denn einen Vorwurf machen, ich war ja nicht mehr die von vorher. Und nun das, was nicht stimmt: Ich hab mich an den Deicharbeiter gehalten, wenn es darum ging, ob ich nun einfach zu atmen aufhören sollte oder nicht; es wäre nicht schwer gewesen. Ich weiß, allgemein geht das Herz, ob der Mensch will oder nicht, aber ich weiß auch: Wenn ich gewollt hätte, wäre es stehengeblieben. Ich wollte nur nicht, und das ist die Unstimmigkeit, ich wollte nicht, wegen diesem krummen Kerl aus dem Dorf, dem Voigt.

Nicht was Sie denken – der war alt und krumm und hatte fünf Kinder, der säuft und taugt nichts. Der ist auch nicht edel geworden oder so was, weil er nun ein Retter war. Der hat hinterher einen mächtigen Krach mit der Versicherung gehabt, weil sie ihm die verdorbenen Kleider nicht so ersetzen wollte, wie er sich das vorstellte. Ich hörte, er hat eine Rechnung gemacht, nach der muß er einen Brokatmantel angehabt haben und darunter eine Weste aus Hermelin. Was er dann gekriegt hat, hat er gleich versoffen, und dann war es seine große Nummer: Wie er die Turo durch die Wiesen geschleppt hat! Ich kann mir's schon vorstellen.

So genau wußte ich das damals natürlich noch nicht, als ich mich entscheiden konnte zwischen Leben und Nicht-Leben, aber daß es etwas war für ihn, daß ich noch am Leben war, wußte ich, und ich dachte wohl: Nun hat dieser krumme Kerl mal was Besonderes; beinahe wäre er aus der Welt so weggedämmert, wie er durch sie durchgedämmert ist, aber nun hat er was, und wenn ich mich jetzt fallenlasse, werden die Leute sagen, so wie die Leute hier sind: Na, Voigt, du versoffener Dämlack, wozu hast du dir da deine kostbaren Gewänder versaut, wo sie nun doch hin ist?

Vielleicht waren es auch nur die Leute, warum ich nicht losgelassen habe, vielleicht die viel mehr als der krumme Voigt; es kann sein, daß ich denen diesen Gefallen nicht auch noch tun wollte. Ich sage ja, es paßt alles nicht richtig, aber weil ich eine Erklärung haben muß, ist der Deicharbeiter die Erklärung.

Und Sie haben nun auch Ihre Erklärung. Die letzten Bilder, die von mir gemacht worden sind, die sind in einer wissenschaftlichen Zeitschrift zu sehen. Ich hab sie mir einmal angeguckt und dann nicht mehr. Was der Doktor da oben mit mir angestellt hat, war ein medizinisches Wunder, und er hat gesagt, die werden nur geglaubt, wenn sie fotografiert und genau beschrieben sind, und für andere Ärzte wäre es wichtig, daß er es in die Zeitung gibt, damit sie nicht zu früh aufstecken, wenn ihnen mal so ein Unglücksmensch wie ich auf den Tisch kommt.«

Sie dachte einen Augenblick nach und sagte dann: »Ich kann nur wünschen, sie brauchen die Bilder nie.«

Schwester Turo ging und ermunterte Fran, sie solle sich jetzt getrost etwas ausruhen, sie sei ja fast so weit marschiert wie von hier bis in die Uckermark, und lange könne es nun auch nicht mehr dauern.

Es dauerte auch nicht mehr lange, oder wenn, dann verging die Zeit so rasch, weil Fran sich zwischen Schmerz und neuem Schmerz fast wütend an Turos Geschichte klammerte, die eine war von anderem Schmerz und mit anderem Ausgang; eine

Geschichte, die gerade verlief wie ein Sturz und die Geschichte eines Sturzes war, aber nicht nur eines Sturzes.

Wer da herausgekommen ist und nicht an den Teufel glaubt und kein Teufel geworden ist, nicht vor Haß vergeht oder vor Jammer und eine Arbeit tut, die Ruhe braucht und Liebe, ja, Liebe, absurdes Wort in dieser Geschichte, aber Liebe, der ist das, was wir immer suchen und immer suchen sollten, der ist ein Mensch, und das ist schon ein ganz schöner Zufall, oder wenn es kein Zufall ist, dann ist es ganz schön so eingerichtet, daß dieser Mensch gerade hier seine Arbeit tut, das kann man hier brauchen, denn hier tut es manchmal sehr weh, und Angst hat man hier auch nicht selten, und zu oft kommt man sich hier zu außerordentlich vor, da ist es sehr gut, daß es hier die außerordentliche Schwester Turo gibt.

Später dann, als das Gerede um die unerhörten Bilder Franziskas ging und das Geschrei auch, und als man Franziska fragte, woher sie den erstaunlichen Mut genommen habe – und erstaunlich klang dann wie unheimlich und empörend –, den Mut, vom Kindbett aus den eben geborenen Sohn, das gerade abgenabelte Kleinstkerlchen, das Neugeborene, das neuer geboren kaum zu denken war, in aller Ruhe – von der Ruhe gab die Schärfe der Bilder Auskunft – zu fotografieren, dann sagte Fran manchmal, es habe kein Mut dazu gehört, nur eine gewisse Sicherheit, und wenn schon Mut, dann gleich Übermut, der einen gelegentlich so packe, vorzüglich wenn man gerade begriffen habe, wie gut es einem eigentlich gehe, ja, zum Übermut wolle sie sich bekennen, verrückt sei sie gewesen vor Freude, und Gründe habe sie genug gehabt, und einer davon sei eine traurige Geschichte gewesen.

Aber sie behielt die Geschichte für sich, teilte sie nur mit David, und auch eine Erzählung, zeigte sich wieder, konnte eine Prüfung sein; David bestand sie, er hörte stumm zu, und erst am Ende sagte er: »Ach, Mensch, was wir uns manchmal antun!«, und Fran verstand: Dies war eine lange, laute Klage.

Um so fröhlicher machten ihn die Bilder seines Sohnes, und die Aufregung, die sie verursachten, brachte seine Beredsamkeit in Fahrt; abends hockte er auf dem Teppich neben dem Babykorb und erstattete dem schlafenden jüngeren David Bericht: »Oh, Junge, haben wir dich fein hingekriegt! Ich hoffe, du weißt, wen ich meine mit diesem ›wir‹. Zuvörderst, das muß eingeräumt werden, ist da deine Mutter, die amtlich, wenn auch ungern auf den Vornamen Franziska hört, und ist diese eine anerkannt angenehme, anziehend anmutige, anregend ansehnliche Anverwandte für unsereins, für deinereins und meinereins, aber für andrereins ist sie manchmal auch eine anstrengend anspruchsvolle Angelegenheit, wodurch sie den Mittelstand erschreckt, welcher in dem zwischen dir, mein Sohn, und mir, deinem Vater, erörterten Zusammenhang keine soziale Kategorie ist, sondern eine geistige. Wir beide, du David und ich David, wir beide meinen, wenn wir von Mittelstand reden, den Mittelmaßstand, den behäbigen Bishierherundnichtweiter-Verein, die normfromme Diekirchemußimdorfbleiben-Gemeinde, das erschreckend große Allesmußseinegrenzenhaben-Lager. Die also, mein schöner Sohn, die hat deine Mutter mit dir erschreckt, mit Bildern von dir, von denen sie meinen, die gehören sich nicht, weil, du errätst es nicht, weil sie sich nicht gehören. Ihre Rede geht, ihre Gründe lauten, ihre Logik spricht: Ein Anstand ist ein Anstand ist ein Anstand … und nur völlig Schwindelfreie sind gut für eine Diskussion mit ihnen – so tief sind die Abgründe, in die man blickt, blickt man ihnen in die Argumente.

Aber, lieber Sohn, davon wollen wir jetzt nicht reden, wir ereifern uns sonst, ich kenne uns doch; wir wollen vom Aufruhr der Gemüter sprechen, den dein Auftritt ausgelöst unterm Dache der Neuen Berliner Rundschau, und sage du selbst: Hättest du solches für möglich gehalten?

Ich nicht, Sohn, ich sage es offen, ich nicht, und ich kenne mich runde dreißig Jahre länger aus mit der Welt als du und runde zehn Jahre länger mit der Neuen Berliner Rundschau;

mich hat dieses beinahe auseinandergezwirnt, Junge, junge-junge!«

Merkwürdig, jedenfalls für David, merkwürdig war, daß ausgerechnet Fran, die Urheberin der Bilder und also des Trubels, die Ruhigste blieb im Für und Wider der Meinungen und Verständnis aufbrachte für fast alle Ansichten, wenn auch nicht völlig für die der Reporterin Helga Gengk, denn diese Ansicht richtete sich weniger auf die Fotos als auf die Fotografin.

»Mondo cane«, hatte Helga Gengk gesagt, und David hatte es Franziska treulich berichtet, »das ist doch mondo cane pur, die Welt von der Hundeseite! – Deine persönlichen Sachen gehen mich zwar nichts an, Genosse Groth, aber fragen werde ich dürfen: Fürchtest du dich nicht ein wenig, wenn du siehst, wozu deine Frau imstande ist?«

Und dann hatte Helga ausgemalt, wozu sie Franziska imstande hielt: »Wenn die merkt, ihr letztes Stündlein kommt, jetzt geht es ans Sterben, was, glaubst du, wird sie tun? Ich will dir sagen, was sie tun wird: Sie wird aus dem Bett kriechen, ihre Lampen aufstellen, ihr Stativ, die Kamera einrichten, den Auslöser zwischen die schon klammen Finger nehmen und warten. Sie wird warten, bis sie merkt: Den nächsten Schlag tut das Herz nun nicht mehr, der nächste Atemzug wird nur noch ein matter Versuch sein, den nächsten Augenblick verdunkelt das Ende. Da wird sie, was noch geblieben ist an Kraft, zusammennehmen, und es wird gerade noch reichen zu einem Daumendruck in Richtung Verschluß, und dann ist Schluß, aber auf dem Film, dessen bin ich sicher, wird ein authentisches Sterben sein, und mir grauste vor solcher Aussicht, wäre ich an deiner Stelle, Genosse Groth!«

Aber David hatte sich auf die Vorstellung nicht näher eingelassen. »Da bin ich ruhig, Helga, da ich es nicht erleben werde. Statistisch gesehen sterben die Männer vor ihren Frauen, und ich bin sehr statistisch, was also soll mir grausen?«

»Vielleicht der Gedanke, sie stellt das alles, was ich eben beschrieben habe, mit deinem Sterben an?«

»Nein, Helga, aber jetzt weiß ich, was mich wirklich gruseln macht: Du!«

»Ich?«

»Ja, du! Ich hab mir nie Gedanken gemacht, ob du Franziska magst oder nicht. Warum sollte ich? Wahrscheinlich gehört das zu den häufigsten Fehlern, die wir begehen: Daß wir denken, alle dächten so wie wir. Also machen wir uns keine Gedanken. Und jetzt ist als mindestes zu sagen: Du kannst Franziska nicht ausstehen. Mußt du ja nicht, aber warum die Krallen? Ich hab das Wort nicht aufgebracht, du hast von mondo cane gesprochen, aber jetzt erlaube ich mir zu sagen: Das war heftig hündisch eben. Warum?«

»Wie kommst du auf: nicht ausstehen? Ich habe nur geglaubt, es gehört doch einige Gefühlskälte dazu, solche Bilder zu machen; das hat mich erschreckt, und du redest von Krallen! Ich meine nur: Wer in einer solchen Stunde imstande ist, ich meine, wer praktisch imstande ist, die Geburt des eigenen Kindes zu fotografieren, wozu ist der noch imstande? Es gibt doch Grenzen, und ich habe nur gedacht: Ich möchte aber nicht an deiner Stelle sein!«

»Das bist du ja auch nicht, da sei nur froh, aber so froh, wie ich darüber bin, kannst du gar nicht sein. Und so froh, wie ich darüber bin, daß kein anderer an meiner Stelle ist, kann kein anderer sein, weil kein anderer an meiner Stelle ist. – Gefühlskälte, das zerbröselt mich. Was muß denn eine Frau in solcher Lage tun, damit man merkt, ihre Gefühle haben die richtige Temperatur? Aber sag es nicht, ich hab es oft genug im Kino gesehen: Feuchter Blick durch die Nachthemdrüschen, o selig, o selig, ein Kind ist nun mein, und all dieser Klostermist-Liebfrauengeist, das ist die rechte Herzenswärme, und später darf auch fotografiert werden: Kind überm Taufstein, Kind auf'm Pott, vollfettes Kind mit Breichen im Gesicht, selbstbestricktes Killekindchen, aber wehe, eine macht es anders, macht einen Film, auf dem wirklich etwas Neues zu sehen ist, ein Stück mondo humane, ein Stück Menschlein pur, und zwar aus der einzigartigen Perspektive der Hauptbeteiligten, dann röhrt die reine Seele auf und schwenkt das Herzensthermometer!«

»Jetzt wirst du geschmacklos, Genosse!«

»Jetzt kriege ich Appetit, Genossin! Jetzt kommt die große Schimpflust über mich, jetzt packt mich die bleiche Rage, weshalb, wieso, warum, weil ich Zustände krieg bei allem, was nach Mittelalter riecht. Aber weil man in Zuständen nicht gut diskutiert, fasse ich mich zusammen und sage dir in aller Ruhe: Du zeigst die Symptome einer bösen Krankheit.«

»Jetzt reitet wieder die Grothsche Kavallerie gegen die Spieße des Spießbürgertums. – Deine Idiosynkrasien sind mir hinlänglich bekannt, und bekannt ist mir auch: Die Spießerei ist nicht die Hauptgefahr.«

»Ich kenn ihn, den Spruch, und soweit ist er richtig: Sie ist wirklich nicht die Hauptgefahr, aber ich wehre mich gegen die Übersetzung, die ihr euch davon macht: die Spießerei ist keine Gefahr. Ich werde mich hüten, Armeen gegen sie zu werfen, aber versäumen werde ich nicht, meinen Posten auf dem Rundgang zu sagen: Und nicht vergessen, liebe Freunde, der Feind kommt nicht immer mit Donnerschwall, und er kommt nicht nur aus einer Richtung!«

»Und jetzt, mein guter Genosse, verstehe ich das recht, jetzt steht der Feind im Land und ist ins Lager eingebrochen, weil ich eine Abneigung geäußert habe gegen die Bilder deiner werten Gattin? Herrscht ein Notstand nun, weil ich die Bilder nicht so appetitlich finde und unsere Leser vor der Begegnung mit ihnen bewahren möchte? Darin siehst du Spießerei, und deshalb, allen Ernstes deshalb, stößt du in dein Kriegerhorn, David?«

»Nicht darin, Helga, und nicht deshalb; vergiß die Bilder, es geht mir nicht mehr darum, es geht mir nur noch um den entsetzlichen Widerstand, der sich aufbaut, nur weil etwas anders ist; es geht mir um den scheußlichen Einfallsreichtum derer, die ihr Vorurteil verteidigen. Es muß viel Finsternis in einem sein, der sich seinen Kontrahenten in den Tod denkt, damit er etwas Wildes von ihm zu denken hat.«

»Nun reicht es, Meister Groth«, sagte Helga Gengk, und David berichtete, sie habe zum Fürchten ausgesehen und er habe geglaubt, sie werde sich auf ihn stürzen, aber dann hatte sie nur gesagt: »Das Weitere und den Rest besprechen wir wohl vor der Parteileitung!«

»So was«, sagte David zu Fran, »das Weitere und den Rest! Das klingt wie eine Duellforderung, findest du nicht auch?«

»Ich finde, du brauchst dich nicht zu wundern«, sagte Fran, »wenn ich deinen Worten, die du mir wiedergegeben hast, deinen Ton hinzufüge, den du mir, schlau von dir, nicht wiedergegeben hast, den ich aber ohne Mühe ins Ohr kriege, dann bewundere ich Helgas Geduld.«

»Dies«, sagte David, »dies, mein Sohn, ist deiner Mutter Art, sich zu bedanken. Ich preise ihren Liebreiz und ihre Kunst und ihren Mut und fürchte den Streit nicht, der bis vor die Parteileitung geht, ihretwegen, ich scheue das Weitere nicht und auch nicht den Rest, und dann folgt dies.«

»Hör auf«, sagte Fran, »ich finde den Streit mit Helga nicht so lustig. Wenn ich in der Leitung wäre, würde ich ihr recht geben. Es tut mir leid, daß sie denkt, ich war auf die Sensation aus. Aber sie darf erschrocken sein, hörst du, sie darf es, und was du nicht darfst, ist: sie zu einem Überbleibsel des Kapitalismus ernennen.«

»Langsam, Jugendfreundin, langsam; nichts dergleichen habe ich getan, und ein bißchen Widerspruch darf ich wohl anmelden, wenn mir eine sagt, ich sei mit einem mörderischen Eiszapfen verheiratet.«

Sie fiel ihm ins Wort: »Du zitierst schon wieder die dramatisierte Fassung. In Prosa ging es lediglich um Helgas übertriebene Vorstellungen von meiner Kaltblütigkeit, und die Übertreibung war nur ein Auslaß, den sie brauchte, weil sie erschrocken war. – Helgas Ansichten gefallen dir nicht, das verstehe ich, aber jetzt: Was willst du ändern, bekämpfen, beseitigen, Helgas Ansichten oder Helga?«

»Die Frage ist die Antwort.«

»Aber deine Art, mit Helga umzugehen, deckt sich nicht

mit deiner Antwort, David, merkst du das nicht? Du bist immer wieder zu schnell bei der Hand mit dem Großverdacht. Du läßt den anderen nur die Wahl zwischen dem langen Fluchtweg und dem schnellen Schritt vor die Parteileitung. Das ist anmaßend. Du maßt dir an, deine Mitmenschen vor die Wahl zwischen Szylla und Charybdis zu stellen; niemand gab dir solchen Auftrag.«

David erhob sich und balancierte vorsichtig über eine Linie im Teppichmuster. »Ich könnte jetzt alles mögliche tun«, sagte er leise. »Ich könnte dich fragen, ob es dir Ernst war, als du die Parteileitung zum schlingenden Ungeheuer ernanntest, ich könnte mir jetzt allerhand anmaßen, oder ich könnte mich fragen, wieso ich mich vor dir verteidigen muß, weil ich dich gegen eine Unterstellung verteidigt habe, aber ich werde bei der Sache bleiben. Die Sache fing mit den Bildern an. Warum hast du sie gemacht?«

»Mit den Bildern ist es wie mit vielem: Die Gründe findet man erst später, erst, wenn man sucht, und man ist nie sicher, ob es die wirklichen Gründe waren. Vielleicht habe ich nur fotografiert, weil das meine Art zu leben ist, mich auszudrücken und mich zu vergewissern. Wenn man ein Kind bekommen hat, das ist so unglaublich. Ich komme ja jetzt noch mitten aus dem Schlaf und starre in den Korb und kann es nicht fassen. Anderen Frauen geht es nicht anders. Wenn das Warten vorbei ist und der Schmerz wie nie gewesen, dann sehen sie auch auf ihr Kind und versuchen, den Zusammenhang zwischen ihm und sich nicht aus den Augen zu verlieren – vielleicht, weil sie das ihr Leben lang brauchen werden. Man spricht von Glück in diesem Augenblick, und ich glaube, das Wort ist hier sehr berechtigt. Mich hat eigentlich noch nie jemand gefragt, warum ich dies oder das fotografiert habe – das Hochzeitsbild aus der Börde war wohl die einzige Ausnahme –, daß ich Bilder machte, wurde von mir erwartet, warum also jetzt nicht? Wo steht geschrieben, wann man damit anfangen darf? Ab wann darf eine Mutter ihr Kind fotografieren? Wenn es zur Schule kommt? Warum nicht in der ersten Stunde? Ich habe nicht weiter darüber nachgedacht, und ich war auch nicht kühl, ich war eher heiß vor Glück, nur muß das nicht heißen, daß man dann auch noch ohnmächtig wird. – Das ist wahrscheinlich alles, und alles andere ist schon riskant.«

»Was ist das: das andere?« sagte David, der seine Wanderung auf dem Teppich längst abgebrochen hatte. »Die Leute glauben, es sei ihnen Außerordentliches mit diesen Bildern geschehen; womöglich muß man ihnen außerordentliche Gründe nennen, damit sie es ruhiger hinnehmen?«

»Vielleicht hätte ich es ohne die Schwester Turo nicht getan. Sie hat mich ja nicht niedergedrückt mit ihrer Geschichte, und es kann sein, weil diese Geschichte so einen Schluß hatte: Weil so eine, der doch aller Mut zum Leben hätte ausgerissen sein können, nicht aufgegeben hat, ist nicht böse geworden und benimmt sich auch nicht so, daß man sie nun für eine durch Unglück geläuterte Heilige halten muß; die macht eine Arbeit mit Sachverstand und versteht andere Leute und freut sich, wenn andere Leute aus ihren Schwierigkeiten kommen – das finde ich außerordentlich, wenn schon von außerordentlich die Rede ist –, und ich glaube, ich riskiere es, das zu glauben: Als ich sie mit dem Kind sah, hab ich den Schuß Mut bekommen, der manchmal auch dazugehört, um das Natürliche zu tun.«

»Es kann sein, daß auch unsere Freunde die Bilder ruhiger hinnähmen, wenn sie das wüßten: da hätten sie ihren außerordentlichen Grund. – Aber sonst siehst du immer noch nicht, daß ich ein Recht habe, denen an den Hals zu gehen, die nach einem Blick auf ein ungewöhnliches Bild ein fertiges Bild von der Person haben, die es aufgenommen hat? Mir geht es weniger um dich und darum, daß Helga Gengk dich für ein eiskaltes Wesen hält, als vielmehr um die Reaktionen solcher Leute auf das, was anders ist, als sie es erwartet haben. Mir geht es nicht um die Urteile über dich, mir geht es um die Vorurteile. Es ist gespenstisch, daß fast nichts so zuverlässig funktioniert wie die Mechanismen der Vorurteile. Aber ich habe es erlebt:

Es hat genügt, einen anderen Namen zu haben, da griffen sie schon nach dir. Es hat genügt, anderer Meinung zu sein, da griffen sie nach deiner Gurgel. Mir ist nichts geschehen. Aber schon mein Vater ist ihnen nicht mehr entkommen. Zweimal ist er gegen ihre Urteile angegangen, die nur Zuspitzungen ihrer Vorurteile waren, und dann hatte er sie so begriffen, daß er anders gestorben ist, als ihre Erwartung wollte. Damals hat das nichts genützt, aber es hätte überhaupt nichts genützt, wenn ich es vergessen hätte.«

»Du kommst doch dieser Gegenwart nicht bei, wenn du sie als eine Fortsetzung behandelst! Das stimmt auch gar nicht zu dir, David; du kannst doch nicht den Zorn von damals auf die Dummheit von heute wenden.«

»Das gerade bezweifle ich manchmal«, sagte David, »keine Sorge, ich verwechsle Helga Gengk nicht mit dem Lehrer Kasten, die Weiber in der Uckermark nicht mit den Schweinen, die den Hirsch Ascher erschlagen haben, aber das macht mich rasend: daß in der guten Genossin Gengk noch etwas steckt, das sofort Stimme kriegt, wenn ihre Gewohnheiten irritiert werden, und in den fleißigen Frauen dort bei Ueckermünde funktioniert immer noch etwas, womit man jahrhundertelang alles Fremde ins Unglück funktioniert hat: das Ungewohnte, das einsame Neue, das abweichende Talent, das verstörend Andere. Das zieht sich doch hin, Mädchen, von Olim her: Die Erde ist ein Jammertal – wer's anders sagt, kommt vom Teufel; der König ist von Gott gesandt – wer's anders sagt, fahr zur Hölle; die Weiber sind aus Adams Rippe, und Rippenfleisch hat das Maul zu halten; die Erde ist eine Scheibe; Unternehmer sind Arbeitgeber; vom Impfen kriegt man die Pocken; Schauspielerinnen müßten mal arbeiten gehen; der Mensch kann nicht fliegen; Braunkohle gibt keinen Hüttenkoks; wer Sozis wählt, richtet Deutschland zugrunde; Lesen verdirbt den Charakter; Politik verdirbt den Charakter; Juden haben keinen Charakter; Deutschland über alles; Rotwein macht Blut, und im Kindbett fotografiert man nicht – so!«

»So«, sagte Franziska. »Du berennst alles mit der gleichen wütenden Wucht, wenn du dich erst einmal zum Angriff aufgeblasen hast: Bären oder Flöhe, und manchmal frage ich mich, wie das mit uns beiden überhaupt hat etwas werden können. Ich meine, soviel Vorurteile, um bei dem Wort zu bleiben, soviel Vorurteile wie Helga Gengk hatte ich damals allemal.«

David hütete sich zuzugeben, daß dieser Gedanke ihm nicht neu war. Er sah seiner Frau und seinem Sohn zu, die sich miteinander zu schaffen machten und kein Auge für ihn zu haben schienen; das war gut so; er hatte rote Ohren.

Er wußte es: Hätte er beim frühen Umgang mit dem Mädchen aus der Börde nicht diesen oder jenen seiner Grundsätze ausgesetzt, hätte er nicht dem einen oder anderen Prinzip für die Dauer eines Besuchs bei Fran Urlaub gegeben, dann säße er jetzt nicht hier und nähme teil am schönen alten Spiel: Vater, Mutter und Kind, oder zumindest wäre die Besetzung von zweien der drei Titelrollen eine andere; er mochte nicht daran denken.

Nichts hatte gepaßt: Weißleben nicht, ein Ratzeburg in der mitteldeutschen Börde, nur kleiner noch und noch mieser, und er hatte doch losgewollt von allem Ratzeburg.

Das künftige Schwiegerhaus hatte nicht gepaßt, Kleinbürgerhäuslichkeit mit blassen Freuden und blassem Zorn, Innungsgesinnung, halbherzig geübte Riten nach August Hermann Francke, gute Stube und Feiertagshemden und Lebenshilfe von Matthias Claudius und: Essen Sie nur, es ist noch alles draußen!

Der Schwiegervater nicht, der eine merkwürdige Neigung zum Gebrauch des Wortes selbstverständlich zeigte und sich doch verzehrte, weil er die Welt nicht verstand; weiteres Lieblingswort: Schicksal; Hauptbeschäftigungen: Schaffen und Klagen, ein flaches Zisternenwesen, nicht geeignet für Streit noch Gelächter.

Die Mutter machte sehr gute Leberwurst.

Das paßte nicht zu David Groth, paßte ihm nicht; wieso paßte ihm Franziska?

Die war zwar hübsch und praktisch und erstaunlich wenig fromm gerade in Bezirken, von denen David gemeint hatte, wenigstens hier noch werde er auf die Nachhuten des sächsischen Pietismus stoßen, und sie hatte eine Menge gelesen, und sie hielt sich für zuständig für den Lauf der Welt und hatte weder vor Johanna Müntzer Angst noch vor Annette Wunder und beherrschte ihr Fach so, daß selbst Fedor Gabelbach sagte, sie beherrsche ihr Fach, und sie konnte einem so zuhören – o Tugend Nummer eins! –, daß man immer wieder Lust bekam, ihr etwas zu erzählen.

Aber – aber, aber!

Zum Beispiel hielt sie größere Stücke auf Camus und Malaparte, mochte Ballett und lief ins Kino am Steinplatz, um immer noch einmal »Orphée« zu sehen.

Zum Beispiel sagte sie gräßliche Dinge über die Ostsee und Nebelwetter, und David war für beides, für Nebel und für Ostsee, und am besten beides in einem.

Und, hier wurde es kritisch, sie litt an Objektivismus und sprach dem Erfinder der Parteilichkeit, David Groth, von wertfreier Sachlichkeit, und über alles das hinaus hatte sie auch noch einen Stich ins Pazifistische.

Aber hier war Liebe, und das hieß: Wir helfen uns schon!

Wir helfen uns schon! war nicht die schlechteste Übersetzung von Liebe, eine Teilübersetzung auch nur, aber die eines wichtigen Teiles.

Sie hatten einander geholfen, und anders wäre es nicht gegangen. Denn Grundsätze ließen sich zwar aussetzen, aber nur auf Zeit, und Prinzipien gingen nur ungern in Urlaub und kehrten zurück, und irgendwann mußte man sich entweder von ihnen trennen oder bei ihnen bleiben. Das eine ging, oder das andere ging, wenn man einander half dabei.

Der Änderung Bewegungsformen waren unendlich viele. Manches erledigte sich von selbst. Manches wurde einem durch übergeordnete Beschlüsse wegerledigt. Moden gingen dahin und mit ihnen der Widerstand gegen sie. Kenntnisse kamen, die Anerkennung ermöglichten. Neue Beleuchtung, und Lichter gingen auf. Andere Gewichte waren zu tragen, und das machte eben noch Unentbehrliches unwichtig. Zeit war nicht nur Griffel, war auch Schwamm. Verständnis gebar Verständnis.

Aber auch Beharrung war möglich; war möglich, wo sie nötig war. Nur mußte bewiesen werden, daß sie nötig war; und auch das hieß einander helfen, hieß Liebe: sich die Beweise nicht schuldig zu bleiben.

Das war anstrengend, und daß man die Anstrengung nicht scheute, sie freiwillig übernahm, mit Lust manchmal gar, war Beleg, daß es bei aller Unstimmigkeit stimmte zwischen den Beteiligten. Mit Gewalt und Gebrüll war nichts zu machen gewesen; Versuchungen zu ihnen hin wurden nach ersten Erfahrungen rasch erstickt; wer sagt, die Liebe brauche nicht der Vernunft? Wer aber sagt, die Kollegialität, die doch weit weniger Stützen hat als die Liebe, wer sagt, die, gerade die brauche der Vernunft nicht noch mehr?

David Groth hatte immer noch rote Ohren, und sein Sohn trank immer noch, und Franziska sagte: »Aber weißt du, daß es dann doch was mit uns beiden geworden ist, das kann mir eigentlich ganz schön gefallen.«

»Ja«, sagte David, »du warst schon immer für Wunder zu haben. – Was meinst du, wird es mit dem neuen David auch noch so sein? Soviel Streit und Ärger, weil er etwas Ungewohntes verteidigt, soviel Kummer für den, der gegen Gewohnheiten läuft? Ob sich dann, wenn er groß ist, die Menschen immer noch soviel antun werden, nur weil sie nicht verstehen, was der andere meint? Springen aufeinander los, weil ihre Ansichten nicht passen; müssen sich in Pumpenschächte verkriechen, weil über der Erde bestimmte Vorstellungen von Liebe herrschen ...«

»Oder«, sagte Fran und kehrte dem großen David den Rücken dabei, weil sie den kleinen David in seinen Korb legte, »oder zwei Journalisten, die lange Zeit sehr gut ausgekommen sind, geraten wegen einer Handvoll eigenartiger Bilder so aneinander, daß man glauben muß, sie trügen zwei verschiedene

Fahnen, eine weiße und eine rote, und wenn man ihnen beiden zuhört, hört man zweimal, daß der Bestand der Welt oder zumindest des sozialistischen Lagers bedroht ist, und zwar, versteht sich, durch die Meinung des jeweilig anderen. Meinst du so etwas, und ob das bleibt?«

»So etwas auch«, sagte David.

Fran sah auf den Jungen und lachte. »Manchmal glaube ich doch, der versteht jedes Wort. Komm mal, wie der die Ohren spitzt!«

»Der spitzt nicht die Ohren«, sagte David, »der hat meine geerbt; wir sind von der spitzohrigen Sorte. Hoffentlich verwächst sich wenigstens das.«

»Ich weiß nicht, David, ich glaube, du würdest eine ganze Menge vermissen, so ohne Streit. Und wenn dein Sohn mehr von dir geerbt hat als die Form der Ohren, dann wird er es langweilig finden, wenn es nichts zu streiten gibt.«

»Ja«, sagte David, »aber ich hoffe, das lohnt sich dann mehr als der Zank um ein Häuflein sogenannter unerhörter Bilder.«

»Ob der nun ganz so nutzlos ist, weiß ich schon nicht mehr«, sagte Fran, »aber eins weiß ich sicher: Wir heben die allerersten Bilder von David für David auf, bis er groß ist, und wenn wir sie ihm dann zeigen und ihm die Geschichte des großen Streits dazu erzählen, und er staunt dann, oder er staunt nicht, oder er lacht dann oder lacht nicht, da werden wir genau wissen, ob sich inzwischen unsere Erbfehler verwachsen haben oder nicht. Aber ich bin sicher, David, er wird staunen, und er wird lachen, und wir auch.«

»Liebe Frau«, sagte David, »damit bin ich heftig einverstanden.«

## 10

Das verstand sich: Eines der unerhörten Jung-David-Bilder hing seither an Gabelbachs Wand. Doch war es nicht mit der üblichen horizontalen Unterschrift versehen, sondern mit einer vertikalen Tabelle, einer Zeittafel: »1958 – Aufgenommen, NBR zum Druck angeboten, Veröffentlichung abgelehnt; 1960 – Erstpublikation in med. Sachbuch ›Der Mensch‹; 1961 – Goldmedaille im Rahmen der ungarischen Aufklärungsschau: ›Die Menschen‹; 1962 – 1. Preis beim sowjetischen Fotowettbewerb: ›Die Größe des Menschen‹; 1963 – Publiziert in NBR-Serie: ›Das neue Menschenbild‹ mit Untertext: ›Ein Mensch – ganz neu!‹; 1964 – von Jury der Ausstellung ›Unsere Menschen‹ zurückgewiesen, Begründung: ›Zuviel Sex!‹; 1965 – DDR-Beitrag zu UNESCO-Kalender ›Menschenkinder‹; 1966 – Prämiiert mit Silberschale der Fotomesse: ›Ein Mensch – wie stolz das klingt!‹; 1967 – …«

Auf Gabelbachs Tabelle war noch für viele Jahre Platz, und er sagte zu David: »Warten Sie nur, achtundsechzig ist Gorki-Jahr, da geht das Motto vom stolzen Menschen wieder um, da wird Ihre werte Gattin Weiteres kassieren. So betrachtet, ist bei allem Wirrwarr doch gelegentlicher Fortschritt nicht zu übersehen. Wenn ich denke, achtundfünfzig …!«

Und dabei, dachte David, weißt du längst nicht alles, was achtundfünfzig war! Du weißt wahrscheinlich nicht, hoffentlich weißt du es nicht, daß ich damals verlangt habe, du mögest gefeuert werden, im hohen Bogen an die frische Luft gesetzt, im Geschwindverfahren entlassen aus der Neuen Berliner Rundschau – ich hoffe, du hast keine Ahnung von meiner Weigerung, auch nur einen Tag länger mit dir zusammen zu arbeiten: »Nein, Genossen, das könnt ihr nicht von mir verlangen: ich mit so einem! Da sperre ich mich mitzutun, und ich kann mich nur über euch wundern. Mit Franziskas Bild könnt ihr machen, was ihr wollt, aber das Ding mit diesem Gabelbach, das wird ausgefochten; wer hier schiefliegt, das will ich nun sehen!«

Bis er es dann sah, verging einige Zeit; die Aufregung hielt die Höhe ihres Anfangs und machte die andere Aufregung, die, von der alles ausgegangen war, die Aufregung um ein paar Kinderfotos, fast vergessen, denn da war es noch um Fragen des Geschmacks gegangen, hier aber ging es nun um Grundfragen der Jahrhundertmitte, um die Wege in die Zukunft und die Wahl der rechten Weggenossen, um Abrechnung mit Vergangenem und das Problem, ob es vergangen sei; es ging um Bündnispolitik, um Kaderpolitik, um Menschenpolitik, um Politik überhaupt, die im Hause NBR und die im Lande DDR, und so ging es heftig um David Groth, zunächst aber ging es um Fedor Gabelbach.

Um siebzehn Uhr sollte die Leitungssitzung sein; Helga Gengk hatte ihren Streit mit David in die Tagesordnung eingebracht, und David war sicher, das würde nicht sehr lange dauern, da er zurückzustecken bereit war, in dieser Frage jedenfalls, aber nicht in der der Bilder; derentwegen war er nach wie vor zum Kampf entschlossen; er würde sich bei Helga entschuldigen, und dann ran an die Hauptfrage.

Der Kurs war klar, also konnte er noch ein bißchen arbeiten: In zwei Monaten würde sich die Kristallnacht zum zwanzigsten Male jähren, und er hatte die Materialvorbereitung übernommen. Er hatte eine vage Idee: Statt der bekannten Dokumente und statt der Berichte bekannter Leute, oder wenigstens zu ihnen hinzu, wollte er Zeugnisse von solchen Menschen bringen, die weder in der einen Hinsicht noch in der entgegengesetzten Beteiligte gewesen waren, er wollte im Hause jene fragen, die, ähnlich wie er selbst, dabeigestanden hatten, wollte sehen und zeigen, was an Erinnerung noch da war an einen so grausigen Tag und wie sich das ausnahm heute, zwanzig Jahre danach.

»Ich grüße dich, Karnickelmädchen«, sagte er, »ich sehe, dein Boß ist nicht da; das ist gut, da kann ich dich begierig betrachten, und, das unter uns, der ist mir auch viel zu umständlich. Hilfst du mir mal?«

»Ich denke, du bist vollauf beschäftigt, deinen Sohn begierig zu betrachten?« sagte Carola Krell. »Jedenfalls ist das schon Kantinengespräch. – Was brauchst du?«

»Ich suche folgendes: Eine Liste derjenigen unserer Mitarbeiter, ganz gleich, ob Redaktion, Druckerei oder Verwaltung, die im November achtunddreißig einigermaßen im Vollbesitz ihres Verstandes gewesen sein könnten, und schön wäre noch, es wären nicht nur Berliner. Vielleicht haben wir auch Bayern und Ex-Pommern oder Rheinländer oder am Ende gar Sachsen.«

»Quatschkopp! – November achtunddreißig, da war ich im Arbeitsdienst; aber: im Vollbesitz meines Verstandes? Was soll denn da gewesen sein?«

»Die Kristallnacht.«

»Da fällt mir etwas ein«, sagte Carola. »Ich hätte es dir sowieso gezeigt. Mir ist nicht wohl dabei, aber allein damit ist mir noch weniger wohl. Behältst du es für dich?«

»Das kann ich dir nicht versprechen«, sagte David. »Womöglich hast du die Akte von Martin Bormann gefunden, und er ist bei uns Materialverwalter.«

Carola holte tatsächlich einen Personalakt und legte ihn nach einem Blick zur Tür vor David hin.

»Gabelbach?« sagte David. »Am Ende wird doch nicht Kollege Gabelbach der Martin Bormann sein?«

»Mach du nur Witze«, sagte Carola und zog einen Karteikasten aus seiner Halterung, »aber es handelt sich nicht um eine Entdeckung. Ich habe nur etwas gelesen, im Lebenslauf eures Gabelbach, die Stelle ist angestrichen, aber nicht von mir; das hat lange vor mir jemand angestrichen.« Sie schlug ihm die Seite auf und fragte: »Hast du jemals was von einem Alfred Kerr gelesen?«

David hatte die Augen schon auf dem grauen karierten Papier und auf der steilen Schrift darauf, er erfaßte Carolas Frage nur noch halb und sagte automatisch: »Einige Theaterkritiken, die ganz lustig waren. So pathetisch. Als ob's beim Theater um das Leben ginge!«

Dann las er Gabelbachs Erklärung, und er hörte Gabelbachs Tonfall dabei, die Sprechweise eines Mannes, der sich zu etwas herbeiließ, dem man etwas abgezwungen hatte und der rasch noch sagen wollte, er glaube nicht an gut Gelingen. »In dem gegebenen Zusammenhange halte ich mich für verpflichtet, auf einen Punkt etwas ausführlicher einzugehen, als ich es bei früheren ähnlichen Gelegenheiten getan habe. (Um sogleich die nunmehr fällige Frage zu beantworten: Anfangs, in den ersten drei Jahren meiner Tätigkeit bei der NBR, hatte ich nicht den Mut, die Dinge darzutun, von denen ich gleich sprechen werde; auch fehlte es mir an Vertrauen, und – ich will offen sein – überdies wußte ich nicht, ob ich nicht doch, wie mir oft geraten worden war, die sowjetisch besetzte Zone verlassen würde. Ich lebte in Übergängen und wollte die Lage nicht komplizierter machen.) In meinen ersten autobiographischen Darstellungen, die sich bei meinen Akten finden müssen, habe ich sinngemäß über mein Verhalten bei der Machtübernahme durch die NSDAP erklärt, ich sei, Germanistik-Student, der ich war, wie die große Mehrheit meiner Kommilitonen in völkischer Gesinnung befangen gewesen und hätte mich, halb überzeugt, halb opportunistisch eingebunden, von der Nazibewegung treiben lassen. Ferner: Ich sei als Aktiver des RKDB (Ring Katholischer Deutscher Burschenschaften) 1934 durch Reichserlaß automatisch Quasi-Mitglied des Nationalsozialistischen Studentenbundes geworden, hätte aber außerdem weder der Nazipartei noch einer ihrer anderen Gliederungen angehört, und mit meinem Ausscheiden aus dem Studium sei auch die Mitgliedschaft im Studentenbund erloschen. An dieser Darstellung habe ich nichts zu ändern, wohl aber an der erstgenannten, die mein Tun im Jahre 33 betrifft. Was meine Haltung angeht, steht zutreffend in ihr; hinsichtlich meiner Handlungen aber hielt ich die Angaben bewußt im ungenauen. Es scheint mir an der Zeit, den klaren Sachverhalt auszusprechen:

Am 10. Mai 33 wurde ich in meiner Eigenschaft als C.V.-Sprecher gemeinsam mit etwa fünfzig weiteren Studentenvertretern der Universität Köln zum Leiter der Pressestelle, Prof. Dr. Geldmacher, gerufen. Dieser erklärte, am selben Tage fände in der Reichshauptstadt ein Akt volkhafter Selbstreinigung statt, die Universität befreie sich, stellvertretend für das Volksganze, von deutschwidrigem Schrifttum. Selbstverständlich müsse sich unsere Hochschule in einem ähnlichen Akt zur neuen Idee bekennen, zumal Köln als erste deutsche Universität Männer des nationalen Wollens zu Rektor und Senat berufen habe.

Jedoch habe der Führer der Studentenschaft, ein gewisser Müller, den Rektor, Prof. Dr. Leupold, dazu bewogen, die Veranstaltung wider den undeutschen Geist des strömenden Regens wegen auf einen wettermäßig geeigneteren Tag zu verlegen.

Dann wurden Studenten benannt, die symbolisch für die verschiedenen Fakultäten den Akt durchführen sollten. Ohne mein Zutun zwar, aber auch nicht gegen meinen Widerstand, kam ich für die Philologen auf die Liste.

Da inzwischen die Geschichte ihr Urteil gesprochen hat, werde ich mich jeder persönlichen Wertung enthalten, zumal ich nicht weiß, ob das nicht doch zur Ausflucht drängte; ich teile zur Sache mit: Am 17. Mai 1933 habe ich etwa gegen 22 Uhr drei Bände eines deutschen Autors in den Scheiterhaufen geworfen und dazu gerufen: ›Gegen dünkelhafte Verhunzung der deutschen Sprache, für Pflege des kostbarsten Gutes unseres Volkes! Ich übergebe der Flamme die Schriften von Alfred Kerr.‹

Obwohl ich nicht weiß, wieweit ich ein Recht dazu habe, und ohne den Versuch damit zu verbinden, mich zu entlasten, füge ich der Wahrheit wegen hinzu, daß ich an diesem Vorgang nunmehr gänzlich ohne Überzeugung, also völlig opportunistisch teilgenommen habe. Zwar war mir der Autor

Kerr recht gleichgültig, aber nie wäre ich von mir aus auf den Gedanken gekommen, man müsse ein Buch ins Feuer werfen, weil man die in ihm ausgesprochenen Gedanken nicht teile.

Nicht gleichgültig hingegen, sondern eigenartig sympathisch waren mir zwei andere Autoren, deren Namen bei demselben barbarischen Akt gerufen wurden, woraufhin ihre Werke in die Flammen flogen. Es handelte sich um Heinrich Mann und Erich Kästner.

Aber ich habe dennoch mitgetan; ich will mich nicht lossprechen, und wenn ich im weiteren Teil dieses Lebenslaufes wahrheitsgemäß berichten werde, daß ich bei manchem anderen nicht mehr mitgetan habe, so geschieht das nicht der Reinwaschung wegen. Solche Reinwaschung ist nicht möglich.«

Hier endete der angestrichene Passus, und hier beendete David auch seine Lektüre.

»Nein«, sagte er, »nein, Carola, das kann doch nicht sein; der Gabelbach ein Bücherverbrenner, das ist Wahnsinn. Ich meine, ich weiß nicht, wie dir das geht, aber ich, wenn ich manchmal Bilder von damals sehe, wie sie durchs Brandenburger Tor ziehen oder in der Ukraine unter einem Galgen stehen, neben dem Galgen, als Zuschauer, oder jetzt die Bilder von der Kristallnacht, die lachenden Leute am Straßenrand, dann denke ich manchmal, jeder denkt das wohl mal, dann frage ich mich, frage die Leute, die da zu sehen sind und nicht anders aussehen als andere Leute: Und du da mit dem schönen Gebiß, wie geht's dir denn inzwischen, was machst du, wie lebst du, weißt du noch, erinnerst du dich, was erzählst du denn, wenn dich die Kinder fragen? Manchmal denke ich mir Lebensläufe aus, das ist nicht schwer. Und doch ist es schwer; die Zeit ist vorbei, und automatisch denkst du, auch die Menschen sind vorbei, die sind nicht mehr.«

»Wir gehören auch dazu«, sagte Carola. »Es ist nur so: Ich war so erschrocken, weil ich den kenne. Ich weiß nicht, ob du verstehst: Das Bücherverbrennen ist immer als besonderes Beispiel für den Faschismus herausgestellt worden, und der Gabelbach kam mir immer wie einer vor, der richtige Arbeit macht.«

David versuchte, sich einen Fedor Gabelbach vorzustellen, der Bücher auf einen Scheiterhaufen warf und dazu irrsinnige Sprüche brüllte. Aber es gelang ihm nicht; der Kollege Gabelbach war ein Mann mit einer verwickelten Bildung, ein penibler Mensch, dem Unordnung die Ruhe raubte, ein Mann mit Wissen, der sein Wissen weitergab und es als einen Wert behandelt sehen wollte; der war doch nicht roh und war doch kein Klotz, der konnte zwar jeden beißen, aber doch niemanden totschlagen, das war doch kein Schlagetot, der war überhaupt nichts von dem, was man sich dachte, wenn man an die Nazis dachte, an den Lehrer Kasten oder an den Abdecker und Stadtverordneten und SA-Mann Wolter oder an die Partisanenjäger in Meister Treders Kundenkreis. Gabelbach paßte nicht in die Bilder von den Feuern am zehnten Mai und hatte doch an einem gestanden und völkische Reinigung betrieben. Es ging nicht zusammen.

»Was brütest du?« fragte Carola. »Mach bitte jetzt keinen Unsinn; ich hab es dir gezeigt, weil ich mit dir reden kann, aber nicht, damit du nun überlegst, wie man Gabelbach den Hals umdreht. Außerdem, es steht alles in seinen Akten, seit zehn Jahren; es liegt auch ein Zettel mit Bemerkungen von Genossin Müntzer drin, Petersilie hat es also gelesen, und wenn die ihn trotzdem im Haus behielt, dann brauchst du keine Drohblicke zu werfen. Ich wollte bloß mal mit dir darüber reden, David.«

»Aber es zersägt mich trotzdem«, sagte er. »Ich drehe ihm nicht den Hals um. Johanna schon eher; sie hätte es mir sagen müssen. Aber dem nicht, das lohnt sich nicht. – Ich habe mal ein Gespräch gehabt mit so einem. Der hatte einen Leserbrief geschrieben. Ich hatte irgendwas in einer alten Zeitung gesucht, ›Berlin am Mittag‹, glaub ich. Mit halbem Auge sehe ich einen Namen und eine Adresse, Schönhauser Allee. Solange hatte ich das alles wie Nachrichten von einer versunkenen Insel gelesen, aber, Schönhauser Allee, da fährt man dreimal in der Woche durch, Schönhauser Allee war hier, Gegenwart gleich um die Ecke. Der Brief war von einem Kerl, der sich Sorgen machte, weil es nun bald keine Juden mehr geben würde, und da machte er sich Sorgen um seine Kinder, der Volksgenosse Mahlmann in der Schönhauser Allee. Wie soll er seinen Kindern erklären, was Juden sind, wenn's bald keine mehr gibt, und ob man nicht ein paar Exemplare im Zoologischen Garten zeigen kann. Der war auch noch witzig, der Volksgenosse: Man bräuchte die Juden ja nicht gleich neben den Affen unterzubringen, weil die Affen schließlich Verwandte vom Menschen wären. Und so und hochachtungsvoll und mit deutschem Gruß, Volksgenosse Mahlmann, Schönhauser Allee.

Ich bin da hingefahren. Ich dachte: Sollte er etwa noch? Aber das dachte ich nicht ernsthaft zu Ende. Und dann war er da: Inzwischen wieder Herr Mahlmann, Facharbeiter in einer Wurstfabrik in Weißensee, aber immer noch dieselbe Adresse.

Natürlich war er nervös, wechselte zwischen pampig und weinerlich, aber sehr ängstlich war er nicht. Was wollte ich denn? Er hatte seines abgebüßt: Ein Sohn war gefallen, der zweite in Kanada und ließ nichts von sich hören, die Frau auch unter der Erde, und er selbst hatte drei Jahre Bautzen gemacht, das hatte er schriftlich – er hat mir den Entlassungsschein gezeigt, mit einem Schuß Triumph sogar –, was wollte ich denn noch von ihm? In Bautzen war er, weil er jemanden denunziert hatte, tat ihm leid, tat ihm ehrlich leid inzwischen, aber der Leserbrief? ›Was wollen Sie, Kollege, so dachte man eben damals. War natürlich nicht richtig, tut mir leid inzwischen, tut mir ehrlich leid‹, und wenn ich wollte, sollte ich mich in seinem Betrieb erkundigen nach seiner Arbeit, und als er noch ein paarmal Kollege zu mir gesagt hatte, suchte ich das Weite.

Weißt du, er war ja mein Kollege; der war sicher in der Gewerkschaft, und womöglich machte er gute Wurst, und womöglich aß ich davon in jeder Woche; der war mein Kollege, der Volksgenosse Mahlmann, und Bücherverbrenner Gabelbach ist auch mein Kollege, ist das nicht großartig?«

»Wenn man das so ausspricht, Bücherverbrenner, klingt das natürlich schrecklich«, sagte Carola Krell, »aber meine Meinung ist, so einer wie dieser gräßliche Wurstmacher war Gabelbach bestimmt nicht. Ich habe in seinem Lebenslauf gesehen …«

David unterbrach sie. »Natürlich, so einer war er nicht. Er war kein Wurstmacher, er war Philologiestudent, Student der Sprachen und Literaturen; er war nicht in der Arbeitsfront und nicht in der SA, er war nur in den NS-Bund übernommen und eigentlich katholisch Korporierter; der eine war eine ungebildete Drecksau, und er war eine gebildete Drecksau. Keine Angst, Carola, ich mache schon Unterschiede, und wenn du's wissen willst: Ich fühl mich ganz schlapp vor Enttäuschung: Seit meinem ersten Auftrag in diesem Haus habe ich mit ihm zusammen gearbeitet, und nicht schlecht. Es spricht sich schwer aus, aber natürlich war er einer meiner Lehrer, und jetzt …«

»Und jetzt wirst du daran nichts mehr ändern«, sagte Carola, die es nie hatte leiden können, wenn er an seinem Schicksal herumfummelte, wie sie das nannte, »du kannst es zum Glück auch gar nicht; das wäre ja so, als wolltest du das Alphabet vergessen, weil du es bei deinem Herrn Kasten aus Ratzeburg gelernt hast. Und obendrein wollen wir nicht übersehen: Die Geschichte liegt fünfundzwanzig Jahre zurück.«

»Weiß ich doch«, sagte David. »Ich sage ja auch nicht: Vergiß die Liste, um die ich dich vorhin gebeten habe, laß die Erinnerungen an die Kristallnacht ruhen; wer weiß, was wir sonst alles aufscheuchten – ich sage das nicht, aber, hoffentlich ist dir das ebenso unheimlich wie mir, Carola: Ein bißchen denke ich es!«

»Das ist allerdings schlimm«, sagte sie, »dann bereue ich, daß ich dir Gabelbachs Lebenslauf gezeigt habe. Hysterisch werden – das hätte ich allemal auch allein gekonnt.«

David ging zur Tür. »Ehe du mich runtermachst wie in uralten Zeiten, verschwinde ich, ich hab eine Einladung zur

Leitungssitzung. Ich komme wegen der Liste, morgen oder so. Und ich komme schon zurecht, Carola!«

Aber das war nur eine Hoffnung, und die trog ihn. Zunächst kam er keineswegs zurecht. Zunächst stiftete er ein großes Durcheinander, weil in seinem Kopfe vieles durcheinander war. In seinem Kopf war wieder einmal wilde Versammlung:

Da erhob sich ein älterer David, einer, von dem man wußte: Der hatte schon ein wenig hingehört auf die Welt und war im Hohen Hause bekannt als der David der Vernunft, und dieser sprach ruhige Warnung vor optischen Täuschungen: Hüten solle man sich, den Vorgang größer zu sehen, als er gewesen sei …

Und schon fuhr ihm einer der jüngeren Davids in den Satz und schwang das Heine-Wort vom Menschenverbrennen, das nach dem Bücherbrand zu gewärtigen sei; und der ältere David mußte den Versammlungsleiter David bitten, ihm das Recht der Rede zu schützen.

Er habe keinen Grund, fuhr also David der Ältere fort, das feurige Vorkommnis zu verkleinern, was er aber zu bedenken habe geben wollen, sei die vielfache Vergrößerung des Ereignisses, die es durch vielfache Projizierung ins Weltgewissen erfahren habe, und da nähme sich plötzlich ein dummer Student wie ein fackelschwingender Riese aus.

Aha, rief es da aus der anderen David-Fraktion, hört, hört, auf einmal sind sie wieder dumm, die Studenten, wo sie eben noch, bei gerad vergangener Gelegenheit, vom Herrn Kollegen David als Lernende eines neuen Typs beschrieben worden seien, als hellwache Vertreter neuen Denkens, aber sicher, da habe das so in den Kram gepaßt, und jetzt passe es wieder in den Kram, das Wort Studenten mit dem Beiwort dumm zu versehen, und dürfe man nun fragen, was sie nach Ansicht des Vorredners David eigentlich und wirklich seien?

Fakten-David ersuchte ums Wort und bekam es, denn er trug seinen Namen, da er ein Anwalt der Sachlichkeit war. Der wollte sich nicht in den Streit um das Studentenwesen mischen, der erkundigte sich nach dem Alter des Beklagten und erfuhr, zwanzig Jahre alt sei Gabelbach gewesen, als er den Kerr ins Feuer geworfen. Fakten-David meinte, unter Umständen sei das ein geringes Alter, unter anderen freilich nicht, und sachdienlich wäre es, herauszufinden, wie es mit den Umständen des Beschuldigten ausgesehen habe zu jener Zeit. Davon wollte eine starke David-Gruppe nichts wissen – einer nach dem anderen standen sie auf und riefen, eines nach dem anderen: Mit zwanzig hatte ich bereits einen Beruf erlernt! Mit zwanzig war ich schon längst Soldat gewesen! Mit zwanzig wäre ich beinahe Vater geworden! (An dieser Stelle verzeichnet das Protokoll Gelächter und Zurufe.) Mit zwanzig, rief es weiter aus den David-Reihen, machte ich selbständige redaktionelle Arbeit! Mit zwanzig hatte ich ein Dutzend marxistischer Werke gelesen! Mit zwanzig wurde ich Parteimitglied! Mit zwanzig galt ich für erwachsen, und niemand wäre auf die Idee gekommen, mich bei Fehlern, die ich machte, mit meiner Jugend zu entschuldigen – was also soll das Gerede vom geringen Alter, wo einer zwanzig war? (Starker Beifall, aber zugleich Wortmeldung von den hinteren David-Bänken:)

Ja, du, David, du warst neunzehnhundertsiebenundvierzig zwanzig, der andere war es vierzehn Jahre früher; da war Krieg kaum eine fahle Erinnerung, für dich war es Wirklichkeit von ebennoch. – Ja, du! Dir hatten sie schon zweimal den Vater weggenommen, einmal sehr und einmal für immer, und doch hatte er zwischen dem einen und dem anderen Mal noch Zeit, dir für die Welt ein wenig an die Hand zu gehen; aber was hat dem anderen dessen Vater gesagt, und was die Schule und was die hohe Schule und was die Bilder an den Wänden und was die Zeitung im Familienabonnement? – Dir, David, dir hatten sie, als du zwanzig warst, zweifachen Judentod und vielfachen anderen Tod schon vorgeführt, dir hatten sie die Linie gewiesen von der ersten Leiche im Küchenbach bis zur letzten im maigrünen Tiergarten; der andere aber, zwanzigjährig wie du und keineswegs wie du, dem war der Tod etwas von Theodor Körner und Ernst Jünger, war ein Gleichnis aus Langemarck und hatte die ferne Schönheit des heiligen Sebastian, und vor allem: Für so einen war ein Gedanke nicht denkbar, der feurig in die Zukunft lief, von den Fackeln vor der Universität am Agrippina-Ufer des Rheines bis zu den Schloten von Maidanek, dem brüllte sein Rektor etwas vor vom Phönix des deutschen Geistes, vom Flammenprotest gegen den Ungeist hetzerischer Volksverführer und salonbolschewistischer Intellektueller, dem schrien sie ein Kommando ins Ohr, und dann warf er drei Bücher ins Feuer – sieh doch den Unterschied zwischen dir, David, als du zwanzig warst, und dem korporierten Tropf, als der zwanzig war!

Ich sehe den Unterschied, rief der Ankläger David, aber ich entschuldige nichts …

Halt, rief ein Verteidiger, der David hieß, ehe du weitersprichst: Wir sind noch nicht fertig mit den Unterschieden zwischen deinen zwanzig und seinen zwanzig; mein Vorredner David hat von den Kommandos ins Ohr des zwanzigjährigen Gabelbach gesprochen, wie aber stand es um die Kommandos an David, als der zwanzig war? Als der zwanzig war im Jahre siebenundvierzig, da redeten sie schon zwei Jahre lang auf ihn ein, sprachen mit Zungen, die Neues Deutschland hießen und Tägliche Rundschau, sprachen Worte, die von Engels waren und von Brecht und von Lenin, lasen aus Büchern vor von Heine und Seghers, deuteten ihm Reden von Pieck, Ulbricht und Grotewohl, zitierten die Stimmen der Völker und immer wieder die Große Stimme des Großen Manifests, fuhren ihn an mit dem Befehl: Lerne das Einfachste! und donnerten den Auftrag: Du mußt die Führung übernehmen!, und in den Straßen, durch die dieser Zwanzigjährige ging, stand es geschrieben, stand für ihn geschrieben: Vorwärts und nicht vergessen, wacht auf, Verdammte dieser Erde, voran, du Arbeitsvolk, drum links, zwei drei, bau auf, bau auf, erkämpft das Menschenrecht!

Und dieser zwanzigjährige David, sprach der Verteidiger David weiter, hatte Dolmetscher, wenn er nicht verstand, die kehrten die fremden Wörter in solche, die er begriff; Proletarier übersetzten sie mit dem Leben von Wilhelm Groth und Solidarität mit dem Sterben Wilhelm Groths, Profit mit Meister Treder und Maximalprofit mit Bergmann-Borsig, Demagogie mit Lehrer Kasten und Antisemitismus mit Tod im Küchenbach, Militarismus übertrugen sie in die Laufbahn von Hermann Groth aus Ratzeburg; und in die Befehlsmacht vom General Klütz in Berlin, und von Demokratie gaben sie eine erste Interpretation, indem sie David hundertfach fragten: Und du, was sagst nun du dazu?

Übrigens, so fügte dieser Verteidiger David fast sanft noch hinzu, wo nun schon die Verdienste der Dolmetscher zur Sprache kamen, da sollten auch ihre Namen genannt werden, einige wenigstens, wenigstens die von Johanna Müntzer, bekannt auch unter den Bezeichnungen Penthesilea und Petersilie; Xaver Frank, damals Sekretär in Berlin und inzwischen Mitglied der Obersten Abteilung; dann auch der Genosse Kutschen-Meyer, dem du zumindest die Einsicht in den Unterschied zwischen Intellektuellen und fortschrittlichen Intelligenzlern verdankst, aber anderes auch; und erwähnt werden wenigstens soll der Botenmeister Ratt, dessen Stachel dich oft beschleunigte; und – und erst hier wurde die Stimme des Verteidigers, der David hieß, wirklich sanft –, und genannt werden muß der Name Fedor Gabelbach …

Doch ehe der Anwalt Gabelbachs die Verdienste Gabelbachs um David Groth in Worte fassen konnte, rief ein wilder David-Chor: Aufhören, nein, und wennschon, deshalb ja gerade, das gilt nicht mehr, wir wollen davon nichts mehr wissen, wir wollen von Gabelbach nichts mehr wissen, wir wollen ihn hier nicht mehr sehen, Schluß damit, Schluß mit ihm, alles Lüge, alles Tarnung, wir wollen ihn nicht, wir wollen nicht mehr …

Ich will nicht mehr, dachte David Groth, was immer sie auch sagen mögen, ich will nicht mehr, ich gehe jetzt in die Leitungssitzung und sage denen: Mit dem will ich nicht mehr!

Und das hat der Leitung eben noch gefehlt. Sie steckt ja nur zwischen Auswertung des V. Parteitages und Vorbereitung der Volkskammerwahlen. Sie hat schließlich nicht mehr am Halse als eine etwas heterogene BPO, die geführt werden muß im Kampf gegen die Nachwirkungen der Schirdewan-und-Wollweber-Fraktion und für die Durchsetzung des Gesetzes über die Vereinfachung und Vervollkommnung der Arbeit des Staatsapparates, geführt werden muß zum Verständnis der politischen Inhalte von Konföderation und Friedensvertrag, Hauptentwicklungsrichtung der Volkswirtschaft und der sozialistischen Umwälzung auf dem Gebiet von Kultur und Ideologie, Arbeiterjugendkonferenz, Ostseewoche und atomwaffenfreier Zone. Die Leitung muß doch lediglich zwei Vorlagen für das Sekretariat der BL verfassen, eine Kritik des PB verdauen, drei Beschlüsse des 1. ZK-Plenums für den eigenen Bereich konkretisieren, eine Anfrage der BPKK beantworten, zwei Kandidaten-Anträge diskutieren, ein Ausschlußverfahren einleiten, die Entschließung der APO II begründet zurückweisen, eine Grußadresse entwerfen, einen Referenten und zwei Propagandisten gewinnen und immer noch und immer wieder um Verständnis ringen, das eigene und das der anderen, immer wieder und immer noch um Verständnis für den ungeheuerlichen Vorgang, der hinter der nüchternen Bezeichnung XX. Parteitag sich verbirgt.

Da kommt der Genosse David Groth zur rechten Stunde; hoch willkommen wird er geheißen: Endlich einmal etwas zu tun!

Und worum geht es dem Genossen Groth; was bringt er Schönes? – Bringt er einen Vorschlag, einen Verbesserungsvorschlag, will er sich verpflichten, hat er einen Plan, eine Idee, weiß er Rat, möchte er eine Initiative entfalten, oder trägt er wenigstens einen Hinweis herbei?

Oder geht es ihm etwa schon wieder um diese Babybilder? – Nein, nicht, und nicht der Genosse Groth hat um diesen Sitzungstermin gebeten? Wer war es dann? Die Genossin Gengk war es, und die hatte einen Streit mit dem Genossen Groth, und der Streit ist von den Klein-David-Bildern ausgegangen? Also doch diese verdammten Bilder, und nun reicht es aber! – Wie denn, der Streit soll hiermit als beigelegt gelten, Genosse Groth sieht ein, er hat sich falsch benommen? Und dazu verlangt ihr eine Leitungssitzung? Was seid ihr, Kinder? Also gut, wir nehmen zur Kenntnis: Ihr seid versöhnt; nun geht wieder an eure Arbeit, wir haben zu tun; wir wollen den Entwurf zum Lehrjahrsplan beraten – was, beim Heiligen Vater, gibt es denn noch?

Es gibt Davids bedeutenden Auftritt. Alle Mahnungen, Warnungen, Beschwichtigungen der eben beendeten Davids-Versammlung sind vergessen: Genosse Groth hält eine Rede und ist Danton und Robespierre in einem Stück, ist ein erzener Kämpfer aus einem Guß, ist der Herold proletarischer Wachsamkeit, Monitor der Grundregeln des Klassenkampfes; Genosse Groth sagt seiner Leitung, was er denkt, und er denkt Scharfes und Schärfstes, und ihm gelingen Worte und Sätze, oh, wenn er sich die nur merken könnte, ein Jammer wär's, wenn er sie vergäße und nicht bewahrte für Enkel und Enkelkinder!

Und eine Schande ist es, daß die Leitung ihm offensichtlich nicht folgen kann oder will, jedenfalls nicht folgt auf seinen rhetorischen Pfaden zur revolutionären Tugend hin. Die sitzt da und hält den grünen Tisch zwischen sich und ihn und läßt sich so nicht erreichen von seinen Silbendolchen, Wortbeilen und Satzspießen und denkt nicht daran, das weiße Tuch der Selbstkritik aufzuziehen. Im Gegenteil, ganz im Gegenteil: Sie setzt den roten Stander, zeigt das Zeichen: Jetzt kritisieren wir! Stille jetzt, Genosse Groth, herhören, Genosse Groth, jetzt spricht die Parteileitung!

Aber sie spricht nicht von Gabelbach und auch nicht von Johanna Müntzer, die David Groth hätte sagen müssen, wer Gabelbach gewesen ist; diese Leitung spricht zunächst einmal vom Genossen Groth, spricht sich einmal so richtig aus über den, tut so, als wäre ihrem Herzen nicht eben noch der Entwurf zum Lehrjahrsplan am nächsten gewesen, hat jetzt

Zeit für David Groth und verliert sich fast in Erinnerungen an den, scheint aber ein etwas einseitiges Gedächtnis zu haben, memoriert Sachen, die hier nichts zur Sache tun, weiß, scheint's, nichts von Verdiensten mehr, weiß aber sonst eine ganze Menge und weiß noch – sollte man es denn für möglich halten? –: Sie, die Leitung der Betriebsparteiorganisation in der Neuen Berliner Rundschau, hat dem Genossen Groth bereits zweimal mit erzieherischen Maßnahmen zurück auf den Boden des Statuts helfen müssen – und warum, aus welchem Anlaß?

David kann sich kaum erinnern; es ist zu lange her, die Rüge liegt schon ein Jahr zurück und der Verweis gar drei Jahre; wie soll er das noch im Kopfe haben, ein vielbeschäftigter Mann wie er, er hat keine Ahnung mehr; er hat alle Hände voll zu tun gehabt, schließlich, nicht wahr, schließlich ist der Klassenkampf nicht gegangen ohne den Klassenkämpfer Groth, nicht wahr, Genossen! Nun, die Genossen helfen, dazu sind sie da; sie helfen dem Gedächtnis Davids auf, und sie formulieren es zärtlich: Wir mußten dir, lieber Genosse, schon zweimal eins überbraten, und verlangten es die Regeln des innerparteilichen Umgangstons nicht anders, so hätten wir in beiden Fällen zur Begründung geschrieben: ... bekommt eine Strafe wegen totaler Idiotie. Tatsächlich aber haben wir geschrieben, wir hätten dir die Rüge verpaßt und auch schon den Verweis, weil du deiner Neigung zu politisch gefährlichem Einzelgängertum so weit nachgegeben hättest, daß nur eine übernatürlich große Dosis Glück verhindert habe, was eigentlich die Folge deines Handelns hätte sein müssen, nämlich Unheil gesellschaftlicher Natur. So hattest du doppelt Glück: zum einen, weil nicht eintrat, was du doch schon in Gang gesetzt hattest, und zum anderen, weil wir eben dies berücksichtigten, als wir dich rügen mußten.

Und als ob ihr diese mehr abstrakte Erinnerung nicht genügte, beginnt die Leitung, nunmehr konkret zu werden.

Es war, spricht sie und ist dabei, was sie sein soll, Kollektiv und trägt die Erinnerungen vor im Wechselgesang; ein Leitungsmitglied nimmt dem anderen das Wort aus dem Mund, jedes weiß sein Teil, und zusammengenommen ergeben diese Teile zwei etwas absonderliche Geschichten, die beide wie alle Geschichten beginnen: Es war, es war einmal einer, und David Groth hört sie beide nicht gern.

David Groth hört seinen Genossen zu, diesen fleißigen Teppichknüpfern, diesen geschickten Glasmosaikern, die einander Fäden reichen oder bunte Scherben, auf daß Muster und Bilder entstehen, von denen man ablesen kann, was der Groth für einer ist; David hört zu und fragt sich, warum er sich abdrängen läßt von seiner edlen Sache, und was denn überhaupt sein Langer Marsch durch Port Arthur oder auch sein Gedankenaustausch mit Konrad Adenauer für eine Rolle spielen, jetzt, wo es gilt herauszufinden, welche Rolle Fedor Gabelbach gespielt hat, spielt und künftig spielen soll, und jetzt auch, da zu klären wäre, warum Johanna Müntzer, Leitungsmitglied und Hüterin des Entwurfs zu einem neuen Menschenbild, zu David nie ein Wort gesagt hat über das Feuer am siebzehnten Mai und den Anteil des Heizers, Hetzers, Hetzenheizers Gabelbach daran.

Aber natürlich fällt David seinen Genossen nicht in die Geschichten; das ist nicht üblich, wo kritische Rede geht; wer kritisiert wird, bekommt noch Gelegenheit zur Gegenwehr, aber solange die Leitung spricht, spricht man besser nicht, denn in dieser Hinsicht ist die Leitung auch nur ein Mensch.

Und der Mensch sieht sich nicht gern unterbrochen, wenn er Geschichten erzählt; da hütet sich David vor Einspruch oder Widerwort, auch wenn es in seinem Inneren reißt und zerrt, weil alles ganz anders gewesen ist.

Nun gut, die Leitung will ihn partout zu einem Wechselbalg aus Anarchist und verträumtem Trottel – ihr Wille geschehe hier auf Erden noch, aber nicht mehr im Himmel der Revolutionäre; dort wird man zu schätzen wissen, was David Groth für Menschheit und Sache getan, auch am dreizehnten Oktober siebenundfünfzig und auch im Großen Hörsaal der Technischen Universität zu Berlin-Charlottenburg; mag doch die Leitung bis dahin ihre Versionen pflegen; soll sie sich nur erheitern mit ihrem: Es war, es war einmal einer, es war hier mal ein gewisser Groth, der hielt sich für schlauer als alle anderen und zeigte sehr ausgeprägt diese mittelalterliche Neigung, allein, für sich, auf sich gestellt, als sein eigener Herr die Angelegenheiten der Menschheit in die Hand zu nehmen; waren Revolutionen die Lokomotive der Weltgeschichte, so war David Groth der Weichensteller historischer Läufte – so oder so ähnlich sah es David Groth.

Behauptete die Parteileitung, und ferner behauptete sie, in dieser angemaßten Lenkungsfunktion habe es David bereits zweimal, zumindest zweimal schon, bis kurz vor ein politisches Desaster getrieben; man denke nur an den Langen Marsch durch Port Arthur, und das war nur das eine von den beiden Dingern!

Es war an einem jener Sonntage, die Sonntag der Dreizehnte hießen und sich bei den Kalendermachern der DDR-Geschichte einer anhaltenden Beliebtheit erfreuten. Es war dies an einem Sonntag im Oktober, am dreizehnten Oktober neunzehnhundertsiebenundfünfzig. Da holten sie David Groth in aller Frühe aus dem Schlaf, riefen ihn zunächst in den Versammlungsraum der NBR, schickten ihn von dort in die Kreisleitung von Weißensee, leiteten ihn hier weiter an die Bürgermeisterei und brachten ihn schließlich in ein Aufklärungslokal der Nationalen Front von Hohenschönhausen, ihn und mehrere seinesgleichen.

Dort herrschte Hochleben, politisches noch dazu, und das war in diesen Räumen selten. Es galt, dem Feind einen Schlag zu versetzen; das machte wach. Es galt, einen Konterschlag zu tun bis ins Mark des Gegners; das machte Freude.

Aber weder Bajonette noch jene scharfsinnigen Druckwerke, Broschüren genannt, waren die Waffen, mit denen David und seine Freunde in die Schlacht geworfen wurden; es handelte sich vielmehr um ein weitaus traditionsreicheres

Kampfmittel, das nunmehr wieder einmal zum Einsatz kommen sollte, es handelte sich um Geld.

David Groth war an diesem Sonntag unter die Geldwechsler geraten, in den staatlichen Bankdienst aufgenommen für sechzehn Stunden, war auf Zeit ein Bankier geworden, der auszog – o seltener Augenblick! –, das Vaterland zu retten.

Zumindest das letztere war keine Übertreibung; das Land war bedroht, wie ein jedes Land bedroht ist, wenn es über sein Geld die Kontrolle verliert.

Von den Noten, die der Minister der Finanzen und seine Bank in Umlauf gegeben hatte, fehlten rund zweitausendeinhundert Millionen. In den Kassen der Sparkassen, in den Tresoren der Bankfilialen, in den Stahlschränken der Betriebe, Handelsgesellschaften und Verwaltungen waren sie nicht.

Der Minister und seine Notenkenner ahnten vom Verbleib ihres Wertpapiers. Ein erhebliches Stück der fehlenden Doppelmilliarde vermuteten sie im Großen Strumpf der Landesbürger; die waren gebrannte Kinder, besorgt, mißtrauisch und dadurch kurzsichtig immer noch, die hatten bis vor kurzem nur einen Staat gekannt, der sie beschiß; die trauten dem neuen vielleicht in diesem und jenem schon, in Geldsachen aber waren viele noch ferne Neffen vom rheinischen Geldsachkenner Hansemann und sprachen mit dem entlegenen Onkel, am Beutelende die Gemütlichkeit, und hielten den Zaster zu Hause.

(Als dann am Ende des Jahres siebenundfünfzig die Sparkassen dem Finanzminister unvermutete Mehreinlagen von einskommafünf Milliarden meldeten, wußte es der Minister genau: Im Großen Strumpf waren fünfzehnhundert Millionen gewesen. Da soll der Minister fröhlich gewesen sein.)

Fröhlich hingegen nicht war man am Sonntag dem Dreizehnten dort, wo die restlichen sechshundert der fehlenden Millionen gelandet waren: in einer Gegend, kurz Westen genannt.

Die vielen Wege dorthin zu nennen, fehlte es sogar einem Leitungskollektiv, das sich doch abwechseln konnte beim

Bericht, an Zeit und Atem, und David Groth, der den Erinnerungen seiner Parteileitung zu lauschen hatte, weil man ihn hier bei den Ohren hielt, legte auch keinerlei Wert auf Einzelheiten, wußte er doch die Route, den dunklen Pfad, auf dem seinem Lande zweihundertachtzig Mark und sechzig Pfennig abhanden gekommen waren, und es war eine sehr fremde Lust, die ihn kitzelte und ihn zu sagen ermuntern wollte: Der Gegenwert von einhundertvierzigkommadreißig Mark der damals fraglichen Summe, der müßte eigentlich immer noch in einem Baum am Spreeufer nahe der Museumsinsel hängen! Doch das verkniff er sich; nicht aber verkniff er sich an jenem Sonntag des monetären Konterschlages, seiner Neigung zum Einzelgang nachzugeben, und eben das memorierte der Parteileitungschor genau:

David war im Aufklärungslokal von Hohenschönhausen zum Finanzbeauftragten für Port Arthur ernannt worden; er sollte in Port Arthur tun, was seinesgleichen am selben Tage im ganzen Lande taten: Er sollte, gemeinsam mit anderen, alles in Port Arthur vorhandene Geld gegen Quittung an sich ziehen, gegen andere Quittung anderes und nunmehr einzig gültiges Geld bis zum Höchstbetrag von dreihundert Mark pro Kopf an die Bürger Port Arthurs ausgeben, hinsichtlich allfallsig abgelieferter Mehrbeträge versichern, diese würden im Laufe der nächsten vierzehn Tage ebenfalls eingewechselt, über alle Transaktionen genau Buch führen und vor allem – nicht zuletzt deshalb hatte man ihn und seinesgleichen an diese Aufgabe gesetzt – die politische Bedeutung des Vorgangs erläutern.

Das alles sollte er tun; gemeinsam mit anderen freilich sollte er es tun. Nur: die anderen waren noch nicht da.

Sie mußten zwar jeden Augenblick kommen, doch David, unser gescheiter David, meinte, bei einem Konterschlag sei jeder Augenblick kostbar.

Deshalb schlug er vor, er wolle sich mit dem Gelde schon immer auf den Weg nach Port Arthur machen, dort könne er in der Verteilerstelle gleich nach dem Rechten sehen und auch die Notenportionen für die Unterverteilerstellen vorbereiten, denn schließlich sei Port Arthur aufgeteilt in die Sektionen Port Arthur I bis Port Arthur IV, und praktisch wäre es da, David der Praktische hätte bis zum Eintreffen der anderen Genossen Geldwechsler schon alles gerichtet.

Nun, die Oberverteiler im Aufklärungslokal von Hohenschönhausen waren gebildete Leute, zwei von ihnen waren ständige Leser der Neuen Berliner Rundschau und ständige Leser auch der Grothschen Berichte, sie zogen den falschen Schluß von der relativen Vernunft dieser Artikel auf den praktischen Verstand ihres Verfassers, und mit der eigenartigen Devotion, zu der gerade die anständigen Menschen gegenüber Schreibkünstlern neigen, stimmten sie dem Plan des Finanzhelfers Groth zu, sackten ihm zweihundertachtzigtausend neue Mark ein und entließen ihn leichten Sinnes in Richtung Port Arthur.

Leichten Sinnes mögen die gewesen sein, dachte David, während sich die Parteileitung von ihrem Bericht an dieser Stelle etwas verschnaufte und mit viel Kopfschütteln und Fingerzeigen an die Stirn der zweihundertachtzigtausend Mark im Sack auf Davids Schultern gedachte, leichten Sinnes mögen die vielleicht gewesen sein, aber ich trug mich schwer an Verantwortung und Geldpapier; doch ehe er den weiteren Teil des Berichts gedanklich an sich ziehen konnte, was unzweifelhaft zu einer gerechteren Darstellung geführt hätte, übernahm die Leitung wieder die Leitung; diese Leitung – zu der er doch gekommen war der Bilder Franziskas wegen, des Streites mit Helga wegen, der Untaten Gabelbachs wegen –, diese Leitung erging sich wieder in Schilderungen, die mit den drei Anlässen des Gesprächs nichts zu tun hatten; und ein besonderer Hohn war, daß sie die Kenntnis sämtlicher Details, die sie so sorgfältig vor David ausbreitete, nur David verdankte, ihm und seinem selbstkritischen Rapport, den er vor Jahresfrist geliefert hatte.

Da steigt er also mit den zweihundertachtzigtausend Eiern in die Straßenbahn, Linie 63, und streitet mit dem

Schaffner, weil der für den Sack Gepäckbeförderungsgebühr verlangt, und mit einer Mutter legt er sich auch an, weil drei Jutefasern an ihrem Korb-Kinderwagen hängengeblieben sind, und er fühlt sich wie ein Großer Konspirator, da er sich die Antwort auf den Spruch der Mutter verbeißt, diese Laubenpieper könnten ihr Karnickelfutter weiß Gott zu anderer Zeit transportieren.

Da steigt er denn aus am Weißenseer Weg, schultert die zweihundertachtzigtausend Piepen; nun ist er im Schrebergartenrevier Port Arthur; nun braucht er nur noch das Kulturhaus von Port Arthur zu finden – schade, er hat vergessen, im Aufklärungslokal auf den Lageplan zu sehen, aber das wird nicht so schlimm sein, denn sein Kulturhaus, das weiß man, zumal wenn man Journalist ist, sein Kulturhaus kennt ein jeder Bürger dieses Landes.

Schon will der Journalist David Groth den nächstbesten Bürger von Port Arthur nach dem Wege fragen, da kommen ihm Bedenken: Erstens ist ihm früh, bereits auf der ersten Etappe seiner Laufbahn als Zeitungsmann, eingebleut worden, den Nächstbesten auszulassen, wo es um Erkundung geht – und verdankt er diese Bleue nicht einem gewissen Kollegen Gabelbach? –, zweitens aber ist ihm, als wären die Züge der Bewohner Port Arthurs von Grimm gezeichnet, oder ist es nicht Grimm, ist es Hadersucht vielmehr, Habsucht gar, zieht sich nicht Kriminelles durch diese Physiognomien, und dienten nicht gerade Laubenkolonien allem Gelichter als Zufluchtsort?

Die wird er besser nicht nach dem Wege fragen, er, Hilfszahlmeister Groth mit einem Sack voll volkseigenem Moos auf dem Buckel! Der gescheite Genosse Groth kam einfach nicht auf die Idee, die Leute, die so früh durch die Gartenwege eilten, könnten in die Richtung wollen, die er selbst noch suchte, und es ahnte ihm auch nicht, das Fehlen von Frohsinn in den Gesichtern könnte mit den Morgenmeldungen der Radios zusammenhängen, mit Frühaufstehen am Sonntag und mit Sorge um das Ersparte; und daß es ihm nicht in den Sinn kam, die scheinbare Finsternis in den Augen der Port-Arthur-Siedler sei am Ende Ergebnis psychischer Täuschung, sei auf den Argwohn zurückzuführen, zu welchem Menschen neigen können, wenn sie zweihundertachtzigtausend Mark durch unbekanntes Gelände schleppen, daß David Groth darauf nicht kam, wundert niemanden, der David Groth schon ein wenig kennt.

Langsam ging diese Parteileitung dem Parteimitglied Groth auf die Nerven. Wenn sie sich begnügt hätte, eine kurze kritisch-sachliche Darstellung der Ereignisse vom dreizehnten Oktober zu liefern, um ihn an Verfehlungen zu erinnern, das hätte er hingenommen, aber jetzt befaßte die sich hier mit psychischen Täuschungen und verwandelte sich allmählich in ein Konsilium von Psychologen, Psychiatern gar, das war nicht mehr parteigemäß, und prompt dachte David etwas sehr Unparteigemäßes, er dachte nämlich: Wartet nur, euch wähle ich nicht wieder!

Als wären sie doch zumindest gute Psychologen, schalteten die Leitungsmitglieder an diesem Punkt plötzlich von epischer Breite auf anekdotische Kürze und trieben den Chorbericht vom Langen Marsch durch Port Arthur rasch an sein politisch bedeutsames Ende. Also, hieß es kurz, der verirrte Geldsackträger traute sich nicht, nach dem Weg zu fragen.

Item: Dann fragte er ein Kind; das schickte ihn nach Port Arthur IV; dort war aber die Bierbude »Land in Sonne«, nicht jedoch das Kulturhaus.

Item: Dann rief ihm ein Männlein über die Ligusterhecke: »Hierher!« Das Männlein erwartete den Kollegen eines Neffen, der Holzabfälle aus dem Sägewerk zu besorgen versprochen hatte. – Kleine Verwechselung, große Mühe, sie aufzuklären: Das Männlein war mißtrauisch, glaubte, es sollte betrogen werden ums Holz, wollte unbedingt den Inhalt des Sackes sehen. – Hastiger Aufbruch Davids, fast Flucht, fast Gewalt, nur fort, und natürlich in die falsche Richtung.

Item: Es begann zu regnen: Hält der Geldsack dicht? Nehmen Port Arthurs Bürger feuchte Penunse? – Umsichtige Maßnahme des umsichtigen David: Er will sich einen Schirm leihen! Ergebnis: Ein wildfremder, mit einem Sack beladener Mensch erscheint sonntags früh kurz nach sieben in der Wohnlaube des Bürgers Könagel, dort werden eben die Kinder gebadet, dreie! Geschrei, eine Lügengeschichte, fünfzig gerade noch gültige Mark zum Pfand, Schirm her, raus, ehe Bürger Könagel sein Radio anmacht!

Item: Klägliches Rufen einer alten Dame; der Ruf gilt David Groth, der den Veilchenstieg daherkommt, mit der einen Hand einen Sack mit zweihundertachtzigtausend Mäusen in der Balance und mit der anderen einen Schirm darüber hält. Die alte Dame steht auf einem Küchenstuhl und versucht, ein dickes Päckchen unterm Laubendach hervorzuzerren. Ein Brett muß angehoben werden, David soll es tun. Er tut es, steigt auf den Sack voll neuer Kröten, auf dem Stuhl ist nicht Platz für zwei. – Es ist nämlich Geldumtausch heute, sagt die alte Dame, und der Platz unterm Dach ist ihr sicherstes Versteck, und gleich geht sie das Ersparte einwechseln, im Kulturhaus von Port Arthur soll es sein.

Item: David Groth, genannt auch: der Findige, David stellt sich im Veilchenstieg auf die Lauer; ein Viertelstündchen, und die alte Dame verläßt ihr Heim, unterm Arm ein Päckchen, trippelt sie den Veilchenstieg entlang Richtung Kulturhaus, und im Abstand von dreißig Schritt tappt unter der Last von zweihundertachtzigtausend Mark und einem Regenschirm der Genosse Finanzhelfer Groth hinterher, der Mann mit dem Konterschlag, der so seinen Weg doch noch fand ins Kulturhaus von Port Arthur.

Und als er ankam, waren schon alle da: die anderen Helfer, die Polizei, die Kinder, die Rentner, die Schichtarbeiter, die Witwen und alten Damen, die jungen Mütter und die Familienväter – und auch die Gerüchte waren schon da und der Unmut und der Zorn und die Wut und der Haß, und auch der Regen war schon lange da, nur nicht die Schlüssel zum Kulturhaus, die hatte David, nur nicht das Geld, das hatte David, nur nicht David, der hatte sich ein wenig übernommen, und für den politischen Schaden im Bewußtsein von Port Arthur hat er eine strenge Rüge bekommen.

Das ist eine Überspitzung, wollte David sagen, als er gewahrte, auf welche Pointe die Parteileitung ihren Bericht getrieben hatte, es handelte sich nicht um eine strenge Rüge, sondern lediglich um eine einfache – aber er unterließ den Einwurf: Sie hätten ihm doch nur entgegnet, mit streng sei nicht das Offizialprädikat gemeint gewesen; gemeint gewesen sei eine Bezeichnung für den moralischen Schub, mit dem sie ihm den Tadel ins Gewissen getrieben hätten, hätten treiben wollen – aber sie sähen schon: Es hatte wohl nicht ausgereicht.

Den Gedankenanschluß wollte David seiner Leitung verbauen, und deshalb hielt er seinen Mund verschlossen, schloß aber gleich auch noch die Ohren, denn ihm war es nun genug der Belehrung, wußte jedoch, denen war es noch lang nicht genug; die würden jetzt den anderen, den älteren Fall solistischer Abweichung rügen und sich wieder einmal entrüsten über ihn und sein Zwiegespräch mit Dr. Konrad Adenauer, Bundeskanzler der deutschen West-Republik damals und eben im Begriffe, einen weiteren Ehrendoktorhut in Empfang zu nehmen.

Das krumme Ding hatte ihm einen Verweis gebracht, und David hütete sich zu sagen, daß ihm der Eintrag niemals die Freude vergällt hatte an diesem so richtig schön krummen Ding.

Dabei hatte Johanna Müntzer von Enttäuschung gesprochen und David auf längere Zeit unter jene eingereiht, die jetzt hier lernen sollten und hier jetzt nichts mehr lernten, weil sie verdorben worden waren in unmenschlichen Zeiten.

Sie nannte den Adenauer-Coup eine Provokation und entsann sich, daß ausgerechnet das Wesen der Provokation Gegenstand erster Belehrung des David Groth durch Johanna Müntzer gewesen war.

»Hast du diesen Adenauer und diesen Suhr-Senat und diese Stumm-Polizei provoziert?« fragte Johanna.

»Ja, hab ich«, antwortete David, »aber doch wohl umge-kehrt!«

»Wie umgekehrt?«

»Klassenmäßig umgekehrt. Ich habe die Methoden des Klassenfeindes gegen den Klassenfeind angewandt. Ich bin in das Lager des Klassenfeindes eingedrungen und habe das Lager des Klassenfeindes durcheinandergebracht.«

»Klar«, sagte Leitungsmitglied Kutschen-Meyer, »zwischen mußte donnern, sonst wird nischt!«

»Genosse Meyer«, sagte Johanna, »ich wende mich gegen diese Max-Hölz-Parolen. Wir alle wissen, daß dir die sechs-spännigen Methoden des Genossen Groth gefallen müssen, aber wir haben hier jetzt andere Zeiten. Außerdem sind dir die konkreten Umstände, die wir jetzt hier diskutieren, nicht bekannt, weil du zur Schulung warst, oder nicht?«

»Doch«, sagte Kutschen-Meyer, »stimmt, und studieren mußte, sonst wird nischt.«

David merkte, hier war ein Bundesgenosse, potentiell, und er sagte rasch: »Wenn Genosse Meyer mitentscheiden soll, dann muß er auch wissen, worum es sich handelt. Ich schlage vor, ich fasse es noch einmal zusammen: Also, ich habe Eintrittskarten für Adenauers Ehrenpromotion besorgt, hundert …«

»Besorgt ist ein Euphemismus für erschwindelt«, warf Johanna Müntzer ein.

»Ich habe«, sagte David, »denen von der Studentenvertretung in Charlottenburg erzählt, ich wüßte von vielen Kommilitonen an der Humboldt-Uni, daß sie brennend gern einmal Herrn Adenauer sehen würden. Das war nicht geschwindelt; ich habe nur die Motive des brennenden Interesses unerwähnt gelassen. Ich habe die Studenten an der TU überzeugt, für das unteilbare Deutschland ist es besser, sie geben mir die hundert Karten. Die habe ich ja auch wirklich an Studenten der Humboldt-Uni verteilt, neunundneunzig.«

»Und hast sie zu der Annahme gebracht, die Partei stünde hinter dir«, sagte Johanna.

»Ich war dieser Annahme, Genossen. Ich gebe zu, ich habe dieses angenommen, sonst hätte ich es doch unseren Studenten nicht gesagt.«

Johanna wandte sich an die anderen Leitungsmitglieder. »Entschuldigt, wenn ich diese Diskussion an mich reiße, aber durch täglichen Umgang mit diesem Menschen kenne ich ihn etwas besser als ihr. Er verdreht einem das Wort, wenn man es nicht festhält. Er hat eine Extraecke für Einfälle im Kopf, da muß man achtgeben. Komm zur Sache, David!«

»Ich bin zwar bei der Sache, aber wenn du mich nicht ausreden läßt, Genossin Müntzer!«

Kutschen-Meyer brummte: »Ausreden muß einer können, sonst kommt keene Klärung.«

»Also«, sagte David, »die Studenten von der Humboldt sind mit hin nach Charlottenburg. Ich habe ihnen nicht gesagt, wir machen eine Provokation; ich habe gesagt, wir machen mit dem Adenauer eine Diskussion, und allenfalls, wenn der nicht will, machen wir eine Demonstration. Die wußten Bescheid: Ich nehme den Adenauer bei einem passenden Wort, und wenn er nicht gleich antwortet, gehen wir raus, weiter nichts, wir gehen raus, wir zeigen durch unsere Haltung, der Mann ist unser nicht würdig.«

»Genossen«, sagte die Herausgeberin der NBR, »ihr wißt ja, wie diese Diskussion ausgesehen hat. Unser Anarchist hier hat dem Adenauer etwas zugerufen, das er wohl für ein politisches Argument hielt, und dann ist der halbe Festsaal aufgestanden und rausgelaufen.«

»Klar«, sagte Kutschen-Meyer, »bei sonne Gelegenheit mußte dich verständlich machen, denn es kommt auf das Verständnis an.«

»Und außerdem«, rief David, »war es nicht der halbe Saal, es waren dreiviertel. Die TU-Studenten sind mit uns rausgegangen, viele wohl nur aus Spaß am Krawall.«

»Klar«, sagte Kutschen-Meyer. »Und wat hat nu der Adenauer zu det Theater gesagt?«

David genoß das. »Nach meinem Zwischenruf hat er erst

einmal gar nichts gesagt. Als an die fünfhundert Studenten rausliefen, hat er auch nichts gesagt. Der wollte sich doch seinen Doktorhut abholen, und nun schnurren die Kameras, und die Mikrophone recken die Hälse, und unten ringt der Senat die Hände und wartet auf ein passendes Wort; da fehlte es ihm. Allerdings, als ich an der Tür war und der Saal dreiviertel leer, da ist ihm seine gerühmte Schlagfertigkeit zurückgekommen, höchstens drei, vier Minuten zu spät, da hat er gerufen und mit dem Finger auf mich gezeigt: ›Wartense nur, meine Damen und Herren, eines bin ich jewiß: den da werden wir auch noch bekehren!‹«

»Ick hoffe«, sagte Kutschen-Meyer, »dem wirste wat husten!«

»Und ich hoffe«, rief Johanna Müntzer, »jedermann sieht hier jetzt, welch eine Situation der Genosse Groth durch seine Eigenmächtigkeit auch noch heraufbeschworen hat: Er hat der Stumm-Polizei eine Handhabe gegeben, auf die Studenten einzuschlagen.«

»Ist doch nicht wahr«, rief David, »die Polizei hat gedacht, die Fete ist vorbei. Einer stand Posten, und als die Massen die Treppe runterkamen, hat er gefragt: ›Schon aus?‹, und die Studenten haben geschrien, klar, es sei aus, und da haben die Polizisten die Skatblätter eingesteckt und raus, und die Wagen sind vorgefahren, und als ich runterkam, standen sie schon Spalier. Kein Knüppelschlag, nur stramme Haltung – ich weiß gar nicht, was du immer mit mir hast, Genossin Müntzer!«

»Was ich immer mit dir habe? Ich habe die Verantwortung mit dir, Mensch! Schinderhannes konntest du in deinen Ratzeburger Wäldern spielen, Robin Hood von mir aus im holsteinischen Busch, aber der Klassenkampf ist von Karl Marx und nicht von Karl May! – Ich beantrage, dem Genossen Groth einen Verweis zu erteilen, und zwar wegen Wichtigtuerei und politischer Eigenmächtigkeit, um nicht von Anarchismus zu reden – und einen Verweis auch nur, weil es gerade noch einmal gut gegangen ist, aber soviel ist hier jetzt sicher, Menschenskind, noch so ein Verstoß gegen die Parteidisziplin, und ich beantrage eine Rüge!«

Nun ja, er hatte seinen Verweis erhalten und einige Jahre später auch seine Rüge und jetzt, wieder ein Jahr später, wies seine Parteileitung das Ansinnen zurück, sie solle die Sache Gabelbach untersuchen; für sie gab es keine Sache Gabelbach, und jene, die es einmal gegeben hatte, war geklärt.

Aber nicht geklärt, unklar schien das Weltbild David Groths zu sein – die Parteileitung ließ es ihn wissen und forderte ihn auf, sich und seine Haltung zu prüfen und sich einmal der Frage zu stellen, wer denn am Ende wohl klüger sei: er oder die Partei.

Nein, sagte die Parteileitung, sie bestreite nicht sein Recht, Fragen vorzubringen, und sie drücke sich nicht vor ihrer Pflicht, Antworten zu geben, aber sie verhandle mit niemandem, der mit gezücktem Terzerol daherkomme, bereit, jeden über den Haufen zu knallen, der ihm nicht in seine Vorstellungen folgen wolle.

Wozu also habe sie hier der Soli und Salti des Genossen Groth noch einmal Erwähnung getan?

Der Warnung wegen vor schnellem Schuß und kurzem Schluß, und damit Ende für heute: Zieh einen Strich von Adenauer her über Port Arthur bis zu deinem heutigen etwas bengalischen Hintritt vor die Parteileitung und versuche, deine Spur zur Deckung zu bringen mit dem, was Parteilinie heißt; wir fürchten, die beiden gehen nicht ineinander auf, nicht einmal Parallelen werden sie sein, wüstes Geschlängel steht zu erwarten; das bedenke erst einmal in Ruhe, dann reden wir in Ruhe weiter.

»Ick versuch det jetzt schon mal«, sagte der Genosse Kutschen-Meyer und ging mit David hinaus.

In der Kantine holte er zwei Bier vom Tresen, steckte sich eine Zigarre an, seufzte und hustete, klebte zweimal die Zigarre, wischte mit dem Taschentuch an seiner trockenen Nase herum, rückte seinen Stuhl näher an Davids heran, und dann erst redete er: »Zuerst mal zu dem Gabelbach. Nehmen

wir an, ich hätte den fünfundvierzig getroffen oder sechsundvierzig oder auch noch siebenundvierzig, im Anfang,
meine ich, und denn hätte mir einer gesagt: Du, der hat bei
Goebbels mitgemacht, Bücher hat er gekokelt und arische
Reinigung betrieben – was meinst du, wo ich eine Kleinigkeit
später gewesen wäre? Bei meinem alten Knastgefährten, dem
Genossen Polizeipräsidenten, und zwar in seinem Knast:
Schwere Körperverletzung. Und aus der Partei wäre ich raus
gewesen, nach dreißig Jahren, wegen individuellem Terror.

Entschuldige mal, wenn ich das sage, aber Gründe, daß ich
dem die Gräten breche, die hatte ick 'n paar mehr als du. Das
ist kein Vorwurf gegen dich; du warst nur nicht alt genug für
meine Gründe. Ist ja auch Grund genug, wenn einer Bücher
verbrennt. Den Kerr, den kenn ich nicht, aber von denen, die
sie auch noch verbrannt haben oder verboten, von denen
kannte ich viele. Ick bin mit Erich Weinert auf 'm Wedding
rumgemacht; den Becher sein Motorrad hab ich mal ge-
stemmt, dreimal über den Kopf, da war der noch so wild, kein
Gedanke an Minister; na, und der Wladimir und die Anna, die
so schön war, aber Haare auf den Zähnen; sogar mit Brecht
hatte ich einmal zu tun, der kam mir damals ziemlich albern
vor.

Also, Gabelbach war gut dran, daß ich nicht gleich wußte,
wo er mitgemischt hat, und ich war auch gut dran.

Dann, eines Tages, da hat er schon eine ganze Weile hier
gearbeitet gehabt, immer saubere Arbeit, weißt du ja selbst,
ist er hin zu Johanna und hat ihr klaren Wein eingeschenkt.
Die ist hin zum ZK, und denn hatten wir Leitungssitzung;
Xaver Frank war auch mit bei, der ist extra rübergekommen;
ick werde den Verdacht nicht los: meinetwegen. Wir haben
Gabelbach seine Erklärung gelesen, dann haben wir mit ihm
geredet. Ich nicht, ich hatte eine Stinkwut, aber laß nur, Johanna auch, wir alle eben.

Ich habe nur gewartet, daß er das Persil rausholt und die
große Reinwaschung anfängt: Er hat mal einen Juden gekannt und hat ihn auch fünfunddreißig noch gegrüßt, oder

er hat einem Polenmädchen einen Kamm geschenkt, den er selber noch hätte brauchen können, und diese feinen Histörchens. Allerdings, dieses war nicht.

Wieso er vierunddreißig das Studium aufgegeben hat? – Daraus hätte er eine große Rede machen können; wer hätte denn mit ihm streiten sollen, wenn er was von Reue erzählt hätte oder wat von Einsicht und bewußter Abkehr von den germanischen Studien?

War aber nicht die Rede davon bei ihm. Allenfalls, hat er gesagt, ist er mit den Widersprüchen nicht fertig geworden, und die Lösungen, die sich anboten, die sich angeboten haben, die wollte er nicht. Sagt er. Da hat er denn Fotograf gelernt, noch mal als Stift, und denn ist er bei der ›Geflügel-Börse‹ untergekommen; das war eine Zeitung für Taubenzüchter.

Von da an hat er nur noch preisgekrönte Hühner geknipst und war bloß noch in der Arbeitsfront. Mußte er ja, sonst war nischt mit Arbeit.

Kann einer sagen, wat er will: Erst Student und lustig, und denn Hühnerfotograf: Ein Wechsel war das schon.

Und das hat mir gefallen: Als sie in der Leitung gefragt haben, ob er zu dem Geflügel gegangen ist, weil es unpolitisch war, hat er gesagt, nee, es war was bei zu verdienen.

Lang hat die Freude ja auch nicht gewährt; Polen, Frankreich, Griechenland, Afrika, Italien retour, ab nach ’n Mississippi in Gefangenschaft, da ist er krank geworden, und Frühjahr fünfundvierzig war er zu Hause.

Stabsgefreiter war er, das zeugt nicht gerade von Aktivität, Bildauswerter in so einem Divisionsstab; ist geprüft worden.

Nee, Junge, der hat sich ein böses Ding geleistet, und dann nichts mehr. Keine Ruhmestaten, aber auch keine Schweinereien.

Nu is er ja auch religiös, soweit man weiß, vielleicht hat das mitgespielt.

Mit einem Wort: Man kann nicht sagen, seine Vergangenheit interessiert keinen, aber man kann sagen: Seine Vergangenheit ist eine Vergangenheit. Du verstehst, vorbei ist die, lange weg.

Natürlich: Freund werde ich nie werden von dem, aber das verlangt auch keiner. Nur, was sie von uns allen verlangen können, von mir, von dir, das ist, daß wir uns nicht aufspielen und Theater machen, wenn uns was nicht gleich einleuchtet.

Ich kann mir vorstellen, warum du dich aufgeregt hast: Weil das 'n bißchen mit Gespensterei zu tun hat oder wenigstens so aussieht. Du denkst auch, die Vergangenheit ist weit, weit weg; die ist aber bloß dreizehn Jahre weg, Junge.

Das macht man sich nicht klar, und dann fährt einem das in die Glieder, wenn man merkt, der Nebenmann war schon bei den alten Germanen dabei, oder man selbst hat schon zu Zeiten der alten Germanen gelebt.

Der große Trick von unserer Gegenwart ist eben, daß der Abschied von eine ungeheuer lange Vergangenheit gerade erst stattgefunden hat, und daß ein paar Stücke Zukunft auch schon anzutreffen sind, alles durcheinander, und da kommt einem auch das Zeitgefühl durcheinander. Gerade schaffen wir die Fleisch- und Fett- und Zuckermarken ab, also ein Stück Krieg und germanische Vergangenheit, und zur gleichen Zeit verabreden wir, daß nun eine Erdölleitung rüberkommt, vom Kaspischen Meer rauf bis hier, und an der hängt natürlich für uns jede Menge Zukunft.

Nun glaube ich aber, daß eine von den wichtigsten Aufgaben, die der bewußte Mensch heute hat, die er einfach bewältigen muß, die ist, daß er sich einen richtigen Zeitbegriff macht.

Ich meine, wann er lebt; wie die historische Lage da ist.

Natürlich, wichtig war das schon immer. Wenn ich so sehe, jetzt bei der Schulung kam ich mal drauf, wie Marx und Engels sich rumgetastet haben, um rauszufinden, wo sie eigentlich sind, wie die Lage ist – das war anstrengend, glaub ich.

Anstrengen muß man sich schon, sonst wird ebent nischt.

Die historische Lage ist so, daß wir hier nicht auf Schulung sind, entschuldige!

Als der Krieg zu Ende war, mußte man auch rausfinden, wie die historische Lage ist. Eigentlich gab es nur zwei Möglichkeiten: Entweder man fing an, endlich anständige Arbeit zu machen, und zwar mit allen, die mitmachen wollten – die richtigen Banditen natürlich ausgenommen; oder aber man konnte sagen: Alle, die mit den Braunen zu tun hatten, haben hierbei nischt zu suchen – da hätten wir denn wohl das Volk abschaffen müssen; komischer Gedanke, nicht? Ick sympathisiere mit deine Aufregung, David, aber billigen kann ich sie nicht, weil sie nicht richtig historisch ist. Für deine Extratouren hab ich viel übrig, aber eines, das sage ich dir mit mein' vollsten Ernst, eines ist für einen Genossen die furchtbarste Scheiße, in die er geraten kann: daß er meint, er ist schlauer als die Partei.

Wenn du es genau nimmst, David, denn haste eine Menge Wirbel veranstaltet und eigentlich nur allen Leuten den Nerv gestohlen. Ich werde es mal folgendermaßen ausdrücken: Du hast etwas Unverhältnismäßiges aufgezogen. Hättest du gefragt, von mir aus energisch und wütend: Wie liegen die Dinge?, dann hätten wir das ganze Theater nicht nötig gehabt. Das halbe vernünftige Leben besteht aus Frage und Antwort, aber eben das vernünftige.

Bloß, du wolltest ja nicht Antwort, du wolltest Rechenschaft, und da sind wir zur Zeit alle ein bißchen empfindlich.

Wenn ick dir einen Rat geben darf: Halte dich ruhig für schlau, halt dich von mir aus sogar für schlauer als jeden anderen, trotzdem das natürlich schon gefährlich ist, aber glaube nie, du kannst gegen die zusammengelegte Schlauheit der anderen ankommen. Die Partei ist – wenn wir nun schon einmal über so etwas reden – in meinen Augen genau das: zusammengelegte Schlauheit.

Aber zu dem kommt ja nun noch eine ganz andere Art von Schlauheit, sagen wir mal, Erfahrung. Sagen wir mal, es geht um eine konkrete Frage, nehmen wir Lohnerhöhung, vielleicht zwei Prozent.

Das mindeste, was du da bei der Partei findest, ist die Erfahrung von tausend verschiedenen Plätzen, an denen sie das gleiche Problem hatten. Von Indien bis Island, bei den Japanern und bei Krupp, wo du willst. Natürlich, die Lage ist immer verschieden, aber was Gemeinsames ist auch immer da, wat bekanntlich die Gesetzmäßigkeiten sind. Wer will denn nun eine Partei schlagen, die die Antworten auf tausend Fragen von Indien bis Island und Krupp eingesammelt hat und dann sortiert und dann ausgewertet? Wer will denn gegen soviel zusammengelegte Schlauheit an?

Meine Überzeugung: Von außen ist da nischt zu wollen!

Von innen allerdings, das ist eine andere Frage. Haben wir ja gesehen, wie das geht.

Ich bin kein Spezialist für Widersprüche, aber soviel scheint mir klar: Wenn du als Partei dafür kämpfst, daß deine Mitglieder aufhören, ihre Kräfte zu unterschätzen, dann kriegst du, als Partei, sicher irgendwann mit dem Problem zu tun, daß sich nun einige überschätzen.

Junge, ick sage dir: Die dicken Dinger, die kommen noch, wenn wir uns nicht drauf einstellen.

Deshalb ist es gut, wenn wir uns gleich den Magen reinemachen; det ist zwar unangenehm, aber nicht tödlich.

Und vor Ungerechtigkeiten sind wir da nicht gefeit. Vielleicht war das ungerecht, daß die Leitung dir die alten Sünden vorgeführt hat, wo du eine an sich berechtigte Frage hattest. Bloß war sie als Frage kaum noch zu erkennen. Du hast die geschwungen wie 'ne Axt.

Gabelbach hat sich vor fünfundzwanzig Jahren wie ein dummes Schwein benommen – ick lege auf beide Wörter Wert! – und seitdem, soweit man es übersehen kann, wie ein anständiger und vernünftiger Mensch. Was man übersehen kann, ist jedenfalls anständig und vernünftig, aber det müßtest du durch deinen täglichen Umgang eigentlich besser einschätzen können als ich.

Richtig einschätzen mußte, Junge, sonst wird nischt!«

Er trug die beiden leeren Gläser zurück an den Tresen, steckte seine Zigarre wieder an und schaukelte schwer und vorsichtig durch die Kantine davon, ein besorgter Elefant, ein Riese mit Problemen, eine ungeheure Wohltat: der Genosse Kutschen-Meyer.

David entsann sich gut: Damals, nach dieser seltsam umschweifenden Predigt, hatte er noch lange in der Kantine gesessen, hatte noch lange der Leitung gegrollt und ihr die politische Rechnung gemacht: Oh, er hatte einiges gefunden, was er der Leitung hätte anlasten können, und wo sich im vorhandenen Sündenkatalog die passenden Bezeichnungen für die Abirrungen seiner Leitung nicht finden wollten, da zeigte sich David erfinderisch, zeigte sich lange noch als ein verletzter Mensch voll Einfallsreichtum, ehe er sich allmählich dann doch wieder als ein Genosse bewährte, der fähig ist zu dem Gedanken: Vielleicht aber haben die anderen recht?

Diesen Gedanken denkt niemand in einem Zuge, niemand jedenfalls, der wie David ist; es ist eine Idee, die unerträglich scheint. Deshalb tritt sie zunächst nur in Ansätzen auf, ein Schimmer eher als ein erleuchtender Schein. Dieser Gedanke kommt nicht mit geraden, zielsicheren Schritten; er wird getanzt, tastend, stolpernd, ohne erkennbare Choreographie; erkennbar sind nur schwache Vorsätze und starke Widerstände, und das Mittel daraus scheint die Ausflucht zu sein.

So schwer wälzt sich kein Stein hügelan, wie es sich denkt, die anderen könnten im Recht sein – aber das Dumme ist: Ist man in der Partei, dann muß der Stein hinauf.

Und das Gute ist: Er kommt hinauf; hier hilft der gute Wille viel. Und gut ist: Die Parteileitung hat sich lange vernehmen lassen, nun schweigt sie und stört nicht weiter. Sie stellt nicht zurückwerfende Zwischenfragen, erkundigt sich nicht nach dem Denkprozeß, unterläßt alle Ermunterung – da kommt David voran.

Zu einem bedeutenden Ende kommt es nicht; es kommt einfach zu einem Ende: Man spricht nicht mehr davon.

Freilich, die Sache mit Gabelbach dauerte etwas länger. Es blieb David nichts anderes, als den Gedanken an jenen Gabelbach abzusperren, abzudrängen, fortzudrücken aus den

Gesprächen, den notwendigen Besprechungen, den ganz normalen Unterhaltungen mit diesem Gabelbach; es blieb nur, jenen von diesem zu trennen, zwei Personen aus der einen zu machen und die eine zu vergessen.

Das ging auch, aber nur durch längere Übung.

David hatte zunächst gemeint, irgendwann werde es seine Pflicht sein, mit dem Fotografen ein offenes Wort zu wechseln, ihm die Skrupel zu gestehen und die Fragen zu stellen, aber das Problem verlor an Dringlichkeit mit jedem Arbeitstag, der von David und Fedor Gabelbach das gleiche verlangte.

Und von der Art waren, genau besehen, alle Tage der seither vergangenen neun Jahre gewesen. Diese neun und die dreizehn vorausgegangenen dazu waren mehr als nur eine bestimmte Menge verstrichener Zeit; es war ein Zeitraum, in dem zwei sehr verschiedene Leute unablässig auf ein und denselben Gegenstand, auf dieselbe Aufgabe, auf gleiche Probleme, auf ähnliche Pflichten gesehen hatten; sie nicht allein, aber sie auch und sie nicht zuletzt hatten die NBR aufgebaut, ausgebaut, verändert, verbessert, verteidigt; die Rundschau war ihr gemeinsamer Nenner.

Mehr war ihnen kaum gemeinsam, war es nicht gewesen und wurde es nie. So intim beinahe ihr Zusammenspiel bei der Arbeit war, so abgesperrt verlief das übrige Leben des einen von dem des anderen, und das war, gemessen an den landesüblichen Verhältnissen, schon recht seltsam und fast unerträglich für Johanna Müntzer, die eine so dauernde Fremdheit für unmenschlich hielt.

Aber David und Gabelbach gerieten niemals auch nur in die Nähe jenes Bezirks, in dem bei gemeinsamem Umgang mit derselben Sache mehr als sachliche Gemeinsamkeit entsteht, freundliche Kollegialität etwa oder gar Freundschaft.

Vertraulichste Berührung hatten sie noch, wenn es einen gemeinsamen Gegner niederzuhalten galt, und zu Höhepunkten der Herzlichkeit kam es, wenn Gabelbach zu passendem Anlaß den Korrespondenten Franz Hermann Ortgies zitierte oder wenn David wieder einmal die abseitigen

Bilder an Gabelbachs Wand genoß, und ein Gipfel der Innigkeit wurde erreicht, als der Chefredakteur Groth sich mit dem Leiter der Bildabteilung, Fedor Gabelbach, über Franziskas Chancen zum Gorki-Jahr ausgetauscht hatte und fast in die Versuchung geriet, dem Kollegen Gabelbach nun doch ein wenig von dem zu erzählen, was alles sonst noch im Jahre achtundfünfzig los gewesen war.

Doch David ließ gleich wieder von dem Gedanken; er stieß sich fast gewaltsam von ihm ab, schwang sich zurück in den Bereich der Sachlichkeit, wollte aber auch wieder nicht unfreundlich wirken bei soviel aufgeschlossener Freundlichkeit des Kollegen Gabelbach, und deshalb sagte er: »Ich habe neulich bei Kisch eine schöne Bezeichnung für eine bestimmte Bildergattung gefunden. Er beschreibt da die Sensationsaufnahmen in einer Prager Zeitung als ›Momentphotographien im Augenblicke der Mordverübung‹ – könnte Ihnen das was sein?«

Gabelbach lachte beinahe. »Im Augenblicke der Mordverübung?« sagte er. »Das könnte auch von Ortgies sein. – Aber was ist mit diesem Eilauftrag: Bildbericht über Getreide-Dispatcher Krell? Darf ich da fragen: Seit wann geben Sie Bilder in Arbeit, ohne das mit mir abzustimmen? Und wieso ist das eilig; warum sollen wir einer Aufnahme wegen, auf der ein Mensch vor einem Haufen Hühnerfutter zu sehen ist, warum sollen wir deswegen den Arbeitsplan umstellen? Wollen Sie mir bitte einen Grund nennen, warum Sie dieses Schrot-und-Korn-Verwalters wegen meinen Wirkungsbereich, in den ich unter Mühen einen Anflug von Ordnung habe bringen können, warum, Herr Kollege, Sie diesen friedlichen Bezirk nun mit Chaos bedrohen? Überdies hätte ich gern gewußt, ob es sich bei dem Hafer-und-Weizen-Verteiler, von dem Sie eine völlig außerplanmäßige Momentphotographie im Augenblicke der Körnerzählverübung wünschen, ob es sich bei diesem Herrn Krell etwa um einen näheren Verwandten unserer verehrlichten Frau Kaderleiterin handelt, einen Herrn Sohn oder einen Herrn Enkel vielleicht?«

»Na, na«, sagte David, »so alt ist sie ja nun auch wieder nicht!«, und an Gabelbachs Antwort merkte er, daß er es etwas zu hastig gesagt hatte, denn Gabelbach entgegnete: »So? – Nun, wenn Sie es sagen – ich kenne mich da nicht so aus.«

Und David dachte: So, du kennst dich nicht so aus? Bis eben habe ich das auch angenommen; nun weiß ich es anders. Bis eben hab ich gedacht, die Sache mit Carola und mir hat nur der liebe Botenmeister Ratt gewußt. Das zerspant mich: der Gabelbach auch!

»Herzlichen Dank für die Erinnerung«, sagte er, »ich habe mich heute morgen zu einer Intrige verpflichtet; an der muß noch gearbeitet werden. Die Bilder vom Dispatcher gehören dazu, und wenn später einmal eine Geschichte daraus geworden sein sollte, erzähle ich sie Ihnen, einverstanden?«

»Solange Sie nicht verlangen, daß ich Ihre Geschichten auch noch verstehe, Herr Kollege«, sagte Fedor Gabelbach.

## 11

Die positive Intrige, gedacht, das Eheglück der Carola Krell ebenso zu fördern wie die geistige Bildung des VEAB-Dispatchers Arthur Krell, ließ sich einfach an: Der persönliche Referent des Ministers rief zurück, für das erbetene Gespräch gäbe es zwei mögliche Termine, entweder in vierzehn Tagen um dreizehn Uhr oder gleich, heute, jetzt.

»Ich habe gesagt, Sie kommen heute nachmittag«, sagte Christa, »wenn Sie jetzt zum Friedhof fahren, und Sie reden da nicht so lange, schaffen Sie es bequem. Jochen Güldenstern wollte Sie auch sprechen; er hat Sorgen mit dem Großkraftwerk Nord. Ich habe ihm vorgeschlagen, er soll mit Ihnen zum Friedhof fahren, da stört keiner.«

»Und wann überlege ich meine Rede?« fragte David, aber Christa war schon am Telefon.

Sie hatte recht: Es gab nichts mehr zu überlegen, denn dies war eine weitere Stufe der Beisetzungsfeierlichkeiten für den Hauptpförtner der Neuen Berliner Rundschau, und man würde sich bei der heutigen Steinaufrichtung mit einer Kurzfassung der Rede begnügen können, die anläßlich der eigentlichen Trauerfeier gehalten worden war, denn seit Schäfers' Tod hatte es nichts Neues mehr über ihn gegeben, und solange er gelebt hatte, war er so vielschichtig auch nicht gewesen.

Im Gegenteil: Ein einfacher Mensch in einem Sinne, der nicht der allerbeste war. Ein Mann, der immer nur eines nach dem anderen tun konnte, niemals zweierlei zur gleichen Zeit.

Vor dem Krieg war er Elektriker in der Druckerei gewesen, einfach, unpolitisch, steuerbar, gesteuert, gesteuert schließlich bis in die Schlacht am Kursker Bogen. Dort hatte es ihm den rechten Arm abgerissen. Als die Rote Armee nach Berlin kam, machte Schäfers Hilfsarbeiten in seiner alten Druckerei, und eine einzige kurze Ansprache eines einzigen sowjetischen Soldaten brachte ihn in die Partei: »Dein Arm kaputt in Krieg, da? Du verstehen: Kommunist sprechen: Hitler machen Krieg. Du nix hören. Hitler machen Krieg, Krieg machen deine Arm kaputt. Du besser hören Kommunist!«

Über diesen Faustregel-Marxismus kam Schäfers nie hinaus. Der Spruch des Soldaten war unwiderlegbar und schien der revolutionären Weisheit letzter Schluß zu sein; ein leuchtendes Beispiel für die Verbindung von Theorie und Praxis, deutlicher ging's gar nicht. So jedenfalls meinte Schäfers, und wo immer er sich an die Überzeugungsarbeit machte, war ihm sein Stigma Ausgangspunkt einer Einführung in die wissenschaftliche Weltanschauung.

An ihn mußte sich David wenden, als er sich entschieden hatte, in die Partei einzutreten.

Schäfers korrigierte diesen Ausdruck sofort. »So nicht. Es geht nicht darum, ob du dich entschieden hast einzutreten; es geht darum, ob wir uns entscheiden, dich aufzunehmen. Hier erklärt man nicht seinen Beitritt, hier beantragt man seine Aufnahme.«

»Ist in Ordnung«, sagte David, »dann beantrage ich hiermit meine Aufnahme.«

»So auch nicht«, sagte Schäfers. »Du brauchst zwei Bürgen, Kollege.«

»Die habe ich: Genossin Müntzer und Genossen Meyer«, sagte David und überreichte Schäfers zwei Schriftstücke, einen Zettel und ein Bündel Papier. Auf dem Zettel stand: »Ich befürworte die Aufnahme des Kollegen Groth in die Partei und bürge für ihn. Heinrich Meyer«, und in dem Bündel Papier stand ungefähr das gleiche, nur hatte Johanna Müntzer es nicht an Begründungen, historischen Betrachtungen, gesellschaftlichen Ausblicken, differenzierten Erwägungen und politischen Empfehlungen fehlen lassen; und wo von Davids Fehlern die Rede war, nahm David sich aus wie ein Weißgardist, und wo Johanna ihren Assistenten lobte, mußte man sich fragen, wie die Partei bis dahin ohne diesen David Groth hatte bestehen können.

»Dann werde ich dir jetzt einen Fragebogen aushändigen. Der muß wahrheitsgemäß ausgefüllt werden und in Druckbuchstaben, denn was nützt einem die Wahrheit, wenn man sie nicht lesen kann. Der nächste Schritt in dem Vorgang ist das Aufnahmegespräch; dafür erteile ich dir einen Rat: Man wird dich nach deinen persönlichen Erfahrungen fragen, aber du mußt in deinen Antworten das Persönliche mit dem Allgemeinen verbinden. Und noch etwas: Es wird in der kommenden Periode sehr viel Wert gelegt auf fachliches Wissen, weil es die Periode des Aufbaus ist. Es kommt darauf an, daß du fachliches Wissen dialektisch-politisch in einen Zusammenhang bringst. – Also dann bis Donnerstag, Kollege.«

Am Donnerstag aber wollte man zunächst von David wissen, warum er erst jetzt, anderthalb Jahre nach seinem Eintritt in die Rundschau und also nach anderthalb Jahren der Zusammenarbeit mit bewährten Parteikadern, diesen Antrag gestellt hatte.

Die Antwort war nicht einfach. Das Zögern hatte verschiedene Gründe gehabt, die sich nur schwer benennen ließen. Wenn man sie in Worte faßte, nahmen sie sich nicht sehr vernünftig aus.

Die Genossen in der Rundschau waren alle ältere Leute, und so hatte sich in Davids Kopf eine Deckung hergestellt zwischen Parteimitgliedschaft und alt oder doch wenigstens sehr erwachsen. David hatte gewußt: Partei war eine Vereinigung von Gleichen, aber wie hätte er ein Gleicher werden sollen von Respektspersonen wie Johanna Müntzer, Heinrich Meyer oder gar dem Genossen Xaver Frank, den seine Funktion und die Freundschaft mit Johanna Müntzer hin und wieder in die Redaktion führten?

Zum anderen, und wirklich zum ganz anderen, war es so, daß er mit einem Begriff von Partei aufgewachsen war, der nichts Anziehendes, nur Abstoßendes hatte. In der Übersetzung, die den weitaus längeren Teil seines Lebens gegolten hatte, hieß Partei: Stadtverordneter und Abdecker und SA-Mann Wolter, Lehrermensch und SA-Mann Kasten, Mord im Küchenbach und Mord im Kaufhaus Ascher und Vaters lange Abwesenheit und Vaters Tod. Da wehrte sich viel in David, und dem war eben mit Vernunft nur langsam beizukommen, weil es selber nicht in allen Teilen vernünftig war.

Es gab einen weiteren Grund, und der ließ sich schon deshalb nicht gut anführen, weil er inzwischen nicht mehr vorhanden war; hätte man es getan, so hätte es wie verspäteter Vorwurf geklungen.

Also druckste David herum, und das machte einen ungewohnten David. Da ließ Penthesileas Zorn nicht auf sich warten. »Was ist los, du Ratzeburger, weißt du keine Antwort auf eine Frage? Von allen Gelegenheiten, den Mund zu halten, ist dies die ungünstigste, und warum ergreifst du sie? Will Genosse werden und sitzt da wie ein Karpfen; wer soll das billigen?«

»Nee«, sagte Kutschen-Meyer, »das Wort mußte ergreifen, sonst wird nischt. Um dir mal zu erläutern, warum du hier nach dein langes Ausbleiben gefragt wirst: Den Fedor Gabelbach, den würde ich nicht in hundert Jahren fragen, wieso er nicht in der Partei ist; das wäre in allen Hinsichten unpassend. Aber dann gibt es Menschen, bei denen sieht es unnatürlich aus, wenn sie parteilos sind. Bei denen möchte man schon Gründe erfahren. Hast du welche?«

»Hatte ich«, sagte David, »aber sie sind jetzt hinfällig. Als ich zur Zeitung kam, gab es noch zwei Parteien, in die ich hineingepaßt hätte. Ich hab nicht recht gewußt, in welche besser, und da dachte ich: Dann kommen wohl beide ohne mich aus. Dann kam die Vereinigung, und ich dachte: Ob das wohl geht mit den beiden? Jetzt sehe ich, es geht sehr gut, und ich komme mir komisch vor, so parteilos.«

»Meine Rede«, sagte Kutschen-Meyer, und Schäfers erklärte die Frage für historisch konkret beantwortet. Ebensogut hätte er auch gleich die Frage für beantwortet gelten lassen können, ob Einverständnis bestehe über die Aufnahme Davids, denn Eignung oder nicht, das wurde nicht erst an diesem Tisch entschieden.

Aber Schäfers glaubte sich wohl zu scharfem Examen verpflichtet; er hatte eine Liste parat, und David mußte sich zu Grundbegriffen der Theorie und Hauptproblemen der Praxis äußern, und da er meinte, er müsse in dieser besonderen Situation auch mit besonderem Wissen glänzen, zog er die Beispiele, mit denen er seine Thesen stützen wollte, aus einem Gebiet heran, das ihm durch ersten Beruf und frühe Leidenschaft vertraut geworden war, und zu Johannas sichtbarem Grimm und Kutschen-Meyers hörbarem Vergnügen gewann das Aufnahmegespräch allmählich den Charakter eines militärhistorischen Kolloquiums.

Erst als David nach Schäfers Aufforderung, er möge den Sinn des Kollektivs historisch-konkret erläutern, das heillose Nebeneinanderher bei der Entwicklung des Hammerless-Gewehrs als tragischen Fall mangelnder Kollektivität vorgeführt hatte und den Widerstand feudaler Militärs gegen den Hinterlader als Beleg für die Rolle des Bewußtseins bei der Entwicklung der Produktivkräfte verstanden wissen wollte, erst da griff Johanna Müntzer ein und forderte die Rückkehr in zivilere Bereiche, und richtig zornig wurde sie erst, als David sich noch nicht gleich bremsen wollte und seinen künftigen Genossen eröffnete, Militärisches und Ziviles seien oftmals von Leuten befördert worden, die sich auf beiden Gebieten gleich erfindungsreich gezeigt, zum Beispiel danke man Spencer nicht nur das nach ihm benannte Schießeisen, sondern auch eine automatische Drehbank, und White, dessen Gewehrmagazin das erste kriegsmäßig eingesetzte gewesen, habe auch so etwas Friedliches wie eine Nähmaschine konstruiert.

Da schlug Penthesilea mit ihrer Handtasche auf den Tisch und forderte David auf, hier jetzt nicht wie ein schießwütiger Teufel zu reden, es gehe schließlich um sein neues Leben und nicht um alte Mordwerkzeuge.

»Stimmt«, sagte Kutschen-Meyer, »obwohl es fürs neue Leben nicht schadet, wenn man sich mit solche Werkzeuge auskennt. Nun leg mal deine Liste beiseite, Schäfers, und du, David, vergiß mal dein Arsenal, du bist nämlich im Begriff, einen mächtig langen Schritt zu machen. Ich sage nicht, nun verwandelt sich dein Leben völlig und wird ganz anders, aber ich sage dir, jetzt mußt du noch mehr ran, sonst wird nischt. Von nun an fängt jeder, der was von dir will, mit folgende Einleitung an: ›Du als Genosse …‹ Du kannst det natürlich immer als eine Ehre auffassen, aber vor allem ist das eine Aufforderung, noch einen Schlag zuzulegen. Vielleicht sagst du det hier noch mal eindeutig: Daß dir das klar ist und daß du dich daran halten willst.«

»Das ist mir klar«, sagte David, »und daran will ich mich immer halten.«

»Denn is jut«, sagte Kutschen-Meyer, »dann stelle ich einen Antrag: Nun ist Sense mit der Debatte! – Oder willst du ihn nicht, Johanna?«

»Bist du verrückt?« sagte Johanna Müntzer. »Wer hat ihn denn vorgeschlagen, ich oder du?«

»Wir beede«, war Kutschen-Meyers Antwort, und Schäfers erfaßte die Lage: »Also führen wir einen Beschluß herbei. Der Parteileitung und der Mitgliederversammlung wird die Empfehlung zugeleitet, den Kollegen David Groth in die Reihen aufzunehmen. Begründung: Abgesehen von der bekannten Tätigkeit des Kollegen Groth als Assistent der Herausgeberin hat ein umfassendes Gespräch ergeben, daß alles in Ordnung ist, schulungsmäßig und dialektisch und auch persönlich, ist es nicht so?«

»Ja«, sagte Kutschen-Meyer, »und denn kannste in dein Protokoll reinschreiben: Wenn wir mal infolge der Zuspitzung des Klassenkampfes einen General brauchen …«

»Wehe dir, Schäfers«, rief Penthesilea, »wenn du so was erwähnst! Ein Wort, und morgen holt ihn Xaver Frank zur Polizei, aber, Genossen, ich brauche diesen Menschen jetzt hier!«

Und David hatte sich besonders kräftig bei Johanna

Müntzer und Kutschen-Meyer bedankt, und gedacht hatte er: Das trifft sich, denn ich glaube, ich brauche euch auch.

Schäfers aber hatte sich an Johannas Weisung gehalten, und so hatte David weder ins Kriminalistische noch ins Militärische gemußt und sich umtun können im neuen Fach Pressewesen, und als dann doch noch einmal, ein Dutzend Jahre später, die Sprache auf Davids spezielle Beschlagenheit gekommen war, da hatte der Genosse Schäfers damit nichts zu tun gehabt. Er saß in seiner Pförtnerbude, als David auf die Reise nach London ging, und er saß in seiner Pförtnerbude, als David von seiner Reise wiederkam. Natürlich war die Reisegeschichte schon vor David her durch das Haus gelaufen, und der Pförtner ließ seinen Kollegen und Genossen nicht eher passieren, bis der einige Einzelheiten vom Flug über die Meere berichtet und seinen Betriebsausweis vorgewiesen hatte. So gleich zweimal zufriedengestellt sagte Schäfers: »Wenn man bedenkt, wie wir beide hier angefangen haben, und nun fliegen wir nach Amerika! Aber ich habe das damals schon ausgeführt: Es hat alles Entwicklungscharakter, ist doch in Ordnung. Man muß es einmal so sehen: Damals die paar Leute hier durch die Kontrolle, und heute hat man extrem durchlaufend zu tun. Jetzt ist die Abteilung Dokumentation gebildet; vollständig neue Kollegen. Man kommt aus dem Einprägen der Gesichter gar nicht mehr heraus; es ist ein Ausdruck der Entwicklung; alles fließt, Genosse Groth, und wie ich es sehe, fließen wir alle mit, ist es nicht so?«

Und nun war des Genossen Schäfers Flußfahrt zu Ende; auf dem Wege zum Dienst, drei Schritt vor dem Tor der NBR, war er zusammengesunken, »Managerkrankheit«, sagten seine Pförtnerkollegen, »eindeutiger Fall von Managerkrankheit: zuviel Verantwortung, zuwenig Bewegung und zu starker Kaffee, früher oder später jeht uns det alle so!«

»Früher oder später geht's dir wie Schäfers«, sagte David zu Jochen Güldenstern, als er sah, daß der sich gleich nach dem Einsteigen in den Wagen den Hosenbund lockerte. »Hinterm Gürtel hast du einen Ansatz zum Manager, aber dir halte ich keinen Nekrolog. Eine Unsitte ist das, dies Gerede am Grabe. Ich versteh's ja, das sind so Scheinbewegungen, wo der Verstand einem noch stillesteht im Schrecken, Übungen sind das für die Übergangsphase zwischen Tod und weiterem Leben, aber ich sage dir: Wenn wir an so eine frische Grube treten, verwandeln wir uns alle in alte Germanen.«

Jochen Güldenstern, erfahren im Umgang mit dem Chefredakteur David Groth, dem Eiferer in Sachen überholte Gewohnheiten, fragte gleichmütig: »Was machst'n so was mit, wenn es dir so germanisch ist? Und hast du schon mal geprüft, ob du selber sang- und klanglos in die Kuhle geschippt werden möchtest?«

»Es muß nicht sang- und klanglos sein, nur diese Absprachen, die keiner mehr versteht, und jeder hält sie ein, und so sieht es dann auch aus, das biegt dich doch auseinander! Nimm nur dieses Schlangestehn, damit sie dem Teuren die drei Handvoll Erde auf den Kasten werfen können, das wäre eine Nummer für Marceau. Mußt mal zusehen bei Gelegenheit, du glaubst nicht, wieviel Arten es gibt, in eine Schippe voll Sand zu greifen, und wieviel Möglichkeiten, mit Kies zu schmeißen, zwischen sachte durch die Finger rieseln lassen und mit Wucht von oben nach unten feuern entdeckst du eine lange Skala von Sandbewegung, wenn du erst einmal darauf achtest. Und dann anschließend die Klemme: Wie kriegen sie ihre Finger wieder sauber? Die hellen und kindlichen Charaktere erkennst du gleich, die wischen sich dreimal über die Hose, Problem gelöst, aber du kannst auch welche sehen, die polken eine Viertelstunde verstohlen Krümel für Krümel ab, und einen hab ich mal beobachtet, der ist damit überhaupt nicht zu Rande gekommen, der hat die schmutzige Hand hängen lassen, als wäre sie gelähmt, bis auf die Straße. Und auch die Nummer: Ich bin jetzt ergriffen! wird in vielen Varianten angeboten, Stanislawski-Etüden, sage ich, Theater, sage ich dir!«

»Ich sehe«, sagte Jochen Güldenstern, »wer dich als Trauergast hat, kann sich über mangelnde Anteilnahme nicht beklagen.«

»Nein, an mir allein kann das nicht liegen. Vielleicht macht es die Häufigkeit, die Gewohnheit, die abstumpfende; es sterben einfach zu viele Leute. Ich habe den Eindruck, immerfort stirbt einer, aber vielleicht liegt es daran, daß man älter wird. Wenn du jung bist, sind auch deine Freunde jung, da ist der Tod noch eine Seltenheit, und so wird dir eben klar: Wenn sie um dich herum sterben, bist du auch bald reif.«

»Ja, du«, sagte Jochen Güldenstern, »wie alt bist du gleich, achtzig oder bald neunzig? – Das hängt auch mit deiner Stellung zusammen: Als Chef dieser Zeitung bist du eine öffentliche Anstalt. Mit wie vielen Leuten hast du zu tun gehabt, als du bei uns angefangen hast, so, daß du auf den Friedhof gemußt hättest, wenn es bei denen soweit gewesen wäre? Und jetzt? Ich seh's doch schon an mir, ich mache nur die Ökonomie, aber kenn ich da tausend Leute oder zehntausend? Manchmal denke ich, zehntausend, und wenn's dann ein Problem gibt, ist es immer noch einer zuwenig. – Kann ich mal zur Sache kommen? Ich bin nämlich eigentlich schon dabei.«

»Natürlich«, sagte David. »Ich höre zu.«

Er hörte zu, und manchmal war ihm, als hörte er sich selber reden. Jochen Güldensterns Problem war auch seines, und er wußte: nicht nur seines.

»Mit dem Kraftwerk Nord fing es an«, sagte Güldenstern, »oder sagen wir: Da wurde es deutlich. Es hat mich schon öfter beschlichen, aber da habe ich mir gesagt: Unsinn, jetzt fängst du an, ein Intellektueller zu werden; mach hier deine Arbeit, dann stimmt die Richtung. Nun weiß ich nicht. Kurz: die Sache mit dem Schreibtischgeneral und seinem schlechten Gewissen.

Oder ich fang mal anders an: Du weißt, ich kenne den Bienhofer gut; wir haben zusammen in Spremberg Stühle geleimt bei Plötz K. G., und jetzt schreibt er Bücher, aber wir sehn uns noch, und ich staune nur, was der unter der Mütze hat. Wir Spremberger, Mensch! Neulich kommt er und schäumt. Sie hatten Versammlung gehabt im Schriftstellerverband, Parteiversammlung, und der Frauwein hat ein

Referat gehalten, der Direktor von TKL; wir hatten mal ein Interview mit ihm im Blatt. Der ist ja nicht dämlich, aber sein Referat hat er wohl nicht vorbereitet gehabt.

Da sind die Meister der Kultur unruhig geworden; sie waren sauer, und darauf hat unser Frauwein wieder sauer reagiert, hat plötzlich angefangen, über die Literatur zu schimpfen: ›Nur alle drei Jahre ein Buch schreiben – was ist das für eine Arbeitsproduktivität? … Wenn man das so liest, denkt man: Alle unsere Menschen sind Sittenstrolche … Alles wird aus dem Zusammenhang gerissen …‹ An dieser Stelle, sagt Bienhofer, hat er sich erkundigt, wen Frauwein eigentlich meint, aber das hat dem nicht gepaßt. Er hat den Genossen Schreibern verkündet, solche Zwischenrufe seien nicht parteimäßig, so was sei überhaupt nicht üblich, jedenfalls dort nicht, wo er herkäme. Prompt haben sie ihn gefragt, wo das ist, wo er herkommt, und seine Antwort war: ›Aus einer Parteiorganisation, wo die Arbeiterklasse herrscht!‹

Na, der Abend war hin, weil die Schriftsteller sich auf solche Unterscheidungen nicht einlassen wollten; das wäre ja auch übel, wenn sich plötzlich jeder seine eigene und besondere Partei in der Partei erfinden wollte.

Aber dies nur als Ausgangspunkt; die Frage ist natürlich: Wie ist das nun mit der Arbeiterklasse und unsereins? Ich hab doch nicht deshalb studiert, damit es eines Tages heißt: Du gehörst nicht mehr zur Arbeiterklasse. Natürlich hat sich etwas geändert, aber so, daß einer einen Gegensatz daraus konstruieren kann? Nee, bin ich nicht der Meinung.

Ich mache keinen Fetisch daraus, aber wenn ich höre: Voran, du Arbeitsvolk!, meine ich mich selber immer noch mit, verstehst du?«

»Das ist ja nicht schwer«, sagte David, »aber das Problem ist schwierig genug. Weil wir doch tatsächlich keine Arbeiter mehr sind, Handarbeiter nicht und Proletarier schon gar nicht. Proletarier im klassischen Sinne gibt's sowieso nicht mehr bei uns, aber Arbeiter gibt es natürlich, und so zu tun, als wären wir und sie noch in allen Punkten ein Pott, ein

Stülp, das wäre unwissenschaftlich, aber, und das scheint mir der springende Punkt zu sein: Wer nun daraus etwas anderes machen will, aus dem Unterschied einen Gegensatz, dem gehört eins auf die Nase.«

Jochen Güldenstern winkte ab. »Bleiben wir bei mir: Ich war jetzt oben auf der Baustelle Kraftwerk Nord. Du weißt, wie so was aussieht: Eine Gegend, in der der Gipfelpunkt an Technik bisher die Eisenbahn gewesen ist. Sand und Kiefer, Heidekraut und Kreuzottern. In ein paar Jahren steht da ein Kernkraftwerk, und niemand zweifelt daran. Wenn du nach Bewußtseinsfortschritt suchst, da steckt er: Die Schwarzen Pumpen haben diese Art Zweifel erledigt.

Aber es wird natürlich wieder eine Schinderei; per aspera ad astra, fein, aber jetzt kommt erst einmal eine lange Zeit aspera, kannst du auch mit Rabotta übersetzen: Schlick und Schlamm und Gummistiefel, Hau ruck und Gib ihm.

Dann kommst du da hin, Zeitungsfritze, der tausendste ungefähr, und der freundlichste Blick sagt: Na ja, muß es auch geben.

Das ist aber der freundlichste. Du steigst aus dem Auto und störst. So heilig ist denen die Arbeit nicht, daß eine Unterbrechung sie umbrächte, aber jetzt störst du sie.

Gabelbach ist da noch fein raus; der hat seinen Fotokram mit, dem sieht man an, daß er eine Art Arbeit macht, aber was ist mit mir? Ich weiß noch, in Schwedt hab ich mal einen gefragt, ich Idiot: ›Nun, Kollege, wie entwickeln sich die Dinge?‹, und die Antwort war: ›Nun, Kollege, die Dinge entwickeln sich folgendermaßen: Ich nehme dieses Gerät hier, man nennt es einen Spaten, wenn Sie sich das einmal notieren möchten, und den richte ich im rechten Winkel gegen den Boden, unter uns gesagt: Es ist nie ein exakter rechter Winkel, es ist eher ein leicht stumpfer, hundert Grad etwa, das erleichtert die Entwicklung des Spatens in das Erdreich hinein. Um diese Entwicklung zu erreichen, setze ich meinen rechten Fuß, das ist dieser hier, auf die rechte obere Spatenkante – wenn Sie das festhalten wollen: rechter Fuß auf rechte Kante, das wird so leicht verwechselt und hemmt dann die Entwicklung der Arbeitsproduktivität –, und nun kommt etwas sehr Wichtiges: Es kommt in meinem Körper zu einer gewissen Kraftentwicklung, die aber nur stattfindet, wenn alles zusammengeht: Sehnen, Muskeln, Knochen und vor allem das Bewußtsein, nicht nur das Bewußtsein: Es muß jetzt diese Kraftentwicklung eintreten, damit mein Spaten durch die Grassoden in die Erde dringt, sondern auch das Bewußtsein von der gesellschaftlichen Bedeutung meines Handelns – so einfach drauftreten, das wäre, entwicklungsmäßig gesehen, nicht die richtige Haltung, da entwickeln sich die Dinge nicht …‹

Seine Kumpel wären zuerst beinahe am unterdrückten Lachen erstickt, und mir hat es fast die Trommelfelle zerrissen, als sie dann doch loslegten. Zum Glück bin ich nicht weggelaufen; ich hab mich für die dämliche Frage entschuldigt, aber auch gesagt, daß ich mich ganz gut alleine verarschen könnte, o weh!«

»Ich weiß nicht, was ihr habt«, sagte Davids Fahrer plötzlich, »was soll denn daran nun knifflig sein? Wenn du keine dämliche Frage gestellt hättest, hättest du keine dämliche Antwort gekriegt. Dasselbe Ding hätte dir doch mit einem Arzt auch passieren können oder mit einem Schauspieler. Wieso erfindest du dir Sorgen mit Arbeiterklasse und Gegensatz? So blöde ist keiner, daß er nicht weiß, daß man überall ran muß, wenn es laufen soll, oder?«

Jochen Güldenstern winkte wieder ab. »So einfach ist das nicht, Erich. Damals in Schwedt, das war klar, meine Ungeschicklichkeit, das hab ich mir gemerkt, das ist mir so schlimm nicht wieder passiert, aber daß ich kein Arbeiter mehr bin, merke ich immerfort.«

Erich, der Fahrer, war erst seit einem guten Jahr bei der Rundschau. Vorher war er bei einem Institut für Pflanzenfette gewesen, und seinen Wechsel zur Zeitung hatte er bei Carola Krell so begründet: »Du kriegst einen Zettel: Morgen fünf Uhr dreißig da und da Boß Sowieso abholen. Halb sechse stehe ich vor der Türe. Dann steigt einer ein und sagt: ›Halle!‹

Ich los nach Halle. Bis Michendorf studiert er sein Zentralorgan, den Rest pennt er. In Halle sage ich: ›Wie lange wird's denn etwa dauern?‹ – ›Das weiß ich doch nicht‹, sagt er. Weg ist er. Wenn ich denke: Jetzt könntest du dir eine Tasse Kaffee holen, dann kommt er, garantiert. Wenn sie ihn nicht zu sehr geärgert haben, sagt er sogar noch, daß wir jetzt wieder nach Hause fahren. Auf jeden Fall pennt er wieder. Vor seiner Tür wird er volkstümlich und sagt: ›Wiedersehen!‹, das klingt zwar meist wie Wien, Wie'n, aber immerhin. – Nee, Kollegin Kader, da fahre ich doch lieber Persönlichkeiten!«

David hatte sich bei den ersten Fahrten mit ihm bei dem Versuch ertappt, eine Persönlichkeit abzugeben, aber sie waren auch ohne Mühe gut zu Rande gekommen.

Nun schüttelte Erich über seinem Lenkrad den Kopf und sagte: »Das ist mir zu hoch, Jochen. Vermißt du abends, daß dir die Knochen weh tun, oder fehlt dir der Kaltleim an den Fingern? Jetzt mache ich mal eine Probe, einverstanden? Geh doch wieder in die Möbelfabrik; überleg mal, möchste?«

David lachte. »Kann er sofort haben, unter drei Bedingungen: Er muß einen Nachfolger stellen, der genausoviel von Ökonomie und Illustriertenarbeit versteht; er muß dem Staat die Auslagen für das Studium zurückzahlen, zwanzigtausend wären wohl reell; und er darf nie wieder eine Zeile schreiben, Öffentliches jedenfalls nicht.«

»Ich könnte ja als schreibender Arbeiter gehen«, sagte Güldenstern.

»Nee, nee, dann haben wir dich früher oder später wieder auf dem Hals! – Was taxierst du, was würden deine Kollegen sagen, die bei Plötz K. G. in Spremberg, wenn du da wieder ankämest: Freunde, ich wollte wieder einer der euren sein!?«

»Der hat 'n Hammer, würden die sagen«, sagte Erich, »und glaube bloß nicht, die würden sich freuen. Die machen vielleicht jetzt ihre kleinen Witze über dich, wenn du sie besuchst, als ihr Studierter, aber richtig angenommen, du wirst wieder Holzarbeiter, dann hast du verspielt. Weil es nicht normal ist und, meine Vermutung: deine Kumpel würden zwei Sachen denken: Du hast es nicht geschafft, als Persönlichkeit, und das hebt dich nicht, als Persönlichkeit, und du hast es nicht geschafft als einer von ihnen. Das wäre eine Beleidigung für sie. – Meine Meinung: Als studierter Redakteur bist du mit ihnen zehnmal mehr verbunden, als wenn du ein Abgebrochener wärest, ein Wolltemalundkonntenicht. Meine Meinung.«

»Das kann schon sein«, sagte Jochen Güldenstern, »nur geht es darum gar nicht. Niemand redet von zurück zu Plötz K. G. – Noch einmal Kraftwerk Nord, damit hat es angefangen. Einen Artikel über seine volkswirtschaftliche Bedeutung schreibe ich euch allemal. Über die Technologie des Aufbaus dort, neue Methoden, Hemmnisse, Rückschläge, Überwindung der Schwierigkeiten bringe ich meine Aufsätze zuwege, ein paar Gespräche mit den Baustäben, ein paar Anrufe, Zuhören bei Beratungen, Fachaufsätze lesen – da kommt zusammen, was ich brauche. Nur ist das alles doch fast noch die Theorie eines solchen Unternehmens, und die Praxis besteht aus tausend Teilen, winzigen manchmal nur, aber so wichtig. Gut, ich bin Journalist, ich soll das Werk nicht bauen, ich soll einen Eindruck davon vermitteln, und wenn es hoch kommt, kann ich einmal helfen, indem ich etwas öffentlich mache.

Aber diese Art Journalismus, meine, führt zu einer spezifischen Ungerechtigkeit: Von irgendwann an beginne ich in Parametern zu denken, Großabschnitten der Strecke, von Plantermin zu Plantermin, ich lasse mich verführen, ich verführe mich selbst, die Grundbedingung von alledem zu vergessen oder doch zu vernachlässigen: das Leben, die ganz konkrete Arbeit, die Neigungen und Abneigungen, die Ansichten und die Schwierigkeiten derer, ohne die alle geplanten Parameter und also die ganze Strecke ein Scheißdreck wären.«

»Aber das tun wir doch nicht«, warf David ein, »beim Fernsehturmfundament haben wir alle Brigaden vorgestellt, und nicht nur da. Was willst du, hinter jedem einzelnen Bauarbeiter herlaufen?«

Es schien, als wollte Jochen Güldenstern das Gespräch aufgeben, es als hoffnungslos abbrechen. Er sah finster zum

Fenster hinaus und betastete seinen Bauch und pustete vor sich hin wie nach einem scharfen Lauf.

David war es unbehaglich, weil er wußte, was im Zentrum der verwackelten Redespirale Güldensterns steckte, und weil er sich eigener Gedankenkreise um denselben Kern entsann. Da ist ohnehin nichts zu reden, dachte er, da mache ich mir lieber einen Text für das Urnengrab vom Genossen Schäfers, aber da meldete sich Erich. »Du bist gut, Jochen: Ich höre hier zu und gebe mir Mühe, euch zu folgen, und nun ist nichts mehr. Ich möchte die Leute aber verstehn, die ich fahre, sonst könnte ich ja auch Pflanzenfette fahren, aber dich verstehe ich noch nicht.«

»Ach, das ist alles ungenau, was ich gesagt habe. Im Grunde genommen geht es auch nicht um die Zeitung oder um Journalismus, sondern darum, ob man sich das Gefühl bewahrt für das, wo man herkommt und für wen man da ist. Ich weiß eben nicht, wie das wäre, wenn der Genosse Frauwein mir gegenüber mit seiner Arbeiterklasse aufgetrumpft hätte, immerhin ist er noch ein Mann aus der Produktion, und ich bin bestenfalls ein Produktionsbeschreiber.«

»Dein Freund Bienhofer ist auch nur ein Beschreiber«, sagte David ungeduldig, »hat der auch solche Hemmungen? Ich hatte nicht den Eindruck.«

Aber Güldenstern wehrte sich. »Der ist eben kein Beschreiber. Der baut. Der macht Wirkliches. Wenn der was geschrieben hat, kannst du es später anfassen, nicht nur das Buch, nein, die Leute, die drin vorkommen. Er hat sie sich ausgedacht, aber jetzt laufen sie hier rum.«

»Ich äußere einen Verdacht«, sagte David. »Du willst Schriftsteller werden!«

Güldenstern nickte. »Alle wollen Schriftsteller werden, Bienhofer sagt, er hat kaum eine Lesung mit anschließender Diskussion gehabt, wo nicht einer aufgestanden wäre und hätte gesagt, wenn er nur Zeit dazu hätte, er wüßte was zu erzählen, er hätte Sachen auf Lager, die saftigsten – wenn er nur die Zeit dazu hätte. Bienhofer sagt, nach seinen Erfahrungen unterscheidet sich ein Schriftsteller von anderen Menschen nur dadurch, daß er sich die Zeit genommen hat, es zu werden. – Nein, ich will keiner werden, und ich will auch nicht wieder Holzarbeiter sein. Ich überlege nur, ob ich nicht für die Zeit des Aufbaus zum Kraftwerk Nord übersiedle und dort jeden Schritt mitmache, deshalb hab ich dich sprechen wollen, und deshalb komme ich nun gleich in den Genuß deiner Trauerrede für den Genossen Schäfers, und ich weiß schon selber nicht mehr.«

»Wunderbar«, sagte David, »du gehst für drei Jahre an den Greifswalder Bodden und rettest dein proletarisches Seelenheil, machst eine Pilgerreise ins vorpommersche Mekka, und deine gelegentlichen Berichte zeichnen wir: Von unserem Korrespondenten Bruder Jochen. Gabelbach delegieren wir bis zum zwanzigsten Jahrestag, lumpige zwanzig Monate, an den Fernsehturm; Hans Bammler heftet sich auf die Fersen der Nachwuchsschwimmerin Ramona Schikowski und läßt sie bis Olympia zweiundsiebzig nicht aus den Augen – damit er den Kontakt mit der Jugend nicht verliert, geht er in die Schule mit ihr und wird Thälmann-Pionier ehrenhalber; Gerd Korn installieren wir in, sagen wir, Damaskus, wo er die weiteren Schritte der DDR-Weltgeltung mitstiefelt; die Kulturmenschen, am besten gleich alle drei, hetzen wir auf deinen Freund Bienhofer, damit sie der Geburt eines künstlerischen Gedankens beiwohnen – alle drei, damit sie sich ablösen können: diese Künstler produzieren ihre Ideen zu den unmöglichsten Zeiten …«

Erich bewies Gefallen an der Vorstellung. »Dann müßt ihr aber eure sagenhafte Johanna Müntzer aus der Rente holen, damit sie den Laden wieder schmeißt; den Geschichten nach hat sie das früher ja auch gemacht. – Hier ist aber erst mal der Friedhof; ich warte, für tote Persönlichkeiten kann ich mich nicht erwärmen.«

Sie stiegen aus, und David vergaß nicht, den Fahrer aufzufordern, in der Trauerkneipe gegenüber einen Kaffee zu trinken; er hatte Carola Krells warnende Nacherzählung nicht vergessen, aber das Ergebnis war immer das gleiche: Erich winkte ab und sank auf seinem Bock zum Schlummer zusammen.

Jochen Güldenstern nahm die Blumen und sagte: »Du brauchst schon nicht weiterzureden; ich habe es verstanden, und ich habe es auch vorher selber gewußt.«

»Ich rede aber weiter«, sagte David, »du kannst mich nicht erst zur Leitungstätigkeit provozieren, und dann darf ich nicht. – Hast du von Che Guevara gehört?«

»Hab ich von Napoleon gehört oder von Gagarin?«

»Entschuldige, ich wußte nur nicht, weil du doch bei der Zeitung bist … Ich bin sicher, der ist ein großartiger Mann, ein Revolutionär durch und durch, Spartakus, John Ball, was du willst. Er hat Fidel seinen Ministerposten zurückgegeben, und es ist ziemlich sicher, daß er in Südamerika ist, für die Revolution natürlich. Ich habe mit zwei bolivianischen Genossen gesprochen; die sind nicht die ganze Partei, aber was sie sagen, leuchtet mir ein: Wäre jetzt die Lage für eine Revolution, dann gäbe es sie auch. Dann wäre jeder erfahrene Mann willkommen, aber ohne die Lage muß alle Klugheit, alle Erfahrung und alle Begeisterung verdampfen. Was zur Zeit getan werden kann, kann die Partei auch ohne Che, aber in Kuba fehlt er indessen. Sie meinten, die Befreiung Lateinamerikas käme in dem Maße näher, in dem Kuba über den Akt seiner Befreiung hinaus vorwärtskomme. Der Umsturz sei die erste Antwort auf die Fragen des Kontinents gewesen, und Ruhm und Ehre denen, die die Antwort gaben, aber weiter geht es nur über einen Weg von tausend weiteren Fragen. Kann man leben ohne die Latifundistas und ohne die Americanos, gegen sie, sind nur zwei davon, kann man besser leben, wäre die dritte – und so fort. Die Überzeugung der Überzeugten, daß man kann, ist das eine – die Beweise aber, ohne die man in dieser Welt nicht mehr auskommt, sind das andere.

Sie haben mir viel erzählt, die beiden Genossen, auch über Kuba, grandiose Geschichten und schreckliche; sie waren voller Sympathie für Guevara, aber sie billigten nicht, daß er fortgegangen ist. Sie sagten: Revolutionär sein, das heißt auch: den Platz suchen, finden und behaupten, von dem aus man ein Maximum an Änderung durchsetzen kann.«

»Ist schon gut, David«, sagte Jochen Güldenstern, »deine Fabel ist zwar einige Nummern zu groß ausgefallen, aber deine bolivianische Formel für das, was ein Revolutionär ist, die ist nicht so schlecht, zumal sie auch aus Leuna stammen könnte oder aus Berlin, Marx-Engels-Platz.«

»Oder von der Baustelle am Greifswalder Bodden«, sagte David.

»Oder von da«, sagte Güldenstern, »aber weißt du: Ich kann den Che Guevara sehr gut begreifen.«

»Meinst du, ich nicht?« fragte David, und er dachte: Meinst du etwa, ich nicht, Mensch? Meinst du, ich jauchze immerfort: Erfüllung!, wenn ich an mein Tagwerk denke? Jetzt wohl gar, wo ich als besserer Herr verkleidet über einen Friedhof schreite – ein Chef, der einem verdienten Mitarbeiter etwas Gedämpftes nachrufen muß? An einem Tag wie diesem womöglich noch, an dem ich nichts weiter tue, als die Gewohnheiten in Gang zu halten? Meinst du, ich bin begeistert von mir, wenn ich mir melden kann: Nun ja, es läuft, keine besonderen Vorkommnisse, auf Posten nichts Neues? Das soll Glück sein, mein Glück: Die Maschine arbeitet, das Fließband fließt, keine Stockungen und keine Katastrophen?

Ich bin's zufrieden, wenn es so geht, denn es ging nicht immer so, und kein Höhenflug ohne Ordnung am Boden, aber Glück ist wohl anders.

Sehr fragwürdig, Meister Groth, sehr fragwürdig, deine Ansicht! Du kommst dir da selbst ins Gehege. Wohin siedelst du dann deinen Glücksbegriff?

Du hast an diesem Apparat gebaut, damit er funktioniere. Jetzt funktioniert er – hinreichend. Du warst auf die Übereinstimmung zwischen Erfordernis und Anstrengung aus – die Lücke zwischen beiden ist schon kleiner geworden. Die Route deines Lebens stimmt: Mensch, juble!

Nun ja, jubeln – das wäre affig; aber nörgeln, weil zu den

Pflichten, in die man sich selbst gebracht hat, auch die Wiederholung gehört, das ist wohl lächerlicher noch.

Ein bißchen Wehmut ist erlaubt. Wenn sie dir die Artikel über Vietnam bringen, darfst du dich ins Reporterkhaki zurückträumen. Wenn sie mit den Kranbauern aus Eberswalde auf die Reise nach Bangkok gehen, darfst du wünschen, du könntest mit ihnen tauschen. Über den Bildern vom Contergan-Prozeß darfst du denken: Man müßte dem Weg des Geldes nach: aus dem Portemonnaie der jungen Frau, die nicht schlafen kann – warum eigentlich nicht? –, bis in den persönlichen Etat des Fabrikanten, der wie schlafen kann? Und wenn schlecht, was nimmt er da? Und wenn gut, wie verträgt sich das? Wie ist ihm, wenn er die Fotos von den Kindern sieht? Wie ist er mit seinen Kindern? Was macht das Geld aus ihm, solches Geld? Hat er das Beste gewollt? Fehlt ihm, auch ihm, das Unrechtsbewußtsein? Ist er der Pharmazeut Eichmann oder Hinz und Kunz als Pharmazeut? Hat er eine Philosophie, eine Theorie, einen Glauben, braucht er so was? Und, übrigens, was meint er denn wohl: Was ist ihm Glück?

Das steht dir frei, Chefredakteur Groth, dies: Man müßte mal … Man müßte vier Wochen in Fritz Cremers Atelier hocken. Man müßte in ein Dorf ziehn, das umziehen wird vor der Kohle her. Man müßte auf lange bei Anna Krause bleiben, zweiundsiebzig, Rentnerin, Witwe seit dem Volkssturm; müßte mit ihr auf die Post der Rente wegen und wegen des Päckchens aus Heidelberg, mit zum Spritzendoktor und zum Klempner von der Wohnungsverwaltung und auf Ausflug nach Lanke mit der Volkssolidarität und auf Konfirmation von Edeltrauts Jüngstem und zurück in ein Zimmer, in dem sich nichts mehr ändern wird.

Nach Dubna müßte man und nach Jena, nach Biafra und nach Plate bei Schwerin; Bormann müßte man aufspüren, einen Erfinder entdecken, einer Kiste Aal auf der Spur bleiben, Klaus Fuchs die Memoiren abluchsen; man müßte herausfinden, warum Jäcki Meißner, »Feile« genannt, klaut, müßte sich im Strafvollzug umtun und in den Bücherschränken der staatlichen Filmeinkäufer, müßte seine Runden drehen in den klassischen Reporterbahnen: ums Kriminalgericht, über die Schlachtfelder, um die Erde als Tramp; den Schicksalen müßte man nach, die Sonntag für Sonntag aus der Lottotrommel springen; endlich die ganze Geschichte der »Roten Kapelle« müßte man schreiben und die der grünen Revolution auf den Äckern zwischen Saßnitz und Greiz und überhaupt alles noch einmal besser, wahrhaftiger, aufregender, besser, besser, besser, und am besten wäre es, man könnte dies alles selber versuchen.

Doch adieu, Konjunktiv – der Indikativ lautet: Leiten, leiten, leiten. Einmal wöchentlich ist David Groth dem Selbermachen am nächsten. Da ist Konferenz: Auswertung der vorletzten Nummer anhand der Briefe; Auswertung der letzten Nummer anhand der eigenen Meinung; Stand der nächsten Ausgabe unmittelbar vor Andruck: »In der Glosse über Mitbestimmung steht zweimal ›PS-Vorstand‹ statt ›SP-Vorstand‹, ausgerechnet PS!« Zwischenrufe: »Ist eben 'ne Glosse!« und: »Wenn wir bei ›SPD‹ geblieben wären, passierte das nicht.«

Und schon rückt es David ein wenig fort vom Zeitungmachen, denn er sieht: Die politische Direktive ist noch nicht klar durchgekommen, aber er ist hier Chef, damit die Direktiven durchkommen: also nochmals Erläuterung.

Anfrage von Christa mit dem Stenoblock: »Wieso sind wir schon bei Drittens? Sie geben die Tagesordnung bekannt, und schon sind wir bei Drittens? Entfallen denn heute Eins und Zwei?«

»Ist in Ordnung, Christa, danke! Nein, wir machen jetzt Eins und Zwei, dann die Leserbriefe zur Vorletzten und nachher, Christa, wie immer das Künftige unter viertens und fünftens. Die Leserbriefe, Lilo!«

Lilo berichtet, besonderes Lob sei nicht eingegangen und besondere Schimpfe auch nicht, bis auf eine. Die Kleinigkeiten hat sie schon weitergegeben, zum Beispiel vier Briefe zu »Aus dem Leben eines Schöffen« und dem Satz des Kollegen Reh: »Und wieder einmal stand Peter S. auf der Anklagebank.«

Konferenzfreude und Kollege Reh ist wütend. Dann wieder Lilo: Große Schimpfe kam von einundzwanzig Lesern. Tenor: Unzulässige Disproportionen in der Berichterstattung über Weltraumforschung. Kernpunkt: Das sowjetische Programm ist hervorragend, aber tut doch nicht so, als schmissen die Amerikaner mit Murmeln! Sechsmal kommt wörtlich oder fast wörtlich die Frage: »Haben wir das nötig?« Ein Brief, sagt Lilo, ist von einem Lehrer aus Eisenhüttenstadt, der ist glänzend geschrieben, sehr prägnant; man sollte sehen, ob man ihn nicht zur ständigen Mitarbeit gewinnen kann.

»Ein Jammer«, seufzt Helga Gengk, »die Meckerköppe können meistens am besten schreiben.«

Protest gegen den Ausdruck »Meckerköppe«. David darf das schlichten. »Stimmt, Helga, kritische Stimmung fördert den Einfallsreichtum, aber dem Blatt bekommt es ganz gut, wenn wir auf das ›Gemeckere‹ hören, oder nicht? – Sagen Sie mal was zu den Raumfahrtproportionen, Doktor!«

Doktor Ensigkeit sagt was. Rein fachlich gesehen, rein politisch gesehen, parteilich gesehen, menschlich gesehen, ganz allgemein gesehen – Doktor Ensigkeit betrachtet das kosmonautische Geschehen aus den verschiedensten irdischen Blickwinkeln und spricht sich für angemessene Relationen in der Berichterstattung aus; er ist bereits von der Akademie der Wissenschaften gescholten worden, aber so überenthusiastisch sind die Amerikaner auch nicht, wenn was Russisches fliegt. »Will mal jemand ›Life‹ sehen?«

Mehrere wollen es, und David muß das unterbinden. »Jetzt nicht! Sie geben dann Lilo was an die Hand für die Antworten, Doktor Ensigkeit, und du kümmre dich mal um diesen prägnanten Lehrer, Lilo; er soll uns mal was über seinen Unterricht schreiben ...«

»Schon wieder Schule«, murrt es aus der Sportecke, »wir sollten uns ›Neue Pädagogische Rundschau‹ nennen.«

Dünnes Lachen, schmerzerfüllte Aufschreie, und der Hauptbuchhalter streckt die offene Hand in Richtung

Sportecke: Dieser Kalauer kostet eine Mark, und da er schon einmal gemacht worden ist, kostet er zwei.

Der Chefredakteur Groth äußert sich zur Bedeutung der Schule, und wenn auch hier Wiederholung gebührenpflichtig wäre, hätte er zwanzig Mark zu zahlen, mindestens. Dann tanzt er auch noch aus der Tagesordnung. »Helga, wie weit seid ihr eigentlich mit den Nachforschungen über die Magdeburger Volksschulklasse, Jahrgang sechsundzwanzig?«

Helga Gengk setzt zur Antwort an, aber Christa stoppt sie mit der Frage: »Also sind wir nun doch schon bei Punkt fünf?«

Nein, man ist jetzt bei der Zwei, Auswertung der letzten Nummer. Heute hat Jochen Güldenstern die Analyse zu liefern, ihre Summe lautet: Leidlich.

Diese Einschätzungen laufen meistens auf »leidlich« hinaus; man wird von außen ohnehin noch genug auf den Deckel kriegen – wozu das vorwegnehmen?

Aber da meldet sich Annegret aus der Dokumentation; eine Hübsche ist das, noch neu hier und ein bißchen zu sehr studiert, kann auch nicht bei ihren Dokumenten bleiben, hat immer so Fragen. Jetzt will sie wissen, warum auf allen Bildern zu »Sind unsere Interhotels ›inter‹ genug?« die gleichen gelblichen Lampen zu sehen sind.

»Sie sind auf allen Bildern zu sehen«, sagt Gabelbach, »weil sie überall in all diesen Hotels zu sehen sind. Ich bin versucht, eine Erklärung dafür zu geben: Vielleicht sind sie als Mittel gegen Verwirrung gedacht, als Orientierungshilfe, etwa des Sinnes, daß der vielreisende Reisende, schlägt er des Morgens die Augen auf und fragt er sich da, wo nun eigentlich seines Aufenthaltes sei, nach einem ersten Blinzeln auf die Lampe und deren Farbe sogleich erfaßt: Er befindet sich in einem Interhotel. Es ist aber auch denkbar, einem höherstehenden Herrn aus dem Hotelfach haben diese Leuchter gefallen. Ein dahingehendes Wort dürfte genügt haben, um die Frage der Linie für die Installation von Lichtwerfern in Interhotels zu klären. Der Korrespondent Franz Hermann

Ortgies berichtet einen verwandten Fall: Friedrich Wilhelm von Preußen hat einen Grafen von Dohna besucht und gesehen, der Kerl brennt in allen Räumen weiße Wachslichter, wo er selber immer nur gelbe benutzt, welchselbes zu folgendem von Ortgies vermeldetem Dialog führte: ›Hat er gesagt: Herr Graff, worümb nicht an stat der weißen wachslichter gelbe anzustecken? worauf der Graff geantwortet: Die gelben dampffen zu starck, und solches thun die weißen nicht, worauf der König repliciret: So, daß habe ich nicht gewußt.‹ – Da können Sie einmal sehen, liebe Kollegin, wie sich Zeiten und Zeitungen doch ändern, oder haben Sie in unserem Blatte schon einmal die Äußerung eines Königs gefunden, die da gegangen wäre: ›Das habe ich nicht gewußt‹?«

»Der Grund wird sein«, sagte David, »wir berichten so selten von Königen«, und er weiß nicht, was es da zu grinsen gibt, und er fragt, ob man nun zum Planungsteil kommen kann.

Kann man noch nicht, denn Edith Schober, Frauen-Edith, hat sich wieder einmal die Anzeigen angesehen und verlangt, man müsse mit der DEWAG-Annoncen-Abteilung endlich energisch reden, die Geschmacklosigkeiten nähmen überhand; und sie zeigt zwei Stück Geschmacklosigkeiten vor: »Hier beginnt ein Heiratswunsch halbfett mit ›Fortschrittliche Witwe mit Wassergrundstück und Rente‹ – das ist doch lächerlich, Kollegen, und ich verwahre mich gegen diese inflatorische Verwendung des Fortschrittsbegriffs. Zweitens verlese ich den vollständigen Text einer, ja, was denn, Heirats-oder-was-Annonce: ›Temperamentvolle Klavierspielerin sucht flotten Geiger zwecks Hausmusik‹, und ich gestatte mir, mich zu fragen, von welcher Art diese Hausmusik wohl sein mag. Es stand übrigens unter ›Verschiedenes‹.«

Hans Bammler kommt aus seinem Dämmer. »Erkläre dich mal, Edith, warum soll es nicht unter ›Verschiedenes‹ stehen? Da stehen doch diese musikalischen Sachen nun einmal, ›Wer spielt uns zur Jugendweihe auf? Akkordeon vorhanden‹ und so.«

»Musikalische Sachen!« sagt Edith Schober. »Jugend-weihe! Nach meiner Vorstellung handelt es sich hier um ein obszönes Angebot; soll ich das etwa noch erläutern?«

Die Mehrheit der Konferenz hält dies nun wieder für ein schönes Angebot, aber der Hauptbuchhalter rettet die Lage. »Da am Ende ich mich mit den DEWAG-Leuten auseinan-dersetzen muß, schlage ich vor, Edith, du machst deine Er-läuterungen schriftlich, damit ich denen gegenüber einen festen Stand habe; ich kenne mich mit Musik nicht so aus.«

Er zwinkert, Edith winkt ab, und David tötet den Antrag, Ediths Papier möge als Hausmitteilung durch die Abteilun-gen geschickt werden; alles klar für den Andruck. Die näch-sten beiden Nummern sind redaktionell auch unterm Dach; zwar flammt der Streit um den Fischland-Schmuck noch einmal auf, und es ist noch einmal erstaunlich, wie viele Kon-ferenzteilnehmer Bernstein nicht ausstehen können, aber das war im Prinzip neulich schon geklärt worden: Die NBR wird nicht nur für die Konferenzteilnehmer gemacht; der Fischland-Artikel hat sein Imprimatur, basta.

Und dann bringt die Tagesordnung David Groth dahin, wo er der Erfüllung seiner Träume noch am nächsten ist: Planung, Vorausplanung, Weitvorausplanung: Man müßte mal …

Jetzt sind Leute mit Zukunftsfühlern willkommen:

»Wie wäre es mit einem fiktiven Spaziergang durch das künftige Stadtzentrum? Kollege Gabelbach meint, mit Re-tuschen der Modelle kann man es lebendig illustrieren, und vielleicht finden wir durch Phantasie heraus, wo noch etwas fehlt.« (Einwurf: »Kneipen!!!«)

»Unser Bezirkskorrespondent schreibt, neunundsechzig beginnen sie in der Lewitz mit einer riesigen Rinderaufzucht; das war bislang noch halbe Urwelt, allenfalls Heuwiesen, aber meistens Sumpf, Moor und Bruch, siebzig Quadratkilometer Vogelschutzgebiet.«

(Frage: »Und was geschieht mit den Vögeln? Das ist doch bei Ludwigslust; ich glaube, da gibt es ganz seltene Vögel.« –

Antwort: »Das müßte mit untersucht werden. Lilo, kennst du einen Ornithologen?« – Lilo kennt.)

»Darf ich noch einmal an die Olympiade erinnern?« (Bescheid: Er darf nicht, er braucht es nicht, er erinnert seit drei Jahren daran, alles läuft.)

»Ich hätte noch was für den zwanzigsten Jahrestag!« (Leises Stöhnen irgendwo.) »Analog zum NBR-Weltatlas auf der letzten Seite könnten wir doch neunundsechzig da einen DDR-Atlas hinstellen, oder sind bis dahin die dämlichen Rassehunde immer noch nicht alle?« (Empörung des Rassehunde-Fotografen wird niedergezischt.)

»Die Karten müßten aber gestern in Auftrag; der Jahrestag ist morgen!« (Geknurrt: »Wem sagst du das?«)

»Mit dem nächsten Roman steht es immer noch wackelig; aber Volk und Welt übersetzt gerade einen polnischen Krimi; der soll gut sein.« (»Wer sagt das?«) »Der Übersetzer.« (»Aha!«) – »Kriegen wir jemand in die Dominikanische Republik rein, den Australier vielleicht? Ich finde, man muß jetzt mal zeigen, was rauskommt, wenn die Amis ein Regime retten.« – »Im nächsten Jahr wird Johanna Müntzer siebzig; da bin ich für eine Doppelseite!« (»Bravo!«) – »Ich habe etwas mit Ruhla angesponnen; die machen einen elektrischen Wecker, Weltniveau, und ihre Kennziffern haben diesmal auch real den Inlandsbedarf gleich mit vorgesehen.« (»Oho!«) – »Was macht eigentlich so 'n Schirach, wenn er aus dem Knast ist; wie paßt der sich in den gesellschaftlichen Organismus da drüben?« (»Willst du seine Memoiren kaufen?«) »Nee, aber die Leute an das erinnern, was er ausläßt!« – »Das Autobahn-Anhalter-Problem haben wir ganz fallenlassen; greifen wir das zum Sommer wieder auf?« – »Ich möchte vierzehn Tage nach Akademgorodok.« – »Wir dürfen die Schrittmacher nicht vergessen!«

Und die Planer und Leiter nicht und nicht die Schriftsteller und die Netzwerker und auch nicht die Handwerker und beileibe nicht die Komische Oper und die Arbeiterfestspiele oder Rügen Radio samt Handels- und auch Fischfangflotte und den Volleyball und die Grünfuttersilos in Ferdinandshof und die Messe der Meister von morgen und die Farbigen in USA, Rhodesien und am Kap und die Zahnflankenschleifmaschinen vom 7. Oktober in Weißensee oder die Babelsberger Humanitas-Western, den Kreuzchor, die gesunde Lebensweise und, oh, das neue Menschenbild.

Sie alle wollen nicht vergessen sein, und alle zuständigen Abteilungen wollen gehört sein, und alle Mitarbeiter wollen gelobet sein, und alle Arbeit will geplanet sein, und manche Kollegen haben Grabben im Kopf, Flausen, die müssen raus, und manche Freunde haben Blei an den Füßen, das muß ab, und manche Genossen haben Bedenken, Gott schenke ihnen ein Einsehen, doch der ist knauserig, da müssen Argumente her, und ein neuer Zeichner muß her, verfluchte Sauferei, und der Verlag rückt die Devisen nicht raus für ein Fischaugen-Objektiv, und den Layoutern muß man die Tendenz zu diesen Jugendstil-Schriften austreiben, Scheißpopperei, und dann diese Naturkatastrophen: Sekretärinnen werden weggeheiratet, und der Mann möchte das nun nicht mehr; Schwangerschaftsurlaub, im Archiv einmal, am Fernschreiber einmal und in der Außenpolitik gleich zweimal – was ist los in der Außenpolitik? Die Filmdame erbt ein Haus in Plauen, da sitzt noch eine Oma drin, und nun muß die Filmdame da hin, Wohnortswechsel, Wechsel in der Redaktion, die Filmdame gegen wen? Krenek und Busch gehen vier Wochen auf Kursus, Zwischenschaltung ins Fernstudium, Hunde, wollt ihr ewig lernen?

Der anschlägige Bengel aus Technik II geht zur Armee, und Technik II geht zum Teufel, allein schafft der olle Dornhoff das nie, der immer mit seinem Hans Dominik! Meißner muß zum Kampfgruppenlehrgang, der einzige Indonesienkenner, und hoffentlich passiert nichts in Indonesien, solange Meißner die Kalaschnikow studiert! Sara Weiß ist krank. Der dumme Laborant ist auch krank. Wiesemann ist krank. Die Dings, die mit dem Busen, die ist auch krank. Der Rest hat Urlaub.

Warum bin ich nicht krank? – Warum hab ich keinen Urlaub, warum darf ich nicht auf Kampfgruppenlehrgang oder auf Kursus oder zur Armee? Ich erbe nie ein Haus! Manchmal wünsch ich, ich wäre tot!

Manchmal wünscht sich David Groth, er wäre tot, und immer wünscht er sich, er wäre noch sehr jung, könnte schnüren und umschnallen und ab nach Bolivien zu den Guerillas, fort vom Kommandotisch in Kuba, fort aus dem Chefsessel in der Neuen Berliner Rundschau! Aber sie haben es ihm beigebracht: Hic Bolivia, hic salta! – Hier ist dein Platz, Guerillero, hier wirst du gebraucht.

Und wirst du uns romantisch, holt dich der Teufel! Dein Name ganz oben im Impressum besagt: Du bist der Untermann in der Pyramide der Neuen Berliner Rundschau; begreife: Ohne dich fielen die lustigen Turner in den Sand. Und Vorsicht bei der Übersetzung des Anrufs: Hic salta! Du bist nicht Flieger am Trapez, bist nicht einmal mehr Fänger dort unter der Kuppel; du bist der Mann am Boden, verantwortlich für das ganze Programm, nicht nur für die eine Nummer. Niemand kommt mehr in den Zirkus deinetwegen, aber tröste dich: Das Publikum hätte weniger Lust zu einem Besuch in deinem Hause, sorgtest du nicht für Kunst dort, indem du dort für Ordnung sorgst. Ja, Freund, du bist der Direktor vom Unternehmen, aber bei wem führst du Klage darum? Dich hat niemand überrumpelt oder mit der Pistole in deinen Sessel dirigiert. Der Posten ist weniger auf dich zugekommen als du auf den Posten. Achtzehn Jahre lang bist du auf ihn los marschiert, mit unterschiedlicher Beschleunigung zwar, gelegentlich mit der phantastischsten aller Geschwindigkeiten, mit NBR-Botengeschwindigkeit also, und manchmal nur im Bummelgang des Stundenzeigers, aber du hättest wissen können, wohin die Reise ging. Nein, du hast nicht nach diesem Amt gegiert, und auch die Wette mit dem Botenmeister ist selten mehr als ein kitzelnder sportlicher Spaß gewesen, aber die Entwicklungsgesetze, nicht wahr, die Entwicklungsgesetze des Landes, die hast du gekannt, und so hast du wissen können, als du dem Pfeifton des Leitstrahls gehorsam folgtest: Wenn du so weitermachst, nimmt es noch einmal ein gutes Ende mit dir. Ein bißchen kokett, findest du nicht, dies Ende nun plötzlich zu beseufzen und so zu tun, als wär's kein Stück von dir.

Und was den Jammer angeht, den dir die angebliche Entrückung vom einfachen Leben abdrückt, die Entsagung von den journalistischen Salti Mortali, den Verzicht auf das glamouröse Reportersolo, die Beschränkung auf Manmüßtemal, die große Cheffrustration, was das angeht, so ist Schärferes dazu zu sagen und im selben Atemzug auch etwas zu jenem famosen Problem, das ihr nur deshalb nicht Entfremdung von der Arbeiterklasse nennt, weil ihr die Prügel fürchtet, die sich rasch zuzieht, wer an der falschen Stelle von Entfremdung spricht.

Dies ist zu sagen: Wir nehmen das Freundlichste an, setzen voraus, es ginge dir, wo es dich zurückverlangt an die vielen Tatorte dieser Welt, zurück in die persönliche Aktion an des Geschehens Ort und Stelle, zurück zum Korrespondentendienst in den Höhlen und auf den Bühnen unserer Zeit, wir denken uns zu deinen Gunsten, es ginge dir da zwar auch und nicht zum geringsten um den Ruhm des findigen Faktenjägers, des Entdeckers von Gemeinheit und Größe, des Spurensuchers auf der Fährte des Verbrechens oder des Fortschritts, es triebe dich schon der Ehrgeiz, Enthüller der großen Vorgänge zu sein, der Mann, der Livingstone fand, der Mann, der dem Oberst Redl die Gloriole stahl, der Mann, der dabei war, als zehn Tage die Welt erschütterten; es sei dir um dies wohl heftig zu tun, vermuten wir, und wir billigen dein Verlangen ausdrücklich, weil wir die weiten Entwürfe lieben und wissen, daß Bescheidenheit uns umbringen kann, aber – aber wir hoffen doch, glauben zu dürfen, und dies ist unsere Freundlichkeit, von der wir eingangs sprachen, wir glauben uns zu der Hoffnung berechtigt, daß dir die journalistische Sache wichtiger ist als der Journalist David Groth, wir erwarten die Ansicht von dir, daß zwar Livingstone gefunden werden muß, aber nicht unbedingt von David Groth-Stanley, daß Oberst

Redl entlarvt werden sollte, aber nicht partout von David Groth-Kisch, daß die zehn Tage beschrieben werden müssen, aber nicht um jeden Preis von David Groth-Reed; dies ist unsere Meinung von dir – hätten wir sie nicht gehabt, säßest du nicht auf deinem Posten.

Nun aber sitzt du auf diesem Posten, und da darfst du unter anderem folgendes tun: Du darfst denken: Man müßte mal!, und dann darfst du denken: Wer könnte es?, und dann darfst du umhergehen unter deinem Volke und darfst dir deinen Stanley suchen. Und solltest du einen finden, dann bist du besser als Stanley, der Livingstone fand, denn dann bist du David Groth, der einen neuen Stanley fand. Auch darfst du denken: Jetzt bräuchte man einen Kisch!, und dann darfst du dir einen machen. Suche dir den Jungen mit dem Ansatz, er muß zu finden sein, suche ihn, finde ihn, laß dir Zeit und laß ihm Zeit und hetze ihn. Zwinge ihn durch tausend Bücher, fürs erste, jage ihn über tausend Straßen fürs erste und presse ihm fürs erste tausend mal tausend Zeilen ab über, sagen wir, die Badetricks eines Schornsteinfegers, den Speisezettel im Seebach-Stift, die Vorstandswahl einer Hutmacher-PGH, das Einkaufsproblem, das Wohnungsproblem, das Problem Straßenbahn und das Problem Adlershof. Streite mit ihm, bis ihm nichts anderes bleibt als seine eigene Meinung. Zeige ihm, wieviel andere Meinung möglich ist außer seiner. Bringe ihn so durcheinander, daß er sich Systeme baut. Lehre ihn das Gruseln vorm Schema. Schlag auf ihn ein, wenn er verachtet, was er nicht versteht; streichle ihn, wenn er dir sagt, er versteht dich nicht. Fauche ihn an, wenn er ein zweites Mal Bahre sagt, wo es Trage heißen müßte, und rauche eine Zigarette mit ihm, wenn er das Wort Vervollgenossenschaftlichung stinkdämlich findet. Schicke ihn zum Interview mit dem eitelsten Menschen der Republik. Presse ihn in einen Abendkurs für Spanisch. Sorge, daß er die Bibel liest. Gib ihm auf, das Spezielle in der Logik eines Versicherungsagenten zu skizzieren, Skatbruder eines Autowäschereibesitzers zu werden und etwas Neues zum Internationalen Frauentag zu sagen. Versuche, einen Menschen aus ihm zu machen, der freundlich ist, aber nicht feige; skeptisch, aber nicht pessimistisch; ironisch, aber nicht zynisch; der die Arbeit liebt und seine freie Zeit genießt; seine Freiheit schätzt und ohne Disziplin nicht leben kann; Ignoranz als einen Ansatz zur Barbarei begreift; Dogmen nicht achtet und Prinzipientreue nicht mit Dogmatismus verwechselt; ein Genosse ist den Genossen und ein unversöhnlicher Feind den Feinden der Genossen.

Die Chance besteht, Chefredakteur Groth: Vielleicht bekommen wir so einen neuen Kisch, vielleicht einen neuen John Reed, vielleicht zweie von beiden oder fünfe gar – die Chancen sind an dich gebunden, und wenn du so fürs Träumen bist und für den träumerischen Satz: Man müßte mal!, dann sagen wir: So mach doch, Mensch!

Für den Fall, du hast es noch nicht bemerkt: Hier war schon die Rede von deiner Verbindung zur Arbeiterklasse, immerfort war die Rede davon. Denn was will deine Arbeiterklasse von dir? Daß du ihr beweist, du kannst auch heute noch einen Hammer halten, daß du ihr in der Frühstücksbude persönlich aufs Maul schaust, daß du im Drainagegraben ebenso schmutzig werden kannst wie sie? Will sie dich immer mal wieder im blauen Kittel sehen oder im Fleischerhemd, auf dem Fahrrad zur Frühschicht mit ihr, an der eingefrorenen Kohlenweiche in Klettwitz, geschwärzt unter Tage, fluchend auf hoher See? Will sie, daß du machst, was sie selber besser kann? Oder will sie vielleicht doch, du mögest bei deinem Leisten bleiben, damit du morgen noch besser kannst, was sie schon heute von dir erwartet?

Was erwartet sie von dir, deine Arbeiterklasse? Die Antwort ist einfach: Sie erwartet von dir, gerade nun einmal von dir, eine Zeitung, eine illustrierte Wochenschrift, die Neue Berliner Rundschau.

Die will sie aufschlagen zwischen Feierabend und Fernsehen, und mindestens dreimal pro Nummer will sie Lust verspüren, wenigstens die Lust verspüren, zur Frau ins andere Zimmer hinüberzurufen oder gar hinüberzugehen und zu sagen: »Hast du dies Ding hier gesehen? Mann, ist das ein Ding! Die machen Dinger!« – Ehen sind lang, und manchmal fällt einem nichts mehr zu sagen ein, auch wenn man möchte, und da ist es keine Kleinigkeit, wenn eine Zeitung einem Grund gibt, aufzustehen, nach nebenan zu gehen und zu sagen: »Mann, machen die Dinger!« – Und Gottes Segen dem Bilderblatte, das einem im Bett kurz vor dem letzthin allzu häufigen Sieg der Müdigkeit eingibt, von jenem vorhin gesehenen Korallenriff zu sprechen und: »Weißt du, wenn der FDGB auf Draht wäre, da Urlaub, und nischt wie im Wasser liegen täte ich und dann zu Goldbroiler rösten lassen, und du mit so 'm weißen Bikini, wieso denn nicht, du unterschätzt dich da, doch ich schätze, du unterschätzt dich da, hast du gar nicht nötig, beileibe nicht, Ulla, ick möchte fast sagen: Bei deinem Leibe nicht, Ulla – wie fin'st du den: Bei deinem Leibe nicht? Ich finde es einwandfrei«, und Ulla findet es auch einwandfrei, und sie mag das, wenn er albern ist, und wieso Müdigkeit? Sie mag das.

Deine Arbeiterklasse, Genosse Groth – um auch von ihren anderen Bedürfnissen zu sprechen –, die ist mit dir zufrieden, wenn deine Zeitung ihr hin und wieder einen Pfiff entlockt: »Die Franzosen haben aber ganz hübsch noch Kolonien, wie ich das hier so sehe! – Mit dem Kahn um die Welt, na, Mahlzeit! – So sah der Thyssen aus? Auch gut: Zwanzig Jahre hab ich für die Pfeife gearbeitet, und ich würde ihn nicht kennen, wenn ich ihn auf der Treppe träfe! – Ja, das nenn ich eine Kantine! Schmeiß die Zeitung nicht weg, die schenk ich der BGL, und zwar morgen, und zwar in *unserer* Kantine! – Tatsächlich, die Erde ist blau! – Mein Fall wär's ja nicht: eine ganze Stadt auf ewigem Eis, aber wenn du es so siehst, legst du doch die Ohren an! – Guck an, eben denk ich: Was zeigen mir die hier für einen langhaarigen Flaps?, und nun steht da, das ist ein Mathematik-As – kannst also auch nicht immer nach gehn!«

Wenn du wahrhaftig um deine Verbindung zur Arbeiterklasse bangst, David Groth, dann halte dich an deine NBR; mach sie so, daß die Deinen merken, du machst sie für sie.

Mach sie so, daß jeder deiner Leser ein bißchen klüger aus deiner Zeitung kommt, als er hineingegangen ist. Zeige ihnen ihre Leistung, aber rede sie nicht immerfort mit »Helden« an. Und immer dran denken: Deine Leser haben den ganzen Tag gearbeitet; nun kommt ihnen Produktion sehr bekannt vor. Sie sind auf das Unbekannte aus und auch auf das lieb Vertraute. Da zeig ihnen zumindest das Verborgene im scheinbar Vertrauten. Reiß ihnen die Welt auf, beteilige sie an deren Rätseln, sprich ihnen immer wieder von ihrem Teil an deren Lösungen, füg einen Buchstaben mehr in ihr Alphabet, führ sie auf Augenweiden, verklapse sie nie, bescheiße sie nie, sei ihr vorgeschobener Posten und ihr Kurier, höre auf ihre Führer und gib die Verbiesterten nicht auf, zeig das lustige Leben und sorg für ein lustiges Leben und tu deinen Teil, daß wir alle am Leben bleiben.

Mach deine Sache, wie sie ihre Sache machen. Mach deine Sache auf deinem Platz, der jetzt, jetzt wenigstens, im Chefzimmer der Neuen Berliner Rundschau ist. Da hast du deine bolivianischen Berge, dein Kuba, dein Kraftwerk Nord, da hast du Barrikade und Baikonur, Vietnams Savanne, Geschützturm der Aurora, Liebknechts Balkon am Preußenschloß, den Tisch vorm Haus der Ministerien, das Reißbrett für Halle-West, die Spitze des Studentenzuges, das Rednerpult im UNO-Plenum, die Partisanenschule in Angola und das Zyklotron von Dubna – da hast du deinen Kampfplatz, Büchsenmacher, da schreibe und leite, plane und lehre, träume und kämpfe du nur.

Ende der Unterweisung, Ende des Zuspruchs; geh an die Arbeit, Genosse Redakteur!

Soviel angestrengter Beredsamkeit kann der Büchsenmacher und Redakteur David Groth einfach nicht mit promptem Widerspruch begegnen, obwohl die Herausforderung zu Promptem hier fast unabweisbar ist: Arbeit! – der Fall ist exemplarisch!

Wäre nicht eben erst mühevolle Belehrung verklungen, müßte man diese Gelegenheit packen und schreien: Arbeit! –

was ihr hier Arbeit nennt, verdient die Bezeichnung allenfalls, weil es innerhalb meiner bezahlten Arbeitszeit geschieht – ich darf erinnern: Ich werde hier gleich einen Grabsteinspruch loslassen; das ist meine Arbeit jetzt. Darf ich da um einen Blick auf die Definitionen bitten? Arbeit, allgemein und bürgerlich beschrieben: eine Kraftbetätigung zur Überwindung eines Hindernisses bei der Verfolgung eines Zwecks, oder: Bei der menschlichen Arbeit, die eine körperliche oder geistige Kraftbetätigung sein kann, wird ein die Arbeitszeit überdauerndes Ergebnis bezweckt, oder, in unseren Worten: Arbeit ist im weitesten Sinne die Verausgabung menschlicher Arbeitskraft als zweckmäßige, bewußte Tätigkeit des Menschen, in der er mit Hilfe von Arbeitsmitteln Naturstoffe verändert und sie seinen Zwecken nutzbar macht. Nur die Umstände hier hindern mich, laut und gehässig Haha! zu schreien; die Umweltbedingungen, Friedhofsruhe, Grabesstille, Totenacker, Gräberfeld; auf jedem zweiten Stein steht hier geschrieben: Ruhe sanft! oder: Ruhe in Frieden! – da muß ich unterdrücken, was eigentlich zu sagen wäre, und nur leise schnauf ich: Arbeit, ha!

Und so gingen David Groth und Jochen Güldenstern fast wortlos über die sandigen Wege zu des Genossen Schäfers neuem Stein, und nur dort, wo ein Dichter aus Friedrichshagen begraben liegt, standen sie einen Augenblick, und David sagte: »Den hab ich ganz gut gekannt und sehr gemocht. Du brauchst Mühe, wenn du liest, was er geschrieben hat, aber wenn du es verstanden hast, magst du die Welt mehr als vorher. Ein Christenmensch und ein großer Geschichtenerzähler, und so ein lustiger. Ein Jammer.«

Viel länger war Davids Spruch für den Genossen Schäfers auch nicht, aber die Witwe drückte ihm die Hand und nickte, und der Sohn sagte: Danke!, und Jochen Güldenstern sagte: Siehste!, und eine Nachbarin der Familie Schäfers starrte nach Davids Worten mit neuem Respekt auf den neuen Grabstein des hingeewigten Rundschau-Pförtners, und David dachte: Ein die Arbeitszeit überdauerndes Ergebnis?, und er schüttelte den Kopf, aber als er auf dem Rückweg wieder am Dichtergrab vorbeikam und als er merkte, daß es ihn wieder ins nörgelnde Selbstmitleid drängte, da ließ er den Anrainer des Genossen Schäfers brummen: Menschenskind, du plemperst was mit deiner schönen Zeit – möchtest du vielleicht tauschen?

Das mochte David aber nicht, und er beendete die Grübelphase und den Jammer auf die Weise, die er Fedor Gabelbach in den vielen Jahren abgesehen hatte: Er stieg mit Güldenstern zu Erich in den Wagen und besprach das Projekt Kraftwerk Nord, und sie einigten sich, daß hier der kleine Taubert mal zeigen konnte, ob noch mehr in ihm steckte als die vielsilbigen Flausen aus der Leipziger Journalisten-Fakultät, und die andere Neue, die Rita Heise mit dem lustigen Hintern, die sollte sich vorbereiten fürs Erdgas-Projekt, und Jochen Güldenstern, das war dann abgemacht, der fuhr zur RGW-Tagung nach Rumänien; das war noch nichts für junge Springer.

Zielsetzung, Zeitraum, Umfang, Dokumentationsaufwand, Geldmittel, technische Mittel, politische Besonderheiten, Kaderbedingungen, Platz im Gesamtprogramm – sie hatten den Katalog im Kopf, geübt gingen sie seine Rubriken durch; sachlich waren sie jetzt und schnell, fast mühelos, so schien es, machten sie einen ersten Entwurf; hier, sah man, war Erfahrung am Werke, und wenn man wollte, konnte man sich auf das Wort einlassen, das allzu oft und allzu beflissen zu Diensten sich drängte, und konnte den Vorgang hier Routine nennen, aber man hätte wohl eher recht gehabt, hätte man da von Arbeit gesprochen.

Und auch das Gespräch mit dem Minister Andermann, das Intrigantengespräch zum Ehewohle der Carola Krell, war bündig und versprach Positives: So ist die Situation – jenes droht – dies wär die Rettung, möglicherweise – also, was sagst du; könntest du helfen?

Der Minister hatte keine Bedenken, war sogar dankbar: Ein Getreidedispatcher, der noch nie auf Schulung war, wo gab es denn so was? Das gab es in seinem Bereich? Kaum zu glauben und nicht länger zu dulden. Das kommt ins Lot; den will ich lehren zu lernen! Der Minister lachte bei der Vorstellung, sein Dispatcher werde sich auf die Schulbank pressen lassen müssen, weil sein Bild in der Zeitung gestanden war, sein Foto in Bunt mit einem Text darunter, verlautend, daß es nunmehr auch den Kollegen Krell, bewährten Praktiker der Schrot-und-Korn-Verwahrung, zur Theorie und in die Wissenschaft dränge.

Der Minister verlor sich für eine kurze Weile in Anregungen, meinte, vielleicht könnte ein gerissener Interviewer den Körnerlenker Krell zu dem öffentlichen Bekenntnis verleiten, nach seiner Überzeugung sei höhere Gelehrsamkeit auch persönlichkeitsbildend, komme nicht nur dem Speise-und-Futtermittel-Funktionär Krell, sondern auch dem Menschen Krell als solchem zugute und den zwischenmenschlichen Beziehungen auch, in die er eingeflochten sei in Betrieb, Gesellschaft und privatem Bereich, zum Beispiel in der Ehe …

Dann nahm sich der Minister aber zusammen; er sei eiliger, als sein Referent heute morgen habe ahnen können, müsse früher zum Chef hinüber, als ursprünglich vorgesehen gewesen, wahrscheinlich seien die Vorschläge von der Obersten Abteilung schon eingegangen, zwei neue Ministerien sollten gebildet werden – »bleibt aber unter uns, ist wohl auch noch nicht spruchreif, unsere Kaderdecke ist immer noch zu kurz, da muß eine Menge geredet und geregelt werden, dank deinem Schöpfer, daß du mit so was nichts zu tun hast, da könntest du ein Geziere erleben, da war das aber bei uns noch anders: Komm mal rüber, Fritze, setz dich hin, Fritze, bist du gesund, Fritze, gut, Fritze, ab Montag machst du hier den Minister!«

Er versprach noch einmal, seinen Teil an der positiven Intrige zu leisten; dann rief er seinen persönlichen Referenten, und David hatte zu sagen verpaßt, was er sehr beiläufig hatte sagen wollen: Ach, sag mal du, wie ist das eigentlich, ich meine: so als Minister?

Da fuhr er eben wieder zurück in die Neue Berliner Rundschau, und Christa sorgte dafür, daß er merkte, wie es war, wenn man dort der Chefredakteur war.

# 12

David hatte Fritz Andermann in einem seltsam gestuften Verfahren kennengelernt. Zuerst war das nur ein Name, den Wassilij Wassiljewitsch Spiridonow wie eine besonders zutreffende Bezeichnung des Teufels aussprach und durchaus wie einen Fluch benutzte; wo seine Landsleute jene Aufforderung zu befremdendem Tun mit einer nahen Verwandten ausgestoßen hätten, da schrie Wassilij Wassiljewitsch Spiridonow: »Fritze Andermann!«

Dann machte David Bekanntschaft mit Fritze Andermanns bedeutendster und schlechthin entwaffnender Untat, die vornehmlich deshalb entwaffnend war, weil ihre äußere Erscheinung eher vermuten ließ, es handle sich hier um eine hundertprozentig positive Aktion.

Danach lernte David in einem Zuge Andermanns Handschrift und seine entschiedenen Ansichten zu einer bestimmten Figur der Militärhistorie kennen und im selben Zuge noch eine ihm bis dahin unbekannt gewesene Form politischen Meinungsstreits.

Wenig später konnte sich David mit Fritze Andermanns Stimme vertraut machen, was insofern leicht war, als diese Stimme aus vier Großlautsprechern erscholl und nur deshalb unbefriedigend bleiben mußte, weil das Klangbild unter der etwas ungünstigen Postierung der vier akustischen Geräte an den Ecken eines weiten Stadtplatzes litt und in seiner phonischen Differenziertheit auch ganz gut als die Aufnahme eines mittleren Sommergewitters hätte gelten können.

Sechs Jahre darauf bekam David diesen Fritz Andermann zum ersten Male und nur für kurze Zeit zu Gesicht; und danach dauerte es weitere vier Jahre, da war der sein Lehrer an der Parteischule, ein grimmiger Pädagoge, dessen Gebaren

David nicht besonders ermunterte, mit dem Bekenntnis zu alter Bekanntschaft hervorzutreten. Als er es dann doch getan hatte, lachten sie sehr, und anschließend stritten sie wieder über jene Person aus der preußischen Kriegsgeschichte.

Schließlich sah David den Fritz Andermann öfter, aber meistens nur so, wie ein Journalist einen Minister zu sehen pflegt, doch nun waren sie Komplicen in einer positiven Intrige zugunsten der Kaderleiterin Carola Krell.

An allem Anfang aber war Wassilij Wassiljewitsch Spiridonow gewesen, Major der Sowjetarmee, Stadtkommandant im System der Militäradministration und Johanna Müntzers alter Bekannter aus ihren Großen Zeiten.

Der sah so aus: breit und wuchtig, Kragenweite 44, Kugelkopf, helle Augen, runde Nase, wenig Haar, Gesichtsfarbe braun bis in die Mitte der Stirn, eben erst rasiert, Schultern und Bauch eines älteren Ringers, Alter schwer zu schätzen, fünfundvierzig mit fünf Jahren Toleranz nach beiden Seiten – Gesamteindruck empfiehlt, Temperamentsspanne für weitestmöglich zu halten und persönliche Prüfung besser zu unterlassen: Könnte sein, du wirst adoptiert, könnte sein, du wirst an die Raben verfüttert.

Das glaub ich, dachte David, als Penthesilea ihm befahl, in ihrem Besucher einen wahren Menschen und einen ihrer besten Freunde zu sehen; das glaub ich, dachte er, ihr beiden paßt zusammen.

Dann richtete er sich auf etwas Jähes und Überwältigendes ein; in die Übung kam man als Johannas vertrauter Mitarbeiter, und mit solcher Erwartung rüstete man sich aus, wenn man mitten aus einer Arbeit heraus zur Herausgeberin kommandiert worden war.

»Hier habe ich jetzt meinen Assistenten für dich, Wassilij Wassiljewitsch«, sagte Johanna, »der Mensch steht zu deiner Verfügung. Und du, David, antwortest dem Genossen Spiridonow, er ist zu Bericht bei seinem General gewesen, und jetzt besucht er mich, und er ist Major.«

Der Genosse Major musterte David und nickte. Was immer ihm Johanna von ihrem Assistenten berichtet haben mochte – es schien ihm nun alles klar.

Er schüttelte David die Hand und fragte: »Wie ergeht es deiner Gesundheit?«

»Gut, gut«, sagte David.

»Und wie befinden sich Herr Vater und Frau Mutter?«

David schielte zu Johanna hinüber, aber die starrte ihn nur an und wippte mit einem blauen Bein; da antwortete David: »Teils, teils.«

»Gut«, sagte der Major, »wir haben uns also bekannt gemacht. Nun eine kurze Frage …« Er hielt inne und schien noch nach dem passenden Wort zu suchen. Sein Blick verfinsterte sich; er flüsterte etwas; er schien mit einer bösen Erinnerung zu ringen; was über seine Lippen kam, halblaut und doch mit gefährlichem Ton, klang wie ein Fluch aus tiefstem Seelengrunde, aber es mußte eine sehr spezielle Verwünschung sein, meinte David, der durch einigen Umgang mit den zugereisten Soldaten zu Einblicken in deren Schimpfkünste gekommen war, es mochte sich bei dem Wetterwort, das der Major da durch die Zähne gestoßen hatte, um eine Schmähe von engbegrenzter Verbreitung handeln, um eine Spezialität aus Irkutsk vielleicht oder eine Eigenprägung der Bürger von Kasan, um einen nie gehörten Ausdruck jedenfalls, denn nie zuvor hatte David einen russischen Fluch vernommen, der so ähnlich klang wie ein gezischtes »Fritze Andermann!«.

Doch ehe sich David näher mit diesem idiomatischen Problem befassen konnte, hatte ihm der Major Wassilij Wassiljewitsch Spiridonow seine kurze Frage gestellt: »Was weißt du über Moltke?«

Jetzt sah David ohne alles Schielen fragend zu Johanna Müntzer hinüber, und jetzt starrte die auch nicht einfach zurück, jetzt sprach sie: »Es ist mir zwar nicht recht, daß du solche Sachen weißt, weil sie in deinem Kopf einen Platz besetzt halten, an dem besser anständige Erkenntnisse aufbewahrt werden sollten, aber ich weiß, daß du diese kriegerischen

Dinge kennst, da kannst du sie jetzt hier meinem sowjetischen Freund vortragen. Trage es einmal vor, David!«

Bevor er vortrug, vergewisserte sich David rasch, daß nicht der Marneschlacht-Moltke, sondern der Moltke von Königgrätz und Paris gemeint war, dann trug er vor, und wie er da vortrug!

Seine ersten Mitteilungen gab er zwar noch behutsam von sich, weil ihm erinnerlich war, daß sowjetische Offiziere kriegskundige Deutsche im allgemeinen nicht zu schätzen pflegten, aber da über die Aufforderung des Majors hinaus ein Befehl Penthesileas vorlag, ließ er bald von der Vorsicht und gab den Schüben lange verborgen gehaltenen Wissens nach, öffnete seine Speicher und teilte von seinen Vorräten aus wie damals vor einer Ewigkeit, als er seinen Onkel Hermann, den Feldwebel Groth aus Ratzeburg, mit der Enthüllung in entrüstetes Staunen getrieben hatte, daß Groß-Preußens genialster Militärstratege nicht nur dänischer Offizier, sondern auch Kriegsgehilfe eines türkischen Sultans gewesen war; wie damals, als sich Klein-David im Kampfe gegen den Lehrermenschen Kasten durch Sonderwissen in der Abteilung »Unsere großen Deutschen«, Unterabteilung »Die Feldherrn«, mit einem Extra an Autorität versehen hatte; wie damals beim Meister Treder, als er den Verkauf eines Chassepot-Modells 66 mit der Mär zu verbinden gewußt, aus diesem Gewehr sei vor Paris ein ernstgemeinter Schuß auf den Grafen von Moltke gefeuert worden, was dem Meister wieder Anlaß gegeben hatte, im weiteren Verlauf der Geschäftsverhandlung nur noch von der »berühmten Mordwaffe« zu sprechen; wie damals endlich referierte der NBR-Assistent Groth dem Sowjetmajor Spiridonow die »Kriegslehren« des Feldmarschalls von Moltke, wie damals, als David noch Waffenpfleger beim Fliegergeneral Klütz war und besondere Gäste mit Zitaten aus dem Stabswerk über den italienischen Feldzug achtzehnneunundfünfzig verblüffen durfte.

Johanna Müntzer hörte den Auslassungen ihres Zöglings mit Ingrimm zu; man sah, sie war empört über soviel

Mißbrauch menschlicher Hirnkraft, und man sah, es war ihr recht, genau das parat gehabt zu haben, wonach ihr sowjetischer Freund auf der Suche gewesen war.

Daß der zufrieden war, konnte man nicht übersehen, und man konnte auch nicht den begeisterten Ton überhören, mit dem er diesmal seinen fremdartigen Fluch hervorstieß; es war ein Ton wie zu »Allewetternochmal!« oder »Potztausendnocheins!«, aber die Worte, die er gebrauchte, das war nun kaum noch zu bezweifeln, die lauteten »Fritze Andermann!« und klangen wie Triumph.

Er erhob sich und umarmte Johanna Müntzer so heftig wie einer, der vom Weibe los in einen langen Polwinter hinaus muß, und zu David sagte er: »Ich muß nun fort, und du wirst mein Gefährte sein!«

David mußte gleich zweierlei bewältigen: Erstens den Schrecken, denn wer wußte, wohin so ein Mensch zu reisen gewohnt war, und zweitens die kitzelnde Beunruhigung, die von der Sprechweise des Herrn Spiridonow ausging; es war da etwas altfränkisch Literarisches in seinen Worten, eine Redensart nicht mehr so ganz von dieser Welt, ältere Schulgedichte hatten so etwas oder sehr alte Jahrgänge von Auerbachs Kinderkalender.

Zum Glück zeigte es sich, daß Wassilij Wassiljewitsch diesen Ton nur wählte, wenn er sich sehr direkt und sehr persönlich auszulassen wünschte; allgemein gehaltene Äußerungen, berichtende, unterrichtende und erzählende, trug er in einem Deutsch vor, an dem nur ungewöhnlich war, daß es so geläufig von einem Landesfremden gesprochen wurde. Und, natürlich, daß an allen Stellen, an denen man einen saftigen Fluch erwarten durfte, die geheimnisvollen Worte »Fritze Andermann!« erklangen.

Das heißt, das Geheimnis wurde verhältnismäßig früh gelüftet. Verhältnismäßig früh, also nicht gleich, nicht in den Minuten des jähen Aufbruchs, in denen David kaum Zeit blieb, eine Tasche zu packen, und gerade noch so viel, daß er unter Ausflüchten für Johannas Ohr zur Rotation hinüberlaufen konnte zu schnellem und wirrem Bescheid für Carola; geklärt wurde das Rätsel auch noch nicht während der ersten zwei Stunden Fahrt aus Berlin hinaus in Richtung Nord-Nordwest; da hielt der Major zunächst einmal Gedankenaustausch mit seinem Fahrer, einem, wie David erfuhr, Baschkiren, der bis zum Ziel ein halbes Pfund Machorka und eine ganze Ausgabe der Prawda durch seine Lunge jagen sollte, und zwar der Erregung wegen, so deutete W. W. Spiridonow an, die dem Soldaten zu schaffen machte, weil er einen deutschen Schweinehund durch den Frühling chauffieren mußte. So ergab sich also Wassilij Wassiljewitsch von Berlin-Stadtmitte bis auf den Marktplatz von Neustrelitz der Aufgabe, dem düster vor sich hin qualmenden Wagenlenker ein Deutschlandbild zu vermitteln, das, wie David fand, bedenklich apologetische Züge trug.

Der zweisprachige Vortrag des Majors mußte einen aktiven sowjetischen Soldaten ebenso irritieren wie einen deutschen Soldaten außer Diensten, denn wenn sie beide recht verstanden, so fuhren sie hier weniger auf einer Straße, die unter anderem an Sachsenhausen und Ravensbrück vorbeiführte, als vielmehr auf der Verbindungslinie zwischen Heinrich Heines Berlin und Gerhart Hauptmanns Hiddensee, auf einem Kulturpfad durch eine Großlandschaft, die sich von den Geburtsstätten Heinrich von Kleists im Osten und Fontanes im Westen bis zum nördlichen Rügen Ernst Moritz Arndts erstreckte und Heimat Fritz Reuters und Johann Heinrich Voßens gewesen war, und linker Hand lag Tucholskys Rheinsberg und zur Rechten Hans Falladas Knast, und Güstrow war nicht fern mit dem Barlach-Haus, und nach Neustrelitz fuhren sie nur hinein, um eine Runde um Engelbert Humperdincks letzte Wohnung zu drehen, und David dachte, Engelbert Humperdinck, mein Gott, wie mag das in baschkirischen Ohren klingen?

Neben seinen kulturgeographischen Anmerkungen über die Künstlerpersönlichkeiten des von ihnen durchmessenen Territoriums lieferte Wassilij Wassiljewitsch Spiridonow seinem machorkaverzehrenden Fahrer auf russisch und dessen unerwünschtem Fahrgast auf deutsch Charakterbilder von Freunden und Genossen, die man zwar ungestraft Deutsche, aber keineswegs ungestraft deutsche Schweinehunde nennen durfte.

Von Johanna Müntzer fertigte er ein ausladendes Gemälde an, und es zeigte dieses eine Person von Herzensgüte, Prinzipienstärke, Gedankenmut und, was David verwirrte, humoristischer Sinnenfreude. Gedankenmut, das mochte sein, und Prinzipienstärke, das war gewiß, aber Herzensgüte, na, und humoristische Sinnenfreude gar – da kam David nicht mehr mit, und wenn er sich auch sagte, daß der russische Major vornehmlich um das Deutschenverständnis des baschkirischen Rauchers bemüht war, so hielt er soviel Schönmalerei nun doch für unerlaubt. Aber ausgerechnet an diesem Punkt schien Spiridonow bei seinem Fahrer durchzudringen; der nickte mehrmals beifällig, und zweimal stieß er mit dem Machorkanebel etwas aus, was sicher ein baschkirisches Gelächter war. Wenn das wirklich Johanna-Müntzer-Geschichten waren, die hier in zwei Sprachen zum besten gegeben wurden, so hatten sie zweifachen Effekt: Sie vermittelten dem jungen Mann am Steuer ein neues Deutschenbild und dem jungen Mann im Wagensitz hinter ihm ein völlig neues Bild der Johanna Müntzer; sie waren so farbig und saftig, daß ihr Erzähler, selber noch einmal von der Erinnerung begeistert, nach ihren Pointen mehrfach in den bewundernden Ruf ausbrach: »Fritze Andermann, ach, Fritze Andermann!«

Dann, als sie durch die Bruch-und-Sumpf-Landschaft der Müritz fuhren, kam Wassilij Wassiljewitsch auf einen anderen Deutschen, der ebenfalls nicht in die Kategorie Schweinehunde gehörte, wenngleich er einen katastrophalen Fehler zu haben schien; was für einen, war für David noch nicht zu erfahren, hörbar war nur, daß da etwas war, denn hörbar war an verschiedenen Stellen inmitten der Lobrede des Majors sein Stöhnen, gepreßt aus Wut und Qual, ein nun wieder unzweifelhaft fluchendes Stöhnen: »Ach, Fritze Andermann!«

Es handelte sich bei dem Deutschen, auf den der baschkirische Steuermann von seinem Vorgesetzten verwiesen wurde, offenbar um den Bürgermeister oder den Parteisekretär jenes Ortes, dem sich der Wagen näherte, und in diesem David, der immer noch nicht wußte, wo dieser Ort gelegen war, und auch nicht, was seiner dann dort harren mochte – es handelte sich vermutlich um einen deutschen Funktionär jener Stadt, deren sowjetischer Kommandant der Major Wassilij Wassiljewitsch Spiridonow war. Nach den Worten Spiridonows war der erste deutsche Mann am Ort ein Kerl ohne Fehl, bis auf den einen, unbenannten. Ein Mensch mit Löwenmut und Bärenkraft und Fuchsesschläue. Einer von denen, die gekämpft hatten, an der Ruhr und im Zuchthaus Brandenburg, am Wedding und in Oranienburg. Der Sohn eines hessischen Kupferschmieds, ein Bergmann, ein KPD-Funktionär, ein Gestapo-Häftling, einer von jenen, die sich auf dem Transport, der aus dem Lager an der Havel auf das Todesschiff in der Ostsee führen sollte, von der SS befreit hatten, einer der hängengeblieben war in Mecklenburg, hängengeblieben an der Arbeit dort.

Als Wassilij Wassiljewitsch Spiridonow seinem Fahrer von diesem Mann erzählte, erwachte in David leise das Gefühl, daß er seit langem mit Bedacht in den Schlaf getrieben, ja mit wütender Anstrengung fast erstickt hatte; der Gedanke regte sich wieder, den er gegen manch besseres Wissen und entgegen dem Widerspruch, der in der Erinnerung an seinen eigenen Vater steckte, für unerlaubt erklärt hatte, trotz des Umgangs mit Johanna Müntzer und Kutschen-Meyer und ihresgleichen, trotz der Begegnungen mit Xaver Frank und seinesgleichen, trotz der Lesearbeit und des Lesevergnügens von Marx und Engels bis zu Brecht und Becher hin; der Gedanke war wieder da, hier, in einem Wagen voll Machorkarauch, auf einer krummen Straße entlang am Plauer See, hier in der Gesellschaft eines Baschkiren und eines russischen Majors, der über der Blusentasche zwei Reihen Erinnerungszeichen an gewisse Begegnungen mit den anderen Groths und Meyers und Franks trug; ausgerechnet hier und jetzt rührte sich in David ein Gefühl, formte sich zu einem Gedanken und ging: Vielleicht läßt sich das doch noch machen in dieser Welt, vielleicht kommt man doch noch dahin, daß man seinen Namen nennen kann und den Namen seines Landes, ohne anderen ein Schrecken zu sein; vielleicht werden das einmal Worte sein, die nicht anders klingen, nicht besser und nicht schlechter als: Spiridonow und Irland, Baschkirow und Ungarn, Dubois und Schweden. Aber der Major ließ ihm nicht die Ruhe für seinen guten Traum; er überließ den Fahrer seinen bläulichen Genüssen und wandte sich an David allein: »Jetzt bring ich dir Kunde mein Freund, und sag dir von einer Not: Wir werden nun bald in Parchim sein; da bin ich Kommandant, und da ist Moltke geboren, und dort – ach, Fritze Andermann! –, dort hab ich einen Streit mit dem führenden deutschen Genossen, und was meinst du, worum es geht in diesem Streite? Um Moltke geht es. Dies ist die Lage: Die Stadt hat sich lange mit dem Namen Moltkes geschmückt; man kann es verstehen. Ein großer Platz trug ihn, ein großes Hotel, eine große Apotheke, eine lange Straße – nun ja: lang!, eine Straße jedenfalls, eine Brücke auch, ein Tor und ein Aussichtsplatz. Was soll man sagen; es ist überall so; in Leningrad heißt auch manches nach Kutusow – das ist normal.

Für mich ist das normal, aber was denkst du, mein frischer Gesell, für wen das nicht normal ist? Für Fritze Andermann ist es nicht normal! Zuerst noch hat er Moltke in Frieden gelassen; da ging es um Brot und Betten und Fensterscheiben, dann ist es um Arbeit gegangen und eine Ordnung und um die Spitzbuben und um neue Lehrer; da war er beschäftigt wie ein Biber, der Fritze Andermann. Er hat seine Kampagnen geführt, dieser Genosse: Kampagnen gegen schlechte Suppen und schlechte Gedanken – Kampagnen für ein neues Leben; du verstehst, mein guter Freund!

Aber dann hat er die Kampagne gegen Moltke eingeleitet, und seither haben wir unseren Krieg. Keine Moltke-Brücke mehr, kein Moltke-Tor, keine Moltkestraße, kurz: kein Moltke mehr.

Sogar das Denkmal wollte er entfernen, das Moltke-Denkmal am Friedensplatz, der früher – du wirst schon eine Ahnung haben, mein freundlicher Vetter – Moltke-Platz geheißen hat, achfritzeandermannnochmal!

Ich gebe zu, Genosse Andermann hatte gewisse Motive, die wie berechtigte Gründe ausgesehen haben: Er ist in diese Stadt gekommen und hat alles anders machen wollen und neu, und zuerst haben sie Angst vor ihm gehabt und haben gehorcht, aber wie das Leben wieder in Gang gekommen ist und manche Leute, die im Anfang gedacht haben, jetzt geht es ihnen an den Kragen, haben gemerkt, ihr Kragen ist noch ganz und ihr Hals noch da, sind da frech geworden, diese Schweinehunde, und haben dem Genossen Andermann zu verstehen gegeben: Was willst du denn, wo kommst du überhaupt her, scher dich doch in dein Hessen zurück oder in die Kohle, was weißt du schon, du Grubengaul, hier bist du nicht unter Tage, hier bist du in der Geburtsstadt Moltkes, hier ist die Moltke-Stadt, wir sind Moltke-Bürger, wir haben Moltke-Verstand, kurz: Sie haben einen Haß in ihm aufgezogen, einen Haß auf Moltke; es ist in seinem Kopf zu einer Identifizierung gekommen zwischen den Schweinehunden und dem Feldmarschall Moltke, und darum muß der Moltke weg. Auch das Denkmal – oi, Fritze Andermann!

Da bin ich eingeschritten; ich bin der Kommandant. Ich habe gesagt: Keinen Schritt näher an das Denkmal heran.

Du sollst nämlich erfahren, mein guter Junge du, ich habe das Denkmal im Auge. Es steht auf der einen Seite des Platzes, und gegenüber auf der anderen Seite ist meine Kommandantur. Dort stehe ich am Fenster und kann dem Marschall ins Auge sehen – ich konnte es, ich konnte ihm ins Auge sehen; jetzt sehe ich anderem ins Auge, und das ist …

Wenn ich denke, Moltke: der Generalfeldmarschall, der seinen Truppenführern die nötige Freiheit ließ, ihre Truppe zu führen. Der oberste Stabschef, von dem die Definition der Strategie als eines Systems von Aushilfen stammt.

Ei nun, mein Bester, zwischen uns soll ein offen Wort

wohl gelten; da mag ich dir auch sagen: Natürlich habe ich so, wie der Genosse Andermann seinen persönlichen Grund gegen das Denkmal hat, meinen persönlichen Grund für dasselbe. Es ist nämlich keine Kleinigkeit, wenn du ein Bauernjunge gewesen bist in einem Dorf bei Rostow am Don und stehst dann am Fenster Moltke gegenüber:

Da ist vor vierzig Jahren ein Brief in den Weiler gekommen vom Herrn Rittmeister Hochwohlgeboren; der Vater kommt nicht wieder, heißt es, er ist gefallen, und die Weiber im Dorf jammern: Oijeh, er wird uns noch alle fressen, der Deutsche, der verfluchte. Dann holt dich selber der Zar, sollst ihm seinen Krieg führen, doch den Zaren, den jagst du zum Teufel, aber den Deutschen, den kriegst du nicht in die Hölle, den kriegst du nicht aus dem Land, der macht in Brest-Litowsk etwas, das er einen Frieden nennt, und du mußt ihn nehmen, diesen Frieden, und abends auf dem Stroh heißt es: Oi, der Deutsche ist schlau, der hat Generale, die sind schlauer noch als Rasputin. Dann wollen die Weißen dir ans Leben und du ihnen. Sie jagen dich, du jagst sie; bis nach Sibirien geht es, und einmal geht es besonders schwer: Jeder Tag kostet Blut, und du kriegst die Schufte nicht zu packen. Dann hörst du: Kein Wunder, Bruder, sie haben einen bei sich, einen Baron von der Ostsee, der ist beim Deutschen gewesen, hat Strategie studiert, oi, die deutsche Strategie! Dann hast du sie gekriegt, hast auch Strategie gehabt, gehst nach Hause mit dem Befehl: Du mußt Lehrer werden! Setz dich hin, Freundchen, lerne, dein Fach haben wir dir schon ausgesucht. Da studierst du, studierst Deutsch. Deutsche Sprache, deutsche Literatur, deutsche Geschichte. Na, du lernst, und du denkst: Was für ein Volk! Welche Dichter, welche Musik, was für Denker! – Was für Generale, denkst du nicht so oft, aber einige, oh! Dieser Clausewitz zum Beispiel oder dieser Moltke! Dann bist du Lehrer: deutsche Sprache, deutsche Literatur, deutsche Geschichte, sogar ein kleines Theaterzirkelchen hast du aufgebaut, schaffst es bis zu Kleist und Hebbel, kannst sogar deutsche Freunde zu Gast laden, eine Freundin heißt Johanna Müntzer, die hilft deinem besten Schüler, Wanja Kuleschow, noch, den Prinzen von Homburg einzustudieren, aber kurz vor der Premiere ist alles aus, da steht der andere Deutsche wieder im Lande, und du wirst nicht erfahren, ob Wanja sein offenes Grab gesehen hat wie der Prinz, den er spielen wollte, du erfährst nur, ein Grab hat er gefunden, irgendwo. Und du selbst lernst dich fürchten wie der Prinz; der Deutsche hetzt dich, alles um dich herum schlägt er in Stücke und kommt und kommt und kommt, und einmal hörst du dich denken: Kein Wunder, daß sie uns so treiben – Scharnhorst und Gneisenau und Clausewitz und dieser Moltke! Dann aber, eines Tages, nach langen, langen Tagen, drehst du dich herum, und jetzt kommst du; du kommst und kommst, und am Ende kommst du in eine kleine Stadt, von der hast du gewußt, aber nie hast du wissen können: Dort wird einmal Wassilij Wassiljewitsch Spiridonow am Fenster stehen, als Major und Kommandant, und drüben, auf der anderen Seite des Platzes, wird er ein Denkmal sehen, das bronzene Abbild des preußischen Feldmarschalls und deutschen Generalstabschefs Graf Helmuth von Moltke ...«

Wassilij Wassiljewitsch sann einen Augenblick seiner Geschichte nach und sah eben noch zufrieden aus, doch dann brüllte er so, daß sogar der Baschkire seine Prawda aus dem Munde nahm: »Und nun dieser Fritze Andermann!«

Den bekam David vorerst noch nicht zu Gesicht, und er wußte auch immer noch nicht, zu welchem Ende er in dieses Dreiecksverhältnis zwischen Spiridonow, Moltke und Fritze Andermann geraten war; zunächst wurde ihm nur geheißen, ein Stück Wurst zu verzehren und einen Schluck aus der Flasche zu nehmen, während der Wagen schon an einer schier endlosen Scheunenreihe vorbei in die Stadt einfuhr.

Schließlich hielten sie vor einem Backsteinbau; der Major umarmte David so heftig, wie er einige Stunden zuvor Johanna Müntzer umarmt hatte, und er flüsterte: »Bruder, steig hinauf dort und verhilf diesem Genossen dort oben zu besserem Verständnis des Generalfeldmarschalls Graf Helmuth von Moltke; sag, du kommst von mir, sag, du kommst von der Zeitung, sag, was du willst, aber sag ihm vor allem eines: Sag ihm, daß unser Moltke uns bleiben muß!«

Da kroch David, halb lahm vom langen Sitzen, halb erstickt durch baschkirische Leidenschaft, halb erdrückt von neuem Deutschenbild und neuem Russenbild, aus dem Kommandantenwagen, und als er die Stufen zum Rathaus hinaufstieg, stöhnte er leise: »Ach, Fritze Andermann!«

Der Aberwitz seiner Lage ließ ihm keine Wahl; er fragte sich zum Büro des Bürgermeisters durch, und immer wenn er umkehren wollte, fiel ihm ein, daß der baschkirische Fahrer gleich nach ihm aus dem Wagen geklettert war, auf der Rathaustreppe Platz genommen und so ausgesehen hatte, als warte er auf wen, eine dampfende Selbstgedrehte gefährlich im Mundwinkel und im Arm eine Konstruktion des Genossen Schpagin; Modell PPS-41, Kaliber 7,62, umschaltbar auf Einzel- oder Dauerfeuer, letzteres bis zu einundsiebzig Schuß.

Die Sekretärin des Bürgermeisters war ohnehin schon so, wie sie sein mußte, aber als sie Davids Begehr und Auftrag erfahren hatte, schien auch sie ein Geschöpf des Genossen Schpagin zu sein.

Doch David hielt ihren Garben stand – was blieb ihm anders? –, und einmal ging sie auch zu Fritz Andermann und kam auch einmal wieder von Fritz Andermann und deutete auf Stuhl und Tisch in der Ecke ihres Vorzimmers und legte einen Zettel auf den Tisch, darauf stand: »›Wo unsere Truppen erscheinen, ist die Ordnung hergestellt‹ – H. v. M. nach der blutigen Niederschlagung der Revolution am 17. XI. 1848.«

David sah die Sekretärin fragend an, und die gab eine Runde Dauerfeuer: »Sie sollen das beantworten der Bürgermeister hat keine Zeit sich mit Ihnen zu unterhalten er hat zu tun wie Sie sehen und wenn Ihnen was Positives zu dem verdammten Moltke einfällt sollen Sie es gefälligst auf einen Zettel schreiben Sie kriegen dann Antwort was ich überflüssig finde und ich frage mich ob Sie nichts Besseres zu tun haben der Bürgermeister hat jedenfalls zu tun und nun schreiben Sie schon endlich los!« – einundsiebzig Schuß.

So schrieb David, aus einundsiebzig Wunden blutend: »Aber M. war gegen die feudale Zersplitterung und für die nationale Einheit.« Die Sekretärin nahm diese Post mit, als sie den nächsten Besucher anmelden ging, einen wütenden alten Mann, der wie ein wütender alter Lehrer aussah, und den Gegenbescheid brachte sie, als sie einen finstern Menschen mit Schlachterschürze zur Tür geleitete. »Ja, und das Rezept sah so aus: ›Es kommt darauf an, Deutschland durch *Gewalt* gegen Frankreich zu einigen‹ – M. im August 1866; und nach dem Krieg gegen Frankreich schrieb er, es sei Preußens geschichtlicher Auftrag, ›das ganze Deutschland zusammenzufassen und zu schützen, eine Aufgabe, zu deren Lösung der wichtigste Schritt eben jetzt gethan ist‹ – M., Militärische Korrespondenz. – Außerdem meine Meinung: Nationale Frage wichtig, Klassenfrage wichtiger! – F. A.«

Der Hund schreibt da was ab, dachte David, »gethan« mit h, und er gewahrte auch, daß er sich mit M.s Stellung in der Klassenfrage nicht auskannte; davon hatte nichts in jenen Büchern gestanden, die er gelesen, und überhaupt: Mit Klassenfragen hatte er sich erst in letzter Zeit befaßt, und M. war dabei nicht vorgekommen. Er versuchte, sich ein Bild von den gesellschaftlichen Verhältnissen in der zweiten Hälfte des vergangenen Jahrhunderts zu bauen und seinen M. dareinzupassen, seine Divergenzen zur feudalen Kamarilla, den Streit mit Waldersee und den Platz im Norddeutschen Reichstag, und als die Sekretärin eine junge Frau mit Schwesternhaube zum Bürgermeister brachte, nahm sie Davids Behauptung mit: »Als Adliger hat sich M. mit der Bourgeoisie verbündet – das war damals fortschrittlich.«

Die Schwester legte im Hinausgehen des Bürgermeisters Erwiderung auf Davids Tisch. »Damals schon nicht mehr genug. – M. war ein Proletarierschlächter. Er hat zehntausend Kriegsgefangene auf die Pariser Commune losgelassen, und zur Zeit des Sozialistengesetzes empfahl er, gegen ›Tumultuanten in freier Straße Anreiten der Kavallerie und flache Hiebe, gegen Barricaden Schrapnells‹ einzusetzen.«

Mit M. und dem allgemeinen Fortschritt war es also nichts, das sah David; da wollte er es wenigstens mit M. und dem technischen Fortschritt versuchen; diese letzte Anstrengung glaubte er Wassilij Wassiljewitsch Spiridonow schuldig zu sein, und so erreichten den Bürgermeister zusammen mit hilfesuchenden Rentnerinnen, protestierenden Kleingewerbetreibenden sowie einem Schornsteinfeger und einer Kinderdelegation, die eine zerbrochene Mandoline dabei hatte, die Nachrichten David Groths, M. habe sich um das Eisenbahnwesen und um das Telegrafenwesen verdient gemacht und auch um die Kartographie, doch ein hinkender Heimkehrer, ein polternder Förster und ein Pastor, der sich die Hände rieb, brachten die nun schon sehr sarkastisch gehaltenen Entgegnungen des Bürgermeisters Andermann: Durchaus, durchaus, eine moderne Nachrichtentechnik habe so einer schon gebraucht, der die Parole erfunden: »Getrennt marschieren und vereint schlagen«, verläßliche Geländemappen habe einer wohl haben müssen, wollte er Dänemark überfallen oder Österreich oder auch Frankreich, und daß ein Blitzkriegplaner mit der Eisenbahn etwas anzufangen gewußt, das sollte man nur glauben.

Diese Folgerungen ärgerten David um so mehr, als er sah: Auf die hätte er auch ganz gut selber kommen können, und als er bemerkte, daß ein Mensch, der unzweifelhaft ein Dichter war oder eine andere Art Künstler, außerordentlich lange beim Bürgermeister gesessen hatte, da gab ihm dies und die Verzweiflung eine letzte Botschaft ein, und die Sekretärin trug sie persönlich hinein und brachte die Antwort persönlich heraus, und dies war der Wortlaut des letzten Briefwechsels zwischen dem Assistenten der NBR-Herausgeberin und dem Bürgermeister der Moltke-Stadt:

David, hinein: »Und außerdem soll M. ein sehr begabter Schriftsteller gewesen sein!«

Fritz Andermann, heraus: »In der Tat, und ein Idealist dazu! Hier eine Probe aus den künstlerischen Briefen des Generalfeldmarschalls von M.: ›Der ewige Friede ist ein

Traum, und nicht einmal ein schöner, und der Krieg ist ein Glied in Gottes Weltordnung. In ihm entfalten sich die edelsten Tugenden der Menschen, Muth und Entsagung, Pflichttreue und Opferwilligkeit mit Einsetzung des Lebens. Ohne den Krieg würde die Welt im Materialismus versumpfen.‹ – Mensch, gib's auf!«

Da gab David es auf, und auf dem Weg vom Tisch bis zur Tür durchsiebte ihn die Sekretärin mit weiteren einundsiebzig Worten vom Kaliber 7,62 – Feuergeschwindigkeit etwa neunhundert Schuß pro Minute: »Wenn Sie vielleicht geglaubt haben Sie sind der erste der uns hier mit diesem Moltke kommt und Sie können das schaffen was die halbe Stadt und der Stadtkommandant oft und vergeblich versucht haben dann sind Sie jetzt hoffentlich belehrt und Ihrer Zeitung können Sie sagen wenn sie einen Artikel über Militarismus drucken wollen und brauchen fachlichen Rat dann sollen sie sich an uns wenden wir sind hier nämlich dafür gründlich präpariert!«

Der baschkirische Posten warf einen Blick auf Davids vergrämte Züge, drückte eine Kippe an der Trommel seiner Schpagin aus und seufzte wissend: »Fritze Andermann!«

Dann fuhr er David zur Kommandantur, und der Hausherr dort sprach zunächst nicht einmal so viel, wie sein Fahrer gesprochen hatte; als David ihm stumm die leeren Hände wies, winkte Wassilij Wassiljewitsch nur müde ab und zeigte dann zum Fenster hinüber.

David spähte durch die Scheiben – wenn er nun schon Moltke nicht hatte rehabilieren können, so wollte er doch wenigstens das Abbild des widersprüchlichen Feldherrn zu Gesichte kriegen; aber zu Gesicht bekam er das überlebensgroße Abbild des Generalissimus Stalin. Und auch die Schrift darunter war von enormer Größe, die Schrift zum historischen Wort: »Die Hitler kommen und gehen, das deutsche Volk aber bleibt!«

David hörte, wie der Major ein scharfes russisches Kommando gab und dann seufzend ans Fenster kam. Dort stand der Stadtkommandant und wies über den Platz auf seinen höchsten Vorgesetzten. »Da siehst du es, mein tapferer Kamerad, und nicht mehr siehst du Moltke dahinter. Das hat Fritze Andermann da hingestellt – oi, was für ein Stratege! Da kann ich gar nichts machen, das weiß er genau, oh, wie er das weiß! Nur herumgehn kann ich noch um das Transparent und den Marschall von hinten besehen, euren – und ein bißchen Taktik kann ich machen, gerade noch ein bißchen Taktik, und selbst die ist nicht ohne Risiko, weil … ach, Fritze Andermann!«

Dann legte er den Arm um Davids Schultern und wies mit dem anderen auf vier Soldaten, darunter den Baschkiren, die mit einem beschrifteten Tuch in den Händen über den Platz in Richtung Stalin-Moltke marschierten. Die Soldaten machten sich nagelnd und glättend zu Füßen ihres obersten Kriegsherrn zu schaffen, und als sie zurücktraten, ihr Werk zu betrachten, betrachteten auch Spiridonow und David das Werk und lasen: »Die Hitler kommen und gehen, das deutsche Volk aber bleibt und dieser Moltke auch!«

Bevor Wassilij Wassiljewitsch seinen Gast nach Hause fahren ließ, diesmal von einem Soldaten, der Litauer war und, wie der Major versicherte, Nichtraucher, verzehrten sie ein halbes Schwein miteinander und tranken Erhebliches dazu, und es war schon Abend, als der Kommandant den Assistenten seiner alten Freundin Johanna Müntzer vor das Haus geleitete, und es war mitten im heftigen Abschied, als sich plötzlich von den vier Ecken des Platzes ein mächtiges Dröhnen erhob, ein Donnern und doch einer menschlichen Stimme noch ähnlich, und es erschreckte David sehr, aber Wassilij Wassiljewitsch Spiridonow klopfte ihm beruhigend auf die Schulter und schrie ihm ins Ohr: »Es ist nur der Genosse Andermann. Er behauptet, es ist zur Aufklärung der Bevölkerung, aber ich weiß, für wen es ist. Er liest Moltke vor – die etwas fragwürdigen Stellen. Das macht er immer um diese Stunde.«

Dann schubste er David freundlich in den Wagen und

winkte freundlich, trat zurück, ballte die Fäuste, holte Luft und schrie etwas, das kein Ende nehmen wollte, schrie so, daß es zu hören war trotz Motorgeräusch und vierfach dröhnender Moltke-Zitate, und David, obwohl nur mangelhaft mit Kenntnis russischer Sprache versehen, täuschte sich nicht: Hier war von Fritze Andermann nicht die Rede, dies war Soldatenrede, dies war geballte Kriegsfolklore, dies waren Schlachtrufe, Schreie in sibirischen Sturm, Brüllen im Wolchowschlamm, dies war Markigstes vom Kosakenadel, ukrainische Lautmalerei, Urworte baschkirisch, hier donnerte Mütterchen Rußlands zornigster Sohn Verwünschungen, die niemanden ausnahmen, den Vater nicht, den Enkel nicht, den Oheim nicht und nicht einmal das Mütterchen und auch nicht, wenn David seinen Ohren da trauen durfte, den Stabschef und Generalfeldmarschall Graf Helmuth von Moltke.

Fort ging die Fahrt, fort in den dunklen und bald auch sehr stillen Abend von Mecklenburg; fort trug es David, zurück in die Neue Berliner Rundschau, zurück zu Johanna Müntzer; vorwärts trug es ihn durch die Zeit, aber die Schlacht um den Grafen von Moltke vergaß er nicht, und das Fluchen des Majors Wassilij Wassiljewitsch Spiridonow konnte er nicht vergessen, denn das, so hätte er geschworen, das hielt noch immer an.

Und Fritze Andermann? – Nun, wie konnte er den vergessen – er sah ihn ja häufig und hatte ihn doch eben noch gesehen. Und hätte ihn je der fremdartige Wunsch befallen, den Minister Andermann im Bilde zu betrachten, dem wäre das Archiv der Abteilung Gabelbach gewachsen gewesen. Minister hatten die da, jede Menge Minister und auch jede Menge Minister Andermann.

Allein, jede Menge hieß noch nicht: alles. Ein Andermann-Bild gab es nur in einer Ausfertigung, und die lag in Davids Wohnung, in der Kassette, zu der David einen Schlüssel hatte und niemand sonst. Nicht einmal Franziska, und nicht einmal ihr zeigte er das Foto, obwohl es von ihr gemacht worden war und obwohl es mit ihr sehr zu tun hatte, mit ihr und David, mit ihr und David und Klein-David, mit der Familie Groth und der Liebe zwischen David und Franziska, Fran genannt. Unter technischen Gesichtspunkten taugte das Bild nicht viel; es war ein Mann darauf zu sehen, bedrängt von anderen Männern, gegen einen Pfeiler gedrückt im Regen, ein Mann, der was war: entsetzt, erschrocken, wütend, verzweifelt, erstaunt, ungläubig, voll Haß und am Ende?

Das Bild half nicht weiter; von der Kleidung der Männer war kaum etwas zu erkennen, es konnten Leute von irgendwo sein, der Pfeiler konnte irgendein großes Gebäude stützen, und die Stunde konnte die Stunde irgendeines Tages voll Regen sein.

Und unter moralischen Gesichtspunkten taugte das Bild für keine Öffentlichkeit, nicht einmal für die an Gabelbachs Wand; es war nicht vorzeigbar, mußte Verschlußsache sein und blieb es auch in Davids Kassette.

Manchmal hatte David gedacht, er sollte es zerreißen, und einmal hatte er gemeint, er sollte es Fritz Andermann geben, aber er hatte es weder vernichtet noch fortgegeben; er hatte es für sich behalten, weil er es brauchte, für sich.

David neigte nicht sehr zu Fetisch und Symbol, aber ein Rest solcher Neigung war, wie in jedem Menschen, auch in ihm, und es wäre ihm nur als eine andere Art, ein deutlicheres Zeichen noch von Fetischismus erschienen, hätte er dem bohrenden Wunsch nachgegeben und das Bild vernichtet.

Er war dabeigewesen, als es aufgenommen worden war; er hatte neben Fran gestanden und hatte ihr, so gut es gegangen war in der Menge, für einen Augenblick den Raum verschafft, den sie gebraucht für dieses Stück ihrer Arbeit.

Mehr noch: Er hatte Franziska zugerufen: »Nimm den da auf!«, denn für ihn allein war der da mehr gewesen als ein hart bedrängter Mann, der am Ende schien und sich nicht geschlagen geben wollte. Der da hatte gerufen, hatte geantwortet auf die böse Frage, die anderes wollte als einen Namen, die einen Grund wollte, sich wandeln zu können aus einer Frage in eine

Aufforderung, die einen Anlaß wollte, sich aus der Erkundigung: Wer bist denn du? in mörderisches Brüllen zu verkehren – der Mann am Pfeiler hatte Antwort gegeben und mit ihr gezeigt: Er hatte verstanden; hier ging es nicht nur um einen Namen, um den Namen ging es zuletzt, aber er nannte seinen und rief: »Ich heiße Fritz Andermann, und ich bin einer von denen, die ihr hängen wollt – ihr seid nicht die ersten.«

Das gab ihm einen Splitter Zeit, verschaffte ihm Rederaum für die Worte: »Nicht mit euch, mit den anderen will ich sprechen – hört zu, Kollegen …« Dann war die Chance vertan, war gar keine gewesen, denn hier hatte nicht die Oberhand, wer hören und reden wollte, hier hatte das Brüllen sein Sagen, hier schrie der Irrsinn, und der Irrtum schrie mit, und der Haß sah hier seine Gelegenheit und schrie, schrie: »Hängt sie auf, schlagt ihn tot, stopft ihm das Maul, dem Hund!«

Da stand Fritz Andermann gegen den Pfeiler gedrückt im Juniregen und wartete, und was dachte er da?

Was dachte er da? hatte sich David später oft gefragt; später, nicht an diesem finsteren Junitag, nicht hier in der Menge neben Franziska, die ihre Arbeit tat, nicht in der Menge, jetzt schon zwei Meter fort von Franziska, zwei Meter näher zu dem Mann am Pfeiler, zwei Meter durch ein Verhau aus Zimmermannsrippen, Poliersellenbogen, Handlangermuskeln, Schultern vom Bau und Bäuchen, die nicht auf dem Bau gewachsen waren, zwei Meter heran an Fritz Andermann.

Das war fast alles, was er später noch wußte: das wilde Würgen zum Pfeiler hin, den Ruf eben noch: »Nimm den da auf!«, und den Gedanken davor: Das ist er, das ist Fritze Andermann! »Laßt ihn los, ihr Hunde. Ich komm schon, Fritze!«

Mehr fand sich kaum im Gedächtnis, nur der Regen noch und die Furcht, jetzt erdrückt zu werden, schon zwei Meter fort von Franziska und noch zwei Meter fort von Fritz Andermann, nur die Erinnerung an eine Bewegung, die den Mann vom Pfeiler schwemmte oder zog oder stieß, aus den

Augen jedenfalls und vielleicht auch aus dem Tod, die sichere Erinnerung aber, daß diese Bewegung, die eine schützende schien, auch in Zimmermannskord und Maurerdrillich gekleidet gewesen – das war alles, was sich im Gedächtnis fand. Keine Antwort auf die Frage: Was wolltest du, was hast du dir gedacht, welcher Vorsatz hat dich die ungeheure Strecke von zwei Metern durch diese Menge getrieben, hast du Angst gehabt, wolltest du mutig sein, bist du verrückt gewesen, was, glaubst du, hättest du getan, wärest du bis zu dem Pfeiler gekommen?

Keine Antwort.

Später bot sich die Versuchung an, sich bedeutend zu denken in diesen Minuten, als einen Mutskerl gegen versuchten Mord, als einen Bewußtseinshelden im Augenblick der bösesten Unvernunft, als Entsatzmann für den bedrängten Genossen – aber hier widerstand David, so gern er sich auch mit heroischem Zierat hätte versehen lassen. Er wußte zu genau, daß er vom Vorsatz frei gewesen war, daß ihn etwas getrieben hatte, und allenfalls ließ er gelten, daß er sich in die richtige Richtung hatte treiben lassen.

Damit beschied er sich, tat es nicht ohne Mühe, aber beschied sich und war auch so ganz zufrieden, weil er wußte, wie viele andere sich auch nur hatten treiben lassen, aber nicht in die richtige Richtung.

Genug davon, genug von David, aber nicht genug von Fritze Andermann. Über den durfte man nachdenken, mußte man nachdenken; dessen Bild durfte man, mußte man betrachten, durfte dies Gesicht ansehen und mußte fragen: Was dachtest du in diesem Augenblick?

Im Laufe der Jahre kam David freilich dahinter, daß es ihm doch vornehmlich um sich selbst gegangen war, um Antworten für David Groth und weniger um Antworten von Fritz Andermann.

Er war schließlich sogar überzeugt, daß die Auskunft, die er hier bekam, zu jenen zählte, an die er sich ein Leben lang halten würde.

Er glaubte nicht, zuverlässige Übersicht über sich selbst zu haben, aber er wußte von Momenten, von denen her er um einiges mehr mit der Welt vertraut geworden war. Es waren Umschlagspunkte vom bloßen Tun hinüber zum Begriff gewesen, Übergänge aus der Erfahrung ins Bewußtsein, Schaltungen vom Erlebnis zu einer Regel.

So dankte er dem Nachdenken über jenen Fritz Andermann, den etwas Furchtbares gegen einen Pfeiler gepreßt hielt, etwas, das aussah wie seinesgleichen und seinesgleichen auch war – so dankte David dem Versuch, sich in Fritz Andermann hineinzudenken, ein Quant Gerechtigkeit, dessen er wohl bedurfte in seiner Zeit, bei seinem Leben, zu seiner Arbeit.

Da gab es genug Gelegenheit, von Härte zu sprechen, Starrsinn, Mißtrauen, Strenge des Urteils, Enge der Sicht, und es half, die Klage zu dämpfen, sah man die Dinge mit den Augen jenes Fritz Andermann am Pfeiler dort.

Mach dir das klar, David Groth, zwing es dir in den Kopf: So einen wie den hat die Überzeugung in der Spur gehalten: Der Beginn der Freiheit für seinesgleichen wird auch das Ende der Dummheit von seinesgleichen sein, jener entsetzlichen Dummheit, die demütig machte und fromm und dienstwillig und gläubig und auch mordbereit. Der hat alles ertragen, weil er zu wissen meinte: Wenn die, für die ich es ertrage, erst einmal begriffen haben, wird niemand mehr so etwas ertragen müssen.

Er hat sich nie als das Opfer eines schlimmen Wunders gefühlt; was ihm geschah, war erklärbar, und deshalb war es möglich, es von einmal an nie mehr geschehen zu lassen.

Er hat nur jenen Fehler begangen, in den die Klugen und Mutigen und Gerechten allzuoft verfallen: Er hat zu sehr auf Klugheit und Mut und Gerechtigkeit gesetzt und gemeint, hätten die nur ihre Chance, so wäre das gleich auch ihre Stunde und ihre Herrschaft für immerdar.

Das hat er wirklich gemeint, trotz aller Erfahrung, trotz der Jahre unter Tage, in denen er hatte erleben können, daß es auf ein und dieselbe Art Hundeleben mehrere Antworten gab, nicht nur die rote, auch eine rosa Antwort, auch eine braune, schwarze, weiße und gelbe.

Er hat es gemeint, obwohl er sah, wer in den Reihen der anderen marschierte, von der Ruhr bis zum Wedding, durch das Brandenburger Tor in der Januarnacht und auf das Marsfeld von Nürnberg, unter Waffen hinaus in alle Himmelsrichtungen und unter Waffen auch am Zaun entlang von Oranienburg.

Fritz Andermann hat das alles gesehen, voll Trauer und Zorn, aber er hat weiter gesehen: auf den Tag der Änderung.

Der kommt und die kommt, hat er gesagt, und als sie dann kamen, die Tage der Freiheit und die Taten zur großen Änderung, da hat er die Geschwindigkeit überschätzt, mit der neue Möglichkeit zu neuer Wirklichkeit wird, und dem guten Willen hat er zuviel zugetraut, zuviel an Maß und zuviel an Kraft, und ausgerechnet er, den die Niedertracht ein Leben lang gewürgt hatte, ausgerechnet er hat nicht gesehen, wie wenig noch die Niedertracht geschlagen war.

O die Fehler der Gerechten: keine Schonung, weil sie sich selber nicht schonen; Ungeduld, da Eile not tut; die eine Richtung des Blicks auf das einzig Richtige; nur langsam weichende Blindheit, die von jäher Erleuchtung kommt; der Ton, der nur den Gleichgesinnten erreicht; manchmal auch aller Verzicht auf alle Erklärung, weil doch alles klar ist; und dieser falsche Schluß der Tugend: Da ich mich nicht bereichern will, da ich nicht lüge, da ich nicht feige war, da ich Entbehrungen trug, da ich mich nicht verführen ließ, da ich mich richtig verhielt in schwerer Zeit – wie sollten Habsucht und Feigheit und Dummheit jetzt noch zum Zuge kommen, jetzt, wo die Zeiten beginnen, leichter zu werden?

Aber dann steht so einer an einem Tag im Juni mit dem Rücken an einen Pfeiler gedrückt und sieht: Er ist ein Träumer gewesen; er hat die hinter sich geglaubt, um sich, die jetzt vor ihm stehen, gegen ihn drängen und ihm ans Leben wollen; vielleicht weniger wollen als sollen, aber das macht im Augenblick keinen Unterschied – er hat seine Erfahrung mit solchen, die auch weniger wollten als sollten: Sie haben ihn niedergeschrien, weil sie sollten, sie haben ihn gejagt, weil sie sollten, sie haben ihn geschlagen, weil sie sollten, sie hätten ihn umgebracht, wenn es gegangen wäre, und gesagt hätten sie hernach: Wir haben das nicht gewollt, wir haben es gesollt, wir haben es gemußt, wir haben es nicht anders gewußt.

Das hatte Fritz Andermann inzwischen oft genug gehört, aber zu oft hatte er inzwischen geglaubt, nun, da sie es besser wüßten, könnten sie nie mehr in solche Lage kommen.

Aber da waren sie wieder, da war die Lage wieder, da war Fritz Andermann hier und sie wieder dort, acht Jahre, nachdem er wieder zu ihnen gestoßen war, nach acht Jahren, von denen er gemeint hatte, weil sie so anders waren als alle davor, müßten in ihnen auch die Menschen ganz anders geworden sein, als sie es vorher gewesen waren.

Für einige traf das zu; das erfuhr Fritz Andermann noch zu seinem doppelten Glück: Die rissen ihn aus der Klammer zwischen Pfeiler und gelenkter Wut; so behielt er sein Leben, und so behielt er die Hoffnung.

Aber die Hoffnung sollte es lange schwer haben gegen die Erfahrung dieses Junitages. Die Enttäuschung machte auf Jahre die Augen schmal, machte die Sinne überscharf, machte die Fäuste hart, schmälerte das Vertrauen; die Erinnerung hämmerte: Achtung, Fritz Andermann, aufpassen, Obacht geben, wachsam bleiben, nicht leichtgläubig werden, Übermut tut selten gut, Voreile wird bestraft, nur keine Vertrauensseligkeit, nur kein fauler Liberalismus, nur keine Romantik, der Kampf ist nicht zu Ende, wir sind noch nicht soweit, dieses können wir uns noch nicht erlauben, jenes dürfen wir noch nicht gestatten, der Schein kann trügen, noch einmal hinsehen, noch einmal überprüfen, noch etwas abwarten, den Vorwurf der Enge nicht fürchten, wenn das heißt: dem Feind keinen Fußbreit Boden und jenem Junitag nie wieder eine Chance.

Auch kamen andere Tage hinzu; ein Tag zum Beispiel, an dem ein ungarischer Fritz Andermann von seinem Pfeiler nicht mehr fortkam; und die Zeit kam, in der die Berichte vom bittersten Irrtum, von äußerster Täuschung, von fürchterlichstem Tod in die Welt gingen der Sache wegen, die nur in der Wahrheit leben kann, und doch und gerade darum auf die Sache zurückgeschleudert wurden als hämisches Echo: Also war alles Lüge, alles, alles, alles!

Doch von so kommenden Dingen ahnten weder Fritz Andermann noch David Groth etwas in jenen Stunden der Junimitte von dreiundfünfzig; an diesem Tag hielten sie diesen Tag für das grimmigste aller Schrecknisse – auf Franziskas Bild, das Fritz Andermann am Pfeiler zeigte, war es zu sehen, und in Davids Gedächtnis war es aufbewahrt, aber auch eine andere Erinnerung an den nämlichen Tag, und die eine verhielt sich zu der anderen so wie das Feuer zum Schnee, und waren für David, wenn ein und dasselbe Kalenderblatt ihn an beide erinnerte, in ihrer Gemeinsamkeit immer noch nicht ganz zu fassen.

Denn der Tag war ausgegangen in doppeltem Ausnahmezustand. Von dem einen stand auf nassen Plakaten geschrieben; in dem anderen sprachen zwei: Ich liebe dich. Der eine hackte Kettenspuren in die Straßen der Stadt; der andere war zweien ein dauernder Grund, einander nun nicht mehr aus den Augen zu lassen.

Franziska und David hatten sich wiedergefunden, als Andermann vom Pfeiler verschwunden war; David war zurückgeschwommen durch das zwei Meter breite Meer, die Angst hatte ihn getrieben, er könnte ein leeres Ufer finden und nur noch die Spuren von verlorenem Kampf, eine zerbrochene Kamera vielleicht.

Aber die Kamera war noch ganz, und auch das Mädchen war noch heil, und wie es sich zu helfen wußte, das durfte David gleich noch einmal erfahren.

Er kam gerade zurecht, als wieder einer Franziskas Arm hielt, wieder einer, der wohl wußte, warum er hier keine Bilder wollte, doch ehe sich David mit diesem Menschen befassen konnte, hatte Fran das Problem weit gründlicher gelöst.

Sie sagte halblaut zu dem Bilderscheuen: »Wenn du nicht gleich verschwunden bist, schrei ich, du hast die Enge hier ausgenutzt und wohin gegriffen, wohin du dich sonst bei anderen nicht traust.« Das half weit besser, als ein verrückter David hätte helfen können; das gab dem Menschen Flügel.

Und dann geriet auch alles andere in Bewegung; die Gewalt bekam ihre Antwort, und die hieß auch Gewalt, Befehle nahmen sich der Schreie an, hier hatte es schon zu lange »Hängt ihn auf!« gebrüllt, hier hieß es jetzt: »Schert euch nach Hause!«

Nach Hause ging es die Wilhelmstraße hinunter, am Tiergarten entlang und vorbei an der zerborstenen Reichskanzlei, von der man einen Durchblick hatte hinüber zum Schloß Bellevue, dorthin, wo man an diesem Tag seit Stunden und bis eben noch ein letztes Mal hatte haben können, was der Name des Hauses versprach: eine schöne Aussicht nach Osten hin – nach Hause ging es die Linden ostwärts bis zur Littenstraße, nach Hause inmitten verstörter Menschen, die um so lauter schimpften, um so weniger sie verstanden hatten, was ihnen geschehen war und was sie hatten geschehen lassen – nach Hause an einem Fahnenrest auf dem Pariser Platz vorüber, an einem Auto vorbei, das kopflings vor der Oper lag, vorbei an gepanzerten Wagen, vorbei an einem Laternenmann, der tief betrunken »O Deutschland hoch in Ehren« sang – im Regen nach Hause, Dieselbrummen im Ohr und immer noch Hysterie, heraus aus dem Hauptstrom auf der Liebknechtstraße, ja, Liebknechtstraße, hinein in die Littenstraße (»Litten, Hans, bürg. Rechtsanwalt, ermordet 4. II. 38 in Dachau«) und hinüber zum Hackeschen Markt und von dort dann nach Hause. Nach Hause? Wo ist das in diesem Falle? Was ist jetzt gemeint? Nach Davids Hause? Nach Franziskas Hause? Zum möblierten Zimmer bei Frau Wunder also oder zum möblierten Zimmer bei Tatjana Gideon, Gesangspädagogin?

Kommt beides nicht in Frage, und überhaupt kommt nach Hause nicht in Frage. In Frage kommt jetzt nur: an die Ar-

beit oder wenigstens an die Arbeitsstelle. Fran ist freiberuf-
lich, die hat viele und jetzt keine; aber David hat eine, seit
acht Jahren schon, und die heißt Neue Berliner Rundschau –
auf zur NBR, und Fran kommt mit. Als sie über die höl-
zerne Brücke hinter dem Dom gekommen waren, hätten sie
eigentlich nach links gemußt, schräg über den Lustgarten in
Richtung NBR, aber sie gingen geradeaus, an der National-
galerie vorbei, und redeten einander zu, so werde es sich
leichter gehen, seitab von den bewachten Straßen, und diese
Rede galt auch noch für das kurze Stück von der zweiten
Brücke bis zur Zetkinstraße; dort hinunter am bronzenen
Hegel vorbei, das hätte nun nahegelegen, aber sie gingen den
Kupfergraben weiter an der Spreereling entlang, und wohin
die sie führen würde, das wußten sie beide, sagten es aber
beide nicht.

Dann war da der Baum, komisches Erinnerungsmal an die
Werferin Franziska, gräßliches Erinnerungsmal an den Wäh-
rungsverbringer David, Schlußpunkt hinter der David-und-
Fran-Geschichte erstem Teil, und was nun? Und was bist du
nun, Baum?

David äugte in die junigrüne, juninasse Krone und gab
eine große Schau von einem, der ernsthaft durch Blätter,
Zweige und Äste späht, und sagte schließlich gepreßt, als
wäre ihm vom vielen Sehen der Atem vergangen: »Er ist
nicht mehr da.«

Da fragte Fran behutsam, wie eine Hexe behutsam: »Wer
ist nicht mehr da?«

Was konnte David anderes, als Antwort zu geben, unschuldig Auskunft: »Der Ring ist nicht mehr da.«

Noch ein Stück hielt es Franziska durch. »Der Ring? – Ach
ja, der Ring. Ja, der ist nicht mehr da.«

»Versteh ich das recht«, sagte David, »versteh ich: Du warst
schon mal hier?«

»Ja, war ich«, sagte Fran, »du wohl nicht?«

»Doch«, sagte David, »ich war auch, aber bestimmt nicht
öfter als siebenhundertmal!«

Dann sah er sie an, und sie sah ihn an, und für drei Sekunden vielleicht blieben ihre Gesichter noch blank, aber dann rührte es sich im Spreebaum über ihnen, das Gelächter rührte sich, das noch immer dort oben hockte, rührte sich und hielt sich nun schadlos für ein Jahr stummer Geduld, rührte sich und röhrte über das Wasser der Spree so sehr, daß niemand, der in der Nähe war, anders als einzustimmen vermochte.

In der Nähe waren nur David und Fran; da dauerte es lange, bis sie einander aus den Armen kamen, und aus den Augen kamen sie einander nun nicht mehr und redeten doch, als wär's ihre letzte Gelegenheit.

Zuerst redeten sie sich einmal zurück in die Welt, versuchten sich zu erklären, wie dies möglich war: so ein würgender Tag und so ein freies Gelächter; ob es statthaft sei: dies und das andere zugleich; fragten einander nach den langen Wegen allein und fragten sich hinein in diesen Tag; kamen immer wieder nicht zurecht mit dem Synchronlauf von Unglück und Glück; erinnerten einer den andern an das, was außer ihnen war, und versprachen eines dem andern, was alles nun kommen würde.

Dann nahm sie die Neue Berliner Rundschau auf.

Der Genosse Schäfers war am Tor, und allein der Ausnahmezustand war es, so sagte er, der ihn bewog, Franziska ohne Formalien einzulassen, ausnahmsweise.

Der Botenmeister Ratt war auch am Tor; er hatte sich seinen goldenen Sessel unter den Hausbogen gerückt, und man sah: Hier saß ein Wächter vor den Mauern von Troja.

Kutschen-Meyer kam über den Hof und rief schon von ferne: »Gabelbach hamse die Fresse poliert!«

Dann begrüßte er Fran sehr betulich und erzählte mit wunderlichem Behagen: »Wir sind hier raus bei dem Radau, und erst hat er am Rand gestanden und mehr so Panoramagemälde gemacht, bis ich zu ihm sage: ›Näher heran müssen Sie klotzen, Kollege Gabelbach, sonst wird es nichts.‹ Kannst dir denken, was er mir an den Kopf gefeuert hat, von den ollen Korrespondenten Ortgies war auch was bei. Als er sich ausgemeckert hatte, ging er ans Geschäft, fuhr wie so ein Schwabe unter die Türken, und dies war ja nun was für seinen Ordnungsfimmel! Der schimpft doch die Leute an, nicht wegen ihre stinkigen Parolen, sondern weil sie hier so ein Durcheinander machen! Zu dem einen hat er was von Chaos und Wirrwarr gesagt und auch sein schönes Wort Olla podrida, wat mir schon immer gut gefallen hat. Aber dem, dem er das gesagt hat, dem hat das gar nicht gefallen; der hat wohl gedacht, das ist eine ganz abgefeimte Berliner Igelei, die er noch nicht kennt, Olla Pottschieta oder diese Preislage. Der is nu auf Fedorn los, und ehe ich Nanu zu Ende gedacht hatte, machte der schon mit in einem Handgemenge, wie Erich in der Hasenheide früher, wie 'n richtiger Intelligenzler jedenfalls, und auch so ungeschickt. Die Entwicklung war absehbar; da habe ich lieber meinen Doppelnelson angesetzt und ihn abgeführt, den Kollegen Gabelbach. Mann, das Theater sonst mit Johanna! Die sitzt so schon da und liest Fedorn die Leviten: wegen Menschenwürde und Praktizismus!«

David paßte da Johanna Müntzer sehr gut in die Rede; sie ließ von Gabelbach ab, der in der Tat ein bißchen unscharf aussah, aber immerhin noch erlaubte, daß Fran ihre Bilder in seinem Labor entwickle, ehe er sich pflegen ging, dann kam es auf David und kam aus dem vollen:

Abenteurertum, ja, das war es, was man jetzt hier am besten gebrauchen konnte. Hereinfallen auf die erstbeste Provokation, das hätte sie sich sagen müssen, das mußte ihr Assistent ja bei erstbester Gelegenheit. Vergißt seine Arbeit, weil ein Geschrei ist in der Stadt, zieht mit den Haufen herum, anstatt unters Gewehr zu rücken. Unters Gewehr, jawohl – sie lehnte solche Dinge ab, aber wenn es sein muß, lehnt sie sie nicht ab, und außerdem hat sie es bildlich gemeint, hat Büchsenmachersprache gesprochen zu einem Büchsenmacher, einem Ratzeburger, aus dem sie einmal einen Menschen machen gewollt. Die Banditen sind los, und sie fragt sich, wo ist ihr kleiner David – ach was, kleiner David, sie fragt sich, wo ihr Assistent ist, damit er ihr jetzt hier assistiert, aber der Büchsenmacher ist nicht da, hat keine Disziplin, hält Rundschau sonstwo und kommt nicht zur Rundschau und hat wohl den Genossen Grotewohl nicht verstanden gestern abend im Friedrichstadt-Palast, denn der Genosse Grotewohl hat gesagt: Geht an die Arbeit, Genossen! und hat nicht gesagt: Fallt unter die Räuber, Genossen! Aber natürlich, David Groth, der hat wieder Pulver gerochen, sein geliebtes Büchsenmacher- und Kanonendreher-Pulver, und so muß der parteilose Mensch Gabelbach allein hinaus an die Arbeit, nur notdürftig beschützt vom alten Genossen Meyer, und selbstverständlich, das erste, was dem unersetzlichen Leiter der Bildabteilung passiert, ist: Sie polieren ihm da draußen die Fresse!

Nach diesen Worten brachte sich Penthesilea zu scharfem Halt; hier war ihr ein Ausdruck entlaufen, und sie saß jetzt stille da und sah ihm bekümmert nach.

»Nein«, sagte sie endlich, »es ist nicht menschlich, was heute geschieht, da müssen wir sehr auf uns achtgeben. Wir wollen gleich einmal anfangen damit, David; das beste ist, du sagst jetzt gar nichts hier, du bedenkst für dich, was ich eben in bester Absicht zu dir gesprochen habe – nicht alles brauchst du zu bedenken, du weißt schon, was nicht –, und später sprechen wir es in Ruhe durch, denn jetzt haben wir die Ruhe hier nicht; du hast sie schon gar nicht, ich kann es verstehen, und ich bin auch sehr froh, daß du dies Mädchen wiedergefunden hast, ich habe mir schon damals gedacht: Das ist doch nun einmal ein schöner und auch noch ein guter Mensch!«

»Ja?« sagte David. »Das habe ich noch gar nicht so gesehen, da will ich gleich mal nachsehen gehen.« Aber dann, er war schon halb aus der Tür, erkannte er doch die alte Schlachtenlenkerin wieder. »In einer Stunde ist Vollversammlung im Haus, und komm mir nicht ohne Konzeption; wir wollen es denen einmal zeigen, David!«

Er mußte einige Minuten vor der Labortür warten, ehe Fran ihn einließ. Sie hatte Gabelbachs langen Kittel angezogen und sah darin etwas verkleidet aus, aber doch sehr professionell. Sie sprach auch sehr professionell und hielt sich David vom Leibe. »Vorsicht, gewöhn deine Augen erst an das Rotlicht, sonst feuerst du noch die Schalen vom Tisch. Die Entwicklertanks sind wunderbar; so was hätte ich auch gern zu Hause.«

»Ich weiß nicht«, sagte David, »die Chemie hier, die riecht so – ich finde, die wirkt irgendwie sinnlich, findest du nicht?«

»Da hätte ich aber ein aufreibendes Leben«, sagte Fran, »und wieso: Bist du zum erstenmal hier im Labor?«

»Nee, aber sonst war da Fedor Gabelbach in dem Kittel; da kam die Chemie wohl nicht so zum Zuge. Gottes willen! – Aber jetzt kommt sie sehr zum Zuge. Je mehr ich in mich hineinhorche, um so mehr muß ich feststellen, daß sie ganz besonders sehr zum Zuge kommt. Glaubst nicht?«

»Ja, ja! – Halte Abstand, es ist hier so schon warm genug.«

»Es muß an der Chemie liegen«, sagte David, »sag mal: Springst du immer so rum, wenn du in einem Labor bist?«

»Wie springe ich rum?«

»So ohne was an unterm Kittel?«

»Ich hab was an unterm Kittel.«

»Wetten?«

»Bist du verrückt? Wenn Gabelbach kommt!«

»Kann er ja nicht. Er hat doch das elektrische Zeichen selbst anmontiert: ›Kein Eintritt jetzt! Phototechnische Arbeiten!‹ Das ist ja nun auch eingeschaltet, nicht? Da hat er ja selbst für gesorgt, daß das respektiert wird, nicht? Und denn ist hier ja auch noch 'n Riegel, nicht?«

»Du bist völlig meschugge«, sagte Fran, und dann sagte sie, als brächte es ihr ganzes Leben auf die Summe: »Und ich bin auch völlig meschugge.«

»Das ist schön«, murmelte David und murmelte noch: »Es könnte natürlich auch an dem Rotlicht liegen.«

Ungefähr nach elf Lichtjahren, ungefähr nach einer Millisekunde, ungefähr in Höhe des hellsten Kassiopeia-Sterns, ungefähr im Auslauf vom Holmenkollen, ungefähr als Magalhães wieder nach Hause kam, ungefähr als Otto Hahn Lise Meitner so groß zunickte, ungefähr mit Berthold Schwarzens erstem Knall, ungefähr am achten Mai, vierten Juli, vierzehnten Juli, ungefähr am ersten Schultag, ungefähr am letzten Schultag, ungefähr an den Nilquellen, ungefähr über Paris im Cockpit der »Spirit of St. Louis«, ungefähr dort und dann sagte Franziska Grewe zu David Groth: »Jetzt müssen die Filme aus dem Entwickler.«

So sagte David: »Da müssen eben die Filme aus dem Entwickler, wir wollen es jetzt hier gleich einmal zeigen, Franziska!«

Der Penthesilea-Tonfall erinnerte ihn an Penthesilea und an die Vollversammlung und an die Konzeption und an den Tag da draußen und an den nassen Pfeiler und an den Mann davor und an den anderen Ausnahmezustand, und er sagte: »Wenn du wüßtest, was du mit mir fertigkriegst, Mädchen – hoffentlich kommst du nie drauf. Zeig mal die Bilder vom Leipziger Platz.«

Fran ließ das hingehen und suchte zwei Filme heraus. Er fand die Aufnahmen. »Kannst du die hier gleich mal abziehen?«

Sie machte sich an die Arbeit. »Da hinter der Tür ist ein Spiegel und dergleichen. Du siehst etwas unordentlich aus.«

Als er wiederkam, gekämmt und zugeknöpft, sagte er: »Du auch.«

Sie ging, und er fischte sich einen der Abzüge aus der Schale, besah ihn genau und erschrak. Er spannte das Bild auf die Trockenplatte, fand in Gabelbachs Regalen ein Kuvert, legte das Foto hinein, und als Fran zurückkam, fast zu ordentlich angezogen jetzt und fast zu schön wieder, sagte David: »Die Nummer vierundzwanzig von dem Film hier, die laß bitte künftig aus. Ich möchte nie so aussehen wie Fritz Andermann da; ich möchte nie so aussehn müssen, und dabei ist er viel stärker als wir alle.«

Fran nickte, und David ging zur Tür. »Wir haben Versammlung. Bleibst du hier?«

»Ja, ich arbeite, bis man mich rauswirft. So ein Labor müßte man haben. Hier kann man sich wenigstens bewegen.«

»Ja, das kann man«, sagte David.

»Aber ein paar Züge Luft kann ich vertragen«, sagte sie und kam mit auf den Korridor. Sie öffneten ein Fenster, standen nah beieinander und sahen hinaus.

Es war fast ruhig geworden, nur ein Panzerdiesel hustete irgendwo in der Nähe.

»Das spleißt mich auf«, sagte David, »wenn Fritz Andermann nicht mehr in der Moltke-Stadt ist, wo ist dann Wassilij Wassiljewitsch Spiridonow? Wenn der Moltke-Gegner in Berlin ist, könnte da nicht auch der Moltke-Freund in Berlin sein? Könnte doch sein! Könnte sein, der befehligt die Panzer da unten, könnte dann auch sein, sein Baschkire steuert eins von den Dingern und qualmt da die Bude voll. Der hätte dann aber jetzt einen Rückfall in seine Schweinehund-Theorie! Und was hätte Wassilij Wassiljewitsch? O Mensch, stell dir die Scheiße vor: Vielleicht hat er Garnison in Neuruppin bei Fontane, oder er ist in Frankfurt/Oder stationiert und hat da schon wieder einen Kleist-Zirkel aufgemacht mit einem neuen Wanja als Prinzen. Stell dir vor, dann rufen sie ihn ans Telefon: Wassilij, steig wieder ein, du mußt noch mal nach Berlin, der Deutsche, weißt du, er hat's noch nicht begriffen. Dann sagt Wassilij: Komm, Wanja, laß den schönen Text, nimm die Schpagin, steig auf – sie glauben, sie haben schon wieder Strategie, Nathalie muß warten!

Ich hoffe nur, Fran, ich hoffe nur, die achtzig Kilometer hierher sind lang genug gewesen, daß er mit dem Fluchen zu Ende gekommen ist und zum Denken, daß er jetzt weiß: Die achtzig Kilometer sind doch nicht, was der Schein auch flüstern mag, sie sind doch nicht nur ein weiteres Stück von seinem langen Weg, der in einem Dorf bei Rostow begann. Fritze Andermanns Moltke ist wirklich nur noch ein Denkmal, und die Strategie da draußen, die kommt aus ganz anderen Köpfen. Ach, ich hoffe, ich glaube, nein, ich weiß, er weiß es: Die Grube hier, die ist mit einem sehr langen Stiel geschaufelt worden, und gedacht war sie sehr groß. Die Gelegenheit schien günstig; wir sind wohl nicht schuldlos dran, wir hätten es eher sehen müssen, und es ist schlimm, daß uns erst hier an der Grube die Augen aufgehen, aber ich weiß, wer sie geschaufelt hat; ich hätte es gestern schon wissen können oder heute mittag, ich hätte genauer hineinhören sollen in das Geschrei, ich hätte auf die Namen sehen sollen, die auf den abgerissenen Schildern standen, da hätte ich begreifen dürfen, wer uns dies Geviert gegraben hat und nicht nur, um uns das Fürchten zu lehren.

Auf deinem Bild eben, auf Nummer vierundzwanzig, hab ich es gesehen, da ist einer drauf, der hat es gesehen, Fritz Andermann, der hat heute morgen schon gewußt, was in die Grube sollte: Alles, was hier anders geworden ist in den acht Jahren, alle, die es anders gemacht haben, die Andermanns und Müntzers und Meyers und auch die Gabelbachs und Groths und Grewes.

Der achte Mai sollte da hinunter und der siebte Oktober und die Fahne, die ihnen in die Augen sticht, wenn sie vom Schloß Bellevue herübersehen.

Nun wird nichts draus, ich bin sicher.«

Fran holte sich noch einen tiefen Zug Juniluft, schloß das Fenster und sagte: »Ich weiß nicht, was kommt, aber daß wir diesen Tag nicht vergessen werden, können wir uns wohl denken. Ich sehe mich da in schlimme Lagen kommen: Wenn das Datum kommt, werden die Leute ernste Augen machen, und ich werde denken: Wir haben Grund zu solchen Augen, aber, bitte, erlaubt mir doch ein freundliches Zwinkern, ich hab auch dazu einen Grund: Da war nämlich einer, den hab ich sehr gemocht; frag mich nicht, warum. Dann war er sehr lange weg; frag nicht, warum. Dann hat es einen schlimmen Auflauf gegeben, ihr wißt doch noch, warum. Seitdem hab ich den einen wieder, und nun kann ich ganz so ernst nicht sein. Ihr müßtet ihn kennen, dann wüßtet ihr, warum.«

»Nee«, sagte David, »erzähln Sie doch mal!«

»Weil dieser Mensch alle Entwicklungsgesetze Lügen straft; weil ich denken muß: Hätte ich ihn erst nach hundert Jahren wiedergetroffen – dieselbe Verrücktheit, derselbe fast verrückte Ernst, derselbe Bramarbas, dieselbe Zärtlichkeit ein wenig außerhalb des Vorhersehbaren, doch, da bin ich sicher, derselbe Großgarnspinner, derselbe etwas eigenartige Verstand, schrecklich ganz derselbichte David Groth, ganz derselbe, glücklicherweise.«

»So einen is das nu?« sagte David.

»Ja«, sagte Fran, »so einen is das nu! – Und es gehört noch dazu, daß er völlig vergessen hat: Er hat nun Versammlung.«

»Mensch«, schrie er, »das räufelt mich auseinander! Und dieses hab ich auch noch nicht: eine Konzeption!«

David lief über den Korridor, und Fran rief ihm nach: »Ach doch, ich glaube doch!«

## 13

Christa wollte wieder einmal geklärt sehen, daß sie Chefse-
kretärin und nicht etwa Dokumentationstante und schon
gar nicht Telefonistin sei, denn geschlagene zwei Stunden
habe sie mit der sachfremden Aufgabe vertan, den Namen
eines englischen Bildhauers zu ermitteln, und ob sie David
die Bemerkungen seiner Freunde referieren solle, die gefallen seien auf ihre Auskunft hin, Chefredakteur Groth befinde sich auf dem Friedhof.

»Laß sein, Christa, ich weiß, wie witzig meine Freunde
sind. Warum rufst du nicht Johanna Müntzer an, wo es um
einen Bildhauer geht? Das lichtet ihr das Rentnerleben,
wenn sie helfen kann.«

»War nicht zu Hause. Ihre Hilfe sagt, erst war einer von
der Obersten Abteilung da, der Frank, und dann ist Johanna
zu einem Minister gefahren, wütend.«

»Mitteilsame Dame«, sagte David, »aber wütend ist ja
nicht neu. Gib mir schon mal die Vorlagen für morgen; wenn
ich mit all den Grabsteinen im Kopf Feierabend mache,
werde ich trübsinnig.«

»In der Kurierpost ist auch eine Todesanzeige.«

»Nimm sie raus, leg sie weg, will ich nicht sehen, mag ich
nicht leiden, kann ich nicht ab, jetzt!«

Christa überhörte das, und David setzte sich an seine
Mappen. Ich grüße dich, Leben! hätte er beinahe gerufen,
und dann war ihm die Neigung verdächtig.

Dennoch, die Akten waren Lebenszeichen, sprachen von
Prozessen und nicht von deren unwiderruflichem Ende, und
so waren sie willkommen, weil man vor ihnen wieder aus der
Trübnis in die Tat gefunden hatte.

Aber das Papier zuoberst des ersten Stapels war schwarz

umrändert, ein Kuvert mit den Zeichen des Ministerrats. Die Versuchung, es unter die Erlasse, Beschwerden und Anfragen zu schieben, kam von einer Abart des Aberglaubens her oder auch der Feigheit: Was ich nicht weiß …, also nahm man die düstere Post zur Hand.

Das traf zwischen die Augen, das saß, denn das kam aus dem Blauen: »Gerhard Rikow … im vierzigsten Lebensjahr … nach langer Krankheit … im bleibenden Angedenken …«

Da mußte man widersprechen, widerschreien mußte man da: Ich will das nicht glauben, das ist Willkür, Bosheit ist das, verboten ist das, ganz und gar nicht erlaubt, ganz und gar ungerecht, ein wolkenhoher Irrtum, ein Versehen, bitte! Bitte, ein Versehen!

Mit Gerhard Rikow konnten sie das doch nicht gemacht haben, nicht mit dem. Mit David Groth konnten sie so was nicht machen, nicht mit David Groth.

Warum nicht, David Groth? Warum nicht mit Gerhard Rikow? Kannst du nicht lesen? Da steht es: Gerhard Rikow, im vierzigsten Lebensjahr. Aus, schwarz umrändert, neununddreißig Jahre alt, da steht es.

Ja, ich weiß, ich sehe, aber es ist so gemein, so hundsgemein. Ist das ein Elend!

David wußte, das Elend würde ihn besiegen, wenn er sich so von ihm greifen ließ. Es würde ihn packen, lähmen und in Jammer schlagen. Das Elend hatte guten Grund, sich stark zu fühlen, denn Gerhard Rikow tot, das war ein starker Grund zu allem Elend. Und die Grenzen konnten sich verschieben: vom Jammer um Rikow zum Jammer von Groth. Gerhard Rikow im vierzigsten und David Groth Anfang Vierzig, das gab zu sehr ein Paar, da konnten Verwechselungen unterlaufen und Verschiebung vom Leid zum Selbstmitleid.

David legte die Karte fort, weit an die Kante seines Tisches. Her mit den Vorlagen jetzt. Wie hast du sie nennen wollen: Lebenszeichen? Lebenszeichen, du Narr, das hast du ins Schwarze getroffen! Aufhören jetzt, anfangen jetzt, wie lautet die erste Beschwerde?

Es war eine Beschwerde, sehr irdisch, sehr lebensnah, aus einem Staatssekretariat, einer Reportage wegen und wegen übereilter Kritik: »... Die Technologie für die Fertigung von Milch-Plastikbeuteln weist, wie auch uns bekannt, noch einige Mängel auf, aber Eure Darstellung dramatisiert auf eine unseres Erachtens unzulässige Weise. Die Presse soll unserer Meinung nach helfende Kritik üben, aber nicht überspitzen ...«

Haben wir überspitzt? Den Bericht noch einmal ansehen, aber ich kann mir nicht vorstellen, Genosse Staatssekretär, wir könnten auch nur halb so deutlich gewesen sein wie die Hausfrauen in der Kaufhalle neulich früh. Das waren dir vielleicht Überspitzerinnen, Genosse Staatssekretär, diese Hausfrauen da, und Sachen haben die gesagt, Genosse, und nur, weil ihnen aus dem Netz voll Brot und Mehl und Gehacktem die Vollmilch auf die Perlonstrümpfe tropfte.

»Wenn Defekt-Prozente stimmen«, schrieb David auf den Brief des Staatsdieners, »Beschwerde zurückweisen. Wenn Mängel inzwischen behoben, werden wir das irgendwo rausstreichen. Beste Grüße. G.«

Eines Tages werde ich doch noch nachsehen, wo das Wort »überspitzt« herkommt. Ich habe den Verdacht, es ist einmal anders gedacht gewesen, als wir es jetzt benutzen. Wir benutzen es nämlich jetzt, um einer Sache die Spitze abzubrechen, einer Kritik zum Beispiel. Können wir nachweisen, sie sei überspitzt, ist sie fast schon nichts mehr wert. Jedem Mittel wird ein Gegenmittel geboren, aber diese Paare verhalten sich nicht immer zueinander wie Minus gegen Plus; zur Kritik kann man nicht einfach nein sagen; wer ihr entgehen will, muß zuerst einmal ja zu ihr sagen, danach erst kann er sie auffangen, indem er sie eine überspitzte nennt.

Du kennst dich ja aus, David Groth, solltest du Praxis haben? Könnte gut sein, aber behellig mich doch nicht immer mit solchen Fragen; seht ihr denn nicht, ich habe zu tun!

Er hatte jetzt zu tun mit Vorschlägen und Einsprüchen, Anfragen und Protesten, erhellenden und grotesken, bissigen und schüchternen, er hatte es mit wachen und wachsamen Menschen zu tun, mit hellwachen Leuten, die es aus sehr verschiedenen Gründen waren; er hatte zu tun mit Besorgnis und Eitelkeit, mit Witz und gelegentlich auch mit Aberwitz, hatte es mit einer Gesellschaft zu tun, die sich in allen ihren Teilen regte und die seine Zeitung, die NBR, als das nahm, was sie sein sollte und sein wollte: als Anschlagtafel neuer Verhältnisse und neuer Gesinnung.

Und mit jedem Posttag kam David der Bescheid ins Haus: Das war gut, das war schlecht, das war nützlich, das war schädlich, das mußte sein, das müßte sein, das mußte nicht sein, das müßte nicht sein, das ist anders, das wird anders, das muß geändert werden, das ist geändert worden, das denken wir, das glauben wir, das wollen wir, was wollt denn ihr, wie gefiele euch dies, dies gefiel uns nicht, das könnte uns gefallen, das fehlt uns noch, das fehlte uns noch, das wollen wir nicht, das wollen wir jetzt, das hoffen wir, das fordern wir, das machen wir, nun macht auch ihr!

Wir machen, schrieb David an die Ränder der Briefe und: Das können wir nicht, und zwar aus folgendem Grunde ... Und er schrieb: Das sehen wir ein und werden es ändern, und: Dem Hinweis werden wir folgen, und: Die Idee scheint uns nützlich, und: Der Gedanke scheint uns nicht recht brauchbar, weil ..., und: Wir gehen der Sache nach.

Er konnte sich bei seinen Randnotizen fast auf Kürzel beschränken; Christa wußte sie aufzulösen und aus Chiffren ganze Briefe zu machen, und ohne sie hätte die Korrespondenz den Korrespondenten David erschlagen. Aber Christa wachte über den Eingang und schied den Blödsinn auch dann noch aus, wenn das »An den Chefredakteur persönlich« dreimal rot unterstrichen war, und sie wachte über den Ausgang, daß keinem Schreiben die individuelle Farbe fehle.

Sie entwarf authentische David-Groth-Briefe, und früher hatte sie authentische Johanna-Müntzer-Briefe geschrieben oder authentische Herbert-Bleck-Briefe oder authentische Briefe des dritten Nachfolgers, und ihr Gehalt war da einfach lächerlich. Zum Ausgleich dafür gehörte sie dann wenigstens ins Impressum, dachte David: »Chefredaktion: David Groth; Chefredakteurs-Briefe: Christa Vogel«, aber kaufen kann sie sich auch nichts dafür, und wer liest schon ein Impressum? Dazu mußte man so sein wie der Botenmeister Ratt. Der hatte sich Jahr für Jahr jede Woche kurz nach dem Andruck eine NBR holen lassen und hatte zunächst argwöhnisch den Druckvermerk studiert. »Wer sagt mir denn, daß es über Nacht keine Kompetenzverschiebung gegeben hat, und wer wüßte besser als ich, wie wichtig Kompetenzen sind? Wenn ich die Kompetenzen nicht weiß, schicke ich Eingänge und Umläufe an die falschen Leute. Nein, das Impressum seiner Zeitung muß ein verantwortungsvoller Botenmeister ständig lesen.«

Er las es nicht nur; er schnitt es auch bei der geringsten Änderung aus; im Laufe der Jahre, die er mit der Rundschau gelebt hatte, war ein stattliches Album daraus geworden.

Kam David einmal in die Botenmeisterei, mußte er die Sammlung studieren. »Hier, du Berenner Trojas, hier steht alles drin; ich nenne es ein Impressorium, und nachlesen kann man in ihm: Wer, was, wann. Weißt du zum Beispiel noch, wer Kutschen-Meyers dritter Nachfolger gewesen ist? Weißt du, wann die Bildungsleute ihre eigene Abteilung gekriegt haben? Weißt du, was Jochen Güldenstern im Jahrgang vierundfünfzig gemacht hat? Und weißt du, wer in diesem Impressum einmal an der Spitze stehen wird? Ja, das weiß nicht jeder, aber ich zum Beispiel weiß es: Du wirst da stehen – wetten, daß ich mich irre?«

»Wetten«, hatte David dann immer wieder gesagt, wie schon in seiner ersten Rundschau-Stunde, und erst als er gewonnen hatte, war ihnen eingefallen, daß nie ein Einsatz ausgemacht worden war.

Da hatte der Botenmeister den allerneuesten Druckvermerk in seine Sammlung geklebt und David das Buch überreicht. »Von Homer ist es nicht gerade, aber wenn man es richtig liest, tönen doch recht wilde Gesänge heraus. Behalte es, damit du nachschlagen kannst, wie es mit den Kompetenzen steht, und weil es heute in den Mauern von Troja feierlich zugeht, will ich dir sagen: Unter anderen Umständen hätte aus dir ein recht brauchbarer Bote werden können, wetten?«

»Nein, diesmal nicht, Kollege Ratt. Ich sehe, Sie wollen Ihr Album zurück, aber in die Falle kriegen Sie mich nicht. ›Unter anderen Umständen‹ – das ist eine große Falle!«

Die Formel war es wirklich; ein schimmerndes Ding mit breiten festen Zähnen, eine Fangmaschine, um die man neugierig herumstrich, wenn man so war, wie David Groth war.

Was wäre geworden aus David Groth, unter anderen Umständen? Von wann an hätten sie anders sein müssen, um ihn anders zu machen? Wie groß war ihr Anteil an dem, was er war?

Die Fragen hatten den Vorteil des Sinnlosen: Sie konnten sich ewig halten, weil es in alle Ewigkeit keine Antwort auf sie geben würde, die mehr als eine Hypothese war. Die Konditionen eines anderen Weges waren nie mehr herstellbar; herstellbar waren nur noch Träume, denen gemeinsam war, daß sie nichts mehr vermochten.

Hier bremste sich David: Unvermögen der Träume, der Träume: Was wäre geworden, wenn …? – das stimmte doch nicht ganz.

Es mußte mehr daran sein als nur die Lust an der Wehmut, wenn fast alle Menschen einmal oder oft an dieser Frage hielten; es mußte ihre Ahnung sein, daß aus solchem Umgang mit Vergangenem Gewinn zu holen sei für künftige Entscheidungen.

Es war doch kein Zufall, daß gerade die Dichter, deren Beruf es war, Ahnungen faßbar zu machen, sie zu Gedanken zu kondensieren und sie einzubringen in die wirkliche Welt als einen weiteren Teil von Welt – es konnte kein Zufall sein, daß gerade sie sich immer wieder auf dieses Was-wäre-geworden-Wenn eingelassen hatten.

Und die Geschichten, die so entstanden waren, zeigten den Realismus der Träumer: Die erinnerten Umstände waren kaum verrückt in diesen Erzählungen, aber den Menschen wurde in ihnen die Chance geboten, sich unter nämlichen Umständen anders zu verhalten.

Unter anderen Umständen – das war nie mehr zu haben, aber ein anderes Verhalten, ein anderes Handeln in ähnlichen Lagen, das ließ sich denken, und Geschichten, die so redeten, sprachen nur zum Schein von Vergangenem, und die Tode, von denen sie erzählten, bekamen ihren Sinn, weil Lebende von ihnen erfuhren – da mochten die sich bedenken, und taten sie es, so hatten auch verspätete Träume etwas erreicht.

Ach, die Falle war zugeschlagen, sie hielt diesen David sehr fest zwischen ihren blanken Zähnen – da mußte erst Christa kommen, ihn zu befreien. »Wenn weiter nichts mehr ist, gehe ich dann«, sagte sie und war schon im Mantel. Sie deutete auf den Trauerbrief an der Schreibtischkante. »Soll ich etwas besorgen, einen Kranz?«

»Blumen«, sagte David, »das ist so eine Redensart: Ich kann es nicht fassen!, aber Rikow, das kann ich wirklich nicht fassen. Stirbt einfach so weg. Ob wir Freunde waren, kann ich gar nicht mal sagen, jedenfalls waren wir keine, die sich gegenseitig besuchen oder mal anrufen, bloß so. Aber es gibt auch Freunde, die darf man so nennen, weil es einem immer wieder sehr gefällt, wenn man sie trifft, auf der Straße oder auf einer Konferenz. Weißt du, Leute, von denen du denkst, wenn du von einer Tagung kommst: Das war nun wieder die reine Zeitverschwendung, aber wenigstens hast du den Gerhard Rikow da getroffen.

Auf der Parteischule haben wir zusammen gewohnt, und Fritz Andermann hat ihn immer einen Windbeutel genannt. Von der Sorte Windbeutel könnten wir eine Menge mehr gebrauchen, und jetzt ist es sogar einer weniger. Hau ab, Christa, sonst heule ich dir noch was vor.«

»Also Blumen«, sagte Christa und ging.

Windbeutel, das war überhaupt nicht zutreffend, da hat sich Fritze Andermann gründlich vertan. Aber natürlich, dem mußte Rikows sagenhafter Optimismus verdächtig sein.

»Genosse Rikow ist ein sehr talentierter Kader«, hat Fritz Andermann in seiner Abschlußbeurteilung gesagt, »aber es ist ihm zuzutrauen, daß er lebenswichtige Nachrichten der Flaschenpost anvertraut.«

Der Lehrgang hat über die Anspielung gelacht, auch Gerhard Rikow, und gestört hat sie ihn nicht. »Ich weiß nicht, was du willst«, hat er geantwortet, »meine Post ist doch angekommen.«

Und die Geschichte von Gerhard Rikows Post kam seither einer Antwort auf die Frage gleich, was wohl Optimismus sei.

Optimismus, das ist, wenn einer … Hört doch mal zu: Im frühen Frühjahr am Ausgang des letzten Krieges hielten die Russen einen gefangen, der Gerhard Rikow hieß. Der kam aus Meierstorf bei Marnitz in Mecklenburg und war gerade siebzehn geworden. Den hatten sie kaum nach seinem Alter gefragt, als sie ihn in die preußischen Stiefel steckten, und der fremde Soldat, der ihn bald darauf aus den guterhaltenen Stiefeln zog, da die seinen seit dem Aufbruch an der Wolga nicht mehr ganz so gut erhalten waren, fragte auch nicht weiter. Und Gerhard Rikow sagte, als ihm der Märzwind um die Füße blies: »Es wird ja nun bald Sommer.«

Er kam durchaus mit Pantinen zurecht, denn er war aus Meierstorf bei Marnitz. Anderes aber machte ihm zu schaffen: Auch der Hunger, natürlich, denn er wuchs ja noch. Auch der Dreck, denn zu Hause hatte er jeden Sonnabend in der Waschbalge gesessen. Auch die Ferne, denn Meierstorf lag nördlich der Grenze von Brandenburg, und nun wußte er drei Grenzen zwischen sich und Meierstorf, die von Brandenburg, die vom Deutschen Reich und die von Polen dazu.

Aber etwas anderes plagte ihn viel mehr, manchmal nur, aber dann doch sehr: Er konnte sich zu gut vorstellen, wie es jetzt in Meierstorf war. Die dachten dort an ihn und wußten nicht, wo sie ihn denken sollten und wie.

Seine Eltern waren von der Art, die allenfalls: »Ich mag dich leiden!« sagt und von Liebe nicht spricht, weil das kein Wort für einfache Leute ist. Aber daß sie ihn liebten, wußte Gerhard Rikow gut, zu gut jetzt, denn so konnte er sie sitzen sehen, in der Küche am Abend, müde von der Plackerei und wachgehalten von der Frage: Wo mag der Junge stecken?

Der war vermißt, und das war ein Umstand wie Krankheit auf den Tod. Vermißt, dem fehlte nur wenig zu: verloren. Gefallen, das war: verloren dort und dann, und vermißt war: wohl verloren, aber wann und wo?

Im Krieg stockt mehr als nur der Postverkehr, aber Gerhard Rikow war dies jetzt der größte Verlust, und als er ganz begriffen hatte, was seinen Leuten die Zeit ohne Nachricht und Wissen war, nahm er sich vor, einen Ausweg zu finden.

Er beschloß es geradezu: Hier wird ein Ausweg gefunden!

Nun muß man noch einmal denken: Da war ein Krieg, und der war ohne Gnade. Was Gerhard Rikow noch von ihm sah, waren nach innen gebogene Zaunpfosten und stachliger Draht und Türme, auf denen Wächter hockten. Und vor dem Lager auf der Straße, wohin er am Tage zur Arbeit ging, sah er vom Kriege die, die er hatte schlagen gesollt und die nun nach Westen zogen, um seinesgleichen zu schlagen oder einzufangen wie ihn. Sie fuhren rasch vorbei, und sie marschierten eilig vorüber, und sie sangen, daß es fast unerträglich war. Gerhard Rikow schien es, als sängen sie immer dasselbe Lied, die auf den Panzern und die auf den Pferden, die auf den Lastern und auch die zu Fuß. Es war eine schnelle Melodie, eine ausgreifende in die hohen und tiefen Töne, ein wildes Lied, wie es ihm schien, und von niederdrückender Zuversicht.

»Was singen die?« hatte er einen Sprachkundigen gefragt.

»Du hast Sorgen!« war die Antwort, aber auch eine äffende und haßerfüllte Nachahmung des Gesanges und die Worte des Textes: »Leuchtend prangten ringsum Apfelblüten …« und »… von der Liebsten ein Brieflein geschrieben, das von Liebe und von Heimkehr spricht!«

»Apfelblüten und Heimkehr«, sagte Rikow, »es hört sich viel wilder an.«

»Die werden noch ganz klein werden«, sagte der andere und sagte nur, was alle sagten, »die Apfelblüten kriegen sie aufs Grab im Oderbruch, spätestens. Die denken, die haben uns – die haben uns noch lange nicht, nie!«

Aber Gerhard Rikow wußte, daß sie ihn hatten. Zu lange schon hörte er das Lied über dem Kettenklirren und Dieseldröhnen und dem tausendfachen Schritt. Er erwachte damit und schlief ein mit ihm, und einmal in der Nacht hatte er einen traumnahen Gedanken gehabt: das Lied stiege auf am fernen östlichen Ozean und flöge über den Kolonnen vor bis in den fernen Westen, der Gerhard Rikows Heimat war, und die Kolonnen wären eine, wie das Lied eines war, und die Kolonnen wären unaufhaltsam, wie das Lied unaufhörlich war. Und zwischen ihm und den Eltern in Meierstorf bei Marnitz in Mecklenburg würde es auf lange Zeit keine andere Verbindung geben als den Zug aus Motoren, Waffen, Pferden und fremden Soldaten auf der Straße vorbei am Lagerzaun, und Verbindung war kein treffendes Wort dafür.

Da ging Gerhard Rikow am andern Morgen zur Lagerküche, ließ sich dreimal verjagen, kam aber dann doch nahe genug heran, um nach einem Stück Papier zu fragen, vielleicht von einer Tüte, und er bekam den Boden von einem Suppenkarton.

Gegen die Gebühr von einem Viertel der Brotration, zahlbar am Abend, lieh ihm ein Kamerad den Rest eines Bleistifts. Damit schrieb er auf die Pappe: »An Familie Rikow in Meierstorf bei Marnitz in Mecklenburg, Deutschland«, und auf die andere Seite schrieb er, auch dies in sauberen Druckbuchstaben: »Liebe Eltern! Ich lebe. Euer Gerhard.«

Dann wurde er zur Arbeit auf die Straße geführt, und dort war er sehr sorgfältig. An die Panzermänner kam er nicht heran, und auf die Leute vom Troß war nirgendwo viel Verlaß, und auch diese Offiziere waren ihm nicht geheuer, und die jungen Burschen im Glied würden ohne Verständnis sein oder auch furchtsam, selbst wenn sie jetzt so schmetternd von der leuchtend prangenden Apfelblüte sangen.

Er wählte sich einen Starschina, einen Feldwebelkerl mit überbreiter Brust und einem Schnauzbart, der zum Fürchten war. Der marschierte einem Zug voran und riß beim Singen den Mund zu Kommißbrotweite auf, und sein Auge war wach, als Gerhard Rikow ihm die Pappe reichte, aber er behielt sie in der Hand, und er blieb im Tritt, und er blieb bei seinem Lied, und Gerhard Rikow sprang zurück an seine Arbeit.

Gefangene sind wachsamer als ihre Posten; sie fragten Rikow, was er dem Kerl gegeben habe, und er sagte es ihnen. Da war endlich etwas erheiternd: Man hatte einen original Verrückten gefunden. Der hat einem Iwan Post mitgegeben. Der Iwan als Postbote. Iwan der Weihnachtsmann. Kamerad Iwan, geh mal bei mir zu Haus vorbei, ich hab auch 'ne Schwester. Wetten, dein Billett liegt längst im Dreck. Wetten, dein Feldwebel verzehrt es mit Machorka. Wetten, er kratzt sich den Arsch damit aus.

Das ging alles noch, aber am Abend in der Baracke war es böse geworden: Ich stelle mir vor, jetzt liest gerade ein Kommissar dein Brieflein – läßt du mir deine Fußlappen da, wenn sie dich holen? Vielleicht hängen sie dich neben deinen Feldwebel, was meinst du? Nachrichtendienstliche Tätigkeit, ist doch klar.

Und plötzlich war Gerhard Rikow ein Vaterlandsverräter: Kameraden, hier hat einer einem Iwan Post mitgegeben, Bestimmungsort Mecklenburg. Das setzt die Annahme des sogenannten Kameraden voraus, der Iwan käme bis Mecklenburg. Nein, das schließt die Hoffnung dieses Subjekts ein, die Roten möchten unsere Heimat erobern.

Wohin gehört ein solches Schwein, Kameraden? Vors Kriegsgericht! Wie lange brauchte ein Kriegsgericht für sein Urteil, Kameraden? Keine fünf Minuten! Was würde das Kriegsgericht beschließen, Kameraden? Umlegen, umlegen, umlegen!

Betrachte dich als umgelegt, du rote Sau. Von jetzt an verfaulst du, und mir scheint, du stinkst schon mächtig.

März, April, Mai – ein kalter Frühling für Gerhard Rikow. Kein Wort zu ihm, aber viele über ihn und keine guten. Manchmal fiel ein Schmutzeimer um, über ihm. Manchmal schlug ein Rohr zurück, gegen ihn. Manchmal fehlte eine Jacke, ihm. Manchmal reichte das Brot nicht aus, gerade bei ihm. Manchmal war die Suppe dünn, immer bei ihm. Manchmal war es kaum noch zu ertragen, aber dann schlug Gerhard Rikow die Karte auf in seinem Kopf: Zwölfhundert Kilometer von hier bis Meierstorf, und unterwegs dorthin ein Starschina mit Schnauzbart und einem Stück Suppenkarton in der Tasche. Manchmal würde er fünfzig Kilometer am Tag marschieren, ras, dwa, tri: Leuchtend prangten ringsum Apfelblüten, und manchmal würde er keinen einzigen Schritt vorwärts tun, festgenagelt liegen unterm Maschinenfeuer und fluchend im Dreck. Aber weiter bewegte er sich, denn auch die Kolonne vorm Lagertor bewegte sich weiter, und das Lied verstummte nie, und weiter wurde die Post getragen, weiter nach West und auf Meierstorf zu und weiter heran an eine enge und dunkle Küche.

Da Gerhard Rikow ein Windbeutel war, hatte er seinem Feldwebel einen Tagesschnitt von zwanzig Kilometern angemessen, und wenn er in den Schlaf fiel, wund gestoßen außen und innen, allein und bedrängt, verurteilt und verachtet, dann schlug er dem Weg seiner Post zwanzig weitere Kilometer zu und strich seinen Eltern einen Tag vom Warten ab, einen Tag Furcht und Atemnot, und einmal merkte er und war sehr verwirrt, daß das Lied da draußen sein Lied nun geworden war.

So kam der Tag im Mai, an dem ein wildes Schießen war, von den Türmen gleich am Zaun und noch weit überm Horizont nach Westen und nach Osten auch, und das Ziel von allem Geschoß waren die Wolken, und der Grund zu dem Getös, der hieß Frieden.

Dann schwieg der Krieg, und so schweigt er auch in Meierstorf, dachte Gerhard Rikow, und mein Bote ist nun dort.

In der Nacht ist Gesang zu hören gewesen im Lager, nicht aus den Baracken und Küchen, aber aus den Wachstuben und von den Türmen und von der Straße her, der gleiche Gesang wie immer, aber auch ganz anders jetzt, und in den Baracken ist geseufzt und gedroht und geflucht worden wie immer, aber auch ganz anders jetzt, und Gerhard Rikow ist immer noch allein gewesen, aber doch schon anders. Und als er im Winter nach Hause kam, zu jung und zu dürr für weiteren Aufenthalt, war er längst älter und fester geworden.

In der Küche in Meierstorf bei Marnitz in Mecklenburg hatte man ihn erwartet seit einem Morgen im späten April.

»Da schlägt es hier an die Tür, und der Russe steht draußen. ›Du Rikow?‹ sagt er, und ich weiß nicht warum. ›Du Sohn?‹ sagt er, und ich sag: Ja, aber ich weiß nicht, wo. ›Du lesen!‹ sagt er und steigt auf sein Auto, so ein kleines, stinkendes. Dann hab ich's gelesen, und dann hab ich Mutter unterm Bett vorgeholt.«

»Ja«, sagt Gerhard Rikows Mutter, »und dein Vater hat den ganzen Morgen im Stall rumgesungen: ›Und da sahn wir schon von weitem, den Herrn Großherzog reiten …‹«

»War das so ein großer Kerl, mit einem Schnauzbart und zum Fürchten?« sagte Gerhard Rikow.

»Wer?«

»Der Russe doch.«

Aber es war kein Großer mit Schnauzbart und zum Fürchten gewesen; mittelgroß vielleicht und noch jung, ein Offizier wohl, sah aus wie einer aus dem Süden. Und zum Fürchten? Konnte man nicht mehr sagen, weil man so schon Angst gehabt hatte, vor der Uniform, aber es konnte sein, daß der wütend gewesen war, dann war es aber mehr so eine Wut, wo einer davon heulen möchte, aber das konnte auch alles Einbildung sein.

An mehr als diese Einbildung geriet Gerhard Rikow nicht; die Reise seiner Post war an ihr Ende gekommen, aber über den Verlauf der Reise erfuhr er nie. Vielleicht war das abenteuerliche Glück aufgebraucht mit dem einen Ergebnis, da konnte man nicht noch mehr erwarten: Aufschluß über den schnauzbärtigen Boten, seinen Namen, seinen Weg und seine Gedanken auf diesem Weg, Aufschluß vor allem über seinen Verbleib, auf der Erde oder auch in ihr vielleicht?

Gerhard Rikow bekam den Aufschluß nicht, und womöglich war das gut für ihn, denn so hing er der Geschichte länger nach als einer, die ein klares Ende genommen.

Er vergaß nicht, daß sie mit einem Vorsatz begonnen hatte, mit einer Hoffnung und mit einer Tat, und da ließ er sich nicht ausreden, daß Hoffnungen, Vorsätze und Taten zu dem gehörten, was später Glück dann hieß.

Ach ja, und nachher nannte man ihn manchmal einen Windbeutel und einen, der sogar auf Flaschenpost setzt, und einen unverbesserlichen Optimisten.

Doch nun war er tot, im vierzigsten Lebensjahr hinaus aus dem Leben, unglaublich tot und so unpassend auch.

Unpassend war unpassend; gab es passenden Tod? Doch, vom Sterben gab es einleuchtende Arten und solche, die zu nichts stimmten. Und zu Gerhard Rikow stimmte die schwarzumrandete Anzeige nicht, weil sie sich wie ein spätes, aber übermächtiges Argument gegen allen Optimismus ausnahm, weil sie ein Beweis ja schien, daß Zuversicht doch immer noch ein eitler Glaube sei. Und das paßte nicht.

Es stimmt auch nicht. Rikow hat nie behauptet, er werde hundert Jahre alt. Er hat nur behauptet, man könne in zwanzig Jahren schaffen, was bis dahin auch in hundert nicht machbar schien. Er hat nur gesagt: Wenn die Post ankommen soll, muß man sie erst einmal abschicken. Seine Formel hat sich so simpel angehört, aber durch sie hat er sich von den tatenlosen Träumern unterschieden als ein tätiger Träumer.

Man sagt, Grunderlebnisse könnten leicht zu Dogmen verstocken. Mag sein, aber so ist Gerhard Rikow mit seinem Erlebnis nicht umgegangen. Es hat ihm gereicht für Zuversicht und Geduld und für eine unangreifbare Freundschaft zu jenen, die seinen Brief durch Feuer und Rauch bis nach Meierstorf bei Marnitz in Mecklenburg befördert hatten. Es hat ihm gereicht zu einem anderen Beginn, aber für den Fortgang hat er selber sorgen müssen. Und das hat er getan.

»Zuerst hab ich es leicht gehabt«, hat er erzählt, als er in der Schule bei Fritz Andermann seinen Lebenslauf hersagen mußte, »zuerst haben sie im Dorf einen Wundermann in mir gesehen, einen, dem die Rote Armee die Briefe austrägt. Ich kam gerade zur Bodenreform zurecht, und als ich mit dem Rutenmaß die neuen Felder abzirkelte, sind sie wie die hungrigen Saatkrähen hinter mir her. Aber das Gehacke ging doch bald los, denn die neue Praxis auf den Äckern gefiel ihnen zwar, aber die Theorie, mit der ich ihnen kam, so wie ich es verstand, die gefiel ihnen nicht, weil sie Politik war und auch noch von Marx.

›Kann sein‹, hieß es, ›die Russen waren seine Briefträger, aber jetzt ist er der Postbote der Russen, und da kann's nur heißen: Annahme verweigert!‹

Meine lieben Kameraden damals in der Baracke und meine Kollegen hier, die waren plötzlich wieder Vettern, und als wir den Maschinenhof der Bauernhilfe in eine Ausleihstation umwandelten und ich der Leiter wurde, haben mir welche über Nacht alle Bäume im Garten angesägt. Und mich hätte beinahe ein Landrat abgesägt, wegen Urkundenfälschung und verschleierter Buchführung und was weiß ich noch, aber das war später, als ich die Anleitung im Kreis zu machen hatte.

Mein theoretisches Verständnis hörte ungefähr beim Flaschenzug auf; da hab ich für die Nachhilfe einen pensionierten Ingenieur geholt, aber der sagte: ›Durch die Ehre pfeift der Wind!‹, und ich hab ihm Traktoristenlohn gezahlt. Er hat auch auf der Traktoristenliste gestanden, und eines Tages wollte ein Zeitungskorrespondent den achtundsechzigjährigen Erntekapitän besichtigen, da ist es herausgekommen.

Von Anmaßung hat man gesprochen, und ich habe gesagt, ich hätte nur Vollmachten gehabt und keine Ahnung, da hätte ich mir das eben angemaßt, und nun hätte ich ein bißchen mehr Ahnung.

Ahnung und Vollmachten, die Mischung zieht dir Anforderungen auf den Hals, schon deshalb bin ich für breiteste Umverteilung von Ahnung und Vollmachten. Sie haben mich zum Leiter des ersten landtechnischen Kabinetts gemacht, Landesebene.«

In Meierstorf und in Marnitz nannten sie ihn nur den Schweriner, und später nannten sie ihn den Berliner, und da waren sie nicht einmal mehr witzig.

Witzig waren sie noch zu Anfang; als er zur ersten Schulung in die Kreisstadt fuhr, hieß es, er studiere jetzt auf den Nobelpreis, und als er in die Partei eingetreten war, machten sie den Stalinpreis daraus. Da baten sie ihn noch, er möge seinen Genossen Lyssenkowitsch fragen, ob er nicht eine neue Sorte Hochlandkaffee auf Lager habe, vielleicht eine, die sich aus Lupinen entwickelt, sie wollten jetzt in den Ruhner Bergen Hochlandkaffee bauen.

Jedesmal, wenn er zum Lehrgang mußte, hieß es, der sei zu dämlich, dem müßten sie andauernd extra was beibringen, und jedesmal, wenn er vom Lehrgang kam, hieß es, der sei so dämlich, daß ihn keine Schule behalten wollte.

Als er die Kreistechnik übernahm und nicht mehr zum Tanzen kam, sagten sie, der hätte da jetzt wohl einen Dieselkolben, und wenn er dann doch mal zum Tanz kam, gab es fast immer Stunk, weil einer nach großem Tusch verkündete, der Herr Kreisfunktionär sei auf einen dialektischen Sprung vorbeigekommen, oder weil er weder ruhig zuhören noch weglaufen konnte, wenn ein besoffener Schulkamerad laut und beharrlich das Lied »Denn wir fahren gegen Engelsland« anforderte.

Den letzten Meierstorfer Witz hörte er bei der großen Umwandlung. Er war auf einige Wochen zurückgekommen und fuhr mit dem Fahrrad durch die Dörfer, weil das gesund war und auch nicht so großmächtig aussah. Dann hatte ihm ein Kenner seiner Wege einen Strick über einen Sandpfad am Ruhner Berg gespannt.

»Das Ding traf mich zwischen Kinn und Unterlippe und riß, und ich flog in den Ginster.

Für mich stand fest, wer das gewesen war, und das gebe ich zu: *Der* ist nun wirklich aus Seelenqual in die Genossenschaft. Ich bin hin zu ihm, und bei der Schwellung konnte ich kaum aus den Augen sehen, und die gequollenen Lippen konnte ich wenig bewegen, und nun immer Argumente gezischt, bis er ›verfluchte javanische Tempelmaske‹ geschrien und unterschrieben hat.

Javanische Tempelmaske, so was vermutest du gar nicht in Meierstorf; ich wollte ihn immer mal fragen, wo er das herhatte, aber ich komme nur selten hin, jetzt bei diesem Posten.«

Sein letzter Posten war an einer der Stellen, wo Landwirtschaft und Industrie ineinandergreifen; für die Bauern war er der Industriekerl, dem sie die Maschinen entreißen mußten, und für die Techniker war er der Bauerngeneral, der, die Sense geschultert, nach den Mähdreschern fragen kam.

Und für die Regierung war er der, nach dem sie rief, wenn sie im Planbereich Industrialisierung der Landwirtschaft rote Zahlen sah.

Hat ihn also sein Amt umgebracht? Die Vermutung ist nicht unerlaubt, denn wir haben verzehrende Ämter, aber unerlaubt ist es, bei Vermutungen zu halten, weil wir in diesen Tagen Gewißheit brauchen. Zum Beispiel Gewißheit, wenn einer uns fragt, ob Gerhard Rikow in oder an seinem Amt gestorben sei, wenn also, anders, ein Gerücht sich Luft unter die Schwingen schlägt, wenn es flüstert: Unter anderen Umständen hätte er noch leben können.

Kleiner Vorsatz jetzt: herauszufinden, woran Rikow gestorben ist; kleine Tat nun: einen fragen, der die Antwort weiß. Gewißheit her, die Vergangenes nicht ändert, aber Künftiges ändern könnte.

»Ja, hier ist Andermann. Was ist los, erst hört man jahrelang nichts von dir, und dann hört man den ganzen Tag nur von dir; hat dir Johanna schon eingeheizt?«

»Johanna? Warum sollte sie? Und den ganzen Tag ist wohl übertrieben; dies ist mein zweiter Anruf bei dir.«

»Deiner, ja. Aber was ist, findest du deine positive Intrige nicht mehr so gut?«

»Kann sein, sie war nie sehr gut. Aber ich rufe wegen Rikow an. Du hast heute früh nichts davon gesagt, und jetzt habe ich es gelesen.«

»Ich dachte, du wüßtest es. Ich denke, ihr wart Freunde?«

»Ich wußte es nicht.«

»Schöne Freunde.«

»Du hast recht, aber wem soll das noch nützen?«

»Anderen Freunden vielleicht.«

»Ja.«

Fritz Andermann schwieg, und David wußte lange nicht weiter, dann fragte er: »Was war mit ihm?«

»Paß auf, Freundchen«, sagte Fritz Andermann in bösestem Ton, »paß auf, mein Freund, jetzt hör dir was an: Du bist ein beschäftigter Mann, weiß ich, du kannst nicht jeden Tag deine Kumpel zählen, in Ordnung, aber Gerhard Rikow ist ein halbes Jahr lang krank gewesen, und wenn du das nicht weißt, ist das eine Sauerei, was führt ihr denn für ein Leben?«

»Ein halbes Jahr schon?«

»Ja, ein halbes Jahr schon, Genosse Redakteur, Genosse Berichterstatter! Ich hab neulich bei euch angerufen, weil mir eure Sache über Indonesien sehr gefallen hat, aber jetzt sag ich dir, ich scheiße auf deine Berichte aus Indonesien, wenn du Trauerkarten brauchst, damit du nach deinen Freunden fragst.«

»Du brauchst nicht zu schreien; ich begreife auch so.«

»Da bin ich nicht mehr sicher, und ich schreie, weil mir das nicht paßt. Dich hab ich immer zu denen gerechnet, auf die Verlaß sein würde, weil sie nicht taub und blind waren und nicht gleichgültig. Ich war froh, weil solche wie du und Rikow zusammenhielten, mit uns Alten und ihr untereinander. Aber jetzt – Indonesien!«

»Ich glaube, das ist ungerecht, Fritz.«

»Ja, das glaubst du, da beruhige dich nur schön. Beruhige dich mit deinem Elf-Stunden-Tag und deiner Sieben-Tage-Woche. Du bist fleißig, alle Welt weiß es; du hast dich nicht geschont, will einer deine Orden sehen? Du hast dich immer gekümmert, um Moltke-Denkmäler und Dispatcher-Ehen und um Indonesien; wo sollte da noch Zeit für Freundschaft her? Freundschaft, verflucht, als ob es etwas Besseres gegen all die Feindschaft gäbe!«

Das wurde ein langes Telefongespräch für David Groth und Fritze Andermann, und David war schon freundlicher behandelt worden, und Andermann hatte schon geduldigere Zuhörer gehabt, und wäre ein Dritter in den Disput geraten, so hätte er meinen müssen, hier stritten zwei auf Tod und Leben.

Sie stritten aber über Tod und Leben, stritten nicht einmal so sehr miteinander, beklagten vielmehr zornig den Verlust eines Freundes und zürnten der widerlichen Unvernunft, die auch in diesem Tode steckte, gerade in diesem, denn hier hatte es einen ausgeblasen, der dem Leben vertraute wie kaum einer sonst.

»Ich hab in meinen Jahren viel Sterben gesehen«, sagte Fritz Andermann, »so viel, daß zu all der Gemeinheit, mit der wir leben mußten, auch noch die Gewöhnung kam, an das Krepieren ringsum. Ich bin vielen begegnet, von denen ich wußte: Der macht es noch drei Monate, oder: Der bringt es auf kein Jahr. Natürlich haben wir versucht, etwas dagegen zu tun, und manchmal hat es geholfen, aber wenn es nicht geholfen hat, haben wir den Gram nicht herumgeschleppt. Der hätte uns bald erdrückt; wir hatten zu viele Gründe. Ich kenne, meine ich, den angesagten Tod; ich dachte, den halte ich aus. Aber als sie mir vor einem halben Jahr den Gerhard Rikow wegnahmen und mir sagten, ich kriege ihn nicht wieder, niemand kriegt ihn wieder, der ist uns abgängig auf immer, weil er sich auflöst, und niemand wird es halten, da bin ich fünf Stunden mit der S-Bahn hin und her gefahren zwischen Friedrichstraße und Erkner, weil ich da nicht allein war und nicht toben und heulen konnte.

Der war doch ein eingelöstes Versprechen, der Gerhard. Der war doch so geworden, wie wir uns das gedacht hatten für die andere Welt und die neue Zeit. Der war doch so, daß wir uns sagen konnten: Gut, daß wir ausgehalten haben für solche wie den; die Sache wird in guten Händen bleiben. Es hat ihm Spaß gemacht, unseren Sozialismus eine Anmaßung zu nennen, aber verhalten hat er sich zu ihm wie zu einer Pflicht, und vor allem wie zu einem Recht – mit Ahnung und Vollmachten.

Und ich muß dir sagen, manchmal habe ich ihn gesehen wie er damals den Starschina in seiner Postgeschichte: als einen, der vorwärts geht auf ein Ziel, das auch meines ist, als großen Grund zu großer Zuversicht.

Und dann kommt ein Ungeheuer mit einem mittelalterlichen Namen und vergiftet ihm das Blut und löscht ihn aus. – Bei wem kann man sich beklagen, David, weißt du eine Stelle, bei der man sich beklagen kann?«

»Ich käme mit dir, wenn ich eine wüßte«, sagte David Groth, und als er den Hörer aufgelegt hatte, war ihm sehr elend zumute.

Er war aber einer von denen, die so verletzbar sind, daß sie beizeiten nach Systemen suchen, in denen Deckung ist vor lähmendem Jammer, und Davids erstes System hieß Arbeit.

Er fuhr wieder ein in seinen Aktenberg und wußte sich weniger hilflos nun, geschlagen zwar, aber nicht geschlagen. Er konnte und wollte nicht tun, als wäre nichts geschehen, aber er hielt sich nicht bei Vorsätzen auf; er trieb sein Tagwerk weiter, scheinbar wie immer, aber hinter der Geläufigkeit, mit der er dem Ratsvorsitzenden einer Havelstadt Antwort auf die Frage gab, warum diese Gemeinde seit Jahr und Tag nicht in der NBR zu besichtigen gewesen, und hinter der Geläufigkeit, mit der er das Lob eines Imkers quittierte und den Dank aus einem Feierabendheim und den Schimpf eines Intendanten, hinter der geübten und üblichen Aufmerksamkeit vor Frage und Bescheid, fand er sich in Alarm: Mehr war nötig als das Übliche, und Übliches hatte sich als Übel gezeigt; er hatte an Freundschaft einiges versäumt und an Bündnis und an Auftrag.

Darum bewachte er seine Worte mehr als sonst, horchte sie ab auf Zeichen von Ungeduld oder Hochmut, und als er an die Blätter mit den Entwürfen und Ideen für die nächsten Hefte kam, da zögerte er sehr lange, bevor er einen neuen Vorschlag niederschrieb.

Er zögerte über diesem Gedanken, weil er genau wissen mußte, ob er auch ehrlich und redlich sei und nicht etwa die Ableitung einer Erschütterung in einen Journalistencoup.

Er hatte eine Erfahrung gemacht, aber ob sie wirklich Erfahrung sei, mußte sich aus dem Umgang mit ihr erweisen. Er war schon sicher, er plante nichts Verbotenes, aber nicht verboten war hier nicht genug.

Lauterkeit war auch so ein altes Wort, aber jetzt war auch Lauterkeit zu fragen: Durfte er, was er wollte?

Er spürte, daß er sich in ein Berufsproblem verhakte, weil ihm so Zeit blieb, vor dem größeren Problem zu zögern. Also kürzte er diese Zeit und ging die erste Frage an: Durfte man Gerhard Rikows Geschichte in die Zeitung nehmen und so einem stillen Tod lautes Leben folgen lassen? Denn lautes Leben war zu erwarten, wenn man auf weit verbreitetes Papier schrieb: Wir wissen von einem optimistischen Briefschreiber und von glücklichen Empfängern seiner Post, aber vom Boten wissen wir nichts; nichts von seinem Weg und nichts von seinem Verbleib. Gerhard Rikows Geschichte ist ein Teil unserer Geschichte, aber der Weg des bärtigen Starschina ist ebenso ihr Teil, und der fehlt uns. Wer hilft uns, ihn zu finden?

Hier war die Vollmacht: Von Rikows Erfahrung waren viele betroffen; von seinem Handeln, das aus solcher Erfahrung kam, hatte das Land gewonnen; da durfte man dem Land mit Erzählung und Fragen kommen.

»Betrifft: Heftplanung Jahrestag.

Arbeitstitel: Der Brief.

Umfang: Wahrscheinlich Serie.

Publizistische Zielsetzung: Es wäre einer der Ursprünge unserer Freundschaft zu zeigen, und eine ihrer Folgen. Direkte Einbeziehung der Leser in die Überlegung: Woher kommen wir? DDR-Geschichtsbewußtsein.

Recherchen:

a) DDR: In welchem Lager war Rikow, möglichst genau, wann? Frau befragen, nach Kameraden suchen: Erinnert sich einer an den Vorfall? Wann kam der Brief nach Meierstorf? Eltern aufsuchen, Nachbarn. Zustandsbild Meierstorf damals. Weggenossen von R. finden, MTS, Landwirtschafts-Kabinett, Schwerin, Berlin usw. Gibt es diesen Ingenieur noch oder den Bauern mit dem Seil (kaum wahrscheinlich, aber in M. fragen; die Geschichte dürfte rum sein). Personenbeschreibung des sowjetischen Offiziers, der Brief abgab. Zustandsbild Meierstorf heute. Wo ist der Brief?

b) UdSSR: Wenn Lagerort und -zeit ermittelt: Welche Truppen dort auf dem Marsch? Ebenso, wenn Zeit ermittelt: Welche Truppe in der Nähe Meierstorf? Wenden an: SU-Botschaft Berlin, DDR-Botschaft Moskau, Oberkommando Wünsdorf, Oberkommando Moskau, sowj. Kriegsarchiv.

Danach: Sowj. Zeitungen einschalten, ›Ogonjok‹, Armeeblätter? Dabei Zielsetzung: Wer war der Feldwebel, was wurde aus ihm, wie kam der Brief in die Hände des Offiziers?

Wenn das geklärt: Rekonstruktion des Weges – Bilder der Beteiligten, Bilder der Städte auf dem Weg, Kampfbilder? – Spezialgraphik nach Karte. Evtl. Reporter und Fotografen die Strecke noch einmal fahren lassen. – Die Gräber nicht vergessen!

Arbeitsgruppe bilden: Dokumentation, Reportergruppe DDR und soz. Länder (je 2), Fotografen (2).

Arbeitsbeginn: sofort.

Satzfertig: Heft Jahrestag Abschluß, also Beginn Länge entsprechend. Gesamtverantwortlich: David Groth.«

David Groth, ja? Warum David Groth? Weil er persönlich beteiligt ist, betroffen? Oder weil er an einem Versäumnis trägt, an versäumter Freundschaft? Weil ihn die Sache drängt oder weil ihn seine Sache bedrängt? Weil er von einer Lücke weiß und sie füllen will? Welche Lücke und wie füllen? Weil er keinen wichtigeren Auftrag als diesen kennt? Kennt er keinen? Weil David Groth der richtige Mann für Gerhard Rikows Geschichte ist? Ist David Groth auch der richtige Mann für David Groths Geschichte? Und ist er Gerhard Rikows Geschichte wirklich gewachsen? Hat er den Verstand für sie, das Gefühl und die Zeit?

David strich seinen Namen aus der Vorlage und ließ die Rubrik »Hauptverantwortlich« offen.

Hauptverantwortliche, dachte er und war seines Grinsens nicht froh, die werden sich finden lassen; das würde sich finden.

Dann machte er, daß er nach Hause kam.

Da saß aber schon Johanna Müntzer.

Das zerlegt mich, dachte er, wo die ist, geht der Tag noch weiter. Kommt der Hase mit hängender Zunge ans Ende des Felds gerannt, da sitzt Johanna Müntzer dort, hat auch die blauen Strümpfe an und lächelt mild: Ick bün all dor! Und dann will sie was, und wenn sie milde lächelt, will sie viel. Dann ist das Rennen nicht zu Ende, dann hält der Tag noch an, dann muß David noch weiter über den Acker; das ist seit dreimal sieben Jahren so.

Das ist auch jetzt noch so, obwohl Johanna eine Rentnerin ist und keine Herausgeberin mehr. Johanna gehört zu denen, die sich von Äußerlichkeiten solcher Art nicht halten lassen. Johanna Müntzer bleibt bei der Sache, und sie bleibt Davids Penthesilea, schöne Lockung und furchtbare Drohung zugleich, und über seinen Tod hinaus ist der Botenmeister Ratt zu bewundern, der vom ersten Augenblick gesehen hat, worauf hinaus die Sache zwischen David und Johanna laufen würde, und nur wer nicht genau in die Geschichte der Neuen Berliner Rundschau gesehen hat, wird von Günstlingswirtschaft reden, wo die Sprache auf den Genossen Groth und die Genossin Johanna Müntzer kommt.

Tatsächlich ist so ein Wort gefallen, damals, als Kutschen-Meyers dritter Nachfolger im Chefamt das Haus in Richtung Rundfunkkomitee verließ und die Vakanz zu füllen war am Spitzenplatz des NBR-Impressums. Denn da ist Penthesilea noch einmal in die Schlacht geritten, und ihr Feldschrei hat gelautet: »Jetzt wollen wir hier einmal diesen David nehmen!«

Und als sie den genommen hatten, da hat Johanna Müntzer, mit den Worten Gabelbachs und des Korrespondenten Franz Hermann Ortgies, »einen gebratenen Ochsen unter Verlauffung einiger Fäßer Wein dem gemeinen Volke preißgegeben« und eine letzte große Rede gehalten, in der sie beiläufig auch auf die AIZ gekommen ist, hauptläufig aber doch auf das neue Menschenbild und auf dessen nun schon ahnbaren Zusammenhang mit diesem neuen Chefredakteur David Groth. So laut sie Davids Ernennung gefeiert hatte, so leise war sie nach wenigen weiteren Jahren gegangen; manchmal meldete sie sich und beschimpfte einen Redakteur, wobei sie Wert darauf legte, als Leserin zu gelten und nicht als die ehemalige Herausgeberin, und manchmal besuchte sie David und Frau, und wenn sie bei solcher Gelegenheit verkündete, man müsse nun einmal jetzt hier etwas besprechen, dann machte man sich besser auf einen starken Vorgang gefaßt.

An diesem Abend tat sich David nicht schwer mit Vermutungen; man hieß nicht Johanna Müntzer und hatte alte Freunde in allen Obersten Abteilungen, ohne zu wissen, daß es ein ehrenvolles Vorhaben gab mit dem derzeitigen Chefredakteur der Neuen Berliner Rundschau. Eine andere Frage war, was diese Johanna Müntzer von solchem Vorhaben hielt, aber das würde er nun erfahren.

Das Übliche rollte wie üblich ab: Tee aus dem Samowar, Fragen nach dem Wohlergehen des Sohnes, Ansichten zum Stand der Weltdinge, Bemerkungen zur letzten Ausgabe der Rundschau, fast milde Betrachtungen über vergangene Tage, besorgte Äußerungen über eine Tendenz in der bildenden Kunst, Anmerkungen zu einer Rede und einem Lyrikband – freundliches Müntzer-Wetter für eine halbe Stunde. Dann rasche Verfinsterung. »Xaver Frank war bei mir. Was ist das für eine Geschichte mit diesem Krell?«

Ach, ihre Technik der jähen Blitze!

»Was soll mit dem sein?« sagte David, und er fragte sich wirklich, was der Genosse Frank mit dem bildungsfeindlichen Futtermittelzähler zu tun haben könnte.

Aber Johanna überging seine Frage und ließ auch ihre eigene beiseite und stellte eine andere, wobei sie auf Franziska wies: »Hast du ihr die andere Krell-Sache erzählt?«

»Die andere Krell-Sache«, sagte David, »die hieß damals noch gar nicht Krell-Sache, die hieß damals Carola-Sache; da war die nämlich noch nicht mit dem Raps-und-Rübsen-Menschen verheiratet, und außerdem ist das zwanzig Jahre her.«

»Der Anfang ist zwanzig Jahre her«, berichtigte Johanna, »und deine Frau weiß davon?«

»Die weiß so lange davon, wie sie von mir weiß, und sie weiß es von mir. Wenn es nicht zu Ende gewesen wäre, hätte sie mich kaum genommen. Die hat da Ansichten – und ich mag kein Verhör!«

»Natürlich, du magst keins, und daß du es nicht magst, das weiß ich seit zweiundzwanzig Jahren. Aber ich hoffe, du weißt, ich habe mich nie sehr darum gekümmert, ob du es magst. Ich mag auch keins.«

»Und warum dann dies?«

»Weil Klarheit sein muß in einer Angelegenheit. Wenn der Mensch ein Mensch bleiben will, muß er auf Klarheit sehen.«

»Gut«, sagte David, »ich bin ein Mensch, ich will ein Mensch bleiben, ich muß auf Klarheit sehen, ich möchte jetzt Klarheit: Was soll das alles?«

Johanna Müntzer hielt sich wieder einmal mit beiden Händen an ihrer Tasche fest, und sie sagte: »Xaver Frank kommt manchmal bei mir vorbei. Manchmal nur so, der alten Zeiten wegen, manchmal nicht nur so, sondern der neuen Zeiten wegen. Neulich war er da, und heute war er da, beide Male der neuen Zeiten wegen und speziell deiner neuen Zeiten wegen.

Neulich hat er gesagt: ›Erzähl mir was von dem Genossen Groth!‹, und heute hat er gesagt: ›Ich erzähl dir was von deinem Groth!‹ Er hat eine Beratung gehabt, mit einigen Ministern, Fritz Andermann war auch dabei, und als Schluß war, hat Andermann zu Frank gesagt: ›Typen gibt es noch!‹ und hat ihm von einem VEAB-Dispatcher erzählt und von deinem Anruf und daß du eine positive Intrige planst. Dann ist Xaver Frank zu mir gekommen und hat gesagt: ›Ich erzähl dir was von deinem Groth!‹, und dann bin ich zu Fritz Andermann gefahren.«

»Das zersplittert mich«, rief David, »das kann doch nicht sein, daß Xaver Frank gelaufen kommt, weil er eine Geschichte gehört hat, in der das Wort Intrige vorkommt, eine Pausengeschichte mitten zwischen Entscheidungen über beinahe Weltgeschichte; das kann doch nicht sein!«

»Unter Umständen schon«, sagte Johanna, »ein paar Umstände, glaube ich, hast du jetzt vergessen.«

David sah hilflos zu Franziska, aber die lächelte nur und sagte: »Mich darfst du nicht so ansehen. Sieh mal, ich kenne die Umstände auch nicht, und die Pausengeschichte zwischen Xaver Frank und Fritz Andermann, die kenne ich auch nicht; ich kenne von alledem nur deine Carola Krell, die so breite Schultern hat, und dich kenne ich ein wenig und deine Geschicklichkeit mit Intrigen, positiven Intrigen.«

David sagte: »Das war doch erst heute, Mensch. Heute früh hat mir Carola von einer Klemme erzählt, dann habe ich etwas eingefädelt, das ihr helfen könnte, und jetzt sitze ich hier und verstehe nichts mehr, und du machst auch noch so feine Augen!«

Er stand auf, aber Johanna kommandierte ihn zurück in den Sessel. »Sage nicht ›Mensch‹ zu deiner Frau! – Es ist dir also ein Rätsel, ja? Dann wollen wir jetzt hier dieses Rätsel gleich einmal lösen: Es gibt eine Absicht mit dir, nicht wahr, das weißt du doch?«

»Natürlich!«

»Natürlich ist es nicht, aber du weißt es. Und weißt du auch, wer im Zusammenhang mit dieser Absicht die Vorlage für die Oberste Abteilung ausgearbeitet hat? Das war der Genosse Frank, und deshalb ist er neulich hiergewesen und hat gesagt: ›Erzähl mir was von dem Genossen Groth!‹ Viel konnte ich ihm nicht erzählen, mußte ich nicht, denn er kennt dich lange genug. Er ist schon geübt im Urteilen über dich.«

»Freut mich, daß er es einfach hat mit mir«, knurrte David.

»Führe jetzt keine provokatorischen Reden hier«, rief Johanna, »es ist nämlich nicht so einfach mit dir; es ist nie einfach gewesen, und Genosse Frank hat es sich nie einfach gemacht. Deshalb ist er heute noch einmal gekommen, damit kein kuddelmuddeliges Knäuel entsteht, wie der verrückte Gabelbach immer sagt.«

»Mir schwant was«, sagte David, »Xaver Frank knäuelt alte und neue Zeiten ineinander, alte Carola-Zeiten und neue David-Zeiten!«

»Nein, da schwant es dir nicht richtig; er ist es nicht, der knäuelt, er will, daß nicht geknäuelt wird.«

»Furchtbar nett von ihm, richtig fein nett von ihm«, höhnte David, »er hat sein Gedächtnis bemüht, als er hörte, Groth will was für Carola Krell tun, und da ist ihm eingefallen: Da war doch mal was mit Krell und Groth!, und da fragt er sich, ob nicht vielmehr der Groth sich einen Gefallen tun will, wenn er Ehemann Krell zu einem Lehrgang und langer Abwesenheit vom Hause verhilft, stimmt's? Das ist aber nett von ihm, daß er sich kümmert! Und überhaupt: Woher weiß der überhaupt von damals, von David Groth und Carola?«

Jetzt tippte sich Johanna an die Stirn, was eine ihrer raren Gesten war. »Du hast das doch nicht etwa für ein Geheimnis gehalten? Darüber ist schon gesprochen worden, als du Chef werden solltest, und die Carola war Kaderleiterin im selben Hause. Deine Romanze ist ungefähr so diskret behandelt worden wie jetzt der Bau von diesem Fernsehturm hier. Vor mir konntest du sie nicht verheimlichen und vor dem Rest der Neuen Berliner Rundschau auch nicht. Der einzige, der mir nicht irgendwann einmal zu verstehen gegeben hat, daß mein Assistent mit einer Hübschen aus der

Rotation schläft, die mich Petersilie nennt und sieben Jahre älter ist als David Groth, der einzige ist Fedor Gabelbach gewesen.«

»Das zerlegt mich in meine Einzelheiten«, sagte David, aber Johanna erklärte ihm, die interessierten jetzt hier nicht. »In Liebesdingen bist du also schon ein Tölpel gewesen, aber als Intrigant bist du der tölpelhafteste Tölpel von hier bis zum Stillen Ozean. Ein Mensch, der am Morgen die Idee zu einer Intrige hat, sie am Tag einfädelt und sich schon am Abend damit erwischen läßt, das ist ein Tölpel im sozialistischen Weltmaßstab. Und so etwas will jetzt hier Minister werden!«

»Will überhaupt nicht«, sagte nun David, »hat nie gewollt und will nie mehr, verdammt noch mal!«

»Das bestimmst nicht du«, sagte Johanna mit Schärfe, »das bestimmst du nicht. Du bestimmst nicht, ob du es wirst, und du bestimmst nicht, daß du es nicht wirst!«

»Franziska«, rief David hilflos, »sag du doch auch mal was!«

Doch Fran wies ihm ihre leeren Hände. »Ich bin so schlecht vorbereitet, weißt du? Sieh mal, ich bin einfach zuwenig mit Wissen ausgestattet; was soll ich da sagen? Heute morgen hast du eine lustige Bemerkung gemacht, ehe du den Fahrstuhl besiegt hast, und tagsüber hast du ja auch richtig zu tun gehabt, wie ich jetzt höre; ich weiß also nichts. Natürlich, einen vorsichtigen Reim könnte ich mir schon machen: Wenn das mit dem Minister doch kein Witz ist, dann muß einer von der Obersten Abteilung die Ohren spitzen, wenn er was von positiven Intrigen und alten Freundinnen hört; ich würd's von ihm verlangen. Ich würde mich sogar bedanken, an deiner Stelle, daß er sich Wege gemacht hat und Frau Müntzer auch, damit kein knäueliges Kuddelmuddel entsteht.«

»Ja, danke«, sagte David, »und ich hab jetzt von all der Güte die Nase voll, und außerdem hab auch ich mir seit heut morgen ein paar Gedanken gemacht, und ich ...«

»Einen Augenblick noch«, warf Johanna ein, »es interessiert jetzt niemanden, was mit deiner Nase ist, David Groth, es interessiert nur, was mit deinem Kopf ist. Du denkst, du hast einen schönen Gedanken darin, und die anderen sehen seine Schönheit nicht. Applaudierst du manchmal deinen Ideen? – Ich sage nicht, daß die anderen in jedem Falle bessere haben als du; ich sage: Halte es aber für möglich.«

»Aber ich hatte doch nie etwas anderes im Sinn als ...«

»Das weiß ich«, sagte Johanna, »und der Genosse Frank wird es auch wissen, wenn man es ihm erklärt. Aber solange es die Welt gibt, haben immer Leute gesagt: Das habe ich nicht gewollt!, und meistens waren sie ehrlich, nur: Sieh sie dir an, die Welt!«

»Die Weltgeschichte und der Dispatcher Krell – großartig!« sagte David.

»Nein, anders: Die Weltgeschichte und David Groth! Darin unterscheiden wir uns ja: Daß wir wissen, wie sehr wir in der Weltgeschichte stecken. Wir sind nicht immer an unseren Lagen schuld, aber wir müssen leben, als wären wir es.«

David sprach eine Weile nicht, und die beiden Frauen schwiegen auch, die alte und die junge; die beschäftigten sich mit ihren Tassen, und schließlich sagte David: »Kann sein, ja – so ähnlich hab ich es heute schon mal gehört: Mit Ahnung und Vollmachten, kann schon sein, weil es hier um die große Anmaßung geht – das kann schon wirklich sein.«

Johanna sah Franziska an, und Franziska sah Johanna an, und beide zogen die Brauen hoch dabei.

Und David störte das nicht weiter.

# 14

Als mich der Fliegergeneral Klütz aus der Kaserne holte, da sagte er zu mir: »Der Krieg ist unten nichts für die feineren Köpfe. Du hast einen feineren Kopf, bist aber mal für oben nicht angelegt. Ich bitte, sich dies zu merken: Wenn es heil und ganz bleiben soll, das feine Köpfchen, dann machst du, was ich sage. Vermutung ist: Mein Kopf ist etwas gröber. Gewißheit ist: Ich bin oben. Parole lautet: Wer meine Flinten fleißig putzt, soll mir in keinen Krieg. Ich bin ein Mensch, und ich bin dein Gott; Anbetung nicht erforderlich, Demut erforderlich. Sieh mich an, da hast du deine absolute Flughöhe; über mir ist nichts, für dich. Unter mir geht es tief hinab, und ganz unten ist eine sehr harte Erde. Aber fürchte dich nicht, ich halte dich – wenn du meine Flinten putzt, wenn du dein Maul hältst, und wenn du dein Maul aufmachst, dieses nach meinem Belieben. Gratifikation deinerseits: Du behältst einen heilen Arsch hier. Apropos letzteres: Greife keinem Damenbesuch an denselben. Des weiteren: Meine Zigarren rauche ich, meine Hunde haue ich, meine Witze sind gut, meine Nichten sind Jungfern und bleiben es noch, der Endsieg ist nahe. Vergatterung beendet. Wegtreten mit Leitspruch: Mensch sein heißt: seine Grenzen kennen!«

Soweit mein General, und nun ich: Ich habe ihm seine Flinten gepflegt, und einmal habe ich gegen Gewinnbeteiligung einen prächtigen Colt Navy Revolver aus seiner Sammlung bei Meister Treder gegen eine miese Greensboro-Imitation eingetauscht. Seine Zigarren habe ich nicht geraucht; ich bekam Zigaretten für jede, die ich klaute. Seinen Hund brauchte ich nicht mehr zu hauen, als ich ihn erst einmal in den Hintern getreten hatte. Das mit seinen Nichten stimmte nicht; von der einen weiß ich es sicher. Was den Damenbesuch angeht: Denen hätte er auch sagen sollen, was er mir gesagt hatte – ich jedenfalls habe nicht gegriffen, ich nicht! Aber sonst hat er recht gehabt, mein General: Er war ein guter Herr, und ich war sein getreuer Knecht. Und vielleicht verdanke ich ihm ein Stück Leben, ist das etwa nichts? Nur, nur mit seinem Leitspruch weiß ich schon seit längerem nichts Rechtes mehr anzufangen. Aber das muß nicht seine Schuld sein; das kann auch meine Schuld sein; es muß etwas sein mit Zeit und Raum – manches gilt im Tiergarten und hier nicht; manches galt damals und gilt jetzt nicht mehr. Leitsprüche haben eben auch nur begrenzte Haltbarkeit.

Als mich der Ratzeburger Pastor zwischen seinen Erdbeeren angetroffen hatte, da sagte er zu mir: »David Groth, in den Augen der Welt ist es nur Mundraub, in den Augen Gottes ist es Ungehorsam gegen sein Gebot, und in meinen Augen ist es eine Sauerei – ihr habt doch selber welche! Bist du mir nicht der nämliche David Groth, der im vergangenen Herbste den Buxtehude-Abend in der Schulaula gestört, indem er unter Ausnutzung eben erworbener Kenntnis der Hebelgesetze den Klappdeckel seiner Bank zum Haselnußknacken benutzte? In den Augen der Singgemeinde bist du rehabilitiert, weil auf diese Weise endlich ein Bericht von den vokalen Anstrengungen Ratzeburgs bis in die Lübecker Zeitung geraten ist, aber in meinen Augen bist du auf Untat fixiert. Ich ziehe einen Strich von den Haselnüssen zu meinen Erdbeeren; da bekomme ich eine Richtung. Ich sehe in deinem Wandel Nichtachtung von dreierlei Eigentum: dem Eigentum als solchem, dem geistigen Eigentum und dem geistlichen Eigentum. Ich sage dir, David Groth, halte ein, kehre um, sonst wartet die Hölle deiner, denn sie ist zugleich mit dem Eigentum erschaffen worden und zu dessen Schutze, und fürchtest du ihrer nicht, so wirst du ein großer Räuber werden. Dies sprach ich als Pastor zu dir, und als Erdbeerbesitzer versohle ich dir jetzt den Hintern.«

Soweit mein Pastor, und nun ich: Der Mann hat recht behalten mit mir, und seine Hirtenhand hat mir die Mahnung eingerieben, so sehr, daß ich bei meinen ferneren Unternehmungen über die Zäune um andrer Leute Propretät die nahe Hölle immer vor Augen hatte. Das hielt mich meist in Grenzen und schärfte meine Umsicht, wo ich sie doch überschritt.

Bis dann jener Fall eintrat, an den mein Pastor nicht hatte denken können; an diesem, an diesem Falle war ich sehr beteiligt. Er steht auf der Rolle der großen Delikte verzeichnet als die Expropriation der Expropriateurs; das ist wissenschaftlich und bedeutet: Enteignung der Räuber, und es ist natürlich, daß die es Raub des Eigentums nannten.

Und wieder wissenschaftlich ist, daß mein Pastor, historisch fixiert, wie er war, auf dreierlei Formen von Eigentum, eine vierte Form nicht zu sehen vermochte – denn wer kann schon von Ratzeburg bis Moskau sehen? –; doch nun kann auch mein Pastor, so ihm sein Gott noch immer die Augen offenhält, diese vierte Form von Eigentum gewahren – wir haben es ihm leicht gemacht: Hebt er den Blick aus seinem Erdbeergarten ostwärts, sieht er hinüber nach Gadebusch, wo einstens Theodor Körner fiel, dann kann er die dort historisch fixierten Buchstaben lesen: VE; VE wie Viertes Eigentum, VE wie Volkes Eigentum.

Doch sollten ihn darob die guten Augen schmerzen, so halte ich einen Trost für ihn bereit: Er hat recht gehabt mit mir und meiner Richtung, und wenn seine Einreibung bei mir nicht auf Dauer verfing, so mag er wissen: Seine nicht und mancher andrer auch nicht; bei mir nicht und nicht bei den meisten von meinesgleichen.

Als mich mein Lehrermensch Kasten in das hinausließ, was er das Leben nannte, da sagte er zu mir: »Da jetzt dein Vater den grauen Rock des Führers tragen darf, Geliebter mein, obwohl er einmal, dank unserem Führer, in Zebrastreifen gelaufen ist, will ich dich behandeln, als wärest du der Sohn eines beliebigen Volksgenossen, und will dich gemahnen an ein Wort unseres großen Dichters Hermann Burte: ›Musik entsprang aus deinem Blut, ein Strom, und wogte Lust am Tod in deine Lieder‹ – wir haben es durchgenommen: Was hier mit der zweiten Person, Einzahl, vom Dichter angerufen wird, ist Deutschland, und in dieser großen Stunde behandle ich dich trotz deines Namens als einen Teil davon. Mögest du nimmer den im Schrifttum beschriebenen Kreislauf durchbrechen – wir haben ihn einmal durchgenommen: Aus dem Blut entspringt die Musik, und diese wogt, weil sie vom Blute ist, die Lust am Tode in die Lieder, und diese schwellen dem Manne den Arm, und wo er nun hinkommt, fließt wieder Blut, und so weiter, Beispiele dazu: Volker der Spielmann und Richard Wagner. Du trittst nun ein in den Arbeitskampf, und einmal wirst du auch in den größeren Kampf gerufen, da weise würdig dich unter den Waffen; und tönet der Sang vom Deutschland über allem, dann wisse, er kommt aus unserem Blute und ist die reine Lust am Tod!«

Soweit mein Lehrermensch Kasten, und nun ich: Mit der Lust am Tode hat es zwar ein Leben lang gehapert bei mir – ehe ich eine Lust darauf habe kriegen können, ist mir immer die Angst vor dem Tod dazwischengeraten, so daß es zu Dichter Burtes Kreislauf in mir nicht kommen wollte –, aber vergebens hat mich Herr Kasten keineswegs behandelt.

Vor allem entsann ich mich gut seiner Mahnung, als späterhin wieder der Sang aufklang von Deutschlands gehobener Stellung. Dann dachte ich mir: Was singt ihr denn hier; was summt ihr da so; wer ist hier der Spielmann?

So sah ich da näher hin und sah so manchen Volksgenossen, den ich wohl noch kannte, und meinte auch Herrn Kasten zu erkennen, und sagte mir: Wo das singt und wo man so was singt, da laß dich niemals nieder, und laß dich auch nicht ruhig nieder, solange man noch nebenan so todeslustig nach des Volkers Fiedel springt.

Nichts geht über einen guten Lehrer: Bringt dir das Reimen bei, und hat er tausendmal »Geliebter mein« zu dir gesagt und einmal »Mögest du nimmer!«, dann magst du nimmer anders an ihn denken als in treulich dankbarer Liebe. So geht es mir mit meinem Lehrermenschen Kasten.

Als mein Onkel Hermann, der Feldwebel Groth, mit mir auf dem Motorrad durch Holsteins Buchenwälder raste, da sagte er zu mir: »Ist das vielleicht keine richtig feine Sache, was hier so unsere Heimat ist? Donnerst hier durch die Büsche und kannst nach Herzenslust schrein; bist ein freier Mensch bei dem Krach und ist auch noch gut für die Kommandostimme. Was muß ich da zu Hause das Maul aufmachen und krieg auch noch Konzertlager für? Nee, David, ich will dir mal was sagen: Eine 500er Triumph, das ist was richtig Feines. Triumph bedeutet dasselbe wie Triumph; das ist, wenn sie sich richtig freuen und haben auch einen Grund dazu. Deshalb habe ich meine Triumph, weil ich da weiß: Scheißt mich der Hauptmann an, sage ich ›Jawohl!‹, und abends steige ich auf meine Maschine, rausche hier durch das meerumschlungene Land und rufe aus tiefstem Herzensgrunde: ›Herr Hauptmann, Sie können mich mal am Arsche lecken; Sie sind ja doch zum Scheißen noch zu dämlich; daß Sie es nur wissen!‹ Da siehst du, David, was so ein Motorrad für eine richtig feine Sache ist und unsere hier noch dünn besiedelte Heimat auch. Wenn du groß bist, schaff du dir man auch ein Motorrad an, damit du auch wie ein freier Mensch leben kannst, und zu Haus sag man nu nix von dem, was wir uns hier eben verzählt haben, das gibt nur Ärger.«

Soweit mein Onkel, der Feldwebel, und nun ich: Mein Onkel hatte da einen Punkt gemacht; alles, was er gesagt hatte, sprach für den Ankauf eines Motorrades, und ich habe mir schließlich auch eines angeschafft.

Vielleicht hat es an der Marke gelegen, daß es mir nicht so richtig fein geholfen hat wie ihm. Ich habe es mit einer RT 125 versucht und mit einer 350er Jawa, aber ich habe mich beim Schreien nur bis auf den tiefsten Magengrund erkältet.

Vielleicht schrie ich auch nicht mit der richtigen Inbrunst, denn »Genossin Müntzer!« schreit sich einfach anders als »Herr Hauptmann!«.

Vor allem aber – hier sehe ich den Hauptgrund, warum meines Onkels Rat nicht so recht zum Greifen kam –, vor allem bin ich zu spät zu meinen Donnerrädern gekommen. Das hing mit meinem Gehalt zusammen und der Motorradproduktion im Lande und dem Import von außerhalb – ehe ich die große Anschaffung machen konnte, um mich mal so richtig fein frei ausdrücken zu können, hatte ich schon zu lange in der Rundschau gearbeitet, und der Herr Hauptmann dort hieß Frau Müntzer, Genossin Müntzer; diese Frau Hauptmann gab sich nicht mit Jawohl zufrieden, die ließ einen nicht aufs Rad zur befreienden Fahrt, bis nicht jetzt hier einmal alles geklärt worden war, und dämlich war die in keiner Hinsicht – was sollte ich da noch zum Schreien hinaus in die Heimat?

Und träfe ich heute in der alten Heimat meinen Onkel Hermann wieder, oder käme er zu Besuch in meine neue Heimat hier, so müßte ich ihm sagen: Ganz sicher hast du es gut gemeint mit deinem Rat, aber der Lauf der Dinge hat es gewollt: So ganz die richtig feine Sache ist so ein Motorrad auch nicht mehr – doch ich gebe zu: Das kann auch an der Marke liegen. Und eines habe ich jedenfalls aus deinem Beispiel gewonnen: Wenn ich in der Rundschau einen von denen seh, die mit mir arbeiten, und sehe auch, der hat sich ein Feuerrad gekauft, dann achte ich, ob er im Motorendonner die Lippen spitzt, und sage zu mir: Du, du David Groth, du wirst dem doch hoffentlich kein alter Hauptmann sein?

Als mein zweiter Lehrherr, der Büchsenmachermeister Treder, dahinterkam, daß seine dürre Schwiegertochter ballistischen Umgang mit seinem Lehrling Daffi trieb, da sagte er zu mir: »Ich könnte dir glatt in die Fresse haun, und es reizt mich geradezu, dich ›David‹ zu rufen; verdient haste beides. Nur der Mangel an anschlägigen Leuten, die sich auskennen mit Gustav-Adolf-Musketen und dem Wert davon, behindert mich. Ausgerechnet mit die Ursula! Du kuckst wohl nicht auf die Pakete, wenn du sie zur Post bringst, du liest wohl meinen Helmut seine Adresse nicht: SS-Güterverwaltung Minsk? Denkst du vielleicht, der ist da Schweizer, Obermelker, Zitzenzieher bei die Panjekühe? Den mußt du mal hören, wenn er auf Urlaub ist und hat eine Flasche Martell hinterm Koppel! Da kann ich immer nur sagen: Mensch, Helmut, Junge, was du da erzählst – könnt ihr das nicht humaner erledigen: saubere Kugel hinters Ohr und damit Heinrich Schlusnus? Wenn du den da mal hättest lachen hören, dann würdest du aber lieber an die Winterhilfe spenden als an die dünne Zicke. Der macht 'ne Kumuluswolke aus dir; so nennt er das, wenn er Laune hat. Und dem seine spärliche Gattin? Das muß doch geradezu aufreibend sein; Mensch, Daffi, die taugt nischt, und dicht hältse bestimmt nicht. Ob du mit einem Weib ein Geheimnis tauschst, oder du sagst es beim nächsten Wunschkonzert durch alle Volksempfänger, das ist Jacke wie Weste. Weiber sind dem lieben Gott sein Pfusch. Um mit einem Vergleiche zu sprechen: Der Mann ist reiner Bohnenkaffee, erste Kameruner Hochlandsorte; die Weiber sind Muckefuck, Kathreiners Ersatzmischung. Wo wir einen Kopf haben, Daffi, da haben die eine Nachahmung; damit es nicht so auffällt, haben sie die langen Haare. Die Frau an sich hat nischt zu besagen; sie hat nur was zu besagen als die Fortsetzung des Mannes in einen niederen Lustbereich – det sagt ein alter Kunde von mir, ein studierter Mann, du kennst 'n, der mit dem Faible für die Hakenbüchsen. Mensch, Daffi, zieh dich zurück aus der schütteren Ursula!«

Soweit mein zweiter Lehrherr, und nun ich: Ich habe mich zurückgezogen. Man soll seinem Lehrherrn folgen aufs Wort, und ich bin ihm gefolgt, ihm und seinen Worten, bis auf einige Worte. Auch er hat seine Verdienste um mich, der Meister Treder – weiß ich, ob ich nicht ohne ihn längst eine längst verwehte Kumuluswolke wäre, eine von den vielen?

So will ich ihm den Vorwurf nicht machen, daß seine Bilder vom Verhältnis zwischen Mann und Weib eher farbig als stimmig gewesen sind. Ich habe mich mehrfach Damen gegenüber als erste Kameruner Hochlandsorte zu geben versucht; mir scheint, es hat etwas humoristisch gewirkt. Womöglich hätte ich einiges damit beschicken können, als Kamerun noch Deutsch-Kamerun war – ich sage seither: Für manches ist man einfach zu spät geboren.

Aber das mit dem Lustbereich stimmt, nur: wieso eigentlich »nieder«? Darin wieder habe ich sowohl meinem Meister als auch seinem studierten Gewährsmann nie folgen können.

Doch eines noch habe ich aus meines Lehrherrn Traktat vom Weibe und vom Weibe Ursula und von deren Gatten Helmut und seinen Launen für mein Leben gewinnen können: Die Neigung, hinter die Worte zu sehen und mich nicht gleich, um ein Beispiel zu nennen, mit pastoralen Vorstellungen zu befrieden, wenn mir einer sagt, im Kriege, ach ja, da habe er in einer Güterverwaltung gewirkt. – Ähnliches gilt übrigens für Berufsbezeichnungen wie: Baumeister, Hilfsreferent, Mediziner oder Theologe.

Ich bin meinem Meister sehr verpflichtet.

Als der Leihbibliothekar Geschonnek in mir einen vertrauenswürdigen Kunden erkannt hatte, da sagte er zu mir: »Sehen Sie, Herr Groth, ›Sternstunden der Menschheit‹ von Stefan Zweig, das Exemplar ist etwas stockfleckig, aber das gehört sich in diesem Falle; es sind Male seiner Herkunft, wenn ich es so ausdrücken darf. Das Werk ist mir lieb, ich leihe es nicht jedem, es erinnert, wie ich sagen darf, an meine Sternstunde. Ein jeder hat eine solche, nicht nur Dostojewskij und die anderen Herren bei Zweig. Meine hat sich im letzten April des letzten Krieges zugetragen. Der Russe kam nach Berlin, und die Bewohner der Stadt sahen ihre Bücher durch; manche warfen wohl auch alle, die sie hatten, fort; man wußte doch nicht. Es hat viele Methoden gegeben, die verdächtigen Werke aus den Häusern zu schaffen; eine war, man warf sie ins Wasser. Man warf sie sogar in die Panke; der April hatte ihren Pegel etwas gehoben. Ich war schon damals Invalide, und ich wohnte unweit der Panke, und als ich das mäßige Flüßchen voller schwimmenden Schriftguts sah, da hatte ich, wenn ich es so formulieren darf, meine Sternstunde. Aus Neugier zunächst und dann aus tieferem Interesse zog ich das Treibgut ans Ufer, wandelte es so in Strandgut, und da ich wissen durfte: Hiervon wollte niemand mehr Eigentümer sein, setzte ich das Jus litoris wieder in Kraft – Sie sollten wissen, ich war einmal bei Gerichte beschäftigt – und erhob einen Anspruch auf die feuchten Fundsachen. Das meiste zwar habe ich der Panke im Handumdrehen zurückerstattet, gleich einundzwanzigmal den ›Mythus des 20. Jahrhunderts‹, aber ein Rest blieb; daraus ist Geschonneks Leihbücherei erwachsen. Das Werk da in Ihren Händen und die Wasserflecken darauf erinnern noch daran. Wenn ich es einmal dahingehend umschreiben darf: Das Glück harrt des Menschen nicht nur an den weiten Küsten des Meeres!«

Soweit mein Leihbibliothekar, und nun ich: Ich sehe mich in vollem Einverständnis mit Herrn Geschonnek. Ein Freund von mir hat es mit der Meeresküste versucht, als die von meinem Bibliothekar erwähnten und seither zeitweilig auf dem Territorium der Deutschen Demokratischen Republik stationierten sowjetischen Streitkräfte sich ihm näherten. Da hat mein Freund geglaubt, auf dem Darß fände ihn niemand; er hatte sich schon recht gemütlich auf eine peninsuläre Robinsonade eingerichtet, als sie ihn fanden. Er war dann einige Zeit im Donbass beschäftigt. Für mich lag der Donbass damals in Sibirien und Moskau auch oder Leningrad; so wollte ich weder in den Donbass noch nach Leningrad. Mein General Klütz hatte es auch nicht gewollt; da hatte er rechtzeitig seine Anwesenheit in entgegengesetzter Richtung erforderlich gemacht, und im Wagen war nicht mehr Platz gewesen, wegen ihm und der Nichten und dem Handgepäck. Ich begab mich in Berlins Rieselfelder, einen Landstrich, von Wasserläufen durchzogen, die der Panke nicht unähnlich sind, diese aber in der Stärke des Geruchs noch ein wenig übertreffen.

Niemand glaube, die Armisten, die meinen Freund, meinen General, Berlins Bücherbesitzer und auch mich so erschreckten, hätten die duftende Abwässer-Landschaft um die Stadt unbeachtet gelassen; sie schickten ausgesuchte Männer mit starken Nerven auf Patrouille durch das Gelände, und wen sollten die anders suchen, sagte ich mir, als mich.

So zog ich mich, wenn sie nahten, immer in einen röhrenförmigen Durchfluß zurück. Dort wohnte mein Glück, wenn ich einmal mit Herrn Geschonnek sprechen darf.

Aber, ach, ich sehnte mich wahrhaft bald nach den weiten Küsten der Meere! Nach den sandigweichen Stränden dort, nach ihren reinigenden Wogen, nach den süßen Brisen und dem freien Wind.

Ja, nach mehrfach wiederholtem Aufenthalt im Darmsystem der Reichshauptstadt, nach Schweigeminuten in einem Wasser, das wer weiß wer unter sich gelassen, nach Bedenkstunden neben einer nackten toten Ratte, nach Augenblicken der Einkehr, in denen ich hingelagert war auf den schlickigen Grund dieses Stoffwechselkanals von meiner Heimat Metropole, ja, nach einiger Vertrautheit mit dem, was alles dieses Land mir zu bieten wußte, da faßte mich gar die Neugier, wie es denn wohl in Sibirien sei, da riß es mich fast heraus aus der Röhre und wollte mich bis in den Donbass ziehn, da meinte ich: Steppe, Taiga und Tundra, nun denn, meine Lieben, ich komme! Es hat sich so ergeben, daß sie mich nicht gleich haben wollten; der Frühling ging hin und auch der Sommer, und im Herbste trat ich in die Rundschau ein, aber die Neugier auf Sibirien, die hielt an und auch das Reißen nach dem Donbass hin und hin nach Leningrad und in die Taiga, und einmal gab ich dem Reißen nach und stillte meine Neugier, einmal und viele Male noch, und Freundschaft konnte da einfach nicht ausbleiben.

Und da diese für mich in einer Berliner Rieselröhre begann, unterschreibe ich Herrn Geschonneks Satz: »Das Glück harrt des Menschen nicht nur an den weiten Küsten des Meeres.«

Als ich den Begründer der REBEA, den pensionierten Eisenbahner und Großvater Richard Kist, interviewte, da sagte er zu mir: »Bei allem, was geschehen ist, bei allem Mißgeschick, das mir widerfuhr, bei allem gesellschaftlichen Ungemach, das mir geschah, lege ich doch Wert darauf, für einen Selfmademan zu gelten, und sähe es gern, sähe man fürder in mir ein dahingehendes Exempel.«

Soweit mein Interviewpartner Kist, und nun ich: Ich hatte auch einen Großvater, und einen Selfmademan hatten wir auch in unserer Familie. Ich kannte diesen nur aus den Berichten jenes; zornige Berichte waren das und so patriotische, daß auch das entscheidende englische Wort in ihnen wie ein deutsches ausgesprochen wurde: Selfmademann.

Der so Genannte, ein Schwager meines Großvaters, war aus Ratzeburg fortgegangen und nach New York heruntergekommen – Neuyork hieß dieser Ort natürlich für meinen Großvater; er war auch im Kyffhäuser-Bund.

Der Schwager, mein Großonkel, hatte den dort üblichen Aufstieg vom Golfballjungen zum Golfballproduzenten vollzogen, eine Karriere, die meinem Großvater schon deshalb suspekt bleiben mußte, weil Golf in seinem Ratzeburg ungefähr so bekannt war wie jetzt in meinem Berlin und weil es ein Spiel war, mit dem der Schwager sein Glück gemacht hatte; was also lag näher, als daß dieser Mann ein Glücksspieler war?

Nun kam der Neuyorker zu Besuch zu Schwester und Schwager, log ihnen etwas vor von Wolkenkratzern und Demokratie, rauchte die gute Stube voll mit Uppman-Zigarren, bot aber keine an und war überhaupt ohne alle Geschenke oder wenigstens Mitbringsel gekommen, spann ein Garn von seinem Siegeszug durch die Staaten und knüpfte hinter jedem Abschnitt einen markierenden Knoten darein, den Spruch nämlich: »Und daß ihr es wißt: Ich bin ein Selfmademan!«

Diese Tortur hat acht Tage gedauert, dann hat mein Großvater den Selfmademan aus dem Haus gejagt, und nachgerufen hat er ihm das fürchterlichste Wort, was ihm greifbar war: »Du, du Selfmademann!«

Und später, als ich hinausging von Ratzeburg nach Berlin, da hatte mein Großvater für mich nur einen Rat und sprach ihn aus wie eine Herzensbitte und eine feurige Drohung: »Und denn, min Jung, werd du mir bloß nicht auch so einen Selfmademann!«

In diesem Licht ist ersichtlich, daß des REBEA-Begründers Aufforderung, ihn als ein Exempel zu nehmen, bei mir vor offene Ohren kam; ich tat den Hinweis dieses Großvaters zu dem meines Großvaters hinzu, addierte sie und zog aus der Summe den Schluß, der nicht das Zitat ist, für den man ihn halten mag: Es geht auch so, doch anders geht es auch.

Manchmal, so erfuhr ich noch oft, ist die Erinnerung daran nicht völlig ohne Nutzen.

Als die Gräfin Lehndorff bei uns das tat, was sie den Tee nehmen nannte, da sagte sie zu mir: »Schauen Sie, Herr Groth, Sie sind aus dem westlichen Raum in den östlichen gekommen, und ich kam aus dem östlichen in den westlichen Raum. Ihr Vater hat, wenn ich so gut unterrichtet bin, wie mein Job es verlangt, im Dritten Reich Schweres erlitten; ein naher Verwandter von mir, Olrik von Dolenhoff, den Sie kennen, da auch Ihr Job solche Kenntnis von Ihnen verlangt, hat ebenfalls den Unrechtsstaat am eigenen Leibe erfahren. Sie kommen aus einfachsten Verhältnissen; ich komme im Grunde auch aus einfachsten Verhältnissen. Es ging in unserem Hause weniger feudal als frugal zu, und die Strümpfe, die wir als Kinder trugen, waren vom gleichen rauhen Knäuel, von dem auch die Strümpfe der Kätnermädchen kamen. Sie haben lernen müssen, zäh und für sich, und auch mir war niemand mit einem Nürnberger Trichter behilflich. Sie sind ein Pressemann mit Leib und Seele, und auch ich bin diesem Handwerk ganz verhaftet. Sie haben Ihre Schwierigkeiten mit Ihren Leuten, ich die meinen mit meinen. Ihr Herausgeber ist ein anderer als mein Herausgeber, aber wir haben beide einen; wir sind beide nur Diener. Ich räume ein, Sie und ich haben gewiß einige Divergenzen, wenn es um die Frage geht, was denn die Wahrheit sei, doch daß es uns beiden um die Wahrheit gehe, wird uns beiden niemand bestreiten dürfen. Wir lieben es beide, nüchtern zu sein, und nüchtern also: Hier ist Gemeinsamkeit. Sie kamen aus dem westlichen in den östlichen Raum; ich bin aus dem östlichen in den westlichen gekommen; die Gleichung hebt sich auf, denn die Erde ist rund; die Richtung ist nichts, die Bewegung ist alles. Schauen Sie, Groth, und sagen Sie mir, wo bleibt, auf die Dauer gesehen, meine ich, wo bleibt auf die Dauer der Unterschied?«

Soweit die Gräfin, und nun ich: Ich kann es nicht leugnen: Die Theorie der Gräfin hatte ihre eigene Schönheit, und ich kann auch nicht bestreiten, daß einige der Zeilen aus ihrem Skript nicht ohne Wohlklang waren. Ich könnte auch sagen, sollte es tun: Sie haben mir geschmeichelt. Wahrscheinlich ist es mir ein wenig wie Wassilij Wassiljewitsch Spiridonow gegangen: Aug in Auge er mit Moltke nun, dem legendären Genie.

Töricht, nicht wahrhaben zu wollen, daß es dem mächtig Getretenen für einen Übergangsmoment wohl tut, den so schrecklich lang mächtigen Treter sagen zu hören: Wir sind nun einander gleich. Denn der sagte dies nie, wäre er nicht, in dieser Stunde wenigstens, besiegt. Doch war da die Erinnerung an einen einstmals festen Griff um meine Gurgel, die mich den gräflichen Arm mit freundlichem Dank von meinem Halse nehmen ließ, und ich erwähnte mit sanftem Hohn des Wandels der Zeiten, aber dann schien es mir, als sei ein Ton von höhnischer Sanftheit allenfalls geeignet für den Verkehr zwischen Gleichen, und so sah ich uns nicht, die Gräfin und mich, und ich sagte es ihr; ich sagte: »Wir wollen hier keinen Fehler machen, aber wir machten einen, vergäßen wir über dem, was uns durch Natur und Geschichte gemeinsam ist, ein, zwei Dinge, die uns trennen. Unsere Gemeinsamkeit ist die von Hermann A. und Hermann A. Sie heißen nicht nur beide Hermann und heißen nicht nur beide Hermann A., sie sind auch beide zu hohen Zuchthausstrafen verurteilt gewesen, was sie wohl beide, wenn sie sich sehr zusammennehmen, Unrecht nennen, und – jetzt kommt das schönste Gleichheitszeichen zwischen ihnen – sie haben beide in einunddemselben Haus, Berlin W 8, Mauerstraße 39, und gar in einunddemselben Zimmer, Nordflügel, 1. Stock, als Unternehmenschef gesessen, der eine Hermann für die Deutsche Bank und der andere Hermann für das ›Neue Deutschland‹; zwei deutsche Hermanns und einander ungefähr so gleich, wie Sie, Frau Doktor, Sie und ich.

Nein, bitte nicht, entrüsten Sie sich nicht vorschnell, bitte; ich verwechsele Sie nicht mit dem einen A. und mich auch nicht mit dem anderen; ich habe das Spiel auch nicht aufgebracht, ich möchte es nur zu Ende bringen; da schlage ich vor, wir lassen, zur Prüfung der schönen Gemeinsamkeit, von der Vergangenheit und prüfen uns an der Gegenwart. Es ist ein Spiel, Gräfin, und in diesem Spiel begeben wir uns alle, Sie und der eine Herr A., der andere Hermann A. und ich, in das Nordflügelzimmer im ersten Stock der Mauerstraße 39, 108 Berlin, und sehen alle aus den Fenstern dort, sehen über der Straße in östlicher Richtung das Ministerium des Innern der Deutschen Demokratischen Republik, sehen nach Norden hin die Rückfront der sowjetischen Botschaft und ein Teilstück des Ministeriums für Volksbildung, sehen nordwestlich das Brandenburger Tor und sehen im Westen schließlich eine Grenzbefestigung, die manche auch die Mauer nennen.

Dies gesehen, setzen wir uns nieder, die Deutschen Lehndorff und A., A. und Groth, und dann schreiben wir auf, was uns einfällt nach solchem Rundblick, schreiben, was uns erinnert hat und woran, was uns gefallen hat und warum, was uns nicht gefallen hat und, auch hier, warum, was wir bewahren möchten und wozu, und wir schreiben, was wir, könnten wir, änderten und zu welchem Ende.

Ich will Sie nicht behelligen und das Spiel bis dort treiben, wo die vier deutschen Aufsätze verlesen werden; ich bin nur gewiß, wir bekämen nicht nur vier verschiedene Arbeiten, sondern auch vier, aus denen sich zwei Paare machen ließen, und ich vermute nur, die Ihre und die meine, die gäben kein Paar.

Wir geben kein Paar, Gräfin, wenn wir aus jenem Fenster sehen auf ein Stück Welt, und wir geben kein Paar, von welchem Punkte auch wir die ganze Welt betrachten, und da ist ein Unterschied von lange her und ist auch von langer Dauer.«

Ich muß jetzt sagen, das Spiel mit dem Fenster war vielleicht etwas bemüht und hergeholt, und doch ist es öfter noch nützlich gewesen. Ich habe mir angewöhnt, ungebetene oder unerprobte Freunde – im stillen seither und für mich, versteht sich – vor die Perspektive in der Mauerstraße zu bitten, und wenn die Rede von Standpunkt ist, dann sehe ich mich dort; mein Blick gewinnt dann stets an Schärfe.

Das dank ich der Gräfin; ich danke ihr.

Als mein erster Meister, der Ratzeburger, aus Gründen, die er mir nicht offenbarte, für eine Woche auf Reisen mußte, da sagte er zu mir: »Junge, dir steht sowieso ein Urlaub zu; den nimmst du eben jetzt; brauchst also morgen und bis zum nächsten Montag nicht zu kommen.«

Soweit mein erster Meister, und nun ich: Junge, war das eine Freude aus dem Blauen heraus! War das ein herrlicher Tag und war mein Meister ein herrlicher Mann! Ein anderer als er hätte seinen Koffer genommen und hätte mich, mit Anweisungen versehen, in der Werkstatt zurückgelassen. Aber nicht er; er hatte Herz, und ich wollte ihm das nicht vergessen.

Ich verreiste auch; ich klemmte meinen Rucksack aufs Fahrrad: Ade, Ratzeburg; grüß dich, Mölln; hallo, Schwarzenbek; guten Tag, Hamburg! Es gab dort einige weitläufige Tanten und einen echten Onkel, meiner Mutter ältesten Bruder, doch vor allem gab es dort Hamburg, und meine Besuche fielen flüchtig aus. Bei einer Tante, die keine richtige war, durfte ich wohnen; den Rest der Verwandtschaft versah ich mit Grüßen, ließ mich mit Butterbroten versehen und war schon wieder fort, kaum daß ich mein unvorhergesehenes Erscheinen begründet und das Lob meines guten Meisters gesungen hatte.

Mein großzügiger Ausbilder erntete immer den Beifall meiner Anverwandten; nur einmal nicht. Das war bei meinem richtigen Onkel. Der war so. Meine Mutter sagte später: »Ja, der ist eben blind.« Er war wirklich blind. Er war Heizer gewesen auf einem Schiff; da war einmal ein Wasserstandsglas geplatzt.

Er war auch in der Schlacht im Skagerrak gewesen, und in Kiel hatte er in einem November etwas getan, von dem meine Mutter nur flüsterte.

Sie verstanden sich nicht gut, meine Mutter und ihr Bruder; die wenigen Besuche endeten meist mit Streit, weil mein Onkel so unvorsichtig war, und mein Vater war ihm zu still. »Der ist eben blind«, sagte meine Mutter über ihren Bruder.

Zu mir war er nett, stellte sogar, um sich mit mir zu unterhalten, das Radio ab; ich verstand sowieso nicht, was die da sprachen, ausländisch und auch sehr leise. Ich mußte erzählen, was ich schon alles in der Stadt gesehen hatte, und mein Onkel freute sich, und ich habe ihm gern erzählt.

Ich habe ihm auch von dem Urlaub erzählt, wie unverhofft der gekommen war und was ich doch für ein Glück mit meinem Meister hatte.

»Ja«, sagte mein Onkel, »zusätzlich Urlaub ist schön. Hat er dir denn auch dein Geld gegeben?«

»Fünf Mark die Woche«, sagte ich, »so steht es ja auch im Lehrvertrag. Aber zusätzlich ist der Urlaub nicht. Das ist jetzt mein Urlaub, nicht?«

»Kannst weit mit springen, fünf Mark«, sagte mein Onkel, »aber wieso ist das denn dein richtiger Urlaub? Ich denke, du hast ihn so holterdiepolter gekriegt?«

»Das schon«, sagte ich, »aber wo doch mein Meister verreisen mußte!«

Da war mein Onkel gar nicht mehr nett. Er hat getobt und meinen Meister einen Hund genannt und alle Meister

Hunde, seltsame Hunde: Ausbeuterhunde! Mich hat er auch beschimpft, weil ich mir das gefallen ließe.

Der ist eben blind, dachte ich, der kann nicht sehen, und da kann er manches auch nicht richtig verstehen. Darum erklärte ich es ihm noch einmal: Hier konnte nicht die Rede sein von »sich gefallen lassen«; einmal ließ ich mir so einen unverhofften Urlaub nur zu gern gefallen, und was hieß: gefallen lassen – ich war Lehrling, mein Meister war Meister, war der Chef, war der Herr vom Geschäft, war mein Herr, war der Betriebsführer, nicht?

Da hat mein Onkel in Ruhe mit mir gesprochen, aber ich habe gesehen, daß ihn das sehr angestrengt hat, und vielleicht nur deshalb habe ich ihm geglaubt, was ich verstanden habe.

Alles habe ich nicht verstanden, und ich habe mehr Fragen mitgenommen, als ich Antworten bekam.

Aber die Antworten und die Fragen sind mir im Kopf herumgegangen, auch noch, als ich wieder über Mölln nach Ratzeburg fuhr, und auch, als ich wieder in meines Meisters Werkstatt war.

Der fragte mich, wie es im Urlaub war, und ich sagte ihm, gut sei es gewesen, und ich dachte: Wenn du aber denkst, daß ich es noch herrlich finde, wenn du mir meinen Urlaub gibst, wann es dir paßt, und mich nicht erst fragst, ob es mir paßt – nee, das denk man nicht! Ich hab gehört, das war schon mal anders, und das muß auch anders sein. Ich hab auch gehört, ich verdiene hier zwar was bei dir, aber ohne mich würdest du gar nichts verdienen, man hat mir das vorgerechnet. Und man hat mir auch gesagt, ich soll auf die Sachen nicht bloß von deiner Seite her kucken; ich soll auch mal von meiner Seite her kucken, da sehen die Sachen manchmal anders aus.

Nein, einen Hund habe ich meinen Meister nicht einmal in Gedanken genannt, und schon gar nicht so umständlich einen Ausbeuterhund, aber ich habe ihn eigentlich auch nie mehr einen herrlichen Mann genannt, obwohl er ein guter Mann gewesen, wie sich zeigte, als mein Vater gestorben war.

Aber herrlich, nein, dazu hatte ich nun schon zu oft auf die Sachen mit meinen Augen gesehen; es ist mir beinahe Gewohnheit geworden, und meine Mutter hat das früh gemerkt, und als sie heraus hatte, daß meine neue gehässige Art auf den Besuch bei ihrem verbitterten Bruder zurückzuführen war, da sagte sie: »Ja, der ist eben blind!«

Das sah ich aber anders.

Als der Westberliner Polizist mich in seinem Gewahrsam hatte, weil auf meinen verbotenen Flugzetteln von friedlicher Verständigung die Rede war, da sagte er auf den Stufen seines Reviers zu mir: »Das werden wir euch Brüdern ein für allemal austreiben!«

Soweit der Polizist, und nun ich: Ich tat etwas, wofür ich zu Hause Schelte bekam, weil es in schreiendem Widerspruch zum Text meiner Zettel gestanden hatte, weil es schädlich und sinnlos war und weil ich es nur aus einem Westberliner Kino hatte haben können: Ich hörte dem Polizisten zu, bedachte, was er mir austreiben wollte, und das auch noch ein für allemal, und traf ihn zwischen Kinn und Kragen, und erst auf dem schnellen Heimweg sagte ich: »Nie!«

Als ich ein Spottgedicht auf die Babypille witzig gefunden und es hatte drucken lassen, da sagte Schwester Turo zu mir: »Wieviel Kinder haben Sie eigentlich, Herr Groth? Wenn ich richtig mitgezählt habe, haben Sie den einen David. Ich will Sie nicht fragen, wie Sie das machen; es wird wohl auch nichts Originelles sein; wenn man ein Dutzend Jahre Hebamme ist, übersieht man das Gebiet ungefähr – aber wie Sie dazu kommen, so einen miesen Witz zu drucken, das frage ich Sie einfach mal. Mir darf wahrhaftig keiner sagen, ich liebte die Kinder nicht; dazu habe ich zu vielen auf die Welt geholfen, und ich habe sie alle gemocht, alle, Herr Groth, und ich wollte, ich könnte nach denen allen sehen, so wie ich hin und wieder den David sehe. Das ist schön, können Sie mir glauben, wenn ich die Bengels mit ihren großen Klappen höre, Autos und

Beat und Mathematik, dann denke ich: Ach, Kleiner, jetzt gibst du so an, aber ich weiß noch, wie du nach Luft geschnappt hast und wie du gerochen hast und hast getan, als würden wir dich verhungern lassen. Und manchmal möchte ich dann sagen: Du, Großmaul, Drachentöter, was meinst du denn wohl, wer dir als erste eins auf deinen Hintern gegeben hat? Was würdest du sagen, wenn ich dir sage: Du, und gepudert habe ich ihn dir auch. Jeder Beruf hat seine Haken und Ösen, aber jeder Beruf hat auch etwas, warum man ihn gegen keinen andern tauschen würde. Meins ist vielleicht, daß ich in der Straßenbahn sitze und mir die jungen Damen betrachte und denke: Na, Fräulein, haben wir uns nicht schon mal gesehen? Aber manchmal denke ich bei denselben jungen Damen: Und wann werden wir uns wiedersehen, wann kommst du mit deinem Köfferchen und hast deine Art von Angst? Noch bin ich nicht so lange in dem Beruf, daß meine Ersten kommen, um ihr Erstes zu kriegen, aber lange dauert das nicht mehr. Denen werden schon die Knie rund, und oben rum ist die sogenannte Beschleunigung am Werke; an dem Tag, an dem die erste auftaucht, weiß ich: Jetzt bin ich so eine Art Oma. Aber reden wir nicht weiter von mir, und reden wir nicht von den ganz Jungen; wir wollten ja von dem Gedicht in Ihrer Zeitung reden. Das soll also nun sehr komisch sein, daß es jetzt etwas gibt, damit die Akrobatik aufhört und die Nachttisch-Mathematik und die Industrie mitten zwischen den gehobenen Gefühlen – das finden Sie witzig, wenn ein Stück Angst abgeschafft wird? Das ist mir aber sehr seltsam, denn so kenne ich uns sonst gar nicht. Sonst sind wir doch immer dabei, wenn es auf die Angst losgeht; wieso ist denn dies nun zum Lachen? Neulich hab ich im Radio einen singen hören, so schwarze Lieder, wie sie das nannten; das ist allgemein nicht mein Fall, und die meisten Sachen von dem waren auch nicht mein Fall, aber ein Lied war dabei, das hat mir auch nicht gefallen, und doch. Da hat er den Lebenslauf von einem gesungen; ein ziemlich sinnloses Leben war das, entweder ist ihm alles danebengegangen, oder wenn es geklappt hat, hat man nicht gewußt, wozu. Und der Sänger hatte schon ein gewisses Recht, wenn er in jeder Strophe den, von dem er gesungen hat, gefragt hat: ›Für was bist du gekommen?‹ Nicht gefallen hat mir das Lied, weil man den Eindruck haben konnte, es war nicht nur der eine Pechvogel gemeint; es waren alle Menschen gemeint, das ganze Leben, und da bin ich anderer Meinung. Aber gefallen hat mir die Frage: ›Für was bist du gekommen?‹ Die kenne ich nämlich, die kenne ich aus meinem Beruf. Manchmal denke ich das selbst, wenn ich mir die Eltern ansehe: Hängen so im Leben rum, sind sich selber nicht gut, können sich nicht ausstehen, weil sie wissen, daß sie nichts taugen, daß sie ihren Punkt verpaßt haben, schlurren so durch die Weltgeschichte und werden nur noch lebendig, wenn es in die Federn geht; da haben sie denn sechs Kinder, und denen sieht man auch schon an, daß die Schule allein gegen die Schlurrigkeit nicht ankommt – und nun kommt Nummer sieben, und ich denke: Für was bist du gekommen? Aber für diese Art Leute ist die Pille auch nichts, da mache ich mir nichts vor, weil sie einfach nicht die Disziplin haben. Aber die vielen anderen; da gibt es Krankheit, anatomische Besonderheiten, Kummer mit der Wohnung, einen Beruf, den man nicht aufgeben möchte, ein Studium, das man unterbrechen muß, oder auch bloß einen Mann, mit dem das wohl Spaß macht, aber zum Heiraten möchte man noch zwei, drei Gründe mehr. Man könnte sagen, das hat es immer gegeben. Stimmt, und all den Jammer, den hat es auch immer gegeben. Früher hat es auch immer Kindbettfieber gegeben. – Das Gedicht da in Ihrer Zeitung, Herr Groth, das finde ich nicht so ulkig, aber wissen Sie, was ich ulkig finde: Wenn ich mir vorstelle, der Papst liest Ihre Zeitung und das dämliche Gedicht, und da nickt der Papst und freut sich. Herr Groth, der freut sich dann über Sie, denn der sagt ja auch, daß es anders als zum Kinderkriegen Sünde ist. Vielleicht kriegen Sie nun Privataudienz bei ihm und dürfen ihm den Ring küssen, das ist ja da so Mode. Aber im Ernst: Allein für die Leute, die gerne Kinder hätten, aber ihre

Gründe haben, daß sie bei dem, was jetzt kommt, denken müssen: Für was mußt du ausgerechnet jetzt kommen? – allein für die ist so eine Erfindung ein Segen. Und ich finde, alles ist ein Segen, was wieder ein bißchen Angst aus der Welt bringt oder auch die Heimlichtuerei und die Heuchelei, und wenn was hilft, daß Lust und Lustigkeit auf einmal gehen, zusammen, das ist doch nun wirklich ein Segen. – Ich habe keine Ahnung, Herr Groth, wie das in Ihrem Beruf zugeht; ich bin nur darauf gekommen, als ich dachte, dem Herrn Groth wirst du mal die Meinung sagen zu dem Blödsinn, den er da gedruckt hat; da ist mir eingefallen, daß es uns in einem Punkt vielleicht ähnlich geht: Wenn ich meine Arbeit nicht ganz genau mache, dann haben andere den Schaden, und manchmal ein Leben lang. Das gilt ja für die meisten, und für Ihre Arbeit wohl auch, bloß bei Ihnen kommt es gleich in Massen. Ich kann mir nicht helfen, aber mir würde es nicht gefallen, wenn ich denken müßte, ich bin schuld, daß heute tausend Leute genauso idiotisch gelacht haben wie ihre Opas vor hundert Jahren über die Pockenimpfung. Ich glaube, da würde ich mich aber mal vornehmen.«

Soweit die Schwester Turo, und nun ich: So schwer es mir fiel, ich habe mich vorgenommen.

Als ich einen Redakteur, der womöglich unser bester war, in den Kongo schicken mußte, da hatten wir in einem Punkt heftigen Streit, und da sagte er zu mir: »Sie sind der Chef; wenn Sie es anordnen, werde ich es tun, aber ich sage Ihnen, ich halte es für eine Übertreibung. Die Spritzen, bitte, die waren nicht zu umgehen. Aber nun habe ich die Nase voll. Die Impfungen zusammengenommen sind schlimmer als eine von den Krankheiten, gegen die sie gedacht sind. Weder Cholera noch Ziegenpeter können jetzt ran an mich, und wenn ich Malaria höre, kann ich nur lachen. Das heißt, ich kann nur vorsichtig lachen, denn ich habe von den verdammten Kanülen tausend Löcher im Leibe. Wenn die nun auch noch diese Tropenuntersuchung machen und zapfen mein Blut und beäugen es, da können sie doch kaum etwas anderes finden als all die vorbeugende Flüssigkeit, die sie in mich hineingepumpt haben. Außerdem ist das ohnehin nur eine Formsache, mehr wegen der Versicherung. Zum Röntgen war ich erst neulich, mein Herz ist taufrisch, mein Kreislauf kreist zu meiner größten Zufriedenheit; ich gehe da nicht hin. Ich sage es Ihnen also, wie es ist, Kollege Groth: Ich halte es für die äußerste Übertreibung, und von mir aus gehe ich nicht da hin. Selbstverständlich gehe ich da hin, wenn Sie es anordnen; Sie sind der Chef, ich kenne meine Pflichten …«

Soweit der Redakteur, und nun ich: Ich mochte den, der war tüchtig und mutig, konnte reden und hinsehen und schreiben, auf den war Verlaß, und vor dem den Chef herauszukehren hätte mir wenig gefallen, und so bestand ich denn nicht auf der Untersuchung und sagte zu ihm, als er mir lange genug die Ohren vollgeblasen hatte: »Dann machen Sie doch, was Sie wollen!«

Nun, er hatte beim Lobpreis seiner Organe den Magen nicht erwähnt und hatte auch seine Gründe gehabt; ich erfuhr es dann: Es klappte nicht so recht mit der Säureproduktion, es war kein großer Schaden, ein kleiner nur, und zu Hause richtete er sich damit ein. Aber er wollte in den Kongo und wollte nicht riskieren, daß ihm ein Doktor zuerst einen widerlichen Schlauch zu schlucken gäbe, nur um ihm dann zu sagen: »Nein, Herr, Sie bleiben mal besser hier!« Und ich kehrte den Chef nicht heraus und sagte: »Dann machen Sie doch, was Sie wollen!«

Der Kongo war nichts für ihn, das Essen nicht und die Entfernung zum nächsten Krankenhaus auch nicht: Zuerst war es nur Durchfall, dann sah es wie Gelbsucht aus, dann wurde es ein dauernder Leberschaden, und am Ende war das nicht mehr derselbe Mann, das hatte er auch mir zu danken.

Gelegentlich heißt es jetzt von mir, ich kehrte ein wenig heftig den Chef hervor.

Als ich Chefredakteur in der Neuen Berliner Rundschau werden sollte, da hatte ich Bedenken, und da sagte der Genosse Kutschen-Meyer zu mir: »Wenn du jetzt kneifst, hast du nischt verstanden, studiert oder nicht, da biste nachträglich durch alle deine Lehrgänge durchgefallen. Von Arbeiter-und-Bauern-Macht reden kann nämlich jeder, aber jetzt sollste ausüben. Ausüben mußt du sie, sonst wird nischt, und, damit ich mich deutlich mache: sonst bleibt auch nischt. Denk bloß nicht, deine Bauchschmerzen sind einmalig; die wiederholen sich auf jede Ebene. Wie ich hier Fahrdienstleiter werden sollte, dachte ich zuerst: Mensch, Meyer, denn siehste aber den Fatzken verdammt ähnlich, der bei Schultheiß immer die Zettel aus sein Fenster geschwenkt hat: ›Meyer, Sie fahren heute Steglitz, aber vergraulen Sie uns nicht die Kundschaft mit Ihren Parolen!‹ Konflikte gibt's auf jede Ebene, und auf jeder Ebene ist ein Stück Macht. Weil die nämlich konkret ist. Solange du das nicht verstanden hast, weißt du, was du da nicht verstanden hast? Die Grundfrage, mein lieber Intelligenzler. Da haste alles verstanden, bloß det bißken Grundfrage nicht. Das erstemal wie ich den Fritze Wolf wiedergetroffen habe, nach Krieg und Knast und all den Vergnügungen, da war er auf Verschiedenes nicht gut zu sprechen, und der Grund war, er sollte Botschafter in Warschau werden. Dazu hat er nicht gekämpft, hat er gesagt, und ich habe gesagt, ich bin überzeugt, er hat dafür gekämpft, daß da wieder so ein von der Schulenburg oder von Tippelskirch hinkommt. Da war er auf mich auch nicht mehr gut zu sprechen. – Auf alle Ebenen, sag ick dir, detselbe Theater, und auf allen Ebenen steht die Frage: Wer denn sonst, wenn nicht wir? – Nun noch ein persönlicher Gesichtspunkt: Mir würde det ja ein sehr persönliches Vergnügen sein, wenn du hier den Chef machst. Denn wärst du doch in einem bestimmten Sinn mein Nachfolger. Wir wissen ja beide, nach welchen historisch überholten Gesichtspunkten sie mich damals hier reingesetzt haben, aber wenn mal einer die Geschichte von unserem Bilderblatt schreibt, wirst du da als so eine Art Nachfolger von mir auftauchen, und ick werde nicht penibel sein und sagen: Kontenuetät, Leute, genauso looft der Hase, Leitungstätigkeit auf lange Sicht, planmäßige Kaderentwicklung, det hatten wir bei uns in der Rundschau, bevor es die Wörter dafür gab. Warum aber? Weil wir gleich die Machtfrage richtig gestellt haben. – Na ja, bißchen angeben wird man ja wohl noch dürfen, vorausgesetzt, die Fakten stimmen. Jetzt ist aber leider Fakt, daß du dich zierst und nicht weißt, ob du Chef sein sollst. Theoretisch bist du klar in der Machtfrage, aber praktisch hast du einen Rückfall. Erich hat 'n Gedicht gemacht, det kennste: mit Kapitel I und II der Weltgeschichte, und du bist jetzt mit dem Finger in Kapitel I geraten; die Chefs, die du nicht sein möchtest, die stehen in Kapitel I, aber die Macht, die du ausüben sollst, die steht in Kapitel II. Im übrigen ist das so: Du wirst nun an die Kompetenzen gebeten, und außer der Ehre ist das auch ein Auftrag. An der Ehre kannst du dich von mir aus schwer schleppen, aber wenn du den Auftrag nicht annimmst, dann bist du für mich ein grober historischer Irrtum. Da mußt du klarsehen, sonst wird nischt.«

Soweit der Genosse Kutschen-Meyer, und nun ich: Ich wollte kein grober historischer Irrtum sein und bin an meine neue Arbeit gegangen.

Als die Schiffe meines Generals Kurs auf die Insel Kuba nahmen, und die Schiffe des Gegenadmirals hatten sich vor diese Insel gelegt, und jedermann auf Erden, der in der Schule wenigstens bis zur Division gekommen war, konnte aus Entfernung und Geschwindigkeit den Zeitpunkt der Begegnung ermitteln – als wir alle wußten, der Kurs auf dem Wasser ist nur eine der Bahnen, auf denen jetzt Entscheidung zieht, andere sind abgesteckt seit langem: unter dem Wasser, über dem Wasser in Wolkenhöhe und über dem Wasser in Mondeshöhe – als wir wußten: solche, die in der Schule weit über die einfache Division hinausgekommen waren, hatten sich längst präpariert und gingen nun ins Große Staatenexamen und hätten uns gerne dabeigehabt als Summanden und Multiplikatoren, als Kontrahenten in Divisionen – als wir wissen mußten: Dies kann die Nacht der Nächte sein, dies kann sie sein: die Nacht; da fragten wir uns vieles, da nahmen wir uns noch einmal alles vor, da zählten wir die Schwalben auf unseren Fäden und zählten auch die Sterne dazwischen; da zählte ich, da nahm ich mir vor, da fragte ich mich: Für was bist du gekommen, wenn dies geschehen kann, und wenn es nicht geschieht, für was wirst du bleiben?

Soweit meine Fragen, und nun meine Antwort, eine Antwort, die inzwischen ausführlicher ist, als sie es damals war, denn inzwischen hat es weitere Nächte gegeben, in denen wir in den Himmel horchten; es hat andere Orte gegeben, nach denen wir in unseren Atlanten sahen; Admirale sind gefallen, andere gekommen, die Rechner geblieben, die große Rechnung auch; die Schwalbenketten sind länger geworden, der kleineren und größeren Sterne mehr, und ich sehe ein wenig deutlicher, für was ich gekommen bin und für was ich bleiben muß.

Das Kommen und Bleiben hat einen Sinn, wenn wir Gebrauch machen von dem, was uns begegnet; so Gebrauch davon machen, daß anderen das Kommen leichter wird und das Bleiben erst recht.

Wir haben eine Fähigkeit, von der wir manchmal nicht wissen mögen und manchmal nichts wissen mögen; durch sie zuerst sind wir aus dem Diluvium herüber hierhergekommen, und durch sie steht es bei uns, wie lange wir bleiben: Wir können lernen.

Da haben wir ein Maß, von dem wir lesen können, wie es um uns steht: Was machten wir aus dieser Fähigkeit, wie nutzten wir sie?

Und ich lasse es mir nicht ausreden, wie oft auch der Schein oder Teile von Wirklichkeit dagegensprechen wollten; mir redet das niemand mehr aus: Wir haben unsere Chancen nicht vertan; wir haben sie längst noch nicht genutzt, aber vertan haben wir sie nicht. Die Vorsicht neben der Überzeugung kommt her von dem Wissen, daß dieses

Wir ein zusammengesetztes ist. Dieses Wir besteht aus Klugheit und Dummheit, Wachheit und Schläfrigkeit, Fleiß und Faulheit, Gesundheit und Krankheit, Reichtum und Armut, Schärfe und Stumpfe, Jugend und Alter, Kraft und Schwäche, Erfolg und Niederlage, Überfluß und Mangel, besteht aus Kämpfern und Opfern, aus Spähern und Flüchtigen, aus Fechtern und Schlägern, aus Forschern und Gläubigen, aus Helfern und Häftlingen, aus Lotsen und Schmarotzern, besteht aus drei Milliarden Teilen, und jeder von uns ist der dreimilliardste Teil dieses Wir.

Gerade das hat mir zu schaffen gemacht und hat mir geholfen in den Nächten der so verschiedenen Admiräle: die Vorstellung, mich gibt es dreimilliardenmal.

Ich habe mich aus dieser unförmigen, nicht mehr hantierbaren Zahl herausgelöst, habe sie mir gemerkt als einen Multiplikator, den ich gleich wieder brauchen würde, und habe versucht herauszufinden: Wer ist das, dieser eine, was ist der, was steckt allein schon in diesem einen?

Es war ein Versuch, ich bin nicht weit gekommen; ich kam nur auf einen sehr unvollständigen David Groth, ungefähr diesen:

Einen Vierzigjährigen, geboren in einer Republik, aufgewachsen in Diktatur, lebend nun in einem sozialistischen Lande. Seine Mutter weiß noch, wie der Kaiser ausgesehen hat, so weiß er es auch. Sein Vater war Arbeiter, er war auch Arbeiter, jetzt ist er es nicht mehr, aber er arbeitet. Er hatte Umgang mit Lehrern, Hebammen, Kanzlern, Fischermeistern, Büchsenmachermeistern, Generälen, solchen und solchen, Pastoren, Fotografen, Chauffeuren, Setzern, Ärzten, Rentnern, Schwindlern, Kutschern, Mädchen, Tanten, Müttern, Redakteuren, Funktionären, lieben Menschen, schlechten Menschen, solchen Menschen und solchen Menschen.

Er ist in Oslo gewesen und in Oelsnitz, in Nanking und auf dem Flugplatz von New York und auf anderen Flugplätzen auch und auch an einigen anderen Orten.

Über der Wüste Gobi hat er vier reihernde Fregattenkapitäne gesehen, und in Bayreuth hat er über ein offenes Grab hinweg einem Pfarrer zugehört und hat gewußt, der war gar kein Pfarrer.

Er hat einige tausend Bücher gelesen; der größere Teil hat nichts getaugt. Er erinnert sich gut an sein erstes großes Leseerlebnis: Da hat ein Mann auf eine Tafel im Garten »Taxusstecklinge abzugeben!« geschrieben, und er hat begriffen, was der Mann damit sagen wollte. Er hat auch zu ahnen begonnen, wozu Lesen und Schreiben gut sein konnten.

Er erinnert sich an das Gewicht von zwei Händen, die einen Tag lang eine Feile gehalten haben.

Marcel Marceau hat ihm einmal vorgeführt, ihm ganz allein, wie es aussähe, wenn Marcel Marceau den Napoleon spielte.

Er hat vier Unfälle gehabt, davon zwei schwere. In Singen hat er einmal eine Eins gehabt, das wundert ihn immer noch. In Kirchen hat es ihn immer gegruselt, auch in den schönsten.

Er hat einen zornigen Pablo Neruda erlebt, das Thema war: Traven.

Als er zum erstenmal betrunken war, hängten ihn seine Freunde über ein Brückengeländer.

Er findet Sektierer lustig, wenn sie nichts zu sagen haben.

Er hat nicht alle Interviews gekriegt, die er haben wollte; von den Fehlschlägen ärgert ihn besonders der mit Richard M. Nixon, Rechtsanwalt, auf der Berliner Karl-Marx-Allee.

Aber in Schanghai hat ihm ein Schuhhändler ein Lied aus dem ersten Weltkrieg gesungen: »Im Feldquartier auf hartem Stein …« Und in einem Antiquariat hat er dort Ernst von Salomons »Kadetten« gekauft.

Er hat schon einmal Hundekuchen gegessen, dreimal täglich sechs Tage lang.

Er war dabei, als Tschou En-lai Ehrendoktor der Humboldt-Universität wurde.

Erinnerlich ist ihm ferner: Daß er geschlagen worden ist, weil er mit dem Stuhl gewackelt hat, weil er hinter dem falschen Mädchen her war, weil er die Rede eines ehemaligen Bannführers mitgeschrieben hat; daß er gelobt worden ist, weil er einen Zwanzigmarkschein abgegeben hat, weil er einer alten Frau Geschichten erzählt hat, weil er Bohnensuppe kochen konnte.

Erinnerlich sind ihm weiter: Das Ticken einer Taschenuhr von IWC; der Tag, an dem die Rosenbergs starben; der Herbst in Ungarn; der Geruch am Barlach-Grab; der Morgen, an dem der Krieg begann, und der Morgen, an dem der Krieg gegen Rußland begann; der Abend, an dem er sein Parteibuch vermißte; ein Gewitter auf der Müritz; das Feuer am vierzehnten Geburtstag; die Sauna in Lahti; Brechts Stimme; Gerhart Eislers Stimme; Spargel mit Schinken im Schabbelhaus zu Lübeck; die Aufbaustunde an der Leninallee, in der die Nachricht vom Tode Stalins kam; der Papa aus den »Tagen der Commune« und Joseph Roths »Radetzkymarsch«.

Ohne Mühen ist ihm noch Weiteres erinnerlich; mit Mühen noch weit mehr.

Für sicher hält er: In allem steckte ein Sinn; in allem steckt ein Sinn.

Auf das ungefähr komme ich, wenn ich mich mustere; auf das etwa kam ich, als ich den einen von drei Milliarden besah, und ich wurde sehr unruhig, als ich die Rechnung machte: Diesen einen multipliziert mit drei Milliarden – wer setzt das hier aufs Spiel?

Aber ich wurde auch ruhig, weil ich eine ungeheure Stärke sah, denn was sollte stärker sein als zusammengefaßte Erfahrung? Hier, dachte ich und meine ich, steckt eine Möglichkeit, auch deine Möglichkeit, steckt eine Aufgabe, auch deine Aufgabe; für das sind wir bis hier gekommen, dafür bist auch du mit da.

Wahrhaftig, ich weiß, wieviel noch zu lernen ist, aber ich finde, es ist kein Schade, wenn einer das weiß. Schade fände ich es eher, für einen Schaden hielte ich es, man wüßte von so einem und holte ihn sich nicht.

Ich jedenfalls holte ihn, und ich jedenfalls – das bleibt wohl noch zu sagen –, ich käme.

# »Man muß sich die Kunden des Aufbau-Verlages als glückliche Menschen vorstellen.«

**Streifzüge mit Büchern und Autoren:**
Das Kundenmagazin der Aufbau Verlagsgruppe erhalten
Sie kostenlos in Ihrer Buchhandlung und als Download
unter www.aufbau-verlag.de.

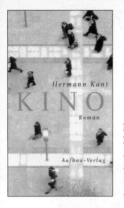

**Hermann Kant**
**Kino**
*Roman*
*203 Seiten*
*Gebunden*
*ISBN 3-351-03036-3*

# Hermann Kant inszeniert Kino auf dem Trottoir

An einem regnerischen Oktobertag sitzt ein alter Mann im Schlafsack auf dem nassen Boulevard. Er plaziert den Hinweis: »Nicht stören und nichts spenden!« und erklärt den Passanten seine Aktion: »Es ist Kunst!«. Doch scheint er auf diesem unauffälligen Posten gewissen Zeitgenossen im Wege zu liegen. Hermann Kant erzählt von den überraschenden, amüsanten und geistvollen Einsichten seines Bürgersteig-Beobachters.

»Der Kerl steckt noch immer voll Geschichten, und wo er die aus dem Sack läßt, wird's interessant.«
BERLINER ZEITUNG

**Mehr von Hermann Kant im Taschenbuch:**
*Abspann. Erinnerungen an meine Gegenwart. AtV 1017*
*Die Aula. Roman. AtV 1190*
*Ein bißchen Südsee. Erzählungen. AtV 1191*
*Kormoran. Roman. AtV 1192*
*Okarina. Roman. AtV 1194*

aufbau
VERLAG

*Weitere Informationen über Hermann Kant erhalten Sie unter*
*www.aufbau-verlag.de oder in Ihrer Buchhandlung*

# »Seine Sprachmacht wird ihm keiner nehmen können« (F.A.Z.): Hermann Kant bei AtV

Hermann Kant wurde 1926 in Hamburg geboren. Nach einer Elektrikerlehre war er Soldat, von 1945 bis 1949 in polnischer Kriegsgefangenschaft Mitbegründer des Antifa-Komitees im Arbeitslager Warschau und Lehrer an der Antifa-Zentralschule. Ab 1949 studierte er an der Arbeiter- und Bauernfakultät in Greifswald, 1952 bis 1956 Germanistik in Berlin. Danach war er wissenschaftlicher Assistent und Redakteur, von 1978 bis 1990 Präsident des DDR-Schriftstellerverbandes.

## Ein bißchen Südsee

»Ein bißchen Südsee« war das vielversprechende Debüt, mit dem sich Hermann Kant sofort als origineller Autor einprägte. Wer den wortgewandten, ausschweifenden Romancier Kant schätzt, wird ihn in diesen Geschichten als pointierten Erzähler entdecken.
»Kant ist ein exakter Beobachter und ein vorzüglicher Spaßmacher.«
MARCEL REICH-RANICKI
*Erzählungen. 192 Seiten. AtV 1191*

## Der Aufenthalt

»Der Aufenthalt« ist eine Passionsgeschichte mit Humor und ein Schelmenroman mit tragischen Zügen ... Wir haben Hermann Kant ein aufschlußreiches, ein witziges Buch zu verdanken.« MARCEL REICH-RANICKI, F.A.Z
Roman. 567 Seiten. AtV 1037

## Die Aula

Diesen Roman über einen jungen Mann, der eine Abschiedsrede halten soll und darüber ins Erinnern gerät, haben Leser und Kritiker sofort nach Erscheinen als großen Spaß gefeiert. Ein »Geschichts- und Geschichtenbuch« über die Anfänge der DDR, ohne die man ihr Ende nicht verstehen kann.
*Roman. 464 Seiten. AtV 1190*

## Kormoran

Nach seinem streitbaren wie umstrittenen Erinnerungsbuch »Abspann« hat Hermann Kant mit diesem Buch den aktuellen Nachwende-Roman geschrieben, der von ihm erwartet wurde, amüsant, bissig, zeitkritisch und selbstironisch, einen Roman »von allerlei Leben und allerlei Sterben«.
*Roman. 270 Seiten. AtV 1192*

*Weitere Informationen über Hermann Kant erhalten Sie unter www.aufbau-verlag.de oder in Ihrer Buchhandlung*

# Magie, Traum, Wirklichkeit: Gegenwartsliteratur bei AtV

## BARBARA FRISCHMUTH
### Die Entschlüsselung

»Wie ein minuziös recherchierter Kriminalroman führt das Buch in die furchtbar schöne Steiermark mit ihren Originalschauplätzen der nicht allzu lang vergangenen Nazi-Geschichte und weiter zurück in die mythische Vorzeit der Druiden.«
NEUE ZÜRCHER ZEITUNG

»Barbara Frischmuth verdreht dem Leser mit einem ungewöhnlichen literarischen Puzzle den Kopf.«
DEUTSCHLANDRADIO
*195 Seiten. AtV 1943*

## HANSJÖRG SCHERTENLEIB
### Von Hund zu Hund
*Geschichten aus dem Koffer des Apothekers*

»Die Geschichten enthalten ein Geheimnis, das Schertenleibs lakonische Beschreibungsprosa eine neue, fast kafkaeske Nuancen bereichert. Manchmal verdichten sich die Alltagsdetails und spröden Aussagesätze zu einer somnambulen Magie.« TAGESANZEIGER
*208 Seiten. AtV 1912*

## LENKA REINEROVÁ
### Das Traumcafé einer Pragerin

In all ihren Erzählungen beschreibt Lenka Reinerová, eine der letzten Zeitzeuginnen der Emigration, Stationen ihres Lebens – das Prag der dreißiger Jahre, das Exil in Frankreich und Mexiko, den Stalinismus in den Fünfzigern und jüngste Erfahrungen. Trotz aller bitteren, furchtbaren Geschehnisse sind es menschen- und lebensfreundliche Erinnerungen, weise und wehmütig.
2003 erhielt Lenka Reinerová mit Jorge Semprún die Goethe-Medaille des Goethe-Instituts Inter Nationes für ihre stete Würdigung der deutschen Sprache und ihren Beitrag gegen das Vergessen.
*Erzählungen. 269 Seiten. AtV 1168*

## KLAUS SCHLESINGER
### Trug

Klaus Schlesinger treibt ein perfektes, suggestives Vexierspiel um zwei Identitäten und zwei Lebensentwürfe im geteilten Deutschland.
»Schlesingers letzter Roman schließt auf eine paradoxe Weise Anfang und Ende eines Lebenswerks zusammen. Schlesinger ist ein begnadeter Erzähler gewesen.«
FRANKFURTER RUNDSCHAU
*Roman. 190 Seiten. AtV 1785*

*Mehr Informationen erhalten Sie unter www.aufbau-verlag.de oder bei Ihrem Buchhändler*